Ernst Andreas Stadter

Wenn du wüßtest, was ich fühle ...

Ernst Andreas Stadter

Wenn du wüßtest, was ich fühle . . .

Einführung in Beziehungstherapie

Herder Freiburg · Basel · Wien

Für Ulrich, Johannes, Markus, Gregor, Sebastian

Herstellung: Ebner Ulm
ISBN 3-451-22585-9

Inhalt

Zweiter Teil

Differenzierung – Praxis der Anwendung – Interaktionsanalyse

Dritter Teil

Reflexion

Philosophie – Geschichte – Methode – Wissenschaftstheorie

Vorwort
mit einer Anleitung zum Lesen

Das vorliegende Buch berichtet über eine neue Form des Beziehungslernens. Diese findet an dem von Inge Anna Späthling-Stadter geleiteten Institut für Beziehungstherapie in Marienberg bei Rosenheim/Obb. Anwendung und wird dort gelehrt.

Die Anwendungsbereiche sind die folgenden: Arbeit mit einzelnen, mit Paaren, Familien, insbesondere mit Gruppen, Teams und Ausbildungskursen, Schulung von Pädagogen und anderen Sozialberufen, Anwendung auf den hochschuldidaktischen Bereich, Transfer in die Schule mit dem Ziel des Erlernens von sozialer Kommunikation.

Zwischenmenschliche Beziehung geht jeden an. Daher richtet sich das Buch an jeden, der seine sozialen Beziehungen und seine Partnerschaft verbessern möchte.

Die größte Schwierigkeit der Veränderung liegt oft darin, daß man ‚nicht durchblickt'. Nun ist aber die klare Erkenntnis der Sachlage die unerläßliche Voraussetzung dafür, etwas zu verändern. Daher geht es zuerst darum, zu verstehen, *warum* etwas gelingt oder nicht gelingt. Der Leser bekommt also zunächst Lernhilfen zum Durchschauen von Interaktionen an die Hand, aber darüber hinaus Handlungsregeln, die es ihm erlauben, die Anwendung der gewonnenen Kenntnisse auszuprobieren.

Am Schluß des zweiten Teils findet er die wichtigsten Regeln zusammengefaßt. Er erhält Hinweise zum praktischen Umgang mit den Regeln und zum Üben. Schließlich werden dort auch Literaturanregungen für die Vertiefung und Intensivierung des Gelernten gegeben (S. 254–269).

Das Buch richtet sich ferner an den Fachmann, den Therapeuten, den Berater im Bereich von Ehe, Familie und Erziehung, aber auch an die in Sozialberufen tätigen Menschen überhaupt, an Lehrer der unterschiedlichen Schulgattungen, an Eltern und Familien.

Dem Psychotherapeuten dürfte vieles vertraut vorkommen. Vertreter unterschiedlicher Richtungen können aus dem Lern- beziehungsweise Therapiekonzept[1] Anregungen gewinnen und das Neue vermutlich unschwer in ihre Arbeitsweise integrieren. Der Tiefenpsychologe hat Gelegenheit, festzustellen, daß sich die Sensibilität des psychoanalytischen

Verfahrens durchaus mit der Handfestigkeit verhaltenstherapeutischer Vorgehensweisen vereinbaren läßt. Der Gesprächstherapeut erkennt sein eigenes Konzept sowohl in der Sicht des Fühlens als eines wesentlichen Regulativs als auch in der Gewichtung des authentischen Therapeutenverhaltens wieder. An zahlreichen Punkten berührt sich die beschriebene Arbeitsform mit gestalttherapeutischen Elementen. Ferner, Traumarbeit, Körperarbeit und Bildimagination gewinnen besondere Effizienz aus dem Zusammenspiel psychoanalytischer Bewußtmachung und lernpsychologischer Feedback-Techniken. Das ‚systemische' Sehen und Denken macht naturgemäß einen Angelpunkt des Beziehungslernens aus. Dem Vertreter einer kognitiven Therapie erscheint wahrscheinlich die starke Akzentuierung des Denkens für das Strukturieren von Vorgängen wohlbekannt.

Für den Theoretiker mögen die zum Erfassen interaktionaler Vorgänge dienlichen Hypothesen von Interesse sein: die Hypothese einer dritten Sprache neben der verbalen und der nonverbalen Kommunikation, die Hypothese des sozialen Abwehrmechanismus der Tarnung neben dem innerseelischen Abwehrmechnismus der Verdrängung. Schließlich möchte ich durch eine logische Theorie der Interaktion dem in der Psychologie häufig anzutreffenden mechanistischen und technologischen Denken ein genuin anthropologisches Paradigma an die Seite stellen. Der Mensch wird als Sprachwesen gesehen – Sprache in einem weiten Sinn verstanden, – das seine Orientierung durch die von außen und von innen kommenden Signalbotschaften findet. Wobei ein inneres Signal, das authentische Fühlen, den entscheidenden Richtwert beziehungsweise die wesentliche Norm abgibt.

Zur *äußeren Form der Darstellung* sei ein Hinweis angefügt.

Der erste Teil entfaltet die Grundgedanken, skizziert gewissermaßen holzschnittartig die Hauptlinien. Da jedoch die Wirklichkeit der Beziehung ein unendlich vielfältiges Bild zeigt, geht es im zweiten Teil um die Anwendung auf die unterschiedlichen Situationen des Beziehungslebens.

Um vom Hauptstrang der Gedankenführung nicht abzulenken, wurden Differenzierungen, die geeignet sind, das Gesagte zu verdeutlichen, ferner wissenschaftstheoretische Überlegungen, Erörterungen psychologiehistorischer sowie geistesgeschichtlicher Zusammenhänge hauptsächlich in den Anmerkungsteil sowie in den dritten Teil verlegt.

Abschließend eine Bemerkung zur *Autorschaft.*

Die Beschreibung, die theoretische Reflexion des Verfahrens und die Erforschung kommunikativer Phänomene habe ich als wissenschaftlicher Begleiter des Instituts hauptsächlich in eigener Person vorgenommen. Das Verfahren selbst hingegen ist so sehr das Ergebnis der Zusammenarbeit mit meiner Frau, Inge Anna Späthling-Stadter, daß in dieser Hinsicht die Urheberschaft nicht zu trennen ist, das beschriebene Verfahren also das gemeinsame Werk von uns beiden darstellt.

Marienberg, April 1992

Ernst Andreas Stadter

„Die Logik des Herzens".

„Das Herz hat seine Gründe,
die der Verstand nicht kennt".

Blaise Pascal († 1662)
Mathematiker und Philosoph

Zur Einstimmung
Einige Szenen – einige Thesen

Im Vorblick auf die Beschäftigung mit Beziehungslernen beschreibe ich einige Szenen, die geeignet sind, Licht auf das Thema der Erörterung zu werfen. Aus solchen Szenen lassen sich sodann Grundsätze ableiten, mit denen wir arbeiten wollen.

Szene 1. Sie sagte nicht das Richtige ...
Genauigkeit ist oberstes Gesetz

Ich sitze mit einer Studentengruppe unter den barocken Gewölben einer österreichischen Universität. Einer der Studierenden hat eine Bekannte mitgebracht: Marianne B. Sie ist 50 Jahre alt, schwerbehindert und kommt im Rollstuhl in die Runde. Gleich zu Beginn meldet sie sich zu Wort und will ein Thema bearbeiten.

Marianne berichtet aus ihrem Leben, erzählt, sie sei von den Ärzten verpfuscht worden, weil diese sie falsch behandelt hätten. Ihre Art zu reden scheint in der Gruppe Aggressionen hervorzurufen. Das ist deutlich zu spüren. Doch keiner getraut sich, der vom Leben gebeutelten Frau zu sagen, wie er sie erlebt. Auch ich selber komme ins Schleudern. Wieder einmal bleibt es an mir, die Störung anzusprechen. Ich weiß zwar, daß, wenn die Frau wirklich darüber spricht, was sie bewegt, die Störung sich auflösen wird, aber wie an diesen Punkt kommen? Auf welche Weise ihr die ‚Wahrheit' ihrer sozialen Wirkung zumuten?

Schließlich fasse ich mir doch ein Herz, es zu tun. Ich sage ihr, daß ich ihren Bericht zwar glaube, aber nichts von ihrem Anliegen zu empfinden vermag, mit Abständigkeit und Widerstand, ja sogar mit Unwilligkeit darauf reagiere, daß es mir peinlich ist, ihr das sagen zu müssen und ich mir überlege, warum ich so empfinde. Schließlich frage ich sie, ob sie am richtigen Thema sei, an dem Thema, das sie wirklich beschäftige.

Ich erinnere mich noch sehr wohl, wie sie sich spontan auf die Unterbrechung des Gesprächs einließ, sich geradezu auf die Gelegenheit stürzte, das Thema zu wechseln. Nein, es sei tatsächlich etwas ganz anderes, was sie belaste. Ihre unheilbare, schwerkranke Tochter sei das Problem, sie müsse ständig Helfer organisieren und fühle sich total überlastet.

Ein Aufatmen ging durch die Gruppe. Und zwar deswegen, weil sich plötzlich die Situation veränderte. Die Teilnehmer hatten Schuldgefühle empfunden. Denn es machte ihnen zu schaffen, auf menschliche Not mit Wut zu reagieren. Jetzt konnten sie sich ohne weiteres einfühlen und aufrichtig am Gespräch teilnehmen.

Auf die Frage an Marianne, warum sie sich auf einen Nebenschauplatz begeben habe, kam die Antwort, sie habe befürchtet, ihr eigentliches Thema sei nicht wichtig genug.

Was zeigt der Ablauf?

Etwas für Kommunikation ganz Grundsätzliches: Jede Ungenauigkeit der Selbstdarstellung ruft beim Empfänger eine Störung hervor. Das tritt immer dann ein, wenn der Sender nicht exakt seinen Standort wiedergibt, meint, sich hinter etwas Vorgeschobenem verstecken zu müssen, das Eigentliche verschweigt.

Szene 2. „Wenn ich wüßte . . .!" Die zentrale Bedeutung des Faktors Information

Ein junger Mann telefoniert mit seiner Freundin. Während der Unterhaltung empfindet er plötzlich ein Vakuum, einen Bruch im Gespräch. Er wundert sich, daß er nichts mehr zu sagen weiß, blockiert und fühlt nur noch Leere. Er denkt: „Sind wir jetzt schon so weit, daß wir uns gegenseitig langweilen", ist deprimiert über den Verlauf und befürchtet, das seien die ersten Vorzeichen einer endenden Beziehung, Vorzeichen, die ihm durchaus bekannt vorkommen.

Später redet er über den Vorfall mit der Freundin. Diese erzählt ihm folgendes. Unmittelbar vor dem Zeitpunkt, da bei ihm während des Gesprächs die Flaute eingetreten sei, sei ihr Vater ins Zimmer gekommen. Da sie wußte, der Vater mißbillige die Beziehung zu diesem Freund, fühlte sie sich augenblicklich verkrampft, ließ sich aber nichts anmerken und redete weiter, als sei nichts geschehen.

Der Freund sieht sich wie von einem Spuk befreit und versteht jetzt auf einmal seine seltsame Reaktion.

Das Beispiel illustriert etwas, das für Kommunikation exemplarische Bedeutung gewinnt: das Informationsdefizit als wesentliche Ursache von Störungen. Ein solches Defizit ergibt sich für den Freund daraus, daß er seine Gesprächspartnerin zwar hört, aber nicht sieht, was bei ihr vorgeht. Hätte er Sichtkontakt mit ihr gehabt, dann hätte ihn das Erscheinen des Vaters vermutlich auch gestört, aber er wäre sich nicht wegen des plötzlichen Schwindens seines Gesprächsinteresses ‚blöd' vorgekommen. Hätte er also gewußt, was bei seinem Gegenüber vorgeht, wäre das wesentliche Moment der Störung gar nicht erst aufgekommen. Er erhält eine Information aus seinem Inneren in der Gestalt seiner Gefühlsflaute, erfährt diese Information als irrational, weil er den Kontext nicht kennt, in den er sie einordnen könnte und in dem er die Information ohne Schwierigkeit als sinnvoll erkennen würde.

Noch etwas gibt das Beispiel zu erkennen. Die Hemmung der Freundin springt auf ihn über. Sein Gefühl reagiert völlig logisch im Sinne von ‚spiegelbildlich'. Doch diese Logik bleibt ihm verborgen. Der Ausfall an Wissen führt zur Selbstabwertung: „Sind wir jetzt schon soweit . . ., bin ich vielleicht überhaupt unfähig zu einer Beziehung?"

Durch das spätere Gespräch löst sich diese Störung auf.

Im Verlauf der weiteren Erörterung wird sich zeigen: Praktisch geht jede Interaktionsstörung auf eine verstümmelte Information zurück. Interaktionsstörung ist Informationsstörung.

Szene 3. Warum ,Liebe' abstoßend wirken kann

Albert, Student der Germanistik, berichtet der Lerngruppe in Anwesenheit seiner Verlobten, welche Schwierigkeiten er bisweilen mit ihrer liebevollen Zuwendung habe. Nur ein Beispiel von vielen. Wenn sie etwa nebeneinandersäßen oder spazieren gingen, komme es vor, daß sich Lisa vorbeugt, ihm das Gesicht zuwendet und tief in die Augen schaut. Ihm selber bleibe dabei häufig die Luft weg. Das intensive Angeschautwerden beklemme ihn und sei ihm äußerst peinlich. Wenn es vorbei sei, lebe er ständig in der Angst, daß ,so was' gleich wieder auf ihn zukomme. Er empfinde es schrecklich, unter der Zuwendung Lisas manchmal richtiggehend zu leiden.

Die Antwort auf die Frage an die junge Frau, was sie in solchen Momenten fühle, bringt rasch Klarheit in die gestörte Interaktion. Sie wolle überprüfen, ob er sie noch liebe, versuche, das ,an seinen Augen abzulesen'. Im Elternhaus habe man immer die ,pflegeleichtere' Schwester vorgezogen. Bei ihrer Mutter sei sie nie sicher gewesen, wie diese zu ihr stehe und habe ständig an ihrem Gesicht die augenblickliche Stimmung ablesen müssen.

Damit liegt der Sachverhalt klar. Was vordergründig die Form einer zärtlichen Geste der Zuwendung besaß, war genau genommen ein Mißtrauensvotum und hieß: Liebst du mich eigentlich?

Eine falsche Erklärung des Vorgangs lag für beide nahe. Er: Ich bin außerstande, ihre Liebe zu ertragen. Sie: Er kann auf meine Zuwendung nicht eingehen.

In Wirklichkeit gilt wieder: Sie war ,nicht genau'. Sie tarnte ihre Angst und ihr Mißtrauen hinter Zärtlichkeit. Erschwerend kam dies hinzu: Ihr war nicht bewußt, daß sie eher Mißtrauen als Liebe empfand.

Der Störtypus begegnet häufig, nämlich beispielsweise da, wo wir meinen, auf ,Liebe' nicht angemessen zu reagieren. Der Empfänger der Zuwendung läuft Gefahr, sich selber deswegen abzuwerten.

Die alltagspsychologische Erklärung meint dann vielleicht, der Grund der Störung sei ein ,zuviel des Guten'. An den Betreffenden ergeht der Rat, sich mehr zurückzunehmen. Der Fehler indessen liegt nicht an der Quantität, sondern an der Qualität. Die Zuwendung wirkt negativ, weil sie unstimmig ist. (Man denke an den Buchtitel „Wenn Frauen zu sehr lieben").

Szene 4. Verlaß dich auf dein Gefühl! Du siehst keine Gespenster

Ein Gymnasiallehrer der Germanistik sieht auf dem Wohnzimmertisch den ,Kornett' von Rilke liegen. Als Kenner der Literatur weiß er um den Inhalt, daß es sich nämlich um eine leidenschaftliche Liebesgeschichte handelt.

Der Lehrer ist völlig überrascht über seine extremen Gefühle beim Anblick dieses Buches. Er wird aufgewühlt und kennt sich selber nicht mehr. Die Reaktion dünkt ihm total unsinnig.

Im nachhinein stellt sich heraus, daß das Buch ein Geburtstagsgeschenk seiner Frau an einen Freund ist, zu dem sie kurz zuvor eine leidenschaftliche Liebesbeziehung hatte.

Durch diese Information verschwindet für den Lehrer zwar nicht das Gefühl eminenter Bedrohung, weil die Angelegenheit noch sehr frisch in seiner Erinnerung lebt, aber es löst sich jene absurde Komponente auf, welche in der scheinbaren Abwegigkeit seiner Reaktion lag.

Unser Beziehungsleben kennt nicht nur den Störtypus, bei dem wir auf ‚Liebe' negativ reagieren oder auf die vielzitierte Lappalie hin ‚hochgehen'. Bisweilen scheint überhaupt kein Anlaß für unsere Reaktion vorzuliegen, schon gar nicht für eine heftige Reaktion. In Wirklichkeit könnte die Reaktion kaum passender sein. Das wird nicht gesehen, weil dem Betreffenden der entsprechende Schlüssel zum Verstehen abgeht.

So bleibt das ganze mysteriös.

Szene 5. Marlene Dietrich – Das massenpsychologische Phänomen der Idolbildung

Die beschriebenen Interaktionsstörungen kehren sogar auf der Ebene massenpsychologischer Interaktion wieder.

Sehen wir uns das Phänomen der Idolbildung an.

Was geht vor sich, wenn bestimmte Vertreter ihres Geschlechts, Männer und Frauen, zum attraktiven Bezugspunkt für Millionen werden, zum erotischen Idealbild einer Epoche aufsteigen?

Das ist um so unglaublicher, falls sich herausstellt, was sich hinter dem angebeteten Idol verbarg. Etwa Marilyn Monroe, von unzähligen angehimmelt, der Inbegriff erotischer Attraktivität. Was nach ihrem Tod zum Vorschein kam, war das Bild schieren menschlichen Elends.

Oder Marlene Dietrich: „Ich bin von Kopf bis Fuß auf Liebe eingestellt" (Im Film ‚Der blaue Engel'). Wir wollen nach dem Geheimnis ihrer Wirkung fragen. Jedenfalls auf die Männerwelt scheint sie eine grenzenlose Faszination ausgeübt zu haben.

Aber wo soll hierbei die ‚Interaktionsstörung' liegen?

Bereits an den wenigen Beispielen konnten wir feststellen, daß ein wichtiges Element der Störung häufig in der Beeinträchtigung des Selbstgefühls besteht, die der Empfänger einer Botschaft erleidet, weil er scheinbar unangemessen reagiert. Es wäre interessant, zu wissen, bei wie vielen Frauen Marlene, indem sie einen rigorosen ‚Maßstab' erotischer Attraktivität setzte, solche Selbstzweifel hervorgerufen hat, bei Frauen, die mit sich selber die Erfahrung machen, daß sie eben nicht pausenlos von Kopf bis Fuß auf Liebe eingestellt sind.

Ja, was ist das Geheimnis ihrer Wirkung?

Wir trauen unseren Ohren nicht, wenn Marlene die Enthüllung liefert und über sich selber sagt, von Erotik verstünde sie nichts.

Wie aber erklärt sich uns angesichts dieses ‚schreienden Widerspruchs' zwischen Vordergrund und Hintergrund der Selbstdarstellung die massenhafte Faszination?

Aufgrund zahlloser Beispiele werden wir im folgenden den Bluffeffekt der Tarnung kennenlernen, auf den wir Menschen immer wieder hereinfallen. Er bildet eine Hauptursache der Störung.

Aufschlußreich ist ein Kommentar zu jenem Film, den Maximilian Schell über Marlene Dietrich drehte, ein Film, in dem Schell die Legende retten will, und zwar gegen die eindeutige Selbstaussage der Schauspielerin. Karsten Witte, *Wer zum Teufel bin ich? Marlene Dietrich in Maximilian Schells Film: Selbstbehauptung, Romantik, Zynismus:* „In den Filmausschnitten hören wir, wie laut und militärisch sie in ihrer Jugend sang. Als ‚Blauer Engel' ist sie eine blendende Erscheinung, aber keine stimmliche Offenbarung. Später erst, als sie auf Konzerttourneen ging und, wie der wunderbar montierte Ausschnitt zeigt, im Song ‚Johnny, wenn du Geburtstag hast' ihre ganze Verführungskraft in die Stimme legte, da wurde Marlene zur Sirene, die durch ihren Klang betörte.

Erzählt sie Schell, sie wisse nicht, was Erotik sei, ist das zum Lachen, denn die Bilder, die Schell zu dieser Erklärung schneidet, widerlegen die prätendierte Unschuld. Aber kann man Marlene widerlegen? Hat sie nicht recht, wenn sie behauptet: ‚Ich war nicht erotisch, ich habe nur den Eindruck gegeben'? In diesem beiläufigen Satz liegt das Geheimnis, das man heute schwer wahrhaben will, daß der ästhetische Schein vorsätzlich trügt und an die Stelle privat erlebter Gefühle ein hart trainiertes Artefakt setzt.

Das geht an Schell vorbei. Er möchte historisch recht behalten und der Legende geben, was der Legende ist."[2]

Schlußfolgerungen

Welche theoretischen Prinzipien zum Verstehen und welche praktischen Prinzipien für das Handeln deuten sich jetzt bereits an und lassen sich aus den dargelegten Beispielen ableiten?

1. Der soziale ‚Abwehrmechanismus' der Tarnung[3]

In allen Beispielen spielt eine Art von Verschweigen die entscheidende Rolle. Da der Sender eine Information zurückhält, kommt es zur Irreführung der Mitwelt. Der Empfänger wiederum erlebt seine Reaktion als abwegig, wofür er dann die Schuld bei sich selber sucht.

Aus dieser Einsicht ergibt sich die Zielrichtung für die Behebung der Störung: das Aussprechen dessen, was, bewußt oder unbewußt, verschwiegen wurde.

Die Psychoanalyse beschäftigt sich weitgehend mit dem innerseelischen ‚Abwehrmechanismus' der Verdrängung, durch welchen bestimmte Wahrnehmungsinhalte vom Bewußtsein ‚abgewehrt' werden. Die gesamte Tiefenpsychologie weist eindrucksvoll nach, welche Gefahren und Nachteile diese Schutzform im Gefolge hat. Ein Berg an Pathologie geht auf ihre Kosten.

Die Therapie bietet ihrerseits die gegenteilige Schutzform an: klares Wahrnehmen und die Bewußtmachung der Gegebenheiten.

Dem innerseelischen Abwehrmechanismus der Verdrängung tritt ein anderer, ein sozialer Schutzmechanismus zur Seite, der für das menschliche Zusammenleben zentrale Bedeutung gewinnt, nämlich der Schutzmechanismus der Tarnung. Er offenbart einen ähnlich verheerenden Effekt wie der Abwehrmechanismus der Verdrängung.

Während die Kenntnis von den pathologischen Folgen der Verdrängung inzwischen ins allgemeine psychologische Bewußtsein breiter Volksschichten eingedrungen ist, ist das in bezug auf den sozialen ‚Abwehrmechanismus' der Tarnung noch keineswegs der Fall.

2. Die beiden Hauptinstrumente: Fühlen und Verstehen

Zwei Dinge lernen wir aus den Beispielen: Wir müssen unsere Gefühlsreaktionen sehr ernst nehmen, sie sind von einer unüberbietbaren Logik beherrscht. Und wir müssen diese Logik erfassen, sonst ist die Störung automatisch gegeben.

Deswegen gilt es, neben der Schulung der Gefühlswahrnehmung nicht weniger das richtige Denken zu erlernen.

Die Alltagspsychologie unseres Beziehungslebens unterliegt zahlreichen Fehlprogrammierungen, die vom Denken herkommen. Im folgenden sollen Sichtweisen erarbeitet werden, welche das notwendige Umdenken ermöglichen.

Die verblüffende Instinktsicherheit unseres Fühlens hat zur Folge, daß wir auf das Innere der Mitwelt, ihre Gedanken und Gefühle reagieren, meist ohne es zu wissen. Es sieht so aus, als seien wir Menschen außerstande, uns gegenseitig etwas zu verheimlichen. Weil das nicht selbstverständlich zugrunde gelegt wird, kommt es zu unzähligen Fehlinterpretationen.

Um diesem vielgestaltigen und subtilen Störphänomen zu Leibe zu rücken, greifen wir zu einer hilfreichen Hypothese: die Vermutung, daß es neben der verbalen und der nonverbalen Kommunikation eine dritte Sprachebene beziehungsweise eine Ebene des Austauschs gibt, durch welche das, was im Inneren der Kommunikationspartner vorgeht, miteinander kommuniziert.

Setzt man dies voraus, verändern die irrationalsten Beziehungsstörungen schnell ihr Aussehen und erwecken den Eindruck, wir hätten es bei Interaktionen mit mathematischer Präzision zu tun.

3. Beziehung ist vielleicht das Schönste und Höchste auf dieser Welt, bestimmt aber das Schwierigste

Beim Umgang mit Beziehungslernen mache ich häufig die Beobachtung, daß Menschen während der Aufhellung eines Konflikts sich rasch überfordert sehen. Gewiß, durch Miteinanderreden erreichen sie oftmals einen Zustand von Entspannung, aber die eigentliche Struktur des Konflikts bleibt meist undurchschaut, so daß es ihnen versagt ist, an die Veränderung das nächste Mal gezielt heranzugehen.

Das verwundert kaum angesichts der Kompliziertheit der Sache, mit der wir es zu tun haben und für die wir viel zu unzulänglich gerüstet sind. Vergegenwärtigen wir uns: Bis ein Mensch zum Staatsexamen schreitet, hat er – alles in allem – rund 20 Jahre Lernen hinter sich gebracht. Diese Zeitspanne wird selbstverständlich angesetzt. Im Vergleich dazu wirkt der Zeitaufwand, den wir für das Erlernen sozialer Kommunikation bestreiten, reichlich armselig. Dabei nimmt sich ein Staatsexamen oder eine Doktorarbeit geradezu lächerlich aus gegenüber der Anforderung, die eine Partnerbeziehung oder das Familienleben an uns stellt. Anscheinend gehen wir von der naiven Annahme aus, die schwierige Kunst des Zusammenlebens lasse sich nebenbei aneignen.

Wenn wir den Schwierigkeitsgrad der Sache bedenken und die Mängel der Vorbereitung in Erwägung ziehen, dann dürfen wir folgern: Keiner braucht sich zu schämen, falls er in seinen zwischenmenschlichen Beziehungen Probleme hat oder scheitert.

Unser soziales Zusammenleben erfordert offensichtlich vor allem in den Nahbeziehungen von seiner Natur her den höchsten Grad an Kompetenz und Genauigkeit.

Und doch, jede Lernanstrengung lohnt sich. Sie eröffnet uns einen Schritt hinein in das faszinierende Abenteuer der zwischenmenschlichen Beziehung.

„Alles wirkliche Leben ist Begegnung“ (Martin Buber)

Das Leben des Menschen ist von Beginn an eingebettet in Beziehung.[4]

Martin Buber sagt:

„Ich werde am Du.
Ich werdend spreche ich Du“.[5]

Während der eine Satz zum Ausdruck bringt, daß unsere Selbstverwirklichung in der Begegnung geschieht, meint der zweite, je mehr es mir gelinge, ich selber zu werden, desto fähiger werde ich, Du zu sagen.
Das Individuum entfaltet sich im sozialen Feld.

Wenn aber zwischenmenschliche Beziehung den Raum für die Entwicklung des Individuums abgibt, dann wird die Frage nach **Gelingen und Mißlingen** von Beziehung zur Schicksalsfrage.
Deshalb steht im Mittelpunkt der folgenden Untersuchungen die *Analyse* des Beziehungsgeschehens: die Frage nach dem, was das Wesen der gelingenden Beziehung ausmacht und nach den Faktoren, die Beziehung beeinträchtigen.
Je klarer wir die Beeinträchtigung der Beziehung durchschauen, desto präziser erkennen wir das wirkliche Wesen von Beziehung und ihre Bedeutung für unsere Entwicklung. Mit dem umgehen zu lernen, was Beziehung beeinträchtigt, ist folglich Beziehungslernen.
Denn die Beeinträchtigung der Beziehung beinhaltet zugleich den *Entwicklungsanreiz*, der den Kampf um das Gelingen von Beziehung zur großen Herausforderung an den Menschen werden läßt, die alle seine Kräfte aktivieren kann.

Erster Teil

Einführung in die Grundgedanken

Eine ‚Sprachlehre' der zwischenmenschlichen Beziehung

I. Die Störung der Beziehung – der Ausschnitt einer Momentaufnahme

Das Phänomen der gestörten Beziehung erleben wir oft als äußerst komplex und vielschichtig, ja als völlig undurchschaubar, was uns leicht dazu bringt, angesichts der übermächtigen Schwierigkeiten zu resignieren.

Wie läßt sich Licht in die Wirrnis von Verwicklungen und Komplikationen bringen?

Man tut gut daran, sich ein bescheidenes Ziel zu stecken. Ich möchte daher die Fragestellung auf ein einziges Wesenselement der Störung begrenzen.

Die Analyse wird sich darauf konzentrieren, ein Hauptmoment der Beziehungsstörung herauszustellen: **Ein Beziehungspartner tut etwas, wodurch sich ein anderer Beziehungspartner gestört fühlt.**

Die Momentaufnahme, die wir aus einer vielgliedrigen Interaktion herausschneiden, erfaßt eine *zweigliedrige Abfolge:* ein *Verhalten und seine Wirkung.* Ins Blickfeld kommt also die Aktion des einen Partners, den wir als ‚Sender' bezeichnen wollen, zusammen mit dem Effekt, den diese Aktion auf das Erleben des anderen Partners, des ‚Empfängers' hat.

Was rechtfertigt die Einschränkung auf zwei Glieder einer Kette von vielleicht tausend Gliedern? Bedeutet es nicht eine unzulässige Vereinfachung, sich ausgerechnet auf die Betrachtung dieser beiden Elemente zu konzentrieren?

Die Legitimation für dieses Vorgehen gründet sich auf eine fundamentale Einsicht über das menschliche Verhalten, die wir der Lernpsychologie verdanken: *Lernen am Erfolg.*

Ein Grundgesetz des Lernens und Verhaltens lautet, grob formuliert: *Die Aktivitäten der Lebewesen werden* (sofern die Verhaltensweisen nicht angeboren sind) in hohem Maße *von Erfolgs- und Mißerfolgserfahrungen bestimmt, sind durch Versuch und Irrtum gesteuert.*

Damit stößt man auf den zentralen *Gedanken der Regelung,* beziehungsweise der Selbstregelung. *Eine Aktivität reguliert sich durch ihre Folgen, genauer gesagt, durch die Rückwirkung der Folgen auf den Handelnden.* Diese Rückwirkung unterrichtet als sogenanntes ‚Feedback' den Handelnden darüber, ob seine Aktivität Erfolg oder Mißerfolg bewirkt hat, ob sie das gewünschte Ziel erreicht beziehungsweise verfehlt hat.

Hat man dieses Prinzip der Regelung einmal klar erkannt, kann man es auch *praktisch nutzbar machen* und bewußt anwenden. Das geschieht etwa dadurch, daß die Partner beim Beziehungslernen das Augenmerk auf die jeweiligen Konsequenzen eines Verhaltens lenken und sich möglichst umfassend über diese Konsequenzen austauschen.

Eine dieser Verhaltenswirkungen ist das ‚Sichgestörtfühlen'. Erhält der Sender jeweils Kenntnis darüber, ob er beim anderen ‚ankommt' oder ‚aneckt', so kann er prüfen, ob er sein Beziehungsverhalten verändern möchte.

Jedenfalls darf man im Zusammenspiel zwischen einem Verhalten und der aus der Mitwelt kommenden Antwort darauf ein *Zellgebilde* des sozialen Geschehens sehen, eine kleinste soziale Einheit, eine Elementarstruktur. Dieses Zellgebilde rückt in den Mittelpunkt der Betrachtung. Es gilt beides zusammenzuschauen: das was der eine Partner tut und wie dies auf den Adressaten wirkt.

Sowenig es für das Verständnis des menschlichen Organismus hinreicht, die einzelne Zelle zu studieren, denn im Organismus wirken Milliarden von Zellen zum Grundvorgang des Lebens zusammen, sowenig reicht es hin, nur ein Zellgebilde des sozialen Lebensvorgangs ins Auge zu fassen. Man muß die Blickweise erweitern. Vor allem ist es unerläßlich, das Elementargebilde ‚Verhalten und Verhaltenswirkung' einem größeren Zusammenhang einzufügen und mit dem Gedanken der **Wechselwirkung** zu verbinden. Dieser steckt zwar bereits im Konzept des sozialen Zellgebildes, denn das in der Rückwirkung enthaltene Feedback beinhaltet schon ein Moment der Wechselwirkung. Nachdem nämlich der Sender auf den Empfänger eingewirkt hat, wirkt jetzt der Empfänger mit seiner Reaktion seinerseits auf den Sender ein.

Bezieht man die Betrachtungsweise der Wechselwirkung mit ein, dann zeigen sich im realen Beziehungsleben die Interaktionen auf ganz neue Weise gegenüber dem Eindruck, den der erste Augenschein hervorruft. Der Adressat eines Beziehungsverhaltens leidet beispielsweise unter seinen Mitmenschen. Er beklagt sich immer wieder, beschuldigt sein Gegenüber. Bei genauerem Hinsehen stellt sich jedoch heraus, daß der Adressat eben jenes Verhalten, unter dem er so sehr zu leiden behauptet, mitverursacht, vielleicht sogar als der Hauptschuldige daran zu sehen ist.

Die Einbeziehung des Wechselwirkungsgedankens in die Analyse von Interaktionen ist von größter Wichtigkeit. Doch unabhängig von der Tatsache der Wechselwirkung behält die Betrachtung des beschriebenen Zellgebildes ihre Gültigkeit, nämlich die Feststellung, daß ein bestimmtes Verhalten eine entsprechende Wirkung auslöst.

Für unsere Untersuchung ist es notwendig, **zwei Typen des störenden Beziehungsverhaltens** von einander abzuheben. Einmal das *seiner Natur nach aversive Verhalten,* das auf jeden Fall und auf jeden störend wirkt wie etwa Destruktion, Rücksichtslosigkeit. Sodann jenes Verhalten, das zwar *seiner Natur nach und an sich positiv* zu bewerten ist, in gewissen Fällen jedoch einen *negativen Effekt* erzeugt. Wir machen die Erfahrung, daß auch ein sozial erwünschtes Verhalten wie freundliche Wesensart, Hilfbereitschaft usw. von der Mitwelt als störend empfunden werden kann, ohne daß man zunächst zu erkennen vermag, warum.

Die Umschreibung dieses Störtypus sieht so aus: Mich stört ein Verhalten, das mich eigentlich nicht stören dürfte.

An dieser Stelle muß allerdings sogleich eine Differenzierung hinzugefügt werden. *Bei dem beschriebenen Störtypus ist keineswegs an die bekannten sozial erwünschten Verhaltensweisen zu denken, denen man die Unstimmigkeit schon von weitem ansieht,* also die Freundlichkeit, deren versteckte Gereiztheit ins Auge springt, die Hilfbereitschaft, wo jeder die Berechnung riecht. An solchen Fällen ist die Unstimmigkeit im Erscheinungsbild rasch erkennbar: Vom Sender gehen zwei Signale aus, deren Widersprüchlichkeit sich dem Empfänger aufdrängt. *Ein Verhalten der genannten Art darf uns sehr wohl stören, und wir können auch angeben, weshalb.*

Der Volksmund hat eine Menge Wendungen parat, um einen solchen Beziehungskonflikt zu charakterisieren: „Das stinkt zehn Meter gegen den Wind", „Es hängt ihm zu allen Knopflöchern heraus", man ahnt den ‚Pferdefuß' und riecht den ‚Wolf im Schafspelz' oder den ‚Teufel im Gewande der Tugend'.

Um diese *Störform* geht es jetzt nicht, sondern um *eine andere, wesentlich sublimere:* um ein scheinbar durch und durch positives Verhalten, das keinerlei Zweifel darüber aufkommen läßt, daß es in Ordnung ist. Trotzdem fühlen wir uns aus unerfindlichen Gründen gestört, entdecken aber selbst bei genauem Hinsehen keinen Makel und zweifeln daher viel eher an der Richtigkeit unserer Reaktion.

Wir alle kennen *Beispiele* für ein derartiges sozial erwünschtes, aber trotzdem störendes Beziehungsverhalten und haben es schon erlebt, daß uns etwa die rührende Sorge eines Mitmenschen oder dessen uneigennütziges Engagement auf irgendeine Weise unangenehm ist, uns vielleicht sogar schwer beeinträchtigt. Trotz intensiver Beobachtung aber vermögen wir nichts zu entdecken, was die Störung rechtfertigt.

Daß es sich hierbei um einen besonders gefährlichen Störtypus handelt, der vor allem in der Nahbeziehung bisweilen verhängnisvoll zu Buche schlägt, bedarf keiner Erklärung. Wenn uns die glaubwürdige Zugewandtheit eines Menschen aversiv ist, geraten wir leicht in Gefahr, uns selber zu bezichtigen. Wir verfallen in Selbstzweifel, ob etwas an uns nicht in Ordnung sei, ob wir, vielleicht uns unbewußt, etwas gegen den anderen hätten oder möglicherweise unfähig seien, Zuwendung anzunehmen. Das kann bis zur Handlungsunfähigkeit führen: Wir fühlen uns außerstande, die Zuwendung spontan zu erwidern und erleben uns wegen dieser seltsamen Blockierung als ‚undankbar'.

Es gibt ein geflügeltes Wort, welches einen vergleichbaren Störtypus anspricht, wenn es formuliert: „Gott schütze mich vor meinen Freunden! Vor meinen Feinden will ich mich selber schützen".[6] In der Tat fällt es uns viel leichter, uns gegen Aggression und Bosheit zur Wehr zu setzen als gegen ‚Liebe'.

Mit den sogenannten guten Taten der Menschen hat es also eine eigenartige Bewandtnis.

Neben den guten Taten mit guter Wirkung, die wir uneingeschränkt positiv erleben, gibt es die beiden Störformen:

Die guten Taten mit schlechter Wirkung,
denen man sofort ansieht, warum sie uns unangenehm berühren,
und die guten Taten mit schlechter Wirkung,
denen man das aber überhaupt nicht ansieht.

Der zuletzt genannte Störtypus wird uns eingehend beschäftigen. Nur dieser ist gemeint, wenn wir fortan von den ‚guten Taten mit schlechter Wirkung' sprechen.

II. Was zwischenmenschliche Beziehung mit der Logik zu tun hat

Stellen wir uns einen Redner vor, der vor seinen Zuhörern ein bestimmtes Thema darlegt und sich dabei in Widersprüche verwickelt. Einmal behauptet er dieses und dann wieder das Gegenteil. Offensichtlich argumentiert er so, wie es ihm gerade in den Kram paßt.

Die Zuhörer greifen während der anschließenden Diskussion die strittigen Punkte auf, halten sie dem Redner vor und fordern ihn zur Stellungnahme auf. Aber der Redner beharrt auf dem Gesagten, ja er unternimmt nicht einmal den Versuch, es wegzuerklären und behauptet dreist immer wieder dasselbe. Die Situation wird zwangsläufig zum Kommunikationsabbruch führen, denn der Redner macht es den Zuhörenden unmöglich, ihn ernst zu nehmen. Sie geben auf.

Wir wundern uns kaum über die Reaktion der Zuhörenden. Daß wir ihr Verhalten als selbstverständliche Folgewirkung der Art und Weise, wie der Redner mit ihnen umgeht, erkennen, hängt mit der Logik der zwischenmenschlichen Beziehung zusammen.

Der Redner hat ein Grundgesetz der Logik mißachtet, das nicht nur unser Denken, sondern zugleich jegliches Miteinanderreden beherrschte: den **Satz vom Widerspruch**, genauer den ‚Satz vom zu vermeidenden Widerspruch'. Er lautet: **Du sollst nicht gleichzeitig dasselbe behaupten und verneinen!**

Das Widerspruchsgesetz ist so selbstverständlich, daß es jedem unmittelbar einleuchtet. Soweit sich die Menschen daran halten, tun sie es mehr oder weniger unbewußt. Ohne das Gesetz wäre Kommunikation unmöglich. Sobald ich behaupte, A sei gleich Nicht-A, kann ich mich meiner Mitwelt nicht mehr verständlich machen, denn ich stelle die Voraussetzungen allen Miteinanderredens auf den Kopf.

Der **Satz vom Widerspruch** hat jedoch einen viel umfassenderen Geltungsbereich. Ja er besitzt den Rang eines **universal gültigen Beziehungsgesetzes**. Nicht nur die verbale, sondern ebenso der Bereich der *nonverbalen* Kommunikation ist ihm unterworfen, also nicht allein die Sprache der Wörter, sondern gleicherweise die Körpersprache mit ihren zahllosen Ausdrucksmöglichkeiten von Mimik, Stimme, Blickverhalten, Gestik ebenso wie die Sprache der *Handlung*. Wie unser Reden, so kann ebenfalls unser Ausdrucksverhalten auf die vielfältigste Weise widersprüchlich sein.

Wir tragen unweigerlich eine Störung in die Kommunikation hinein, sofern unsere Worte das Gegenteil dessen sagen, das durch unsere Taten zum Ausdruck kommt, unsere Mimik etwas anderes ausdrückt als unsere Stimme.

Damit sind wir bei unserer *Hauptthese*[7] angelangt: Beziehungsstörung hat mit Widerspruch zu tun. Derjenige, der sich auf eine störende Weise verhält, verhält sich widersprüchlich. Er tut dasselbe wie der Redner in unserem Beispiel: Er behauptet, A sei gleich Nicht-A.

Wie das zu verstehen ist, wird aus der Betrachtung der folgenden Beziehungsphänomene hervorgehen.

Der alltagssprachliche Ausdruck *‚scheiß-freundlich'* veranschaulicht exakt den Punkt, um den sich die Diskussion bewegt. Was will man zum Ausdruck bringen, wenn man von einem Menschen sagt, er sei ‚scheiß-freundlich'?

Auf jeden Fall irgendeine Form der Unstimmigkeit, der *Widersprüchlichkeit.* Beispielsweise zwischen der verbalen und der nonverbalen Ebene. Der besagte Mensch gibt sich vielleicht betont freundlich, durch wohlformulierte Sätze allerdings teilt er ironische Seitenhiebe aus, die einerseits besonders witzig klingen, andererseits eine versteckte Aggressivität zum Vorschein kommen lassen.

Oder das *arrogante* Beziehungsverhalten. Nach außenhin gibt sich der arrogante Mensch herablassend, überlegen. Mag er sich in gewisser Hinsicht so fühlen. Aber gewiß kaschiert er etwas anderes im Hintergrund. Denn ein Mensch mit gesundem Selbstbewußtsein hat es nicht nötig, auf die anderen herabzuschauen.

Nach diesem Muster lassen sich zahllose störende Verhaltensweisen entschlüsseln. Der die Mitwelt tyrannisierende *Machtmensch* verdeckt oft Ohnmachtsgefühle. Weil er Angst vor der freien Entscheidung der anderen hat und befürchtet, sie würden nicht freiwillig auf ihn eingehen, meint er, ‚nachhelfen' zu müssen – gemäß dem Wort von Ernst Bloch: Wer keine Autorität hat, braucht Macht.

Der *Wichtigtuer* scheint hinter der pompösen Fassade ein mickriges Selbstgefühl zu tarnen, ansonsten könnte er auf das Angeben verzichten.

Sodann jener Typus der *guten Taten mit schlechter Wirkung*, denen man die Ursache der negativen Wirkung nicht ansieht und die wir so charakterisierten: Mich stört ein Verhalten, das mich eigentlich nicht stören dürfte. Sollte vielleicht in meinem Gegenüber etwas, ihm bewußt oder unbewußt, vorgehen, das nicht so ganz zum Vordergrund seines lobenswerten Beziehungsverhaltens paßt?

Nun behaupte ich: Bei allen diesen Verhaltensphänomonen liegt eine Unstimmigkeit in der Selbstdarstellung, ein Widerspruch, irgendeine Ungenauigkeit vor. Sie besteht meist zwischen Außen und Innen. Diese bildet die eigentliche Ursache der Störung. In allen Fällen wird gegen das Widerspruchsgesetz verstoßen, wird quasi auf irgendeine Weise behauptet, A sei gleich nicht-A.

Das heißt folgendes.

Der freundlich-aggressive Mensch sendet zwei gegensätzliche Botschaften: Freundlichkeit und Feindseligkeit.

Das Äußere des Arroganten sagt: Ich stehe über euch. Sein Selbstgefühl sagt vielleicht das genaue Gegenteil.

Der sozial engagierte Mensch sagt durch sein Verhalten: Ich bin immer für dich da. Das ist eine ehrliche Einstellung, die ihm zur zweiten Natur wurde. Aber bei sich denkt er vielleicht bisweilen: Eigentlich würde ich jetzt viel lieber meinem Hobby nachgehen, als immer an die anderen zu denken. Möglicherweise wird ihm diese Regung gar nicht bewußt.

Hier wird man vielleicht einwenden: Du argumentierst selber unlogisch. Beim Beispiel ‚scheiß-freundlich' mag es noch hingehen, daß die Widersprüchlichkeit die Ursache für die Störung abgibt. Dagegen der Arrogante. Der unter seinem Verhalten leidende Mitmensch nimmt lediglich die Überlegenheitsdemonstration wahr. Er weiß nicht, was im arroganten Gegenüber wirklich vorgeht. Darin besteht ja gerade das Problem. Wo soll da der Widerspruch erkennbar sein?

Das ist richtig! Der unter dem arroganten Verhalten Leidende weiß nicht um den verdeckten Hintergrund. Aber *er reagiert darauf.* Häufig mit der Irritation seines Selbstgefühls.

Doch wie verhält es sich beim liebenswürdigen und zugewandten Menschen: Der Adressat dieses Verhaltens ahnt nicht, daß der Zugewandte eigentlich lieber seinem Hobby nachgehen würde. Wie sollte man einen Widerspruch bemerken?

Auch hier gilt: Es ist richtig! Der Adressat weiß es nicht. Aber *er reagiert darauf* – unter Umständen sogar sehr massiv. Beispielsweise mit Schuldgefühlen. Er hält sich vielleicht für einen undankbaren Menschen, weil er soviel Güte mit Kratzbürstigkeit begegnet.

Ich stelle die Interpretation dieser Phänomene zunächst einfach hin und werde sie dann im Laufe der Erörterung durch Interaktionsanalysen unterbauen.

Um die angeführten Phänomene und die später zu behandelnden Beispiele besser zu verstehen, benötigen wir allerdings eine Unterscheidung: **die Unterscheidung zwischen dem erkennbaren und dem unerkennbaren Widerspruch.**

Am Beispiel ‚scheiß-freundlich' tritt der Widerspruch offen zutage. Beim Beispiel der Arroganz hingegen nicht. Das ist auf den Bluffeffekt dieses Verhaltens zurückzuführen. Das gleiche gilt für jene Form der Zuwendung, welche stört, wenngleich sie völlig lauter erscheint. Die spontan-herzliche Zuwendung eines Menschen läßt nicht erkennen, daß außer dem Zuwendungsgefühl vielleicht noch mehr oder weniger ins Gewicht fallende Ängste, Schuldgefühle, Hintergedanken, Verpflichtungsgefühle, Berechnung, Vorbehalte usw. mitspielen. Der dadurch hervorgerufene Täuschungseffekt war nicht beabsichtigt, vielfach nicht einmal bewußt. Wohlgemerkt, dem Sender wird also keineswegs Unehrlichkeit unterstellt. In der Regel hat er sogar jene Gefühle, die er im Vordergrund seines Verhaltens ausdrückt. Aber er hat möglicherweise **auch noch ganz andere, die vom Vordergrund mehr oder weniger abweichen und eben nicht zum Ausdruck kommen**. Dieses Faktum genügt für den Tatbestand der Ungenauigkeit beziehungsweise Unstimmigkeit.

Was für die ‚innerseelische' Zensur an der Schwelle vom Unbewußten zum Bewußtsein gilt, trifft offensichtlich gleicherweise auf die ‚soziale' Zensur zu: Sie funktioniert nicht perfekt. Ähnlich wie das Unbewußte machtvoll durchschlägt mit Träumen, Fehlleistungen, Symptomen usw., so dringt das verborgene Innere eines Menschen nach außen. Diese unglaubliche Tatsache, daß wir auf die geheimsten Gedanken, Gefühle und Absichten der Mitmenschen, ja sogar auf ihr Unbewußtes reagieren, werden wir später mit Hilfe der Kategorie einer dritten Sprache zu fassen versuchen.

Wir wollen die Arbeitshypothese, störendes Beziehungsverhalten beruhe auf einem Widerspruch in der Äußerung und Selbstdarstellung eines Menschen, überprüfen, indem wir ein *Experiment* phantasieren.

Wenn wirklich die Widersprüchlichkeit der Selbstdarstellung Ursache der Störung ist, dann muß mit der Beseitigung des Widerspruchs, also mit der stimmigen Botschaft zumindest ein wesentliches Moment der Störung entfallen.[8]

Tatsächlich verhält es sich so. Würde der freundlich-aggressive Mitmensch uns klar bekennen: „Meine Freundlichkeit ist nicht echt, ich habe Angst davor, meine wahren Gefühle zu offenbaren, weil ich eure Aggression befürchte", dann bräuchten wir uns nicht mehr verschaukelt fühlen, könnte kontern, sofern wir das dann noch nötig haben. Offenheit verträgt sich nicht mit Zweideutigkeit.

Würde der Arrogante seine Selbstunsicherheit äußern, kämen unsere Unterlegenheitsgefühle rasch zum Verschwinden. Die Äußerung von Selbstunsicherheit ist inkompatibel mit Arroganz.

Würde der herzlich zugewandte Mitmensch zu erkennen geben, er handele weniger aus Altruismus, sondern eher aus Schuldgefühlen, dann bräuchten wir uns nicht mehr der Undankbarkeit zu bezichtigen, wenn wir auf Zuwendung hin blockieren.

Die unerläßliche Bedingung zur Behebung der Störung ist die Stimmigkeit der Botschaft.

Authentisches Verhalten mag betroffen machen oder gar schockieren, aber es wirkt niemals aversiv und störend im eigentlichen Sinn.

Was waren die eigentlichen Ursachen der Störung?

Genau besehen waren es nicht die negativen Fakten als solche, sondern **das Dementi dieser Fakten**. In dem Augenblick, da wir den anderen darüber hinwegtäuschen wollen, was wirklich mit uns los ist, entsteht die Störung. Wir wollen uns anders zeigen, als wir in Wirklichkeit sind. Weil das aber nicht möglich ist, weil wir nichts verheimlichen können, kommt es zur unstimmigen Selbstdarstellung und damit zur Störung.

Wir gehen offensichtlich von der stillschweigenden Annahme aus, falls wir unseren Ärger nicht hinter Freundlichkeit verbergen, falls wir nicht hinter unserem herablassenden Gehabe unsere Minderwertigkeitsgefühle tarnen und falls wir die fragwürdigen Nebenmotive unserer guten Taten nicht tunlichst überspielen, würden wir uns unweigerlich Nachteile einhandeln, wären wir der Verlierer.

Das ist der fundamentale Irrtum.

Hiermit sind wir einem der tiefsten Geheimnisse der zwischenmenschlichen Beziehung auf der Spur und bekommen eine Ahnung von der Wirkung, welche der Selbstübereinstimmung, der Selbsttreue, dem Sich-zu-sich-selbst-Bekennen innewohnt. Denn je mehr uns ein Mensch Einblick gewährt in sich, je klarer wir hinter der Außenseite seines vielleicht entsetzlich aversiven Verhaltens auch seinen Kampf, seine Not mitbekommen, um so unmittelbarer regt sich in uns eine spontane Solidarität. Nicht zuletzt deswegen, weil wir ihn verstehen und viele jener Schwächen, unter denen er leidet, selber, wenigstens im Ansatz, an uns entdecken.

Einfühlbarkeit und Nachvollziehbarkeit, Mitfühlen- und Mitdenkenkönnen bewirken Verständnis und engagierte Anteilnahme.

Gerade das wird durch die Tarnung beziehungsweise das Dementi verunmöglicht.

Das Ziel: Sich authentisch verhalten.

Worauf es in zwischenmenschlicher Beziehung letztlich ankommt, ist authentisches Verhalten.

Was heißt das?

Das Erscheinungsbild eines Menschen können wir als die Gestalt gewordene Äußerung seiner selbst verstehen. Alles an ihm ist ‚beredt'. Die unbegrenzten Möglichkeiten seiner Wortsprache und der Ausdruckssprache erlauben eine orchestrale Vielstimmigkeit der Aussage und einen unvorstellbaren Reichtum an Varianten, sich zu äußern, sich auszudrücken, sich darzustellen.

Diese vielfältigen Äußerungsfacetten aber müssen einen einheitlichen Aussagesinn ergeben, soll es nicht zu Störungen kommen. Die nonverbale Äußerung darf nicht etwas ganz anderes sagen, als die Worte, die Stimme nicht das Gegenteil der Mimik.

Sich authentisch verhalten heißt Stimmigkeit, Selbstübereinstimmung vermitteln.

Es heißt Gleichklang von Reden und Handeln, doch auch Übereinstimmung von Innen und Außen. Überall wo das Verhalten stimmig ist, sind die wesentlichen Voraussetzungen für gelingende Beziehung erfüllt. Überall wo gegen die Eindeutigkeit verstoßen wird, tritt die Störung auf.

III. Wie man sich im zwischenmenschlichen Umgang schützen kann:

Tarnung einerseits und ‚entwaffnende Offenheit' andererseits

Lernen am Erfolg – Erfolg durch Schutz und Entlastung

Nicht angeborene Verhaltensweisen lernen Menschen durch Erfolg. Das gilt auch für jene Verhaltensweisen, durch die wir uns schützen. Der Erfolg liegt hierbei im Entlastungseffekt eines Verhaltens.

Wir nennen es den ‚Entlastungserfolg'.

Die Betrachtung der *Oberflächenschicht* des Verhaltens und der Interaktion scheint das von der Lernpsychologie eingeführte Erfolgsprinzip Lügen zu strafen, weil man oft das Gegenteil zu beobachten meint.

Denken wir an einen Schüler, der vom autoritären Direktor der Schule auf beleidigende Weise gerügt wird und daraufhin dem Direktor frech und unverfroren ins Gesicht grinst, obwohl er weiß, daß er sich dafür eine schwere Bestrafung zuzieht, vielleicht sogar den ‚Rausschmiß' riskiert.

Wie kommt es, daß Menschen sich derart provozierend verhalten, wofür sie aufs schärfste bestraft werden, sich somit massiven Mißerfolg einhandeln? Man gewinnt den Eindruck, sie seien unfähig, aus den Konsequenzen ihres Verhaltens zu lernen. Wir können ein solches Verhalten nicht verstehen. *Ist hier das Prinzip des Lernens am Erfolg außer Kraft gesetzt?*

Keinesfalls. Zwar registriert man an der Oberfläche tatsächlich einen Mißerfolg. Aber näher besehen wird durch ein derartiges Verhalten ein wichtiger Erfolg angestrebt und auch erreicht. Nur daß dieses Erfolgsmoment unsichtbar bleibt, weil es häufig in etwas besteht, das sich im innerseelischen Bereich ereignet und dort tatsächlich einen beachtlichen Entlastungserfolg für den Handelnden bedeutet.

Sieht man lediglich die Oberfläche der geschilderten Interaktion zwischen Lehrer und Schüler, dann schädigt der Schüler sich selber, handelt völlig unvernünftig. Man registriert jedenfalls das Gegenteil von Erfolg. In Wirklichkeit hat der Schüler neben diesem sichtbaren Mißerfolg einen riesigen, für ihn entscheidenden Erfolg zu seinen Gunsten zu buchen, nämlich jenen Schutz, welcher ihm aus der Verheimlichung dessen, was sich in seinem Inneren abspielt, entsteht. Um nichts in der Welt würde er sich anmerken lassen, wie sehr er sich abgekanzelt, gedemütigt und heruntergemacht fühlt. Um keinen Preis würde er die ungleichen Machtverhältnisse anerkennen. Das will sein Grinsen demonstrieren. Er wahrt, wie man sagt, sein Gesicht. Das entschädigt ihn für den Nachteil, ist ihm den Mißerfolg wert. Er gibt sich jedenfalls nach außen hin als den Starken, der sich durch die Machtausübung des Direktors mitnichten kleinkriegen läßt. In diesem Tarneffekt liegt der Erfolg für ihn. So gesehen stimmt die Logik des Erfolgsprinzips wieder.

Das geschilderte Beispiel macht auf verschiedene Momente aufmerksam. Zum einen, daß Schutz und Entlastung eine wesentliche Form des Erfolgs darstellen. Zum anderen, daß dieser Schutzeffekt darin besteht, etwas, das unser Inneres betrifft, vor der Außenwelt zu verbergen. Schließlich, daß uns der beschriebene Schutz offensichtlich von allergrößter Bedeutung ist, denn wir suchen ihn, auch wenn uns das teuer zu stehen kommt.

Was aber hat es mit diesem eigenartigen Phänomen auf sich? Dem hier angesprochenen Punkt soll nachgegangen werden, weil er auf einen zentralen Gedanken über das Beziehungslernen hinweist.

Das Naheliegende: Schutz durch Tarnung

Man kann die *Tarnung* als eine Art *Lebensprinzip* betrachten, eine Überlebensstrategie, welche die Evolution zum Schutze der Lebewesen hervorgebracht hat. Das Lebewesen macht sich unsichtbar und gewinnt dadurch jenen Schutz, der Sicherheit gewährt und es in vielen Situationen vor dem Gefressenwerden bewahrt. Insofern gilt neben zahlreichen anderen Formen des Schutzes die Tarnung als eine besonders effektive.

Auf der *menschlichen Ebene* übernimmt die Tarnung *andere Funktionen.* Denn der Mensch besitzt mit seiner Ich-Sphäre ein hochentwickeltes Innenleben, was für das Tier nicht zutrifft, jedenfalls nicht im gleichen Sinn. Das macht ihn, verglichen mit dem Tier, auf eine besondere Weise bedroht und verletzbar.

Im Reich des menschlichen Lebens dient daher die Tarnung, der Sichtschutz, vornehmlich dem *Innenleben.* Oft würden wir uns, gemäß einer gebräuchlichen Wendung, lieber die Zunge abbeißen als die anderen hinter unsere Kulissen schauen zu lassen. Wir lächeln beispielsweise nach außenhin und tun alles mögliche, um uns nicht anmerken zu lassen, wie empfindlich uns eine hämische Bemerkung getroffen hat. Wir machen das so, weil es das Schlimmste wäre, wenn der andere wüßte, daß er die Macht besitze, uns ‚zu treffen‘, zu verletzen und zu demütigen. Dieser sein Triumph wäre für uns erniedrigend und im Vergleich zur zugefügten Verletzung sozusagen eine Verletzung höherer Ordnung. Viele gehen im Verhalten zu ihren Mitmenschen von der Prämisse aus: Wenn die wüßten, was mit mir los ist, würden sie mich fertig machen.

Die *Alltagssprache* hat ein reiches Wortfeld entwickelt, um diese Schutzform zu beschreiben: ‚so tun, als ob‘, sich so und so ‚geben‘, ‚sich verstellen‘, ‚etwas vorgeben‘, ‚lügen‘, ‚heucheln‘ usw. Manche Wendungen deuten die *Schutz*funktion solcher Verhaltensweisen an oder drükken sie direkt aus: ‚einen Vorwand suchen‘, also gleichsam eine Wand vor sein Inneres hinstellen, oder noch unmittelbarer: etwas ‚vor*schützen*‘.

Alle Ausdrücke weisen auf ein gleichbleibendes *Grundmuster* hin, nämlich auf Tarnung, den ‚Sichtschutz': Durch den sichtbaren Vordergrund des Verhaltens, Sichgebens, Sichdarstellens soll der unsichtbare Hintergrund des Inneren mit seinen Gedanken, ‚Hintergedanken', Absichten, Nebenabsichten, Gefühlen und Motiven getarnt werden, oder wir wollen davon ablenken. Die damit häufig verbundene Irreführung der Mitwelt muß nicht beabsichtigt sein. Sie ist vielfach nicht einmal bewußt.

Nun hat aber dieser Tarnschutz einen schwerwiegenden Nachteil. Denn wenn wir unser Gegenüber darüber hinwegtäuschen möchten, was in unserem Inneren vorgeht, und wir uns deswegen nach außen hin anders verhalten, als uns wirklich zumute ist, erfüllen wir die Grundbedingung dafür, daß unser Verhalten negativ wirkt. Wir verhalten uns unstimmig. Diese Unstimmigkeit hat mit geradezu naturgesetzlicher Notwendigkeit einen störenden Effekt.

Für unseren Zusammenhang ergibt sich daraus eine wichtige Definition: **Das störende Beziehungsverhalten kann als eine bestimmte Form des Schutzverhaltens verstanden werden.** Näherhin als ein Schutzverhalten, das in der Regel darin besteht, durch den Vordergrund des Sich-Gebens über den Hintergrund hinwegzutäuschen.

„Alles, nur das nicht!": Schutz durch Offenheit und Transparenz

Wenn aber die beschriebene Schutzform derart unerfreuliche Nebenwirkungen hervorruft, was ist dann zu tun?

Gibt es denn die diskutable Alternative zum unstimmigen Beziehungsverhalten?

Es gibt sie. Sie hat allerdings gleichfalls ihren Preis.

Doch bevor sie zu beschreiben ist, sei noch einmal die kritische Frage vergegenwärtigt: Wie können wir uns gegen die spezifischen Gefahren aus der Mitwelt, die davon herrühren, daß die anderen wissen, was in uns vorgeht, auf bessere Weise schützen als durch Tarnung? Auf welche Weise bewahren wir uns vor ‚Schlägen unter die Gürtellinie', vor den ‚Stichen', ‚Hieben und Spitzen', welche uns drohen, sobald uns der andere durchschaut? Wie begegnen wir dem Waffenarsenal des zwischenmenschlichen Kampfes, außer daß wir unser Inneres verbergen? Wodurch mag der Gegner veranlaßt werden, auf Waffengebrauch zu verzichten?

Überraschenderweise bietet die Alltagssprache eine Alternative zur Tarnung an.

Wir sprechen von

‚ENTWAFFNENDER OFFENHEIT'

weil wir die Erfahrung gemacht haben, daß Offenheit auf dem Feld der sozialen Auseinandersetzung häufig zum Verzicht auf Aggression führt.

Anstatt Täuschungsstrategien anzuwenden, ist es also vorzuziehen, sich dem ‚Gegner' transparent, sich für ihn durchsichtig zu machen.

Auf einen derartigen Vorschlag antworten wohl viele Menschen mit automatischem Widerstand. In der neueren Psychotherapie nennt man eine solche Empfehlung *‚paradoxe Intervention'*. Sie besteht in der Aufforderung an den Hilfesuchenden, es einmal mit dem Gegenteil dessen zu versuchen, was er bislang zur Lösung eines Problems unternommen hatte. Diese Empfehlung löst meist einen Schock aus. Derjenige, an den sie sich richtet, reagiert zunächst mit der spontanen Entgegnung: Alles, nur das nicht![9] Und doch bringt gerade das in Anbetracht einer Situation unsinnig erscheinende Verhalten oft die echte Lösung des Problems.

Das spontane Nein gegen die Zumutung, sich in einer bedrohlichen Situation dem anderen durchsichtig zu machen, ist verständlich. Was meint man aber, wenn man die Wendung gebraucht „Dieser Mensch ist von einer entwaffnenden Offenheit"?

Wir kennen den Effekt, den es auf uns hat, falls im Konfliktgespräch der andere sich durchsichtig und damit angreifbar macht, seine Gedanken und Hintergedanken offenbart, gleichsam die Waffen auf den Tisch legt, mit denen wir ihn nunmehr rasch und mühelos erledigen können. Er selber verrät uns den Schwachpunkt, seine Achillesverse, an der er zu treffen ist. Wir wissen um den eigentümlichen Überraschungsschock, der uns die Sprache verschlägt angesichts des Mutes, den der andere beweist und der uns Bewunderung abzwingt. Gerade daß er sich schutzlos und damit verwundbar macht, ist es, was *uns entwaffnet* und in der Folge davon *ihn schützt.* Denn unser Entwaffnetsein ist sein Schutz.

Gewiß könnten wir jetzt das tun, was man gemeinhein als ‚reinhauen' bezeichnet. Denn der andere hat uns die Argumente, die sich gegen ihn verwenden lassen, eigenhändig zugespielt. Warum tun wir, einem klugen Instinkt folgend, das, was so leicht wäre, doch nicht? Was hindert uns, uns vom Gefühl des Triumphes hinreißen zu lassen?

Wenn wir es genau überlegen, bemerken wir allerlei Gründe für unsere Zurückhaltung. Abgesehen davon, daß, sollten wir unsere überlegene Position wahrnehmen, wir bei diesem Menschen, wie man drastisch sagt, für alle Ewigkeit ausgespielt hätten, schlüge unser Verhalten noch auf andere Weise auf uns selber zurück. Wir würden den Sieg, übrigens ein Scheinsieg, nur um den Preis der Selbstverachtung erringen. Denn welches Heldenstück sollte es schon sein, auf einen Wehrlosen einzuschlagen, die schwache Position des anderen, der die Waffen weggeworfen hat, schamlos auszunützen! Wir müßten uns also erbärmlich disqualifizieren, stünden in diesem ungleichen Kampf beileibe nicht als der Stärkere, sondern zweifellos als der wirklich Schwache und außerdem Verachtenswürdige da.

Sogar in der Unterwelt der Gangsterfilme gibt es diesen Ehrenkodex. Wenn der eine aus seinem Versteck hervortritt und, für den anderen sichtbar, die Waffen beiseite wirft, begibt er sich in akute Lebensgefahr. Aber jeder Zuschauer weiß, wenn der andere jetzt schießt, zieht er sich die grenzenlose Verachtung aller zu.

Mit solchen Überlegungen soll keineswegs behauptet werden, es käme nicht vor, daß jemand in der beschriebenen Situation seine überlegene Position ausnützt, also aller Vernunft und Moral zum Trotz dennoch ‚reinhaut'. Aber wahrscheinlich ist das die Ausnahme. Diese mag vor allem dann eintreten, wenn demjenigen, der sich transparent macht, ein **Fehler** unterlaufen ist. Ein solcher Fehler besteht etwa darin, daß er sein Gegenüber nicht richtig wahrgenommen hat und Offenheit am falschen Platz praktiziert. Er hat beispielsweise nicht realisiert, daß er es mit einem Menschen zu tun hat, der gerade von einem überstarken Affekt beherrscht ist, so daß er sich momentan im Zustand der ‚Unzurechnungsfähigkeit' befindet und situationsblind geworden ist; oder aber mit einem, der so kaputt ist, daß seine verdorbene Wesensart es ihm verunmöglicht, die ihm engegengebrachte Offenheit zu honorieren.

Wahrscheinlich kommt ein *Fehler anderer Art* häufiger vor. Die destruktive Reaktion auf eine offene Selbstdarstellung hin kann dann nicht ausgeschlossen werden, wenn diese Offenheit nicht total war. Sei es aus dem Grunde, daß derjenige, der sich transparent macht, nicht rückhaltlos genug ist, sei es, daß ihm gewisse Handlungsmotive unbewußt sind, so daß er gar nicht im vollen Sinne offen zu sein, sich authentisch zu verhalten vermag. Auf diese Weise bringt er unweigerlich eine Störung in die Situation hinein und erreicht das Gegenteil dessen, was durch Offenheit möglich wäre. Er gibt sich den Anschein von Offenheit, ist es aber de facto nicht. Gerade diese Selbsttäuschung hat jenen aufreizenden Effekt, der dann leicht zum ‚Reinhauen' provoziert.

In den meisten Fällen dürfte also die halbherzige Offenheit oder die durch Unbewußtheit verunmöglichte Offenheit der Grund für das Zuschlagen sein.

Ein Beispiel: „Papi ist beleidigt!“

Ein Beispiel dafür, daß es weniger wirkliche, sondern fehlerhafte Offenheit ist, welche Aggression erzeugt, zum ‚Reinhauen‘ verleitet, kann ich selber aus meiner Tätigkeit als Gruppenleiter anführen.

In einer Lerngruppe hatte mich eine Teilnehmerin wiederholt durch destruktive Äußerungen empfindlich getroffen. Ich wollte ihr eine ‚offene Rückmeldung‘ geben und sagte während dieser Rückmeldung unter anderem, ich hätte Angst vor ihr. Daraufhin bekam ich aus der Gruppe die zynische Bemerkung zu hören: „Papi ist beleidigt!“

Massiver Ärger schoß in mir hoch, denn ich meinte, mich einigermaßen exponiert zu haben, wenn ich auch als Gruppenleiter meine Angst nicht verschwieg. Diesen Ärgeraffekt konnte ich mir allerdings nicht länger als einige Sekunden ungehemmt leisten. Ich mußte mir sogleich die Frage stellen: Sind die Gruppenteilnehmer Rohlinge, oder war von mir irgendeine Störung ausgegangen? Gewiß hatte ich mich um Offenheit bemüht, aber mir war nur zu bekannt, daß die redliche Absicht nicht genügt, weil wir alle ein Unbewußtes haben. Was konnte mir entgangen sein? Nach kurzen Augenblicken der Reflexion stieß ich auf das Versatzstück, das genau zur zynischen Äußerung aus der Gruppe paßte. Mir wurde folgendes klar. Zwar stimmte es, daß mir besagte Teilnehmerin wegen ihrer verletzenden Art angst machte. Aber ich entdeckte darüber hinaus noch etwas anderes. Hinter der Angst stand eine deutliche Regung von Haß. Diese saß offensichtlich schon geraume Zeit in mir. An ihr wurde mir noch klarer, wie sehr mich die Äußerungen der Teilnehmerin verletzt hatten. Das Haßgefühl war mir vorher nicht erkennbar gewesen. Schlagartig verstand ich, warum ich mit meiner vermeintlichen Offenheit eine negative anstatt eine positive Reaktion ausgelöst hatte. Mein Unbewußtes hatte eine echte Offenheit unterlaufen. Ich durfte mich über die Wirkung nicht wundern.

Als ich mich zu meiner Haßregung bekannte und aussprach, was mir zu Bewußtsein gekommen war, reagierte die Teilnehmerin völlig entspannt und mit Wohlwollen. Die Welt schien für sie wieder in Ordnung zu sein.

Ich wußte auch, warum. Mit meiner Äußerung der Angst hatte ich ungewollt ein Gefälle hergestellt. Die Beziehung war dadurch von mir so definiert: Du bist der Aggressor, ich bin das Opfer deiner destruktiven Art. Denn verglichen mit ihrer Gehässigkeit war zweifellos meine Angst die harmlosere und ‚edlere‘ Empfindung, die man freimütig vorzeigen durfte.

Nachdem offenkundig geworden war, wie der Destruktivität der Teilnehmerin meine Haßempfindung gegenüberstand, stellte sich eine realistische Sicht der Situation ein. Wir brauchten uns gegenseitig nichts vorzuwerfen. Im Grunde hatten wir einander gegenüber das gleiche gefühlt. Unser Empfinden war spiegelbildlich gewesen.

Das Beispiel zeigt etwas sehr Wichtiges:

Die weitverbreitete Meinung, Offenheit würde in der Regel bestraft, beruht wahrscheinlich auf einem schweren Irrtum. Im geschilderten Fall jedenfalls war es die fehlerhafte Offenheit, welche die Destruktion verursacht hatte, wogegen andererseits die tatsächliche Offenheit zur Entspannung führte.

Häufig hört man die Klage: Ich war *zu offen*, wo es heißen müßte: Ich war *nicht offen genug*.

IV. Diagnostik

Drei Regeln zur Entschlüsselung der Beziehungsstörung

Aus den bisher gewonnenen Einsichten leiten wir drei Regeln ab, mit deren Hilfe sich eine Beziehungsstörung aufschlüsseln läßt.

1. Die diagnostische Grundregel: „Wenn etwas stört, wird etwas nicht mitgeteilt"

Der Wortlaut der Regel und ihre Funktionen

Die vollständige Fassung der Regel hat diesen Wortlaut:

> „Wenn etwas stört, wird etwas nicht mitgeteilt;
> sei es, daß jemand etwas nicht mitteilen will,
> sei es, daß es ihm nicht bewußt ist und
> er es deshalb gar nicht mitteilen *kann.*"

Normalerweise genügt die Kurzfassung: „Wenn etwas stört, wird etwas nicht mitgeteilt."

Die diagnostische Grundregel übernimmt vor allem *zwei Funktionen,* nämlich eine diagnostische und eine therapeutische. Die eine läßt sich mit dem Geigerzähler, die andere mit dem Kompaß vergleichen.

Ähnlich wie der Geigerzähler auf eine Gefahrenquelle hinweist, die deswegen besonders gefährlich ist, weil sie dem Auge verborgen bleibt, so tut es auch die diagnostische Grundregel. Bisher hat sich als eine häufige Konfliktursache jenes störende Beziehungsverhalten ergeben, das von irgendeiner Unstimmigkeit, näherhin einem ‚unerkennbaren Widerspruch' geprägt ist.

Einem Kompaß kann die Regel verglichen werden, weil sie, wenigstens auf indirekte Art, über ihre aufdeckende Funktion hinaus zugleich die entsprechende Wegweisung gibt. Denn wenn wirklich ein entscheidendes ursächliches Moment der Störung im Verschweigen, im Nichtmitteilen zu suchen ist, dann muß das Mitteilen und Aussprechen des Zurückgehaltenen zur Behebung der Störung führen.

Die diagnostische Grundregel formuliert also eine Vermutung, eine Hypothese, die durch die Behebung der Störung verifiziert wird. Die formale Struktur der Regel gleicht einem verkürzten Kausalschluß. Sie greift ein empirisches Datum, nämlich das Sichgestörtfühlen eines Menschen auf, betrachtet dies als Folgewirkung von etwas anderem und versucht, auf die Ursache dieser Wirkung zurückzugehen.[10]

Ein wichtiges diagnostisches Instrument: ‚Das Empfinden im allgemeinen und die Störempfindung im besonderen'

Das spezifische Organ, der Sensor, der für das Beziehungslernen vorrangige Bedeutung gewinnt, ist das menschliche Empfinden und Fühlen.[11]

Beim Blick auf die Vielfalt der Elemente, die zu einer Interaktion gehören, richten wir unsere Aufmerksamkeit auf das, was die Beziehungspartner empfinden.

Für eine solche Fokussierung gibt es eine Reihe praktischer und theoretischer Gründe. Vorerst genüge die Erwähnung zweier Eigenschaften, die man am Empfinden entdeckt: die besondere Wahrnehmungsleistung, und die daraus sich ergebende Fähigkeit, den Täuschungseffekt der Tarnung zu unterlaufen.

Jene ausgezeichnete *Wahrnehmungsleistung*, welche im Empfinden, und damit auch in der Störempfindung, steckt, schließt zugleich eine logische Leistung ein.

Zur Veranschaulichung bietet sich der eigentümliche Störtypus an, der so umschrieben wurde: „Mich stört ein Verhalten, das mich eigentlich nicht stören dürfte." Jemand verhält sich beispielsweise sehr entgegenkommend, wir fühlen uns aber trotzdem durch sein Verhalten auf irgendeine Weise unangenehm berührt, obschon weit und breit kein Anlaß für unsere scheinbar abwegige Reaktion zu erkennen ist.

Was hat in diesem Fall unsere Störempfindung geleistet?

Offensichtlich eine ganze Menge. Sie hat nicht allein den Verhaltensvordergrund unseres Gegenübers aufgenommen, sondern außerdem den verborgenen Hintergrund miterfaßt. Sie hat die beiden Daten miteinander verglichen, sie einer logischen Operation unterzogen und, weil für widersprüchlich befunden, das Ergebnis der Operation als Störsignal bekanntgegeben. Wobei lediglich das Endprodukt der Analyse, also das Störsignal, nicht aber der komplexe Vorgang selber ins Bewußtsein des Empfängers tritt. Er erlebt nur die Störung, erkennt indessen nicht die Unstimmigkeit, von der sie herrührt.

Um die angesprochene Wahrnehmungsleistung, der wir in unserem Erleben und Fühlen begegnen, weiter zu illustrieren, werfen wir am besten einen Seitenblick auf einen anderen Bereich des Empfindens, nämlich den Bereich des *ästhetischen Empfindens.*

Bei Gesprächen über musikalische Belange hört man gelegentlich die Redewendung, dieser oder jener Mensch besitze das sogenannte *‚absolute Gehör'*. Man meint damit wohl die fehlerfreie Sicherheit des musikalischen Empfindens. Eine vergleichbare Unbestechlichkeit des Wahrnehmens darf man der menschlichen Psyche in einem allgemeinen Sinne zusprechen. Sie verfügt über eine dem ‚absoluten Gehör' entsprechende Fähigkeit, also eine untrügliche Genauigkeit und Sicherheit des Wahrnehmens. Wir denken hierbei nicht an eine besonders ausgeprägte, hohe Intuition, an eine außergewöhnliche Gabe der Einfühlung oder an Gedankenlesen. Die gemeinte Fähigkeit des Wahrnehmens ist nicht wenigen vorbehalten, sondern etwas viel Normaleres, eine Begabung, die jedermann besitzt. *Die menschliche Psyche besitzt* die untrügliche Wahrnehmung in dem Sinne, daß ihr quasi *das ‚absolute Gehör für Dissonanzen'* eingepflanzt wurde. Das heißt, sie verfügt über *das untäuschbare Empfinden für Unstimmigkeiten und Widersprüche.*

Mit dieser besonderen Wahrnehmungsleistung hängt als natürliche Folge die *andere Leistung* zusammen. Weil das Empfinden untrüglich ist, eignet es sich dazu, *den Täuschungseffekt der Tarnung* und der durch sie hervorgerufenen Irreführung *zu unterlaufen*. Diese bildet die Hauptursache der Störung. Der Täuschungseffekt wohnt vornehmlich jenen Verhaltensweisen inne, die von einem unverkennbaren Widerspruch geprägt sind. Das vordergründig gezeigte Verhalten täuscht auf perfekte Weise über den Hintergrund hinweg. Einer spontanen und herzlichen Zuwendung, welche störend wirkt, ist schlechterdings nicht anzusehen, daß sublime Schuldgefühle oder Ängste sich dahinter verbergen. Wenn der Empfänger sich trotzdem gestört fühlt, geht das eben auf das ‚absolute Gehör für Dissonanzen' zurück.

Für das methodische Vorgehen ergibt sich aus den eben dargelegten Feststellungen eine praktische Folgerung. Es geht darum, die hervorragende Wahrnehmungsleistung nicht nur zur Kenntnis zu nehmen, sondern sie auch auszunützen und von dieser einzigartigen menschlichen Fähigkeit als einem, wenn man so will, technischen Instrument Gebrauch zu machen. Genau das tun wir, wenn wir sagen, Ausgangspunkt und Basis der Analyse sei ‚das Empfinden im allgemeinen und die Störempfindung im besonderen'.

Die drei Aspekte des Empfindens, Fühlens und Erlebens: Anmutungsqualität, Ich-Empfinden, spontaner Handlungsimpuls

Aus den bisherigen Ausführungen geht für das diagnostische Erkennen einer Störung dieses hervor: Wir stellen die beobachtbaren Daten des Verhaltens und der Ausdruckserscheinungen gewissermaßen zugunsten des erlebenden Wahrnehmens zurück beziehungsweise sehen sie in der Abhängigkeit vom Erleben. Wenn wir der seelischen Kraft des Erlebens, Empfindens und Fühlens eine so zentrale Bedeutung zumessen, sehen wir uns veranlaßt, den Aussagegehalt des Erlebens möglichst erschöpfend auszuloten. Das geschieht in der Weise, daß wir es einer differenzierten Betrachtung unterziehen und eingehend studieren. Daraus beziehen wir eine Fülle an Informationen.

Denn ähnlich wie uns die Zerlegung einer so ‚einfachen' und elementaren Gegebenheit wie des Lichts, die Spektralanalyse, eine erstaunliche Menge an Daten über den Aufbau der Gestirne und des Kosmos liefert, so gewährt uns eine Art Spektralanalyse des Fühlens und Empfindens Einblick in die rätselhafte Welt der Interaktion, in den Wirklichkeitsbereich dessen, was sich ‚zwischen' Menschen ereignet, des ‚Zwischenmenschlichen'.

Das Vorhaben, das Phänomen des Empfindens nach allen Richtungen hin auszuloten, wird vor allem auf zwei Arten zu praktizieren sein. Einmal in der Form einer *allgemeinen inhaltlichen Betrachtung* der Störempfindung, sodann durch die *Betrachtung unter verschiedenen Gesichtspunkten.*

Bereits die *allgemeine Betrachtung* der Störempfindung eröffnet ein unbegrenztes Spektrum an möglichen Daten. Wir können uns auf tausendfältige Weise durch einen Menschen gestört und beeinträchtigt fühlen (verletzt sein, unter Druck gesetzt werden, blockiert sein, sich übertölpelt sehen, sich gegängelt fühlen usw.).

Das Sichgestörtfühlen läßt sich aber weiterhin unter verschiedenen *Gesichtspunkten* betrachten. Im folgenden gilt es, drei Aspekte des Empfindens herauszuarbeiten:
den Aspekt des Angemutetwerdens,
den Aspekt des Ich-Empfindens,
den Aspekt des spontanen Handlungsimpulses.

Als anschauliches Beispiel bietet sich der Interaktionsvorgang der *Wertschätzung* beziehungsweise der *Abwertung* an.

Begegnet uns ein Mensch mit Wertschätzung, dann erleben wir das zunächst einfachhin als wohltuend und angenehm. Aber außer der angenehmen Qualität ist unser Ich-Empfinden berührt. Man könnte auch sagen das Selbstempfinden, die Art und

Weise, wie wir uns in diesem Beziehungsklima der Wertschätzung selber erfahren. Wir erfahren uns akzeptiert und aufgewertet. Damit ist meist zugleich eine wenn auch noch so leise spontane Handlungsregung verbunden, indem wir uns von einem solchen Menschen angezogen fühlen und uns, jedenfalls innerlich, auf ihn zubewegen.

Das Gegenteil in allen Punkten widerfährt uns bei der Abwertung. Nicht nur daß uns etwa der Zynismus eines Menschen stört, so wie uns Straßenlärm stört. Vielfach ist auch unser Selbstgefühl verletzt. Häufig folgt daraus als natürliche Antriebsregung ein ‚weg von ...!' Wir wollen mit diesem Menschen nichts zu tun haben.

Die *Anmutungsqualität* einer Empfindung bringt ganz generell zum Ausdruck, auf welche Weise wir von jemandem angesprochen sind. Sie stellt so etwas wie die Färbung des Empfindens dar.

Die als *Ich-Empfinden* benannte Erscheinung berührt eine spezielle Sphäre innerhalb der Psyche, nämlich die Ich-Sphäre und besagt insofern eine besondere Qualität. Denn es ist jeweils etwas ganz anderes, ob uns ein mitmenschliches Verhalten lediglich stört und uns lästig fällt oder ob es obendrein unser Selbstgefühl herabsetzt, also unser Ich-Gefühl attackiert, so daß wir uns erniedrigt sehen. Man hat es mit zwei je anders gearteten Empfindungen beziehungsweise Störqualitäten zu tun.

Die in einem Gefühl häufig wirksame *Antriebsregung* betrifft im weitesten Sinn die Ebene des Handelns; präziser gesagt das Vorfeld des Handelns. Sie bezeichnet exakt jenen Moment, da die Handlung in der Form einer spontanen Regung aufzukeimen beginnt. Diese erste Regung kann sich auch wieder in inhaltlich unterschiedlichen Formen äußern, als ein Angezogensein oder Abgestoßenwerden, als spontaner Impuls oder als blockierende Lähmung. Das Antriebsmoment, das schon im Angemutetwerden mitgegeben ist, erlangt deswegen große Bedeutung, weil es die Brücke vom wahrnehmenden Erleben zum aktiven Handeln bildet. Der Antriebsimpuls ist weder reines Angemutetwerden noch die Handlung, vielmehr etwas zwischen beiden, nämlich der aus dem Angemutetwerden natürlicherweise entspringende *Impuls* zum Handeln.

Schlußfolgerung für das diagnostische Vorgehen: Die Störung kann sich in allen drei Dimensionen des Empfindens niederschlagen – Die Störung kann in allen drei Dimensionen des Empfindens erkannt werden

Aus der Analyse der Störempfindung sind einige Schlußfolgerungen für die Diagnostik der Beziehungsstörung zu gewinnen:

> Eine Störung kann sich in allen drei Dimensionen des Empfindens niederschlagen.

Das heißt, als Erlebnisqualität ‚störend‘,
als Irritierung des Selbstgefühls,
als Beeinträchtigung der Spontaneität des Reagierens.

Daraus leitet sich der fundamentale *diagnostische Grundsatz* ab, der für das Vorgehen bei der Behebung der Beziehungsstörung zentrale Bedeutung erlangt:

> Die Störung kann in allen drei Dimensionen des Empfindens erkannt werden.

Die Übertragung in die **Praxis** des Beziehungslernens sieht so aus: Wenn ein Beziehungspartner sich durch einen anderen gestört fühlt, dann soll er dieses Sichgestörtfühlen zunächst einmal so konkret und exakt wie möglich beschreiben. Die Beschreibung orientiert sich an den eben entwickelten Gesichtspunkten und kleidet sich in folgende *Fragen*:

1. Auf welche Weise bist du angemutet? Wie erlebst du den anderen?
2. Ist dein Selbstgefühl in irgendeiner Form beeinträchtigt?
3. Welche Handlungsimpulse sind in deiner Störempfindung enthalten? Das heißt, was würdest du tun, wenn du den in deinem Gefühl spürbaren Impuls in die Tat umsetzen würdest? Ist deine spontane Handlungsfähigkeit vielleicht überhaupt gelähmt oder blockiert?

Es gibt noch eine andere wichtige Schlußfolgerung für die Praxis. Sie erstreckt sich auf die **Bewertung des Ergebnisses**, das bei einer Konfliktbearbeitung herauskommt. Ob eine Störung wirklich und vollständig behoben werden konnte, muß sich daran erweisen, daß in allen drei Dimensionen des Empfindens die Störung beseitigt ist.

Die vollständige Behebung der Störung verlangt also dies:

1. Man darf sich nicht mehr gestört fühlen.
2. Das Selbstgefühl muß wiederhergestellt sein.
3. Die spontane Handlungsfähigkeit darf nicht mehr blockiert sein.

Kritische Würdigung der beschriebenen Ausgangsbasis

Wenn wir die Tatsache, wie sich jemand fühlt, so stark gewichten und in den Mittelpunkt der Beziehungsanalyse stellen, dann müssen wir auch die Kehrseite dieses Ansatzes beziehungsweise dieses Kriteriums berücksichtigen. Es lassen sich ernst zu nehmende **Einwände** dagegen vorbringen. Wenigstens einer von ihnen soll jetzt angesprochen werden.

Der *subjektive* Charakter des Kriteriums.

Zu diesem Einwand ist Verschiedenes zu sagen. Das eine betrifft die Wahrnehmungsfähigkeit, die vorausgesetzt werden muß, wenn wir das Kriterium handhaben wollen, das andere die Einführung eines zusätzlichen Hilfskriteriums.

Die Aussage „Ich fühle mich gestört" zum Ausgangspunkt für eine Interaktionsanalyse zu nehmen, setzt ein gewisses *Mindestmaß an Wahrnehmungsfähigkeit* beziehungsweise Unterscheidungsvermögen voraus. Derjenige, welcher sagt „Ich fühle mich durch dein Verhalten gestört", sollte in der Lage sein, einigermaßen auseinanderzuhalten, ob das Senderverhalten *objektiv aversiv* und damit auch für andere störend ist, wie etwa Destruktion, Hinterhältigkeit, oder ob ihm, dem Empfänger, dieses Verhalten lediglich *persönlich unerwünscht* ist, weil es ihm ungelegen kommt.

Die Alltagssprache verfügt über einen Ausdruck, der jene Nuance, die jetzt zur Erörterung steht, exakt kennzeichnet, nämlich das Adjektiv *‚unbequem'*. Man denke an den Fall, daß jemand freimütig äußert, was er uns gegenüber fühlt und denkt, uns, wie man gerne formuliert, ‚die Meinung sagt'. Wir drücken dann gegebenenfalls die Wirkung, die er auf uns ausübt, so aus: An und für sich halte ich es für richtig und sogar wünschenswert, wie sich der andere gibt, aber trotzdem ist es mir ‚unbequem'.[12]

Noch etwas anderes verlangt Berücksichtigung, nämlich die sehr unterschiedliche Erlebnisbereitschaft und Erlebnisintensität von Menschen. Wir kennen nicht nur den ‚Dickhäuter', den nichts ritzt, sondern ebenso den Dünnhäutigen, ja hautlosen Menschen, der mimosenhaft empfindlich reagiert. Falls wir also das Sichgestörtfühlen eines Menschen unbesehen zum Maßstab nehmen müßten, könnte das bedeuten, wir hätten uns einem abwegigen oder neurotischen Kriterium zu unterwerfen. Das Phänomen der Unangemessenheit von Reaktionen, der Überreaktion, Übertragung und Projektion, wird später noch ausführlich erörtert. (‚Übertragung' besagt, daß ein Mensch frühere Erfahrungen seines Lebens auf die Mitmenschen ‚überträgt' und diese oft für etwas bezichtigt, wofür die Ursache eigentlich in ihm selbst liegt.)

Um mit diesem Phänomen zurechtzukommen, sei auf eine Orientierungshilfe hingewiesen, die man als *Vergleichskriterium* bezeichnen kann. Vor allem in der Lerngruppe läßt es sich gut verwenden.

Wie durch den Vergleich unterschiedlicher Rückmeldungen ein Sachverhalt klarer wird, zeigt sich besonders plastisch anläßlich der Aufhellung bestimmter Störungen.

Eine junge Frau befindet sich im Gespräch. Einer der Anwesenden reagiert auf die sanfte Art dieser Frau sehr heftig und verletzend, bezichtigt sie der Unechtheit, spricht von ‚sanftem Touch'.

Die übrigen Teilnehmer bemerken zwar gleichfalls den ‚sanften Touch', empfinden jedoch die Reaktion des sich erregenden Teilnehmers völlig unangemessen. Rasch kommt die lerngeschichtliche Ursache seiner überstarken Reaktion zum Vorschein. Während seiner Kindheit hatte er häufig erlebt, wie sich sein Vater ihm auf eine widerlich sanfte Weise zuwandte. Bereits als Kind war er also gegenüber Unechtheit außerordentlich sensibilisiert, so daß seine Reaktion in der Lerngruppe ohne weiteres verständlich wurde.

Die durch den Teilnehmer vorgebrachte Rückmeldung „Dein sanfter Touch geht mir extrem auf die Nerven" dürfte man folglich keinesfalls als die objektive Wirkung der betroffenen Teilnehmerin ansehen. Vielmehr erscheint deren Wirkungsbild in der Störempfindung des Rückmeldenden durch Überzeichnung stark entstellt. Wäre die Teilnehmerin einer solchen Rückmeldung allein, d. h. ohne den ‚Vergleichs-Schutz' der Gruppe, ausgesetzt und würde sie das Gesagte unhinterfragt ‚für bare Münze nehmen', dann würde sie ein sehr irreführendes Bild von ihrer sozialen Wirkung erhalten und sich gegebenenfalls in Selbstabwertungen hineinsteigern. Da der Vorgang der Rückmeldung jedoch in der Gruppe stattfindet, ergibt sich ganz von selbst der Vergleich mit der Rückmeldung der übrigen Teilnehmer. Dadurch gelangt der Sachverhalt, um dessen Erhellung uns zu tun ist, anschaulich und scharf umrissen zur Darstellung. Wenn 10 Menschen in der Runde sitzen, tritt die Unangemessenheit der Reaktion eines einzelnen unübersehbar hervor. Von Ausnahmefällen abgesehen darf man die ‚durchschnittliche' Reaktion der anderen Gruppenteilnehmer als normale ‚Maßeinheit', sozusagen als ‚Störeinheit' zugrunde legen. Wenn demgegenüber ein einzelner Teilnehmer um das Zehnfache dieser durchschnittlichen ‚Störeinheit' reagiert, dann erkennt jeder spontan den Differenzbetrag, der auf Kosten dieses Teilnehmers geht und der den Verzerrungsfaktor mit aller wünschenswerten Deutlichkeit zu Bewußtsein bringt, so daß man quasi neun Störeinheiten subtrahieren muß, um das wahre Wirkungsbild dessen, dem die Rückmeldung gilt, aus der Überzeichnung herauszulösen und von den persönlichen Beimischungen des Rückmeldenden zu befreien. Wir haben den Sachverhalt etwas vereinfacht dargestellt, um das, worauf es ankommt, deutlich werden zu lassen.

Das *Vergleichskriterium besteht darin, die aus dem Rahmen fallende Reaktion eines einzelnen der durchschnittlichen Reaktion der Mitwelt gegenüberzustellen.*

Das Vergleichskriterium stellt allerdings nur eine vorläufige Möglichkeit der Erklärung der Überreaktion dar, denn daß die Mehrheit anders empfindet, ist noch keine Garantie für die Angemessenheit und Richtigkeit ihrer Reaktion. In manchen Fällen reagiert ein einzelner angemessener als alle anderen. Erst die differenzierte Analyse der Interaktion macht erkennbar, wie viele Anteile an der Störung jeweils tatsächlich vom Sender und wie viele unter Umständen vom Empfänger und Adressaten selber stammen, also von demjenigen, der sich gestört fühlt und über die Störung klagt.

Den Nachteilen, die durch die Verwendung des Fühlens als Basiselement der Interaktion entstehen, treten **Vorteile** gegenüber.

Zwei Dinge fallen ins Gewicht.

1. Der **‚empirische'** Charakter des Kriteriums – die pure Tatsachenfeststellung.

Bei der Analyse der Störung zwischen Sender und Empfänger ging der Blick auf die Erlebniswirkung, welche der Sender beim Empfänger hervorruft. Diese Wirkung hat den Charakter einer puren Tatsache. Das bestimmte Verhalten eines Menschen erzeugt eine bestimmte Wirkung. Das ist ein Faktum.

Eine solche Feststellung hat den Vorzug, daß sie jegliche Deutung des störenden Verhaltens überflüssig macht. Ebenso jegliche Bewertung und Beurteilung. Wir beschränken uns zunächst darauf, zu konstatieren, daß das besagte Verhalten stört. Wir brauchen nicht darüber befinden, ob dieses Verhalten richtig oder falsch sei, ob es anständig oder unanständig, moralisch oder unmoralisch, gut oder böse, taktvoll oder geschmacklos, neurotisch oder normal, reif oder unreif, gesund oder krank sei.

Es kommt auch nicht darauf an, wie dieses Verhalten dem Betrachter erscheint. Es mag den Eindruck totaler Echtheit, lupenreiner Uneigennützigkeit und Ehrlichkeit hervorrufen. Trotzdem halten wir uns bei der Analyse an die Devise:

DIE WIRKUNG ZÄHLT!

In vielen Fällen besteht allein dann eine Chance, die Störung aufzuklären, wenn wir die Wirkung auf unser Erleben ernst nehmen und uns durch kein noch so einwandfreies Erscheinungsbild von unserem Gefühl abbringen lassen.

Man kann eine Reihe guter Gründe dafür anführen, die es rechtfertigen, derart nachdrücklich auf dem Grundsatz „Die Wirkung zählt!" zu beharren. Denn wer sagt, „Ich fühle mich durch das Verhalten meines Mitmenschen gestört", beruft sich auf sein Empfinden. Das Empfinden läßt sich über keine Unstimmigkeit hinwegtäuschen, mag sie noch so verborgen sein. Es genügt, daß sie vorhanden ist.

2. Der rein **formale** Charakter des Kriteriums.

Die Analyse der Wahrnehmung führte zu folgender Vorstellung: Unser Empfinden nimmt, offensichtlich unbewußt, von einem Beziehungspartner auch jene Information über sein Fühlen und Denken auf, die er zwar zurückhalten möchte, aber trotzdem auf irgendeine Weise übermittelt; es vergleicht, wiederum unbewußt, die beobachtbaren Vordergrundsdaten mit dem Hintergrund, führt gleichsam eine logische Operation durch und gibt das Ergebnis, falls die Daten diskrepant sind, als Störsignal bekannt.

Das heißt: *Unser Empfinden analysiert das Erscheinungsbild und das Verhalten des Gegenübers ausschließlich unter dem formalen Gesichtspunkt der Widerspruchsfreiheit* der Botschaften beziehungsweise der Selbstdarstellung. Unsere Störempfindung bewertet daher das Gegenüber keinesfalls unter dem Blickwinkel der Richtigkeit oder Falschheit seines Handelns, es beurteilt weder aufgrund irgendeiner Moral noch einer Weltanschauung, sondern lediglich unter dem Blickwinkel der logischen Aussagequalität seiner ‚Äußerung'.

Das hat eine entscheidende Konsequenz dafür, auf welche Weise wir mit unserer Störempfindung umzugehen haben, wie wir sie verstehen dürfen und wie nicht, welchen Informationsgehalt wir ihr entnehmen können und welchen nicht. Unsere Störempfindung sagt uns lediglich, *daß* das Gegenüber etwas zurückhalte und dadurch eine Unstimmigkeit entstehe. Sie verrät uns nicht, *was* das sei. Wir müssen diesbezüglich jede inhaltliche Deutung und Erklärung unterlassen.

Hier verfallen wir leicht in den Fehler, das Verhalten des anderen zu interpretieren und ihm alles mögliche zu unterstellen. Stört uns eine bestimmte unangenehme Art der Freundlichkeit, sagen wir vielleicht: Dein Verhalten ist nicht echt, du meinst es nicht ehrlich, du hast ein unlauteres Motiv. Das ist möglicherweise alles falsch. Nur der andere vermag uns das Versatzstück, also jene Information zu liefern, deren Verschweigen zur Unstimmigkeit geführt hatte. Es können nämlich die unterschiedlichsten Inhalte sein, die im Hintergrund stehen. Sofern sie vom Vordergrund abweichen, führen sie allesamt zu ein und demselben Effekt, nämlich zum Störeffekt. Ob der richtige ausgesprochen wird, erkennen wir daran, daß die Störung sich auflöst.

Gewiß ist es zumeist etwas ‚Negatives', dessen Nichtaussprechen das Verhalten zu einem störenden macht: ein Vorbehalt, ein Hintergedanke, eine Aggression. Aber genausogut mag etwas Positives der Anlaß sein. Denn sein Verschweigen begründet die Störung nicht weniger, falls es durch das Verschweigen zur Unstimmigkeit kommt.

Angenommen, jemand möchte, aus welchem Grund auch immer, sich auf keinen Fall anmerken lassen, wie wichtig wir ihm sind. Er gibt sich deswegen reserviert und kühl. Sein Verhalten berührt uns unangenehm, weil wir ihn distanziert, vielleicht sogar hochnäsig erleben. Wir können jetzt nur sagen, *daß* uns sein Verhalten störe und dürfen sogar vermuten, er halte, bewußt oder unbewußt, etwas zurück. Jede Schlußfolgerung dahingehend „Du benimmst dich reserviert, also magst du mich nicht" u. ä. ist ein glatter Fehlschluß. Denn die Ursache der Störung liegt nicht darin, daß er uns nicht mag, sondern daß er uns nicht sagen will, wie sehr er uns mag; also in der Diskrepanz zwischen Verhaltensvordergrund und Hintergrund.

An der Devise „Die Wirkung zählt!" ist festzuhalten. Doch so ernst ich mein Michgestörtfühlen nehmen soll und sowenig ich es mir ausreden lassen darf, so peinlich muß ich mich davor hüten, das Verhalten des anderen inhaltlich zu deuten.

2. „Vermutung auf Spiegelbildlichkeit gegen den Augenschein"

Häufig ist es leicht, zu erkennen, daß das Erleben von Beziehungspartnern sich gleichsam spiegelbildlich verhält. Jemand lächelt uns an – wir reagieren mit Wohlwollen. Er wird aggressiv und unverschämt – es antwortet in uns ganz von selbst mit aggressiven Empfindungen. Man hat in der psychologischen Literatur von *‚reziproken Affekten'* gesprochen. Schließlich gibt es auch das bekannte Phänomen der *Ansteckung.* Die gute oder schlechte Stimmung eines Menschen, sein Optimismus oder Pessimismus erfaßt uns, springt auf uns über. Menschen ‚teilen das gleiche Gefühl'.

Man beobachtet indessen noch eine ganz andere Art der Spiegelbildlichkeit, welche eine Form der Beziehungs*störung* darstellt und daher im Zusammenhang diagnostischer Überlegungen Interesse verdient. Sie besteht darin, daß zwar faktisch Spiegelbildlichkeit besteht, der gesamte äußere Augenschein allerdings das Gegenteil vortäuscht. Es sieht so aus, als gehe in unserem Gegenüber etwas ganz anderes vor als in uns, in Wirklichkeit empfindet der andere dasselbe wie wir, befindet sich im selben Zustand; er gibt sich überlegen, fühlt sich aber genauso uns unterlegen, wie wir uns ihm unterlegen fühlen. Eben daraus entsteht die Störung, weil ein Gefälle vorgespiegelt wird, das nicht existiert.

Dieser Typus der Störung tritt häufiger auf, als man annimmt.

Ein *Beispiel.*

Der Teilnehmer eines Seminars berichtet über ein abendfüllendes geselliges Beisammensein der Seminargruppe. Er erzählt, die anderen hätten sich zunehmend in Lustigkeit hineingesteigert, jeder Witz sei mit noch dröhnenderem Lachen quittiert worden als der vorausgehende. Er selber dagegen sei mehr und mehr eingefroren, habe sich in wachsendem Maß angespannt und humorlos erlebt. Erst die sorgfältige Aufhellung dieser Situation tags darauf im Gruppengespräch habe zur Überraschung sämtlicher Beteiligten ans Licht gebracht, daß es allen so ergangen war wie ihm, daß die Lustigen in der Runde die gleiche Verkrampfung überspielt hatten, die er bei sich wahrgenommen hatte. Die Anspannung wiederum war aus unausgesprochenen Gruppenkonflikten entstanden.

Im geschilderten Fall besteht die Hauptbelastung für den berichtenden Teilnehmer darin, nicht zu wissen, daß seine Reaktion ganz und gar angebracht war und in jeder Hinsicht dem Erleben der anderen entsprach. Die Belastung löst sich auf, sobald er das erkennt.

Die Psychoanalyse setzt die ‚Vermutung auf Spiegelbildlichkeit' als diagnostisches Mittel ein, um Zugang zum Unbewußten zu finden. Der Therapeut achtet während der Gespräche mit dem Klienten auf seine eigenen Gefühle. Diesen entnimmt er Hinweise darauf, was im Unbewußten des Klienten vorgehen mag, was letzterer aber sowohl vor sich selber wie nach außen hin dementiert.

Wir werden die ‚Vermutung auf Spiegelbildlichkeit gegen den Augenschein' in zahlreichen Fällen als brauchbares ‚Suchbild' zur Aufhellung von Beziehungsstörungen verwenden; denn besagte Vermutung rechnet mit dem allgegenwärtigen Faktor der Beziehungsstörung, nämlich der Tarnung beziehungsweise der Irreführung. Doch während die diagnostische Grundregel („Wenn etwas stört, wird etwas nicht mitgeteilt") relativ leicht anzuwenden ist, erweist sich der Umgang mit dem Gedanken der Spiegelbildlichkeit als erheblich schwieriger.

Zu einem späteren Zeitpunkt wird die Handhabung dieses diagnostischen Instruments ausführlicher zu erörtern sein.

3. „Innere Daten direkt zueinander in Beziehung setzen!"

Der dritte diagnostische Gesichtspunkt zur Aufhellung der Beziehungsstörung hat die Form einer Zuordnungsregel. Durch sie setzen wir bestimmte Gegebenheiten in Entsprechung und vergleichen sie miteinander. Diese Zuordnungsregel liegt bereits den beiden ersten diagnostischen Regeln zugrunde. Die diagnostische Grundregel („Wenn etwas stört, wird etwas nicht mitgeteilt") setzt das innere Datum des Sichgestörtfühlens auf der Seite des Empfängers in Beziehung zu einem inneren Datum des Senders, nämlich zu dessen verschwiegenen Gefühlen, Gedanken, Absichten; läßt also das äußere Verhalten unbeachtet. Ähnliches tut die ‚Vermutung auf Spiegelbildlichkeit gegen den Augenschein'. Sie faßt Gefühle der Partner ins Auge, um der Störung auf die Spur zu kommen.

Der vollständige Wortlaut der Regel:

> „Innere Daten direkt zueinander
> in Beziehung setzen – und zwar unter methodischem
> Nichtbeachten des Beobachtbaren!"

Die Anweisung hört sich abstrakt an, ihre Befolgung ist unkompliziert. An die Beziehungspartner, die sich um die Aufhellung von Beziehungsabläufen bemühen, ergeht die einfache Anweisung: Ihr sollt nicht nur gegenseitig auf euer äußeres Verhalten schauen, ihr sollt vor allem auf das achten, was in eurem Inneren vorgeht. Wen ihr dann *darüber* sprecht, bekommt ihr Gelegenheit, überraschende Entsprechungen zu entdecken.

Der besseren Übersichtlichkeit halber empfiehlt es sich, die Regel in einzelne Elemente zu zerlegen und diese nacheinander zu besprechen.

Das erste Element:

„INNERE DATEN DIREKT ZUEINANDER IN BEZIEHUNG SETZEN!"

Fast jeder, der seine Mitmenschen dabei beobachtet, wie sie ihre Konflikte austragen, gewinnt mitunter den Eindruck, einem absurden Theater beizuwohnen. Die Situationen sind bekannt. Man versteht nichts mehr, kann nur noch kopfschüttelnd dabeistehen. Warum zerfleischen sich Menschen wegen der lächerlichsten Lappalien? Warum reagieren sie derart unangemessen? Warum beißt jemand, wie ein Sprichwort es ausdrückt, die Hand des Gebenden? Warum antwortet jemand auf eine Geringfügigkeit mit einem massiven Wutanfall?

Es sieht allerdings meist nur so aus, als ginge es absurd zu. Es geht nämlich äußerst logisch zu. Der Eindruck von Widersinn entsteht deswegen, weil die Partner nach außen schauen und auf die beobachtbare Ebene der Kommunikation fixiert bleiben. Wüßte derjenige, der auf eine scheinbare Lappalie hin maßlos wütend wird, was im Inneren des anderen vorgeht, dann käme ihm seine eigene Wutreaktion weder abwegig noch überzogen vor. Er würde sie im Gegenteil als ausgesprochen passend erkennen.

Angesichts der weithin üblichen Art der Konfliktbewältigung, die sich an den nachweisbaren ‚Fakten', also am beobachtbaren Vordergrund des Verhaltens orientiert, wirkt die eben eingeführte Zuordnungsregel recht ungewohnt. Sie klammert nämlich mit einem entschiedenen Federstrich die ‚beweisbaren Fakten' aus und rechnet mit der Wirkmacht der Gefühle, Gedanken, Absichten, Gesinnungen. Die Anregung, „innere Daten direkt zueinander in Beziehung zu setzen – und zwar unter Nichtbeachten des Beobachtbaren" – fordert somit das Gegenteil dessen, was man normalerweise tut.

Eine derartige Blickwendung auf die verdeckte Ebene der Kommunikation hin erzeugt eine starke Veränderung der Optik. Es ist zwar lediglich ein winziger Kunstgriff, den die Zuordnungsregel vornimmt, doch dieser zeigt einen überraschenden Effekt. Konflikte, welche sich jeder Aufhellung zu widersetzen schienen, weil sie absolut irrational und absurd anmuteten, werden unter Umständen schlagartig durchsichtig, enthüllen ihre glasklare Logik. Vor allem erkennt man auf einmal die aufschlußreichen Entsprechungen zwischen den Beziehungspartnern. Das Vertuschen solcher Entsprechungen bildete den Grund der Störung. Die Einsicht in die wahre Konfliktstruktur war verunmöglicht, solange man sich auf die äußeren Erscheinungen berief.

Die von den Kommunikationspartnern geforderte Hinwendung auf die eigenen inneren Vorgänge soll

„UNTER NICHTBEACHTEN DES BEOBACHTBAREN"

geschehen. Was jemand sagt und wie er sich verhält, bleibt zunächst unbeachtet. Will man an die wahren Konfliktursachen herankommen, dann muß man mitunter paradoxerweise Augen und Ohren verschließen. Die nach außen gerichteten Sinne sind sozusagen abzuschalten. Das gilt insbesondere für den akustischen und den optischen Kanal der Informationsübermittlung, also für das, was Menschen reden und wie sie sich geben. Der Beobachtende konzentriert sich ganz auf das, was er erlebt. Während die äußeren Sinne abgeschaltet bleiben, nimmt er mit dem Innensinn des Erlebens auf. Der Informationsstrom wird selektiv auf das Empfinden, Fühlen und Erleben reduziert. Hier, im Inneren, liest er wie auf einem Monitor das ab, was er an Informationen empfangen hat.

Welchen Zweck verfolgt diese, der behavioristischen Forderung nach Außenbeobachtung diametral entgegengesetzte Einstellungsrichtung, aufgrund deren mit Absicht das Augenfällige, jedenfalls für diesen bestimmten Moment der Analyse, ignoriert wird; ist eine solche Maßnahme nicht doch leichtfertig, um nicht zu sagen unverantwortlich? Öffnet man dadurch nicht doch der Subjektivität Tür und Tor?

Der nächste Punkt bringt die Antwort auf diese Frage.

Zur Rechtfertigung der Maßnahme ereignet sich ein weiteres Element der Zuordnungsregel, das in dem Wort ‚methodisch' steckt („Innere Daten direkt zueinander in Beziehung setzen – und zwar unter *methodischem* Nichtbeachten des Beobachtbaren!"). Die Nichtbeachtung des Beobachtbaren ist ausschließlich

„METHODISCH"

begründet, bringt keinesfalls eine prinzipielle Haltung zum Ausdruck.

Die Forderung läuft demnach nicht darauf hinaus, die beobachtbaren Gegebenheiten in ihrem Wert für die Analyse nicht ernst zu nehmen oder gar gering zu schätzen. Im Gegenteil! Der Lernende soll sich ganz grundsätzlich bemühen, alle Sinne offenzuhalten. Die Schulung der Fremdwahrnehmung, näherhin die Beobachtung des Verhaltens und der Ausdruckserscheinungen der Mitmenschen gilt nach wie vor als ein wichtiges Lernthema.

Die *Begründung* dafür, die beobachtbaren Fakten zu ignorieren, ist folgende. Wenn bestimmte Informationskanäle, in diesem Fall die nach außen gerichteten Sinne, ausgeblendet werden, dann hängt das mit dem enormen Täuschungseffekt der Tarnung zusammen, der in allen besprochenen Beispielen mehr oder weniger deutlich zu erkennen war. Soll der Schutzmechanismus der Tarnung den angestrebten Nutzen bringen, dann muß er sein Ziel erreichen. Das besagt, daß die Irreführung der Mitwelt zustande kommt. Derjenige, der sich schützt, macht das, was in ihm vorgeht, tatsächlich unerkennbar, indem er etwas ‚vorschützt'.

Um diesen Bluffeffekt des Tarnschutzes zu unterlaufen, ist es angebracht, die nach außen gerichteten Sinne kurzfristig zu vernachlässigen. Das bringt die Chance, nicht der Wucht des vordergründigen Augenscheins zu erliegen, mit dem jemand durch Worte und Ausdrucksverhalten die Mitwelt irrezuleiten vermag. Als Hauptinstrument der Wahrnehmung tritt das Empfinden und Fühlen in Aktion, weil dieses sich durch nichts täuschen läßt.

In gewissem Sinne verläßt die Analyse die Ebene der verbalen sowie der nonverbalen Kommunikation und begibt sich auf eine dritte Kommunikationsebene, indem sie das miteinander vergleicht, was sich im Inneren der Kommunikationspartner abspielt.

Haben wir diese Ebene der Betrachtungsweise einmal bezogen, dann erkennen wir häufig mühelos die Entsprechung zwischen den Partnern und bewundern das logische Zusammenspiel, welches die Interaktion zwischen Sender und Empfänger beherrscht. Die Re-Aktion paßt exakt zur Aktion. Was sich vorher als irrationales Geschehen darbot, erhält seinen exakten Sinn.

Jetzt paßt zwar die sogenannte Überreaktion des Empfängers, seine immense Wut, immer noch nicht zum geringfügigen Anlaß, den der Sender gegeben hat, aber sie paßt sehr wohl zu dessen Gefühlen, Gedanken, Absichten, Gesinnungen. (Womit nicht gesagt sein soll, es gebe neben dieser scheinbaren Überreaktion nicht auch die echte Überreaktion). Es paßt auch immer noch nicht die ‚Undankbarkeit' des einen im Hinblick auf die ‚gute Tat' des anderen. Sehr wohl stimmt diese ‚Undankbarkeit' zu den Vorbehalten, Nebenansichten usw. des Wohltäters.

Wenn sich aber die Analyse auf der dritten Kommunikationsebene bewegt, nämlich auf der Ebene der inneren Vorgänge, vergleicht sie im Hinblick auf die Kommunikationspartner Daten ein und derselben Kategorie miteinander. Sie setzt innere Daten des einen Kommunikationspartners (Störempfindung, Entwertungsgefühl, Blockierung) nicht mit den äußeren Daten des anderen in Bezug (einwandfreies Verhalten), vielmehr gleichfalls mit dessen inneren Vorgängen (verschwiegene Gefühle, Gedanken, Absichten). So wirken die Vorgänge schlüssig.

Ein Beispiel zur Veranschaulichung der diagnostischen Gesichtspunkte: der ‚unmögliche' Anruf um Mitternacht

Gegenstand des Beispiels ist die freundschaftliche Beziehung eines Studentenpaars. Die beiden Partner wohnen in weit auseinanderliegenden Städten. Sie sind hauptsächlich auf den telefonischen Kontakt angewiesen.

Die Studentin ruft ihren Freund spät in der Nacht an, obwohl sie weiß, daß er früh zu Bett geht und dann nur noch in dringenden Fällen angerufen werden möchte.

Der Freund empfindet den Anruf, der ihn mitten aus dem Schlaf reißt, als Überfall. Zwar hatte die Freundin auch sonst, vor allem in der Anfangszeit ihrer Beziehung, gelegentlich spät angerufen, und er hatte sich früher sogar darüber gefreut. Doch dieses Mal ärgert er sich über die Störung, wundert sich aber über die auffallende Stärke seines Ärgers.

Nichts liegt näher, als die Ursache für die negative Wirkung des Telefonanrufs in dem späten Zeitpunkt und in der mangelnden Rücksichtnahme der Freundin zu suchen. Dieser Schluß wird sich als Fehlschluß herausstellen.

Die Konfliktaufhellung muß, gemäß den besprochenen Grundsätzen, bei der negativen Wirkung des Telefonanrufs auf den Freund beginnen. Zunächst ist ganz einfach die Art und Weise des Sichgestörtfühlens zu beschreiben. Die Störung schlägt sich in allen drei Dimensionen des Empfindens nieder: in der Anmutungsqualität, im Selbstgefühl und im spontanen Handlungsimpuls. Denn abgesehen davon, daß sich der Freund gestört sieht, kommt er sich als Muffel vor, erlebt sich unflexibel und unfähig, auf eine spontane Zuwendung angemessen zu reagieren. Zumal sich die Freundin beim Anruf ausgesprochen herzlich und zugewandt gegeben hatte. Dadurch war der Eindruck entstanden, sie habe einer plötzlichen Regung nachgegeben und sei von dem Bedürfnis geleitet, mit ihm zu sprechen.

Die diagnostische Grundregel („Wenn etwas stört, wird etwas nicht mitgeteilt") behauptet, die störende Wirkung beruhe auf einer Art von Verschweigung, weil dadurch eine Unstimmigkeit beim Sender entsteht. Daraus läßt sich die Voraussage ableiten: Falls das Zurückgehaltene ausgesprochen wird, müssen alle drei eben beschriebenen Momente der Störung entfallen. Möglicherweise kommt noch eine gewisse Spiegelbildlichkeit der Empfindungen auf beiden Seiten zum Vorschein, obgleich alles dagegen spricht.

Die beiden Partner bringen den Konflikt in der Lerngruppe vor. Der Freund beklagt sich über die bisweilen überrollende Spontaneität seiner Freundin, diese kritisiert seine rigide Unbeweglichkeit und die Unfähigkeit, etwas aus dem Rahmen Fallendes zuzulassen.

Der Gesprächsbegleiter lenkt die Aufmerksamkeit ganz auf die Gefühlsebene. Die Partner sollten darüber sprechen, was in ihrem Inneren vorgegangen sei. Seine Suche zielt auf das ab, was nicht ausgesprochen wurde. Die Situation des Freundes ist inzwischen deutlich geworden. Er hat sich überrumpelt gesehen. Wo aber entdeckt man das Versatzstück für diese Störung in den Gefühlen der Freundin? Ihr Verhalten, der späte Anruf, hätte keineswegs zwangsläufig negativ wirken müssen. Ihre Initiative hätte genausogut den gegenteiligen Effekt hervorrufen können. Der Grund für die Störung liegt vermutlich an anderer Stelle.

Im weiteren Verlauf des Gesprächs fragt der Begleiter die Studentin nach den näheren ‚inneren' Begleitumständen des Anrufs. Er regt sie an, darüber nachzudenken, in welcher Verfassung sie gewesen sei, als sie den Hörer zur Hand nahm und aus welcher Stimmung heraus der Anruf erfolgt sei. Sie solle einfach erzählen.

Nach kurzer Besinnung liefert die Studentin die entsprechenden Daten, welche den Situationshintergrund sogleich beleuchten. Es sei für den besagten Abend zwischen ihnen beiden abgemacht gewesen, daß sie den Freund anrufe. Während des abendlichen Fernsehkrimis sei ihr mit jähem Schrecken die Vereinbarung eingefallen. Sie war jetzt im Konflikt, an der spannendsten Stelle des Films aufzustehen oder durch einen späteren Anruf den Freund zu verärgern. Mit einem gewissen Trotz habe sie sich entschlossen, den Krimi zu Ende zu sehen. Schließlich habe sie sich dann doch zu dem Anruf mehr oder weniger gezwungen.

Wie man leicht erkennt, setzt sich die Stimmung der Freundin im Augenblick des Anrufs aus einem Sammelsurium an Gefühlen zusammen. Im Laufe des Erzählens wird ihr zusätzlich bewußt, wie sehr sie damals über ihr Vergessen erschrocken war, weil sie es als Fehlleistung interpretierte. Sollte diese Vergeßlichkeit das Signal für beginnende Lauheit sein und das Nachlassen ihrer ursprünglich so heißen Liebe ankündigen? Peinlichkeit und Schuldgefühle waren in ihr hochgestiegen. Doch dann habe sie alle unangenehmen Empfindungen kurzerhand beiseite geschoben und entschlossen die Nummer des Freundes gewählt.

Trotz ihrer beeinträchtigten Stimmung zeigte sie sich herzlich und spontan, was ihr nicht schwerfiel, weil Herzlichkeit und Spontaneität eine Stärke ihres Naturells ausmachten.

Der Bericht der Freundin wirkt auf ihren Partner ausgesprochen befreiend und entlastend. Auf einmal versteht er, warum er seinerzeit derart gereizt reagiert hatte und nicht auf die Zuwendung einzugehen vermochte. Angesichts der nunmehr erfolgten Eröffnung braucht er sich nicht mehr darüber wundern, denn es lag ja offensichtlich weniger an der späten Stunde und weniger an seiner unflexiblen Art. Er hatte auf den Hintergrund des Anrufs reagiert, genauer gesagt auf die Verschleierung des Hintergrunds. Dieser schien eben gerade nicht von Spontaneität bestimmt zu sein. Es war die reine Pflichtleistung.

Die diagnostische Grundregel („Wenn etwas stört, wird etwas nicht mitgeteilt") hat sich durch das offenlegende Gespräch bestätigt.

Wenn man will, läßt sich sogar eine gewisse Spiegelbildlichkeit des Erlebens auf beiden Seiten, und zwar in allen drei Dimensionen des Empfindens, entdecken, obwohl das zunächst überhaupt nicht zu bemerken war. Nicht nur beim Freund, auf beiden Seiten wurde eine erhebliche *Störung* empfunden. Allerdings war es zunächst nur der Freund, bei dem sie in Erscheinung trat. Auf beiden Seiten kam es zu einer Irritierung des *Selbstgefühls* und zu Schuldgefühlen. Bei beiden Partnern beobachtet man nicht ein spontanes Handeln, viel eher ein *Handeln* unter Druck und Pflichtzwang.

Das *methodische Vorgehen* des Begleiters läßt eine klare Linie erkennen. Ihn interessiert nicht zuerst das störende Verhalten. Er will nicht wissen, was die Studentin *getan* hat, sondern was sie *gefühlt* hat, welches Empfinden hinter ihrem Tun stand. Er blendet im Sinne der Zuordnungsregel das Beobachtbare, die verbale sowie die nonverbale Ebene der Interaktion aus und begibt sich auf die dritte Ebene, diejenige der inneren Vorgänge. Damit gibt er dem Gespräch die entscheidende Wendung. Der Konflikt erfährt eine rasche Aufhellung. Die Verärgerung des Freundes steht zwar nicht in Entsprechung zur Herzlichkeit der Freundin, aber durchaus zu ihren Gefühlen.

Ginge man von der naheliegenden, aber unzutreffenden Annahme aus, der späte Zeitpunkt des Anrufs sei die Hauptursache der Störung gewesen, dann gelangte man wahrscheinlich zu der folgenden beziehungstherapeutischen Zielsetzung. Die Freundin solle lernen, mehr Rücksicht auf ihren Partner zu nehmen und Anrufe zu später Nachtzeit zu unterlassen.

Damit käme der eigentliche Konfliktpunkt, den die Freundin in die Beziehung hineinträgt, überhaupt nicht in den Blick; nämlich die Tatsache, daß sie leicht in Gefahr gerät, mit ihrer naturgegebenen Herzlichkeit ihre wahren Gefühle zu kaschieren.

Ihre Aufgabe lautet nicht: Mehr Rücksicht! Sie lautet: Mehr Stimmigkeit!

Viele menschlichen Konflikte werden deshalb unlösbar, weil es nicht gelingt, an die wahre Ursache heranzukommen. Es versteht sich von selbst, daß die Beseitigung der falschen Ursache höchstens per Zufall die Behebung der Störung mit sich bringt.

V. Die Veränderungs- und Heilkräfte

Im folgenden geht es darum, einen Punkt zu erörtern, der vorwiegend theoretisches Interesse verdient: Welches sind die Wirkkräfte, die therapeutischen Agentien, die für die Veränderung zum Positiven verantwortlich sind? Was war es jeweils, das den guten Effekt zustande gebracht hat?

Die Betrachtung richtet sich auf die in Frage kommenden Wirkfaktoren unter zwei Gesichtspunkten. Zuerst unter einem allgemein menschlichen, sodann unter einem mehr technischen.

Ein ‚menschlicher' Gesichtspunkt: der Schutzraum der Beziehung als günstige Bedingung für Lernen und Veränderung

Einen grundlegenden Faktor der Veränderung entdeckt man in jenem besonderen Schutzraum, den eine Vertrauensbeziehung anbietet.[13] Der geschützte Raum eröffnet für den Lernenden neue Möglichkeiten. Die wichtigste Chance, die er so erhält, ist die, daß er sich so geben darf, wie er ist. Hatte er früher dafür, daß er sich so gab, wie er ist, Bestrafung erfahren, so soll er jetzt zwar mit den Wirkungen seines Verhaltens konfrontiert werden, doch das hat in einem möglichst bestrafungsfreien Raum zu geschehen. Dieser Prozeß ist hart genug, so daß es angezeigt erscheint, ihn nicht zusätzlich durch vermeidbare Destruktion zu erschweren.

Ein technisch-handwerklicher Gesichtspunkt: die umfassende Bedeutung der Information

Bei der Suche nach einem solchen technischen Aspekt des Therapiegeschehens sowie des Lernvorgangs, der möglichst umfassend und integrativ ist, stößt man auf den Faktor *‚Information'*. Das klingt zunächst sehr abstrakt. Es wird sich jedoch im Laufe der Erörterung immer deutlicher herausstellen, daß sich der Begriff ‚Information' als ausgesprochen fruchtbar für das Verständnis der innerseelischen Abläufe wie auch der sozialen Vorgänge erweist, weil es im innerseelischen Bereich auf den Austausch zwischen Unbewußtem und Bewußtsein, im sozialen hingegen auf den Austausch zwischen den Beziehungspartnern ankommt.

Alle Gebilde der lebendigen Wirklichkeit, aber auch viele Systeme der technischen Welt leben vom Element Information wie der Organismus vom Sauerstoff.

Das Zusammenspiel der Teilelemente einer *Ganzheit*[14], die nach einem übergeordneten Plan funktioniert, geschieht durch den Fluß und den Austausch von Informationen. Erst durch den Fluß der Information wird die notwendige Regelung möglich. Ist er gestört, ist auch das Funktionieren der Systemganzheit gestört.

Das Heizsystem in unseren Wohngebäuden bietet ein relativ einfaches Bild der in der *Technik* angewandten Regelung. Würde etwa das Temperaturmeßgerät ausfallen und die entsprechende Information über die vorhandene Raumtemperatur nicht an die Steuerungszentrale gelangen, dann hätte das den Effekt, daß wir aufgrund dieser Informationsstörung frierend beziehungsweise schwitzend in unseren Zimmern sitzen.

Der tierische oder menschliche *Organismus* stellt gegenüber dem technischen System eine unvergleichlich komplexere Systemganzheit dar, so daß der störungsfreie Informationsfluß noch wesentlich größeres Gewicht erlangt. Die Krebserkrankung beispielsweise kann als Informationsstörung betrachtet werden. Die Informationsübermittlung von den Genen zu den Zellen, also die Anweisung an diese, ist gestört, was die Wucherung der Zelle zur Folge hat. Die unvorstellbar komplexe Ganzheit des menschlichen Organismus erfährt ihre Regelung unter anderem durch das zentrale Nervensystem. Milliarden von Nervenzellen und Nervenbahnen sorgen für den Fluß der Informationen und Rückinformationen.

Es gilt also:

> Je komplexer das System,
> um so wichtiger die Information,

das heißt, um so unverzichtbarer der störungsfreie Informationsfluß.

Wenn aber bereits der menschliche Einzelorganismus für sich allein genommen eine unsagbar vielgestaltige Systemganzheit bildet, dann gewinnen wir eine Ahnung davon, wie komplex erst die nächsthöhere Systemganzheit, nämlich der *soziale Organismus* des zwischenmenschlichen Zusammenlebens sein muß. Denn in ihm findet das Wechselspiel mehrerer, in sich selber hochkomplexer Einzelsysteme statt. Und außerdem: Wie lebensnotwendig hier einerseits der Informationsaustausch zwischen den Individuen wird, damit Gemeinschaft entsteht, und wie negativ sich andererseits eine Störung auf der Ebene der Information vermutlich auswirkt. (Nicht ohne Grund hat in der gegenwärtigen Psychotherapie der Systembegriff und das ‚systemische' Denken große Bedeutung gewonnen und sich insbesondere für die ‚System-Therapie', also die Therapie von Sozialbeziehungen, fruchtbar erwiesen.[15]

Wir werden die Information in *zwei Formen* betrachten. Erstens in der Form des einfachen *Informationsflusses* beziehungsweise -austauschs, zweitens in der Form des Informationsrückflusses.

Die zwischen Menschen ausgetauschten Informationen haben zunächst einmal die Funktion, uns für unser Zusammenleben dadurch Orientierung zu ermöglichen, daß wir uns wechselseitig über unsere Befindlichkeiten, Gedanken, Vorstellungen, Bedürfnisse, Absichten in Kenntnis setzen.

Der Informations*rückfluß* besagt eine besondere Form des Informationsaustauschs. Beziehungsaktivitäten beispielsweise regeln sich unter anderem durch Rückinformation. Wir modifizieren unser Handeln in vielen Situationen danach, ob es uns Erfolg oder Mißerfolg verschafft, ob wir damit ‚ankommen' oder ‚anecken'. Dieses Feedback über die Folgen des eigenen Verhaltens bedeutet ein grundlegendes Orientierungsinstrument in unserem Umgang mit den anderen.

Die Regelung der sozialen Beziehungsaktivitäten geschieht allerdings von mehreren Seiten her. Unser Handeln wird nicht nur von *außen* beantwortet, sondern auch von *innen.* Zwar erfahren wir von den anderen häufig auf irgendeine Weise, direkt oder indirekt, was ihnen an unserem Verhalten gefällt beziehungsweise mißfällt. Wir erhalten aber darüber hinaus wesentliche Rückinformationen über das, was wir tun, aus uns selber in der Form von Gefühlssignalen, Träumen, Assoziationen, Symptomen usw. Eine wesentliche Aufgabe des Beziehungslernens besteht darin, die Sprache dieser Signale zu erlernen.

VI. Regeln für die Praxis des Handelns

Die bisherigen Überlegungen haben die Bedeutung erhellt, die dem Faktor ‚Information' für das Funktionieren von Systemganzheiten, also gleicherweise für das soziale System, zufällt. Diese Bedeutung könnte man durch das Postulat ausdrücken: Maximierung und Optimierung der Information! So entsteht die bestmögliche Regelung und Selbstregelung im zwischenmenschlichen Kontakt.

Nunmehr wäre zu ermitteln, auf welche Weise sich die gewonnenen Einsichten für die Praxis des Beziehungslernens nutzbar machen lassen. Welche Regeln sollte man einführen, um den wünschenswerten Informationsfluß und -rückfluß zu gewährleisten?

Die Einführung der Hauptregel: „Wahrnehmen und mitteilen!"

Wenn wir die Erkenntnisse über die Funktion der Information auf die Praxis übertragen, ergeben sich zwei Lernziele für menschliches Verhalten:

Sich so sehen, wie man ist. Sich so zeigen, wie man ist.[16]

Was durch Lernen angestrebt wird, ist also vor allem dies:

Bewußtheit und Transparenz.

Doch diese Verhaltensanweisungen erstrecken sich auf ziemlich komplexe Aktivitäten. Daher unternehmen wir den Versuch, die letzteren in noch schlichtere beziehungsweise elementarere Anweisungen zu zerlegen, sie gewissermaßen auf Grundelemente des Beziehungshandelns zurückzuführen.

Auf der Suche nach solchen Grundelementen trifft man vor allem auf zwei Aktivitäten, durch welche die Voraussetzungen für die Erreichung des formulierten Lernziels erfüllt werden: das Wahrnehmen und das Mitteilen, *die Realität also, die äußere wie die innere, richtig erfassen und sich exakt darüber austauschen.*

Deswegen wird für das Vorgehen in der Lerngruppe und in jeder Form des Beziehungslernens die Hauptregel zugrunde gelegt: „Wahrnehmen und mitteilen!" Die Regel leitet zur entsprechenden Einstellung an und beinhaltet die wichtigsten Elemente des Beziehungslernens. Sie ist allerdings abstrakt und allgemein gehalten und muß konkretisiert werden.

Dabei erfährt die erste Differenzierung nach *‚außen und innen'* eine Ergänzung durch die Aufgliederung: *positiv und negativ.*

In ganz einfacher Form lautet jetzt die konkreter gewordene Anweisung:

> Nimm wahr und teile mit:
> Was außer dir ist,
> was in dir ist,
> das Positive bzw. Entlastende sowie
> das Negative!

Auf dem Hintergrund dieser Grundeinstellung ergeht in der Gruppe die folgende Anweisung.

Schau *auf die anderen* hin und sieh, was du beobachtest! Das was sich dir zeigt, ist zwar ohnehin schon öffentlich im Unterschied zur verborgenen Innenseite der anderen, aber du sollst deine Beobachtungsfähigkeit schulen und verbessern, den anderen immer deutlicher sehen lernen.

Schau aber zugleich *in dich hinein* und achte darauf, wie du die anderen, ihr Verhalten und ihre Ausstrahlung *erlebst*! Ebenso sollst du wahrnehmen, wie du dich selber in diesem Kontakt erlebst; achte also auf alles, was sich in dir tut an Gefühlen, Körperregungen, Bedürfnissen, Absichten, Phantasien, Gedanken usw.!

Ferner: nichts ist unbedeutend, nimm *jede Geringfügigkeit* ernst! Erst später wirst du ermessen, wie wichtig die unscheinbarste Gefühlsregung sein kann.

Schließlich, beachte darüber hinaus *die minimalste Veränderung* in deinem Erleben! Denn wir wollen den Blick dafür schärfen, welche unserer Aktivitäten zu positiven und welche zu negativen Folgen führen, welche sich entlastend und welche sich belastend auswirken.

Jemand macht beispielsweise eine überraschende Erfahrung im Umgang mit der Angst, die er vor anderen in der Gruppe hat. Nachdem er einige Minuten über diese Angst geredet hat, stellt er erstaunt fest, daß sich seine Angst merklich verändert hat oder sogar ganz verschwunden ist. Er gewinnt daraus die Einsicht in einen fundamentalen Sachverhalt: Ich kann auf meine Gefühle und Zustände Einfluß nehmen, eben durch Hinsehen und Darübersprechen.

Da es wesentlich um ‚Sehenlernen' geht – denn das ist die Voraussetzung für alles andere, insbesondere für das richtige Handeln – *entspricht die zu erwerbende Grundeinstellung viel eher der leisen Art der Meditation, als daß sie auf große Aktionen abzielte*, schon gar nicht auf das, was man als ‚action' bezeichnet. Gerade in der Anfangsphase des Lernseminars kann es vorkommen, daß eine Gruppe lauthals nach Aktionen ruft, Techniken in die Hand bekommen will. Die Verweigerung solcher spannungsabführender Aktivitäten erzeugt zunächst eine starke Frustration, die sich nicht selten in aggressiven Methodendiskussionen und Ausfälligkeiten gegen die Gruppenleiter äußert. Erst allmählich bahnt sich die Einsicht an, wie enorm anstrengend das schlichte Hinschauen, vor allem das differenzierte Sich-selber-Wahrnehmen ist und wie sehr es die gesamte Energie des einzelnen beansprucht. Man beginnt zu erkennen: Wahrnehmen ist nicht nur die dynamischste, sondern auch die produktivste Aktivität, nicht zuletzt deswegen, weil ihr eine hohe selbstregulierende Kraft innewohnt.

Die Hauptregel „Wahrnehmen und mitteilen!" zielt auf die Erfüllung der Forderung nach Informationsfluß im allgemeinen und Informationsrückfluß im besonderen ab

Damit der Lernende erkennt, welche seiner Verhaltensweisen ihm aufs ganze gesehen Erfolg bringen, das heißt, sein wahres Eigeninteresse fördern und welche sich letztlich schädlich auswirken, ist es für ihn notwendig, ein ausgeprägtes *Gespür für die Folgewirkungen seines Handelns* zu entwickeln. Das geschieht einmal dadurch, daß er sorgfältig auf die entsprechenden Folgen zu achten beginnt und sodann sich möglichst ausführlich mit seiner Mitwelt über diese Folgen austauscht, um Gewißheit darüber zu erlangen, wie sein Verhalten erlebt wird.

Die Dringlichkeit des Wahrnehmens und Austauschens betrifft nicht zuletzt alle Formen des Entlastungserfolgs. Der Lernende soll den Blick dafür schärfen, was ihn wirklich und auf Dauer *schützt* und was lediglich einen kurzfristigen Scheinerfolg bewerkstelligt.

Jetzt geht es darum, die Gesprächsregel in einer Weise zu formulieren, daß der Gedanke der Regelung deutlicher zu erkennen ist. Das ‚Lernen am Erfolg' beziehungsweise das Lernen an den Konsequenzen des eigenen Verhaltens bildet den wesentlichen Anlaß für die starke Gewichtung des Wahrnehmens und Mitteilens. Zur Hervorhebung des lernpsychologischen Gedankens soll die konkretisierte Gestalt der Hauptregel „Wahrnehmen und mitteilen!" mit *vier Faustregeln* wiedergegeben werden, welche die wesentlichen Imperative des Beziehungslernens bilden:

1. Fremdwahrnehmung!
2. Selbstwahrnehmung!
3. Positive Bestärkung und Bestärkung durch Entlastung![17]
4. Korrektiv!

Eine solche Umformulierung im Sinne der lernpsychologischen Grundannahmen enthält den Gedanken des Lernens an den Konsequenzen nicht nur indirekt, sondern ausdrücklich. Man hat es mit einem *komplexen Lernprogramm* zu tun, *welches das Feedback-Prinzip in den Mittelpunkt stellt.*

Diese Aussage verlangt eine Erläuterung.

Die Aufforderung zur *Fremdwahrnehmung und Selbstwahrnehmung* gewinnt unter dem genannten Aspekt eine klare Funktion für die Regelung und heißt dann: Schau auf beides hin, auf den anderen und auf dich selbst! Registriere vor allem sämtliche Wirkungen von Kommunikation sowohl beim Gegenüber als auch bei dir selber!

Der Hinweis, zusätzlich den Gesichtspunkt *positiv-negativ* zu beachten, will folgendes:

Alles Wünschenswerte soll dadurch *bestärkt* werden, daß es in seinem positiven beziehungsweise entlastenden Charakter bemerkt und ausgedrückt wird.

Alles Störende soll eine *Korrektur* erfahren.

Gestaltet sich zwischenmenschliche Kommunikation im Sinne der beschriebenen Prinzipien, dann trägt diese Art der Kommunikation einmal dem Informationspostulat ‚Maximierung und Optimierung der Information!' Rechnung. Sie entspricht außerdem den Grundannahmen über menschliches Lernen und Verhalten, weil der Aspekt ‚Lernen an den Konsequenzen' zum Tragen kommt.

Wir wollen die Aufmerksamkeit darauf lenken, welche *Vielzahl an Rückmeldevorgängen und Regelungsprozessen* durch die Befolgung der Regel „Wahrnehmen und mitteilen!" in Gang kommt. Diese Vielzahl kann nur angedeutet werden. Die Darlegung beschränkt sich daher darauf, die Thematik lediglich exemplarisch am Phänomen der Selbstwahrnehmung sowie am Phänomen der innerseelischen und der sozialen Schutzhaltungen beziehungsweise ‚Abwehrmechanismen' aufzuzeigen.

Das Phänomen der **Selbstwahrnehmung** läßt sich unter vielen möglichen Gesichtspunkten betrachten. Hier ist beabsichtigt, nur den Feedback-Aspekt anzusprechen.

Abgesehen davon, daß unsere Handlungen durch die Reaktion der Mitwelt beeinflußt werden, erfahren sie eine Regelung von innen her.

Denn wir erzeugen nicht allein Wirkungen auf die anderen, sondern zugleich auf uns selber. Haben wir uns auf eine bestimmte Weise benommen und wollen wir wissen, was wir davon zu halten haben, brauchen wir nur nach innen horchen und das von dorther kommende Echo beachten.

In vielen Fällen sagt uns eine *innere Stimme* ziemlich rasch und ebenso unumwunden, wie *unser Handeln qualifiziert* wird. Sie drückt Bestätigung, Entlastung oder Korrektur aus. Das tut sie in tausenderlei Facetten. Sie macht sich hörbar mit angenehmen und unangenehmen Gefühlen, in Zufriedenheit und Unzufriedenheit mit uns selber. Der Variantenreichtum und die Differenziertheit ihrer Rückmeldesignale sind unbegrenzt.

Positiv bestärkend: Wir haben uns in einer kritischen Situation stimmig verhalten und erleben das wunderbare Gefühl, mit uns identisch zu sein.

Bestärkend durch Entlastung: Wir sind dafür, daß wir uns stimmig verhalten, unsere Meinung gesagt haben, durch eine tiefgehende Erleichterung belohnt worden. Hatten wir vorher den Eindruck, den anderen irrezuführen und zu hintergehen, was ein dumpfes Belastetsein in uns bewirkt hatte, so ist jetzt die Bedrückung beseitigt, wir können wieder durchatmen.

Negativ beziehungsweise kritisch und korrigierend: Wir haben uns in irgendeiner Form danebenbenommen und erfahren die entsprechenden Signale aus uns. Sie treten in Erscheinung als Scham, Peinlichkeitsregungen, als das vielzitierte ‚ungute Gefühl‘ oder das ‚blöde Gefühl‘, als Bedrückung, schaler oder übler Nachgeschmack, als Körperreaktion wie Schwitzen, Unruhe usw. Aber auch als Körpersymptom im engeren Sinn, schließlich als Fehlleistung, als Alptraum während der Nacht usw.

Alle *derartigen Rückmeldesignale* haben den Charakter von Antworten, die aus uns selber an uns ergehen. Diese unser eigenes Verhalten kommentierenden Antworten nehmen wir in der Selbstwahrnehmung entgegen. Sie *zu übersehen oder nicht entsprechend zu gewichten, heißt, ein unermeßliches Potential der Orientierung ungenutzt zu lassen.*

Die Beachtung der Hauptregel „Wahrnehmen und Mitteilen!“ ermöglicht eine geeignete Form des Schutzes

Es gibt unterschiedliche Möglichkeiten für den Menschen, sich zu schützen.

Auf der *Wahrnehmungsebene*: Er schaut weg, um den Anblick der Gefahr nicht aushalten zu müssen, wie es nach der Sage der Vogel Strauß macht.

Oder er schaut der Gefahr bewußt ins Auge, um sich zu orientieren und die notwendigen Maßnahmen ergreifen zu können.

Auf der *Äußerungsebene*: Er macht sich unsichtbar, geht auf Sichtschutz, tarnt sich.

Oder er macht sich für den ‚Gegner‘ transparent, offenbart ihm seine Verletzbarkeit und Verletztheit.

Es sind zwei Schutzstrategien, von denen die eine das genaue Gegenteil der anderen zeigt.

Während sich die eine auf Verdrängen gründet, also auf *Unbewußtheit*, stützt sich die andere auf Wahrnehmen, auf *Bewußtheit*. Während die eine das Mittel der *Tarnung*, näherhin der Verheimlichung verwendet, vertritt die andere die unverschlüsselte Selbstdarstellung, die *Transparenz*.[18]

Weil das Wahrnehmen und Mitteilen die Erfahrung von Erfolg und Mißerfolg, von Belastung und Entlastung ins Bewußtsein wie auch in den Austausch bringt, rücken diese beiden Aktivitäten in den Mittelpunkt des Beziehungslernens.

Die Beachtung der Hauptregel mit ihrer Devise „Hinschauen und darüber sprechen!“ ist daher, ungeachtet der Schlichtheit der Regel, dazu geeignet, ein **hochdifferenziertes und äußerst komplexes Feedback-System aufzubauen**. Der dynamische Fluß der Information und des Austauschs gewährleistet eine optimale Selbstregelung der Lebensaktivität beider Systeme: des innerseelischen wie des sozialen.

VII. Die Hypothese einer dritten Sprache

Im folgenden sind drei Ebenen zu nennen, auf denen Menschen sich äußern und der kommunikative Austausch stattfindet: die Sprache der Wörter, die Sprache des Ausdrucks und darüber hinaus eine dritte Sprachebene, auf welcher das, was im Inneren der Beziehungspartner vorgeht, miteinander kommuniziert.

Die Konzeption der dritten Sprache verlangt eine *Neugewichtung der Sprachebenen in ihrem Verhältnis zueinander.*

Die gegenwärtige Psychologie widmet dem Verhältnis zwischen den verbalen und den nonverbalen Vorgängen besondere Aufmerksamkeit. Das ist sicher sinnvoll. In der vorliegenden Erörterung über Beziehungslernen wird eine andere Gruppierung vorgenommen, insofern vornehmlich das Verhältnis zwischen den beiden erstgenannten Sprachen einerseits und der verdeckten Sprache andererseits zur Untersuchung steht. Hierbei ist von Belang, daß die beiden ersten Sprachen wahrnehmbare Signale (Wort und Ausdruck) zur Grundlage haben, wogegen sich die dritte Sprache auf die verdeckten Vorgänge des Inneren bezieht. Zu einer veränderten Akzentsetzung sah ich mich veranlaßt, da ich jene Störungen, welche durch eine Unstimmigkeit zwischen verbaler und nonverbaler Kommunikation entstehen, für einigermaßen harmlos halte gegenüber jenen Störungen, die daraus resultieren, daß der wahrnehmbare Vordergrund des verbalen und nonverbalen Geschehens in Gegensatz zum verborgenen Hintergrund der Gefühle und Gedanken tritt.

Was mit einer ‚dritten Sprache' gemeint ist

Die Hypothese einer *dritten Sprachebene* gewinnen wir aus einem *Schlußverfahren.* Wir können die Existenz einer dritten Sprache vor allem aus zwei Umständen erschließen. Einmal aus der nachweislichen sozialen Wirkung der inneren Vorgänge, sodann aus der Bestätigung von Voraussagen, die wir bei der Aufhellung von Beziehungsstörungen machen.

Zur *sozialen Wirkung* der inneren Vorgänge.

Bei der Interaktionsanalyse der *Störung* stellte sich jeweils im nachhinein heraus, daß es gerade die verschwiegenen Gefühle, Gedanken,

Absichten beziehungsweise deren Verschweigung es waren, welche zur Störung geführt hatten.

Die gegenteilige Wirkung, nämlich die *Behebung der Störung*, tritt in dem Augenblick ein, da an denselben inneren Vorgängen etwas verändert wird, sie also ins Wort kommen. Wenn aber das Verschweigen zur Störung und das Mitteilen zur Behebung der Störung führt, dann muß die entsprechende Wirkung etwas mit den inneren Vorgängen zu tun haben, denn an diesem Punkt wird die Veränderung vorgenommen.

Zum Kriterium der *Voraussagbarkeit.*

Der beschriebene Vorgang ist voraussagbar. Am Beginn der Interaktionsanalyse steht die hypothetische Annahme der diagnostischen Grundregel: Wenn etwas stört, wird etwas nicht mitgeteilt. Man kann also voraussagen: Falls tatsächlich das Verschweigen es ist, welches die negative Wirkung der Störung hervorgerufen hat, dann wird das Aussprechen die gegenteilige Wirkung hervorrufen, das heißt, die Störung beseitigen.

Dieser Dreischritt von Vermutung–Voraussage–Bestätigung stellt den festen Rahmen jedes Veränderungsvorgangs dar.

Aufgrund der eben geschilderten Beobachtungen und der daraus gezogenen Schlußfolgerungen halte ich es für zweckmäßig, der Sprache der Wörter und der sogenannten nonverbalen Vorgänge den **Begriff** einer **dritten Sprache** hinzuzufügen und ihn der gesamten Erörterung zugrunde zu legen. Besonders aus den Interaktionsanalysen geht die Bedeutung der Hypothese einer dritten Sprache für die Praxis hervor.

Die dritte Sprachebene bildet gewissermaßen **die verdeckte Seite der Interaktion**. Sie umfaßt **die innerseelischen Vorgänge der Beziehungspartner wie Fühlen, Denken, Wünschen, Wollen, Planen, Gesinnungen usw., den Bereich des Unbewußten eingeschlossen**; denn nicht nur die verschwiegene Aggression, die einem Beziehungspartner bewußt ist, sondern ebenso die unbewußte hat eine soziale Wirkung, führt zur Störung.

Was sich bereits im Verlauf der bisherigen Erörterung herausstellte, wird sich weiterhin bestätigen: daß unter Zuhilfenahme dieser Idee einer dritten Sprache zahlreiche zunächst undurchschaubare Interaktionsvorgänge sich dem rationalen Verständnis erschließen.

Der Begriff ‚dritte Sprache' gestattet es folglich, Einblick in das Gefüge der Störung zu erreichen und deren Behebung zu ermöglichen.

Gewiß mutet die Vorstellung einer dritten Sprachebene befremdlich an, weil die Aktivitäten in diesem Bereich angeblich ‚rein innere' Vorgänge sind und ihnen gerade jenes Wesenselement abgeht, das für die Übermittlung unverzichtbar zu sein scheint: das Zeichen. Wir entdekken weder das verbale noch das nonverbale Zeichen. Die inneren Vorgänge erwecken den Eindruck, das Gegenteil von Übermittlung darzustellen und völlig privater Natur zu sein.

Doch alles was wir bisher über Interaktion ermittelt haben, läßt darauf schließen, daß das, was im Inneren eines Menschen vorgeht, durchaus soziale Wirkungen hat, ja einen **sozialen Wirkfaktor ersten Ranges** ausmacht, mit dem wir ständig zu tun haben, nur daß wir außerstande sind, das ‚wie' dieser Übermittlung anzugeben und ihr Übertragungsmedium klar zu fassen.

Bemerkungen zur Rekonstruktion einer dritten Sprachebene neben der verbalen und der nonverbalen Kommunikation

DER EMPFÄNGER. Von den drei zur Übermittlung gehörenden Faktoren – Sender, Empfänger, Übertragungsweg – kennt die Alltagssprache zumindest den Empfänger beziehungsweise das Empfangsorgan.

Man spricht nämlich manchen Menschen die Fähigkeit zu, auf rätselhafte Weise Informationen zu empfangen, von denen man nicht richtig anzugeben vermag, wie sie übermittelt werden. Die bekannten Wendungen lauten: Dieser Mensch hat einen ‚Riecher', verfügt über einen ‚sechsten Sinn', man spricht vom ‚Hören mit dem dritten Ohr' usw. Oft verlachte man Menschen mit solchen Fähigkeiten als Sonderlinge, welche ‚Gespenster sähen', ‚das Gras wachsen hörten', weil der Sender jener geheimnisvollen Botschaften, die sie zu empfangen vorgaben, sowie auch der Übermittlungsweg sich der Wahrnehmung entzogen, so daß ihre Berichte über den rätselhaften Empfang von Botschaften vielfach nicht überprüfbar waren.

Die hier aufgeführten Formulierungen reden also von einem sozusagen *ausgezeichneten Wahrnehmungssinn* des Menschen, der die Leistung der anderen Sinne übertrifft. Fragen wir, wohin dieses Teilstück im mehrgliedrigen Vorgang der Übermittlung (Sender, Empfänger, Übertragungsweg) gehöre, dann ist es eindeutig das an zweiter Stelle genannte Glied: der Empfänger mit seinem wahrnehmenden Organ.

Wo es aber beispielsweise ein *‚drittes Ohr'* gibt, da muß es logischerweise den dazu gehörigen *‚Sprecher'* geben. Etwas allgemeiner gesagt, wo ein Empfänger ist, da wird wohl auch ein Sender sein.

Diesen Sender sowie den Übertragungsweg beließ man allerdings weitgehend im Dunkeln.

Falls wir den besagten Empfang von Botschaften (Hören mit dem ‚dritten Ohr' usw.) nicht als pure Einbildung und Halluzination des

Empfängers oder als esoterischen Hokuspokus zu deklarieren beabsichtigen, sind wir gehalten, sowohl den dazugehörigen Sender wie auch den Übertragungsweg gewissermaßen zu erschließen, um nicht zu sagen, zu postulieren.

Durch welche Argumente aber lassen sich die erschlossenen Elemente aufweisen? Aus dem bisher Gesagten geht hervor, wir dürften das durch die Alltagssprache thematisierte Empfangsorgan des ‚sechsten Sinnes' oder des ‚dritten Ohrs' usw. als das Teilstück eines vollständigen Übermittlungsvorgangs ansehen, das für sich allein genommen unverstanden bleibt. Es ist also zu sehen, ob es gelingt, die fehlenden Teilstücke ausfindig zu machen und zu prüfen, ob – falls man solche Versatzstücke entdeckt – alle zusammen genommen ein sinnvolles Ganzes ergeben, in dessen Gefüge das bereits bekannte Fragment ‚Empfänger' seinen logischen Ort einnimmt.

Begeben wir uns also zuerst auf die Suche nach dem mysteriösen Sender.

DER SENDER. Von denen, die als Sender in Frage kommen, ist uns jedenfalls einer längst bekannt.

Es ist kein anderer als der zu Beginn der Erörterung vorgestellte Partner ‚Sender', von dem die Störung ausgeht.

Wie soll man das verstehen?

Die Beispiele, welche die Störsituation veranschaulichten, lassen folgendes erkennen: Das Sichgestörtfühlen des Beziehungspartners ‚Empfänger' ist häufig die Antwort auf die verborgenen Gefühle, Gedanken, Absichten des Senders beziehungsweise die Antwort auf das Verschweigen dieser Dinge.

Nach der Identifizierung des Senders als dem gesuchten Interaktionspartner sind somit, jedenfalls für die Störsituation, zwei wesentliche Elemente, die zur Übermittlung auf der dritten Ebene gehören, vorhanden: der Empfänger sowie der dazu passende Sender.

DER ÜBERTRAGUNGSWEG.[19] Die nächste Frage ist diese: Auf welche Weise gelangt die Information über das, was im Inneren des Senders vorgeht, an den Empfänger? *Daß* ihn die Information erreicht, dürfte klar sein. Denn er reagiert auf die verschwiegenen Gefühle, Gedanken, Absichten des Senders. Aber die Art der Übermittlung bleibt offen.

Über die Grammatik der dritten Übermittlungsebene

Nach der Benennung der Hauptelemente der dritten Sprachebene – Sender, Empfänger, Übertragungsweg – stellt sich die Frage, ob, wie etwa die Wortsprache ihre Grammatik hat, auch für die dritte Sprache eine entsprechende Grammatik mit bestimmten Regeln und Gesetzen denkbar sei. Dabei ist festzuhalten, daß die drei Sprachen eine Einheit bilden.

Weil gerade aus der Gegenläufigkeit der Aussagen jene Widersprüche entstehen, welche zur Störung führen, besteht die wünschenswerte Form jeder kommunikativen ‚Äußerung' darin, daß alle drei Sprachen zu einer eindeutigen Gesamtaussage zusammenwirken.

Unsere diagnostischen Regeln lassen sich durchaus im Sinne grammatischer Regeln verstehen. Alle drei blenden durch einen methodischen Kunstgriff die beiden erstgenannten Sprachebenen, die verbale wie die nonverbale, aus. Sie beabsichtigen nämlich, das, was im Inneren der Beziehungspartner vorgeht, zueinander in Relation zu setzen.

Das Studium dieses ‚Dialogs zwischen zwei Innerlichkeiten' gehört zum Erregendsten und Faszinierendsten, was die Beschäftigung mit Interaktion enthüllt.

Die Grammatik des Austauschs über die dritte Ebene kann noch anderweitig veranschaulicht werden.

Man hat in bezug auf den Charakter sprachlicher Aussagen zwei logische Typen von Aussagen unterschieden. Das kommt in der Unterscheidung zwischen **Objektsprache** und **Metasprache**[20] zum Ausdruck.

Die Objektsprache macht, wie das Wort sagt, eine Äußerung über ein Objekt – Objekt im weitesten Sinne genommen, also über irgendeine Gegebenheit. Die dieser Objektsprache übergeordnete sogenannte Metasprache hingegen gibt einen genaueren Hinweis auf die durch die Objektsprache ergehende Äußerung, etwa wie diese aufzufassen ist. Die Metasprache gehört als eine ‚Sprache über das Sprechen' deswegen dem höheren logischen Typus an, weil sie sich auf der übergeordneten Aussageebene bewegt und etwas über das Sprechen selber sagt. Zum Beispiel ist das, was wir als Grammatik kennen, eine solche Metasprache. Sie besteht darin, die Sprache ihrerseits zum Gegenstand der Erörterung zu nehmen.

Analog zur zitierten Unterscheidung hat man in bezug auf zwischenmenschliche Beziehung die Unterscheidung zwischen *Kommunikation* und *Metakommunikation* eingeführt.[21] Kommunikation besteht in dem Umstand, daß wir Menschen miteinander umgehen, Metakommunikation jedoch darin, daß wir uns darüber austauschen, *wie* wir miteinander umgehen.

Die Unterscheidung zwischen Objektsprache und Metasprache sowie zwischen Kommunikation und Metakommunikation gewinnt deswegen die allergrößte Bedeutung für zwischenmenschliche Beziehung, weil sie einen hohen Grad der *Differenzierung* und Klarheit im kommunikativen Austausch gestattet.

Das soll zuerst am Bereich der *verbalen und der nonverbalen Kommunikation* illustriert werden. Jede der beiden Sprachen kann als Objektsprache oder als Metasprache in Erscheinung treten. Das will sagen, jede von ihnen läßt sich zum einen dazu benutzen, etwas auszusagen, zum anderen aber auch dazu, die gemachte Aussage zu differenzieren und zu kommentieren.

Dazu einige Hinweise.

Wortsprache kommentiert Wortsprache.

Wir machen eine Äußerung und kommentieren unsere Worte – metasprachlich – durch zusätzliche Äußerungen. Etwa wenn wir formulieren: Was ich vorhin gesagt habe, war nicht so gemeint.

Ausdruckssprache kommentiert Wortsprache.

Wir kommentieren unsere Worte – metasprachlich – durch mimischen, gestischen, stimmlichen Ausdruck, wodurch beispielsweise der andere erfährt, ob wir Spiel oder Ernst im Sinn haben. Wir sagen drohende Worte, aber unser verschmitztes Lächeln verrät dem anderen, unsere Worte seien als Spaß aufzufassen.

Wortsprache kommentiert Ausdruckssprache.

Da Ausdruckssprache gegebenenfalls vieldeutig und damit mißverständlich ist, schaffen wir die nötige Eindeutigkeit durch Worte. Wir sagen etwa unserem Gegenüber, unser verdrießliches Gesicht habe nichts mit ihm, sondern mit etwas ganz anderem zu tun.

Ausdruckssprache kommentiert Ausdruckssprache.

Wir differenzieren unser Ausdrucksverhalten – metasprachlich – durch ein anderes Ausdrucksverhalten. Noch einmal das Beispiel der Unterscheidung zwischen Spiel und Ernst. Wir drohen mit erhobenem Finger und grinsen dabei, so daß der andere sofort weiß, wie es gemeint sei. Das Grinsen sagt als metasprachliches Signal: Diese Drohgebärde ist Spaß.

An der Fähigkeit zur Differenzierung partizipiert auch die **dritte Sprache**.

Unser Verhalten, ja unsere gesamte Art, mit Angelegenheiten und überhaupt mit dem Leben umzugehen, wird durch eine Art ‚innerer Stimme' kommentiert und beurteilt. Diese verschafft sich, wie schon mehrfach erwähnt wurde, in allen möglichen Formen Ausdruck: als Traum, Einfall, Körpersymptom, Gefühl, Fehlleistung, Krankheit usw.

Der Alptraum gibt uns zu erkennen, wir hätten bestimmte Dinge noch nicht bewältigt; das Krankheitssymptom liefert uns – nach dem Grundsatz „Wer nicht hören will, muß fühlen!" – sozusagen ‚mit anderen Worten' oder auf einem anderen ‚Kanal', einen schmerzlichen Kommentar zu unserer Art, Konflikte zu handhaben usw.

Die Chance der Psychotherapie verdankt sich nicht zuletzt dem Umstand, daß man begonnen hat, den gesamten Bereich der Träume, Symptome, Fehlleistungen usw. als einen metasprachlichen Kommentar zu ‚lesen', wobei von besonderem Vorteil ist, daß das Individuum diesen Kommentar aus sich selber erhält.

An anderer Stelle wurde gesagt, unser Handeln würde nicht nur durch Konsequenzen von außen, sondern ebenso durch *Konsequenzen* aus dem eigenen Inneren reguliert. (Träume, Einfälle, gute Gefühle, übler Nachgeschmack, Peinlichkeitsregungen, entsprechende Gedanken usw.). Sobald man diese Konsequenzen von innen in ihrem ‚sprachlichen' Charakter artikuliert, lassen sie sich als metasprachlicher Kommentar zu unseren Handlungen im einzelnen und unserer Art der Lebensführung im allgemeinen interpretieren.

Die von innen kommenden und an uns ergehenden Kommentare erschöpfen sich nicht darin, etwas über unser beobachtbares Verhalten und unsere öffentlich in Erscheinung tretende Lebensführung auszusagen. *Innere Vorgänge kommentieren sich gegenseitig. Das besagt, wir bekommen aus uns selber auch metasprachliche Kommentare zu all dem, was wir innerlich denken, empfinden, planen, wünschen.* Man hat also auch hier den Unterschied zwischen Signal und übergeordnetem Metasignal zu beachten. *Das Differenzierungsprinzip von ‚Objektsprache und Metasprache' beherrscht somit das gesamte innerseelische Leben.*

Gefühle als metasprachliche Kommentare zu Gedanken.

Wir ergeben uns bei einem Selbstgespräch in abfälligen Gedanken über unseren Freund (Objektsprache). Sodann überkommt uns Scham darüber, daß wir so denken (Metasprache).

Gefühle kommentieren und qualifizieren sich selber.

Wir erleben uns dem Freund gegenüber überheblich und kommen uns daraufhin schofel vor. Während das eine Gefühl sagt: Ich bin besser (Objektsprache), läßt uns das andere wissen: Schlimm genug, daß du dich besser dünkst! (Metasprache).

Aus diesen Beispielen wird eine spezielle Eigenschaft der Gefühle deutlich. Gefühle bewerten alles und jegliches. Sie kommentieren unsere sämtlichen Aktivitäten, die äußeren wie die inneren, unsere Taten ebenso wie unsere Gedanken, Gesinnungen, Wünsche, Absichten. Sie tun es als ‚gutes Gefühl' oder als ‚ungutes Gefühl', als Befriedigung oder als schaler Nachgeschmack, als beruhigende Vorstellung oder als mißtönende Peinlichkeitsregung. Gefühle geben quasi unvermeidlich zu allem und jedem ihren Senf, üben eine universale metasprachliche Funktion aus.

Das verleiht ihnen eine immense Bedeutung im innerseelischen und sozialen Lebenszusammenhang. Sie bilden die allgegenwärtigen Metasignale zu unserem Verhalten und Erleben. In ihnen schlägt wie bei keiner anderen seelischen Aktivität die ‚innere Stimme' als metasprachlicher Begleitkommentar zu Buch. Wir haben nicht zu allem einen Traumkommentar; uns verfolgt bei unserem Fehlverhalten nicht jederzeit ein Symptom; wir sind nicht ununterbrochen Opfer unserer Fehlleistungen. Wir haben aber zu allem ein Gefühl – und sei dieses noch so unmerklich im Hintergrund.

Die Tatsache, daß unter den Signalen von innen die Gefühle einen besonderen Rang einnehmen, macht verständlich, daß Selbstwahrnehmung im Sinne der Wahrnehmung der eigenen Gefühle ins Zentrum des Beziehungslernens rückt.

Deshalb lautet die Hauptfrage, welche alles Lernen begleitet: *Wie fühlst du dich?*

Der Grund für eine solche Gewichtung liegt nicht in einer romantischen Vorliebe für Emotionales. Die Frage zielt auf etwas ganz Bestimmtes hin.

Gewiß soll durch sie die Beschreibung des jeweiligen augenblicklichen Zustandes angeregt werden. Aber auch das richtet sich meist auf die **Funktion des Gefühls als eines metasprachlichen Informationssignals**.

Was ist damit gemeint?

Die Frage „Wie fühlst du dich?“ nimmt häufig die folgende Bedeutung an: Was sagt dein Gefühl zu dem, wie du dich eben verhalten hast, wie du mit dem Konflikt, wie du mit dir selber und den anderen umgehst? Welchen Kommentar bekommst du? Fühlst du dich gut, oder empfindest du Mißtöne, hast du das Gefühl von Evidenz oder des Zweifels?

Mit der Frage „Wie fühlst du dich?“ soll der metasprachliche Kommentar, den das Fühlen zu allem gibt, abgerufen werden.

Das Empfinden enthält die aktuellste und rascheste Rückmeldung in bezug auf einen Vorgang oder Sachverhalt. Dieser metasprachlichen Äußerung über aktuelles innerseelisches oder soziales Geschehen fällt ein hoher Informationswert zu.

VIII. Eine Zwischenbemerkung zur Methode des Vorgehens

In etwas freier Übersetzung läßt sich das Wort ‚Methode' mit dem Ausdruck ‚reflektierter Weg' wiedergeben. Man geht einen Weg und gibt sich Rechenschaft über die Schritte, die man getan hat.

Auf die Transparenz der Vorgehensweise wird in der vorliegenden Darstellung großen Wert gelegt. Die grundlegenden methodischen Elemente gehen aus deren praktischer Anwendung, das heißt, aus der durchgeführten Analyse der Beispiele hervor. Die Erläuterung der methodischen Prinzipien findet sich in Anmerkungsteil.

Die Analyse der Interaktion bewegt sich auf *drei methodischen Ebenen.*

1. Die Ebene der schlichten Beschreibung von Phänomenen.
2. Die Ebene der systematischen Beschreibung, welche Zusammenhänge, also Korrelationen, erforscht.[22]
3. Die Ebene der ursächlichen Analyse.[23]

Demgemäß stellen sich *drei Fragen.*

1. Wie sieht das Phänomen aus?
2. Womit steht es – insbesondere zeitlich – in Zusammenhang?
3. Was sind seine Ursachen?

Für die *praktische Anwendung* beim Kommunikationslernen und für die Analyse des Störphänomens heißt das:

1. Beschreibe eingehend, was du wahrnimmst, vor allem die Störempfindung!
2. Innere Daten direkt zueinander in Beziehung setzen! Was geschieht in den Beziehungspartnern?
   Wichtig ist aber auch die Beachtung des zeitlichen Zusammenhangs: Wann und unter welchen Bedingungen hat die Störung begonnen, unter welchen Bedingungen verschwindet sie?
3. Warum stört ein störendes Verhalten?

Zum Abschluß sei noch auf ein weiteres wesentliches methodisches Element hingewiesen: das Vorgehen anhand des *Dreischritts* von ‚Vermutung–Voraussage–Bestätigung/Nichtbestätigung'.[24]

Zweiter Teil

Differenzierung – Praxis der Anwendung – Interaktionsanalyse

I. Wahrnehmen lernen heißt: fühlen lernen[25]

Außensinn und Innensinn. Warum oft ein Wechsel der Blickrichtung von außen nach innen unumgänglich ist

Um dem Phänomen der sozialen Wahrnehmung, also der Wahrnehmung der Mitmenschen, näher zu kommen, wollen wir das Begriffspaar ‚Außensinn und Innensinn' verwenden.

Wichtig ist dabei: Es geht um unterschiedliche Aspekte ein und desselben Wahrnehmungsvorgangs.

Wenn wir ein Objekt, in diesem Fall einen Mitmenschen, wahrnehmen, baut unsere Wahrnehmung das Bild von ihm sozusagen aus zwei Elementen auf. Wir richten unsere Sinne nach außen und empfangen ein Sehbild, ein Hörbild usw. von ihm. Wir können aber auch bewußt in uns hineinhorchen und fragen: Wie *erlebe* ich das, was ich sehe und höre? Wie bin ich angemutet, wie bin ich angesprochen?

Die beiden Elemente, die den Gesamteindruck konstituieren, sind diese:

Das Erscheinungsbild + die dazugehörige Emotion.

Oder: das Erscheinungsbild zusammen mit dem Erlebnisbild.

Man wird vielleicht einwenden, eine solche Unterscheidung sei reichlich künstlich. Das wäre fürwahr der Fall, gäbe es nicht jenes seltsame Phänomen, das schon mehrfach Gegenstand der Diskussion war, nämlich das Phänomen der Widersprüchlichkeit der Wahrnehmungsdaten.

An und für sich konvergieren die beiden Teilfunktionen des Wahrnehmens zu einem einheitlichen Gesamtbild vom Gegenüber. Man hat es lediglich mit einer je anderen Wahrnehmungseinstellung zu tun, einer unterschiedlichen Blickrichtung. Das freundliche Gesicht draußen erweckt Sympathieregungen im Inneren.

Doch nun zum Phänomen der Widersprüchlichkeit. Die beiden Daten können merkwürdigerweise auseinanderfallen. Wir bekommen gegensätzliche Informationen. Obschon von seiten des Gegenübers beispielsweise alles erdenklich Positive auf uns zukommt, reagiert es *in* uns negativ. Wobei es uns unmöglich ist, eine entsprechende Störquelle auszumachen.

Uns stört ein Verhalten, das uns eigentlich nicht stören dürfte.

Die aus dem Gesagten sich ergebende **Technik** kennen wir bereits aus der Besprechung der diagnostischen Regeln. Gemeint ist der **Wechsel der Blickrichtung**, der sich durch folgende Anweisung ausdrückt: Schau nicht nur nach außen, wenn du den anderen wahrnehmen willst, sondern vor allem auch nach innen.

Mit dieser schlichten Technik wechselt man quasi den Informationskanal. In einem Bild ausgedrückt kann man die Funktion des Außensinnes einerseits sowie des Innensinnes andererseits so umschreiben: Während sich die durch den Außensinn ermöglichte Fremdwahrnehmung auf das äußere Erscheinungsbild eines Gegenübers richtet und insofern wie eine Fotokamera arbeitet, reagiert der Innensinn wie das Ultraschallgerät auf das, was hinter dem Erscheinungsbild steht.

Unsere Umgangssprache bezeichnet den genannten Innensinn des erlebenden Wahrnehmens meist mit dem Ausdruck ‚fühlen'. Daher wollen wir im folgenden ausführlich von der Bedeutung der menschlichen Gefühle für das Beziehungsleben sprechen.[26]

Der Bezug der Gefühle zum Ich-Empfinden des Menschen

Unter ‚Ich-Empfinden' soll die Art und Weise verstanden werden, wie ein Mensch sich selbst erlebt.

Ganz allgemein läßt sich sagen, Gefühle unterhielten eine spezifische Beziehung zum Ich des Menschen.

Die Sprache hebt die Ich-Nähe des Fühlens durch die Verhältnisbestimmung von Subjekt und Prädikat, insbesondere durch die Verwendung des Hilfszeitworts ‚sein' anstatt des Worts ‚haben' hervor. Etwa in der Formulierung: *Ich bin* ... Der Ich- Bezug klingt recht plastisch an: *Ich bin* traurig, ängstlich, mutig, ärgerlich, resigniert. Er ist nicht mehr so unmittelbar in den *Ich habe*-Formulierungen enthalten: *Ich habe* Angst, Kummer, Mitleid. Eher schwingt er wieder mit in Tätigkeitswörtern: Ich empfinde, erlebe, fühle. Also: ich empfinde Glück, Teilnahme, Gleichgültigkeit.

Die jeweilige *Ich-Nähe* der Gefühle kann sowohl hinsichtlich ihrer Dauer als auch ihres Intensitätsgrades ganz *unterschiedlich* sein. Bisweilen taucht ein Gefühl lediglich flüchtig auf, ein anderes hält sich als Lebensgrundstimmung durch, bisweilen ist es lediglich an der Peripherie unseres Bewußtseins vorhanden, dann wiederum dringt es in unser Zentrum vor und erfüllt uns ganz. Eine lebensbedrohliche Verzweiflung, die uns anfällt, ein Haßgefühl, eine Liebesregung erfaßt andere Ich-Schichten in uns als die Nostalgie eines trüben Tages.

Anhand solcher Überlegungen läßt sich die Auffassung vertreten, **Gefühle** stellten, philosophisch betrachtet, **Erscheinungsweisen und Darstellungsweisen des menschlichen Ichs** dar. Man kann daher Gefühle gewissermaßen als **Ich-Gestalten**

oder Ich-Momente ansehen. In ihrer Funktion als Ich-Ausdruck sind sie jeweils Abwandlungen des einen und selben Ichs, also **Ich-Modalitäten** und **Ich-Zustände**. Das ungegenständliche Wesen des Menschen gelangt in ihnen zur Darstellung und verbirgt sich zugleich, weil es mit keiner punktuellen und partiellen Erscheinungsgestalt ausgeschöpft ist.

Vom Beziehungsaspekt her gesehen **sind Gefühle jene erlebnisgetönten Modalitäten, in denen das Ich auf die Welt und auf sich selbst bezogen ist.** Mit der Sprache des Existenzphilosophen Martin Heidegger würde man formulieren, die Gefühle seien **die Weisen unseres ‚In-der-Welt-seins'.**

Der Ich-Bezug der Gefühle erfordert für unsere Thematik des Beziehungslernens die denkbar größte Aufmerksamkeit. Daß das Ich-Gefühl als Selbstgefühl und Selbstwertgefühl für die individuelle und soziale Existenz des Menschen einen hohen Rang einnimmt, ist bekannt.

Die Beachtung dieses Moments bei der Analyse der Beziehungsstörung zeigt, daß **das Ich-Empfinden des von der Störung Betroffenen ein Dianogsticum ersten Ranges darstellt**, denn es reagiert in sublimster Weise auf bestimmte Störreize. Wir werden daher uns nicht zuletzt mit der negativen Form des Ich-Empfindens befassen müssen, also mit der **Ich-Störung**, die in der Form der **Ich-Verzerrung** begegnet.

Das Fühlen ist eine Orientierungskraft

Die logische Leistung des Fühlens

Neben der ausgezeichneten Wahrnehmungsleistung des Fühlens kam auch bereits der logische Aspekt daran zur Sprache.

Die These von der logischen Natur der Gefühle mag für manchen provozierend klingen. Man hat die Gefühle nicht nur der Launenhaftigkeit, der Charakterlosigkeit und damit der moralischen Unzuverlässigkeit bezichtigt, man hat ihnen außerdem ihr unlogisches Verhalten zum Vorwurf gemacht, ihnen die intellektuelle Kompetenz abgesprochen. Daher bezeichnet man die Argumentationsweise einer Frau gern als ‚unlogisch', weil sie sich angeblich auf das Gefühl stützt. Viele erfahren Gefühle als etwas Undurchschaubares, Irrationales und deswegen Minderwertiges, aber auch Bedrohliches.

Das Studium der sozialen Interaktion leitet konsequent zu der Annahme hin, Gefühle seien die logischsten, rationalsten, intelligentesten Wesen, seien in gewisser Weise dem Verstand weit überlegen. Die These bewährt sich allerdings lediglich in dem Maße, als man sein Gehör für die Sprache der Gefühle sensibilisiert und den Intellekt der ständigen Anstrengung unterwirft, in die äußerst komplizierte Grammatik der Gefühle einzudringen.

Gefühle verkörpern noch jene ursprüngliche Einheit des Erfassens zwischenmenschlicher Sachverhalte, welche im nachhinein durch das analysierende Denken des Verstandes ausgefaltet wird. Der Ausdruck ‚logisches Empfinden' legt nahe, daß bereits im Fühlen die kognitive Verarbeitung eines Sachverhalts vorgegeben oder sogar einschlußweise geleistet ist. Die intellektuelle Leistung der Gefühle vollzieht sich allerdings auf intuitive Weise.

Man kann die Intuition als die emotionale Erscheinungsgestalt der Rationalität begreifen. Intuition ist auch im vielfach genannten ‚Störgefühl' der diagnostischen Grundregel am Werk: Das Störgefühl bildet das Ergebnis des spontanen, wenngleich sehr komplexen Aktes, den später die ursächliche Analyse („Warum fühlt jemand dieses oder jenes?" beziehungweise „Warum stört mich dieses oder jenes?") in ihre einzelnen Teilschritte zerlegt. Man könnte sagen, es sei gewissermaßen die ‚Kurzschrift' des mehrgliedrigen rationalen Vorgangs, mithin die unentfaltete, ‚durch Intuition' vollzogene Analyse einer Störsituation.

Wir stützen uns zu einem erheblichen Teil auf die Intelligenz, die Weisheit, den Scharfsinn und das Urteilsvermögen der Gefühle. Gleichwohl muß man erst die ‚Lebensart' der Gefühle studieren, um im nachhinein die strenge Folgerichtigkeit ihrer intuitiven Aktivität sichtbar zu machen und zu würdigen. Das für uns wichtigste Erkenntnis- und Arbeitsinstrument, die diagnostische Grundregel („Wenn etwas stört, wird etwas nicht mitgeteilt"), wäre ohne das Vertrauen in die logische Funktionsweise des Fühlens nicht zu denken. Wenn die Gefühlswahrnehmung alles erfaßt, es logisch verarbeitet und Schlußfolgerungen zieht, und wenn das ohne Mitwirkung des wachen Verstandes vor sich geht, dann dürfte es sich hierbei um eine sozusagen unbewußte Tätigkeit des Verstandes handeln.

Wir haben es schwer, in der Tatsache, daß uns das überzeugend kooperative Verhalten eines Mitmenschen aller Erwartung zum Trotz stört, die logische Präzision des Fühlens zu erkennen. Eher neigen wir dazu, unsere Gefühle der Widersinnigkeit zu bezichtigen. Erst die detaillierte Analyse, welche eine Aufhellung des Vorgangs durch Zergliederung in Teilschritte vornimmt, macht alles klar. Die rationale Analyse bringt eine relativ späte Evidenz hinsichtlich jenes analytischen Vorgangs, den die Gefühle längst ohne Zeitaufwand auf ihre Art mühelos durchlaufen haben. Man entdeckt leicht die Analogie zur Präzision und

Raschheit der Arbeitsweise eines Computers. Die Genauigkeit der Operation, welche die Gefühle leisten, wird durch die nachfolgende rationale Analyse zwar durchsichtig, aber nicht grundsätzlich überboten.

Die moralische Genauigkeit des Fühlens

So problematisch es erscheinen mag, den Gefühlen logische Qualitäten zuzuordnen, so provozierend mag es anmuten, sie als moralische Kräfte zu bezeichnen. Und dennoch scheinen Gefühle die moralischsten Wesen zu sein, die es gibt, denn sie bewerten alles und jegliches.

Immer wieder hat man die Gefühle der Unmoral verdächtigt.

Man neigt zu der Meinung, derjenige, der sich bei moralischen Entscheidungen auf sein Gefühl beruft, sei der ethisch Laxere gegenüber dem, der sich auf die sogenannten objektiven Normen stützt. Oft ist jedoch das Gegenteil der Fall. Nicht selten präsentieren die Gefühle einen wesentlich rigoroseren Maßstab als die gängige Moral.

Das läßt sich wieder unschwer an der Analyse eines bestimmten Gefühlsphänomens aufzeigen: *der Störempfindung.*

Mag sich ein Mensch uns gegenüber noch so zuvorkommend verhalten, mag dieses Verhalten von einem hohen menschlichen Engagement und von subjektiver Lauterkeit getragen sein, sobald wir uns durch sein Entgegenkommen unangenehm berührt sehen, haben die Gefühle schonungslos die Störung entlarvt.

Aus dem Gesagten ergibt sich eine interessante Schlußfolgerung. Im Blick auf die ‚guten Taten mit schlechter Wirkung‘ erscheinen die Gefühle wie unbestechliche Richter, arbeiten in der Weise unabhängiger Gerichte. Der Verstand mit seinen Argumenten ist ihnen gegenüber machtlos, denn sie haben die Natur beziehungsweise die Instinktsicherheit der Reflexe auf ihrer Seite.

Mit der gleichen Strenge, mit der unsere Gefühle das Verhalten des Mitmenschen bewerten, bewerten sie unsere eigenen Reaktionen. Wohl jeder Mensch macht die Erfahrung, daß er bisweilen tausend Argumente für die Richtigkeit seines Verhaltens beizubringen vermag und sogar durch die Mitwelt belobigt wird, doch ein ungutes Gefühl nicht los wird, das sich zwar nur leise meldet, aber nie ganz zum Schweigen zu bringen ist. Erst später erkennt er die Verläßlichkeit dieser inneren Stimme und weiß, daß er sich mit seinen Argumenten etwas vorgemacht hat.

Auf dem Hintergrund solcher Feststellungen darf man folgende Annahme ableiten. Die authentischen Gefühle vertreten die ‚Stimme der

Natur‘ in uns. Dadurch erweisen sie sich gleicherweise als die Stimme des ‚Selbst‘, anders gesagt, des ‚Gewissens‘, das über unsere Unversehrtheit wacht. Daraus geht wieder die hohe Bedeutung der Selbstwahrnehmung hervor. Sich wahrnehmen lernen, heißt, sich spüren lernen. Wer sich wirklich im genauen Sinne zu spüren vermag, der besitzt die beste Voraussetzung dafür, zu erkennen, was das ‚Richtige‘ ist.

Was man aber unter den erwähnten ‚authentischen Gefühlen‘ zu verstehen hat, soll beim nächsten Punkt geklärt werden.

Das authentische Gefühl als der innere Kompaß
Definition des authentischen Gefühls

Jene Orientierungskraft, die man den Gefühlen zusprechen darf, eignet allein den authentischen Gefühlen. Die nicht-authentischen tragen eher zur Desorientierung bei. (Eines der bekanntesten nicht-authentischen Gefühle, die sich als Regulativ anbieten, aber in Wirklichkeit irreführen, ist eine bestimmte Art von Schuldgefühlen. Sie bilden das nicht-authentische Gegenstück zum echten Schulderleben).

Wie läßt sich das authentische Gefühl bestimmen?

> Authentisch soll ein Gefühl genannt werden,
> dessen Erfassung durch keine Störung im Bereich
> des Wahrnehmens
> und des rationalen Verstehens beeinträchtigt ist.

Das ganze läuft demnach auf die fehlerfreie Selbstwahrnehmung – Selbstwahrnehmung im umfassenden Sinne verstanden – hinaus. Das besagt:

Fehlerfreie Selbstwahrnehmung + fehlerfreie Beurteilung dieser Wahrnehmung.

Fehlerhaft ist unsere *Selbstwahrnehmung* etwa dann, wenn wir lediglich die Angst dem anderen gegenüber, nicht jedoch die hinter der Angst sich verbergende Aggression bemerken. Die Angst ist nicht die ‚ganze Wahrheit‘ unseres Empfindens. Unsere Wahrnehmung gibt kein objektives Bild unserer augenblicklichen Einstellung zum anderen.

Als fehlerhaft, nicht authentisch im Sinne des unzutreffenden *rationalen Verstehens* kann man die sogenannte ‚Überreaktion‘ ansehen. Aufgrund unserer Lebensgeschichte sind wir für bestimmte Störreize extrem sensibilisiert und reagieren daher auf eine mäßige Störung so, als hätte der Sender uns etwas Entsetzliches angetan; und schließlich, wir sind der Meinung, der Sender sei am ganzen Ausmaß der auf uns ausgeübten Störwirkung schuld.

Nun aber zu der wichtigen Frage: *Wie erkennen wir, ob wir jeweils authentisch sind,* ob unsere Selbstwahrnehmung fehlerfrei ist?

Aus den Ergebnissen der bisherigen Erörterung resultiert eine einfache *Faustregel*, die sich an dem früher eingeführten Grundsatz „Die Wirkung zählt!" orientiert.

Sie ist so zu formulieren:

Die Äußerung des nicht-authentischen Gefühls wirkt in der Regel störend.

Die Äußerung des authentischen Gefühls wirkt nicht störend beziehungsweise behebt die Störung.

Man darf dem Dargelegten eine *allgemeine* Form geben und sagen:

Nicht authentisch und damit störend wird unsere Selbstdarstellung dann, wenn wir als Sender nicht im strengen Sinne ‚genau' sind.

Die Abstraktionsleistung des Fühlens

Ein methodischer Ansatz beim Beziehungslernen: das Abstrahieren

Eines der grundlegenden methodischen Elemente unseres Vorgehens beim Beziehungslernen besteht in einer Art Abstraktionsvorgang. Die Vielfalt der an einem Phänomen beteiligten Momente soll auf das Fühlen zurückgeführt werden. Anders formuliert, es gilt, jene Gefühlsinformation, welche in den unterschiedlichen Gegebenheiten – Verhalten, Ausdruck, Gedanken, Traumbild, Symptom, Vorstellung usw. – enthalten ist, herauszuarbeiten.

An erster Stelle stehen deshalb weniger die Fragen „Welches Verhalten beobachtest du oder zeigst du?" (Verhaltenstherapie), „Was fällt dir dazu ein?" (Psychoanalyse), „Was denkst du?" (Kognitive Therapien) usw. Die Aufforderung zur Selbstwahrnehmung verlegt den Schwerpunkt auf den Bereich des Erlebens. Deshalb lauten die Fragen: Wie *empfindest* du das Verhalten des anderen, wie berührt dich seine Ausstrahlung, welche Empfindung löst der Traum, den du geträumt hast, die Fehlleistung, die dir passiert ist, in dir selbst aus?

Wir wollen uns Rechenschaft darüber geben, *warum* wir diese Art des Fragens in den Mittelpunkt stellen und dem Gefühlsanteil in allen seelischen und sozialen Gegebenheiten das Hauptinteresse zuwenden.

Die Psyche definiert sich in der Vielzahl ihrer ‚Äußerungen'

Nehmen wir ein einfaches Beispiel dafür, wie die Psyche sich ‚definiert'.

Ein Mensch befindet sich im Zustand der Trauer.

Will nun die Psyche sich in diesem Moment definieren, so steht ihr eine geradezu unendliche Vielzahl an Äußerungsmöglichkeiten zu Gebote. In jeder der drei Hauptsprachen mit ihren Untersprachen vermag sie sich auszudrücken. Alles an ihr ist ‚beredt'. Die Psyche definiert sich also in ihrer Trauer auf alle denkbaren Arten: Reden, Schweigen, Körpersprache, Handlungen, Träume, Gedanken, Gefühle, Phantasien und vieles mehr. Ein Mensch kann den Zustand der Trauer aber auch in einem Gedicht wiedergeben, er kann ein Bild malen, kann seiner Trauer im Tanz eine Form geben.

Die methodische Gegenbewegung: das Abstrahieren

Bisher war der ‚Sender' im Blick.

Nehmen wir nun an, ein Mensch trauere in Gegenwart eines Mitmenschen. Begeben wir uns auf die Seite des Empfängers und sehen uns an, was hier vorgeht. Jetzt wäre zu sagen: Das Miterleben des Empfängers, seine Empfindungsqualität ist immer ein und dieselbe: Traurigkeit. *Das Empfinden des Empfängers reduziert die mögliche Vielfalt der Äußerungsmomente auf ein einziges Informationsdatum:* Trauer. Sämtliche Details und Einzelinformationen fließen in seinem Empfinden wie in einem Hohlspiegel zur Einheit des Erlebens zusammen. Dem Empfinden des Empfängers gelingt es also auf natürliche Weise und von selber, ungeachtet der Vielfalt der von außen kommenden Signalbotschaften auf jene Grundstimmung des Senders zu reagieren, aus der die einzelnen Gestaltungen herstammen und deren Manifestationen sie darstellen. Das Fühlen macht aus der Vielheit eine Einheit, aus den vielleicht Millionen von Signalen, die es durch die Ausstrahlung eines Menschen aufnimmt, den einen *‚Gesamteindruck'*.

Das Empfinden *abstrahiert noch in einem anderen Sinne*, stößt noch auf andere Weise zum Wesentlichen vor. Es sieht nicht allein von den Details ab, sondern in gewissem Sinne sogar *vom gesamten Erscheinungsbild.*

Das soll der Blick auf jene Empfindung verdeutlichen, die bisher im Mittelpunkt des Interesses stand: die Störempfindung.

Es wurde gesagt, unsere Störempfindung analysiere das Erscheinungsbild eines Menschen lediglich unter dem formalen Aspekt der logischen Stimmigkeit. Das besagt einen höchst abstrakten Vorgang. Es ist völlig gleichgültig, wie sich die Unstimmigkeit äußert.

Gefühle arbeiten bei ihrer doppelten Abstraktion ähnlich wie der *abstrakte Künstler*, der nicht nur die Details wegläßt, sondern sogar vom gesamten äußeren Erscheinungsbild abstrahiert. Ihn interessiert allein das Wesentliche, dieses hat dann allerdings keine äußere Ähnlichkeit mehr mit dem ‚Wirklichen'.

In gewissem Sinne darf man sagen, jede wahre Kunst sei abstrakte Kunst, nämlich insofern, als sie den Abklatsch der Natur vermeidet und das Wesen des Dargestellten erfaßt. Man denke an die großen Porträtmaler der Kunstgeschichte. Immer wieder wird dem Künstler seine Art der Abstraktion zum Vorwurf gemacht. Der Abgebildete ruft entsetzt aus: Das bin ich nicht! Der Künstler wird ihm ungerührt antworten: Genau *so* sehe ich dich aber! Warum malt Toulouse-Lautrec die attraktiven Damen der Pariser Lebewelt derart häßlich! Warum entdeckt man in den von Otto Dix gemalten Berühmtheiten unserer Zeit soviel Entlarvendes! Der Künstler malt die ‚nackte Seele'. Man kann es auch so ausdrücken: Er malt seine Empfindung, die er von dem Betreffenden hat, läßt sich durch keinen wie auch immer erscheinenden Vordergrund beeindrucken und von der ‚Wahrheit' ablenken.

Ein Beispiel: Gefühle sagen bisweilen etwas ganz anderes, nämlich das, worauf es ankommt

In der Lerngruppe berichtet eine fünzigjährige Ärztin über die Schwierigkeiten mit ihrem zwanzigjährigen Sohn. Sie schildert, wie liberal sie sich verhalte, wieviel Verständnis sie dem Sohn entgegenbringe, wie aufsässig, aggressiv und häßlich sich der Sohn trotzdem ihr gegenüber verhalte. Jeder Zuhörende wundert sich, wie ein Sohn sich bei einer so liberalen Mutter derart benehmen könne.

Der Gruppenleiter weiß um die Gefahr, die jetzt droht: Eine Woge der Kooperation entsteht, man ‚diskutiert' das Problem, Vorschläge und Ratschläge prasseln auf die Mutter ein. Man verfranzt sich in zahllosen Inhalten und geht an der Sache vorbei.

Daher der Vorschlag: Vergeßt alles, was gesagt worden ist! Horcht nach innen! In welche Stimmung hat euch der Bericht versetzt?

Dieser ‚Wechsel der Blickrichtung' leitet den *Abstraktionsvorgang* ein, der die Details ausblendet, das Problem auf den Punkt bringen will.

Zur ersten Überraschung kommt es in dem Augenblick, da die Gruppenteilnehmer unter der Oberfläche ihrer anfänglichen Gefühle, ganz andere Gefühle entdekken: Druck und Aggression. Sie fühlen sich unter Druck gesetzt und empfinden Aggressionen gegen die Frau.

Wie ist eine solche Gefühlsantwort zu verstehen, was hat die Mutter nicht mitgeteilt?

Im aufhellenden Gespräch, das dem Hintergrund nachgeht, stellt sich heraus, wieviel Angst die Mutter um ihren Sohn hat, die Angst, er würde in die Drogenszene abgleiten und kriminell werden.

Auf einmal verstehen die Zuhörenden die Rebellion des Sohnes besser. Wenn sich hinter der großzügigen Art der Mutter soviel unausgesprochene Angst, unterdrückte Wut, soviel Mißtrauen verbarg, dann mußte das, gerade weil unausgesprochen, einen massiven Druck erzeugen, gegen den sich der Sohn zur Wehr setzte. Nun war die Interaktion zwischen Mutter und Sohn klarer erkennbar. Hätte nicht der Wechsel der Blickrichtung weg von den Inhalten und hin zu den zunächst verdeckten Gefühlen stattgefunden, dann wäre die Gruppe höchstwahrscheinlich auf die Strukturierungsvorgabe der Mutter abgefahren, das eigentliche Problem wäre überhaupt nicht in den Blick gekommen.

Fassen wir zusammen. *Wovon abstrahieren die Gefühle* der Gruppenteilnehmer, wenn sie ‚der langen Rede kurzen Sinn' gerafft mit zwei Daten wiedergeben: Druck und Aggression?

Sie abstrahieren.

Von den vielen *Einzelheiten* des Berichts, sie beschränken sich auf das Wesentliche.

Von der erklärenden *Strukturierungsvorgabe* der Mutter, die dahin geht, daß das aufsässige Verhalten angesichts der Liberalität der Mutter schlechthin unverständlich sei.

Vom gesamten *Vordergrund* der Darstellung, der zunächst ein gewisses Mitleid und den Willen zur Kooperation ausgelöst hatte.

Ja sogar von der *Zeitdimension*, nämlich vom Dort und Damals. Die Gefühle aktualisieren den Konflikt zwischen Mutter und Sohn im Hier und Jetzt. Er passiert ‚live' zwischen der Mutter und den Gruppenteilnehmern. Die Teilnehmer reagieren zwar nicht mit dem Verhalten, aber mit ihren Gefühlen auf die gleiche Weise wie der Sohn.

Über alle diese Details setzen sich die Gefühle hinweg, dennoch empfangen sie die Hauptinformation und erfassen den Kern des Sachverhalts.

An dieser Stelle ist allerdings auf eine beachtliche *Schwierigkeit der Wahrnehmung* hinzuweisen.

Gewisse Tabus beziehungsweise zwischenmenschliche Verhaltensmuster, die wir im Laufe unserer Lerngeschichte erworben haben, hindern uns daran, unsere authentischen Gefühle zu registrieren. Ein solches Muster heißt beispielsweise: Dem leidenden Menschen hat man zumindest Mitgefühl entgegenzubringen.

Dazu kommt noch erschwerend der Bluffeffekt des Tarnverhaltens auf der Seite des Senders.

Wer wagt es wohl, wenn das Gegenüber von seinen Depressionen berichtet, die Wut wahrzunehmen, die dieser Bericht gegebenenfalls auslöst. Dabei würde gerade das Gefühl der Wut – spiegelbildlich – auf die mögliche Ursache der Depression hinlenken, beispielsweise eine verdrängte Aggression.

Wer getraut sich schon, beim Anblick eines herzzerreißend weinenden Menschen sich einzugestehen, daß er ungerührt und gefühllos bleibe. Dabei würde gerade das Ernstnehmen dieser Empfindungslosigkeit einen wichtigen Hinweis liefern, daß der herzzerreißend Weinende vielleicht gar nicht am richtigen Thema ist, weil er fälschlicherweise annimmt, sein eigentliches Problem sei nicht gewichtig genug.

Der Umgang mit den Gefühlen in der Praxis des Lernens und Heilens: Das aktive Durch-Erleben[27]

Das erlebende Wahrnehmen ist ein lebendiger Vorgang mit einer Zeitgestalt

Im Zusammenhang mit dem Studium des erlebenden Wahrnehmens treffen wir auf ein eigenartiges *Phänomen* am Vorgang des erlebenden Wahrnehmens. Es besteht ein Unterschied zwischen der Wahrnehmung von Objekten außer uns und der Wahrnehmung bestimmter Objekte beziehungsweise Gegebenheiten in uns selber.

Normalerweise verändert sich das äußere Objekt nicht durch längeres Hinschauen. Ein grünes Haus wird aufgrund von Hinsehen nicht grüner, ein Dreieck nicht dreieckiger.

Anders bei gewissen inneren Objekten, etwa Gefühlen. Häufig tritt eine Veränderung am Objekt ein – und zwar allein durch Betrachten, durch Wahrnehmen und Erleben. Es sind vor allem die ‚negativen' Gegebenheiten des psychischen Lebens, von denen man sagen könnte, sie stellten irgendwie eine Abweichung vom gewünschten ‚Soll-Wert' des psychischen Befindens dar. Wir denken an Zustände der Angst, der Resignation, des Hasses, der Langeweile, an Erfahrung von Sinnlosigkeit usw.

Es scheint möglich, durch das bewußte und aktive Wahrnehmen einer solchen Gegebenheit einen Prozeß in die Wege zu leiten, der auf die Wiederherstellung des gewünschten ‚Soll-Zustandes' seelischer Befindlichkeit hintendiert.

Wenn wir beispielsweise eine Angst, anstatt sie wegzuschieben, zulassen, uns bewußt ihr aussetzen, kann es vorkommen, daß sie sich spontan verändert. Hat sie uns zuerst bedroht, so bringt die durchempfundene, zu Ende gelebte Angst oft nicht nur den Zustand der Angstfreiheit hervor, sondern wandelt sich in ein Gefühl der Kraft und Sicherheit.

Unterzieht man den Vorgang des aktiven Er-lebens einer *Analyse*, dann zeigen sich verschiedene interessante Momente.

1. Man beobachtet ein *lebendiges* Geschehen. Der Wahrnehmungsinhalt ist dem wahrnehmenden Subjekt nicht in der Form eines statischen Bildes gegeben, wie ihm etwa ein Dreieck gegeben ist. Er entfaltet sich eher in der Form der prozeßhaften Dynamik, wobei sich der Wahrnehmungsinhalt aus sich heraus wandelt.

2. Der beschriebene Wahrnehmungsvorgang verläuft *spontan*, naturhaft, von selber, unterliegt nicht der Steuerung durch den Willen. In

Gang gesetzt wird er durch Zulassen. Gibt man ihm Raum, bewegt er sich selbsttätig, ist durch eine spezifische Eigenbewegung bestimmt.

3. Der Vorgang vollzieht sich nicht in einem Moment, so wie die Dreiecksfigur dem Betrachter in einem Moment gegeben ist. Er zerlegt sich in eine Reihe von *Zeitphasen.* Nur diese zusammengenommen konstituieren die volle Wahrnehmung. Die verschiedenen Phasen entwickeln sich nach einer klaren Gesetzmäßigkeit und sind nicht umkehrbar. Ein Gefühl etwa durchläuft einen Formwandel. Die innere Logik des Vorgangs läßt eine dem Drama vergleichbare klare Abfolge von Stadien erkennen: die Initialphase, sodann die allmähliche Steigerung, die auf einen Höhepunkt beziehungsweise Tiefpunkt zuläuft, welcher zugleich die Wende bedeutet, schließlich das Ausklingen in die Endphase der Lösung.

4. Das Moment der Selbstregelung.

Aus der bisherigen Diskussion kennen wir Selbstregelung nur auf der Verhaltensebene: Eine Verhaltensaktivität wird durch ihre Konsequenzen rückwirkend beeinflußt und regelt sich somit von selber. Es ist kaum verwunderlich, daß Selbstregelung gleicherweise auf der Ebene des erlebenden Wahrnehmens auftritt, weil das Wahrnehmen eine Verhaltenskomponente enthält, nämlich das Lenken der Aufmerksamkeit. Wir vermögen zwar das Erleben selbst nicht willkürlich zu steuern, es geschieht naturhaft und spontan. Sobald ein Stimulus gegeben ist, wird die Reaktion reflexhaft ausgelöst. Aber wir können unsere Aufmerksamkeit steuern, indem wir sie auf diesen oder jenen Wahrnehmungsgegenstand hinlenken beziehungsweise von ihm ablenken.

Was heißt das konkret?

Noch einmal diene als Beispiel das Phänomen der Angst. Daß bestimmte Reizgegebenheiten Angst in uns wachrufen, ist durch unseren Willen nicht zu verhindern. Doch steht es uns offen, Angst willentlich zuzulassen, aber auch willentlich wegzuschieben. Falls wir die Angst annehmen und ihre Stadien durchschreiten, erfahren wir die Konsequenzen dieses unseres Verhaltens, also unseres Umgehens mit der Angst. Wir werden, wie vorhin ausgeführt wurde, auf zweifache Weise belohnt, erleben zwei Arten des Erfolgs. Einmal sehen wir uns spürbar entlastet und zum anderen empfangen wir als Zugewinn eine Sicherheit, die wir vorher nicht besaßen.

Die Selbstregelung des Wahrnehmungsvorgangs offenbart eine Art *Selbstheilungstendenz* der Seele, die in manchem der Selbstheilungstendenz des Organismus vergleichbar ist. Das soll am Beispiel der medizinischen Heilform der Homöopathie illustriert werden. Der Name ‚Homöopathie' enthält das griechische Wort „gleich", „ähnlich".

Die Homöopathie bewirkt den Heilungsvorgang durch die gleiche

Substanz, durch welche die Krankheit ausgelöst wurde. Sie führt dem Organismus diese Substanz absichtlich zu, um ihn zur Gegenreaktion anzuregen.

Ins Psychologische übertragen sieht der Sachverhalt ähnlich aus. *Der Vorgang des erlebenden Wahrnehmens beziehungsweise der Selbstwahrnehmung hat die Funktion, die Psyche mit dem ‚Gleichen' zu infizieren, mit dem, was sie bedroht und krank macht: mit eben derselben Angst, unter der sie leidet, mit derselben Resignation, der Depression, dem Gefühl der Sinnlosigkeit, dem Haß, der Leere.*

Wenn wir den Lernenden zur Selbstwahrnehmung, also zum bewußten und aktiven Wahrnehmen auch aller negativen inneren Gegebenheiten hinführen, dann bedeutet das so etwas wie eine Selbstinfektion herbeiführen oder den Prozeß der Selbstvergiftung einleiten.

Das Unerwartete geschieht. Der Vorgang gestaltet sich zwar unter Umständen schwierig und dramatisch, aber konsequent geleitet wird das Geschehen an einer bestimmten Stelle, oft scheinbar plötzlich, kippen. Aus der Angst entsteht Sicherheit, aus der Resignation der Keim einer Zuversicht, aus der Empfindungslosigkeit die Intensität des Fühlens und Erlebens.

Das ganze mutet ebenso mysteriös an, wie es natürlich zu sein scheint. Durch die Erforschung dieser naturhaften Bewegungsgesetzlichkeit der Psyche vermittelt sich uns der Eindruck, als verfüge nicht nur der Organismus, sondern gleicherweise die Psyche über eine Art Immunsystem, als stünden auch ihr jene Killerzellen zu Gebot, welche sich erfolgreich gegen die bedrohlichen Gegner zur Wehr setzen. Man begegnet hierbei dem, was Paracelsus den ‚inneren Arzt' (Archäus) nennt und was man ganz allgemeinhin als Selbstheilungskraft bezeichnet.

Veranschaulichung

Zur Veranschaulichung werden im folgenden einige typische Situationen skizziert, denen man beim Umgang mit Beziehungslernen laufend begegnet. Während des Durchlebens einer solchen Situation beobachten wir im großen und ganzen dieselbe, schon erwähnte Verlaufsgesetzlichkeit: Anfangsphase des unangenehmen Zustandes, Steigerung bis zur Krise, Umschlag ins Positive, Ausklingen des Geschehens.

Es sei vorweggenommen, daß die Führung durch den erfahrenen und geschulten Gesprächsbegleiter notwendig ist. ‚Erfahren' muß er sein, weil er wahrscheinlich nur in jene Zustände sicher und konsequent hineinzuführen vermag, die er selber kennt. Schulung ist notwendig, um richtig damit umzugehen.

ANGST. Schon ziemlich bald macht der Lernende eine charakteristische Erfahrung, die ihm eine klare Struktur offenbart, so daß er erkennt: Wenn ich versuche, in die Angst hineinzugehen, wird es anfangs zunehmend schwieriger, sie auszuhalten. An der Talsohle ist es am schlimmsten. Aber ich registriere zugleich, daß hier der Drehpunkt liegt. Ganz allmählich werde ich angstfreier und sicherer.

Mit der gegebenenfalls zurückbleibenden Restangst läßt sich leben. Sie braucht nicht mehr weggeschoben zu werden.

RESIGNATION. Ähnlich verhält es sich bezüglich der Resignation und vergleichbarer Zustände wie Depression, Verzweiflung. Der Betroffene hat in der Regel vermieden, solche Zustände voll und aktiv durchzuleben, weil er befürchtete, darin unweigerlich unterzugehen und zu versinken. Nunmehr bietet sich ihm die Chance, unter Führung, gleichsam an einem Halteseil gesichert, sich in den bedrohlichen Sumpf hineinzubegeben. Indem er die Resignation konsequent bis zum Ende durchschreitet, sich Schritt für Schritt dem Gefühl der Sinnlosigkeit aussetzt, entdeckt er beispielsweise in sich selber das Aufkeimen einer Zuversicht, die sich ihm zunächst in der Gestalt eines schwachen Lichtschimmers zeigt, der stetig an Stärke zunimmt.

HASS UND DESTRUKTION. Menschen, die aus irgendeinem Anlaß von Haß besessen sind, gewinnen nicht selten den Eindruck, sich durch ihren eigenen Haß selber zu vergiften. Anläßlich der Durcharbeitung von Haß ist es angezeigt, diesen Vorgang der Selbstvergiftung aktiv hervorzurufen.

Wesentlich für die Durcharbeitung ist ein Wechsel der Zielrichtung der Aufmerksamkeit. Nämlich weg vom Objekt des Hasses und hin auf das Subjekt. Genauer gesagt, auf den Akt des Hassens selber. Den Haß durchleben, heißt folglich nicht, ihn zu agieren, nämlich am Objekt auszuleben. Das hat der Hassende ohnehin getan. Er kennt die Erfahrung bis zum Erbrechen und weiß, daß es ihm nichts bringt, eher ihn zerstört. Es heißt auch nicht, den Haß gegen die eigene Person zu lenken, also den sadistischen Impuls in einen masochistischen umzupolen. Wichtig ist vielmehr, daß der Begleiter den Hassenden anleitet, den Vollzug des Hassens selber mit allen darin gegebenen Erfahrungsmomenten durchzuerleben und daß er ihn in diesem Erleben drinhält. Gegenstand der Wahrnehmung ist somit: das Hassen in seiner Qualität so bewußt wie möglich zu empfinden.

Das bedeutet für den Betreffenden bereits eine übermenschliche Leistung, weil die gesamte Stoßrichtung der destruktiven Energie auf das Objekt hindrängt und nicht auf Selbstwahrnehmung, dieselbe im Gegenteil geradezu ausschließt.

In diesem Richtungswechsel der Aufmerksamkeit beziehungsweise des Erlebens besteht daher bereits der Ansatz zur Selbstheilung.

Die Talsohle erreicht man dann, das heißt, die Krise eskaliert, wenn man an jenes Gefühl grenzenloser Ohnmacht gelangt, welches sich hinter dem Haß mit seiner Machtfassade verbirgt. Nach außenhin gebärdet sich der Hassende häufig derart, als sei er mit einer absolut vernichtenden Energie ausgestattet. Ein vordergründiges Gefühl gaukelt ihm solche Macht ebenfalls vor. Dieses Gefühl wird zwar real empfunden, ist aber alles andere als authentisch, weil es andere Empfindungsschichten erschlägt. Sobald der Hassende an den Punkt gelangt, wo er sich darüber klar wird, daß seine gewaltige Vernichtungsenergie zwar geeignet sein mag, den anderen zu zermalmen, daß ihm solches indessen niemals das bringen wird, was er sich vom anderen wünscht, dessen Rücksicht, Zuwendung, Wertschätzung, das Ernstgenommenwerden. Im Gegenteil! Eben durch den Haß wird das alles im anderen verunmöglicht. So gelangt der Hassende an die härteste Grenze und muß sich die bodenlose Abhängigkeit vom Objekt seines Hasses bewußt machen. Die alltagssprachliche Wendung von der ‚ohnmächtigen Wut' bringt ein Teilelement dieses Vorgangs zum Ausdruck. Die Einsicht in die eigene Machtlosigkeit zulassen, kommt einer Art Todeserfahrung gleich und bedeutet letztes Loslassen.

Gelingt es, die Krise zu meistern, tritt zunächst eine tiefgehende Entkrampfung ein. Der Betreffende sieht sich vom Würgegriff seines Hasses befreit. Er erlebt im Rückblick den vergangenen Gefühlszustand als die Hölle. Noch im nachhinein schaudert ihn. Sodann erfüllt ihn immer mehr eine ungeahnte Freiheit, das Empfinden echter Kraft und Souveränität. Er sieht sich durch das Loslassen und Verzichten von einer entsetzlichen Sklaverei erlöst.

Das ist der Vorgang des Durchlebens in den wesentlichen Momenten des Zeitraffers geschildert. Er kann sich zwar verdichtet in wenigen Stunden abspielen, aber auch über Jahre hinziehen.

INNERE LEERE, EMPFINDUNGSLOSIGKEIT, LANGEWEILE, GEFÜHLSFLAUTE. In der Anfangsphase einer Gruppe, wenn das Thema ‚Wahrnehmenlernen', vor allem ‚Wahrnehmen der eigenen Gefühle' ansteht, spielt sich mit einer gewissen Regelmäßigkeit etwa folgender Dialog zwischen einem Gruppenmitglied und dem Gesprächsbegleiter ab, der hier lediglich in etwas schematisierter Form wiedergegeben sei.

Begleiter: Was fühlt ihr?

Antwort eines Gruppenmitglieds: Eigentlich fühle ich nichts, ich kann nichts feststellen.

Begleiter: Das gibt es nicht. Schau genauer hin!

Diese Sequenz rückt einen aufschlußreichen Sachverhalt in den Blickpunkt. Der Gruppenteilnehmer meint, weil er nichts zu fühlen vermöge, nur Leere in sich konstatiere, sei der Fall für ihn sozusagen erledigt. Er ermangele eben im Augenblick der Fähigkeit zu empfinden.

Noch realisiert er nicht, daß zum einen Leere selber eine Empfindung ist und zum anderen, daß er es sogar mit einer bedeutsamen Empfindung zu tun hat.

Diese Behauptung verlangt eine Erläuterung.

Viele Menschen haben das starke Bedürfnis, intensiv zu erleben und zu fühlen. Das intensive Leben ist für sie der Inbegriff von Leben überhaupt. Man sieht sich an die Sage vom griechischen Helden Herkules erinnert, der vor die Wahl zwischen einem kurzen, aber außergewöhnlichen und einem langen, aber mittelmäßigen Leben gestellt war und ohne Zögern das erste wählte.

Dem Bedürfnis nach dem großen und abenteuerlichen Leben steht die Erfahrung gegenüber, daß unser menschliches Dasein über weite Strecken das Gegenteil bietet, nämlich lähmende Flachheit, graues Einerlei, die pure Mittelmäßigkeit, das fade Dahinvegetieren ohne Höhepunkte. Schwer zu erkennen, daß gerade im Umgang damit das große Abenteuer verborgen sein soll.

Der Sachverhalt läßt sich am besten an einer bestimmten Form der zwischenmenschlichen Beziehung, an der *erotischen Beziehung* illustrieren, weil dort ein allgemeines Beziehungsproblem verschärft in Erscheinung tritt.

Zu Beginn sehen sich die beiden Partner getragen von der mitreißenden Bewegung erotischer Intensität. Die Ängste entstehen zu dem Zeitpunkt, da die großartige Dynamik zusehends verebbt, die besonderen Beziehungsgefühle ausbleiben, der frühere Reichtum der Lebensqualität einer kärglichen Durchschnittlichkeit und Armut Platz macht und ein Hauptfeind auf den Plan tritt: die Beziehungsflaute in der Form aschgrauer, fahler Gewöhnlichkeit. Jetzt beginnt sich das Karussell feindlicher Wechselwirkungen zu drehen. Man will das ‚machen' und erzwingen, was ursprünglich einfach *geschah.* Aber gerade das ehemals beglückende Element der Liebesbeziehung bleibt auf der Strecke: die Spontaneität. Somit entstehen die bekannten Reaktionsweisen: Erwartungsdruck, Forderung, Vorwurf, Aggression, Kälte, Feindseligkeit aus maßloser Enttäuschung über das Ausbleiben des anfänglichen Schwungs, dessen stimulierendes Element bewirkt hatte, daß alles ‚von selber' ging, man über sich hinausgerissen war.

Das Phänomen der Erotik verrät uns etwas über den verborgenen Innenbereich der Beziehung, führt uns hinein in die Bewegungsgesetzlichkeit ihrer Lebensaktivität. Der Schlüssel heißt, sich in die Armut und Kargheit bewußt hineinzubegeben im Vertrauen auf die Grundbewegung der Natur, nämlich das Fühlen, eine Bewegungskraft, die sich, läßt man sie gewähren und unterläßt man jede Manipulation, auf wunderbare Weise selbsttätig zu regenerieren vermag. Diesen Schlüssel können die meisten nicht sehen, denn die Angst hat sie blind gemacht für das Nächstliegende: das aktive Durchschreiten der faden Grauzone. Wir gebrauchen deswegen das Wort ‚aktiv', weil wir nicht an das passive Über-sich-ergehen-Lassen frustrierender Phasen denken, sondern an das aktive Durchleben und Durchempfinden der Flaute.

Man wird einwenden, Beziehung sei ja nun doch zu einem erheblichen Teil eine Sache des Willens und man könne sich nicht lediglich auf Spontaneität verlassen; wo käme man da hin, wollte man nur auf das warten, was von selber geschieht. Das ist richtig, und wir dürfen den Einwand unterstreichen. Den Fehler begeht man ja auch nicht deswegen, weil man oft Gefühlsleerstellen mit Hilfe des ‚guten Willens' zu überbrücken versucht, sondern weil die Erfahrung und das Erleben der Armut, der Mittelmäßigkeit und die daraus entstehenden Ängst nicht in den kommunikativen Austausch eingehen; sei es, daß man der innerseelischen Abwehr der Verdrängung unterliegt und das Defizit erst gar nicht mehr wahrnimmt, sei es, daß der soziale Abwehrmechanismus der Tarnung in Kraft tritt, da man meint, mit dem Austausch darüber, was gerade ist, gebe man eine Bankrotterkärung ab, gestehe man endgültig ein, die ‚große Liebe' oder das Erlebnis einer verheißungsvoll begonnenen Freundschaft sei eine Täuschung gewesen, das in ihr enthaltene Versprechen sei uneinlösbar, man müsse sich eben mit Mittelmäßigkeit bescheiden oder woanders neu anfangen. Hierin liegt der fundamentale Irrtum. Sich in die Talsohle des Geschehens hinunterbewegen ermöglicht es, den Wendepunkt zu finden, den Kräften der Erneuerung Platz zu verschaffen. Doch dazu kommt es gar nicht; deswegen die vielen Stagnationen, die nicht alle unvermeidbar sind.

Das was für die erotische Beziehung exemplarisch gilt, gilt für die zwischenmenschliche Beziehung und für das Leben der Psyche überhaupt.

Bildet Spontaneität eine Wesenseigenschaft nicht nur vieler seelischer Aktivitäten, sondern ebenso der Beziehung, so dürfen wir nicht überrascht sein, festzustellen, daß *einer der zentralen Abwehrmechanismen* und Schutzreaktionen darauf abzielt, sich gegen diese Tatsache aufzulehnen, nämlich gegen die Ahnung anzurennen, die Bewegung der Natur, die ‚natürliche' Bewegung sei nicht willentlich steuerbar. Das erstreckt sich sowohl auf die Beziehung zu sich selbst wie auf die Beziehung zum anderen. Weder vermögen wir die Regung der Zuwendung und Abwendung in uns selber noch im anderen zu manipulieren. Die Kernschicht des Beziehungslebens, ihre ‚Es-Seite', verweigert sich dem Zugriff. Gewiß bleibt uns die willensgesteuerte Hinwendung. Aber was machen wir, wenn unser Empfinden ohnmächtig dahinter zurückbleibt? Der andere spürt es nur allzu genau, falls wir uns lediglich aus Verpflichtungsgefühl ihm nähern und das Eigentliche schuldig bleiben, unser Zuwendungsgefühl, die *empfundene* Zuwendung, das Geschenk des spontanen Entgegengehens, das gerne und mit Freude gegeben wird. (Der Sinn der Formulierungen ‚herzlich', ‚von Herzen kommend' bezieht sich u. a. auf die beschriebene Spontaneität der Zuwendung).

Nun aber zurück zum *Durcherleben der Gefühlsflaute* beim Beziehungslernen.

Jedesmal wenn während des Durcharbeitens irgendeines Problems mit einem Gruppenteilnehmer das Gespräch an jene Stelle gelangt, wo der Teilnehmer auf die Frage, was er fühle, antwortet, er empfinde nur Leere, dann ist das für den Gesprächsbegleiter ein Anlaß, hellhörig zu werden. Das Phänomen hat für ihn eindeutig Signalcharakter. Ihm bedeutet nämlich *das Erscheinen dieser speziellen Empfindung ein deutliches Zeichen dafür, daß sich das Gespräch an einem Drehpunkt befindet.* Die Wende bahnt sich an, etwas Neues bereitet sich vor. Der Begleiter weiß, jetzt beginnt das sublime Abenteuer des Wahrnehmens, und das macht ihn neugierig auf das, was kommt. Vom Gesamtablauf des Geschehens her betrachtet, erscheint das Gefühl von Leere normalerweise nicht im frühen, sondern erst im fortgeschrittenen Stadium des Gesprächs, etwa während des zweiten oder letzten Drittels der Durcharbeitung.

Aber auf welche Weise soll man mit dieser Empfindung der Leere umgehen? Die Antwort lautet schlicht: Nicht anders als so, wie es die Hauptregel vorschreibt: Wahrnehmen und darüber sprechen! Wie aber etwas wahrnehmen, wo es scheinbar nichts wahrzunehmen gibt? Wie mitteilen, wenn nichts vorliegt, was mitzuteilen wäre?

Die Sachlage ist im Grunde einfach, die Optik allerdings ungewohnt. Das Thema steht im Raum: die Leere, die Empfindungslosigkeit.

Also beschreibe sie! Wie sieht sie aus? Schau genau hin und berichte darüber, was du siehst!

Das Durcherleben dieses seltsamen Zustandes gewinnt meist bald eine erregende Note. Häufig manifestiert sich der Zustand anfangs in einem Bild: Alles grau in grau, konturlose Nebelmasse. Nachdem an den Wahrnehmenden noch einmal die Aufforderung ergeht, das Grau in Grau einmal näher zu beschreiben, ziert er sich vielleicht ein letztes Mal, um dann schließlich doch etwas zu registrieren. Aus dem nebelhaften Brei bilden sich feinste Strukturen heraus, die immer deutlichere Formen annehmen und unter Umständen in eine flutende Welt von Bildern und Ereignissen übergehen.

Der Wahrnehmende kann es später im Rückblick selber nicht fassen, was die Leere, die er als wertlos abgetan hatte, alles aus sich hat entstehen lassen.

Das Ergebnis ist nicht selten die Erfahrung eines äußerst spannenden Vorgangs. Es kann aber auch sein, daß am Schluß der Zustand von Nüchternheit steht. Wobei diese Nüchternheit keineswegs negativ, sondern im Gegenteil ganz und gar positiv erfahren wird, weil ihr bestimmendes Gefühl beruhigende Klarheit ist. Jedenfalls sieht sich der Wahrnehmende für das mutige Zulassen der Leere doppelt belohnt, zunächst durch die Entlastung von diesem ihn bedrohenden Zustand, schließlich durch den echten Zugewinn der Erlebnisintensität oder der Klarheit.

Außerdem erhält er grundlegende *Einsicht* in das Wesen der Spontaneität, das heißt, in die den Gefühlen innewohnende Weisheit und Selbsttätigkeit. Er gewinnt Einsicht in das Wesen seelischer Lebensvorgänge überhaupt:

Erstens, daß die entscheidenden Dinge nicht kommandierbar sind, vielmehr aus der selbsttätigen Kraft der Psyche hervorgehen.

Zweitens, daß der negativ erscheinende Zustand von Leere und Empfindungsarmut in Wirklichkeit häufig den Ruhezustand der Seele bezeichnet, unter dessen Oberfläche sich etwas sehr Kreatives verbirgt, das darauf wartet, entbunden zu werden.

Drittens, daß der Wahrnehmende durch das genaue Studium solcher Gefühlszustände wie Leere, Flaute, Fadheit seine Wahrnehmungsfähigkeit schult. Hatte er ehedem nur auf einigermaßen grobe Reize reagiert, so sensibilisiert er sich jetzt für feinste Vorgänge und Phänomene, erfährt daher eine Schärfung und Steigerung seiner Empfindungskraft.

Über das Gesagte hinaus muß der Beziehungsaspekt des Vorgangs zur Sprache kommen. Das Zulassen von Nichtfühlen und Nichtempfinden heilt zugleich die Beziehung. Wenn jemand im Rahmen einer Partnertherapie mitbekommt, wie der andere seine eigenen Leerezustände zuläßt, anstatt ihn, den Partner, dafür verantwortlich zu machen, kann das für den letzteren außerordentlich entlastend und angstsenkend wirken. Er darf sich nunmehr selber so zeigen, wie er ist, mit aller Unzulänglichkeit und Ärmlichkeit des Empfindens, braucht sich nicht unter die Pflicht setzen, glühend und stark zu lieben. Abgesehen davon, daß aus diesem Zulassen unter Umständen eine neue Intensität entsteht, schafft das gemeinsame Akzeptieren von Nüchternheit eine tiefgehende Verbundenheit und Solidarität, welche keineswegs hinter den ekstatischen Verschmelzungsgefühlen des Verliebtheitsstadiums zurücksteht, also Beziehung auf eine neue Ebene hebt und sich entwickeln läßt.

Zum Schluß soll darauf hingewiesen werden, daß das besprochene Phänomen zwar zunächst ein psychologisches, aber im Grunde genommen allgemeiner Natur ist. Man begegnet ihm in der gesamten *Geistes- und Religionsgeschichte.*

Zuerst zum Phänomen der *Spontaneität.* Ein Kernsatz der jahrtausendealten Schrift des chinesischen Philosophen Lao-tse, des Tao-te king (Buch vom ‚Weg'), lautet etwa folgendermaßen: Ziel der Entwicklung eines Menschen ist das Wuwei, das Nichts-machen-Wollen, weil alles Wesentliche von selber geschieht. Was der Mensch tun kann, ist lediglich, sich diesem Geschehen zu öffnen.[28] Bei kaum einem Philosophen ist das Phänomen der Spontaneität präziser beschrieben worden als bei Lao-tse. Vergleichbare Aussagen auf der religiösen Ebene finden sich zahlreich im Neuen Testament.

Was die Erfahrung von *Leere* und Empfindungsarmut angeht, die den Menschen oft ganz existentiell betrifft, so wird diese von den Mystikern zum zentralen Thema gemacht und geradezu als ein für die spirituelle Entwicklung unumgehbares Stadium beschrieben. Beispielsweise redet die große Mystikerin Teresa von Avila nachdrücklich von jenen zermürbenden Phasen der ‚Dürre'[29], die bei der Entstehung der Beziehung zwischen Mensch und Gott offenbar eine entscheidende Rolle spielen. Vermutlich liegt der psychologische Sinn dieser Phasen darin, sich von alten Affinitäten zu lösen, um für eine wesentlichere Form der Beziehung frei zu werden.

Die AKTUELLE STIMMUNG. Die dargelegten Beispiele für das Durcharbeiten von Empfindungen stehen exemplarisch für viele andere. Auf ähnliche Weise ist auch mit weiteren wichtigen Gefühlen umzugehen: Peinlichkeit und Scham, Schuld und Reue; Angespanntsein, Nervosität, Gehetztsein und Streß; Zweifel und Ambivalenz.

Will man eine bestimmte Sache bearbeiten, dann gibt es dafür einen fruchtbaren und fast immer möglichen Ansatz: die momentane Stimmung, in der sich jemand befindet. Mitunter verhält es sich sogar so, daß demjenigen, der ein Problem vorbringt, der Vorschlag gemacht wird, dieses zunächst zurückzustellen und seine gegenwärtige Stimmung zu beachten. Sie führt möglicherweise viel zuverlässiger an den Kern des Problems heran als das, was sich der Lernende zurechtgelegt hat und was er für den Kern der Sache hält. Gelegentlich kommt es auch vor, daß jemand etwas bearbeiten möchte, aber sagt, er wisse nicht, wie er anfangen solle. Oder er ist sehr motiviert, an sich zu arbeiten, hat aber kein konkretes Thema. In allen diesen Fällen sagen wir, das sei völlig unwichtig, er solle einfach sich aufmerksam dem Zustand zuwenden, in dem er sich gerade befinde. Das würde durchaus genügen, um beginnen zu können.

Was sind die *Gründe* dafür, die jeweils aktuelle Stimmung derart stark zu gewichten?

Das aktuelle Empfinden und Gestimmtsein erweist sich als hervorragendes Instrument der Informationsgewinnung beziehungsweise der Selbstwahrnehmung. In ihr fließt eine Fülle an Informationen zusammen. Der Lernende trägt mit seiner aktuellen Stimmung gleichsam wie in einem Rucksack das Früher und das Jetzt, Vergangenheit und Gegenwart bei sich, die habituelle, sich durch sein ganzes Dasein ziehende Grundtönung seines Lebensgefühls wie auch die Aktualität der Gegenwart, das was von außen einströmt und das was von innen kommt.

Deshalb eignet sich nahezu ausnahmslos eine Art ‚Spektralanalyse' dieser Befindlichkeit als Einstieg, selbst wenn sie momentan nicht der für einen Menschen typischen Grundstimmung entspricht. Denn wie sich durch die Darlegung der Beispiele, das heißt, beim Durcharbeiten von Gefühlen herausgestellt hat, ist Wahrnehmen ein lebendiger Vorgang, der sich ganz von selber in die richtige Richtung bewegt. Vorausgesetzt, man überläßt sich seiner Eigendynamik, was durch die Führung des Begleiters ermöglicht werden soll. Die Grundmuster der Psyche sind derart redundant, daß sie unweigerlich ständig durchschlagen und man ziemlich zielsicher ganz von selber an die problematischen Schutzhaltungen hingeleitet wird.

Die Praxis

Mit Gefühlen umgehen erschöpft sich keineswegs darin, ‚über Gefühle zu sprechen'. Gemeint ist viel eher, sie aktiv zu *er-leben* und durchzuempfinden. Ebensowenig geht es bloß um den informationellen Aussagegehalt der Gefühle, also um die Frage: „Was sagt mir das Gefühl?" Der Vorgang ist sehr existentieller Natur, hat Erfahrungsqualität und läßt sich in die Frage kleiden, die man dem Gefühl gegenüber einnimmt: „*Was tut es mit mir?*" Was also macht die Angst mit mir, was bewirkt sie in meinem Befinden, auf welche Weise verändert sie mich, formt sie mich? Die Aufgabe besteht daher darin, sich in einen dynamischen Prozeß hineinzubegeben und ihn in allen seinen Stadien zu durchmessen.

Das bedeutet alles andere als passives Sichtreibenlassen, schon eher, sich bewußt dem Gefühl aussetzen. Obwohl es etwas Pathisches ist, sich auf Empfindungen einzulassen, ist dieses Zulassen und Geschehenlassen Aktivität in einem ausgezeichneten Sinn. Nicht allein wegen des Mutes, der hierbei gefordert wird. Auch wegen der paradoxen Aufforderung, *das bedrohliche Gefühl möglichst intensiv zu empfinden.*

Bisher wurde das Durcherleben auf der Ebene des direkten Fühlens beschrieben. Das kann allerdings genauso *indirekt* vor sich gehen. Während der Bearbeitung eines Problems kommt es nämlich häufig zu einem *Wechsel der Ebene*, so daß das Durcharbeiten auf der Körperebene, der Ebene des Wachträumens beziehungsweise der Imagination, der Erinnerung, des Nachttraumes, schließlich auch in der Gesprächsachse mit dem Begleiter geschieht. Aber egal welche Ebene sich anbietet, das, worauf es ankommt, ist das volle Durcherleben einer Empfindung, beispielsweise einer Angst. Ob sich nun die Angst als beklemmendes Gefühl unmittelbar oder mehr mittelbar als das bedrohliche Körpersymptom der Atemnot, als das Bild einer riesigen Mauer oder des gähnenden Abgrunds, als erschreckendes Traumbild, als schmerzhafte Erinnerung an die Kindheit, als Angst vor dem Gesprächsbegleiter manifestiert, man hat es bei der jeweiligen Erscheinungsweise lediglich mit einer austauschbaren Einkleidung des Problems zu tun, mit dem sich der Lernende beschäftigt. Im Gefühl verdichtet sich auf abstrakte Weise der Kerninhalt des Problems. Und in jedem Fall wird sich herausstellen, wie der Lernende mit Angst umgeht, welche fragwürdigen Schutzhaltungen er ergreift. Es geht also immer um eine Analyse der innerseelischen und der sozialen ‚Abwehrmechanismen'. Daher besteht das Ziel darin, der entsprechenden Empfindung nicht auszuweichen, sondern sie ohne Einschränkung durchzuerleben.

Sich auf einen Traum, auf einen freien Einfall, auf ein Körpersymptom, auf die Konfrontierung mit einem Gegenüber einlassen, heißt, sich auf Gefühle einlassen. Sich auf das Fühlen einlassen, heißt, sich auf die Erkundungsreise in den innerseelischen und den sozialen Kosmos zu begeben, bedeutet das Erfahren der seelischen und der zwischenmenschlichen Landschaft mit ihren Weiten und Engen, ihren Höhen und Tiefen, ihren Felsspalten und überhängenden Wänden.

Der kundige und erfahrene Begleiter übernimmt bei der Wanderung in diese faszinierende und gefahrenreiche Gebirgswelt gewissermaßen die Rolle des Bergführers, der den Lernenden einerseits vorausgehen läßt, denn dieser muß jeden Schritt selber erproben, ihn andererseits aber am Seil sichert, ihn ermutigt, das eine und andere auszuprobieren, ihn auf Gefahren aufmerksam macht.

Auf solche Weise wird der Lernende in die Lage versetzt, auf Erfahrung gegründete Einsichten zu gewinnen. Damit kommt er in ein vertrauteres Verhältnis zu den Naturgesetzen der seelischen und der sozialen Wirklichkeit. Je mehr er dieser Natur die Gesetze ablauscht, in ein um so freieres Verhältnis zu ihr gelangt er.

Schlußfolgerung aus der Phänomenanalyse des Fühlens. Eine Interpretationsregel: Das Gefühl definiert das Erscheinungsbild

Aus der Beschreibung und Analyse des Fühlens ergibt sich eine Interpretationsregel, die sich zur Entschlüsselung sowohl sozialer wie innerseelischer Phänomene anbietet.

> Das Gefühl definiert das Erscheinungsbild,
> nicht umgekehrt.
> Das heißt, verstehe ein Phänomen von seinem
> Gefühlswert her,
> anstatt das Gefühl lediglich als Anhängsel
> des Phänomens zu betrachten.

Für den Betrachter des Phänomens erhält der Gefühlswert, der in ihm durch das Phänomen bewirkt wird, den informationellen Vorrang gegenüber dem informationellen Aussagewert des Erscheinungsbilds.

Die Divergenz zwischen Bild und Empfinden fällt vornehmlich beim Traumbild ins Auge. Ein schreckliches Traumbild läßt uns vielleicht ungerührt, ein harmloses ängstigt uns zu Tode.

Die Interpretationsregel würde nunmehr sagen: Ein Traumbild ist primär von seinem Gefühlsinhalt und erst in zweiter Linie von seiner Bildsprache her zu verstehen.

Das Gesagte gestattet eine Verallgemeinerung und ist auf viele Phänomene übertragbar: Abstrahiere vom Aussagegehalt einer Assoziation, eines Gedankens! usw. Beachte vornehmlich deren Gefühlswert! *Das Gefühl besitzt gegenüber dem Bild, gegenüber der Ausdrucksgestalt und dem ‚Augenschein' einen unschätzbaren Vorteil: Es ist eindeutig (wenn auch oft vielschichtig), wogegen sich Bild und Gestalt in der Regel als mehrdeutig erweisen und leicht die Unsicherheit zurücklassen, ob wir ihren wahren Sinn erfaßt haben.*

In ähnlicher Art darf man die Interpretationsregel auf die *Interaktion* zwischen Sender und Empfänger anwenden.

Angenommen, jemand will uns übermitteln, er sei wütend auf uns. Ihm stehen verschiedene Sprachebenen zur Verfügung, um uns das kundzutun. Er wählt den Weg der Wortsprache und sagt: Ich habe Wut auf dich. Oder er sagt es nicht, gebraucht vielmehr die Sprache des Ausdrucks, er ‚schaut' diese seine Wut. Oder er ‚handelt' seine Wut, indem er uns eine Ohrfeige verabreicht. Der Effekt, nämlich die Demütigung, das ‚Ohrfeigengefühl', kann bei allen drei Formen der Übermittlung derselbe sein. Wir hätten also gegebenenfalls das Ohrfeigengefühl bereits bei der sprachlichen wie bei der durch den Ausdruck vollzogenen Übermittlung.

Nun wäre es aber auch denkbar, daß uns der andere nette Worte sagt, ein freundliches Gesicht zeigt, und wir dennoch das Ohrfeigengefühl haben. An seinen freundlichen Worten (verbale Kommunikation) vermögen wir ‚herumzudeuten': Stimmt es, was er sagt? Ebenso an seinem Ausdruck (nonverbale Kommunikation): Ist die Freundlichkeit echt, meint er es auch so? Aber an unserem Ohrfeigengefühl können wir nicht mehr herumdeuten (dritte Sprachebene). Wir *haben* es ganz einfach, fühlen die Ohrfeige im direkten oder übertragenen Sinn. Hinsichtlich der elementaren Sprachschicht der Übermittlung gibt es keinen Zweifel. Wir fragen nicht, ob wir das Ohrfeigengefühl haben oder nicht haben, höchstens ob wir überempfindlich seien. Gefühle sind Fakten, sie sprechen für sich selbst, bedürfen ‚als solche', also hinsichtlich ihrer Tatsächlichkeit, keiner Deutung.

II. Beim Mitteilen kommt es auf absolute Genauigkeit an

Wir sind kaum überrascht, daß die Verschweigung grober ‚Hintergedanken', schwerwiegender verborgener Gefühle und Gesinnungen, das Vorhandensein unbewußter ‚Gegenstrebungen' zur Unstimmigkeit der Signalgebung und damit zur Störung führt. Es ist aber erstaunlicherweise mitunter eine Geringfügigkeit, sozusagen ein Nebenmotiv dritten Grades, dessen Nichtmitteilen hinreicht, daß sich das Gegenüber gestört fühlt.

Allem Anschein nach bleibt es uns Menschen verwehrt, uns darauf hinauszureden, auf ein ‚bißchen Unstimmigkeit' komme es ja wohl doch nicht an. Der Widerspruch bringt sich als kategorisches Kriterium zur Geltung.

Insofern bräuchte es nicht verwundern, daß sich Gefühle derart pingelig benehmen, indem der Empfänger auf die sublimste Unstimmigkeit des Senders mit Sichgestörtfühlen antwortet. Gefühle gebärden sich wie Wahrheitsfanatiker oder Moralisten, welche eine bisweilen erschreckende Unbestechlichkeit an den Tag legen. Wer sich ihrem Gesetz öffnet, erfährt ihren bedingungslosen Anspruch auf Stimmigkeit, sieht sich bis aufs Letzte in seiner Wahrhaftigkeit gefordert.

Man kann wieder eine Analogie aus dem Bereich des ästhetischen Empfindens bemühen.

Stellen wir uns vor, in einem großen Orchester sei es lediglich eine einzige Stimme, etwa die Trompeten, welche auch nur einen halben Ton zu hoch spielt, und wir malen uns unschwer aus, daß dadurch der gesamte Orchesterklang verpfuscht ist, ja, einem sensiblen und geschulten Hörer entgeht es nicht einmal, wenn eine einzelne Geige falsch spielt.

Ein anderes *Beispiel* sei der Literatur entnommen.

Dostojewskij beschreibt in einem seiner Romane sehr plastisch das ‚absolute Gehör für Dissonanzen' beziehungsweise die Tatsache, daß der minimalste Fehler zu Buch schlägt.

Er stellt zwei Interaktionsvorgänge einander gegenüber:

1. Ein Mensch versucht aufrichtig zu sein. In diesem Fall reagiert der Empfänger der Botschaft auf jede Unstimmigkeit.

2. Ein Mann setzt das Mittel der Schmeichelei ein, um eine Frau zu verführen. Das Opfer der Verführung scheint jetzt taub für jeden Mißton.

Die beziehungspsychologische Meisterschaft, mit der Dostojewskij den Interaktionsmechanismus der Verführung und die hier stattfindende Wahrnehmungseinschränkung des Verführten analysiert, ist schwerlich zu überbieten. Wir greifen einen Punkt besonders heraus, nämlich denjenigen, der auf das ‚absolute Gehör für Dissonanzen' Bezug nimmt. Die wichtigen Sätze betonen wir durch Fettdruck.

Im Roman ‚Schuld und Sühne' sagt der Lebemann und Frauenverführer Swidrigailow: „Ich ... wandte zuletzt das beste und unfehlbarste Mittel an, mit dem man ein Frauenherz gewinnen kann, ein Mittel, das niemals bei einer versagt und das auf alle ohne Ausnahme wirkt. Es ist ein bekanntes Mittel: die Schmeichelei. **Es gibt nichts Schwereres auf der Welt als Aufrichtigkeit** und nichts Leichteres als Schmeichelei. **Wenn bei der Aufrichtigkeit der Ton nur um ein Hundertstel falsch ist, so kommt sofort eine Dissonanz heraus und danach ein Zerwürfnis.** Wenn bei der Schmeichelei auch alles bis zum letzten Ton falsch ist, so ist sie immer noch angenehm, und man hört sie mit Vergnügen; mag das Vergnügen auch ein recht grobes sein, so ist es doch immer ein Vergnügen. Und wie plump die Schmeichelei auch sein mag, wenigstens die Hälfte scheint man doch immer für wahr zu halten. Das gilt für alle Entwicklungsstufen und alle Schichten der Gesellschaft. Selbst eine Vestalin kann man mit Schmeichelei verführen, von gewöhnlichen Leuten ganz zu schweigen."[30]

Beim Interaktionsvorgang der Verführung wird im Empfänger gewissermaßen die Alarmanlage ausgeschaltet, die ihn sonst schützt. Den Grund für diesen Defekt des erlebenden Wahrnehmens darf man in folgendem sehen: Bei der Verführung erfährt das narzistische Ego des Verführten eine derart grandiose Aufwertung, daß er anfällig für die gezielte Irreführung wird. Der Verführer weiß das und setzt daher die Schmeichelei absichtlich ein, um sein Ziel zu erreichen.

Die folgenschwere Bedeutung der sensorischen Leistung der menschlichen Psyche erfährt erstlich derjenige, der sich dem Wagnis einer Nahbeziehung aussetzt. Vornehmlich in der ehelichen Partnerbeziehung schlagen wegen der langen Dauer und der Intimität des Zusammenlebens selbst subtile Fehleinstellungen und Unbewußtheiten gravierend zu Buch. Das erlebt ein Beziehungspartner in beiden Rollen, also sowohl in der Rolle dessen, von dem sublime Unstimmigkeiten ausgehen, wie auch dessen, der zum Adressaten solcher Unstimmigkeiten wird.

Als *Sender* bemerkt er das Problem spätestens dann, wenn er sich beispielsweise über Jahre hinweg selbstlos engagiert hat, sein Beziehungspartner jedoch an seinem Verhalten immer noch etwas zu bemäkeln findet, vielleicht nicht einmal anzugeben vermag, was ihm daran nicht gefällt.

Entsprechend ähnlich sieht die Interaktion aus, falls man sich in der Rolle des *Empfängers* befindet und die Folgen einer sublimen Unstimmigkeit zu spüren bekommt. Der sichtlich uneigennützige Einsatz des anderen ruft im Adressaten der Zuwendung anstatt Dankbarkeit Ärger hervor. Nur mit dem Kopf honoriert der Empfänger den heldenmütigen Einsatz seines Gegenübers, die Gefühle rebellieren. Jetzt ist er selber es, der sich ‚unmöglich' findet und blockiert, so daß er höchstens mit einer geheuchelten Bemühung seinerseits entgegnen könnte.

Wir haben ein vertracktes Interaktionsspiel vor uns.

Wie aber sollen wir den beschriebenen Tatbestand, nämlich die penetrante und unnachsichtige Pingeligkeit der Gefühle, die auf den minimalsten Verstoß des Senders gegen die Eindeutigkeit der Signalgebung mit Störung antworten, einschätzen und bewerten?

Sollen wir darüber ungehalten sein, weil wir feststellen, daß der andere auf oft belanglos erscheinende Nebenmotive an unserer Zuwendung reagiert und, wie man zu sagen pflegt, trotz allem noch ein Haar in der Suppe findet; oder wäre es angemessener, die Angelegenheit positiv zu deuten, also hingerissen zu sein, weil unsere Seelen mit der Genauigkeit von Quarzuhren aufeinander reagieren und folglich Beziehung gerade wegen solcher Feinempfindlichkeit das erregende Wechselspiel, den Dialog der allerfeinsten Schwingungen und Regungen ermöglicht? Ein Gedanke, der uns den Atem nimmt, zugleich aber etwas vom Abenteuer der Beziehung ahnen läßt.

Denn zweifellos eignet dem beschriebenen Sachverhalt neben dem negativen Aspekt auch ein positiver.

Es ist in folgendem zu sehen. Die Natur der Interaktion, wie wir sie in der Nahbeziehung erfahren, stellt, das wurde vermerkt, den einzelnen Beziehungspartner unter einen geradezu erschreckenden Anspruch, was die Stimmigkeit seiner Selbstdarstellung betrifft. Das wieder setzt die entsprechende Genauigkeit der Selbstwahrnehmung voraus. Der Beziehungspartner wird bis in seine innerste Substanz herausgefordert. Seine Identität ist gefragt. Er muß auch ständig sein Unbewußtes zur Diskussion stellen. Denn nicht nur jede bewußte Regung, auch jede unbewußte Gegebenheit, die zum Vordergrund des Beziehungsverhaltens in Widerspruch steht, ruft im Empfänger unweigerlich die Störempfindung hervor, und zwar geschieht das ungeachtet dessen, wie gut die Beziehungsinitiative des Senders ‚gemeint' war.

III. Neben dem Fühlen ist das Denken von wesentlicher Bedeutung

Die Suche nach der rationalen Ordnung in den Phänomenen

‚Strukturieren' bedeutet die logisch-rationale[31] Verknüpfung der Wahrnehmungs- und Mitteilungsdaten.

Bisher stand das erlebende Wahrnehmen, näherhin das Fühlen, im Mittelpunkt.

Nun müssen Gefühle aber auch verstanden werden, und zwar rational, nicht nur emotional. Dieses Verstehen ist selber kein Gefühl. Wir haben es mit einem kognitiven Vorgang zu tun.

‚Strukturieren' meint soviel wie ‚Denken'. Der Ausdruck ‚Strukturieren' bietet sich deswegen an, weil er durch eine gewisse Bildhaftigkeit den zu erläuternden Punkt hervorhebt: *Unser Denken trägt eine Struktur an die Wirklichkeit heran und ordnet sie dadurch.*

Der Mensch als rationales Wesen verlangt nach der logischen Ordnung der Wirklichkeit, auch der sozialen Wirklichkeit.

Schon Aristoteles definiert den Menschen als vernunftbegabtes Lebewesen, als animal rationale.[32]

Man hat auch in neuerer Zeit den Übergang vom Tier zum Menschen immer wieder darin gesehen, daß die Evolution beim Menschen den Schritt zum Denken und zur Vernunft vollzogen habe.

Weil die Instinktarmut und Instinktunsicherheit den Menschen, verglichen mit dem Tier, zum ‚Mängelwesen' (Gehlen) macht und ihn mit erheblichen Risiken belastet, erweist sich der Verstand für ihn als lebenswichtig, ja als *überlebenswichtig.* Ohne das ständige rationale Ordnen und Strukturieren der Wirklichkeit könnte er nicht existieren. Gerade auf der Ebene des Zusammenlebens entstehen für ihn empfindliche Schwierigkeiten, sobald ihm das rationale Durchdringen seiner sozialen Wirklichkeit nicht gelingt.[33]

1. Weil der Mensch durch seine Rationalität definiert ist, bedeutet die Nichterklärbarkeit bzw. die falsche Erklärung eine Hauptursache von Beziehungsstörungen. Fehler im Problembereich ‚Angemessenheit–Unangemessenheit!'

Wenn tatsächlich der Mensch als rationales Wesen definiert wird, dann heißt das, das Bedürfnis nach rationaler Verstehbarkeit, nach Klarheit und Durchsichtigkeit ist zutiefst in seiner Natur verwurzelt. Es heißt aber zugleich, die Frustrierung dieses elementaren Bedürfnisses in der Form einer Verletzung seines logischen Empfindens wie in der Form der rationalen Nichterklärbarkeit führt zu extremen Belastungen. *Nun wird aber das rationale Bedürfnis des Menschen nach Verstehbarkeit kaum in einem anderen Bereich derart extrem frustriert wie in den zwischenmenschlichen Beziehungen.*

Nicht ohne Grund hat man behauptet, die *widersprüchliche Kommunikation*, die insbesondere als sogenannte ‚Doppelbindung' auftritt, sei *eine schwerwiegende Ursache seelischer und sozialer Störungen.* Manche vertreten sogar die Annahme, sie sei eine Ursache der Schizophrenie.[34]

Die oben entwickelte Sicht der Beziehungsstörung, welcher eine ‚logische Theorie der Interaktion' zugrundeliegt, entspricht der rationalen Verfassung der menschlichen Natur. Deswegen spielt beim Vorgang der Behebung der Beziehungsstörung die Wiederherstellung der logisch-rationalen Ordnung eine entsprechende Rolle.

Die unerklärlichen Widersinnigkeiten und Absurditäten, welche aus Tarnung erwachsen, sollen am Beispiel der Unangemessenheit von Reaktionen illustriert werden.

(Pioniere der Psychiatrie haben damit begonnen, die schizophrene Kommunikation zu entschlüsseln. Wüßten wir, was im psychotischen Menschen vorgeht, würden wir höchstwahrscheinlich erkennen, daß seine ‚verrückt' erscheinende Redeweise von der gleichen glasklaren Logik beherrscht ist wie die des ‚Normalen'.)

Der Begriff der ‚Unangemessenheit'

Die Unangemessenheit von Reaktionen stellt im Rahmen zwischenmenschlicher Beziehung einen gewichtigen Störtypus dar. Sie zeigt sich in der Regel als ein Zuwenig oder Zuviel, wenn der Empfänger auf eine Gegebenheit antwortet.

Der Begriff der Unangemessenheit drückt eine rationale Beziehung aus und will folgendes sagen. Die Reaktion sei ‚unpassend', das heißt, sie passe nicht zum gegebenen Anlaß, sie stehe im Widerspruch zum Kontext und sei daher unstimmig.

Es gibt die Unangemessenheit auf der Verhaltensebene und der Erlebnisebene. So bezieht sich der Ausdruck ‚Überempfindlichkeit' auf die Erlebnisseite des Phänomens der Unangemessenheit, wogegen der Ausdruck ‚Überreaktion' eher die Gesamtsituation bezeichnet, also den sichtbaren Verhaltensausdruck der Gefühle einschließt.

Wir beschränken uns auf die Betrachtung der Erlebnisseite des Phänomens. Sie bildet die Voraussetzung und Grundlage für die Ebene des Verhaltens. Denn weil jemand überempfindlich erlebt, wird er sich daraufhin übertrieben verhalten. So daß mit der Beachtung des Erlebens der entscheidende Aspekt zur Sprache kommt und mit ihm zugleich der Verhaltensaspekt verständlich wird.

Eine wichtige Unterscheidung: Echte und scheinbare Unangemessenheit

Der Unterschied zwischen der echten und der scheinbaren Unangemessenheit läßt sich an einer Gegenüberstellung demonstrieren, die etwas konstruiert anmuten mag, aber nichtsdestoweniger eine ganz reale Grundlage hat. Falls wir auf die nüchterne Sachinformation, die Entfernung zwischen Erde und Mond betrage rund 380 000 Kilometer, mit einem Wutanfall reagieren, dann kann die überstarke Reaktion verschiedene Ursachen haben. Sie kann selbstverursacht, also empfängerbedingt sein, es ist aber nicht auszuschließen, daß die Reaktion fremdverursacht, senderbedingt ist.

Was heißt das?

Die ECHTE UNANGEMESSENHEIT. Eine echte Unangemessenheit liegt dann vor, wenn unsere übertriebene Gefühlsregung in uns selbst, beispielsweise in unserer ganz persönlichen Lebensgeschichte, ihren Grund hat. Angenommen wir hatten einen Vater, der uns ständig mit ironisierenden Bemerkungen belehrte, so daß wir uns während unserer ganzen Kindheit und Jugend herabgesetzt und entwertet fühlen mußten, was uns schließlich dazu brachte, auch später auf jegliche Art von Belehrtwerden allergisch zu reagieren. In diesem Fall wäre die Übertriebenheit unserer Reaktion selbstverursacht. Sie ist zwar die logische Folge unserer Lerngeschichte, paßt aber überhaupt nicht zur Situation. Die Psychoanalyse nennt diese Unangemessenheit des Reagierens ‚Übertragung'.

Die SCHEINBARE UNANGEMESSENHEIT. Man darf allerdings auch einen anderen Fall in Betracht ziehen. Unser Gesprächspartner gibt uns die Sachinformation über die Entfernung zwischen Erde und Mond, hat aber aus irgendeinem Grund eine geringe Meinung von uns und denkt bei sich: „Dieser Blödmann weiß bestimmt nicht Bescheid über die grundlegenden astronomischen Sachverhalte, die zum Allgemeinwissen gehören".

Sofern wir auf die besagte Sachinformation mit Verdummungsgefühl reagieren und innerlich hochgehen, ohne zu wissen, warum, wäre unsere starke Reaktion keineswegs unangemessen, vielmehr im Hinblick auf die objektive Sachlage absolut logisch. Nur daß wir diese Logik nicht erkennen.

Jetzt liegt die Ursache der scheinbar unangemessenen Reaktion nicht bei demjenigen, der überstark reagiert, vielmehr bei demjenigen, der eine solche Reaktion hervorruft, die Stärke der Reaktion ist fremdverursacht. (Natürlich können die beiden Faktoren – Selbstverursachung und Fremdverursachung – zusammenspielen und sich gegenseitig überlagern. Das ist häufig der Fall und macht die differenzierte Aufhellung einer Interaktion unter Umständen schwierig. Trotzdem seien die beiden Formen gesondert betrachtet. Das geschieht vor allem deswegen, um das, worauf es ankommt, deutlich herauszuarbeiten).

Das Vergleichskriterium als Unterscheidungshilfe

Da sich die beiden Störtypen, echte und scheinbare Unangemessenheit, von außen her angeschaut zum Verwechseln ähnlich sehen, ist es notwendig, Kriterien zu entwickeln, mit deren Hilfe sie die Unterscheidung gestatten.

Das Vergleichskriterium fand schon verschiedentlich Berücksichtigung. Man verwendet es etwa im Sinne einer historischen *Längsschnitt*betrachtung. Den Grund für eine echte Unangemessenheit entdeckt man häufig in der Lerngeschichte des Reagierenden. Als hilfreich erweist sich unter anderem die Frage: Ist diese übertriebene Art zu reagieren typisch für den betreffenden Menschen oder eher untypisch? Falls eher untypisch, dann deutet das auf das Vorliegen einer nur scheinbaren Unangemessenheit hin.

Zum Vorgang des Beziehungslernens gehört, daß der Lernende allmählich immer besser jene Stellen erkennt, wo er durch Überreaktion von seiner Seite her Störmomente in die Beziehung hineinträgt. Er sollte um solche ‚Übertragungs'-Anteile wissen und einigermaßen in der Lage sein, sie zu erkennen, wenn sie auftreten.

In etwas veränderter Form gebraucht die *Querschnitts*betrachtung das Vergleichskriterium. Anstatt in die Vergangenheit zu blicken, blickt man auf das Hier und Jetzt der beiden Interaktionspartner. Man wendet bei der Interaktionsanalyse die Zuordnungsregel auf die fragliche Situation an: Innere Daten direkt zueinander in Beziehung setzen und dieselben miteinander *vergleichen.* Durch den Vergleich der ‚Überreaktion' mit dem, was im Inneren des Gegenübers vorgeht, erfaßt man unter Umständen sofort, daß keine Überreaktion vorliegt, weil das Versatzstück zur starken Reaktion des Empfängers beim Sender in Erscheinung tritt. Man denke an das vorhin konstruierte Beispiel, wo jemand auf eine Sachinformation mit einem Wutanfall antwortet und seine Reaktion sich als angemessen herausstellt.

Während die zuerst beschriebene, mit Hilfe des Vergleichskriteriums durchgeführte Analyse als ‚biographisch', ‚lerngeschichtlich' beziehungsweise ‚Individuum-zentriert' gelten kann, ist die andere als ‚interaktional' zu bezeichnen.

**Die scheinbare Unangemessenheit:
Wenn jemand nicht wirklich, sondern nur von außen her gesehen ‚gefühllos' reagiert, ‚hysterisch' wird oder sonstwie sich ‚abnorm' gebärdet**

Als Schlüssel zur Aufhellung dienen wieder die diagnostischen Regeln, vor allem die Zuordnungsregel: Innere Daten direkt zueinander in Beziehung setzen!

Der Hauptgedanke in bezug auf die Störung lautete: Störung entsteht durch Irreführung. Häufig besteht letztere darin, daß das vordergründige Verhalten auf der Ebene der verbalen und der nonverbalen Kommunikation dazu dient, den Hintergrund zu verschleiern.

Hinsichtlich des dargelegten Beispiels, bei dem wir mit einem Wutanfall auf eine Sachinformation antworten, ergibt sich folgendes: Unser Wutanfall paßt zwar nicht zur Sachinformation, die uns der andere gibt, sehr wohl aber paßt er zu seinen abfälligen Gedanken uns gegenüber („Dieser Blödmann ..." usw.).

Die daraus resultierende Beziehungsstörung geht hauptsächlich auf einen Informationsausfall zurück. Der letztere führt dazu, daß alle Umstehenden und wir selber zu der Meinung gelangen, wir reagierten ‚unnormal'. Der Informationsausfall wird durch die Anwendung der diagnostischen Regeln behoben.

Die diagnostischen Regeln haben nicht zuletzt damit zu tun, aufzuzeigen, daß zwischen dem, was im Inneren der Partner vorgeht, eine Entsprechung besteht. Vordergründig betrachtet scheint oft das Gegenteil der Fall zu sein. Insofern betreffen sie den Problemaspekt der Strukturierbarkeit. Daher kann man die Regeln zusammenfassend auf eine ganz einfache Formel bringen und ihnen diese Gestalt geben:

> Wenn ich wüßte, was im anderen vorgeht,
> würde mich nichts mehr wundern.

Gemeint ist: Mir käme meine eigene Reaktion nicht mehr unsinnig vor. Der Kernpunkt des Problems besteht in der scheinbaren ‚Abwegigkeit' beziehungsweise in der Nichtstrukturierbarkeit meiner Gefühlsreaktion. Ich wundere mich darüber, auf eine pure Sachinformation derart unqualifiziert zu antworten. Besäße ich das Wissen darum, was im Sender vorgeht, käme das wesentliche Moment der Störung erst gar nicht auf. Ich hätte keinen Anlaß, mich mit meinem Wutanfall deplaziert zu erleben, wäre vielmehr augenblicklich in der Lage, ihn als ganz und gar passend zu erkennen. Wenn nämlich jemand von mir denkt

„Dieser Blödmann ...“ usw., ist ein vehementer Affekt keineswegs unangemessen.

Jener Anteil der Störung, der durch die falsche Erklärung meiner Reaktion verursacht war, kann durch Herbeischaffen der fehlenden Information, die das Versatzstück zu meinem Wutanfall liefert, schlagartig behoben werden. Zwar steht noch die abfällige Einstellung des anderen zu mir zur Debatte, aber meine aus der Fehleinschätzung der Sachlage herrührende Selbstdeformierung verschwindet. Im weiteren Verlauf der Erörterung sind vornehmlich vier Störtypen zu besprechen, Störtypen, welche durchweg mit der *scheinbaren* Unangemessenheit von Gefühlsreaktionen zusammenhängen. Neben der Unangemessenheit im Sinne des Zuviel oder des Zuwenig gibt es die scheinbar völlig grundlose Reaktion. Es sieht so aus, als würde sie aus dem puren Nichts entstehen. Zur Störung kommt es, weil sie nicht strukturierbar ist, oder weil man ihr eine falsche Erklärung gibt. Schließlich wäre noch eine Erschwerung des Verstehens durch eine doppelte ‚Verschiebung‘ zu nennen.

1. Die *scheinbar defizitäre Reaktion* im Sinne des Zuwenig an Empfinden: ‚Herzlosigkeit‘, ‚Gefühlskälte‘, ‚Desinteresse‘, ‚Teilnahmslosigkeit‘, ‚Gleichgültigkeit‘ usw.

Selbst dem sensibelsten und sozial engagiertesten Menschen kann es geschehen, daß er angesichts einer echten menschlichen Not innerlich kalt und unberührt bleibt. Die Störung passiert sogar viel häufiger, als man annimmt (sie tritt deswegen nicht so kraß in Erscheinung, weil viele Menschen davon ausgehen, sie selber seien die Ursache ihres Gefühlsmangels, und unabhängig davon äußerlich, das heißt auf der Verhaltensebene, sich entsprechend für den Leidenden einsetzen und engagieren, also trotz der andersgearteten Gefühle die notwendige Hilfe leisten.) Das Vergleichskriterium führt zu dem Ergebnis, die beschriebene Gefühlsreaktion sei für den ‚gefühllos‘ Reagierenden eher untypisch. Folglich muß die Ursache anderswo zu suchen sein.

Wir schildern ein einschlägiges *Interaktionsphänomen*, dem man in der Lerngruppe relativ häufig begegnet. Jemand berichtet von seinem schweren Schicksal oder einem augenblicklichen Zustand, der objektiv als äußerst belastend zu beurteilen ist. Die Zuhörenden bleiben nichtsdestoweniger kalt. Sie antworten jedenfalls nicht mit den spontanen Gefühlen von Teilnahme, müssen sich bestenfalls die zum Bericht gehörigen Gefühle dazudenken. Es ist ein Störphänomen, bei dem sich beide Teile deformiert vorkommen. Der Berichtende fühlt sich total unverstanden. Die Zuhörenden erleben sich mit ihrer Gefühlskälte abwegig.

Die Ursache besteht meist schlicht darin, daß der Berichtende quasi ‚mit angezogener Handbremse‘ berichtet. Aus irgendeinem Grund, der hier nicht untersucht zu werden braucht, entsteht im Berichtenden ein Filter, der sich zwischen ihn und die anderen schaltet, so daß diese einhellig äußern, ‚daß nichts rüberkomme'.

Neben dem Vergleichskriterium gibt es einen eindeutigen Hinweis dafür, daß die Empfänger an ihrer Herzlosigkeit unschuldig sind: das Entlastungskriterium. Ein einziger Satz des Berichtenden ohne die ‚angezogene Handbremse' genügt, und alle können sich schlagartig einfühlen, der Sender sieht sich verstanden. Z. B. der Satz, er habe große Hemmungen gehabt, die anderen mit seinem eigenen Schicksal zu belasten, oder noch drastischer: die Gruppe mit seiner Misere ‚zu belästigen'.

2. Die *scheinbare Überreaktion* im Sinne der Überempfindlichkeit.

Zweifellos gibt es die echte Überempfindlichkeit: die verletzliche Mimose, die offenkundige Übertreibung des Aufschreis, das sogenannte ‚hysterische Getue'.

Bei der genaueren Analyse von Interaktionen entdeckt man allerdings sehr häufig eine lediglich scheinbare Überempfindlichkeit. Die unverständliche Reaktion auf die berüchtigte ‚Lappalie', die überzogen aussehende Reaktion auf eine Geringfügigkeit, die Reaktion ‚aus nichtigem Anlaß' kann durchaus dieser Art sein. Man gewinnt den Eindruck, als mache der Reagierende aus einer Mücke einen Elefanten. Der Elefant ist allerdings in diesem Fall tatsächlich da, jedenfalls in den Gedanken und Gefühlen des Senders. Dort ist er natürlich nicht zu sehen. Gerade eine solche Reaktion ‚aus nichtigem Anlaß' führt vielfach zu den tiefsten Zerwürfnissen.

Auch hier dieselbe Verdummung, Verblödung und Verhöhnung des Reagierenden wie bei der echten Überempfindlichkeit: Sei doch nicht so hysterisch! Bist du aber empfindlich! und wie die zahllosen Herabsetzungen sonst noch eingekleidet sein mögen.

Wüßte der Reagierende, was im Sender vorgeht, ließe er sich durch kein noch so scharfsinniges Argument weismachen, der Elefant sei in Wirklichkeit nur eine Mücke.

3. Die scheinbar *grundlose Reaktion* – die Reaktion ‚auf nichts und wieder nichts'.

Wenn wir mit jemandem friedlich in einem Zimmer sind und plötzlich, aus unerfindlichen Gründen, in uns eine Aggression gegen den anderen hochschießt, heißt das keinesweges, daß wir ‚spinnen' ‚nicht richtig ticken', wie man so schön sagt. Wüßten wir, was sich im anderen abspielt, wäre die Sachlage vermutlich ohne weiteres klar.

Auch Interaktionen dieses Typs gibt es häufiger, als man vermutet.

Man ‚liest' sie deswegen nicht ‚interaktional', sondern als ‚innerseelische' Störungen und als private Macke des Reagierenden, weil man nicht das entsprechende Denkmodell zur Hand hat, das den Vorgang rasch als ein zwischenmenschliches Geschehen erkennen ließe.

Beispiel aus der Eheberatung.

Ein Ehepaar beendet den gemeinsamen Fernsehabend. Der Mann trägt die Weingläser und sonstiges Geschirr in die Küche. Während er durch den Flur geht, fällt ihn unvermittelt, wie aus heiterem Himmel, eine Ärgerregung gegenüber seiner Frau an, eine völlig irrationale Regung, die er sich überhaupt nicht erklären kann. Kein Wunder, wenn er sich darob ‚blöd' vorkommt. Er kommt nachher ins Wohnzimmer zurück, erzält den ‚Vorfall' und fragt seine Frau, was sie dazu meine. Sie verrät ihm jene häßlichen Gedanken, die ihr während seines Hinausgehens durch den Kopf gingen. Sie lauteten: Soll *er* doch abräumen! Ich jedenfalls bleibe sitzen.

Dieses Beispiel steht für zahllose andere. Es illustriert plastisch, wie derjenige, der eine in seinen eigenen Augen groteske Reaktion produziert, Gefahr läuft, sich selbst des ‚Spinnens' zu bezichtigen.

Vorgänge ähnlicher Art werden deswegen nicht aufgeklärt, weil man nicht gelernt hat, mit der dritten Sprachebene als einer selbstverständlichen Kommunikationsebene zu rechnen und hinsichtlich der besagten Vorgänge ein interaktionales Verstehen in Erwägung zu ziehen. In den Augen der Betroffenen scheint alles gegen eine solche Erklärung zu sprechen.

4. Zusätzliche Erschwerung des Strukturierens aufgrund einer *doppelten ‚Verschiebung'*, einer inhaltlichen und einer zeitlichen.

Die beschriebenen Störungen treten in mannigfaltigen Spielarten auf. Das Verständnis eines Vorgangs wird zusätzlich erschwert, wenn eine Reaktion nicht nur in bezug auf die Situation unangemessen erscheint, sondern auch noch mit Verzögerung auftritt, also im falschen zeitlichen Zusammenhang vorkommt, so daß der wahre Sachverhalt überhaupt nicht mehr zu durchschauen ist.

Beispiel aus einer Eheberatung.

Ein Ehepaar unternimmt einen sonntäglichen Spaziergang. Der Mann regt an, eine Kunstausstellung zu besuchen, was beide denn auch tun. Als sie die Ausstellung verlassen haben, ereifert sich die Frau, macht ihrem Ärger Luft, indem sie meint, sie genüge wohl nicht, ihr Mann langweile sich mit ihr, denn er müsse immer noch andere Anregungen haben, was durch den Besuch der Ausstellung bewiesen sei.

Der über die Reaktion seiner Frau äußerst überraschte Mann fühlt sich völlig unschuldigerweise angeklagt. Auch noch in der Beratungssituation droht die Gefahr eines uferlosen Kampfes mit Argumenten, in dem das unvermeidliche Stichwort der ‚Hysterie' fällt.

Als der Mann gefragt wird, ob er noch wisse, was dem Besuch der Ausstellung vorangegangen sei, in welcher Stimmung er sich befunden habe, kommt das ‚verschwiegene' Versatzstück der vermeintlichen ‚Hysterie' der Frau hervor. Bevor sie beide aus dem Haus gegangen seien, habe er bei sich gedacht, er würde eigentlich viel lieber allein spazierengehen, ganz einfach um zu sich selber zu kommen. Das habe er seiner Frau nicht sagen wollen, weil sie bestimmt beleidigt reagiert haben würde.

Zwei Arten von ‚Verschiebung' behinderten die Aufklärung der Situation, eine zeitliche und eine inhaltliche. Die Frau reagierte auf einen Gedanken des Mannes, den dieser Stunden vorher gedacht hatte und weil ihre Ärgerreaktion sich an die falsche Sache heftete, nämlich an den Besuch der Kunstausstellung, bestand keine Chance, die Situation mit Hilfe der gängigen Kommunikationslogik aufzudröseln.

Behebung der Störung

Was ist zu tun? Mit welchen Mitteln ist der tückischen Schwierigkeit Herr zu werden?

Eine gute Voraussetzung für die Lösung des durch scheinbare Unangemessenheit hervorgerufenen Konflikts hat man dann, wenn die beteiligten Beziehungspartner von der Existenz einer dritten Kommunikationsebene überzeugt sind, es also für selbstverständlich halten, daß die Gedanken, Gefühle und Absichten von Menschen Wirkungen nach außen, soziale Wirkungen haben können und daß das unverständliche Verhalten eines einzelnen möglicherweise die logische Antwort auf die inneren Vorgänge eines anderen darstellt.

Betrachten wir Sender und Empfänger einer Interaktionssequenz gesondert.

Für den *Empfänger*, also den auf eine Gegebenheit hin scheinbar unangemessen Reagierenden gilt folgendes:

Er sollte einzuschätzen wissen, ob er es mit einer Situation zu tun hat, wo er erfahrungsgemäß leicht in ‚Übertragung' hineingerät.

Sofern das mit einiger Sicherheit ausscheidet, heißt die weitere Devise: Stur fühlen! Er muß der Verläßlichkeit seiner Gefühle trauen, selbst wenn diese seine Gefühlsreaktion total übertrieben erscheint.

Er soll ‚stur denken!' Das besagt, er darf sich keine Schuld aufschwätzen lassen, darf sich weder durch den Vorwurf der Hysterie noch der Überempfindlichkeit beeindrucken und lähmen lassen, mag auch aller Augenschein noch so sehr gegen ihn sprechen. Es gehört nicht geringer Mut dazu, zu der oben formulierten Hypothese und damit zu der entsprechenden Unterstellung zu stehen: Wenn ich wüßte, was im anderen vorgeht, würde ich meine Reaktion sogleich verstehen und als richtig erkennen.

In jenen Gesprächen, in denen sich der Konflikt aufhellen läßt, wird sich diese Annahme ohnehin bestätigen, so daß der Betreffende für seinen Mut und seine Unbeirrbarkeit die Belohnung empfängt.

Dem *Sender* wiederum obliegt die Bemühung um Fairneß.

Unbeschadet der Korrektheit seines äußeren Verhaltens soll er sich fragen: Gibt es etwas in meinem Inneren, worauf der andere reagiert haben könnte? Da er der einzige Zeuge für diese seine inneren Vorgänge ist und als einziger das notwendige Versatzstück zur scheinbar abwegigen Reaktion des Empfängers beizubringen vermag, fällt ihm die moralische Aufgabe zu, den unschuldig in Mißkredit geratenen Empfänger vom Makel des ‚Unnormalen', der ‚Hysterie', der ‚krankhaften Überempfindlichkeit' zu befreien, indem er das besagte Versatzstück auf den Tisch legt, also sich dazu bekennt, was er gedacht und gefühlt hat.

Ist uns die Anwendung des beschriebenen Erklärungsmodells vertraut geworden und ziehen wir außerdem noch die Möglichkeit der zeitlichen Verschiebung in Betracht, dann werden wir mit der Devise „Innere Daten direkt zueinander in Beziehung setzen!" manch kompliziert anmutende Situation im Handumdrehen und zudem ohne sonderliche Mühe aufschlüsseln.

Noch eine abschließende Bemerkung.

Die Diskussion des Konflikttypus der Unangemessenheit hat etwas Wichtiges zur Anschauung gebracht. Nicht weniger als die Beachtung des Fühlens bedeutet der *Intellekt*, das Denken und Strukturieren der Sachverhalte ein ebenso hervorragendes wie unverzichtbares Instrument zum Entschlüsseln und Beheben von Störungen.

2. Weitere Erklärungsfehler

Wenn ein Arzt eine Fehldiagnose stellt, nicht die wahre Ursache der Krankheit erkennt und vielleicht eine nebensächliche Ursache beseitigt, bleibt sein Handeln erfolglos. Ebenso wenn er am Symptom herumkuriert, anstatt die Hintergründe aufzuspüren.

Ähnlich in der Psychotherapie. Der Umgang mit Beziehungslernen führt zu der Erkenntnis, das Hauptmoment der Störung bestehe nicht selten darin, daß wir den Sachverhalt unzutreffend strukturieren, die eigentliche Ursache nicht erfassen. Weil wir in diesem Fall Gefahr laufen, die falschen und daher unwirksamen Maßnahmen zu ergreifen, bildet die exakte Analyse einen wesentlichen Teil der Veränderung.

Oft scheint die Ursache der Störung klar auf der Hand zu liegen – und doch ist es die falsche Ursache. Man denke an das Beispiel ‚Der unmögliche Anruf um Mitternacht', wo sich im nachhinein herausstellt, daß keineswegs der späte Zeitpunkt, sondern die hinter dem Anruf stehenden Motive beziehungsweise deren Verschweigung die Störung hervorgerufen hatten (S. 56–58). Gelegentlich stehen hinter der Störung völlig unvermutete Zusammenhänge, die man nie geahnt hätte.

Der große Vorzug der psychologischen Betrachtungsweise gegenüber der traditionellen Art, mit den Gegebenheiten des zwischenmenschlichen Zusammenlebens umzugehen, liegt unter anderem darin, an die Gegebenheiten analytisch, aufhellend heranzutreten, anstatt sie wie die traditionelle Pädagogik, Moral und Religion eher imperativisch, in der Form von Geboten und Normen anzugehen:

„Sei nicht so destruktiv!"

„Du sollst das und das tun . . .!"

„Edel sei der Mensch, hilfreich und gut!"

Da bei dieser imperativischen Vorgehensweise die Einsicht in den jeweiligen Sachverhalt nicht ohne weiteres vorausgesetzt werden darf, ist es zu verstehen, daß diese Veränderungsstrategie und Einflußnahme sich häufig so ineffektiv erweist.

Der Diskussionspunkt ‚fehlerhafte Erklärung' wurde zwar bereits im Zusammenhang mit dem Thema ‚scheinbare Unangemessenheit' berührt. Der Punkt verdient jedoch wegen seiner Wichtigkeit soviel Aufmerksamkeit, daß es gerechtfertigt erscheint, zusätzlich einige Beispiele zu analysieren, bei denen die richtige oder falsche Erklärung von Sachverhalten eine Rolle spielt.

Die ihrer Natur nach störenden Verhaltensweisen

Destruktive Aggression

Eine lebenswichtige Frage

Die Anweisung früherer Zeiten, die in Pädagogik, Moral und Religion ergingen, liefen mehr oder weniger darauf hinaus, Aggression zu kontrollieren, zu unterdrücken. Die Gegenstrategie heutzutage plädiert eher für das ‚Herauslassen', ein Modus, der beispielsweise in Encontergruppen praktiziert wird. Beides sind beachtenswerte Momente am Gesamtkomplex des Problems, aber es sind nur Teilaspekte.

Das Thema der folgenden Diskussion lautet nicht, auf welche Weise Aggression entsteht, ob aufgrund von Frustration, aufgrund eines angeborenen Triebs, ob durch kulturelle Übermittlung, sondern aus welchen Gründen eine Aggression jeweils destruktiv oder konstruktiv wirkt. In den Mittelpunkt rückt daher die Analyse jener menschlichen Selbstäußerung, die man als Aggression bezeichnet; und zwar unter der schon erwähnten Fragestellung: Warum stört ein störendes Verhalten, was begründet das negativistische Moment einer Aggression?

In der Lerngruppe läßt sich der Sachverhalt anschaulich studieren. Es kommt vor, daß jemand – häufig im Zusammenhang einer Rückmeldung – einen anderen tief verletzt, den sprichwörtlichen ‚Schlag unter die Gürtellinie' führt, so daß allen Anwesenden der Atem stockt. Gelegentlich wird dieser Schlag als reine Sachinformation deklariert.

Die Hypothese ist ganz klar: Die Wirkung zählt! Wenn etwas stört, verletzt, demütigt, dann wird etwas verschwiegen, ist der Aggressor ‚nicht genau', verhält er sich nicht authentisch.

Ebenso klar die Voraussage: Alle diese destruktiven Wirkungen müssen verschwinden, sobald die Sachlage durchsichtig geworden ist.

Die ‚Beziehungstherapie' der destruktiven Aggression erarbeitet in einem ersten Schritt die Rückmeldung. So verhindert man, daß der Gekränkte die gleiche Ebene betritt und jenes Hickhack mitinszeniert, das die Lernenden ohnehin aus ihren Beziehungserfahrungen genugsam kennen. Erfährt der Aggressor, was er angerichtet hat, macht ihn das ohnehin ganz von selber betroffen. Denn normalerweise gehört es nicht zum Selbstkonzept eines Menschen, andere zu erniedrigen und zu demütigen. Insofern leitet die Rückmeldung eine Art von Selbstregelung ein.

Der zweite Schritt dient der Aufhellung der destruktiven Reaktion. Rasch tritt die Diskrepanz in der Selbstdarstellung des Aggressors zutage. Im Vordergrund zeigt er sich als der Starke, Mächtige, verbreitet vielleicht Furcht und Schrecken, ist ‚hart im Geben'.

Sichtet man den Hintergrund dieses destruktiven Vorgangs, dann erscheint meist als Kerngefühl hinter der Aggression eine Verletzung und Verletzbarkeit, Sichschämen, Empfindungen der Peinlichkeit, der Minderwertigkeit, der Entwertung, der Ohnmacht, der Verzweiflung.

Das störende, verletzende, entwertende Beziehungsverhalten wurde im ersten Kapitel der Darstellung als eine bestimmte Form des Schutzverhaltens definiert, nämlich als eine Art Tarnung. Der Aggressor verbirgt etwas Wesentliches – vor den anderen und meist auch vor sich selbst. Vielfach übernimmt nämlich die Aggression eine *doppelte Schutzfunktion*, die eines innerseelischen wie eines sozialen Abwehrmechanismus. Weil der aggressive Affekt aufgrund seiner Vehemenz jene tiefer liegenden Gefühle der Entwertung, der Scham, der Peinlichkeit usw. im Aggressor ‚erschlägt', welche äußerst schmerzhaft sind, müssen dieselben von ihm nicht deutlich gespürt werden. Und weil mit der Aggression eine gewisse Demonstration der Stärke verbunden ist, vermag der Aggressor die Mitwelt darüber hinwegzutäuschen, was in ihm wirklich vorgeht.

Wie soll der Empfänger ahnen können, was noch alles dahinter steht, wieviel Verzweiflung, Angst, Hilflosigkeit, Ohnmacht! Gerade durch diesen Bluffeffekt der Tarnung entsteht dann der Eindruck von Kaltschnäuzigkeit, Härte, Brutalität, Schonungslosigkeit.

Das beschriebene Schutzverhalten besitzt eine plausible Logik. Viele Menschen tun sich schon sehr schwer, Ängste oder Aggressionen zu äußern. Für die potent erscheinenden Aggressoren, denen das Herauslassen von Aggressionen offensichtlich keinerlei Schwierigkeiten bereitet, ist es noch *ungleich schwerer*, jene hinter der Aggression sich verbergenden Gefühle der Verletzung, der Scham usw. zu zeigen – nicht zuletzt wegen deren Schmerzhaftigkeit. Letztere mag unter anderem davon herrühren, daß man es mit Ich-Gefühlen zu tun hat, die tiefer in den Kern der Person hineingreifen als Gefühle der Angst und Aggression. Zum anderen ist die Bedrohlichkeit dieser Gefühle auf die unreflektierte Annahme zurückzuführen, die besagten Gefühle zu zeigen bedeute eine unerträgliche ‚Schande'. Der um sich schlagende Aggressor ahnt nicht, wie schwach er im Grunde sich benimmt und wie stark derjenige wirkt, der die genannten schmerzhaften Empfindungen zu zeigen imstande ist.

Aus dem Gesagten geht hervor, daß gegenüber dem Lernziel des ‚Herauslassens' von Aggressionen das andere *Lernziel* das erheblich schwierigere ist, die authentischen Hintergrundgefühle ‚herauszulassen'.

Bis diese Erkenntnis ins Bewußtsein der Gruppenteilnehmer eindringt, müssen sich die Gruppenleiter möglicherweise den Vorwurf gefallen lassen – ein Vorwurf, der in ziemlich abschätziger Weise als Methodenkritik und als mangelnde Konflikttoleranz der Leiter deklariert wird –, in dieser Gruppe sei es nicht einmal möglich, mit Anstand aggressiv – gemeint ist ‚destruktiv' – zu sein, wo heutzutage doch jeder wisse, wie wichtig und normal das sei.

Anläßlich der Durcharbeitung einer destruktiven Interaktion erfährt man immer wieder den erlösenden Effekt der Transparenz. Nachdem sich der Aggressor authentisch dargestellt, seine eigene Verletzbarkeit gezeigt hat[35], kann sich jeder einfühlen, und erstaunlicherweise lösen sich die vorher durch die Destruktion hervorgerufenen Verwundungen beim Gegenüber auf, selbst wenn diese gravierend waren. Der Erreichung dieses Ziels geht allerdings meist ein mühsamer Prozeß voran, in welchem die innere Situation des Aggressors erst bewußt gemacht werden muß.

Der Vorgang führt zu einer grundlegenden Einsicht. Gewiß bleibt

Destruktion unumgänglich. Es ist weder erreichbar noch wünschenswert, sie völlig zu vermeiden, mitunter kommt ihr auch ein kathartischer Effekt zu. Das Schlimme an ihr besteht darin, daß sie in vielen Fällen keine Auflösung erfährt.

Der Lernende beginnt zu begreifen: Entscheidend ist nicht, die Destruktion zu vermeiden. Die wichtigere und schwierigere Aufgabe lautet, sie zu verstehen. Denn „Alles verstehen, heißt, alles verzeihen".

Dieser Satz enthält, obwohl er mißverständlich klingt, eine tiefe Wahrheit. Vielleicht deswegen, weil wir Menschen vernunftbegabte Wesen sind und daher begreifen wollen, begreifen *müssen.*

Die Bedeutung des Paradigmas

Das Thema ‚Aggression' ist in der psychologischen und psychotherapeutischen Diskussion einigermaßen kontrovers. Wie man mit Aggression umgeht, wird hauptsächlich davon abhängen, welches Paradigma man zugrunde legt, also mit welchem Denkmodell man diese zentrale Gegebenheit des zwischenmenschlichen Lebens in den Griff zu bekommen versucht.

Die *Psychoanalyse* nimmt an, Aggression gehe auf einen angeborenen Trieb zurück. Weil das psychodynamische Denkmodell auf dem Energiebegriff der klassischen Physik gründet, entsteht die Schwierigkeit, daß man Energie nicht zum Verschwinden bringen kann. Deswegen bedarf die destruktive Triebenergie des Ventils.

Auf dieses ‚Dampfkesselmodell' der Triebtheorie und der Aggressionsvorstellung wurde immer wieder hingewiesen.

Die Psychoanalyse versucht, das Problem mit Hilfe der Sublimierung zu bewältigen. Die Energie soll auf einen anderen Gegenstand hingelenkt werden. Es ist z. B. möglich, aggressive Energie im Sport auszuleben.

Die *Lerntheorie* betrachtet Aggression weniger als biologisch denn als kulturell vermittelt. Das Ziel heißt hier nicht ‚Sublimierung', sondern ‚Verhaltensformung'. Der Umgang mit Aggression sei das Ergebnis eines Lernprozesses und könne daher prinziell umgelernt, umkonditioniert werden. Auf dem Weg von Verhaltensformung sei es möglich, mittels entsprechender Belohnungsstrategien und Aggressionsmodelle, einen wünschenswerten Umgang mit Aggression zu erwerben.

Sowohl hinter dem psychodynamischen Paradigma der Psychoanalyse wie dem Konditionierungsparadigma der Lernpsychologie steht eine mehr oder weniger mechanistische Vorstellung von den psychischen und sozialen Abläufen. Das ist eine durchaus legitime Betrachtungsweise der Vorgänge, drückt aber nur einen Aspekt am Ganzen aus.

Dem Beziehungslernen, wie es in unserer Darstellung zur Entfaltung kommt, liegt ein quasi sprachtheoretisches Paradigma der Aggression zugrunde. Den Menschen als Sprachwesen zu sehen, besagt, auch die Interaktion der Aggression als einen sprachlichen Vorgang im weitesten Sinn anzuschauen. Jedermann weiß, daß es gelegentlich unumgänglich ist, Aggression zu unterdrücken und dann wieder selbst destruktive Regungen ‚herauszulassen'. Der Hauptakzent liegt aber weder auf der Kontrolle der Aggression („Halte dich zurück!"), noch auf der kathartischen Expressivität („Laß es heraus!"), noch auf der Verhaltensformung („Sag es anständig!", das heißt, „Sag es konstruktiv!"). Er liegt auf der Stimmigkeit der Selbstäußerung und Selbstdarstellung: Sei authentisch, dann wirkt dein Verhalten nicht destruktiv! Destruktion beruht darauf, daß etwas, sei es bewußt oder unbewußt, nicht ausgedrückt wird. Sich authentisch verhalten, macht Bewußtheit und Transparenz notwendig: Sich so sehen, wie man ist; sich so zeigen, wie man ist.

Sofern man ein wesentliches Charakteristikum des Menschen in seiner Sprachlichkeit sieht, darf man dieses Paradigma als ein *‚anthropologisches'* bezeichnen. Es schließt die mechanistische Betrachtungsweise nicht aus, sondern eher ein (weil vieles am Menschen tatsächlich mechanisch abläuft), setzt aber den Schwerpunkt anders.

Die ‚metakommunikative Präambel'

Zum Abschluß des Themas ‚Umgang mit destruktiven Regungen' sei noch ein Hilfsmittel für diesen Umgang erwähnt.

Um dem Erfordernis, authentisch, das heißt, ‚ganz genau' zu sein, Genüge zu tun, empfiehlt es sich bisweilen, der Äußerung der Aggression eine Art ‚metakommunikativer Präambel' voranzuschicken.

‚Metakommunikation' besagt: Reden *über* Beziehung. Auf die angesprochene Situation angewendet: Man spricht im voraus über die anstehende Kommunikation, gibt einen Hinweis auf das, was man vorhat. – ‚Präambel' heißt die Vorrede, die Einleitung.

Die destruktive Wirkung des eigenen Verhaltens erkennt man oft erst im nachhinein an der Wirkung auf den anderen. Doch gibt es auch ‚Vorahnungen'. Mitunter empfinden wir ausgesprochen destruktiv und böse. Wir wissen genau, wenn wir *das* jetzt herauslassen, machen wir nur Scherben und sind dann vielleicht wieder wochenlang damit beschäftigt, diese Scherben zusammenzukehren, den Schutt zu beseitigen – keine verlockende Aussicht! Dann sind wir zwar unseren Affekt los, aber um welchen Preis!

Bietet sich eine elegantere Lösung an? Was sollen wir tun, wenn wir den Impuls weder unterdrücken noch hemmungslos ausleben wollen, wenn wir selber Angst vor der Bösartigkeit unserer Gefühle und deren Wirkung bekommen.

Es gibt eine schlichte Antwort auf diese Frage: Teile es mit! Setze den anderen in Kenntnis von deiner Situation, beschreibe ihm deinen Standort, dein Dilemma! Daß du deine Wut nicht verschlucken willst, aber auch fürchtest, alles kaputtzumachen, was zwar dein momentaner Impuls, aber überhaupt nicht dein wirkliches Ziel sei. Daß du offen sein möchtest, aber nicht wüßtest, ob es dir gelänge, nicht destruktiv zu sein.

Diese Technik verhindert nicht unbedingt die verletzende Wirkung einer aggressiven Äußerung, manchmal wirkt sie Wunder, manchmal verhindert sie durch die Erklärung der guten Absicht wenigstens das Schlimmste.

Angeberei

Warum fühlt man sich durch den ‚Angeber' derart abgestoßen? Man wird antworten: Eben weil Angeben so widerlich ist. Aber warum ist Angeben so widerlich?

Wenn man bei der Erklärung ‚weil Angeben widerlich ist' stehen bleibt und nicht dahinter zurückgeht, wird man wahrscheinlich als Veränderungsvorschlag imperativisch vorgehen, auf die Unterdrückung des Verhaltens hinzielen: „Gib nicht so an!", „Hau nicht so auf die Pauke!", so ist das im täglichen Umgang üblich.

Der Angeber reißt sich also zusammen, unterdrückt häufig den Impuls, in einer Gesellschaft die Unterhaltung an sich zu reißen. Dennoch registriert er einen nur mäßigen Erfolg. Zum einen ‚passiert' es ihm immer wieder, daß er sich hinreißen läßt, zum anderen erfährt er, daß sein Verhalten mitunter selbst dann als störend empfunden wird, wenn er sich Zurückhaltung auferlegt und sich selbst keineswegs als Angeber erlebt.

Das Neulernen geschieht in der Form des Durcharbeitens.

Der aktuelle Anlaß besteht gegebenenfalls darin, daß sich der ‚Angeber' auch im Gruppenleben wieder und wieder produzierte, insbesondere an den Abenden nach Tisch.

Das Bild ist bekannt. Der Alleinunterhalter in der Runde am Tisch fühlt sich sichtlich in Form. Er verfügt zugegebenermaßen über eine glänzende Rednergabe. Seine Witze und Formulierungen schlagen ein. Eine Lachsalve jagt die andere, die Begeisterungsstürme melden ihm den Erfolg seiner Darbietung. Aber jenes andere Moment, das Moment der Peinlichkeit und des Abgestoßenseins ob der allzu offenkundigen Selbstgefälligkeit spricht niemand an – angeblich aus Höflichkeit. Man will nicht verletzen, und wer möchte schon derjenige sein, der das Haar in der Suppe findet!

Unter diesen Umständen besitzt derjenige, der sich produziert, kaum eine Chance zur Veränderung.

Vergegenwärtigen wir uns einige Elemente jenes Lernvorgangs, bei welchem es um die Analyse und Veränderung eines störenden Beziehungsverhaltens geht.

Das Durcharbeiten des Konflikts in der Lerngruppe schafft eine veränderte Situation.

Während der Rückmeldephase erfährt der im Gespräch befindliche Gruppenteilnehmer zunächst sehr differenziert, wie sich die anderen fühlen, wenn er sich in Aktion befindet: daß man seine Unterhaltungskunst einerseits bewundere, andererseits häufig durch seine penetrante Selbstgefälligkeit abgestoßen werde. Schließlich sei es für das Selbstgefühl der Zuhörer nicht eben angenehm, ständig zum Publikum gemacht zu sein. Viele verspürten daher die Tendenz in sich, ihn zu meiden.

In der Phase des Durcharbeitens erfahren die Gruppenteilnehmer, wie sich der ‚Angeber' seinerseits fühlt und wie es in ihm aussieht. Bei einem solchen Durcharbeiten müssen allerdings viele Dinge nicht selten erst langsam bewußt gemacht und ans Tageslicht gefördert werden. Nun hören wir von ihm, er fühle sich durchaus nicht so großartig, wie er sich nach außen hin präsentiere, es sei eher das Gegenteil der Fall. Zwar genieße er es, im Mittelpunkt zu stehen und zu glänzen, aber ihn quäle auch der Verdacht, die anderen könnten möglicherweise nicht viel von ihm halten. Doch diese Vorstellung sei so belastend, daß er sie nicht an sich heranlasse.

Des weiteren beschreibt er, wie er sich selbst erlebe und welche Rückwirkung sein Verhalten auf ihn selbst habe. Er schildert jenen ‚Nachgeschmack', jenes peinliche Gefühl, das eigentlich jeder kennt, der sich schon einmal vor anderen ‚produziert' hat. Manchmal sei er derart von sich selbst angewidert, daß er sich ‚auf den Mond schießen' könnte. Doch solche schlimmen Gefühle schiebe er von sich, spüre sodann aufs neue den Zwang, sich beweisen zu müssen und so fort. Kurz, wir erhalten jetzt ein Bild, das so ziemlich das Gegenteil von dem darstellt, das der Betroffene uns sonst vorhält.

Genau darin erweist sich der wesentliche Punkt der Veränderung. Hatte die Mitwelt vorher gemischt oder negativ reagiert, so antwortet sie jetzt eindeutig zugewandt und positiv.

Was hat sich verändert, warum diese unterschiedliche Reaktion auf ein und denselben Menschen?

Er selbst kann sie noch nicht verstehen. Ihm erscheint es paradox, daß man von ihm weniger angetan ist, wenn er sich in voller Überlebensgröße und im Bewußtsein seiner Stärke zeigt, als wenn er sich mit seinen Selbstzweifeln darstellt. In einem letzten Mißverständnis führt er es darauf zurück, daß die Gruppe eben ihr ‚Tränenopfer' brauche und man von ihr nur akzeptiert werde, wenn man sich klein macht.

Dabei waren es ganz andere Dinge, die seine volle Akzeptation und Integration in die Gruppe ermöglichten. Die Aufrichtigkeit, mit welcher er sich der Situation stellte, der Schmerz, dem er bei der Konfrontation mit der Tatsache seiner Wirkung diesmal nicht auswich, veränderten sein Gesicht, nahmen seinem Benehmen die frühere Hohlheit. Er kann es kaum glauben, daß er, im Gegensatz zu seiner eigenen Optik, gerade da stark erlebt wurde, wo er zu sich selbst und zu seinen Schwächen stand und gerade da schwach, wo er sich aufblähte.

Unechtheit

Das Phänomen der Ausdrucksverfälschung begegnet in vielen Varianten. Desgleichen gibt es unterschiedliche populäre Erklärungsversuche für dieses Verhalten.

Am schlimmsten dürfte es für den sich unecht verhaltenden Menschen sein, wenn man ihm in irgendeiner Weise Unaufrichtigkeit unterstellt. Das ist in der Regel eine völlig falsche Erklärung des Störverhaltens.

Nehmen wir an, jemand zeigt in einer Gruppe ein sehr manieriertes oder pathetisches Verhalten, das die anderen außerordentlich unangenehm berührt. Die beobachtbaren Eckpfeiler dieses Vorgangs sind auf der einen Seite der klar identifizierbare Reiz, das manierierte Verhalten, und auf der anderen Seite die sichtbare Reaktion: die Aggression der Gruppe, die sich in entsprechenden Äußerungen, ironischen Bemerkungen oder aber günstigenfalls in kooperativen Rückmeldungen Luft macht. Gerade in einer solchen Situation wäre es abwegig, dem Betroffenen den Rat zu geben „Sei nicht so unecht!", denn er ist nicht in der Lage, sein Verhalten zu steuern, oft weiß er gar nicht, daß und warum er so wirkt. Die Rückmeldung hat zunächst die Wirkung einer starken Verunsicherung, weil der Betroffene sie nicht auf sich zu beziehen vermag, abgesehen davon, daß er nicht weiß, was er jetzt tun könnte. Im geschilderten Fall gilt also: Wenn man das ‚unechte' Ausdrucksverhalten verändern will, muß man die Bedingung verändern, um die Bedingung zu verändern, muß man sie erst kennen oder zunächst sich eine Vorstellung davon bilden.

Derjenige, der das Gespräch leitet, macht also zunächst eine *Annahme* über die Bedingung des besagten Ausdrucksverhaltens. Dabei mag ihm seine Erfahrung zu Hilfe kommen, weil er das Phänomen schon häufig analysiert hat und daher Vermutungen anstellt, welche Bedingungen in Frage kommen. Der zweite Schritt ist die *Voraussage*: Wenn die Annahme über die nichtbeobachtbare Bedingung zutrifft, und wenn das ‚Experiment' des Neulernens gelingt, dann hat sich das unter anderem auch an beobachtbaren Vorgängen auszuweisen. An den beobachtbaren Eckpfeilern müßte eine Veränderung sichtbar werden. Anstelle des aversiven Reizes (‚unechtes' Ausdrucksverhalten) würde ein zumindest nicht aversiver treten, anstelle der negativen Reaktion der Gruppe würde eine positive oder wenigstens neutrale treten. Die Durchführung des ‚Experiments' erbringt sodann die *Bestätigung* oder Nichtbestätigung der gemachten Annahme.

Konkret sieht das ungefähr so aus:

Wir haben als Gesprächsbegleiter die Erfahrung gemacht, daß im Hintergrund des ‚unechten' Ausdrucksverhaltens nicht selten eine Art von momentaner oder lang anhaltender Empfindungslosigkeit steht, was oft als innere ‚Leere' beschrieben wird. Die Empfindungslosigkeit ist in der Regel nicht bewußt, so daß sie auch nicht mitgeteilt werden kann. Nach außen hingegen und sich selbst gegenüber will sich der Teilnehmer sehr sprühend und dynamisch geben und den Eindruck erwecken, sein Empfindungsleben sei sehr intensiv. Der Vordergrund der Selbstdarstellung hat daher die Funktion, den Hintergrund zu tarnen und gegenüber der Außenwelt und sich selbst gegenüber zu dementieren. Den dadurch entstehenden Widerspruch in der Selbstdarstellung erleben die Gruppenteilnehmer als störend, ohne daß ihnen bewußt sein muß, warum sie sich gestört fühlen, außer eben, weil der andere ‚unecht' sei.

Normalerweise ist es schwierig, den Betroffenen dahin zu führen, daß er die innere Leere wahrnimmt.

Wenn es gelingt, verändert sich die Situation.

Der Gruppenteilnehmer hat also die innere Empfindungslosigkeit wahrgenommen. Er hat erkannt, wie sehr sie ihn bedroht und welch hohen Preis er dafür zahlt, wenn er sie vor sich selbst und vor den anderen nicht wahrhaben will. Die Mitteilung dieser Erfahrung, nämlich das Sprechen über die innere Leere und über die Bedrohung durch sie ist sozusagen die erste ‚echte' Gefühlsäußerung, sie ist unvereinbar mit Unechtheit. In der Gruppe tritt nicht die befürchtete Ablehnung ein. Im Gegenteil, die Gruppe reagiert mit Zuwendung, Bestätigung und mit Solidarität, denn dieses Problem kennt in mehr oder minder hohem Maß nahezu jeder.

Auf analoge Weise wie in den geschilderten Fällen ist auch mit *anderen* von ihrem Wesen her *störenden Verhaltensweisen* zu verfahren: Dominanz, Arroganz, Egoismus u. ä.

Die ihrer Natur nach positiven Verhaltensweisen und Phänomene

Hinsichtlich der ‚guten Taten mit schlechter Wirkung' stand bisher vor allem der Typus zur Diskussion, bei dem das an sich positive Verhalten stört, obschon man selbst bei genauem Hinsehen keinerlei Störanlaß entdeckt (unerkennbarer Widerspruch). Jetzt erfährt der Blickwinkel eine Ausweitung. Es werden auch jene Verhaltensweisen einbezogen, denen man die Fragwürdigkeit mehr oder weniger ansieht. Man denke an das Beispiel ‚scheiß-freundlich' (erkennbarer Widerspruch). Zwischen den beiden beobachtet man zahlreiche Übergangsformen.

So wie bei den von ihrem Wesen her störenden Verhaltensweisen das Störende nicht eigentlich auf dem negativen Inhalt selbst, sondern auf dem Dementi desselben beruht, so beruht das Störmoment der besagten ‚guten Taten' keineswegs auf der nur allzu menschlichen Unvollkommenheit, also der mangelnden Perfektheit, welche etwa entsteht, wenn problematische Motive mitwirken, vielmehr wiederum auf dem Dementi dieser Unvollkommenheit.

Der Bereich von Moral und Religion

Ein lateinischer Spruch lautet: „Corruptio optimi pessima", was ungefähr bedeutet, am schlimmsten sei es, wenn ‚der Gute', ‚der Beste', verderbt ist. In noch freierer Übersetzung und noch weiter verallgemeinert: Je besser eine Sache, um so schlimmer ihre Entartung!

Der Satz läßt sich in mancher Hinsicht auf unser Thema anwenden.

Warum haben die *Moral*kritiker aller Zeiten soviel beißenden Spott über das gute und edle Tun der Menschen ausgegossen? Warum soviel Hohn auf das, worin sich Menschen gut dünken?

Wie schon erwähnt, es liegt *bestimmt nicht* daran, daß unser Gutsein Einschränkungen unterworfen ist. Es liegt an dem Umstand, daß wir nicht oder zu wenig rückhaltlos zu diesen Einschränkungen stehen.

Denn wie rasch sind wir versöhnt, sobald jemand sich dazu bekennt, hinter seiner freundlichen Art stünde schließlich auch mehr oder weniger Anpassung, seine Bescheidenheit verberge auch auf geschickte Weise Riesenerwartungen an die anderen, seine eheliche Treue sei keineswegs pure Tugend, kaschiere auch eine Portion Risikoangst!

Aber wehe, wenn jemand sich als Saubermann aufspielt! Deswegen seit Freuds ‚Psychopathologie des Alltagslebens' dieses hämische Grinsen, wenn jemand durch eine selbstentlarvende Fehlleistung eigenhändig die Hintergrundsmotive seines moralischen Handelns ungewollt preisgibt, indem er unfreiwillig ‚die Sau rausläßt' und das ‚zum Vorschwein kommt',[36] was er um jeden Preis verbergen wollte!

Der springende Punkt ist die Transparenz: sich so zeigen, wie man ist!

Aus dem großen Bereich der *Religion* mit seinen positiven und negativen Erscheinungsbildern sei lediglich eine Störform der Selbstdarstellung und der Kommunikation herausgegriffen. Sie ist für die Religion ähnlich typisch wie für die Schlagerindustrie: die Ausdrucksverfälschung, die sogenannte ‚Unechtheit' – eine Erscheinungsform, die der Religion immensen Schaden zufügt.

Es gibt religiöse Gestalten, die nahezu alle Menschen faszinieren, unabhängig davon, ob diese Menschen gläubig sind oder nicht. Auf der anderen Seite begegnet man gerade im Bereich des religiösen Lebens besonders abstoßenden Verhaltensweisen. Sie wirken auf den Betrachter äußerst aversiv.

Die Sprache kennt ein ganzes Arsenal stark abwertender Kategorien: ‚der Betbruder', ‚die Betschwester', ‚frömmlerisch', ‚pfäffisch', ‚salbaderhaft', ‚salbungsvoll', ‚Scheinheiligkeit', um nur einige zu nennen.

Dem Phänomen der Ausdrucksverfälschung begegnet man beispielsweise auf besonders auffällige Weise in der spezifischen Tonlage und ‚Tonart' des Sprechens. Diese hebt sich auf unangenehme Weise vom natürlichen Sprechton ab und fällt daher unmittelbar ins Auge beziehungsweise ins Ohr. Wer am Sonntag vormittag am Knopf seines Radiogeräts dreht und die Frequenzbereiche der Sender durchwandert, erkennt im Bruchteil einer Sekunde, ob er einen Prediger oder einen ‚normal' Sprechenden vor sich hat. Der unnatürliche ‚sound' ist unverwechselbar.

Nicht selten kommt es in der Lerngruppe vor, daß ein Priester wegen seiner Unechtheit attackiert wird. In einer typischen Fehldeutung der Situation führt er das dann vielleicht darauf zurück, daß die Angreifenden nichts von Religion hielten.

Die falsche Erklärung, die im Hinblick auf die Ausdrucksverfälschung eines religiösen Menschen droht, besteht darin, daß man dem Betreffenden Unaufrichtigkeit unterstellt. Das dürfte wohl relativ selten zutreffen und den geringsten Teil des Problems ausmachen.

Das religiöse Phänomen der Unechtheit ist ein typisches Beispiel für die Unstimmigkeit zwischen Vordergrund und Hintergrund der Selbstdarstellung. Das mag davon herrühren, daß ‚Form und Inhalt' im religiösen Leben rasch auseinanderzuklaffen drohen. Man bewegt sich bei Gebeten, Liedern und Hymnen in sprachlichen Formen und Vorgaben, die man zwar mit seiner lauteren Absicht, aber mit seinem Empfinden wahrscheinlich häufig längst nicht abdeckt.

Der Schlagersänger, der sich am Bildschirm mit seiner Botschaft darstellt, glaubt vielleicht sogar daran, er empfinde jene Liebe, von der er berichtet, sei jenem Treueanspruch gewachsen, den er beschwörend verkündet. Vielleicht fühlt er das alles sogar ‚ein bißchen', mehr oder weniger. Aber er blendet offensichtlich alles das aus, was er sonst noch vom Thema weiß und erfahren hat. Kein Wunder, wenn sein Gebaren gelegentlich unerträglich erscheint.

Analog auf dem Feld der Religion. Die religiöse Sprache bewegt sich auf einem Anspruchsniveau, das man meist lediglich verbal, aber nicht emotional ausfüllt: Glaube, Vertrauen, Liebe, Hingabe, Loslassen, Selbstentäußerung, Verzicht. Erhabene Worte, doch wer wird ihnen schon gerecht!

Wie schlicht, bescheiden und nüchtern müßte jene Sprache sein, welche auf stimmige Weise die Kargheit und Armseligkeit der durchschnittlichen ‚Gotteserfahrung' wiedergibt, das Zurückbleiben hinter dem Anspruch der vorgegebenen Formen und Riten zum Ausdruck bringt! Wie selten begegnet man der angemessenen Ausdrucksform! Wenigstens begegnet man ihr bei den Experten des spirituellen Lebens. Sie jedenfalls weisen nachdrücklich auf die entsetzlichen Phasen der Leere hin, offensichtlich die Begleiterscheinung des spirituellen Lebens.

Mögen die Menschen einiges von dem, was sie formulieren, empfinden, vieles vermutlich nicht. Jedenfalls darf man festhalten, wenn andere sich durch religiöse Ausdrucksformen gestört fühlen, dann liegt eine Unstimmigkeit vor.

Der Bereich der Kommunikation

Das Gesagte macht deutlich erkennbar, wie die heiligsten Dinge pervertierbar sind. Alle ,Werte' und ,Tugenden' können von der Störung befallen werden. Psychologisch gesprochen: Die ,Abwehr' ist eine Hure, die es mit jedem Inhalt treibt, sei er noch so edel. Nichts scheint vor ihr sicher, nichts scheint ihr heilig zu sein.

Von diesem Störungsbefall sind auch die Werte nicht ausgeschlossen, die für das hier entwickelte Konzept des Beziehungslernens an oberster Stelle stehen: Wahrnehmen und Mitteilen, Bewußtheit und Transparenz. Sobald Bewußtheit und Transparenz eine negative Wirkung erzeugen, muß man einen Fehler vermuten.

Zuerst zur *Mitteilungsebene: destruktive Offenheit.*

Die Wahrheit darf betroffen machen, aber weder entwerten noch blockieren. Der Wahrheitsfanatiker mit seiner rücksichtslosen Offenheit ist nicht ,zu offen', er ist ,nicht offen genug', verhält sich nicht authentisch, ist nicht ,ganz genau'. Deswegen die destruktive Wirkung, keinesfalls wegen der Wahrheit. Überall wo Transparenz im definierten Sinne negativ wirkt (stört, entwertet, blockiert), hat man es streng genommen kaum mit Transparenz zu tun, sondern es fehlt etwas.

Sodann zur *Wahrnehmungsebene: destruktive Bewußtmachung.*

An und für sich ist Bewußtmachung von Verdrängtem eine Art Heilungsvorgang, der sich gleicherweise auf die Mitwelt positiv auswirkt. Hat sie negative Wirkung, kommt ein anderes Moment hinzu.

Dazu ein *Beispiel* aus einer Paarberatung.

Der Ehemann berichtet beiläufig über den Verlauf der Klärungsgespräche, die zwischen den Partnern stattfinden. Lange sei er verständnislos der Tatsache gegenübergestanden, daß sich seine Frau seinen Annäherungsversuchen gegenüber so abständig verhalte, über Strecken sich unter tausend Ausflüchten entziehe und ausweiche.

Schließlich sei seiner Frau plötzlich das *bewußt geworden*, was sie offensichtlich immer weggeschoben hatte, weil es ihr äußerst peinlich war: daß sie ihn, ihren Ehepartner, oft unattraktiv, wenn nicht abstoßend finde, ja sich sogar vor ihm ekele.

Auf einmal habe er verstanden, warum der körperliche Kontakt zwischen ihnen so problematisch gewesen sei, warum er nur selten und unter großer Überwindung seine Wünsche ausdrücken konnte. Die Aussage seiner Frau sei für ihn wie eine Erleuchtung gewesen und habe zu einem entlastenden Aha-Erlebnis geführt, weil er jetzt die Vorgänge kapierte; obschon er sich durch die Eröffnung auch tief verletzt, ja sogar niedergeschmettert und total entmutigt gefühlt habe.

Wenn Bewußtmachung einen solchen destruktiven Nebeneffekt erzeugt, übernimmt sie vermutlich eine bestimmte Funktion.

Der Bericht der Frau brachte die Erklärung.

Ihr Mann sei ständig in sie gedrungen und habe wissen wollen, warum sie sich entziehe. Schließlich habe sie sich zunehmend an die Wand argumentiert gesehen und sich das ins Bewußtsein gebracht, was sie verdrängt hatte, nämlich, daß sie sich von ihm körperlich mitunter abgestoßen fühle. Sie habe ihm mit dieser ‚Bewußtmachung' sozusagen einen Knochen hingeworfen, um endlich Ruhe vor seinen bohrenden Fragen zu bekommen.

Es ist nur logisch, daß Bewußtmachung, falls sie als Waffe angewendet wird, anstatt heilend zu wirken, einen zerstörerischen Effekt hervorruft. Vor allem dann, wenn dieses destruktive Moment mit dem lobenswerten Vorgang einer Aufhebung von Verdrängung getarnt wird.

Anhand des Gesagten darf man eine *Empfehlung* ableiten, die für Klärungsgespräche zwischen Paaren Beachtung verdient.

Die miteinander Redenden sollten sich nicht nur der Klärung der entsprechenden Probleme zuwenden, sondern auch die Frage im Auge behalten: Wie fühlen wir uns bei unserem Gespräch, wie geht es uns dabei?

Daß Konflikt- und Klärungsgespräche mühsam und anstrengend sind, liegt in der Natur der Sache. Wenn sie jedoch über lange Strecken zermürbenden und quälenden Charakter bekommen, wenn man sich überanstrengt und gelähmt sieht, dann stimmt am Gespräch selber etwas nicht.

Daher die Devise: Beachtet nicht allein die Kommunikationsregeln, achtet genauso aufmerksam auf das Metasignal eurer Gesprächsstimmung!

Dieses kommentierende Metasignal der Gesprächsstimmung gibt unter Umständen dazu Anlaß, den Gesprächsmodus unter die Lupe zu nehmen.

Das Thema ‚Liebe'. Erotik und Sexualität

Die Liebe ist eine höchst störanfällige Himmelsmacht

Ähnlich wie in der Religion klaffen auch in der Welt der Liebe Idee und Wirklichkeit, Ideal-Ich und Real-Ich der Liebenden leicht auseinander. Es ist schwer, authentisch zu sein, Bewußtheit und Transparenz werden zu einer Riesenaufgabe. Vielleicht hat das den tieferen Sinn, daß gerade die Liebesbeziehung den Menschen vor die Aufgabe stellt und ihm zugleich die ausgezeichnete Chance bietet, zu seiner Identität zu finden.

Man muß bei den Störformen des Liebeslebens nicht einmal an massive Zerrformen denken, etwa an die plumpe Verlogenheit und Irreführung, welche der Verführer einsetzt, um auf seine Kosten zu kommen und an die dazu notwendige Selbsttäuschung des verführten Objekts, das seine Selbstpreisgabe etwa als Hingabe strukturiert.

Weil die ‚Liebe' eine besonders intensive Form von Beziehung darstellt und weil es schwer ist, hier Idee und Wirklichkeit in Einklang zu bringen, kann man verstehen, daß das Liebesleben von mannigfaltigen Störungen betroffen ist, die Liebe einen Hauptschauplatz nicht nur menschlichen Glücks, sondern nicht weniger menschlichen Elends abgibt. Beobachtet man, wie Liebespaare und Partner miteinander umgehen, erlebt man ebensoviel Schönes und Wunderbares wie Abstoßendes und Widerliches.

Die Ursache von Konflikten liegt häufig in einer verhängnisvollen Fehlannahme, also einer falschen Sicht der Gegebenheiten

Viele Liebenden praktizieren die ungeschriebene Regel: Nur ja nicht darüber sprechen! Nämlich über die zahlreichen Mißempfindungen, die bis zum Ekel reichen können, über die Vorbehalte und Ambivalenzen, die Peinlichkeiten, Selbstzweifel und Fremdzweifel. Dahinter steht die Befürchtung, durch den Austausch über solche Gegebenheiten würde man die schöne Welt der Liebe gefährden oder gar alles zerstören.

Das Gegenteil ist der Fall. Hält man sich an die Verschweigungsregel, ist der Konflikt, ja unter Umständen sogar der Kollaps der Beziehung einprogrammiert.

Daher bedeutet die Gegenregel „Wahrnehmen und mitteilen!", „Hinschauen und darüber sprechen!" eine ausgesprochen paradoxe Handlungsaufforderung, sofern man unter ‚paradox' versteht: „Alles, nur das nicht!"

Wenn man von der Überzeugung ausgeht, die psychischen und sozialen Vorgänge seien von einer exakten Logik durchwaltet, dann werden die genannten Regungen und Reaktionen ja wohl ihren Sinn haben: Mißempfindungen, peinliche, absurde Gedanken und Einfälle. Diese Störsignale sind wichtige Informationen aus dem Beziehungsunbewußten, sind das EKG der Beziehung, das die Herzrhythmusstörung der Kommunikation anzeigt.

Verschließt man vor diesen Signalen Augen und Ohren, dann verhält man sich so, wie wenn ein Arzt die Alarmsignale jener Monitoren, an die der Patient angeschlossen ist, absichtlich nicht sehen und hören wollte.

Die meisten Liebenden ahnen kaum, welche Fülle an Möglichkeiten, wieviel Lebendigkeit, Intensität und Kreativität freigesetzt würde, würde man alle auch unangenehmen Signale ernst nehmen, sorgfältig beachten und auf ihren Aussagewert hin befragen.

‚Sex' – ein schonungsloser Seismograph für Stimmigkeit

Die sexuelle Begegnung zwischen Menschen bildet auf der einen Seite einen Ort der Beglückung, auf der anderen ebenso den Schauplatz unbeschreiblicher Misere.

Das Selbstgefühl erfährt durch die geglückte Sexualität eine einmalige Steigerung. Für den anderen Quelle höchster Lust und der Ekstase zu sein, bedeutet eine besondere Überhöhung des Ich-Empfindens. Die negative Seite: In kaum einem anderen Bereich gibt es soviel Selbstverzerrung, soviel Peinliches und Belämmerndes.

Das mag damit zusammenhängen, daß der ‚Sex' der empfindlichste Seismograph für Unstimmigkeiten, der unbestechliche Geigerzähler für Störungen ist. Daher feiert die Störung Orgien. Zahllose Fehleinschätzungen und falsche Erklärungen von Gegebenheiten tun das ihrige dazu, beispielsweise die Meinung, Sex sei halt nun mal etwas Primitives.

Wie hart der ‚Sex' die Verstöße gegen Stimmigkeit ahndet, zeigt sich an den massiven sozialen und innerseelischen Konsequenzen der Unstimmigkeit.

Die sozialen Konsequenzen: Die Umgangssprache drückt die Bewertung beziehungsweise Abwertung unverhohlen aus: ‚der Hurenbock', ‚der Schweinigel', ‚der Casanova' und viele andere Prädikate des Volksmundes.

Die innerseelischen Konsequenzen: Man bezahlt Unstimmigkeit mit äußerst ‚blöden' Gefühlen, mit ‚Nuttengefühlen', mit dem Zustand des Belämmertseins ‚danach' und dergleichen mehr.

Immer wieder hat man die Behauptung des Aristoteles zitiert, jedes Lebewesen reagiere auf den Geschlechtsakt mit einer Art ‚depressiver Verstimmung'. (Omne animal post coitum triste). Das dürfte in dieser Undifferenziertheit eine falsche Erklärung der tatsächlich häufig ‚danach' zu beobachtenden Niedergeschlagenheit sein. Und zwar deswegen, weil Aristoteles den Sachverhalt offensichtlich rein biologisch, nicht psychologisch, beziehungspsychologisch sieht. Es wäre schlimm, wenn Aristoteles recht hätte. Aber erwiesenermaßen gibt es ‚danach' ebenso den Zustand von Glück, Verbundenheit und Harmonie. Wohl aber trifft die Aussage des Aristoteles auf die *Störung* der geschlechtlichen Begegnung zu.

In der bildenden Kunst findet man die häßliche Seite am ‚Sex' kaum irgendwo mit einer solchen psychologischen Meisterschaft dargestellt wie bei dem Maler *Otto Dix*. Auch Dix beschreibt, wie Aristoteles, nicht den ‚Sex' an sich, sondern dessen Zerrform, deren vor allem seelischen Auswirkungen.[37]

Im Unterschied zu zahllosen großen Künstlern, welche das Erotische in seiner hehren Schönheit malen und wenig oder nichts von den Abgründen dieses Wirklichkeitsbereichs verraten – ihre Darstellung des Weiblichen und des Männlichen, ihre Göttinnen und Göttergestalten sind oft von einem mythischen Nimbus umgeben – leuchtet Dix mit seiner entlarvenden Psychologie erbarmungslos in diese Abgründe menschlicher Selbstverstümmelung hinab.

Kein vernünftiger Mensch würde Dix der Pornographie bezichtigen, obgleich er prekäre Phänomene und Szenen malt.

In diesem Zusammenhang läßt sich die Frage stellen: Was macht die Pornographie zur Pornographie?

Wohl kaum die deftige Darstellung sexueller Vorgänge; auch nicht die Tatsache, daß Menschen Spaß daran haben! Es gibt die bacchantischen Momente, die Lust um ihrer selbst willen. Aber vermutlich sind das eben nur Momente. Gefährlich wird es, wenn man sie ausdehnt über den Augenblick hinaus, wo es ‚stimmt'.

Was die Pornographie zur Pornographie macht, dürfte die bis zur Verlogenheit reichende Unstimmigkeit sein. Gemessen an der realen Wirklichkeit der Sexualität stimmt hierbei so gut wie nichts mehr. Mögen die geschilderten Menschen jenen Spaß haben, den sie zu haben scheinen, sie haben zweifellos noch eine Menge anderer Gefühle. Diese werden ausgeblendet. Müßten sie gleichfalls auf den Tisch kommen, wäre Pornographie quasi verunmöglicht, würde jedenfalls anders aussehen, realistischer aussehen.

Die tatsächlichen ‚Schweinigelgefühle' eines durchschnittlichen Frauenhelden und die mutmaßlichen Gefühle des Giacomo Casanova

Ein kleiner Freundeskreis von Studenten hatte sich nach dem üblichen Sporttraining zu einem Bier zusammengesetzt. Einer von ihnen, der wegen seiner umgänglichen Wesensart allgemein beliebt war, stand im Ruf eines ‚Frauenhelden'. Man brachte ihm eine Mischung von Bewunderung und Neid entgegen. Während des angeregten Gesprächs wollten die anderen schließlich wissen, wie man sich denn wohl fühle, wenn man soviel Erfolg bei Frauen habe.

Der Gefragte blickte ernst vor sich auf den Tisch und antwortete: „Wie man sich fühlt? Ich weiß es nicht, wie ‚man' sich fühlt. Ich kann nur sagen, wie *ich* mich fühle. Ich jedenfalls fühle mich als Schweinigel".

Die Runde war betroffen. Alles hätte man erwartet, nur das nicht.

Die Gestalt des legendären Giacomo Casanova erfährt in der literarischen Darstellung mitunter eine arge mythische Verklärung. Er wird etwa gezeigt als der große Verführer, der göttliche Stier, dem die von ihm geliebten Ehefrauen ihre Töchter zuführen, damit er sie gleichfalls in die Mysterien der Liebe einweihe.[38]

Aber wie steht es um die subjektive Psychologie des sagenhaften Verführers?

Würde man Giacomo Casanova im Jenseits dazu auffordern, den Offenbarungseid zu leisten und seine Botschaft von den Mysterien der Erotik zu vervollständigen, würde man ihn zwingen, zu gestehen, was er ‚wirklich gefühlt habe', dann dürften im Spektrum seiner Gefühle neben den angenehmen Empfindungen auch Ekel und Belämmertsein einen nicht geringen Platz einnehmen. Es sei denn, Casanova war ein ebenso göttlicher Verdränger, wie er ein göttlicher Verführer war.

Zu solchen Überlegungen würde passen, daß der alternde Casanova eine ziemlich traurige, um nicht zu sagen klägliche Figur abgibt. Denn, so möchte man meinen, wer im Leben soviel Glück genossen habe, dürfte nicht so wirken.

In den Praxen der Therapeuten werden die erotischen Abenteuer oft anders berichtet als in Casanovas Memoiren. Es geht realistischer zu. Wüßten die betrogenen Partner auf der Welt, unter welch entwürdigenden und peinlichen Umständen die ‚Abenteuer' des anderen mitunter vonstatten gehen, sie hätten wenig Grund zur Eifersucht.

Die sexuelle Befreiung unseres Jahrhunderts darf zweifellos als eine große Leistung eingeschätzt werden. Aber in die Diskussion mischt sich eine gute Portion Naivität. Der ‚Sex' ist – lernpsychologisch gesprochen – keine konsequenzfreie Zone. Die authentischen Gefühle des Menschen unterwerfen ihn teilweise strengeren Maßstäben als die konventionelle Moral mit ihren sogenannten objektiven Normen.

Kultur und Religion haben dem Menschen viel unnötigen Triebverzicht auferlegt. Ohne Triebverzicht geht es wohl nicht. Doch ebenso wichtig ist die Kultivierung der erotischen Kommunikation, die Sensibilisierung für das authentische Fühlen, für das Feedback von innen. Die Moral des Fühlens – allerdings nur des authentischen, verdrängungsfreien Fühlens – beurteilt einiges etwas anders als die gängige Moral, was keineswegs bedeutet, sie sei laxer, wie man ihr gerne unterstellt. Jedenfalls heißt sie manches an der sogenannten ‚freien Liebe' gut und deklariert manches, das im moralisch geschützten Raum der Ehe geschieht, als ‚Schweinerei' – nicht etwa weil sich die Eheleute gewagter Praktiken bedienten, sondern weil sie sich unstimmig verhalten und solches Verhalten nicht selten von ihnen auch als ‚Schweinerei' leidvoll erlebt wird.

Spontaneität

Spontaneität, ein Geschenk der Götter an die Menschen, ist von einem eigenartigen Zauber umgeben. Spontane Menschen strahlen diesen Zauber auf ihre Mitwelt aus. Ihre Art hat etwas Befreiendes, Mitreißendes.

Überall da, wo Spontaneität auf irgendeine Weise Störungen hervorruft, hat man es schwerlich mit reiner Spontaneität zu tun. Die Störung drückt sich nicht nur dadurch aus, daß uns eine gewisse Form der Spontaneität unangenehm ist. Eine Störung dürfen wir auch da voraussetzen, wo unser Ich-Empfinden oder unsere eigene Spontaneität tangiert ist. Das kann so aussehen, daß wir uns neben einem spontanen Menschen langweilig vorkommen oder eher gelähmt als stimuliert sind.

In der Lerngruppe kommt gelegentlich folgendes vor. Jemand verletzt durch seine Art die anderen und beruft sich dann darauf, er sei eben ein spontaner Mensch. Das Argument ist unter Umständen zugleich ein Seitenhieb, unterstellt den anderen weniger Spontaneität, das heißt, mehr Aggressionshemmung. In Wirklichkeit verhält sich der Betreffende lediglich unbeherrscht und unkontrolliert.

Sehr treffend bemerkte ein Gruppenteilnehmer angesichts einer solchen Situation, manche Menschen verwechselten Spontaneität mit Schnelligkeit.

Diese beiläufig geäußerte Bemerkung spricht etwas Wesentliches am Phänomen der Spontaneität an. Die Lerngruppe bringt für viele eine Neudefinition von Spontaneität. Gefühle sind die spontanen Wesen schlechthin. Fühlen lernen, wahrnehmen lernen, heißt nicht zuletzt, Erfahrungen mit Spontaneität machen; bedeutet, Einsicht gewinnen in das geheimnisvolle Leben der seelischen Bewegung überhaupt. Während des Durcherlebens von Gefühlen der Angst, des Schmerzes, der Entsagung usw. erfährt man den eigentümlichen Rhythmus seelischer Regungen.

Das hat nichts mit Schnelligkeit und wenig mit Heftigkeit zu tun, zeigt sich in der Regel eher als ein langsamer und leiser Vorgang. Man muß ungemein viel Behutsamkeit üben, um sich dem Lebensrhythmus des Fühlens zu überlassen.

Spontaneität muß sich also weder durch sprühende Dynamik noch durch lautstarke Heftigkeit äußern, oft ist das Tempo das klare Gegenkriterium. So schnell wie manche spontan wirkenden Menschen reden, kann man unmöglich fühlen, genauer gesagt: so schnell kann man unmöglich Gefühle wahrnehmen.

Spontan sein heißt letztlich authentisch sein, von seinem innersten Empfinden her bewegt werden – egal wie das sich äußert.

Die ihrer Natur nach zunächst ‚neutralen' Verhaltensweisen und Phänomene

Es gibt zahllose Dinge, Verhaltensweisen und Phänomene des täglichen Zusammenlebens und des menschlichen Lebens überhaupt, die man zunächst als mehr oder weniger neutral betrachten darf, die aber durchaus in positiver oder negativer Weise ‚aufgeladen' werden können.

Die Rede war bereits von der sogenannten ‚Lappalie', auf welche man vielfach lediglich vordergründig geurteilt mit unangemessener

Heftigkeit reagiert. Bezieht man den Hintergrund mit ein, erscheint die Reaktion völlig passend.

Der Umgang mit Beziehungslernen führt zu dem klaren Ergebnis, daß **der Inhalt einer Auseinandersetzung häufig total irrelevant ist und sein Gewicht allein vom unsichtbaren, aber real vorhandenen und daher auch real wirksamen Hintergrund her bezieht**. Der banalste Inhalt einer Botschaft löst beim Empfänger der Botschaft vielleicht die heftigsten Gefühlsreaktionen aus, wogegen umgekehrt ein an und für sich gravierender Inhalt, etwa Kritik, gut verkraftet wird. Daher wieder die Devise der Interpretation: Das Gefühl (in diesem Fall das Gefühl des Empfängers) definiert das Erscheinungsbild und interpretiert es richtig – gegen allen Augenschein.

Aus der unendlichen Fülle jener Gegebenheiten unseres zwischenmenschlichen Zusammenlebens, die von ihrem Wesen her einigermaßen neutralen Charakter haben, aber höchst positive oder negative Wertigkeiten annehmen können, wollen wir im folgenden nur einige nennen. Entscheidend ist hierbei die *Erklärung* des jeweiligen Phänomens.

Die Frage lautet: Warum stört ein seiner Natur nach nichtstörendes Verhalten.

Warum stört mich heute das, was mich gestern überhaupt nicht störte, also ein und dasselbe am selben Menschen, etwa sein Eßverhalten oder seine Art, beim Zeitunglesen die Zeitung zu halten?

Fragen. „Fragen wird man wohl noch dürfen!“

Wer den Satz „Fragen wird man wohl noch dürfen!“ benützt, möchte offensichtlich den neutralen Charakter der Frage betonen. Es handele sich schließlich bloß um Informationssuche, ja sogar eine Form des Interesses. Dagegen sei doch wohl nichts einzuwenden.

Eine solche Erklärung berührt allerdings ausschließlich die grammatikalische Struktur des Satzes, nicht die beziehungspsychologische Bedeutung, die er in einem kommunikativen Kontext gewinnt. In diesem Kontext mag eine Frage alles mögliche bedeuten. Jedenfalls gilt: Die Wirkung zählt!

Durch eine Frage können wir uns unter Druck gesetzt, verletzt, verdummt sehen. Oder wir empfinden eine Frage unverschämt, wenn jemand die Grenze unserer Intimsphäre überschreitet, wir uns ‚ausgefragt‘ fühlen. Sogar die zärtliche Frage „Magst du mich noch?“ zeigt mitunter die Störung in allen drei Dimensionen des Erlebens: die Frage ist uns möglicherweise nicht nur unangenehm, sie blockiert uns und irritiert daher unser Selbstgefühl. (Vgl. das Beispiel S. 157f.)

Voraussage: Wenn das, was der andere in der Form der Frage verschleiert, durchsichtig wird, wenn er nicht mehr die Frage als ‚Vorwand' nimmt, die Frage ‚vorschützt', muß die durch die Frage entstandene Störung verschwinden.

Gelegentlich passiert es in einer Lerngruppe, daß dem im Gespräch befindlichen Teilnehmer von einem anderen eine Frage gestellt wird, welche von den Anwesenden als störend und gegebenenfalls als Grenzüberschreitung empfunden wird.

Der Gefragte schickt sich aus Gutwilligkeit bereits an zu antworten. An dieser Stelle versucht der Gesprächsbegleiter, ihn erst auf sich selber zurückzuwenden, zur Selbstwahrnehmung anzuregen: Achte darauf, wie es dir jetzt geht, ob du überhaupt antworten willst!

Die Antwort wird also zurückgestellt. Der erste Schritt des weiteren Vorgehens dient dazu, die Wirkung zu erarbeiten, welche die Frage hervorgerufen hat. Sobald der Betroffene genau hinschaut, empfindet er die Grenzüberschreitung, stellt fest, daß er auf die Frage eigentlich gar nicht eingehen möchte.

Nach dieser Wirkungsanalyse steht im zweiten Schritt die Ursachenanalyse der Störung an. Kommt der Hintergrund zum Vorschein, erübrigt sich meist die Antwort.

Der von der Frage Betroffene lernt, sorgfältiger auf sich selber zu achten, der Fragende hingegen, das, was er will, unverschlüsselt zu sagen.

Wie man sich gegen zudringliche Fragen wehren kann: Rückmeldung + Beziehungsangebot

Das dargelegte Beispiel gestattet eine Schlußfolgerung.

Häufig handelt es sich bei der beschriebenen Fragesituation um einen mittleren Schwierigkeitsgrad des Konflikts, so daß eine einigermaßen elegante Lösung erreichbar ist. Was vermag also der Gefragte zu tun, wenn er weder sich ausfragen lassen noch den Fragenden brüsk zurückweisen will?

Eine bewährte Formel heißt: Rückmeldung + Beziehungsangebot.

Durch die Rückmeldung beschreibt man die Wirkung der Frage und die dadurch entstandene augenblickliche Situation: Daß ich Schwierigkeiten habe, auf die Frage einzugehen, daß ich, täte ich es, gegen mein Empfinden handeln würde.

Das Beziehungsangebot könnte sinngemäß so lauten: Vielleicht habe ich die Schwierigkeit nur deswegen, weil die Frage zu unvermittelt komme, weil ich also nicht wisse, aus welchem Hintergrund sie herstamme, warum der andere das Gefragte wissen wolle. Vielleicht sei es eher möglich zu antworten, wenn der Hintergrund deutlich würde.

Dieser Schlüssel führt mitunter rasch zur Auflösung der Störung, falls nicht gravierende Dinge mitspielen.

Hinter der zudringlich wirkenden Frage muß übrigens keineswegs etwas Negatives stehen (das gilt für Störungen überhaupt). Es mag genausogut etwas Positives sein, das verschleiert wurde, etwa ein echtes Interesse an demjenigen, an den man die Frage stellt.

Der Effekt der Aufhellung ist dann der, daß der Gefragte gegebenenfalls ganz spontan und gerne antwortet, weil seine Blockierung aufgelöst ist, und er schließlich meint: Ja, wenn du das gleich gesagt hättest ...!

Jugend und Alter
„Jung und dumm!" – „Alt und häßlich!"

Jugend und Alter sind zunächst schlicht biologische Gegebenheiten. Viele Erklärungen dieser Phänomene klingen so, als seien sie von ihrer Natur her mit bestimmten Qualitäten positiver oder negativer Art verknüpft. Man verwechselt hierbei zwei Dinge, bringt den biologischen und den ‚anthropologischen', also ‚menschlichen' Standpunkt der Betrachtungweise durcheinander. In Wirklichkeit geht es etwa bei der *Erklärung* der positiven oder negativen Wirkung nicht darum, ob ein Mensch jung oder alt ist, sondern darum, ob er authentisch ist.

„Jung und dumm!"

Die Fehlstrukturierung ‚dumm, *weil* jung' bringt eher eine Beziehungsdefinition in bezug auf das Verhältnis zwischen den Generationen als einen biologischen Sachverhalt zum Ausdruck.

Was einen jungen Menschen dumm erscheinen läßt, ist schwerlich die Tatsache, daß der ältere ihm gegenüber einen Wissens- und Erfahrungsvorsprung zu verzeichnen hat. Das kann schon deswegen nicht sein, weil es viele Greise gibt, die dümmer sind als viele Siebzehnjährige. Die natürliche Tatsache des Jungseins hat – als eine Phase der unbegrenzten Möglichkeiten, wo alles noch offen vor dem Menschen liegt – von jeher einen besonderen Reiz auf Vertreter der älteren Generation ausgeübt.

Erst wenn der junge Mensch etwa seine Unsicherheit und Lebensangst hinter einer Fassade dümmlicher Arroganz, von querulanter Widerborstigkeit und vorgetäuschter Selbstsicherheit tarnt, oder wenn er ‚altklug' erscheint: erst dann gewinnt die an sich herrliche Tatsache des Jungseins eine negative Note.

„Alt und häßlich!“

Die Etiketten mit den harten Bewertungen sind bekannt: ‚alt und verknöchert‘, ‚senil‘, ‚der alte Dattel‘, ‚der Dattergreis‘.

Was aber den Dattergreis und das häßliche alte Weib ausmacht, ist keineswegs die Zahl der Jahre, sind nicht die Falten, die körperlichen und damit Hand in Hand gehenden natürlichen seelischen Gebrechen. Sehr wohl aber kann es die ins Gesicht geschriebene Resignation, die Enttäuschung am Leben sein, die Starrheit der Auffassungen, das mürrische Benehmen, die Tatsache nicht geschaffter Entwicklungen, der Vorwurf des zu kurz Gekommenen an die Welt angesichts des Versäumten. Warum sonst würden manche alten Menschen derart schön und anziehend wirken! Vor allem wenn sie während ihres Lebens gelernt haben, gelassen zu ihren Grenzen zu stehen und nicht auf irgendeine Weise darüber hinwegzutäuschen suchen.

Befinden sich in einer Lerngruppe junge und ältere Teilnehmer, dann erhält man Gelegenheit, interessante Erfahrungen zu machen. Zuerst die Anfangsspannung zwischen den Generationen. Die Angst der Alten vor dem kritischen Blick der Jugend, der hinter die Fassaden dringt. Die Angst davor, abgestempelt, abgeschoben zu sein. Sodann die Angst der Jungen davor, wegen angeblicher Unerfahrenheit und Unreife nicht ernst genommen zu werden, die Angst vor Besserwisserei und gutgemeinten Belehrungen.

Gelingt es, auf beiden Seiten die ‚Enttarnung‘ zu bewerkstelligen, kommt es schließlich dazu, daß sich die Generationen gegenseitig in die Karten schauen lassen, wendet sich das Blatt ziemlich rasch: dieselbe Angst vor Nichtanerkennung, dieselbe Sehnsucht nach Wertschätzung, Anerkannt- und Einbezogensein. Der Austausch führt zur Solidarität. Das Ergebnis ist ein gegenseitiges Geben und Nehmen.

Schönheit und Häßlichkeit

Häufig hält man Schönheit und Häßlichkeit für naturgegebene Tatsachen. Das sind sie nur zum Teil.

Viele Menschen haben mehr oder weniger große Probleme mit ihrem Aussehen, mit ihrer unvorteilhaften Erscheinung, mit Entstellungen und Gebrechen. Gewiß ist die Natur bei der Vergabe von Vorzügen einigermaßen ungerecht verfahren. Doch scheint im konkreten Leben letztlich wiederum etwas anderes gefragt zu sein.

Schon immer hat man die Benachteiligten damit zu trösten versucht, eigentlich käme es nicht auf das ‚Äußere‘ eines Menschen an, vielmehr auf sein ‚Wesen‘. Eine solche Geste mag man als humorvoll-ironische

Beschwichtigung betrachten, und doch entspricht sie einer nüchternen Wahrheit.

In der Tat, Schönheit hat viel damit zu tun, ob man zur Übereinstimmung mit sich selbst findet, ob man authentisch ist. Denn warum sonst säßen so viele unglückliche Schönheiten im Lande und kämen die weniger Bedarften mitunter weit besser weg, wenn es beispielsweise um das in keiner Weise manipulierbare ‚Glück in der Liebe' geht!

Beispiel aus der Geschlechterbeziehung: Nicht der Bauch ist die Ursache . . .!

Während der Gruppensitzung spricht eine junge Frau einen Mann an und verrät ihm, wie sehr sein Bauch sie störe; was für den Betroffenen eine empfindliche narzißtische Kränkung seiner Männlichkeit bedeutet.

Eigenartig, nach einem Gespräch modifiziert die Teilnehmerin ihre Ansicht. Sie meint, zwar ‚sehe' sie jetzt noch seinen Bauch, aber dieser habe keinerlei Bedeutung mehr für ihre Einstellung zu ihm, jedenfalls keine negative.

Der Unterschied zwischen dem ‚vorher' und dem ‚nachher' besteht darin, daß der mit einem Bauch belastete Teilnehmer greifbarer für die anderen geworden ist. Hatte er zuerst die Unsicherheit und Selbstzweifel hinsichtlich seiner erotischen Anziehung auf Frauen hinter einer betonten Behäbigkeit und hinter spießbürgerlicher Selbstsicherheit versteckt, so läßt er jetzt erkennen, wieviel ihm sein Aussehen ausmacht.

Das Ergebnis des Gesprächs bedeutet also: Was sein Dicksein störend macht, ist eher die seelische ‚Entstellung' beziehungsweise ‚Korpulenz' als die Tatsache der körperlichen Unförmigkeit. In dem Maße es ihm gelingt, diese seelische ‚Entstellung' zurückzunehmen, verliert sein körperliches Sosein den aversiven Charakter.

Besonders Ehepaare wissen um den ‚relativen' Charakter von Schönheit. Das drückt sich etwa in dem Satz aus: *Heute gefällst du mir aber gar nicht!* Setzen wir voraus, daß hinter der Aussage durchaus ein ‚grundsätzliches' Wohlgefallen am Partner steht, ja daß man seine körperlichen ‚Defekte' vielleicht sogar liebgewonnen hat.

Normalerweise stellt sich heraus, daß der zeitweilige Mangel an Attraktivität an der Art liegt, wie der momentan unvorteilhaft Aussehende mit sich selber zurechtkommt und umgeht, welche Beziehung zu sich selbst er unterhält. Das wirkt sich dann auch auf seine Ausstrahlung und Selbstdarstellung nach außenhin aus.

Beispiel aus einer Partnertherapie. Noch einmal: Die Irrelevanz des Bauches

Ein Mann meint, der Bauch seiner Frau erscheine ihm nicht gerade attraktiv. Das sei jedoch für ihn in der Regel kein Problem. Im Gegenteil! Irgendwie rühre es ihn auch an, wie sie selber darunter leide. Doch mitunter komme es vor, daß er diesen Bauch ‚sieht', falle ihm auf, *daß* er ihn sieht. Dann habe er Angst hinzuschauen, in der Befürchtung, er könnte abgestoßen sein, vermeide daher den Blick auf seine Frau.

Während ihres Zusammenlebens hätten sie beide herausgefunden, daß ihm der Bauch seiner Frau nur dann auffalle, wenn es ihr mit sich selber nicht gutgeht, wenn sie etwa Aggressionen gegen ihren eigenen Körper bekomme. Gelinge es ihr während des gemeinsamen Gesprächs, sich selber wieder zu finden und zu ihrem Körper ja zu sagen und komme sie am Ende lachend zu dem Schluß: „Wer mich liebt, lacht trotzdem!", dann sei die Störung wie weggeblasen.

Vergleichbare Erfahrungen macht man mit *Körpergeruch.* Dieser gehört auf irgendeine Weise auch zum äußeren Erscheinungsbild eines Menschen.

Geruch ist eine archaische Form des Signalaustauschs und der Kommunikation. Daher überrascht es nicht, daß er auch beim Menschen gegebenenfalls zu belastenden Kommunikationsstörungen führt. Geruch – und zwar der spezifische Geruch ein und desselben Menschen – kann vom Partner einmal angenehm oder neutral, dann aber wieder sehr störend empfunden werden. Was ist die Ursache dafür, daß die gleiche Gegebenheit derart unterschiedlich erlebt wird?

Ein Ehemann berichtet von gewissen ‚Entsprechungen'. Er hat gelernt, den folgenden Zusammenhang zu erkennen: Ob er den Achselgeruch seiner Frau neutral empfinde oder ob er ihm aversiv sei, hänge damit zusammen, ob sie sich harmonisch mit sich selbst fühle oder nicht, ob sie sich klar darstelle oder immer nur ‚lieb' sein wolle.

Entsprechendes gilt für die oft äußerst aversive bis ekelige ‚soziale' Tatsache des *Mundgeruchs.*

Ein Mann berichtet, wie peinlich es ihm sei, wenn er den Verdacht habe, ‚aus dem Maul zu stinken'. Der besonders unangenehme Umstand bestehe darin, das nicht selber wahrzunehmen, sondern ausschließlich durch ‚Rückmeldungen' abklären zu können, also nachdem man erst jemanden ‚anstinken' mußte.

Das Schlimmste jedoch sei, daß ausgerechnet in dem Augenblick, wo er peinliche oder böse Gefühle und Gedanken verbergen möchte, seine Frau ihm sage: Du riechst wieder mal ganz moderig aus dem Mund! Er fühle sich dann aufs unangenehmste entlarvt, sei wütend darüber, nicht einmal sein Innerstes verheimlichen zu können. Denn sein Körper schreie sozusagen lauthals jene Aggression hinaus, die er zu vertuschen beabsichtige.

„Ich bin ein Monster!". Das ‚Behindertensyndrom' – Naturphänomen oder Kommunikationsphänomen?

Die archaischen Zeugnisse in Märchen, Religion, Mythos und Sage interpretieren körperliche Entstellung, die ‚Mißgeburt', das ‚Scheusal', Krüppelhaftigkeit meist als Ausdruck seelischer und geistiger Defekte. Der Mensch stehe unter einem ‚Bann', sei ‚verzaubert', ‚verhext', von einem Dämon ‚besessen'. Die Ausdrücke ‚verzaubert', ‚verhext' sollen wohl auf die ‚soziale' Verursachung solcher Störungen hindeuten, denn ‚verzaubert' wird der Betreffende von jemand anderem.

Bei unserem Umgang mit Menschen, die aufgrund von Geburt, Krankheit oder Unfall entstellt sind (Hasenscharte, Buckel, Schielen, Klumpfuß, Hinken, Fettleibigkeit, häßliche Narben) gewinnt die *Unterscheidung zwischen der Ebene unseres Verhaltens und unseres Erlebens* Bedeutung. Die Wichtigkeit dieser Unterscheidung kam schon verschiedentlich zur Sprache.

Die Mehrzahl der Menschen gibt sich Mühe, sich gegenüber Behinderten einwandfrei, sogar rücksichtsvoll und liebevoll zu *verhalten.* (‚Behinderung' soll jetzt im weiten Sinne, vor allem in Sinne körperlicher Beeinträchtigung verstanden werden.) Das ändert nichts an der Tatsache, daß ihr *Erleben* möglicherweise ganz andere Wege geht. Man fühlt sich abgestoßen, ekelt sich, verspürt sogar mehr oder weniger starke Aggressionen, sadistische Regungen, verfällt sodann in Selbsttadel und Schuldgefühle ob solcher Regungen.

Dieses *Interaktionsphänomen* erweist sich bei genauerem Hinsehen als ein höchst *komplexer* – und auch komplizierter – Vorgang.

Man empfindet es unlogisch und ungerecht, diesen Menschen gegenüber auf die beschriebene Weise zu empfinden, wo sie doch ohnehin derart benachteiligt sind und nicht einmal etwas dafür können.

Freilich erscheint das unlogisch – vom Kopf her betrachtet. Es muß indessen auch etwas bedeuten, falls die Gefühle wirklich logische Wesen sind. Aber welcher Logik gehorchen sie dabei?

Eigenartigerweise erfahren bei der Begegnung zwischen dem Behinderten und dem ‚Normalen' beide Kommunikationspartner eine Entstellung – es geht spiegelbildlich zu. Denn auch der ‚Normale' erlebt sich ‚abnorm', wenn sein Gefühl nicht empathisch, sondern sadistisch antwortet.

Beim Vorgang der wechselseitigen Deformierung wirkt ein tragischer Rückkoppelungseffekt mit. Das erkennt man, sobald man sich die lebensgeschichtliche *Entstehung* des ‚Behindertensyndroms' vergegenwärtigt.

Ein Mensch kommt mit einem mehr oder weniger gravierenden Defekt zur Welt. Ganz allmählich spürt er an der Reaktion seiner Umgebung, daß ‚an ihm etwas nicht stimme', nicht in Ordnung sei. Der Eindruck verstärkt sich zunehmend etwa im Kindergarten und während der Schulzeit. Dort muß er grausame Hänseleien ertragen, was zu tiefsten Verletzungen führt (schon die relativ harmlosen Attribute sind schlimm genug für den Betroffenen: ‚Brillenhengst', ‚Vogelscheuche', ‚Fettwanst'). Solche Erlebnisse haben eine fundamentale Verunsicherung des Selbstwertgefühls zur Folge. Kein Wunder, wenn jetzt Aggressionen und Haßgefühle gegen die ganze Welt entstehen. Die Mitwelt ist meist hilflos und kaum in der Lage, den Betroffenen aufzufangen und ihn aus seiner inneren Isolation herauszuholen.

Der Teufelskreis ist in Gang gesetzt: Der Behinderte spürt, daß sich die Mitwelt von ihm abgestoßen fühlt, er empfindet noch böser, wird dadurch noch abstoßender, löst noch mehr Ablehnung aus usw.

Eine junge Frau berichtet der Lerngruppe, wie sie als Dreizehnjährige vor dem Spiegel gestanden sei und ausgerufen habe: „Ich bin ein Monster!" Noch heute gellten ihr die Rufe der anderen „Du fette Sau!" in den Ohren.

Die Frau wirkt sehr intelligent, sensibel und souverän, ist aber zugleich von einer erschlagenden Dynamik, gerät leicht in Gefahr, die anderen mit ihrem Temperament niederzuwalzen. Das ist, verglichen mit anderen ‚Störungen', nicht einmal eine der schlimmsten.

Man darf die Vermutung anstellen: Nicht der körperliche Primärdefekt, sondern eher das infolge der Lebensgeschichte entstandene Grundmißtrauen, die Selbstabwertung und der Selbsthaß sowie der mehr oder weniger bewußte Haß auf die Mitwelt, schließlich die daraus entspringende Verhaltensauffälligkeit – also der *Sekundäreffekt* – sei es, was den Betreffenden verunstaltet und abstoßend erscheinen läßt.

Die Voraussage: Wenn das zutrifft, müßte sich an dieser Sachlage etwas verändern lassen. Jedenfalls müßte das, was beide gemeinsam verzerrt – nämlich die häßlichen Gefühle – und was spontane Zuwendung verunmöglicht, sich abschwächen oder günstigenfalls zum Verschwinden kommen.

Diese Veränderung der gegenseitigen Beziehung durch Transparenz bereitet große Schwierigkeiten. Aus verschiedenen Gründen.

Zum einen weil die Behinderung beispielsweise von Geburt an da ist und der mit ihr entstandene seelische und soziale Schaden den Charakter einer sogenannten ‚frühkindlichen Störung' angenommen hat. Eine solche ist bekanntermaßen schwer anzugehen.

Zum anderen weil es dem Behinderten besonders schwer fällt, sich authentisch darzustellen. Wollte er das tun, dann müßte er nämlich auch seinen Haß auf die Welt zum Ausdruck bringen. Gerade das, meint er, sich am wenigsten leisten zu können, denn er erlebt sich ohnehin schon als eine Zumutung an die Menschheit. Würde er jetzt auch noch seine bösen Gefühle zeigen, müßte er, nach seiner Meinung, die totale Ausstoßung aus der menschlichen Gemeinschaft befürchten.

Falls aber die Kommunikation auf beiden Seiten durchsichtig wird, wenn der riskante Austausch gelingt, dann tritt die Entlastung auf die gleiche Weise ein wie in den bisher besprochenen analogen Fällen, wenngleich der Erfolg aus den erwähnten Gründen begrenzt sein mag.

Wie die Verzerrung auf beiden Seiten geschah – spiegelbildlich –, können sich auch beide Seiten einigermaßen erlöst fühlen.

Noch eine Bemerkung zum Part des ‚Normalen'. Er erkennt nach einem geglückten Austausch, daß er nicht von Natur aus derart pervers ist, auf menschliche Not mit sadistischen Empfindungen zu antworten. Er erkennt weiterhin, weshalb er so empfand und daß er nicht automatisch so empfinden müsse, daß auch anderes möglich ist.

Der Schlüssel heißt: Wenn ich wüßte, was im anderen vorgeht, würde mich nichts mehr wundern. Den Schlüssel zu verwenden, erfordert allerdings die Mühe der Begegnung, was hinsichtlich der besprochenen Situation besonders viel Engagement erheischt.

Männlichkeit und Weiblichkeit
Erotisch – sexuelle Ausstrahlung und Attraktivität

Weil der Mensch jeweils als männliches oder weibliches Wesen existiert, gehört zu seinen Grundbedürfnissen, in seinem geschlechtlichen Sosein anerkannt und bestätigt zu werden, erotisch attraktiv zu sein.

Auch bezüglich dieses Themas gibt es viele Fehleinschätzungen. Etwa die, erotische Anziehung hänge von jenen besonderen geschlechtsspezifischen Merkmalen ab, mit denen bestimmte Männer und Frauen auf besonders vorteilhafte Weise ausgestattet sind („sexy', ‚Vollweib', ‚Sexbombe' u. ä.). Wie kommt es aber, daß in dieser Hinsicht ganz ‚unmögliche' Männer und Frauen mitunter mehr ‚Glück in der Liebe' haben als die von Natur aus bevorzugten Vertreter des jeweiligen Geschlechts? Also dürfte es noch andere Reizmomente geben, die hierbei ins Gewicht fallen.

Die Zerrformen des Männlichen und des Weiblichen sind von der Alltagssprache mit stark abwertenden Ausdrücken belegt: der ‚Macho', der ‚Casanova', die ‚Nymphomane', die eiskalte ‚Matrone', das unattraktive, erotisch unbedarfte ‚Mauerblümchen'.

Den Hinweis darauf, erotische Anziehung habe etwas mit Selbstdarstellung und Authentischsein zu tun, erfährt man auf besonders eindrucksvolle Weise am Ende des gelungenen Gruppengesprächs. Wenn jemand zu sich selbst hingefunden hat und das ‚Gesicht ohne Maske' erscheint, kann es zur allgemeinen Überraschung vorkommen, daß selbst ein solcher Vertreter seines Geschlechts eine starke erotische Ausstrahlung gewinnt, von dem man nie vermutet hätte, daß er diese Seite an sich hat und daß sie zum Klingen gebracht werden könnte.

Erotische Ausstrahlung als der sogenannte ,Reiz des Verführerischen'

Eine Variante der erotischen Ausstrahlung bezeichnet die Sprache als den ,Reiz des Verführerischen'. Es ist das natürliche Spiel zwischen den Geschlechtern, der Flirt, die flachsige Neckerei.

Man beobachtet indessen auch eine andere Interaktionsform. Sie bildet die Abart der wechselseitigen Ausstrahlung und Anziehung der Geschlechter. In gewisser Weise gestaltet sich jetzt das Spiel zu einem bösen Spiel.

Sie ist an der Wirkung zu erkennen, nämlich an der auftretenden ,Ich-Störung' beziehungsweise Selbstverzerrung desjenigen, der von der besagten Ausstrahlung erfaßt ist. Der Sender spielt seine erotische Anziehung aus, benutzt sie als Machtmittel. Wir geraten als Empfänger dieser Botschaft in einen seltsamen Sog, in eine Art Abhängigkeit. Wir gewinnen den Eindruck, der andere wolle mit uns spielen, meine nicht uns, sondern eher die ihn schmückende Trophäe, den zusätzlichen Skalp an seinem Gürtel.

Das beschriebene Interaktionsspiel – Macht auf der Seite des einen und selbstverzerrende Abhängigkeit auf der Seite des anderen – gibt es in unzähligen Varianten.

Was begründet diese Macht des Senders sowie die deformierende Abhängigkeit des Empfängers?

Ist es wie in anderen Fällen von Interaktionsstörung, hinter der eine Schutzstrategie steht, wieder der Bluffeffekt der Tarnung? Das würde die Voraussage erlauben, durch Transparenz würde der Bann solcher deformierender Macht gebrochen. Falls also der das verführerische Spiel Inszenierende seine Karten auf den Tisch legt, kommt das betroffene Gegenüber aus seiner Verzerrung heraus.

Manche Erfahrungen in der therapeutischen Situation sprechen für eine solche Annahme. Natürlich sind auch die Gefühle des Therapeuten nur mehr oder weniger immun gegen erotische Ausstrahlung der beschriebenen Art, erlebt auch die Person des Therapeuten deutlich die Tentakeln des Senders in seiner Seele. Doch diese Macht über seine Empfindungen verändert sich, sobald der Bluffeffekt der Tarnung seine Kraft verliert, wenn der Hintergrund zum Vorschein kommt, wenn Ängste und Selbstzweifel das grandiose Bild überdecken, den Zauber des Verführerischen auflösen. Diese Wende spürt der Therapeut sehr genau in sich. Es ist jetzt nicht mehr das dubiose Angezogensein, es ist wirkliche Zuwendung, die ihm nunmehr möglich wird.

*Die verführerische Wirkung in der geschilderten deformierenden Form lebt also von der Macht der Verschweigung.*Das leuchtet ohne weiteres ein und beleuchtet das Phänomen der Verführung ganz generell. Würde nämlich der Verführer alles offenbaren, was in ihm vorgeht, seine Berechnung, seine Vorbehalte gegenüber dem zu verführenden Objekt, ja vielleicht sogar die Verachtung desselben: würde er das tun, dann fiele die Attacke der Verführung augenblicklich in sich selbst zusammen, wäre nicht mehr durchführbar, da sie von der Verschweigung ihre Wirkung bezieht.

Erotische Ausstrahlung und Selbstgefühl. Beispiel aus einer Traumarbeit

Ein junger Mann, der unter erheblichen Selbstzweifeln hinsichtlich seiner Wirkung auf Frauen leidet, erzählt den folgenden Traum.

Er sieht seinen Kopf von vorne und entdeckt ziemlich schütteres Haar, eine Art Stirnglatze. Schon im Traum überfällt ihn die Angst um seine Männlichkeit, erlebt er sich unmännlich.

Bei der Bearbeitung des Traumes besteht das Ziel darin, das entscheidende Gefühl ganz bewußt und gezielt durchzuerleben; die Angst, unmännlich zu sein. Während dieses Vorgangs, am Tiefpunkt der Selbstunsicherheit, schlägt das Gefühl um.

Der junge Mann meint plötzlich: Männlichkeit hin oder her, was heißt hier Männlichkeit! Ist es vielleicht nicht männlich, wenn ich in der Lage bin, mich solchen peinlichen Gefühlen zu stellen und sie auszuhalten!

Diese Wende bringt zugleich eine spürbare Kräftigung seines männlichen Selbstgefühls wie auch eine positive Veränderung seiner Ausstrahlung.

Das Beispiel des Durcharbeitens zeigt die Selbstheilungskraft im Bereich des erlebenden Wahrnehmens. Es illustriert darüber hinaus jenen spontan auftretenden ‚Quantensprung', die ‚kognitive Kreativität', welche häufig am Ende des Durcharbeitungsprozesses in Erscheinung tritt. Durch sie erlangt der Lernende die Fähigkeit, den Sachverhalt neu zu strukturieren und dadurch zugleich zu verändern.

Als Schlußfolgerung eine tröstliche Wahrheit: Es liegt nicht an meinem ‚Wesen', sondern vielmehr an meinem ‚Un-Wesen'

Viele Menschen leiden an der Ungewißheit über ihre soziale Wirkung. Immer wieder quält sie der Verdacht: An mir stimmt etwas nicht!

Die Feedbackverfahren der neueren Psychologie sind geeignet, den Menschen die Unsicherheit zu nehmen, weil das differenzierte Rückmelden der sozialen Wirkung ein wichtiger Bestandteil der psychologischen Arbeit ist.

Beim Durcharbeiten einer Störung gelangt der Lernende zu einer *fundamentalen Unterscheidung*. Er hatte die Vorstellung „An mir stimmt offensichtlich etwas nicht!" in der Weise mißverstanden, als stimme etwas an seinem ‚Wesen' nicht, als sei er von Natur aus so geartet, daß man ihn nicht oder nur schwer akzeptieren könne, als sei er von vornherein dazu verurteilt, häßlich und abstoßend zu sein, der erotischen Ausstrahlung zu ermangeln u. ä.

Jetzt erkennt er: Es liegt nicht an meinem ‚Wesen', sondern eher umgekehrt an meinem ‚Un-Wesen'. Anders gesagt, wenn etwas an mir stört, dann kommt das daher, daß ich mein eigentliches Wesen verfälsche, nicht mit mir identisch bin. Gegen einen Wesensdefekt vermöchte ich nichts auszurichten, er wäre unveränderbar. Ich vermag sehr wohl etwas dafür zu tun, authentisch zu werden.

Diese Erkenntnis hat eine tröstliche Wirkung, denn sie erlaubt Hoffnung.

Krankheit
Wenn wir mit dem kranken Mitmenschen nicht angemessen umzugehen vermögen

Krankheit und Leiden gehören unvermeidbar zu unserem menschlichen Dasein. Ebenso gehört es zu unserem moralischen Selbstverständnis, mit dem kranken und leidenden Menschen entsprechend umzugehen, ihm die notwendige Fürsorge angedeihen zu lassen.

Erneut müssen wir zwischen *Verhalten und Erleben*, zwischen Handeln und Fühlen unterscheiden. Viele Menschen benehmen sich verantwortungsvoll, erbringen jede erdenkliche Hilfeleistung. Doch ihre Gefühle halten gegebenenfalls nicht mit. Wir könnten sagen, sie ‚scheren aus'.

Diese Menschen haben Gelegenheit, eigenartige Erfahrungen zu machen. Dem einen Kranken gegenüber empfinden sie tiefes Mitgefühl, einem anderen gegenüber bleiben sie empfindungslos. Ferner erleben sie sich bei ein und demselben Kranken möglicherweise heute herzlich zugewandt und morgen gefühllos. Was, wie schon gesagt wurde, sie nicht daran zu hindern braucht, sich gleichbleibend zugewandt zu verhalten.

Anläßlich der Diskussion dieser Thematik berichtet ein Ehemann, ein durchaus zuwendungsfähiger und kooperativer Mensch, von persönlichen Erfahrungen.

Seine erste Frau sei häufig krank gewesen. Immer wieder habe er sich gefragt, ob ihn seine Frau mit ihren Krankheiten nicht vielleicht doch terrorisiere, ob er darauf eingehen solle und müsse oder ob das verkehrt sei, ob er nicht selber Schuld daran trage, wenn er das mitmache und sich gängeln lasse. Aber wie sollte er hier klarkommen? Richtig mitfühlen jedenfalls habe er nie können. Das habe ihm seine Frau auch zum Vorwurf gemacht. Zwar habe er sich sehr engagiert und vieles im Haushalt übernommen, aber seine Frau meinte, das sei nicht ‚echt'. Allmählich habe er sich für einen Menschen gehalten, der unfähig sei, sich von fremdem Leid ‚wirklich' berühren zu lassen.

In seiner zweiten Ehe sei das alles ganz anders verlaufen. Erst jetzt habe er gemerkt, wie sehr er imstande war mitzufühlen, wie tief seine innere Anteilnahme am Wohl und Wehe des Partners ging. Er kam zu der Feststellung, daß er nicht gefühllos, wie ihm ehedem laufend unterstellt wurde, vielmehr ganz ‚normal' empfindungsfähig war.

Das Beispiel macht auf erschütternde Weise deutlich, wie ein kranker Partner den Helfenden – wenn für den Helfenden das Vergleichskriterium entfällt – zu deformieren vermag und sodann unter Umständen als gefühllos definiert, indem er sagt: „Du bist so", wo es eher heißen müßte: „Ich mache dich so".

Es ist zu vermuten, daß auch bei solchen Interaktionen die Ursache der Störung darin liegt, daß *der Sender*, also *der Kranke, etwas nicht mitteilt*, etwas, das meist unbewußt ist, so daß es gar nicht mitgeteilt werden kann.

Wie verheerend sich das Verschweigen wichtiger Dinge darauf auswirkt, auf welche Weise die Mitwelt mit den Kranken umgeht, mag das folgende Beispiel zeigen.

Eine Frau leidet an einer fortgeschrittenen Krebserkrankung. Ihr Mann ist freiberuflich tätig. Er arbeitet ständig zu Hause und wäre an sich in der Lage, seine Frau zu betreuen und während der Endphase der Krankheit zu begleiten. Das ist ihm jedoch nicht möglich, er geht in die Distanz. Glücklicherweise springt eine hilfsbereite Nachbarin ein und widmet sich der Frau bis zu ihrem Ende.

Der Mann, der sich total blockiert fühlte, leidet nach dem Tod seiner Frau an quälenden Schuldgefühlen ob seines Versagens, beurteilt sein Verhalten als unmenschlich.

Er hat also nicht nur auf der Gefühlsebene, sondern auch auf der Verhaltensebene versagt.

Darf er den Satz für sich in Anspruch nehmen: „Wenn ich wüßte, was im anderen vorgeht, würde mich nichts mehr wundern"?

Was ihm seine Frau verschwiegen hatte, war dies: Sie hatte ihn jahrelang mit einem anderen Mann betrogen, ohne daß er das je erfuhr. Da die Frau ihr Wissen mit ins Grab nahm, konnten sich die Schuldgefühle des Mannes nicht mehr auflösen.

Das Beispiel von diesem Ehemann, aber auch das vorhin geschilderte Beispiel, wo der Ehemann der einen Partnerin gegenüber abständig, der anderen gegenüber jedoch zugewandt empfindet, wirft wieder die Frage auf: Warum *fühlt* der Betreffende so und so?

Nimmt man die Erlebniswirkung der ‚Krankheitsbotschaft' ernst, also die Auswirkung auf Spontaneität und Selbstgefühl des Empfängers dieser Botschaft, dann muß man eine Störung beim Sender vermuten, sozusagen eine Sprachstörung. Der Sender, also der Kranke, vermag es offensichtlich nicht, sich transparent darzustellen.

Hier passieren die schlimmsten Unterstellungen beziehungsweise ‚Deutungen'. Am schmerzlichsten mag es für den Kranken sein, wenn der Helfende aus seiner mangelnden Betroffenheit den Schluß ableitet, der Kranke simuliere; oder, er leide ‚nicht richtig', das sei ja alles ‚nur psychosomatisch', er ‚somatisiere' eben.

Simulieren dürfte in den meisten Fällen ausscheiden. Und nun zum brisanten Thema der psychosomatischen Krankheiten. Als ob psychosomatische Leiden keine oder geringere Leiden wären als die anderen. Die betreffenden Menschen leiden häufig scheußlich. Da die Mitwelt unberührt bleibt oder gar allergisch reagiert, wird der Leidende für seine ‚Sprachstörung' hart bestraft. Und auch diese kann man ihm zunächst schwerlich vorwerfen, denn ihm ist verborgen, daß er nicht authentisch kommuniziert.

Jedenfalls sei in diesem Zusammenhang mit allem Nachdruck daran erinnert, daß die Störempfindung des Empfängers, in diesem Fall des Helfenden, das Erscheinungsbild des Gegenübers lediglich unter dem formalen Gesichtspunkt der Stimmigkeit analysiere, also keine Aussage darüber mache, *welche* Verschweigung die Unstimmigkeit verursacht.

Wie aber setzt sich die *‚Krankheitsbotschaft'* des Senders zusammen?

Beispielsweise sagt der Kranke nicht klar: „Ich bin enttäuscht von dir, weil du dich so wenig um mich kümmerst." Das wäre eine unverschlüsselte Mitteilung. Er sagt es zwar nicht ‚durch die Blume', wohl aber ‚durch das Symptom'. Dieses spricht für ihn: „Ich bin krank geworden, jetzt *mußt* du dich um mich kümmern! Wenn du das unterläßt, bist du ein Unmensch!"

Natürlich ist das kein bewußter, sondern in der Regel ein unbewußter Vorgang. Die Sprachstörung entsteht daraus, daß der Kranke vermeidet, sich zu dem zu bekennen, was er eigentlich sagen will, die Krankheit für sich sprechen läßt. Er bezahlt diese verschlüsselte Kommunikation mit allen denkbaren schlimmen Konsequenzen. Vor allem damit, daß er nicht das bekommt, was er im Grunde will: nämlich echte, von Herzen kommende Zuwendung. Er bekommt dann eben nur deren Surrogat: die Pflichtleistung.

Solche Feststellungen lassen ahnen, welch **immense Bedeutung dem kommunikativen Kontext bei Krankheiten im allgemeinen und bei psychosomatischen Erkrankungen im besonderen zufällt.** Das gilt in bezug auf den Kranken, doch kaum weniger im Blick auf den Gesunden, der sich im Ausstrahlungsfeld des Kranken bewegt und von dessen Krankheit auf ganz existentielle Weise mitbetroffen und ‚erfaßt' ist.

Die Krankheit als eine Art von ‚Beziehungsstörung'. Bemerkungen zur ‚Beziehungstherapie' dieser Störung

Betrachtet man bestimmte Arten von Krankheit als eine Art Beziehungsstörung, in welche die Mitwelt einbezogen ist, dann zeigt sich ein vielschichtiger Sachverhalt: Die Beziehung des Kranken zu sich selbst wie auch zur Mitwelt ist gestört; und schließlich: die Beziehung der Mitwelt zum Kranken erleidet die Störung, weil auch sie ihrerseits unfähig ist, transparent zu reagieren.

Störung des Kranken in seiner Beziehung zu sich selbst: Wenn er etwa tiefsitzende Lebensängste in Symptome umsetzt, anstatt sie anders zu bearbeiten. *In der Beziehung zu den anderen*: Wenn er unfähig ist, seine Wünsche und Aggressionen klar zu äußern, solches lediglich verschleiert in der Sprache des Symptoms zuwege bringt.

Allein schon dieser ‚Doppelkonflikt' ist derart verwickelt und schwer lösbar, daß er hier nicht besprochen werden soll. Jetzt sei nur auf einige jener Hürden hingewiesen, die es dem Helfenden erschweren oder verunmöglichen, wenigstens von seiner Seite her die rettende Transparenz zu üben.

Bei zahlreichen Gesprächen in der Lerngruppe, wo der zur Diskussion stehende Konfliktpunkt durchgearbeitet werden mußte, weil ein Teilnehmer zu Hause aktuell mit dem Konflikt konfrontiert war, haben sich folgende *Gesichtspunkte* ergeben. Sie markieren, wie gesagt, ausschließlich die *Hürden*, die sich *für den Helfenden* ergeben.

1. Der Helfer ist bereits überfordert, wenn er die Wirkung der Krankheitsbotschaft auf ihn sowie den gesamten Vorgang überhaupt *entschlüsseln* soll: seine innere Teilnahmslosigkeit, seine Wut, ja seinen Haß auf den Kranken. Er bestraft sich selbst dafür mit Schuldgefühlen, ahnt dann wiederum, daß er in ein entsetzliches Terrorsystem eingesponnen ist, bäumt sich noch wütender dagegen auf. Doch die Schuldgefühle sind schneller, der Aufruhr bricht wieder in sich zusammen und verpufft. Es ist ein Kuddelmuddel, in dem man gemäß dem Bericht Betroffener hin und her gezerrt wird zwischen dem Aufschrei „Nun stirb doch endlich!", verzweifelter Teilnahmslosigkeit und gräßlichen Schuldgefühlen.

2. Die andere Hürde liegt in der für gesunde Kommunikation unverzichtbaren *Transparenz.* Die negative Auswirkung der Krankheitsbotschaft geht auf mangelnde Transparenz zurück, auf die besagte Sprachstörung. Wenn der Helfende durch sein äußeres Verhalten die Botschaft gibt „Ich sorge mich um dich", innerlich aber fühlt „Eigentlich habe ich dieses Theater satt!", „Ich habe die Schnauze voll!", dann kommuniziert er seinerseits ähnlich undurchsichtig wie der Kranke. Wie aber soll er

den Teufelskreis durchbrechen, woher soll er den Mut zur eindeutigen Rückmeldung nehmen und einen Menschen, der gegebenenfalls sehr krank ist, mit der Wirkung seines Leidens und seiner Ausstrahlung auf die Mitwelt konfrontieren? Die Signalschranke der Krankheit hindert ihn daran. Denn sie schreit ihm entgegen: Ich bin krank, du sollst dich um mich kümmern! Ich bin schließlich auch nicht mehr belastbar, also verschone mich gefälligst mit kritischen Bemerkungen!

Der Helfende schwankt zwischen dem Zweifel, ob er den Kranken durch mutige Offenheit erreichen wird, und zwischen der Furcht, daß er ihn damit umbringen würde, das heißt, schließlich noch als Verursacher seines Todes dastünde.

Unterläßt er es aber, deutlich zu sein, dann wird er – lernpsychologisch gesehen – eigenhändig den Kranken für sein Verhalten ‚belohnen' und so den fatalen Wechselwirkungsmechanismus in Gang halten. Seine halbherzige Zuwendung provoziert noch weitere Krankheitsappelle usf.

Dem Helfenden ist nicht weniger Unerschrockenheit wie Fingerspitzengefühl abverlangt. Er geht eine Gratwanderung zwischen todesmutiger Aufrichtigkeit einerseits und Klugheit andererseits. Aus diesem Grund ist es jedenfalls empfehlenswert, seinen Part in der therapeutischen Situation genau vorzubereiten und durchzuarbeiten.

Am Beispiel dieser Interaktion zwischen dem Leidenden und seinem Betreuer erweist sich übrigens, wie kompliziert das sein kann, was man als ‚Nächstenliebe' bezeichnet.

Körperlicher Verfall und Sterben

Körperlicher Verfall und Sterben scheinen von ihrer Natur her auf Menschen eine negative Wirkung auszuüben. Diese Lebenstatsachen sind denn auch von einem makabren Flair umgeben. Man denke an die Embleme: der Sensenmann, der Sarg, das Totengerippe, Totenkopf und Totentanz – Bilder, die dazu angetan sind, das Gruseln zu erregen.

Man hat es auch hierbei eher mit Zerrformen des Phänomens zu tun. In der realen Erfahrungswirklichkeit begegnet möglicherweise kein einziges solcher gruseligen Details.

Ein Lehrer gibt in der Lerngruppe den ergreifenden Bericht vom Sterben seines Vaters. Er habe seinen Vater geliebt. Trotzdem hätte ihn verschiedenes an ihm gestört und aggressiv gemacht: seine Art zu essen, seine Unbeholfenheit in manchen Momenten und das dumme Gesicht dabei, einige seiner Ansichten und politischen Auffassungen. Noch während des Abendessens, an dem der Schlaganfall eintrat, sei das so gewesen. Er habe dann jeweils Schuldgefühle bekommen und sich vorgesagt: Das ist doch ein alter Mann, was regst du dich auf, sei doch ein bißchen souveräner!

In den Jahren zuvor habe er Angst vor diesem Augenblick gehabt, sich überlegt, wie er selber sich, sollte sein Vater pflegebedürftig werden, anstellen würde, ob er sich ekeln, bei der Pflege menschlich versagen würde.

Nachher sei alles ganz anders gekommen. Das für ihn Unglaubliche sei, daß ihn ab dem Zeitpunkt des Schlaganfalls an seinem Vater nicht mehr das geringste gestört habe. Was eben noch aversiv war, sei plötzlich verschwunden gewesen. So daß er sich mit uneingeschränkter Hingabe dem Sterbenden habe widmen können, eben weil alles Rigide und Senile wie mit einem Schlag abgefallen zu sein schien.

Vom beziehungspsychologischen Blickpunkt her gesehen ist das, was der Lehrer schildert, nur logisch. Durch den Schlaganfall war *die ‚Abwehr' des Kranken außer Kraft gesetzt*, wurde dieser in seiner Hilflosigkeit ganz von selber ‚authentisch', konnte nichts mehr kaschieren. Ihm war gewissermaßen die Entscheidung abgenommen, ob er sich tarnen sollte oder ‚sich so zeigen, wie er ist'. Die geschilderte Wirkung jedenfalls weist deutlich darauf hin.

Der Lehrer berichtet weiter, wie die Endphase der Krankheit für ihn zu einer der tiefsten und faszinierendsten Beziehungserfahrungen seines Lebens geworden sei, obschon sich alles nur noch auf der nonverbalen Ebene ereignet habe. Eine intensivere Kommunikation mit seinem Vater habe er nie gehabt, so unverstellt habe er ihn nie in seinem Leben mitbekommen. Im Gesicht des Sterbenden habe er den von Tag zu Tag voranschreitenden Prozeß der Vollendung ablesen können, eine erschütternde und zugleich wunderbare Erfahrung.

Die Botschaft, die ihm sein Vater durch sein Sterben mitgegeben habe, sei ihm unauslöschlich eingeprägt, ja es sei das Wichtigste, was ihm sein Vater vermittelt habe. Seit dieser Zeit habe der Gedanke an Sterben und Tod, der ihn früher stark belastet hatte, seinen Schrecken verloren. Wenn Sterben ‚so' sein konnte, mußte das Ganze ja wohl einen Sinn haben!

Der Bericht bestätigt die Vermutung, zu der sämtliche bisher erörterten Beispiele hinführen: **Wenn der Mensch unverstellt erscheint, wenn alles, was ihn verfremdet, abfällt, wenn er so begegnet, wie er ist: dann ist es gut so und wird auch von der Mitwelt so erfahren, egal ob er dann gerade glücklich oder schwermütig ist, lacht oder weint, sich stark oder hilflos fühlt, zornig oder liebevoll handelt.**

Lachen und Weinen

Lachen und Weinen sind natürliche und spontane Ausdrucksformen für das, was in Menschen vorgeht. Beides vermag sowohl positive wie negative Wirkungen auszulösen.

Beispielsweise hat Weinen eine ganze Palette möglicher Wirkungen auf die Mitwelt. Es kann unendlich entspannend und lösend sein. Aber ebensogut ist es möglich, daß man sich durch Tränen peinlich berührt, massiv unter Druck gesetzt, ja sogar terrorisiert sieht.

Wie geht man damit um? Die Interpretationsregel für die Aufhellung der Situation ist klar: Das Gefühl definiert das Erscheinungsbild! Das

Gefühl des Empfängers als metasprachliches Signal gibt den notwendigen Kommentar, verrät allerdings lediglich, *daß* noch ‚irgend etwas' im Hintergrund steht, aber nicht, *was* das sei.

(Geradezu sprichwörtlich ist die männliche Allergie gegenüber weiblichen Tränen. Diese Interaktionsstörung kann sowohl auf der Unfähigkeit des Mannes beruhen, mit Emotionen umzugehen, aber ebenso auf einer ‚Sprachstörung' beim Sender der Tränenbotschaft. Nur die genaue Aufhellung der Situation ermöglicht die differenzierte Sicht einer solchen Interkation.)

Die Einbeziehung des Hintergrunds bringt mit Sicherheit darüber Aufschluß, warum man Tränen etwa nicht lösend, sondern aversiv empfindet.

Manchmal passiert es mir als Gesprächsbegleiter, daß ich angesichts eines herzzerreißend weinenden Menschen einen Lachreiz empfinde. Früher wäre ich entsetzt gewesen über diese meine Reaktion. Heute ist sie mir immer noch äußerst unangenehm, aber ich weiß, daß sie eine Bedeutung hat, die es zu erfassen gilt.

Als mir die beschriebene Reaktion einmal in der Gruppe passierte und mich, während ein junger Mann heftig weinte, ein Lachreiz überfiel, geriet ich zunächst in arge Verlegenheit. Nachher beschrieb ich dem Gruppenteilnehmer meine Reaktion und fragte ihn, ob er während seines Weinens irgendwelche Gefühlsschwankungen bei sich wahrgenommen hätte oder ob ihm Gedanken durch den Kopf gegangen seien.

Der Gefragte blickte verschämt auf und meinte verschmitzt, er habe zwischendrein mal Aggressionen verspürt.

Ein anderes Mal war ein Ehemann in Tränen ausgebrochen, weil ihm die Frau davongelaufen war. Als ich ihm mitteilte, daß mich sein Leid seltsamerweise kalt lasse, eher peinlich berühre, und als ich schließlich an ihn die Frage richtete, was er dazu meine, sagte er plötzlich mit lachendem Gesicht: Du wirst schon recht haben!

Zusage und Absage
Ja sagen und nein fühlen – nein sagen und ja fühlen

Es gibt Menschen, die ganz klar sind: Ihr Ja ist ein Ja, ihr Nein ist ein Nein. Diese Haltung wirkt so eindeutig, daß man sie meist widerspruchslos akzeptiert.

Dann wieder kommt es vor, daß jemand sich abgrenzen will und damit auf Widerstand stößt. Aus klarer Einsicht weiß er, er muß nein sagen. Aber das betroffene Gegenüber akzeptiert die Entscheidung nicht, ‚zoppelt' immer noch daran herum, versucht auf alle möglichen Arten, sich durchzusetzen, wird vielleicht zudringlich und unverschämt.

Das liegt dann möglicherweise nur zum Teil an der Unverschämtheit des Empfängers, zum anderen aber daran, daß der Sender nicht authentisch ist, zwar nein sagt, aber ja fühlt, sich *innerlich* nicht abzugrenzen vermag, Schuldgefühle hat wegen seiner Absage.

Analog verhält es sich mit Zusagen. Der andere ‚kann es nicht glauben', was man ihm zusagt, unter Umständen deswegen, weil der Zusagende ambivalent empfindet und das nicht zum Ausdruck bringt.

Scheinbar neutrale und unverfängliche Ereignisse mit negativer Wirkung

Wir reagieren bisweilen auf völlig neutrale, harmlose und unverfängliche Ereignisse scheinbar unangemessen mit massiver Angst, mit Bedrohungsgefühlen, mit Zorn.

Dazu ein *Beispiel.*

Ein Ehemann berichtete seiner Frau, welche von einer Reise zurückkam, in ihrer Abwesenheit sei er von einer früheren Freundin besucht worden. Die Frau wußte, daß die Sache längst abgeschlossen war, sie deswegen also keinerlei Besorgnis haben mußte. Ihre Annahme entsprach den Tatsachen. Es bestand nicht der geringste Anlaß, an den diesbezüglichen Aussagen ihres Mannes zu zweifeln.

Um so mehr wunderte sich die Frau, wie sie mit Gefühlen massiver Bedrohung reagierte. Das kam ihr völlig unerklärlich vor, weil doch ‚nichts war'.

Daher brachte sie in einer Paarberatung das Thema noch einmal zur Sprache und wollte wissen, ‚ob sie spinne'.

Jetzt zeigte sich, in welchem Sinn ihre irrational aussehende Reaktion auf eine Verschweigung zurückging. Zwar stimmte es für den Mann, daß die fragliche Beziehung nicht mehr bestand, insofern hatte er die Wahrheit gesagt. Aber er hatte ein kleines Detail ausgespart.

Noch einmal beteuerte er, zwischen ihm und seiner früheren Freundin sei es aus, von seiner Seite her bestünde keine emotionale Abhängigkeit mehr, er fühle sich wirklich abgelöst. Doch die besagte Freundin habe bei ihrem Besuch versucht, ihn zu verführen, worauf er allerdings mit Impotenz reagiert habe.

Erst jetzt konnte sich die Frau beruhigen, wenngleich sie nicht darüber entzückt war, daß es immerhin ‚soweit gekommen war'.

Der Umgang mit sogenannten ‚Fakten'. ‚Sachlichkeit' und ‚Unsachlichkeit' oder: „Ich habe es doch ganz ruhig gesagt!"

In der Gruppendynamik hat sich zunehmend die Erkenntnis durchgesetzt, daß viele Diskussionen deswegen fruchtlos verlaufen, weil sie auf der Sachebene unlösbar sind. Und das wegen des emotionalen Hintergrunds. Bevor dieser nicht geklärt wird, ist gegenseitiges Verstehen und Kooperation verunmöglicht. Deswegen der Satz: „Störungen haben den Vorrang" (Ruth Cohn).

Wir dürfen daher das Störgefühl als kommentierendes Metasignal betrachten, das erst verstanden werden muß, bevor wir die Sache selber bearbeiten wollen. Die Störung ist jetzt die vorrangige ‚Sache'.

In unserem Leben, auch in unserem zwischenmenschlichen Leben spielen sachliche Belange eine wichtige Rolle. Wenn anläßlich solcher Sachdiskussionen jemand unverständlich heftig reagiert, haben wir ein ziemlich destruktives Deutungsmuster parat: Ein solches Verhalten sei doch völlig ‚unsachlich', sei ‚unqualifiziert'; wenn man alles gleich ‚persönlich' nehme, ‚emotional' reagiere, sei man eben unfähig zu vernünftiger Diskussion.

Man spricht dem Betreffenden die intellektuelle Kompetenz ab.

Diese böse Verhöhnung dessen, der mit Gefühlen antwortet, dürfte hinlänglich bekannt sein und erfreut sich bedauerlicherweise großer Beliebtheit.

Doch der mit Gefühlen Reagierende sollte nicht hinter die Devise zurückgehen: Die Wirkung zählt! Wenn ich wüßte, was im anderen vorgeht, würde mich nichts mehr wundern!

Die Sachinformation wird vielfach nur scheinbar ganz neutral verwendet. Zwar handelt es sich um eine echte Sachinformation, aber es ist lediglich vordergründig eine *reine* Sachinformation. Denn was kann man nicht alles mittels einer Sachinformation dem anderen ‚unterjubeln', ihm ‚hinreiben'! Sachinformationen sind häufig eingebettet in einen kommunikativen Kontext und erlangen von daher ihre aktuelle Wertigkeit.

Dazu ein ganz einfaches Beispiel:

Eltern machen die Erfahrung, daß es nichts fruchtet, den ins Erwachsenenalter kommenden Kindern etwa das Rauchen zu verbieten, ihnen bestimmte Freunde madig zu machen, ständig zu kritisieren, an ihnen herumzunörgeln.

Nach vielen gescheiterten Versuchen der Einflußnahme versucht man es ‚ganz sachlich', indem man beiläufig von der jüngst angeschauten Fernsehsendung erzählt, in der die neueste Statistik über Raucherkrebs veröffentlicht wurde. Oder man referiert unterkühlt einen Bericht über die neueste Quote der Aids-Infizierten.

Große Verwunderung, daß Sohn/Tochter empört vom Tisch aufsteht und türenknallend das Wohnzimmer verläßt. Schließlich hat man ja lediglich eine Information gegeben. Man hat sie außerdem sehr ‚ruhig' gegeben.

Das stimmt nur zum Teil.

Man hat nicht direkt kommuniziert. Man hat nicht gesagt: „Ich habe große Angst um dich, ich bin wütend, daß du so nachlässig mit deiner Gesundheit umgehst, ich fühle mich ohnmächtig und weiß nicht, wie ich dich erreichen soll!"

Der Versuch, unter dem Deckmantel der Sachlichkeit Einfluß zu bekommen, ist offensichtlich ein ungeeigneter Weg der Einflußnahme und genauso zum Scheitern verurteilt wie der ‚konventionelle' Weg über Vorschriften, Befehle, Kritik, Nörgeln.

3. Die Störung durch die Erklärung *‚selbstverursacht'* anstatt *‚fremdverursacht'*

Freud hat einen fatalen Interaktionsmechanismus beschrieben und analysiert, der verheerende Konsequenzen für das soziale Zusammenleben zeitigt: die Übertragung, die Projektion. Die Bezichtigung des anderen für etwas, wofür man selber Ursache ist – und zwar unbewußt.

Er beschreibt also vornehmlich jene Störung, die dadurch hervorgerufen wird, daß wir eigene Problemanteile auf andere ‚übertragen' beziehungsweise ‚projizieren' und macht damit auf einen Störtypus aufmerksam, der durch die fehlerhafte Erklärung *‚fremdverursacht'* anstatt *‚selbstverursacht'* entsteht. Die Richtigstellung besteht darin, daß man lernt, die Situation sachgerecht einzuschätzen und die Projektionen zurückzunehmen.

Jemand erkennt beispielsweise, daß er auf Autoritäten nicht etwa deswegen allergisch reagiert, weil sie sich besonders autoritär verhielten, sondern weil er in diesem Punkt überempfindlich ist. Er gelangt schrittweise zu der Einsicht, die Störung, welche er für fremdverursacht hielt, als selbstverursacht zu erfassen.

Es gibt auch den umgekehrten Störfall, der vielleicht ebenso häufig, bestimmt aber ebenso fatal und tückisch ist: die ungerechtfertigte Selbstbezichtigung sowie die daraus folgende Selbstabwertung, die Selbstbezichtigung für etwas, was fremdverursacht ist; fatal, weil aller Augenschein für die Selbstverursachung spricht, tückisch deswegen, weil unerkennbar und insofern gleicherweise ‚unbewußt'.

Dieser *Gegentypus der Störung* wurde im Zusammenhang mit der Beschreibung der *scheinbaren* Unangemessenheit von Reaktionen und in anderen Zusammenhängen berührt.

Die wesentlichen Elemente einer solchen Interaktionsstörung, die wir mit einem Beziehungspartner erfahren, sind die folgenden.

Gegeben ist wieder ein sozialer Kontext. Die Störung tritt nachweislich an uns in Erscheinung. Das kann sowohl rein innerlich geschehen, indem wir sonderbare Gefühle, absurde Gedanken oder Regungen in uns verspüren, aber auch auf der sichtbaren Verhaltensebene, indem wir uns in irgendeiner Form ‚danebenbenehmen'.

Betrachten wir zuerst die Störung, die in unserem *Inneren* auftritt.

Bei den zu beschreibenden Interaktionen kann es durchaus sein, daß wir uns nach außen hin völlig korrekt verhalten, obgleich in uns die wunderlichsten Dinge ablaufen.

Wir erleben uns etwa auf für uns überraschende Weise im Kontakt mit bestimmten Menschen bisweilen seltsam kleinlich, engherzig, geizig, stur, unnachgiebig, nachtragend; gegenüber bestimmten Menschen, die uns freundlich entgegenkommen, fühlen wir uns eigenartig gereizt, ja sogar unter Umständen bösartig, hämisch, sadistisch, grausam. Vielleicht überfallen uns auch die absurdesten Einfälle und groteske Zwangsgedanken tyrannisieren uns. Wir ertappen uns dabei, wie wir nachrechnen, was das uns überreichte Geschenk gekostet habe u. dgl. m.

Wie gesagt, das alles geschieht rein innerlich. Wir schämen uns unserer Gefühle, Gedanken, Impulse, wenngleich wir sie nicht ausleben, uns in unserem Verhalten vielmehr durchaus zu kontrollieren vermögen.

Wesentlich für die Beurteilung ist das Vergleichskriterium, nämlich, daß wir uns so normalerweise nicht kennen und uns die genannten Reaktionen sonst relativ fremd sind. Natürlich heißt das nicht, wir seien ein fleckenloser und perfekter Mensch. Wir konstatieren im Gegenteil allerlei Fehlerhaftes an uns. Aber unsere Fehler sind von anderer Art, unsere Schwächen liegen nicht an dieser Stelle. Gerade deswegen passen die erwähnten inneren Reaktionen nicht so recht zu unserem Persönlichkeitsbild.

Beispiel.

Ein Universitätsprofessor berichtet während einer Diskussion über das Thema ‚Spiegelbildlichkeit' die folgende amüsante Anekdote.

Er habe mit einem seiner Assistenten, zu dem er in einer guten und geradezu freundschaftlichen Beziehung stehe, einen Spaziergang gemacht. Beide seien sie fröhlicher Dinge gewesen, da ein Forschungsunternehmen mit Erfolg abgeschlossen war. Während sie plaudernd des Wegs gingen, habe er bei sich auf einmal Überheblichkeitsgefühle dem jungen Mann gegenüber empfunden. Das sei ihm äußerst peinlich gewesen. Schon habe sich der fällige Selbsttadel ob seiner schlechten Empfindungen zu regen begonnen.

Da ihm jedoch diese unvermittelten Regungen auch wieder suspekt vorgekommen seien, habe er ausgesprochen, was in ihm vorgehe und den Assistenten gefragt, ob er etwas dazu sagen könne. Dieser habe nach kurzem Zögern berichtet, es seien ihm eben folgende Gedanken durch den Kopf gegangen: „Ja, ja, die Professoren sitzen am Schreibtisch und führen das Regiment, die eigentliche Arbeit jedoch machen die Assistenten!"

Beide hätten sie schallend darüber lachen müssen, wie den ‚schmutzigen Gefühlen' auf der einen Seite nicht weniger ‚schmutzige Gedanken' auf der anderen die Waage hielten.

Übrigens, ein wichtiger Hinweis auf die Fremdverursachung solcher zunächst abgeschmackt anmutender Gefühle während eines Sozialkontakts, wie sie der Professor berichtet, liegt in deren plötzlichem, *unvermittelten* Auftreten, welches sie völlig zusammenhanglos und daher unter Umständen *grotesk* erscheinen läßt. Vermutlich hatten die Gefühle des Professors auf die Gedanken seines Assistenten geantwortet (obschon auch die umgekehrte Verursachung nicht auszuschließen ist).

Das analoge Phänomen auf der *Verhaltensebene* stellt eine noch gefährlichere Störform dar, weil hier die Störung nicht nur innerlich, sondern äußerlich sichtbar auf unserer Seite beobachtet wird; und zwar in der Form von Ungeschicklichkeiten, Fehlleistungen usw., die uns im Zusammensein mit bestimmten Menschen unterlaufen. Besitzen wir kein gedankliches Instrument, um die Situation zu entschlüsseln, dann bleibt uns die Fremdverursachung verborgen und wir geraten notgedrungen in Selbstbezichtigungen.

Beispiel.

Der vorhin erwähnte Professor, der übrigens als ein ausgesprochen zurückhaltender und bescheidener Mensch bekannt war, erzählt anläßlich der erwähnten Diskussion noch andere ‚einschlägige' Erfahrungen mit sich selber. Er tut es einerseits verschämt, andererseits schmunzelnd und mit Selbstironie, sozusagen hinter vorgehaltener Hand: Daß er bisweilen in bestimmten Kreisen ‚saublöd daherrede', danach in Peinlichkeit und Scham versinke, tagelang nachgrüble und mit sich hadere, wie er sich derart habe danebenbenehmen können; daß er sich gegenüber bestimmten Menschen bisweilen produziere, allerlei Dinge zum Besten gebe und in eine seltsame Art von Angeberei verfalle; daß er sich dabei ertappe, wie er seinen alten Eltern gegenüber, die ihn für einen Freidenker hielten, immer wieder ganz beiläufig erwähne, er habe da und dort einen Gottesdienst besucht u. dgl. m., jedenfalls Dinge, die offensichtlich einen dezenten Hinweis auf seine religiöse Gesinnung darstellen sollten.

Erst spät sei ihm klargeworden, wann und warum ihm solche für ihn ungewohnten und von ihm selbst belächelten Verhaltensweisen passierten. Der gemeinsame Nenner der Situation sei der, daß er jeweils den Eindruck habe, von den besagten Menschen auf irgendeine Weise abgewertet oder in Frage gestellt zu werden. Anscheinend käme den beschriebenen Verhaltensweisen eine kompensatorische Bedeutung zu und hätten sie die Funktion, eine unbewußt entstandene, aber offenbar doch schmerzliche Verunsicherung abzumildern.

Schon wiederholt wurde darauf hingewiesen, wie wichtig es auch in der *therapeutichen Situation* ist, fremdverursachte Reaktionen als solche zu erkennen. Gerade der angehende Berater oder Therapeut ist in Gefahr, Vorgänge in sich selber als selbstverursacht zu interpretieren, wo er eigentlich spiegelbildlich auf das Gegenüber reagiert, wenn er in der Beratungssituation Müdigkeit, Desinteresse, Langeweile, Gähnimpulse, Abständigkeit empfindet. Sagt er sich anfangs „Ich bin ein schlechter Therapeut, weil ich so empfinde", wird er mehr und mehr diese Empfindungen als wichtigen Hinweis darauf verstehen, was im Gegenüber möglicherweise vorgeht.

Natürlich gilt umgekehrt das gleiche. Der erfahrene und gelassene Therapeut ist einigermaßen in der Lage, zu unterscheiden, ob der Ratsuchende aus sich selber, oder ob er auf seine, nämlich des Theapeuten Gefühle und Gedanken, mit Blockierung, Aggression, Beschämung usw. reagiert.

IV. Fühlen und Denken sollen rückbezüglich sein

Was mit rückbezüglicher Sensibilität gemeint ist.
„Ganz bei mir und ganz beim anderen!“

Mit der Formulierung ‚rückbezügliche Sensibilität‘ sprechen wir eine menschliche Grundhaltung an, die für die soziale Beziehung außerordentliche Bedeutung gewinnt.

Der Satz „Ganz bei mir und ganz beim anderen!“ deutet darauf hin, es gehe weder darum, völlig ich-bezogen nur sich selber zu sehen, noch altruistisch lediglich auf den anderen zu blicken, sondern um die ‚Doppelrichtung der Aufmerksamkeit‘, die das simultane Zusammensehen beider zugleich ermöglicht.

Rückbezügliche Sensibilität bezeichnet nicht weniger eine Denkhaltung, wie sie eine bestimmte Ausrichtung des Fühlens beschreibt.

Rückbezüglich empfinden heißt, wir fühlen uns in den anderen ein, nehmen aber zugleich sehr ernst, wie es uns selber dabei ergeht. Oder umgekehrt, wir werden unserer eigenen sozialen Aktivitäten sowie unserer inneren Vorgänge gewahr, und wir erfahren durch Einfühlung zugleich die Wirkung auf den anderen.

Rückbezüglich denken besagt, wir bringen die von außen und von innen kommenden Informationsdaten miteinander in Beziehung. Wir entwickeln also eine besondere Spürigkeit, eine Art ‚logischer Sensibilität‘ oder vielleicht noch besser ‚kausaler Sensibilität‘ dafür, welche Gegebenheiten zusammengehören und auf welche Weise sie gegebenenfalls voneinander abhängig sind.

Die emotionale Seite: rückbezüglich empfinden

Die *rückbezügliche Form der Einfühlung* heißt nicht nur „Ganz beim anderen!“, sondern verlangt ebenso das „Ganz bei mir!“ – und das aus guten beziehungspsychologischen Gründen. Wir sollen nämlich sensibel darauf achten, wie der Bericht des Gegenübers, in das wir uns einfühlen, bei uns ankommt. Wir wollen diese Forderung begründen.

Unsere persönlichen Empfindungsreaktionen auf den Bericht sind oft für die Erhellung einer Interaktion unerläßlich.

Während wir den anderen mit unserer Einfühlung begleiten, ist nicht unerheblich, was mit uns geschieht, ob uns etwa streckenweise die Einfühlung mißlingt, wir uns langweilen, mit Desinteresse reagieren, uns sträuben, ärgerlich werden. Dies alles sind hochbedeutsame Signale, welche darauf hinweisen, der andere befinde sich wahrscheinlich kaum an seinen authentischen Gefühlen.

Die kognitive Seite: rückbezüglich denken

Die kognitive Seite der rückbezüglichen Sensibilität läßt sich vermutlich leichter durch Lernen und Umdenken aneignen als die emotionale.

Sich in den anderen einfühlen, reicht nicht hin, um allseitig zu erfassen, was in ihm vorgeht. Oft hebt erst das Denken, das sich vom Augenschein ablöst, wesentliche Momente hervor.

Auch das denkende Strukturieren kennt eine einfache und eine rückbezügliche Form.

Der erste Schritt hat zum Ziel, uns in den anderen hineinzudenken, seinen Standort zu beziehen und mitzuvollziehen, auf welche Weise er die Gegebenheit sieht.

Rückbezügliche Sensibilität auf der kognitiven Ebene bleibt jedoch keineswegs bei dieser Einwegrichtung der Aufmerksamkeit stehen. ‚Systemisches' Sehen besagt: Alle Wahrnehmungs- und Mitteilungsdaten, die wir vom anderen her beziehen wie auch die unsrigen, ‚zusammenzuschauen', synoptisch zu erfassen, sie einem logisch-kausalen Zusammenhang einzufügen beziehungsweise im Sinne der Wechselwirkung miteinander zu verbinden.

Besonders deutlich zeigt sich die Fruchtbarkeit der rückbezüglichen Sensibilität da, wo die soziale Rückmeldung angezeigt ist

Wollen wir unserem Sozialpartner Rückmeldung über ein störendes Beziehungsverhalten geben, dann haben wir erst einmal *ganz bei uns* selber zu sein. Denn an uns und in uns zeigt sich die soziale Wirkung und Ausstrahlung des störenden Beziehungsverhaltens. Daher sind wir gehalten, ihm eine möglichst differenzierte Rückmeldung darüber zukommen zu lassen, welche Empfindungen, welches Selbstgefühl und welche spontanen Handlungsimpulse er in uns hervorruft.

Warum kommt es über das Gesagte hinaus darauf an, *ganz beim anderen* zu sein?

‚Ganz beim anderen' zu sein, heißt: Wir fühlen uns bei unserer Rückmeldung in den Betroffenen hinein. Wir machen uns klar, daß ihn unsere Aussage unter Umständen stark belastet, und prüfen, welche Form der Äußerung ihm die Bereitschaft, darauf einzugehen, erleichtert; was keineswegs heißt, wir sollten etwas abschwächen. Die beziehungsfördernde Rückmeldung verlangt Einfühlung, kreative Phantasie, kluges Abwägen.

Max Frisch meint, man solle dem Mitmenschen die Wahrheit sozusagen wie ein Kleidungsstück hinhalten, in das er hineinschlüpfen kann.[39]

Die immense Wichtigkeit rückbezüglicher Sensibilität hat sich schließlich für alle jene Situationen erwiesen, wo ein Mitmensch völlig unerwartet reagiert. Wir können eine solche Situation häufig nur dann entschlüsseln, wenn wir die scheinbar abwegige Reaktion des anderen zu uns in Beziehung bringen, also prüfen, ob sie nicht vielleicht die logische Antwort auf etwas darstellt, das in unserem Inneren vorgeht.

Das Gesagte macht die Forderung nach einer *vielseitigen*, gleichsam ‚multilateralen' *Ausrichtung der Aufmerksamkeit* einsichtig.

V. Das Umgehen mit der diagnostischen Grundregel

1. Einige Beispiele und deren Analyse

Zärtliche Interaktion: „Magst du mich noch?" Die Unfähigkeit, „Ja!" zu fühlen

Liebende benützen gerne die Frage: „Magst du mich noch?" beziehungsweise „Liebst du mich noch?", um sich der Zuneigung des anderen zu vergewissern.

Sind wir selbst der Adressat dieser Frage, geschieht es uns unter Umständen, daß wir momentan stocken. Wir blockieren vielleicht sogar, wenigstens innerlich, geraten unversehens ins Schleudern, unterlassen aber nicht, sogleich zu versichern: „Natürlich liebe ich dich, das weißt du doch!" Während der Besinnungsminute danach überlegen wir blitzschnell: Stimmt es denn? Ja, gewiß stimmt es ‚im allgemeinen'. Deswegen glaubten wir uns auch berechtigt, die Anfrage zu bejahen. Genauer besehen hatten wir uns gleichwohl zum Zeitpunkt des Gefragtwerdens keineswegs in der Stimmung gefühlt, eine Liebeserklärung, nicht einmal eine Liebesbestätigung von uns zu geben. Die Frage kam uns ungelegen, war uns, ehrlich gesagt, ausgesprochen lästig. Manche Partner verraten hinter vorgehaltener Hand, trotz ‚grundsätzlicher Liebe' empfänden sie während solcher Momente bisweilen den nahezu unwiderstehlichen Impuls, „Nein!" zu schreien.

Wir haben es mit einer typischen Blockade zu tun.

Wie kommt es zu diesem Zustand? Liegt der Beziehungsinitiative „Magst du mich noch?" vielleicht ein Widerspruch zugrunde, der die Störung erzeugt? Sehen wir uns den Aufbau der Botschaft näher an. Der Vordergrund der Frage bekundet das freundliche und zärtliche Interesse daran, wie der andere zum Fragenden stehe. Im Hintergrund dagegen lauern möglicherweise Ängste, Zweifel, Unsicherheiten hinsichtlich der Beziehung, vielleicht sogar der mehr oder weniger unbewußte Vorwurf beziehungsweise Ärger darüber, daß man immer erst nachfragen muß, daß der andere nicht spontan und unaufgefordert seine Zuneigung zu erkennen gibt, daß man sich gezwungen sieht, ihm die Versicherung aus der Nase zu ziehen, was wiederum dem Fragenden wenig Vergnügen bereitet. Je mehr sich die bewußten oder unbewußten Gefühle des Fragenden vom freundlichen Interesse entfernen, um so unstimmiger verhält er sich, um so sicherer tritt vermutlich auf der Gegenseite die Blockierung ein.

Die *Auflösung* der Störung ist prinzipiell einfach. Würde der Gefragte den Mut zur Rückmeldung aufbringen und über die belästigende und blockierende Wirkung der an ihn gerichteten zärtlichen Vergewisserungsformel sprechen; würde weiterhin der Fragende seinen Anteil an der Störung ermitteln, und, angeregt durch die Rückmeldung ‚im zweiten Blick der Selbstwahrnehmung' jetzt die Hintergrundsgefühle beziehungsweise -gedanken und gegebenenfalls den Vorwurf oder andere einschränkende Empfindungen bei sich erkennen, dann würde sich wohl für beide der Durchblick und damit die Entstörung einstellen.

Das setzt allerdings voraus, daß beide um die Unvermeidbarkeit der Informationsübermittlung in der dritten Sprachebene wissen.

Das geschilderte Beispiel zeigt vor allem, wie sich das Sichgestörtfühlen beim gefragten Partner in allen *drei Dimensionen* seines Empfindens niederschlägt: nicht nur als lästiges Bedrängtwerden durch die Frage „Magst du mich noch?", auch als Blokkierung seiner Spontaneität.

Besonders deutlich tritt ein Zusammenhang hervor, der in vielen Beziehungsstörungen in Erscheinung tritt: daß sich die Blockierung der Interaktionsfähigkeit, näherhin der Fähigkeit, spontan auf etwas zu antworten, automatisch auf das Selbstgefühl dessen, der sich blockiert erlebt, niederschlägt.

Meist spielt zusätzlich ein *Wechselwirkungseffekt* seine Rolle. Untersucht nämlich der Gefragte und Blockierende die Beziehungsphasen und -momente etwas genauer, während derer er solche lästigen Fragen zu gewärtigen hat, so gelangt er möglicherweise zu der Feststellung, daß er justament in den Augenblicken mit der Aufforderung zum Liebesbekenntnis konfrontiert wird, da er von der Neigung zu einem solchen Bekenntnis besonders weit entfernt ist. Sein Gegenüber scheint das zu riechen und mit der Frage „Magst du mich noch?" zielgerade in die entstandene Lücke zu stoßen, so daß sich der Gefragte über den Zeitpunkt, zu dem der andere sich der Liebe vergewissern will, eigentlich wenig zu wundern bräuchte, geschweige denn sich darüber erregen dürfte.

Die *Wechselwirkungs*komponente am beschriebenen Vorgang *beinhaltet ein Moment von allgemeinem Interesse.*

Zu einer störenden Annäherung kommt es etwa in dem Augenblick, da der Partner ‚rein innerlich' auf *Distanz* geht. Das mag *in tausend Formen* geschehen. Sei es, daß seine Beziehungsgefühle für längere Zeit flau oder geschwächt sind, sei es, daß er aus irgendeinem aktuellen Anlaß ‚abwesend' ist, abgezogen von belastenden Problemen, verstrickt in Tagesgeschäfte usw. Durch ein solches Abgezogensein entsteht eine mehr oder weniger große seelische Distanz, die sich jedenfalls dann negativ auswirkt, wenn nicht darüber gesprochen wird. Der andere Partner erlebt die Situation häufig als eine Art Vakuum, als Leerstelle. Das schafft eine Verunsicherung, die in ihm den Impuls weckt, die entstandene Distanz auf irgendeine Weise zu überbrücken. Seine Überbrückungsinitiative kleidet er möglicherweise in eine Form der Zuwendung, welcher die Angst, die Unsicherheit oder sogar der Ärger nicht mehr anzusehen sind.

Auf die Veränderung des ‚inneren Verhaltens' kommt es an. Das ‚Toni-Syndrom'

Wir ergänzen die Analyse des eben besprochenen Interaktionsphänomens durch ein anderes, amüsantes Beispiel, das neue Komponenten aufzeigt.

Eine bayerische Sonderschullehrerin berichtet, einer ihrer geistig behinderten Schüler, Toni, liege ihr ununterbrochen mit der Frage in den Ohren: „Frau Müller, magstmino?" (= magst du mich noch?). Anfangs habe ihr die Frage geschmeichelt, doch nunmehr sei ihr die Zudringlichkeit des Kindes zusehends unangenehmer.

Als sie aufgefordert wird, zu schildern, wie sie reagiere, meint sie: Natürlich sage ich, was er hören will, bestätige ihm, daß ich ihn möge. Was soll ich dem Kind denn sonst anworten!

Als man des weiteren erfahren will, wie sie sich tatsächlich fühle, antwortet sie nach einigem Zögern: Eigentlich kann ich mich meistens über die Frage nur noch ärgern. Ich fühle mich richtig unter Druck gesetzt und drangsaliert.

Während des Gesprächsfortgangs erarbeitet die Lehrerin eine differenzierte ‚Rückmeldung', die mehr ihrer wirklichen Situation entspricht. Sie wird Toni ihre Zugewandtheit versichern, ihn aber zugleich wissen lassen, die ständige Fragerei sei ihr lästig, ärgere sie, in diesem Moment möge sie ihn eben gerade nicht, sei eher ungehalten.

Fest entschlossen, der Wahrheit die Ehre zu geben, ging die Lehrerin in die Klasse. Sie kam jedoch nicht mehr dazu, ihre Rückmeldung an den Mann beziehungsweise an das Kind zu bringen, denn – siehe da! – Toni fragte nicht mehr. (Später tat er es nur noch in ‚kritischen' Situationen, nämlich dann, wenn er belastet und aus dem Gleichgewicht war.)

Analyse: Das ‚Toni-Syndrom'.

Die wesentliche Voraussetzung dafür, die beschriebene Interaktion zu verstehen, besteht im Wissen darum, daß es einen Austausch über die dritte Sprachebene gibt; daß man sozusagen nichts verheimlichen kann, daß der Versuch der Verschweigung die Störung erst aufkommen läßt.

Das Beispiel verdeutlicht verschiedene Details bestimmter Störphänomene.

1. Die Empfindungen von Belästigung und Ärger auf seiten der Lehrerin enthalten *alle Hauptelemente* der Störung (Anmutungsqualität: störend bzw. aversiv. Blockierung: die Frage des Kindes nicht mit Überzeugung bejahen können. Ich-Störung: Schuldgefühle wegen der Ärgerreaktion gegenüber dem Fragenden und der Unfähigkeit, diesen in dem von ihm gemeinten Sinne ‚zu mögen').

2. Die beiden Störaktivitäten, sowohl die vom Schüler wie auch die von der Lehrerin herkommende, verzahnen sich und fixieren die Beziehungspartner durch *Wechselwirkung* auf die Störung. Toni stellt seine Frage „Frau Müller, magstmino?" vermutlich aus irgendeiner Unsicherheit heraus. Die Lehrerin empfindet zwar in diesem Augenblick keine Zuneigung, beschwichtigt den Schüler dennoch, wobei sie ‚mögen' wahrscheinlich in einem sehr allgemeinen Sinn versteht. Der Schüler spürt den Vorbehalt, bleibt auf seiner Unischerheit sitzen und muß daher stets aufs neue nachfragen, wird laufend durch eine Antwort abgespeist, die ihm nicht die gewünschte Sicherheit gibt usw. usw.

3. Normalerweise bestünde der *Zwischenschritt*, der zur Lösung der Störung führt, darin, daß sich die Lehrerin ausdrücklich widerspruchsfrei darstellt, sich authentisch verhält, indem sie sagt, wie es ihr mit der lästigen Fragerei geht. Der Schüler würde sich daran zu orientieren vermögen. *Dieser Schritt ist überflüssig geworden.* Toni spürt offenkundig instinktiv die inzwischen klar entwickelte Einstellung der Lehrerin, die Zuverlässigkeit wie auch die Einschränkung. Er hat es nicht mehr nötig zu fragen, er ‚weiß'.

Nun drängt sich die Frage auf, warum wohl die Grundgesetze der Kommunikation namentlich bei einem ‚geistig behinderten' Kind derart präzise zur Anschauung gelangen. Das mag unter anderem daran liegen, daß solche Menschen, deren intellektuelle Möglichkeiten eingeschränkt sind, eine hohe Sensibilität für den atmosphärischen beziehungsweise gefühlssprachlichen Austausch mitbringen.

Während der späteren Bemühungen, in das tiefere Verständnis des beschriebenen, höchst interessanten Interaktionsphänomens einzudringen, prägte jemand aus der Gesprächsrunde den Ausdruck ‚Toni-Syndrom'.

Was wollte der Gesprächsteilnehmer mit der witzigen Formulierung ‚Toni-Syndrom' zum Ausdruck bringen? Vielleicht war es das Zusammenspiel folgender Momente, die an der geschilderten Interaktion besonders ins Auge fallen.

Ein Teufelskreis, zu welchem zwei Partner teilursächlich zusammenwirken, läßt sich in vielen Fällen ohne weiteres aufbrechen, *wenn einer der beiden Partner* jenen Anteil bereinigt, den er von seiner Seite her zum Konflikt beiträgt. Der Kommunikationstherapeut macht die Erfahrung, daß man, vorausgesetzt man denkt ‚systemisch', durchaus eine *Beziehungstherapie mit einem einzelnen* durchführen kann. Die Vorbedingung dafür besteht, wenn einer der Partner – quasi im Sinne der populären systemtherapeutischen Maßnahme – damit beginnt, ‚vor seiner eigenen Tür zu kehren'. Dieser Partner hat dann Gelegenheit, zu einer überraschenden Schlußfolgerung zu gelangen, die sich so umschreiben läßt: Therapiere dich selbst, so therapierst du vielleicht zugleich den anderen und dazu noch die Beziehung!

Nicht selten verhält es sich so, daß eine *‚rein innere' Veränderung* genügt, die Störung zu beseitigen. Allein die klare Selbstwahrnehmung sowie der Entschluß zur Transparenz und zur authentischen Selbstdarstellung reichen hin, weil die Übermittlung der wesentlichen Dinge auf der nonverbalen Sprachebene oder sogar allein auf der dritten Sprachebene vor sich geht.

Damit kommen wir zu jenem Punkt, der ein Hauptmoment des ‚Toni-Syndroms' ausmacht und vermutlich wohl den Grund dafür bildet, daß die beschriebene Veränderung im Verhalten von Toni derart verblüffend wirkt, Toni also das zudringliche Fragen unterläßt, obwohl die Lehrerin ihr äußeres Verhalten nicht geändert hat. Es ist gewissermaßen der Ausfall der beobachtbaren Kommunikationsebene beziehungsweise das *Überspringen des beobachtbaren Schrittes* im Gesamtablauf der Veränderung. Die Lehrerin hat lediglich ihre Einstellung und ihre Sicht der Situation verändert. Sie nimmt sich selber deutlich wahr und verfolgt die Absicht, sich so darzustellen, wie sie sich erfährt, eben mit ihren Vorbehalten Toni gegenüber. Kurz und gut, sie faßt den Vorsatz, sich authentisch darzustellen.

Offensichtlich genügt diese innere Einstellungsveränderung, um Toni die notwendige Orientierung und Gewißheit zu geben, so daß er nicht mehr nachzufragen braucht. Es bedarf keiner ausdrücklichen Mitteilung.

Beschenkt werden
Undankbarkeit – Fehlleistungen – unflätige Gedanken

Wohl jeder Mensch hat schon einmal die Erfahrung gemacht, daß der an sich schöne Beziehungsvorgang des Schenkens durchaus störanfällig ist. Der Schenkende bemerkt, daß sein Geschenk keineswegs den Anklang findet, den er sich gewünscht hatte. Der Beschenkte ist außerstande, sich über das Geschenk zu freuen, wie es sich gehört hätte. (Wieder fassen wir ein Verhalten ins Auge, an dem man die Einschränkung ‚mit bloßem Auge' unmöglich zu entdecken vermag. Vielen Geschenken sieht man nämlich die ‚Störung' schon von weitem an. Diese Variante lassen wir jetzt außer Betracht.)

Der Enttäuschung über den Empfang eines Geschenks folgen die anderen Störelemente (Ich-Störung, Blockierung) unverzüglich auf den Fersen. Wir fühlen uns als Empfänger des Geschenks ‚unmöglich', schämen uns, weil wir enttäuscht sind, keine oder nur mäßige Dankbarkeit empfinden, uns vielleicht sogar ärgern. Die Blockierung merken wir daran, daß wir kein Wort der Bewunderung und Dankbarkeit über die Lippen bringen, beziehungsweise, sollten wir uns derartige Worte abquälen, uns selber unaufrichtig vorkommen – eine Situation, die äußerst peinlichen Charakter annehmen kann, vor allem dann, wenn wir die subjektiv lautere Absicht des Schenkenden durchspüren.

Die naheliegende Fehlstrukturierung, die uns anfällt: Offensichtlich sind wir ein undankbarer Mensch, mit nichts zufrieden, finden an allem etwas zu mäkeln. Der Gedanke, unser scheinbar ungehöriges Empfinden verrate eine verborgene Logik, liegt fern ab.

Eine Kunststudentin besucht während der vorweihnachtlichen Zeit ihren in einer entfernten Stadt lebenden Freund, der sich ebenfalls auf die künstlerische Laufbahn vorbereitet. Obwohl sich beide nicht häufig treffen können, erleben sie ihre Beziehung intensiv und stabil. Die Freundin hat als Überraschung einen Adventskalender mitgebracht. Sie befestigt am Bücherregal des Studierzimmers die bunte Schnur, an welcher zahlreiche Angebinde hängen, für jeden Tag eines davon zum Öffnen.

Der Freund fühlt sich zu seiner eigenen Überraschung irritiert. Jedesmal wenn er zum Bücherregal hinsieht und die liebevoll verpackten Geschenke erblickt, überkommt ihn die Angst, es könnte ihm irgend etwas Unschickliches dazu einfallen wie etwa: „Doof!" oder „Kitsch!". Er schämt sich seiner Empfindungen und Gedanken um so mehr, als er erkennt, wieviel Mühe seine Freundin für das Bereiten der Geschenke aufgewendet hat. Das Unangenehmste an allem ist, daß er sich seine Enttäuschung und seine Zwangsgedanken nicht zu erklären vermag, zumal er für die ‚Romantik' des Schenkens durchaus etwas übrig hat.

Als der erste Adventssonntag eben angebrochen ist – die Uhr zeigt kurz nach Mitternacht – weist die Freundin ihren Partner darauf hin, es sei jetzt an der Zeit, das erste Päckchen zu öffnen, er sollte aber beim Abtrennen der einzelnen Päckchen darauf achten, daß er nicht die Schnur durchschneide, an der die zahlreichen Einzelstücke aufgehängt sind. Der Freund gibt sich die größte Mühe, durchtrennt indessen trotz aller Vorsicht die Schnur, so daß das Ganze zu Boden fällt, was ihm außerordentlich peinlich ist.

Anderntags bedarf es neuerdings der Aufforderung und Erinnerung durch die Freundin zum Öffnen des nächsten Geschenks.

Das Gespräch in einer Selbsterfahrungsgruppe wirft Licht auf die mißglückte Interaktion. Als der Student über seine ‚Unfähigkeit, Geschenke anzunehmen' klagt, fragt der Gesprächsleiter die Freundin, was sie beim Vorbereiten des Geschenks und später während des Zusammenseins mit ihrem Freund bewegt habe. Damit soll der Hintergrund des Schenkens in den Blick kommen.

Sie erzählt, sie habe große Freude am Schenken, mache allerdings die Erfahrung, daß ihre Geschenke beim Gegenüber nicht immer jenes Echo hervorriefen, das sie sich wünscht. Als sie den Adventskalender aufhängte, sei sie darauf erpicht gewesen, in Erfahrung zu bringen, ob ihr Freund neugierig bezüglich des Inhalts würde, ob er ‚von selber' daran dächte, die Päckchen zu öffnen, oder sie ihn jedesmal quasi schubsen müsse. Es war sozusagen ein ‚Liebestest', welcher zeigen würde, wie ‚spontan' er sie liebe.

Durch diese Mitteilung wurde die Widersprüchlichkeit der im Schenken sich offenbarenden Selbstdarstellung der jungen Frau erkennbar. Hinter der sprühenden Außenseite ihres spontanen und zugewandten Wesens wurden die tiefsitzenden Ängste und Unsicherheiten deutlich, die aus ihrer Kindheit herrührten und gegen die der Freund bisweilen, wie er sich ausdrückte, ‚vergeblich anliebte'.

Nach der Erzählung veränderte sich die Situation für den Freund mit einem Mal. Die Einschränkungen schienen wie weggeblasen. Er vermochte sich nunmehr aufrichtig über das Geschenk zu freuen. Er war einerseits wieder einmal betroffen von den Unsicherheiten seiner Freundin und andererseits darüber gerührt, wieviel Zuwendung in dem Geschenk steckte. Die beiden schauten sich an und begannen unwillkürlich über die mit dem Geschenk im Zusammenhang stehenden Mißgeschicke zu lachen: das Durchschneiden der Schnur, die Vergeßlichkeit, die grotesken Zwangsgedanken.

Das Beispiel zeigt, wie vielfältig die Störung beim Empfänger des Geschenks sich darstellt und in allen Dimensionen des Fühlens niederschlägt:

Anmutungsqualität (Irritation durch das Geschenk, Enttäuschung über die eigenen Reaktionen).

Ich-Störung als Selbstverzerrung („Ich bin unfähig, mich über das Geschenk zu freuen, weil ich ein undankbarer Mensch bin").

Handlungsimpuls, Störung der Spontaneität („Ich kann nicht angemessen reagieren, begehe vielmehr nur Fehlleistungen und verfalle in Zwangsgedanken").

Strukturierung („Mich stört ein Verhalten, das mich eigentlich nicht stören dürfte, also liegt die Schuld bei mir").

2. Die Anmutungsqualität ‚störend' ist eine sehr abstrakte Bezeichnung und muß daher konkretisiert werden

Da die Thematik der Störung bisher im Mittelpunkt der Erörterung stand, genügt jetzt ein Hinweis auf einige wesentlichen Momente.

Unter die Kategorie ‚störend' fällt alles das, was wir auf irgendeine Weise als an sich beziehungsweise objektiv abwegig erleben und ansehen.

Es muß nachdrücklich darauf hingewiesen werden, daß die Bezeichnung ‚störend' eine äußerst **abstrakte** Aussage darstellt. Denn sie umfaßt die Mannigfaltigkeit aller Intensitätsgrade und aller inhaltlichen Erscheinungsformen.

Intensitätsgrade: Eingeschlossen sind Regungen vom kaum merklichen Unangenehm-berührt-Sein bis zum brutal empfundenen Hieb und zur fundamentalen Bedrohung. Die Sprache weist eine reiche Palette auf, um feine und feinste Empfindungen wiederzugeben, etwa wenn wir sagen: Ich habe ein ungutes Gefühl bei dieser Sache. Oder: Ich habe ein mulmiges Gefühl. Ich empfinde ein leises Unbehagen. Ich bin eigenartig berührt. Ich spüre einen seltsamen Nachgeschmack. – Es finden sich aber ebenso die massiven Gegenbegriffe: der ‚Schlag unter die Gürtellinie', der tödliche Stoß, die niederschmetternde Herabsetzung, der Schock usw.

Inhaltliche Vielfalt: Der abstrakte Ausdruck ‚störend' umschreibt die unbegrenzten inhaltlichen Ausprägungen der Störqualität. „Mich stört . . ." kann alles mögliche heißen: Ich fühle mich durch den anderen eingeengt, gelangweilt, verletzt, bedrückt, bevormundet, unter Druck gesetzt, hintergangen, getäuscht, provoziert, gereizt, gelähmt, blockiert, irritiert, fertiggemacht, in Unruhe versetzt, hin und her gerissen u. dgl. m.

Die sorgfältige Auswertung des Störsignals legt sich allein schon deswegen nahe, weil es unter Umständen erste Hinweise auf die Störursache bietet.

Ähnlich wie dem Arzt die vielfältigen Varianten des Schmerzsignals Rückschlüsse auf die Vorgänge im Organismus erlauben (der stechende, bohrende, ziehende, dumpfe, brennende, pulsierende Schmerz usw.), so verhält es sich auch hier.

3. Die Irritation des Ich-Empfindens.[40]

Beschreibung einiger Phänomene

Die Irritation des Ich-Empfindens kann unterschiedliche Ursachen haben. Sie mag fremdverursacht, selbstverursacht oder beides zusammen sein.

Die folgenden Beschreibungen beziehen sich auf beide Arten der Verursachung. Denn das Kriterium der Ich-Störung darf als diagnostisches Kriterium für Störung sowohl auf soziale Beziehungen wie auf die Beziehung des Menschen zu sich selbst angewendet werden.

Unser Mitmensch ist dazu in der Lage, ‚etwas mit uns zu machen'. Einmal durch sein Verhalten, aber schon allein durch seine Gegenwart und Ausstrahlung. Durch seine Gedanken und Gefühle gewinnt er sozusagen Macht über uns. Und zwar erstreckt sich solche Machtausübung nicht lediglich auf die Rindenschicht unserer Existenz im Sinne des oberflächlichen Berührt- und Angemutetwerdens. Sie dringt nur allzuoft in unser Innerstes, nämlich in die Sphäre unseres Ich, ein.

Im Laufe der Kulturgeschichte findet dieses Phänomen der Ich-Verzerrung seine Darstellung in vielen Zeugnissen: als Bann, Verzauberung, Verwandlung in eine Mißgestalt u. dgl. m.

Man registriert eine ganze Palettet an ‚Ich-Störungen'.

Abhängigkeit.
Neben der normalen Abhängigkeit, die für uns Menschen als soziale Wesen durchaus natürlich ist und deren Zulassen nicht Schwäche, sondern eher Stärke bedeutet, beobachten wir eine Abhängigkeit, welche der in der Rolle des Abhängigen Befindliche selber als ‚neurotisch' erlebt und durch die er sich deformiert fühlt. Er erfährt sich schwach und minderwertig. Diese Art von Abhängigkeit gibt es als allgemeines soziales Phänomen. Doch mit besonders peinlichen Empfindungen ist sie im erotischen Bereich gefärbt, wo sie schlimme Störungen und Verfälschungen hervorruft. Ihre Entstehung verdankt sie wieder vornehmlich dem Umstand, daß derjenige, der sich auf die beschriebene Weise abhängig und verzerrt erlebt, keine Kenntnis davon hat, was sich in seinem Gegenüber abspielt. Selbstverzerrende Ich-Gefühle manifestieren sich etwa dergestalt, daß wir uns klebrig, anklammernd und daher unfrei erleben, von uns den Eindruck gewinnen, wir würden dem anderen ‚nachlaufen', auf entwürdigende Weise ‚hinter ihm herrennen', ‚um ihn buhlen'. Das Absurdeste darin liegt bisweilen in folgendem: Bei nüchterner Überlegung erkennen wir, daß wir im Grunde vom anderen gar nichts wollen. Nichtsdestoweniger reagieren wir auf ihn mit den genannten Gefühlen des Nachlaufens, Anklammerns.

Die fremdverursachten **Schuldgefühle**.
Der Satz *„Dieser Mensch macht mir Schuldgefühle"* weist auf zwei Dinge hin. Erstens, solche Schuldgefühle sind sozial vermittelt; zweitens, irgend etwas an diesem Vorgang erscheint fragwürdig. Das erkennt man beispielsweise daran, daß wir diese Schuldgefühle vielleicht als sinnlos erkennen, uns durch sie verzerrt erleben und gegen denjenigen, der sie uns verpaßt, massive Aggressionen verspüren.

Peinlichkeit und Scham
Peinlichkeit und Scham sind typische Ich-Verzerrungen. Sie belasten gerade das Selbstwertgefühl. Es gibt sie in beiden Formen: fremdverursacht und selbstverursacht. Wir werden beispielsweise von anderen ausgelacht und schämen uns oder wir haben etwas Verwerfliches getan, so daß wir nicht nur vor den anderen, sondern auch vor uns selber minderwertig dastehen.

Wie schlimm und *unerträglich* Peinlichkeits- und Schamregungen bisweilen sind, offenbart sich an dem Verhaltensimpuls, welcher vielen Ich-Gefühlen innewohnt. Letzterer zeigt das volle Ausmaß der Unerträglichkeit der Empfindung, wenn derjenige, der sich schämt, *sich* am liebsten *selbst auslöschen* würde. Sehr plastisch sind die Wendungen „Ich möchte vom Erdboden verschwinden", „Ich möchte mich in ein Mauseloch verkriechen". Die Richtung der Verhaltensregung ist immer dieselbe: die wenn schon nicht individuelle, aber doch soziale Selbstauslöschung, der Übergang von der sozialen Existenz zur sozialen Nichtexistenz mit dem Zweck, von den anderen nicht mehr gesehen zu werden, weil das ‚Ansehen' ruiniert ist.

Denken wir uns die Qualität einer Mißempfindung stufenweise gesteigert, dann gelangen wir in die Zone des *Schmerzes.* Auch im Ich-Bereich entdecken wir eine Art von Schmerzen, gewissermaßen *‚Ich-Schmerzen'.*

Diese Schmerzen können besonders bedrohliche Formen annehmen. Zur Verdeutlichung des Sachverhalts weisen wir auf den Ausdruck ‚brennende Scham' hin, um zwei Elemente hervorzuheben. Einmal besagt er ganz grundsätzlich, Scham – ein typisches Ich-Gefühl – könne weh tun. Sodann nimmt die sprachliche Wendung ‚brennende Scham' als Vergleichspunkt sogar einen der schlimmsten körperlichen Schmerzen, nämlich den Schmerz, der von einer Verbrennung herrührt. Nicht ohne Grund haben sich die Religionen die Höllenstrafe als Feuer, also nach dem Maß des Verbrennungsschmerzes vorgestellt. Man darf daraus schließen, Schamschmerzen zählten zu den besonders schlimmen Formen des seelischen Schmerzes.

Das seelisch-geistige Phänomen der Ich-Schmerzen läßt sich auch durch die echte Schulderfahrung veranschaulichen. Diese ist nicht sozial vermittelt, sondern rückbezüglich. Das heißt, sie gibt die aus dem Inneren stammende Antwort auf das eigene verkehrte Tun und Denken. Die Feststellung, daß echte Schulderfahrung Schmerzen zu verursachen vermag, macht wohl jeder Mensch während seines Lebens, vorausgesetzt, er läßt solche Empfindungen zu. Man hat etwas getan, das man eindeutig als böse empfindet, einen Wehrlosen ausgenützt, ein Kind mißhandelt, ein Tier gequält. Die Last derartiger Schuld begleitet einen Menschen mitunter sein Leben lang. Niemals würde er zur Beschreibung dieser Erfahrung die sprachliche Formulierung wählen, jemand ‚mache' ihm die Schuldgefühle. Je reifer er als sittliche Persönlichkeit ist, um so entschiedener erhebt er Anspruch darauf, die Schuld sich selbst zuzuschreiben. Er würde es als Versuch zur Entmündigung empfinden, wollte ihm jemand die Belastung ausreden.[41]

4. Eine spezielle Art der Ich-Störung. Die Irritation des logischen Ichs: Das was mich ‚verdummt' und ‚verblödet'

Wir sagten, gemäß einer logischen Theorie der Interaktion sei jede Störung als logische Störung zu definieren. Nunmehr verlegen wir im Anschluß an die Analyse der Ich-Störung das Augenmerk unserer Betrachtung auf eine **ganz bestimmte logische Störung, nämlich auf diejenige, die zugleich eine Ich-Verzerrung nach sich zieht.** Wir haben es dann mit ihr zu tun, wenn wir uns etwa durch andere ‚verdummt' und ‚verblödet' fühlen. Wir denken bei dieser Ich-Verzerrung also nicht an die aus uns selbst stammende Beschränkung unseres Denkvermögens und unsere ganz private Dummheit, sondern an sozial vermittelte Empfindungen.

Um das Phänomen der sozial vermittelten, fremdverursachten Ich-Verzerrung anläßlich bestimmter logischer Störungen klar hervorzuheben, soll es zunächst gegen ein anders Phänomen, nämlich die private, *selbstverursachte* ‚Denkstörung' abgegrenzt werden.

Unsere Sprache beinhaltet Formulierungen, welche eine momentane Begriffsstutzigkeit ansprechen. Diese Störung bringt man zunächst nicht mit der Mitwelt in Beziehung, sondern setzt voraus, die augenblickliche Denkschwäche habe ihre Ursache im eigenen Inneren:

„Ich bin verwirrt."
„Ich bin durcheinander."
„Ich habe ein Brett vor dem Kopf."
„Bei mir ist Mattscheibe."
„Ich stehe auf der Leitung."
„Ich bin wie verhext" usw.

Andere Wendungen hingegen lassen, zumindest zwischen den Zeilen, durchblicken, die Ursache der Denkstörung sei im Außenfeld anzunehmen, also *fremdverursacht*:

„Ich verstehe die Welt nicht mehr."
„Ich spinne."
„Ich komme mir allmählich schizophren vor."

Die folgenden Sätze sprechen zwar von einer Gefühlsstörung (deswegen der Ausdruck ‚blöd'), doch diese verbindet sich insofern mit einer *Denkstörung*, als wir unser Gefühl nicht zu verstehen vermögen.

„Ich habe ein blödes Gefühl bei dieser Sache."
„Ich habe dabei ein saublödes Gefühl."

Die zitierten Äußerungen umschließen mehrere Aussageinhalte und sagen etwa dieses aus: Gewiß stellen wir die Verwirrung an uns selbst fest, und es erweckt den Anschein, als seien wir derjenige, welcher ‚spinnt', ‚nicht ganz richtig tickt'. Doch andererseits können wir das nicht so recht glauben. Möglicherweise führt lediglich die Tatsache, daß uns gewisse Informationen vorenthalten werden, dazu, als der Blöde dazustehen, indem wir uns beispielsweise gegen etwas sperren.

Noch massiver klingen andere Wendungen. Sie bringen mit noch mehr Nachdruck *zwei Dinge* zur Geltung: Die *logische Störung als eine Ich-Verzerrung* sowie deren *Fremdverursachung.* Der ‚Verblödungseffekt' ist sozial vermittelt.

„Ich fühle mich durch dich verblödet."
„Ich komme mir ausgesprochen verdummt vor."
„Ich fühle mich verarscht."
„Ich komme mir vertrottelt vor."
„Ich fühle mich für dumm verkauft."
„Ich bin jetzt der Dumme."
„Ich stehe als der Depp da."
„Ich habe jetzt den Schwarzen Peter."

Unterziehen wir die Wendungen einer *Analyse,* so besagen sie etwa: Wir konstatieren bei uns eine Reaktion von Dummheit. Doch das hat nichts mit dem Grad unserer Intelligenz zu tun. Was uns passiert, kann dem gescheitesten Menschen passieren. Die zur Rede stehende ‚Verdummung' spielt sich auf einer anderen Ebene ab. Der Augenschein spricht eindeutig gegen uns. Uns geht in der Tat der ‚Durchblick' ab. Das macht uns unsicher. Doch liegt das wohl an einem Informationsdefizit. Man präsentiert uns lediglich den Vordergrund, verschleiert den Hintergrund. Auch hier gilt offensichtlich: Wissen ist Macht. Per Verdummung manipuliert man uns in die Position des Unterlegenen.

Auffallend ist eine seltsame Gegenläufigkeit, um nicht zu sagen Doppelblödigkeit der Aussageelemente: Obschon wir eigentätig die Dummheit an uns konstatieren, unterstellen wir auf sogar ziemlich aggressive Weise die Fremdverursachung dieser Ich-verzerrenden Denkstörung. – Man beachte den anklagenden Ton der Sätze wie „Ich fühle mich für dumm verkauft" usw.

Den *noch höheren Grad der selbstverzerrenden Irritation* zeigen andere Wendungen an, welche dartun, wie die Denkstörung schrittweise hin zum Identitätsverlust führt. Es gibt beispielsweise die Äußerung:

„Ich weiß nicht mehr, wo rechts und wo links ist."

Der Satz beschreibt die totale gedankliche und emotionale **Orientierungslosigkeit**. Man hat die fundamentalen Richtpole, rechts und links, aus den Augen verloren.

Auf dem Höhepunkt der Verwirrung und Desorientierung sagt man vielleicht:

„Ich weiß nicht mehr, wie ich heiße."

Hier ist das momentane Gefühl des **Identitätsverlusts** unverkennbar ausgesprochen. Das Vergessen erstreckt sich auf den symbolischen Ausdruck der persönlichen Identität: den eigenen Namen, der das zu sein schien, was dem Besitzer des Namens bis dato am geläufigsten war.

Die möglicherweise stärkste Form sowohl der rationalen Verwirrung wie der damit einhergehenden Ich-Verzerrung schlägt sich in dem Satz nieder:

„Ich wußte nicht mehr, bin ich Männlein oder Weiblein."

Die Hermeneutik dieses Satzes führt zu wichtigen Einsichten.

Den eigenen Namen nicht mehr zu wissen, diese Amnesie mag, so ließe sich kommentieren, noch hingehen. Jedoch sein Geschlecht zu vergessen, das signalisiert doch wohl den Gipfel des Selbstverlusts. Denn der Name ist etwas der Person von außen her Zugesprochenes. Das Geschlecht hingegen hat seine Verwurzelung in der Tiefe der biologischen Existenz. Mit dem Verlust dieses Bewußtseins verliert man gewissermaßen auch noch den Rest seiner Selbstgegenwart.

Wir illustrieren das hier beschriebene Interaktionsphänomen an einem *Beispiel*, welches die Verdummung als logische Störung und Ich-Vezerrung enthält. Nehmen wir an, wir befänden uns in einer lustigen Gesellschaft. Das Stimmungsbarometer steigt. Da macht jemand eine witzige Bemerkung zu uns hin. Schallendes Lachen in der Runde. Erst lachen wir nach Kräften mit. Dann bemerken wir, wie wir tief verletzt sind. Dabei war die Bemerkung fürwahr witzig, erweckt den Eindruck absoluter Harmlosigkeit und Unverfänglichkeit. Uns befällt Verunsicherung. Bilden wir uns die Verletzung ein, oder hat uns der andere mit humoriger Einkleidung die dickste Aggression untergejubelt?

Doch wir sagen nichts, denn wir erleben uns ohnmächtig. Sprächen wir jetzt unsere Verletzung an, so würden wir riskieren, als Spaßverderber zu erscheinen, als überempfindliche Mimose, weil wir den anderen die ach doch so tolle Stimmung vermiesen. Kurz und gut, beharrten wir gar auf unserer Empfindung und wagten wir die Andeutung, sie könne wohl kaum aus der Luft gegriffen sein, so stünden wir als ‚der Blöde' da. Solche Situationen nehmen mitunter die Form eines bösen Spiels an, bei welchem sich der Betroffene völlig debilisiert erlebt. Seinen desolaten Zustand charakterisiert er dann gegebenenfalls später mit dem schon zitierten Satz: „Ich wußte nicht mehr, bin ich Männlein oder Weiblein, derart verarscht fühlte ich mich."

War es schon ungewohnt, im Zuge unserer Ich-Psychologie von ‚Ich-Empfinden', ‚Ich-Störung', ‚Ich-Verzerrung', ‚Ich-Schmerzen' zu reden, dann möchte es vielleicht geradezu abwegig erscheinen, den Ausdruck ‚*logische Schmerzen*' zu verwenden, obschon das entsprechende Phänomen jedem vertraut sein dürfte.

Wir versuchen, das was gemeint ist, mittels bildhafter Vergleiche zu *veranschaulichen.*

Unser *Körper* besitzt zahlreiche Organe. Es ist selbstverständlich, daß es uns an allen möglichen Stellen weh tun kann. Nicht wesentlich anders verhält es sich bezüglich *seelischer* Reaktionen. Außer der grundsätzlichen Fähigkeit der Seele, zu leiden („Es tut mir in der Seele weh“) wissen wir um eine Vielfalt seelischer Schmerzempfindungen, das will sagen, um völlig unterschiedliche Schmerzempfindungsarten.

Der Lärm einer Schulklasse während der großen Pause geht uns vielleicht durch Mark und Bein. Uns tun nicht nur ‚die Ohren weh‘, wir leiden auch seelisch. Steckt eine Selbsterfahrungsgruppe in der Phase unerklärbarer Depression und Ausweglosigkeit, dann leiden alle heftig darunter. In keinem dieser beiden Fälle würden wir als Betroffener sagen, uns täte unser ‚Ich‘ weh, wir spürten ‚Ich-Schmerzen‘. Sehr wohl indessen wäre eine solche Aussage angemessen, wenn uns ‚brennende Scham‘ darüber peinigt, daß wir uns echt ‚danebenbenommen haben‘ und vor lauter Peinlichkeit vom Erdboden verschwinden möchten. Dieser Schmerz trifft auf eine Weise unser ‚Ich‘, wie man das bezüglich der zuerst genannten Beispiele kaum sagen könnte.

Ein *neues Element* entdecken wir bei ‚logischen Schmerzen‘. Denn hierbei schmerzt wiederum ein von dem eben erwähnten Ich verschiedenes seelisches Organ.

Wir spüren das Wehtun jetzt anderswo, nämlich auf irgendeine Weise im Denken. Zunächst scheint, wie schon erwähnt, die Logik nicht das geringste sowohl mit Gefühl wie mit Schmerz zu tun zu haben. Gleichwohl beinhaltet der Ausdruck ‚*Verletzung* meines logischen Empfindens‘ („Das verletzt mein logisches Empfinden“) die Annahme, die Logik unterhalte zum Fühlen und damit zum Schmerz eine jedenfalls mittelbare Verbindung. Es unterliegt wohl kaum einem Zweifel, daß wir Menschen beispielsweise am Widersinn leiden und daß diese Art von Leiden nicht einmal die geringsten Belastungen unseres menschlichen Daseins ausmachen.

Zahlreiche sprachliche Wendungen schildern die besondere Art der ‚logischen‘ Schmerzen.

Da gibt es etwas, das uns ‚Kopfzerbrechen‘ macht, uns ‚rasend‘ macht, sodaß wir ‚verrückt werden könnten‘. Wir möchten ‚mit dem Kopf gegen eine Wand rennen‘, um dieser Qual im Denken zu entfliehen, möchten ‚uns die Haare raufen‘, ‚mit den Fäusten gegen die Stirn hämmern‘.

Solche Denkschmerzen gehen oft Hand in Hand mit typischen Ich-Schmerzen, wenn wir nicht nur darunter leiden, etwas nicht zu kapieren, sondern uns ‚verdummt‘, ‚verblödet‘, ‚verarscht‘ fühlen. Es sind aber nicht genau dieselben Ich-Schmerzen, die wir anläßlich der ‚brennenden Scham‘ feststellten. Die brennende Scham quält uns beispielsweise, weil wir uns fürwahr ‚danebenbenommen haben' und nunmehr ‚unmöglich dastehen'. Sie affiziert gleichsam die emotionale Seite unseres Ich, unser Selbstwertgefühl. Die ‚Verblödung' trifft unser Ich an einem anderen Punkt, quasi an seiner ‚intellektuellen Ehre', womit natürlich ebenso das Selbstwertgefühl in Mitleidenschaft gezogen ist. Es ist nicht das gleiche, erzeugt eine je eigentümliche Art der Schmach, ob man als Schürzenjäger gilt oder ob man für einen Deppen gehalten wird. Attackiert das eine unser moralisches Ich, so das andere unser intellektuelles Ich.

5. Die Irritation der Spontaneität

Zur Aufhellung der Sachlage ‚Irritation der Spontaneität' sei zuerst an die früher angedeutete *Unterscheidung* zwischen dem spontanen *Antrieb zur Handlung* und der eigentlichen *Handlung selbst* beziehungsweise der Ausführung der Handlung erinnert (S. 46). Die Unterscheidung erlangt deswegen großes Gewicht, weil diesbezügliche Unklarheiten zu vielen Beziehungsstörungen führen. Das wird aus den weiteren Darlegungen deutlich hervorgehoben.

Wie schon gesagt wurde, bildet der spontane Impuls sozusagen die Brücke zwischen Gefühl und Handlung. Häufig läßt ein Gefühl den entsprechenden spontanen Impuls aus sich hervorgehen oder enthält ihn bereits. Viele angenehme Gefühle enthalten ein Hingezogensein zu jenem Gegenstand, der uns anzieht, und daraus wiederum folgt der spontane Impuls zur Hinwendung. Wogegen viele unangenehmen Gefühle ein Abgestoßensein beinhalten und somit den spontanen Antrieb zur Abwendung hervorrufen.

Das Element des spontanen Impulses bildet das Mittelstück der drei Elemente des gesamten Handlungsablaufs: Angemutetwerden – spontaner Impuls – Handlung.

Überblickt man die verschiedenen Stadien, welche zur Handlung im Ganzen zusammenwirken, dann stellen sich die wesentlichen Momente so dar: Im Angezogenwerden steckt der Impuls zur Zuwendung. Erst indem wir diesem Impuls folgen, ihn zur Ausführung bringen, wenden wir uns zu. Analoges vollzieht sich in der Abstoßung.

Bei der Analyse des beschriebenen Vorgangs ist etwas Wichtiges zu beachten. Der spontane Impuls entsteht *unwillkürlich*, das was darauf folgt, *willentlich*. Daher können wir mit dem spontanen Impuls Unterschiedliches machen: Wir können ihn ausführen, wir können die Ausführung unterlassen, oder wir können in der Handlung das Gegenteil dessen tun, was uns der Impuls nahelegt, was der Impuls eigentlich wollte.

Der spontane Impuls ist also das, was noch übrigbleibt, real und deswegen unter Umständen auch sozial wirksam ist, selbst wenn wir vom Ausführen der Handlung Abstand nehmen oder das Gegenteil tun. Man sagt etwa: „Eigentlich wollte ich . . ., aber ich tue es nicht." „Eigentlich hätte ich den Impuls, dich zu verletzen, aber ich beherrsche ihn."

Noch etwas anderes ist von Belang. Der spontane Impuls entspringt im unsichtbaren *Innen* des Menschen. Die Handlung jedoch spielt sich im beobachtbaren *Außen*-

feld ab, sie allein wird gesehen. Diese Tatsache ergibt die Voraussetzung für mannigfaltige Widersprüche der Selbstdarstellung. Und darin wiederum liegt die Quelle von Störungen. *Zahllose Beziehungsstörungen entstehen deswegen, weil der unsichtbare Impuls, das was spontan entsteht, durch die dem Impuls folgende Handlung getarnt und dementiert wird.* Wir empfinden z. B. den spontanen Impuls zur Hinwendung, weil wir angezogen sind, geben uns indessen aus irgendeinem Grund kühl und reserviert. Oder wir fühlen uns durch den anderen zutiefst abgestoßen und angewidert, überspielen das jedoch und verheimlichen den starken Drang, die Flucht ergreifen zu wollen, zwingen uns zur Höflichkeit.

Weil man sich nicht authentisch verhält, tritt beim Gegenüber der entsprechende Störeffekt auf. Die Reserviertheit wirkt überheblich, die geheuchelte Zuwendung unglaubwürdig. Viele gute Taten kommen beim Empfänger deswegen nicht an, weil sie weniger aus spontaner Herzlichkeit, sondern eher sozusagen aus dem moralischen ‚Über-Ich' herstammen.

Wohlgemerkt, die Störung entsteht nicht durch den problematischen oder gar ‚unsozialen' Impuls, für diesen können wir ohnehin nichts, sondern durch die Verschleierung dieses Impulses. Wir sind immer dann nicht transparent, wenn wir etwa eine gute Tat demonstrieren, innerlich hingegen völlig desinteressiert sind, wenn wir spontane Herzlichkeit vorgeben, uns innerlich aber total lustlos fühlen.

Noch eine Ergänzung zu dem Störtypus ‚gute Taten mit schlechter Wirkung'. Wir dürfen sehr wohl eine gute Tat vollbringen, zu der uns nüchterne Überlegung motiviert und die uns vielleicht größte Selbstüberwindung kostet. Wir dürfen nur nicht so tun, als käme sie aus unserem tiefsten Herzen.

Das sabotierende ‚Contra' des Fühlens in der Form der Blockierung und des Negativismus

Das was man landläufig als *‚Blockierung'* bezeichnet, kennt viele Formen: Lähmung, Verkrampfung, Unvermögen zu reagieren, Sperre, Rigidität, Zwang, Verbohrtsein. Man spricht auch von ‚Widerwille', ‚Widerstreben', von ‚Sichsträuben' oder davon, daß ‚sich im Inneren etwas wehrt'. Andere Varianten sind: Sprechhemmung, krampfhaft an etwas festhalten, etwas nicht loslassen können.

Beispiel: die Sprechblockade bzw. die ‚Maulsperre'. „Du brauchst ja bloß das Maul aufmachen!"

Wir beziehen uns jetzt nicht auf den redegehemmten Menschen, sondern auf den ‚Normalen', der in bestimmten Situationen redegehemmt ist. Er ‚kriegt nichts raus', er ‚kriegt das Maul nicht auf', hat quasi eine ‚Maulsperre'.

Diese Hemmung äußert sich zwar auf der Handlungsebene. Ihr liegt jedoch eine Hemmung des spontanen Antriebsimpulses zugrunde.

Von der Mitwelt oder von seinem Beziehungspartner hört der Betroffene möglicherweise die Bemerkung: Du brauchst ja bloß zu sagen, was du willst und was dir nicht paßt! Der sonst durchaus sprachgewandte Kommunikationsteilnehmer sieht sich außerstande, der Aufforderung Folge zu leisten. Der Effekt der Ermunterung ist eher der, daß er sich unfähig und dumm fühlt, wo es ja nun wirklich nicht an dem anderen, vielmehr an ihm selbst zu liegen scheint, wenn er sein Maul nicht aufkriegt. Dieser Hergang erweist deutlich, wie die Blockade die Ich-Störung, also die Hinderung des Selbstgefühls logischerweise nach sich zieht.

Wir analysieren das Phänomen gemäß unserem *Dreischritt* von Vermutung-Voraussage-Bestätigung.

Vermutung: Wo eine Störung auftritt, da wird etwas nicht ausgedrückt, da besteht eine Unklarheit. Leidet ein Beziehungspartner unter einer Sprechsperre, dann ist zu fragen, was sein Gegenüber nicht mitteilte.

Voraussage: Äußert das Gegenüber wirklich, was in ihm vorgeht, muß beim gehemmten Partner sowohl die Sprechhemmung wie auch das dadurch hervorgerufene Gefühl der Unfähigkeit wegfallen.

Bestätigung: Die eingehende Interaktionsanalyse fördert häufig folgendes zutage. Der zur Offenheit ermunternde Partner hat die Aufforderung „Sag, was dir nicht paßt!" nicht so recht ernst gemeint. Oder ihm war wohl ernst damit, doch empfand er Angst und hatte Widerstand dagegen, die Meinung und die Bedürfnisse des anderen tatsächlich zu erfahren, weil daraus Konsequenzen entstanden wären. Besonders schwierig gestaltet sich unter Umständen die Aufklärung der Situation in den Fällen, da die Gegenstrebungen unbewußt sind, so daß sie erst ins Bewußtsein gebracht werden müssen. Ein störender und die Blockierung verursachender Widerspruch entsteht hier folgendermaßen: Die sich mutig gebende Aufforderung „Du darfst alles sagen!" wird durch die unbewußte Gegenstrebung dementiert.

Wir konkretisieren die allgemein gehaltenen Aussagen durch ein *Beispiel.*

Bei einer Partnertherapie kam der folgende Konflikt zur Sprache. Eine junge Frau hatte sich, da es ihr schlechtging, kurzfristig entschlossen, ihren Freund zu besuchen, der in einer weit entfernten Stadt lebte. Am Telefon fragte sie ihn, ob es ihm auch ‚wirklich' recht sei, daß sie anreise, er solle ihr ‚unbedingt' sagen, wenn er Einwände habe. Da der Mann jetzt wußte, daß seine Freundin sich in einer belastenden Situation befand, kam er gar nicht dazu, sich darüber klar zu werden, wie er sich angesichts der Situation fühlte, ob ihm der Besuch zu diesem Zeitpunkt recht war. Ihm schoß lediglich durch den Kopf, man dürfe aus einer Beziehung nicht nur die Rosinen herauspicken, habe also auch schlechte Zeiten gemeinsam durchzustehen. Jedenfalls brachte er zur Frage der Freundin keine Antwort heraus und sagte nur: Natürlich kannst du kommen!

Während der Gesprächssitzung äußerte er, er habe sich durch die Freundin am Telefon unter Druck gesetzt gefühlt. Diese empörte sich über seine angebliche Feigheit. Sie habe ihn doch ‚ausdrücklich' gefragt, ob ihm ihr Kommen erwünscht sei und ihm Raum gegeben, seine Meinung vorzubringen. Das mußte der Freund notgedrungen zugeben.

Der Therapeut bestätigte die Glaubwürdigkeit dieser Darstellung, fragte aber die Frau, was in ihr vor ihrem Entschluß vorgegangen sei, welche Vorstellung sie bezüglich ihres Besuches gehabt habe. Die Frau dachte eine Weile nach, wurde verlegen und bemerkte, sie sei gekommen um bei ihrem Freund gleichsam eine paradiesische Insel zu finden, wo sie ihren ganzen Alltagsballast samt dem beruflichen Ärger vergessen würde. Sie wußte, daß das nicht so ohne weiteres möglich sei, weil ihr Freund entschieden und realistisch auf die jeweils anstehenden Schwierigkeiten zuging und ebenso Probleme zwischen ihnen beiden auch in belasteten Zeiten ansprach.

Nach dieser Eröffnung über den ‚Fluchtcharakter' des Besuchs war der Freund imstande, klar zu reagieren. Seine Sprechhemmung schien verschwunden, ebenso die daraus sich ergebende Ich-Störung (Sie hatte in der Überlegung bestanden: Obwohl es ihr schlechtgeht, fühle ich mich durch ihren Wunsch, zu kommen, unter Druck gesetzt. Ich will mir aus einer Beziehung vielleicht doch nur die angenehmen Dinge herauspicken). Er meinte: Hättest du mir das, was du jetzt sagtest, schon am Telefon gesagt, so hätte ich Stellung bezogen und wäre angesichts deiner Frage, ob ich einverstanden sei, nicht verstummt. Deine Sehnsucht nach einer sorgenfreien Insel vermag ich wohl nachzufühlen. Es rührt mich sogar, wenn du so etwas sagst. Doch hätte ich dich wissen lassen, du könnest zwar jederzeit kommen, aber ich sei nicht in der Lage, dir deine Insel zu garantieren. Sofern Probleme zwischen uns auftauchen, möchte ich sie auch diskutieren dürfen, selbst wenn du belastet bist. Aber jetzt weiß ich wenigstens, was mich unter Druck gesetzt und blockiert hat. Gegen dein Kommen würde ich mich nicht gewehrt haben, wohl aber gegen deine Schlaraffenland-Vorstellung beziehungsweise dein gedachtes Sprechverbot, was Probleme angeht.

Diese Offenlegung des verschwiegenen Hintergrunds hatte die Situation gelöst und durchsichtig gemacht.

Anläßlich der Einübung in soziale Kommunikation durch Selbstsicherheitstraining und anläßlich von Partnertherapien heißt es oft, ein Beziehungspartner solle lernen, seine Bedürfnisse zu äußern, er solle ‚Ich-Stärke' entwickeln. In diesem Zusammenhang muß allerdings sorgfältig auf Selbstübereinstimmung im Handeln und auf mögliche Wechselwirkungen geachtet werden. Die Schwierigkeit eines Menschen, sich mit seinen Bedürfnissen zu artikulieren, stellt unter Umständen ein äußerst komplexes Phänomen dar.

Neben den geschilderten Formen irritierter Spontaneität registriert man ein anderes Phänomen, das man als eine Art von ‚*Negativismus*' bezeichnen könnte.

Wohl jeder kennt den durch einen Mitmenschen in ihm hervorgerufenen destruktiven Impuls, den ‚Widerwillen', das Contra des Fühlens, welches darin besteht, nicht mitmachen, nicht kooperieren zu wollen und sich in dem Satz Luft macht: „Mit diesem Menschen will ich nichts zu tun haben!" Wobei wiederum offen bleibt, wie man sich nach außen hin gibt.

(Beim ‚Trotz' und beim ‚Bocken' findet die zunächst rein innerlich geschehene Kommunikationsverweigerung ihren Ausdruck auf der Verhaltensebene.)

Beispiel: Sturheit und Kooperationsunfähigkeit

Ein nicht seltener Beziehungskonflikt entsteht dadurch, daß jemand krampfhaft an etwas festhält, nicht loszulassen vermag. Die Schuld an den daraus sich ergebenden Spannungen liegt, vordergründig gesehen, ausschließlich bei ihm. Es ist scheinbar allein sein Problem. Die anderen mokieren sich über seine Sturheit und Unreife.

Der sich über mehrere Jahre erstreckende Ausbildungskurs für eine Studiengruppe ging in die letzte Woche. Eine Teilnehmerin bekundete die Absicht, vor dem offiziellen Abschluß wegzufahren, würde also bei den Abschiedsfeierlichkeiten nicht mehr dabeisein. Als Grund für ihre Entscheidung gab sie irgendwelche konkreten Terminschwierigkeiten an.

Die Wirkung auf die anderen war ziemlich vielschichtig. Sie fühlten sich brüskiert. Wo käme man hin, so hieß es, wenn jeder so handeln würde! Man warf der Teilnehmerin vor, sie nähme den Kurs nicht ernst. Je länger die Diskussion anhielt, um so zwiespältiger erlebten sich die widerstrebenden Gruppenmitglieder. Zwar waren sie verärgert, aber andererseits kamen sie sich mit ihrer penetranten Oppositionshaltung allmählich kleinkariert und lächerlich vor, gewannen von sich den Eindruck, aus einer Mücke einen Elefanten zu machen, empfanden sich jedenfalls durch den unglücklichen Gesprächsverlauf zusehends mehr deformiert.

Der übliche *Dreischritt* unseres Vorgehens sieht so aus.

Vermutung: Das hartnäckige Widerstreben der Gruppe hatte zur unmittelbaren Ursache vermutlich eine Gefühlsblockade. Ein Nachgeben erschien daher immer unmöglicher. Das wiederum war wohl darin begründet, daß die im Mittelpunkt des Gesprächs stehende Teilnehmerin etwas verschwieg.

Voraussage: Würde das Zurückgehaltene mitgeteilt, müßte die Gruppe aus ihrer Blockierung herausfinden und dürfte sich nicht mehr durch Kleinherzigkeit deformiert fühlen.

Bestätigung: Auf eingehendes Nachfragen des Gesprächsleiters hin gab die Teilnehmerin die wahren Hintergründe preis. Ihr Mann müsse aus beruflichen Gründen der Familie lange Zeit fernbleiben. Die Ehe stecke in einer Krise. Die frühzeitige Abreise sei ihr deshalb wichtig, weil ihr Mann gerade zur fraglichen Zeit zu Hause sei. Der Gedanke daran, durch ihre eigene Abwesenheit das Zusammensein zu verunmöglichen und die Chance für Gespräche zu vertun, mache ihr angst, denn sie wisse nicht, wie es weitergehen solle.

Die Situation der Gruppe veränderte sich sofort, kehrte sich sogar ins Gegenteil. War man zuerst unfähig zur Einfühlung und stellte lediglich die eigene Widerspenstigkeit fest, so fand man jetzt volles Verständnis für die Teilnehmerin. Man konnte sie nicht nur loslassen beziehungsweise heimziehen lassen. Es meldete sich der spontane Impuls, sie förmlich ‚heimzuschicken', damit sie etwas für ihre Beziehung tue. Darüber hinaus löste sich die Ich-Störung der Teilnehmer auf. Denn an die Stelle der sturen Gefühle traten großzügige und kooperative Regungen. Jedenfalls war die Verkrampfung aus der Gruppe verschwunden, fühlte man sich wieder offen.

Das geschilderte Beispiel läßt *zwei Dinge* erkennen:

1. Das Kriterium des *gestörten Antriebsimpulses*, in unserem Falle durch hartnäckigen Widerspruch sich äußernde Blockierung der Kooperationsfähigkeit, ist ein

wichtiges Kennzeichen dafür, daß die Störempfindung, der ‚Sperr-Reflex', sozial vermittelt ist (sofern nicht andere Gründe dagegen sprechen).

2. Die Blockierung im Bereich des spontanen Antriebsimpulses und der Handlung zieht ihrerseits logischerweise die *Ich-Verzerrung* nach sich, denn man erlebt sich unfähig zu einer angemessenen Reaktion.

Bedingungsanalyse

Wir fragen nach den ursächlichen Bedingungen des unwillkürlichen Impulses, den wir als das ‚Contra des Fühlens' in bezug auf ein Gegenüber bezeichneten. Zweifellos gibt es Blockaden, die aus dem eigenen Inneren dessen, der blockiert, stammen und auf seine Lerngeschichte zurückverweisen. Manche Menschen reagieren sehr leicht mit Abgrenzungs- und Distanzierungsimpulsen. Vielfach dürfte ein unwillkürlicher Impuls sowohl von außen wie von der eigenen Erlebnisbereitschaft her bedingt sein. Jetzt beachten wir allein den Anteil des unwillkürlichen Widerstrebens, der sozial vermittelt ist, also eine von außen her wirkende Ursache hat.

Analog dem, was wir über die beiden anderen Dimensionen des Fühlens (Anmutung, Ich-Empfinden) sagten, gilt:

Im Hintergrund des Handlungsantriebs, welcher sich als destruktives Contra des Fühlens und als irgendeine Art der Blockierung offenbart, steht die unstimmige beziehungsweise widersprüchliche Selbstdarstellung des Beziehungspartners, demgegenüber man die Sperre erlebt.

Diese These vertritt eine unübliche Betrachtungsweise. Fehlstrukturierungen liegen nahe. Gerade in Fällen, wo wir allem Anschein nach keinerlei Anlaß zur Verweigerung sehen, neigen wir möglicherweise zur Selbstbezichtigung. Spüren wir den spontanen Widerwillen gegen Kooperation in uns, dann suchen wir den Grund gegebenenfalls in unserer ureigenen Bosheit, in dem ganz privaten Mangel an Kooperationswilligkeit und -fähigkeit.

Daß man es mit einer fremdverursachten Widerspenstigkeit zu tun hat, zeigt sich an den uns bekannten beiden *Prüfungskriterien*, dem Vergleichskriterium und der Bestätigung einer Voraussage. Die Fragen lauten:

1. Gehört beispielsweise die Kooperationsunwilligkeit zu unserem üblichen Interaktionsverhalten? Wenn nicht, dann ist das ein Hinweis auf Fremdverursachung.

2. Löst sich unser gefühlsmäßiger Widerstand auf, sobald sich das Gegenüber klar darstellt?

Wie Blockierungen des Handelnden entstehen können, etwa die beschriebene Sprechblockade, läßt sich an einem simplen Beispiel illustrieren. Wir malen uns aus, wir befänden uns an einer stark belebten Verkehrskreuzung, an welcher die Ampel gleichzeitig die Signale Grün und Rot gibt. Sollen wir jetzt handeln oder nicht handeln? Verlassen wir uns auf das Rotsignal, werden wir befürchten, ewig an dieser Kreuzung stehenzubleiben und in Bedrängnis gegenüber den wild hupenden Verkehrsteilnehmern zu kommen. Richten wir uns nach dem Grünsignal, riskieren wir unser Leben. Die Gegenläufigkeit der Aufforderungssignale lähmt uns.

Auf ähnliche Weise mag die Blockierung einem Menschen gegenüber zustande kommen. Vielleicht fordert uns die Vordergrundbotschaft seines Verhaltens einladend zur Annäherung auf, wogegen die Hintergrundsbotschaft, welche wir, wenngleich unbewußt, ebenso empfangen, dieselbe Handlung verbietet, deren Ausführung sogar mit Strafe bedroht. Nach einem Mechanismus dieser oder ähnlicher Art kommen vermutlich viele Blockierungen zustande. Es ist ein Phänomen, das man in der Interaktionspsychologie als ‚Doppelbindung' bezeichnet.

Die große diagnostische Bedeutung der gestörten Spontaneität

So vielfältig das Leid sein mag, welches aus Blockierung herrührt, weil Menschen außerstande sind, aufeinander einzugehen oder das nur ganz äußerlich zu tun, so beachtlich ist die Bedeutung der gestörten Spontaneität als diagnostisches Signal für die Aufhellung von Interaktionen.

Zur Veranschaulichung dieses Konflikts eignet sich das Phänomen der *erotisch-sexuellen Interaktion.* Bei der sexuellen Interaktion spielt Spontaneität eine entscheidende Rolle, und die Blockierung wirkt sich besonders verhängnisvoll aus.

Zauber und Faszination der erotischen Kommunikation beruhen wesentlich darauf, daß Zuwendung und Hingabe nicht nur freiwillig, sondern darüber hinaus spontan, gerne, lustvoll geschehen. Gerade deswegen erlebt man sie als Geschenk, als eine Art Wunder. Pflichtleistung, Funktionierenmüssen, rein willensgelenktes Mitmachen, geheuchelte Befriedigung, Lust-erzwingen-Wollen sind der Tod aller Erotik.

Da sich der erotische Bereich durch eine besonders hohe Sensibilität auszeichnet, schlägt gerade hier die minimalste Unstimmigkeit zu Buch, wenngleich die negativen Effekte meist überspielt und verdrängt werden. Solche Verdrängung wird allerdings in der Dauerbeziehung zunehmend unmöglicher. Insofern scheint es nicht verwunderlich, wenn dieser Bereich von Störungen, Frustration und schmerzlichen Beeinträchtigungen wimmelt.

Der Konflikt sieht etwa so aus: Der eine Partner äußert das Bedürfnis nach sexuellem Kontakt, der andere Partner verweigert sich, nicht etwa weil er ein sogenannter ‚Sexmuffel' wäre, sondern weil etwas in ihm ‚sich sperrt'.

Die Vermutung lautet: Wenn die Äußerung eines Bedürfnisses auf der Gegenseite eine Sperre hervorruft, dann verhält sich der das Bedürfnis äußernde Partner nicht authentisch, läßt irgend etwas unausgesprochen.

Zum Zweck der Aufhellung des angedeuteten Konflikts ist es von Nutzen, die Aufmerksamkeit auf *den Mechanismus der Entstehung gewisser Bedürfnisse* hinzuwenden. Er mutet einigermaßen rätselhaft an, vor allem der unbewußte Anteil daran.

Der Vorgang sei am Eßverhalten illustriert.

Es gibt das ganz *natürliche* Hungergefühl und das daraus entstehende Bedürfnis, Nahrung aufzunehmen, nachdem man einige Zeit nichts gegessen hat.

Daneben beobachtet man ein sehr andersgeartetes Verlangen. Aus vielen Gründen kann es entstehen: Kummer, Frustration in tausenderlei Formen, Streß, Niedergeschlagenheit, Langeweile. Dieses Bedürfnis besagt gewissermaßen keine ursprüngliche Regung, hat vielmehr *kompensatorischen,* um nicht zu sagen ‚neurotischen' Charakter, steht für etwas anderes. Weil es an der falschen Stelle entsteht und weil man an der falschen Stelle versucht, es zu befriedigen, ist es quasi unerfüllbar, ‚unersättlich', ein Faß ohne Boden. Die sogenannte ‚Ersatzbefriedigung' bleibt eben immer nur ein Ersatz für etwas anderes.

Das wiederum mag der Grund sein, daß ein solches Bedürfnis wuchert, zu allen möglichen Deformierungen führt, Freßsucht erzeugt und schließlich den Schönheitsfehler des sprichwörtlichen ‚Kummerspecks' zur Folge hat.

Doch wer von dem beschriebenen Bedürfnis geplagt ist, lügt nicht, wenn er sagt, er habe Hunger, möchte essen, verspüre das Bedürfnis nach Süßigkeiten, nach etwas Deftigem. *Würde er allerdings genau hinschauen, sich selber deutlich wahrnehmen, dann würde er konstatieren, das Bedürfnis sei, verglichen mit dem natürlichen Hungergefühl, von anderer Natur, sei im wörtlichen Sinn ‚eigenartig'.* Er sagt vielleicht: „Eigentlich ist es gar kein echter Hunger, ich empfinde lediglich eine seltsame Leere in mir und will sie ausfüllen." Oder: „Ich muß meine innere Spannung verfressen." Menschen, welche fasten und dabei Selbstbeobachtung üben, bemerken, wie Hungergefühle sich bei allen möglichen Anlässen einstellen und einen gelegentlich sogar mit fürchterlicher Vehemenz überfallen. Nicht nur beim Anblick und Geruch leckerer Speisen, was die angemessenen Auslöserreize wären, auch im Zusammenhang mit auftauchenden Problemen, Konflikten, ja sogar aufgrund belastender und unangenehmer Gedanken, also bei Anlässen, die von Natur her mit Essen nicht das geringste zu tun haben.

Gerade durch solche Beobachtungen bekommt man Gelegenheit, den kompensatorischen Charakter eines solchen Bedürfnisses zu studieren und die Erfahrung zu gewinnen, wie unbewußt der Mechanismus der Bedürfnisentstehung verläuft.

Die Schulung der Selbstwahrnehmung ermöglicht es, ohne große Mühe das natürliche vom kompensatorischen Bedürfnis zu unterscheiden. Es ist daher wichtig, das letztere als Störphänomen zu erkennen und differenziert wahrzunehmen.

Nach demselben Muster entstehen im Alltag zahlreiche andere Bedürfnisse. Verfügt jemand nur über das einzige Mittel der Kompensation, um mit gewissen Unannehmlichkeiten seines Lebens fertig zu werden, gerät er leicht unter die Tyrannei eines Bedürfnisses. Die ganze Palette des Suchtverhaltens läßt sich hier aufführen: Trinksucht, Nikotinsucht, Arbeitssucht, Verwöhnungssucht, Kaufsucht usw., wobei man anstelle des Wortes ‚Bedürfnis' und ‚Sucht' mit gleichem Recht das Wort ‚Zwang' setzt.

Analog geht es im Bereich der *sexuellen Erotik* zu. Was bliebe noch übrig, wollte man alles wegstreichen, was aus Langeweile, Frustration, Anspannung, Angst, Niedergeschlagenheit, miesem Selbstgefühl stammt? Fatalerweise setzt die Psyche vieler Menschen offensichtlich Mangelerlebnisse irgendwelcher Art quasi schematisch in sexuelle Bedürfnisse um und macht es dem erlebenden Ich darüber hinaus sehr schwer, den kompensatorischen Charakter solcher Bedürfnisse zu erkennen.

Die Vermutung heißt auch jetzt: Eine beachtliche Anzahl sexueller Interaktionen rührt davon her, daß ein Partner aus einem kompensatorischen Bedürfnis heraus die Annäherung sucht. Damit soll nicht gesagt sein, man dürfe nicht aus Kompensation handeln. Das kann sogar angemessen und sehr entlastend sein. Aber der Beweggrund muß für das betroffene Gegenüber klar werden. Man darf sich nicht den Anschein geben, als handle man ‚aus Liebe'.

Auch hier verursacht keineswegs das kompensatorische Motiv, sondern die Tarnung des kompensatorischen Motivs die Störung.

Denn wenn dem Gegenüber die Situation transparent gemacht wird, kann es sich frei entscheiden, mitzumachen oder nicht. Es hat nicht mehr nötig, den sexuellen Kontakt in der Form zu unterlaufen, daß es, gesteuert durch sein Unbewußtes, ‚blockiert'.

Beispiel

Der folgende Fall betrifft ein Allerweltsproblem der Geschlechterbeziehung: Der Mann ‚will', die Frau ‚will nicht'.

Ein Ehemann kommt in die Beratung und beklagt sich, seine Frau ginge häufig auf sein sexuelles Bedürfnis nicht ein. Sie sperre sich, reagiere ausweichend.

Die Sachlage hat einen komplexen Hintergrund, im Augenblick geht es lediglich darum, abzuklären, in welchem Umfang die Weigerung der Partnerin gegebenenfalls auf den problematischen Charakter des Bedürfnisses auf seiten des Mannes zurückzuführen ist.

Das erste Ziel besteht in der klaren Selbstwahrnehmung des Mannes im Hinblick auf sein Bedürfnis. Er berichtet von unterschiedlichen Erfahrungen. Manchmal registriere er einen spontanen Impuls zu sexuellem Kontakt. Er fühle sich dabei sicher und gut. In diesem Fall würde ihn seine Frau so gut wie nie zurückweisen.

Meist verlaufe es jedoch anders. Nämlich dann, wenn sein Bedürfnis nicht klar, eher diffus und quälend sei. Er fühle sich dann nicht vital und sicher und spüre Vorwürfe gegen seine Frau, weil nicht sie ihm entgegenkomme. Ja, es höre sich zwar paradox an, aber er stelle eine Art von Sperre bei sich selber fest, irgendwie wolle er gar nicht so richtig, warte aber ganz passiv, daß seine Frau auf ihn zugehe, erlebe dabei wiederum eine beschämende Abhängigkeit.

Dieses seltsame Sammelsurium an Empfindungen gelangt erst durch aufmerksames Hinschauen in das Bewußtsein des Mannes. Er erkennt rasch den himmelweiten Unterschied zu seinen klaren Impulsen und wundert sich nicht mehr, daß seine Frau auf ‚so was' nicht zu reagieren vermag.

Der Ehemann erhält den Vorschlag, er solle in solchen Fällen nicht auf die Erfüllung seines Bedürfnisses dringen. Besser sei es, mit seiner Frau über seine Gefühle zu sprechen, und vor allem in Erfahrung zu bringen, was der besagten Situation vorangegangen sei.

Man darf die *Voraussage* wagen: Sollte es sich in den fraglichen Situationen um ein kompensatorisches Bedürfnis handeln, müßte durch die Aufklärung der Situation und das Gespräch darüber dieses kompensatorische Bedürfnis verschwinden wie auch der durch die Verweigerung der Frau eventuell entstandene Konflikt sich auflösen.

Bei der Aufklärung der Lage tritt ein eigenartiger Wechselwirkungsvorgang in den Blickpunkt, der schon früher angesprochen wurde (S. 158). Das dubiose sexuelle Bedürfnis des Mannes erscheint dann, wenn irgend etwas zwischen den beiden Partnern steht. Sei es, daß die Frau einen nicht ausgesprochenen Ärger gegen ihren Mann mit sich herumschleppt, ein Konfliktrest sie beschäftigt, sei es, daß sie durch irgendwelche Belange, etwa Kinderbelastung oder Besuche innerlich mehr oder weniger absorbiert ist und sich mit ihren Belastungen vom Mann hängengelassen fühlt. Extrem stark spürt der Mann sexuelle Bedürfnisse auf Reisen, wo insbesondere die Bewältigung ungewohnter und fremder Situationen die Aufmerksamkeit der Frau abzieht.

Offensichtlich verläuft der Mechanismus der Bedürfnisentstehung beim Mann so:

In der Folge des äußeren wie inneren Abgezogenseins der Frau entsteht eine Distanz. Das unbewußte Wahrnehmen solcher Distanz löst im Mann gleichsam automatisch das Bedürfnis nach sexuellem Kontakt aus. *Vermutlich fällt dem Bedürfnis die Funktion zu, die entstandene Distanz zu überbrücken*. Die Teilursächlichkeit der Frau beim geschilderten Interaktionsvorgang besteht darin, daß sie ihre Situation nicht ausdrückt und darüber spricht, nur rein innerlich ‚emigriert'. Oft werden ihr Abgezogensein und Ärger erst im Konfliktgespräch bewußt.

Der Mann vermag es kaum zu fassen, daß durch das Gespräch in den fraglichen Situationen sein sexuelles Bedürfnis sich in Luft auflöst, wie ein Spuk verschwindet, daß er sich nach einem Gespräch entspannt und gelöst sieht, obgleich sein Bedürfnis nicht erfüllt worden war. Die Schlußfolgerung, zu der er gelangte, war diese: Überbrückung der entstandenen und ihn vermutlich unbewußt belastenden Distanz durch Gespräche anstatt durch sexuellen Kontakt. Das erwies sich als die angemessene Form der Situationsbewältigung. Es kostete ihn zwar jeweils viel Mut, anstatt seine Vorwürfe auszuagieren, den Mischmasch seiner Gefühle offenzulegen. Doch der Einsatz lohnte sich.

Die Analyse der beschriebenen Interaktion leitet zu einer wichtigen Erkenntnis hin, welche grundsätzlichere Geltung besitzt, ja geradezu ein fundamentales Beziehungsgesetz darstellt und folgendermaßen zu formulieren ist:

> Auf ein nicht-authentisches Bedürfnis
> kann man im Grunde nicht eingehen.

Wenn jemand aus ‚gutem Willen' aber ‚gegen sein Gefühl' dennoch darauf eingeht und seine gespaltene Motivation verschweigt, begibt er sich in den Wechselwirkungsprozeß der Störung mit hinein. Ein Entgegenkommen hat meist nicht die Wirkung, die es hätte, wenn es authentisch wäre. Der Partner ist unzufrieden, fordert wieder und wieder. Das Zusammenspiel nicht-authentischer Reaktionen führt zu einem Kreislauf ohne Ende.

Der Satz „Auf ein nicht-authentisches Bedürfnis kann man im Grunde nicht eingehen" erlaubt allerdings nicht die Umkehrung. Der entsprechende Rückschluß gilt nicht: Wenn wir auf das Bedürfnis unseres Gegenübers nicht einzugehen vermögen, wenn also etwas in uns ‚sich sträubt', dann ist dieses Bedürfnis nicht authentisch. Unsere innere Sperre kann durch alle möglichen Unstimmigkeiten auf seiten des Partners bedingt sein.

Etwa dadurch, daß er ein an sich authentisches Bedürfnis nicht-authentisch äußert, sich ‚nicht genau' darstellt. Viele Menschen tragen ihre Bedürfnisse aus tiefer Angst vor Zurückweisung sozusagen um fünf Ekken herum an den anderen heran, verschleiern und tarnen dieselben. Sie signalisieren auf solche Weise ein Mißtrauen, das bereits Grund genug wäre, auf das Bedürfnis nicht einzugehen.

Das über das sexuelle Bedürfnis Gesagte hat, wie bereits erwähnt, weitreichende Folgen, sozusagen *exemplarische Bedeutung* und gilt für das kompensatorische Bedürfnis überhaupt. Daher gewinnt die beschriebene Interaktion gewissermaßen ‚mustergültigen' Charakter, das Muster hält sich überall durch. Das heißt, auch überall da, wo Partner zwar eine sehr kooperative Grundeinstellung mitbringen, sich aber gegenseitig zahllose Frustrationen bereiten, weil nicht-authentische Kommunikation unweigerlich zu Blockaden führt.

Diagnostische Zusatzbemerkung: Die fremdverursachte Störung kann sich auch in unserem eigenen Handeln niederschlagen und dort erkannt werden

Durch die folgende Überlegung erfährt der diagnostische Gedanke eine Ausweitung von der Störempfindung auf das gestörte *Handeln.* Das Thema wurde im Zusammenhang der Problematik selbstverursacht-fremdverursacht bereits berührt. (Ein Beispiel auf S. 153)

Bisher ist klar und anhand von Beispielen anschaubar geworden: An der Tatsache, daß wir uns gestört fühlen, an der Minderung unseres Selbstgefühls und an der Blockierung unserer Spontaneität erkennen wir normalerweise, daß von unserem Gegenüber eine Störung ausgeht, sei das an seinem Verhalten erkennbar oder völlig unerkennbar.

Gelegentlich vermögen wir außerdem das Vorhandensein einer solchen Störquelle beim Gegenüber auch an unserem Handeln abzulesen, also nicht nur an unserer Störempfindung, sondern auch an unserer ‚Verhaltensstörung'. Das scheint nicht ganz unlogisch. Wenn beispielsweise unsere Spontaneität von der Störung betroffen ist, dann verwundert es kaum, daß sich die Störung auch auf unser Handeln ausdehnt, weil das letztere häufig aus einem spontanen Impuls entsteht.

Die Behauptung, unsere eigene ‚Verhaltensstörung' lasse unter Umständen auf eine Störursache bei unserem Sozialpartner schließen – sei sie erkennbar oder nicht –, soll durch eine Überlegung verdeutlicht werden. Die zu beschreibenden Störungen unterscheiden sich hierbei jeweils durch den Grad der Strukturierbarkeit.

1. Wir wundern uns kaum, wenn wir mit Verhaltensstörung reagieren, nachdem uns jemand ‚fertiggemacht' hat. Wir verlieren unsere gewohnte Sicherheit, verkrampfen uns, machen alles verkehrt. Unsere Verhaltensstörung erkennen wir unschwer als fremdverursacht.

2. Auch eine andere Störung läßt sich leicht erklären und als fremdverursacht erkennen. Wir machen die Erfahrung, wie bereits die ungute *Ausstrahlung* eines Menschen, die etwa aus dessen Arroganz herrührt, eine eigenartig negative Wirkung auf uns ausübt. Wir fühlen uns durch eine solche Ausstrahlung verunsichert, gehemmt, eingeengt. Daraus wieder resultieren diverse ‚Verhaltensstörungen'. Wir benehmen uns in Gegenwart eines solchen Menschen ungeschickt, täppisch. Uns passieren allerlei Fehlleistungen, die uns sonst kaum oder viel seltener passieren. Das führt dazu, daß wir uns bei Anwesenheit eines solchen Menschen gegebenenfalls zu unserem eigenen Zerrbild deformiert sehen, was wir als äußerst beschämend erleben.

Oder wir bemerken, welch kontrollierenden Einfluß jemand auf uns hat. In seiner Gegenwart tun wir nämlich bestimmte Dinge und unterlassen andere, was in Gegenwart anderer Menschen keineswegs geschieht.

3. Eine weitergehende Behauptung kann aufgestellt werden: Die ‚Verhaltensstörungen' auf unserer Seite treten gegebenenfalls auch da auf, wo *keine der genannten Störquellen* in der Mitwelt festzustellen ist, weder Signale der verbalen noch der nonverbalen Kommunikation, weder die destruktiven Äußerungen noch die entsprechende Ausstrahlung eines Menschen. Unsere Verhaltensstörung ist schlechthin nicht als fremdverursacht erkennbar, und doch ist sie es möglicherweise. Eine solche Behauptung stützt sich auf die Annahme, neben den menschlichen Taten und Ausdrucksreaktionen übten sogar Gedanken, Gefühle, Absichten der Menschen eine soziale Wirkung aus.

Doch jetzt zur Frage: Unter welchen Voraussetzungen läßt sich die eigene ‚Verhaltensstörung' als diagnostischer Anhaltspunkt verwenden, aufgrund dessen man eine nichtbeobachtbare Störursache auf der Seite des Sozialpartners vermuten darf? Die Situation erweist sich deswegen als grotesk, weil die Störung nachweislich an uns und unserem Handeln in Erscheinung tritt, wogegen unser Gegenüber sich nachweislich einwandfrei verhielt. Alles spricht gegen uns. Denn schließlich sind wir es, der sich ‚gestört' verhalten hat, nicht unser Gegenüber. Und nun sollen wir, von unserer Störung ausgehend, die gewagte Vermutung riskieren, die Ursache liege bei unserem Gegenüber, das sich korrekt verhalten hat, näherhin in dem, was es fühlt und denkt, noch genauer: Im Verschweigen dessen, was es fühlt und denkt.

Für den Fall, daß die Aufhellung der Situation gelingt, weil der Partner ‚mitspielt', kommen die schon bekannten Kriterien zur Anwendung:

Das *Vergleichskriterium.* Dürfen wir sagen, die bei uns auftretende ‚Verhaltensstörung' sei für uns einigermaßen untypisch, wir zeigten sie nur in Gegenwart bestimmter Menschen, nicht aber in der normalen Kommunikation?

Voraussagekriterium.

Wir können zwar unsere „Verhaltensstörung" nicht mehr rückgängig machen, sie ist geschehen. Aber wir strukturieren und beurteilen sie im nachhinein anders, sie verliert den für uns demütigenden Charakter. Wir laufen nicht Gefahr, uns selbst abzuwerten und uns selbst zu bezichtigen, weil wir uns in Anbetracht der ‚bösen' Gedanken und Gefühle des Partners uns gegenüber uns unsere Fehlreaktion zugestehen.

Vielleicht erkennen wir bei dieser Gelegenheit aber auch unseren eigenen Anteil am Konflikt, etwa unsere hohe Irritierbarkeit durch bestimmte Menschen und menschliche Verhaltensweisen.

Die beschriebene Gesetzmäßigkeit zwischenmenschlicher Beziehung zeigt noch eine andere Seite, nämlich dann, wenn wir selber nicht das Opfer der Störung, sondern vielmehr in der Rolle des die Störung verursachenden ‚Täters' sind. Wir bekommen jetzt Gelegenheit, die Gegenprobe zu der vorhin beschriebenen Erfahrung zu machen, wo einem Beziehungspartner gegen allen Augenschein die Störungsursache unterstellt wird. Nunmehr erweist sich, ob wir über soviel Fairneß verfügen, trotz aller Korrektheit unseres Verhaltens uns selber die Störursache zu unterstellen.

Es gibt ein interessantes Phänomen, das den Sachverhalt gut illustriert.

Falls wir nämlich die Interaktion zwischen uns und unserem Mitmenschen sorgfältig beobachten, werden wir bisweilen mit Erschrecken und Beschämung konstatieren, daß der andere justament in dem Augenblick eine Fehlleistung begeht, sich tölpelhaft, täppisch, ungeschickt benimmt, sich gar selber verletzt oder sonst zu seinem Schaden verhält, da wir in seiner Richtung etwas Abfälliges fühlen oder denken!

Diese beziehungspsychologische Dimension der unterschwelligen Interaktion auf der dritten Sprachebene ist übrigens dem Märchen und der Sage ebenso vertraut, wie sie im Beziehungsalltag selbstverständlich ist.

Zufall? – Natürlich wird man den Zusammenhang nicht unwiderlegbar ‚beweisen'. Darauf kommt es weniger an. Wichtig ist es, daß das Effektkriterium, insbesondere das Entlastungskriterium in Kraft tritt und seine segensreiche Wirkung entfaltet. Sofern wir in der Rolle des die Störung verursachenden ‚Täters' den Mut und die Fairneß aufbringen, aus dem Hinterhalt unserer Gedanken und Gefühle herauszutreten und uns für den anderen transparent zu machen, gelangt dieser wahrscheinlich in die Lage, seine ‚Pleitengefühle' in die er durch die ihn beschämende Fehlleistung hineingeraten war, loszuwerden. Außerdem gewinnen wir aufgrund unserer Durchsichtigkeit für ihn vermutlich sein Vertrauen. Das wiegt mehr als ein ‚Beweis'.

6. Ergänzungen zur diagnostischen Grundregel

Anhand der bisherigen Ausführungen ist es möglich, das diagnostische Instrument weiter zu verfeinern.

Ergänzung durch die Kategorie ‚gerichtet – ungerichtet'

Wir nennen unsere bekannte Formel dann gerichtet, wenn die Störquelle identifizierbar ist und sich orten läßt. Wir bemerken ‚etwas' das stört, und sehen uns in der Lage, dieses ‚etwas' zu benennen.

Es gibt allerdings Situationen, die sich der Erfassung mit Hilfe der beschriebenen Formel widersetzen. Man denke an den schon geschilderten Fall: Wir sitzen in einer fröhlichen Runde. Die anderen ergehen sich zunehmend in Lustigkeit, geraten immer mehr in Ausgelassenheit. Wir dagegen erleben uns immer stummer und verkrampfter, obschon wir uns für einen Menschen halten, der für Geselligkeit etwas übrig hat und gerne lacht.

Oder eine Variante: Wir befinden uns in einem Kreis von Menschen, wo sich alle souverän geben. Wir selber fühlen uns unsicher, obschon wir uns normalerweise als einen einigermaßen selbstsicheren Menschen kennen.

Oder, wir bekommen ein Geschenk, etwa Blumen, und sehen uns außerstande, uns darüber wirklich zu freuen, wo wir doch Blumen gerne mögen.

Die Kette der Beispiele wäre ohne Ende. Keines dieser Beispiele zeigt, im Unterschied zu den bezüglich der ‚gerichteten' Störung angeführten Beispielen, irgendeine Störquelle im Außenfeld.

Viele Menschen neigen, wenn sie sich beispielsweise in Gegenwart anderer, sicherer erscheinender Menschen, unsicher erleben, dazu, sich selbst zu bezichtigen.

Sie verknüpfen die ‚Ichstörung' mit einer Ursache, die in ihnen selbst liegt, und sagen sich vielleicht: Wahrscheinlich bin ich eben ein Mensch mit einem schwachen Selbstgefühl, das leicht zu verunsichern ist. Die anderen waren ohnehin längst dieser Meinung und rufen ihm zu: Deine mangelnde Selbstsicherheit ist fürwahr ‚dein Bier'; denn du stellst dich sogar da in Frage, wo wirklich kein Anlaß besteht. Das ist der beste Beweis, daß du an einem Minderwertigkeitskomplex leidest!

Die Reaktion der Mitwelt gibt eine beliebte und häufig strapazierte Erklärung wieder. Nichts scheint plausibler zu sein als diese Antwort des gesunden Menschenverstandes, die sich auf den Augenschein beruft und an der Oberfläche der Interaktion haftenbleibt. Gewiß mag sie in diesem oder jenem Falle zutreffen, aber häufig ist sie schlichtweg falsch. Es erhebt sich folglich die Frage nach der *individuellen oder sozialen* Natur der beschriebenen Störung. Befindet sich die Störungsursache innen, oder ist sie außen zu suchen, obgleich man für eine solche Annahme keinerlei Handhabe besitzt. Wir behaupten, daß bei diesem Interaktionstypus (z. B. scheinbar grundlose Verunsicherung in Gegenwart anderer) nicht selten die Hauptursache in der Mitwelt anzunehmen ist und die Erklärung mit der Ich-Schwäche des betroffenen Individuums eine fehlerhafte kausale Verknüpfung der Daten darstellt.

Weil der Sachverhalt mit Verstehbarkeit zu tun hat, sollen einige *Störtypen unter dem Blickwinkel von Gerichtetheit und Verstehbarkeit* beziehungsweise Strukturierbarkeit durchgespielt werden.

Gerichtet und strukturierbar: Mich stört dieses bestimmte Verhalten, etwa Rücksichtslosigkeit.

Gerichtet und nichtstrukturierbar: Mich stört dieses bestimmte einwandfreie Verhalten, das mich eigentlich nicht stören dürfte.

Ungerichtet und nicht strukturierbar: Ich erfahre eine Störung und weiß nicht, warum und woher.

Die entsprechende Variante der diagnostischen Grundregel darf man insofern ‚ungerichtet' nennen, als sie die Störung nur vage und quasi abstrakt anspricht:

> Wo eine Störung auftritt,
> da besteht eine Unklarheit.

Wir benötigen die genannte Fassung der Regel für *Situationen, in denen keine Störquelle, wohl aber ein Störeffekt bemerkbar ist.* Dieser

Störtypus ist wegen der Unerkennbarkeit der Ursachen schwer aufzuhellen. Die Vagheit der Formel trägt der Vagheit der Situation Rechnung.

Beispiel aus einer Paarbeziehung. Wie die ‚ungerichtete' Störempfindung zu verhängnisvoller Selbstquälerei führen kann

Der Sachverhalt.

Ein Lehrer bringt in der Lerngruppe sein Problem zur Sprache. Seine Frau, eine Künstlerin, befindet sich zu dieser Zeit auf einer Auslandstournee. Die Ehepartner pflegen regelmäßigen Telefonkontakt.

Der Mann äußert sich entsetzt und schwer deprimiert darüber, daß er sich diesmal überhaupt nicht auf die Rückkehr seiner Frau freuen könne. Er stelle Überlegungen an, ob er seine Frau noch liebe, ja ob er sie überhaupt je geliebt habe. Die Selbstzweifel seien so schlimm, daß er sich in gräßlichen Selbstmordphantasien ergehe.

Analyse.

Der Ehemann vermag die Blockierung der Gefühle seiner Frau gegenüber überhaupt nicht zu verstehen. Fatalerweise nimmt er sie ‚für bare Münze' oder besser gesagt, er nimmt sie ‚wörtlich'. Es liegt außerhalb des Bereiches seiner Vorstellungen, die Blockierung sei möglicherweise durch seine Frau bedingt. Diese hatte ihm bei den Telefonaten keinerlei Anlaß gegeben. Da ihm ein anderes Erklärungsmodell nicht zu Gebote steht, hält er das, was in ihm vorgeht, für selbstverursacht und tut das mit allen negativen Konsequenzen der Selbstbezichtigung und Selbstabwertung. Denn es fehlt jegliche Störquelle beim Blick nach außen.

In der Lerngruppe sitzen zwei Lehrerinnen, Freundinnen seiner Frau, welche durch Zufall erfahren hatten, die Künstlerin habe sich in einen anderen Mann verliebt und verlebe mit diesem zur Zeit romantische Wochen. Die Freundinnen sind erschüttert darüber, wie der Mann, ganz unbewußt, auf die Situation reagiert und wie extrem belastend sich das ganze auf ihn auswirkt. Ihnen wird rasch deutlich, daß der wesentliche Teil seiner Belastung daraus entsteht, daß er die wahre Quelle der Bedrohung nicht erkennt und insofern die Bedrohung auch nicht richtig zu verarbeiten vermag. Sie fühlen sich deswegen besonders mitbetroffen, weil sie zu diesem Mann in einer kollegialen Beziehung stehen. Doch sehen sie sich weder berechtigt, noch zuständig, die klärende Information zu geben, so daß der Mann auf seiner Fehleinschätzung der Situation sitzenbleibt.

Der einschlägige Schlüssel für den Mann wäre der: „Wenn ich wüßte, was im anderen vorgeht, würde mich nichts mehr wundern." Hätte der Mann Kenntnis davon, was seine Frau zur selben Zeit tut, würden ihn seine Gefühle kaum überraschen. Daß er sich auf ihr Heimkommen nicht freut, daß sein Selbstgefühl angeschlagen ist, bildet die ganz logische Folge dessen, was in seiner Frau vorgeht.

Vermutlich stehen seine Gefühle in ziemlich spiegelbildlicher Entsprechung zu denen seiner Frau. Aller Wahrscheinlichkeit nach hatte diese genau die Gefühle, die er hatte: keine Lust heimzukommen, weil dann die Romanze zu Ende war; ein schlechtes Gewissen und ein mieses Selbstgefühl wegen der Verheimlichung der Situation.

Das Beispiel zeigt auf drastische Weise, wie verheerend sich das Informationsdefizit auswirkt und wie es dazu führt, daß die Störung gänzlich *,ungerichtet und nichtstrukturierbar'* auftritt. Den Ehemann stört nicht ,etwas' an seiner Partnerin. Die Störempfindung als auf ein Objekt gerichtetes Angemutetwerden entfällt. Nichtsdestoweniger reagiert die Psyche des von der Störung Betroffenen mit einer Blockierung der Spontaneität sowie mit einer Störung des Selbstgefühls – und zwar völlig ,ungerichtet'.

Da sich der Betroffene die Situation erklären will und da er des richtigen Schlüssels ermangelt, muß er den einzig vorhandenen Schlüssel „selbstverursacht' zur Hand nehmen, der dann allerdings die falsche Tür öffnet.

Drei Faustregeln für die Anwendung der diagnostischen Grundregel unter dem Blickpunkt ,Angemessenheit-Unangemessenheit' der Störempfindung

Häufig ist angesichts einer Störsituation nicht ohne weiteres erkennbar, ob vom Sender tatsächlich eine Störung ausgeht oder ob der Empfänger lediglich ,überreagiert', einer ,Übertragung' unterliegt, also ,unangemessen' empfindet.

Wie kann man mit einer solchen Situation umgehen?

Im folgenden seien einige Faustregeln eingeführt, die jedoch nur jene begrenzte Reichweite haben, welche eben einer Faustregel zukommt.

Die erste Faustregel:

Zunächst ist der Sender zuständig!

Das besagt: Beim Partner ,Sender' liegt irgendeine Störursache vor. **Diese Annahme gilt unabhängig davon, ob außerdem beim Empfänger eine mehr oder weniger gewichtige Teilursache seiner Störempfindung zu suchen ist, wie wir das im Falle der Überempfindlichkeit und der Übertragung feststellen.**

Die zweite Faustregel:

Der Grund für die Intensität der Störempfindung
stammt nicht selten aus dem Empfänger,
also aus demjenigen,
der sich gestört fühlt, selbst.

Mit dieser Regel wird bei einer Störung die Möglichkeit der Überreaktion, und zwar der echten Überreaktion, ins Auge gefaßt. Wie wir bereits bemerkt haben, läßt sie sich beispielsweise in der Lerngruppe durch den Vergleich mit der Reaktion der übrigen Gruppenmitglieder leicht ermitteln.

Die dritte Faustregel:

> Die Ursache dafür, daß sich jemand gestört fühlt,
> liegt wohl selten bei ihm ganz allein.
> ‚Pure' Übertragung bzw. Projektion ist aufgrund von
> Wechselwirkungsgesetzen im konkreten Beziehungsleben
> weniger häufig, als man annimmt.

Die Regel bezieht sich auf jenen Fall, wo bei demjenigen, der als Empfänger von Störung spricht, tatsächlich eine ‚Übertragung' oder ‚Überreaktion' stattfindet. Sie behauptet indessen, daß selbst hierbei der Sender häufig in gewissem Sinne beteiligt ist.

Wir halten den heutzutage häufig üblichen Umgang mit ‚Übertragung' („Das ist dein Bier!") für äußerst gefährlich. Von einer systemischen Auffassung der Interaktion ausgehend entpuppt sich die solchen Aussagen zugrunde liegende Interaktionsanalyse als ungenau. Die ursächlichen Faktoren, welche die Überreaktion beziehungsweise die Übertragung konstituieren, sind zuwenig sorgfältig gewichtet. Sobald ein Mensch mit anderen zusammen ist, befindet sich sein Empfinden im Schnittpunkt aller ihn von außen und von innen treffenden Einflüsse, stellt es eine Synthese von Ich und Du dar. Wollen wir daher seine Empfindungsreaktionen gerecht beurteilen, so verlangt das eine äußerst differenzierte Blickweise.

Der oberflächlichen Betrachtung präsentiert sich der überempfindlich Reagierende als der Alleinschuldige. Wenn wir schon von der ‚Schuld-Frage' reden, dann räumen wir zwar ein, er sei *der Hauptschuldige, nicht aber der Alleinschuldige.* Es geht meist auch vom Sender etwas aus, das an der Überreaktion des Empfängers beteiligt ist, (also selbst wenn ‚Übertragung' vorliegt).

Freilich gehört zum Wesen der Überreaktion, daß sie eine übersensibilisierte Erlebnisbereitschaft voraussetzt. Das besagt, ‚Spurenelemente' an Stimulation genügten, um den Mechanismus der Überreaktion in Gang zu setzen. Eine Minimalität bewerkstelligt den Mechanismus. Es braucht lediglich ein Hauch an Dominanz, Ärger, Unechtheit von uns ausgehen, und schon reagiert der andere sozusagen mit voller Lautstärke. *Unter Umständen trägt gerade die Geringfügigkeit des Anlasses zur Verschärfung des Konflikts bei.* Denn die von uns ausgehende minimale Wirkung ist uns vielfach unbewußt. Wir sind daher außerstande, unseren Anteil am Konflikt zu erkennen. An und für sich dürfen wir, was die Schuldfrage anbelangt, diesen Anteil vergessen, denn im normalen Leben schlägt er so gut wie nicht zu Buche, d. h. solange wir einen Sozialpartner als Gegenüber haben, der angemessen auf uns reagiert, der eine Kleinigkeit eine Kleinigkeit sein läßt.

Was die hier angestellten Überlegungen anstreben, ist eine möglichst ausgewogene und ‚systemische' Gesamtoptik, welche davor bewahrt, den überreagierenden Sozialpartner als den Alleinschuldigen zu definieren. Sicher mag es uns ärgerlich stimmen, aufgrund der Überempfindlichkeit eines anderen in einen Interaktionskonflikt hineingezogen zu sein, der nicht primär unsere Sache ist. Doch die unerfreuliche Beziehungssituation enthält zugleich *Chancen* für uns und stellt uns, sofern wir uns auf sie einlassen, Vorteile in Aussicht. Befleißigen wir uns nämlich der analytischen Exaktheit, entscheiden wir uns dazu, unsere Beteiligung an der Störempfindung des anderen, obschon diese vielleicht geringfügig ist, zu sehen, *dann kommen uns im Zusammensein mit einem überreagierenden Partner Dinge zu Bewußtsein, die uns bei einem ‚normal' reagierenden Partner entgehen*, eben deswegen, weil keine konflikterzeugende Verhaltensauffälligkeit entsteht. Die andere Belohnung besteht in der positiven Erfahrung von Wechselseitigkeit und *Solidarität.* Denn auch wir haben unsere neurotischen Macken. An bestimmten Punkten neigen wir selber zur Überempfindlichkeit und werden es dann dankbar entgegennehmen, daß uns unser Beziehungspartner, auch wenn wir überreagieren, nicht als den Alleinschuldigen dastehen läßt, sondern sich darum bemüht, seinen Anteil, den er zum Konflikt beisteuert, zu erkennen beziehungsweise sich bewußt zu machen.

Je tiefer man in das Wechselspiel und die Verzahnung sozialer Interaktionen Einblick gewinnt und je konsequenter man sich angewöhnt hat, in systemischen Vorstellungen zu denken, um so mehr verliert man die pharisäische Naivität, das heißt, um so schwerer gehen einem jene selbstverständlich gewordenen Sätze über die Lippen, die sich landauf und landab großer Beliebtheit erfreuen:

Das ist dein Bier!
Das ist nun wirklich dein Problem!
Wer wird denn so empfindlich sein!

Sei nicht so empfindlich!
Du bist aber überempfindlich!
Du benimmst dich ja hysterisch!

Die Sätze beruhen auf einer einigermaßen undifferenzierten Wahrnehmung und Erklärung sozialer Interaktionen. Eigentlich müßten derartige Formeln aus dem kommunikativen Sprachschatz verschwinden und ins Museum des psychologischen Dilettantismus verbannt werden. Dann gewännen sie jenen Seltenheitswert, der ihnen auf dem Schauplatz realer Kommunikation tatsächlich zukommt.

Zugegeben, das, worum es jetzt geht, nämlich die differenzierende Feinanalyse, stellt besondere Ansprüche an die ‚rückbezügliche Sensibilität' eines Beziehungspartners, ist sozusagen ‚hohe Schule' der Beziehung.

Die unfreiwillige Mittäterschaft des Senders bei der Verursachung einer ‚Überreaktion' im Empfänger

Nachdem wir versucht haben, durch die gewissenhafte Bedingungsanalyse der Überreaktion dem diese Reaktion auslösenden Sender einen bescheidenen Anteil an Mitverantwortung zuzulasten, sind wir gehalten, wenigstens am Rande auf einen Interaktionsvorgang hinzuweisen, der über den Mechanismus der Wechselwirkung mit der Überreaktion zusammenhängt. Durch diesen Mechanismus wird der Sender auf ganz neue Weise in das Geschehen verwickelt und gleichsam unfreiwillig erheblich mehr zum Mitschuldigen, als wir es bisher bemerkt haben, wo ihm lediglich eine Nebenrolle zufiel. Die Überempfindlichkeit des Empfängers bewirkt nämlich, jedenfalls in der Dauerbeziehung, häufig einen folgenschweren und fatalen Rückstoß auf den Sender.

Der aus den genannten Umständen entstehende Rückstoß läßt sich gut am Beispiel der Unechtheit als einem Interkationsphänomen veranschaulichen. *Weil* wir erfahren haben, daß der andere wegen seiner Übersensibilität für Unstimmigkeiten wie ein Habicht darauf lauert, an unserem Handeln fragwürdige Motive zu entlarven, werden wir dermaßen verkrampft, daß wir schon aus diesem Grund *tatsächlich* erheblich unechter reagieren als unter entspannten Bedingungen. Das heißt, *der andere bekommt zu guter Letzt mit seinem Vorwurf sogar noch recht.* Wenn jetzt von einer ‚Überreaktion' gesprochen wird, dann ist es, genaugenommen, eine nur scheinbare, denn wir geben unserem Gegenüber ja realen Anlaß zu seiner heftigen Reaktion.

Die hier beschriebene Persönlichkeitsveränderung, die mit uns passiert, beruht auf einem Rückkoppelungsvorgang und gehört zum alltäglichen sozialpsychologischen Interaktionsgeschehen, in das jeder von uns als Täter oder Opfer verwickelt wird; wobei sich eine Situation harmlos, aber auch verhängnisvoll gestalten kann.

So tut also der Überempfindliche kraft seiner Überempfindlichkeit etwas mit uns, macht uns nicht nur verkrampfter, sondern je nach Umständen schlechter, dümmer, unbeholfener usw. als wir in Wirklichkeit sind.

Denn der verhängnisvolle Rückkoppelungsmechanismus, den man anläßlich der Betrachtung der Unechtheit beobachtet, erstreckt sich natürlich auch auf andere Verhaltensweisen. Es handelt sich um eine gleichsam aufgezwungene, fremdbestimmte Mittäterschaft an der ,Überreaktion' des Gegenübers, die uns durch das Gegenüber beschert wird.

Die Verwechslung von Übertragung und Wechselwirkung

Im eben beschriebenen Zusammenhang unterläuft leicht eine *Verwechslung* zwischen ,Projektion' bzw. ,Übertragung' einerseits und Wechselwirkung andererseits. Der Sender wirft dem ,überreagierenden' Partner vielleicht vor, er schreibe ihm, dem Sender, Eigenschaften zu, die er nicht habe. So uns unser Beziehungspartner der Unechtheit bezichtigt und seine starke Störempfindung als die logische Gefühlsreaktion auf unsere Unechtheit beurteilt, besteht sein Fehler nicht darin, daß er einer Projektion zum Opfer fällt oder etwas auf uns ,überträgt', das jeder Grundlage entbehrt. Denn wir verhalten uns in diesem Augenblick fürwahr unecht. Sein Fehler liegt an anderer Stelle. Ihm entgeht, daß *er* es dank seiner Überempfindlichkeit war, der jene Ausdrucksverfälschung hervorrief, die er uns anlastet.

Sein Fehler erstreckt sich somit kaum auf seine Fremdwahrnehmung, er projiziert keineswegs etwas in uns hinein, was nicht vorhanden wäre. Er erstreckt sich vielmehr auf die Einschränkung seiner Selbstwahrnehmung sowie die unzutreffende rationale Strukturierung der von ihm wahrgenommenen Daten. Erstens übersieht er das, was von ihm ausgeht, nämlich die ,persönlichkeitsverändernde' Wirkung auf die Mitwelt, die aus seiner Überempfindlichkeit stammt. Zum anderen vermag er folglich auch nicht zu erfassen, daß unsere ihn störende Unechtheit hauptsächlich durch ihn selbst verursacht war.

Kriterien dafür, daß eine ,Verzahnung' von Störreaktionen vorliegt „Zwei Hinkebeine verhaken sich ineinander"

Mit der Verzahnung der Reaktionen zweier Beziehungspartner meinen wir die Tatsache, daß sich die Schwachstellen der beiden Kommunikationsteilnehmer berühren und den entsprechenden Effekt hervorrufen. Die durch ein solches Zusammenspiel sich ergebende negative Wirkung scheint nämlich nicht nur verdoppelt, sondern vervielfacht zu sein. Eine Gruppenteilnehmerin beschrieb das Phänomen anläßlich einer Interaktionsanalyse so: „Zwei Hinkebeine verhaken sich ineinander." Das Bild zeigt anschaulich die Verstrickung, die zustande kommt, indem sich mehrere Schwächen auf perfekte Weise wechselseitig ergänzen. Um im Bild der Hinkebeine zu bleiben: Menschen bringen sich gleichsam dadurch gegenseitig zu Fall. Es handelt sich logischerweise um ein schweres Beziehungsproblem, das sich vornehmlich auf die Dauerbeziehung außerordentlich belastend auswirkt.

Dem Partnertherapeuten sind die tragischen Zerrformen hinlänglich bekannt. Jürg Willi hat in seinem Buch ‚Die Zweierbeziehung' einige von ihnen eindrucksvoll beschrieben.[42]

Auch in der Gruppe beobachtet man die Verzahnung von Reaktionen. Zwei Teilnehmer gehen sich gegenseitig auf eine für die anderen nicht mehr einfühlbare Weise auf die Nerven. Man spürt, jeder von ihnen müsse auf den anderen in einem Ausmaß aufreizend wirken, welchem die Mitwelt verständnislos gegenübersteht. Erst die Aufdeckung des lerngeschichtlichen Hintergrunds enthüllt die wunde Stelle bei jedem der beiden. Auf einmal ist alles klar, was vorher grotesk anmutete.

Die Beschreibung deutet das **Kriterium** für das Erkennen der Verzahnung bereits an. Wiederum sind es gewisse Momente der Selbstwahrnehmung. Wir erkennen das Phänomen der Verzahnung am Intensitätsgrad unserer Reaktion. Diese zeichnet sich durch auffallende **Heftigkeit und Penetranz der Störempfindung** aus – das logische Ergebnis des sich multiplizierenden Effekts negativer Kooperation. Ein solches meta-informationelles Signal läßt uns wissen: Da steckst du mit deinem eigenen Anteil drin; da hat der andere deine Schwachstelle erwischt. Die weiteren, uns bekannten Kriterien, sind der Vergleich und die Voraussage. Wir brauchen lediglich zuzusehen, ob alle Menschen gleich drastisch reagieren und ob die Heftigkeit sich auf das Normalmaß zurückbildet, falls die Störung durchgearbeitet, d. h. die anstehende Bewußtmachung gelungen ist.

Wir kennen eine Reihe alltagssprachlicher Wendungen, welche die erwähnte Überreaktion beschreiben: „Dieser Mensch reizt mich bis aufs Messer", „Es tobt in mir!", „Ich kenne mich nicht wieder!", „Ich gerate außer mir!", „Ich bin wie vom Teufel geritten!", „Ich bin wie besessen!" u. ä.

Auflösung der Störung

Es gehört zu den bewegenden Augenblicken in der Lerngruppe, wenn die Veränderung eintritt, nachdem ein Teilnehmer sein Problem durchgearbeitet hat, die wesentlichen Inhalte bewußt gemacht wurden und ausgesprochen sind. Eigenartigerweise können es ‚negative' Dinge sein, welche nunmehr von dem Betroffenen zugelassen werden: ein tiefer Schmerz, eine vitale Wut, Schulderfahrung, Scham, Entsagung. Das Faszinierende besteht für die anderen darin, daß ein Mensch ohne Verfremdung erfahren wird, daß er sich authentisch verhält.

Die entspannte, mit sich selbst übereinstimmende, nicht entfremdete Person erscheint.

Vor allem das Mitgehen auf der emotionalen wie auf der rationalen

Ebene bereitet für die Mitwelt keinerlei Schwierigkeit mehr. Man ist fähig, sich mühelos einzufühlen. Auch im Hinblick auf das verstandesmäßige Begreifen wurde alles klar und durchschaubar. Das Ganze bietet sich auf einmal dermaßen einfach, ja geradezu simpel dar, so daß man es gar nicht zu fassen vermag, warum eben noch derart viel Verwirrung und Mühsal im Raum stand.

Einfühlbarkeit, Begreifbarkeit und ‚Einfachheit' stellen folglich außerordentlich wichtige Kriterien für das Ergebnis des Gesprächs dar.

Das Phänomen der Lösung und Entspannung enthält oft eine amüsante Note, die man als reizvolles Zusatzkriterium für das geglückte Gespräch ansehen darf. Häufig platzt während der Schlußphase – nachdem die Wende eingetreten, also der Höhepunkt der Spannung überschritten ist und alle durchzuatmen beginnen – jemand mit einem Witz oder einer Pointe in die Runde. Dadurch wird der miterlebte Verlauf blitzartig noch einmal von einer neuen Seite her humorvoll, vielleicht gar liebevoll beleuchtet. Mit dem darauf folgenden spontanen und befreienden *Lachen* schüttelt die Gruppe gewissermaßen die enorme Anspannung ab, welche ihr während der harten Phase des Durcharbeitens zugemutet war. Man ist bei diesem Epilog an die Gepflogenheit im alten Griechenland erinnert, wo die Versammlung des Volkes, der man im großen Amphitheater die klassischen Tragödien gezeigt hatte, durch eine Komödie aufgeheitert wurde. Der Gesprächsverlauf eines Lernprozesses erinnert mit seinen Phasen – sich an das Problem herantasten, Kampfphase und Steigerung, Höhepunkt und Wende, Ausklang und Ende – auffallend an die Dramaturgie des Theaters. Der Ablauf scheint einem Gesetz der Psyche zu gehorchen, wenn sich die Katharsis schließlich in jenem Lachen äußert, in welchem sich der Mensch von der Last der ihn verstrickenden Tragik befreit und sie dadurch überwindet.

Nicht selten bleibt nach dem Gruppengespräch eine Restspannung stehen, weil es nicht gelang, das behandelte Problem voll durchzuarbeiten. Jetzt gilt es, dem Bedürfnis nach harmonischer Auflösung die Zügel anzulegen. Es spricht für den Reifestand einer Gruppe, das Nichteintreten der Entspannung bewußt zu erleben und auszuhalten.

Die Leistungskraft des diagnostischen Instruments

Im Anschluß an die Differenzierung der diagnostischen Grundregel lohnt sich noch einmal ein Blick auf das verwendete diagnostische Instrument ‚das Empfinden im allgemeinen und die Störempfindung im besonderen'.

Setzen uns schon die Errungenschaften von Physik und Technik, die es uns gestatten, bis an den Rand des Makrokosmos sowie bis zur subatomaren Welt des Mikrokosmos vorzustoßen, in helle Verwunderung, so dürfte man kaum überrascht sein, wenn es in den ‚höheren' Bereichen der lebendigen, seelischen, geistigen und sozialen Wirklichkeit noch um einiges wunderlicher zugeht.

Zwar stehen uns für den Vorstoß in die seelische und soziale Welt des ‚Zwischenmenschlichen' keineswegs derart imponierende Geräte, wie sie die Wissenschaft in Gebrauch hat, nämlich Fernrohre, Radarantennen, Elektronenmikroskope, Ultraschallgeräte und Elektronenzyklotrone zu Gebot. Aber wir besitzen andere Instrumente, die kaum weniger leistungsfähig sind, wenn es darum geht, uns bei unserer Raumfahrt nach innen und in das ‚Zwischenreich' der Interaktion Lotsendienste zu leisten: das Wunderwerk der menschlichen Psyche mit ihren Sende- und Empfangsorganen.

Werfen wir einen Seitenblick auf die Pionierleistung *Freuds*, die unser Wissen über den Menschen spürbar erweiterte. Freud hat wichtige Erkenntnisinstrumente ganz neu entdeckt oder wenigstens wiederentdeckt. Er hat ferner beachtliche Übersetzungs- beziehungsweise Entschlüsselungsarbeit geleistet und durch Theoriebildung eine Topographie der Seele entworfen.

Solche Instrumente sind beispielsweise die *Traumphantasie* und die *Assoziationsphantasie*. Durch sie wird uns ein immenses Feld an Informationen erschlossen.

Darüber hinaus erbrachte Freud eine Fülle zusätzlichen Materials, dessen Bearbeitung überraschende Aufschlüsse bringt: Fehlleistung, Symptombildung usw.

Sowohl die Instrumente wie das Material hat es immer schon gegeben. Man war außerstande, es zu nutzen, solange man Träume als Schäume oder Fehlleistungen als nutzloses Zeug, als defektes Abfallprodukt der Psyche ansah. Warum hat niemand vorher das wertvolle Informationsmaterial, bildlich gesprochen das Gold in jenen scheinbar wertlosen irrationalen Klumpen entdeckt, die aus der Tiefe der menschlichen Seele zutage kommen. Die Pioniertat bestand folglich nicht zuletzt in einem neuen *Sehen*. Die Phantasie als Königsweg zur Erkenntnis der Psyche aufzufassen, den Signal- und Sprachcharakter des belanglos aussehenden Informationsmaterials zu entdecken, die scheinbar irrationalsten Funktionen der Psyche als logisches Wunderwerk durchsichtig zu machen: solches war fürwahr eine Errungenschaft, eine Art Kopernikanischer Wende in der Psychologie. Das ‚Ei des Kolumbus' erweist sich eben erst im nachhinein als simpler Trick. Die Freudsche Entdeckung hochzuschätzen, heißt für uns allerdings nicht zugleich, wir könnten ihn bezüglich aller seiner theoretischen Schlußfolgerungen, die er aus den Befunden ableitet oder in jeder seiner praktischen Anwendungen der Erkenntnisse folgen.

Nach dem Seitenblick auf Freud kehren wir zu unserem Gedanken zurück, *die Psyche selbst* sei es, die uns mit ihren Sinnesorganen, der Fähigkeit des Erlebens, den Kräften der Vorstellungsphantasie, der Traumphantasie, des Erinnerungsvermögens, des Wollens, Denkens usw. als Instrument des Wahrnehmens und Erkennens für unseren Vorstoß in den Wirklichkeitsbereich des Zwischenmenschlichen dient.

Neben der diagnostischen Funktion fällt dem Empfinden eine *therapeutische* auf indirekte Weise zu, weil die Erlebniswirkung, die jemand aufgrund seines Verhaltens und seiner Ausstrahlung in den anderen hervorruft, als wesentliches Moment in die Rückmeldung eingeht und deren Hauptbestandteil bildet.

Eine ungeahnte Erweiterung des beschriebenen Erkenntnisinstruments der Empfindung erwächst aus der Kooperation unseres **Verstandes**. Er bietet die entscheidende Hilfe, um mit den durch das Fühlen gewonnenen Daten richtig umzugehen und sie zu entschlüsseln. Unser Intellekt versieht die Vielfalt der oft chaotisch auftretenden Gefühlsdaten mit einer rationalen Struktur, baut kraft seiner hypothesenbildenden Phantasie durch Analyse und Synthese die inwendige Dimension der Interaktion vor unserem geistigen Auge auf.

Ferner erkennen wir mit seiner Unterstützung eine Empfindung als *angemessen* oder *unangemessen*, als *wirklich* oder *nur scheinbar unangemessen*, als *fremdverursacht* oder *selbstverursacht*, als *gerichtet* oder *ungerichtet*.

Allein der Intellekt leistet die *kausale Analyse* der Empfindung, ermöglicht eine Antwort auf die Frage: Warum fühlt jemand dieses oder jenes? Er gibt den Blick auf die verdeckte Innenwelt der Interaktion frei.

VI. Das Umgehen mit der ‚Vermutung auf Spiegelbildlichkeit gegen den Augenschein'

„Wie man in den Wald hineinruft,
so tönt es zurück."

Sprichwort

1. Beispiele und deren Analyse

Beispiel 1: Die Blockierung der Kooperationswilligkeit und die daraus folgende Ich-Störung

„Auf ein nicht-authentisches Bedürfnis kann man im Grunde nicht eingehen"

Beschreibung des Interaktionsphänomens.
Ein Ehepaar, beide Partner zum zweiten Mal verheiratet, sitzt während des Urlaubs in einer gemütlichen südländischen Cafeteria und plaudert. Die Frau räkelt sich genießerisch und meint, wie anders doch alles geworden sei gegenüber der Art des Urlaubs in ihrer ersten Ehe. Jetzt fühle sie sich verwöhnt. Mit ihrem ersten Mann wäre das undenkbar gewesen, dazu habe er sich zu geizig und knickrig verhalten. Nur ein einziges Mal habe sie ‚auf großem Fuße' leben und den vollen Luxus eines teuren Hotels für vier Tage genießen wollen. Ihr Mann habe die Tage kaum überstanden und sie immer wieder spüren lassen, für wie sinnlos er die Ausgaben halte.

Der zuhörende zweite Ehepartner ist tatsächlich ein großzügiger Mensch. Doch nun ist die Wirkung der Erzählung seiner Frau auf ihn eine seltsame. Er erlebt sich auf einmal selber geizig und kleinlich, will seiner Frau die paar Tage des Wohllebens genau betrachtet nicht gönnen, identifiziert sich insgeheim mit deren erstem Mann. Er rettet sich durch selbstfabrizierte Argumente, bringt sich zu Bewußtsein, seine Frau habe das bißchen Luxus fürwahr verdient gehabt, denn sie hatte sich zur Zeit ihrer ersten Ehe ziemlich abrackern müssen. Nichtsdestoweniger überfällt ihn fast zwanghaft die groteske Vorstellung, man hätte doch wohl das hinausgeworfene Geld besser hungernden Kindern in der Dritten Welt zukommen lassen sollen. Jedenfalls hätte er seinerseits auf den offenkundig völlig legitimen Wunsch seiner Frau unmöglich eingehen können.

Zwischenbemerkung und Voraussage. – Wir sehen, daß alle drei Dimensionen des Fühlens von der Störung affiziert sind (Angemutetwerden, Ich-Empfinden, Handlungsimpuls). – Der Mann empfindet eine Störung, erlebt sich kleinlich, und er blockiert. Das alles müßte sich ändern, sobald der entsprechende Hintergrund zutage tritt.

Bestätigung. – Obwohl dem Mann schrecklich peinlich ist, derart kleinlich auf den damaligen, an sich harmlosen Wunsch seiner Frau zu reagieren, gesteht er ihr doch die Wirkung ihrer Erzählung ein.

Angeregt durch diese Rückäußerung fährt die Frau weiter und fügt hinzu, eigentlich habe sie sich eine intensive Beziehung mit ihrem Mann gewünscht, das habe sie nicht bekommen, deshalb habe sie sich „wenigstens diesen bescheidenen Luxus" gönnen wollen. Aber selbst das sei ihr vermiest worden.

Jetzt zeichnet sich das Versatzstück ab, welches die Widersprüchlichkeit der Selbstdarstellung aufdeckt. Hinter dem großspurigen Wunsch, wenigstens für ein paar Tage das ‚Luxusweibchen' zu spielen, gerät das ganze Elend einer unerfüllten Beziehung ins Blickfeld, der nicht-authentische, kompensatorische Charakter des Bedürfnisses nach Luxus wird evident.

Der zuhörende Partner ist angerührt und nahezu erschüttert von dem Bericht, führt er ihm doch den verzweifelten Versuch vor Augen, für etwas einen Ersatz zu finden, für das es keinen Ersatz gibt, nämlich für erfüllte Beziehung. Plötzlich versteht er die Details seiner Reaktion. Er meint: Auf dein Bedürfnis nach Beziehung vermag ich gern einzugehen, auf das Ersatzbedürfnis hingegen antwortet es in mir mit Knauserigkeit. Nun wird mir auch erklärbar, warum ich so groteske Phantasien hatte wie etwa „man sollte doch lieber das hinausgeworfene Geld für die hungernden Kinder in der Dritten Welt ausgeben". Sie spiegeln mir die Verzerrung, die dann eintritt, wenn man die unerfüllbare Sehnsucht nach Beziehung durch ein Surrogat auszugleichen versucht.

Das Beispiel eröffnet uns wichtige Dinge. Die Spiegelbildlichkeit sehen wir vornehmlich im Moment der Ich-Verzerrung, welche von der erzählenden Frau auf den zuhörenden Mann überspringt. Auch der Zusammenhang zwischen Blockierung der Zuwendung einerseits und der Ich-Verzerrung andererseits wird deutlich. Da der Mann angesichts eines harmlosen und scheinbar völlig legitimen Wunsches blockiert und ihn, genauso wie der erste Ehemann, nicht spontan erfüllen könnte, kommt er sich ‚blöd' und kleinlich vor.

Noch ein weiteres, bedeutsames Element tritt hervor: Auf ein nicht-authentisches Bedürfnis kann man im Grunde nicht eingehen. Das authentische Bedürfnis der Frau wäre ihr Wunsch nach Beziehung gewesen. Auf das Ersatzbedürfnis einzugehen, war weder ihrem ersten noch ihrem zweiten Partner möglich. Natürlich wäre ein äußerliches Eingehen denkbar, denn die Blockierung betrifft lediglich den spontanen Impuls, unterbindet nicht das Verhalten, da letzteres der Willensentscheidung untersteht. Der erste Mann hatte ja ohnehin versucht, den Wunsch der Frau zu erfüllen. Es war ihm allerdings lediglich so gelungen, wie man eben auf ein nicht-authentisches Bedürfnis einzugehen in der Lage ist: nur äußerlich, halbherzig, so daß derjenige, der sich die Erfüllung des Bedürfnisses wünscht, letzten Endes mehr oder weniger leer ausgeht.

Beispiel 2: Eifersucht
Spiegelbildlichkeit der Selbstzweifel

Vorbemerkung. Ein alltägliches Phänomen einmal andersherum, nämlich unter dem Blickwinkel der Spiegelbildlichkeit angeschaut

Wer sich mit zwischenmenschlicher Beziehung befaßt, stößt früher oder später auf das anrüchige Phänomen der Eifersucht. Eifersucht zählt zu den schlimmsten ‚Beziehungs-Schmerzen', von denen in erster Linie das Selbstwertgefühl betroffen ist. Das ist denn auch der Punkt, der uns bezüglich der Frage der Spiegelbildlichkeit am meisten interessiert.

Man kann *zwei unterschiedliche Arten der Schmerzqualität* voneinander abheben, eine natürliche und eine verzerrende, quasi neurotische.

Der ohne weiteres verstehbare, angemessene und *‚natürliche' Schmerz* entstünde beispielsweise aus der Tatsache, daß unser Lebenspartner noch zu jemand anderem, meist ist das ein gegengeschlechtlicher Partner, eine intensive Beziehung unterhält. Er bringt dem anderen eine echte und tiefe Liebe entgegen, dieser erlangt für ihn lebenswichtige Bedeutung. Das bereitet uns unter Umständen eine massive narzißtische Kränkung. Denn wir bekommen mehr oder minder drastisch vorgeführt, die Liebe unseres Partners gelte nicht ausschließlich uns, wir verlören, wenigstens zeitweise, die Einzigartigkeit für ihn, in der wir uns bislang sonnen durften. Kurzum, wir sehen uns ganz einfach entthront. Solche ‚Ich-Schmerzen' greifen naturgemäß ans Mark der eigenen Existenz. Gelingt es jedoch, sie rückhaltlos durchzuleiden, führt das zur unvergleichlichen Stärkung des Ichs, zu Eigenständigkeit und wahrer Selbstsicherheit.

Die *verzerrenden Eifersuchtsschmerzen sind von völlig anderer Art* und ziehen einen negativen Effekt, nämlich die Schwächung des Ichs, nach sich. Das was sie so entsetzlich quälend macht, ist die ‚Ich-Störung', das Gefühl der Unzulänglichkeit, des Nichtgenügens. Den Betroffenen martert die Vorstellung, jemand anderer habe ihn übertrumpft, sei mehr wert als er selber. Natürlich treten beide Schmerzqualitäten häufig vermischt auf.

Die gängige Erklärung der an zweiter Stelle genannten Schmerzempfindung sieht etwa so aus. Wir leiden *deswegen, weil* unserem Partner jemand anderer wichtiger ist, weil seine Beziehung zu ihm ‚großartiger' ist als zu uns, weil zwischen beiden etwas geschieht, das wir nicht herkriegen, etwas ganz Wunderbares, eben ‚große Liebe' oder wenigstens Verliebtheit oder sonstwas Großartiges.

Meine eigene Annahme bezüglich der Ursachen des Eifersuchtsschmerzes weist in die umgekehrte Richtung, schlägt gewissermaßen der Alltagstheorie ins Gesicht. Ich stelle die Behauptung auf: **Sofern wir jene quälenden Ich-Schmerzen erleiden, die aus dem Gefühl von Unzulänglichkeit und Nichtgenügen stammen, geschieht das nicht etwa deswegen, weil die andere Beziehung so überwältigend wäre, sondern weil sie eben *gerade nicht* so sagenhaft ist, wie es den Anschein erweckt. Das Wesentliche muß man darin erblicken, daß uns das verschwiegen wird, sei es, die beiden wollten selbiges uns nicht wissen lassen, sei es, es bleibe ihnen unbewußt, so daß sie es gar nicht kundgeben könnten.**

Diese These wirkt paradox, findet jedoch durch jede diesbezügliche Interaktionsanalyse ihre Bestätigung.

Die diagnostische Grundregel behauptet lakonisch: Wenn etwas stört, dann wird etwas nicht gesagt. Ist wirklich alles ausgesprochen, verschwindet die Störung. Das schließt Schmerzhaftigkeit nicht aus. Aber es dürfte sich nicht um die besagte störende und quälende Art des Erlebens handeln. (Natürlich setzt die Erkenntnis eines solchen Sachverhalts die Fähigkeit voraus, einmal zwischen den von uns beschriebenen Kategorien ‚störend' und ‚unbequem', sodann zwischen den beiden Schmerzarten klar zu unterscheiden.) Besonderes Interesse widmet die diagnostische Grundregel dem Ich-Empfinden, den Schwankungen des Selbstgefühls. Gemäß der inhaltlichen Anwendung der Regel im Sinne der Spiegelbildlichkeit müßte man folgern: Die Tatsache, daß uns jene verzerrenden Minderwertigkeitsgefühle anfallen, die für Eifersucht typisch sind, legt die Schlußfolgerung nahe, auf der Gegenseite liege ein ähnliches Gefühl, also eine Ich-Verzerrung vor. Eine solche Vermutung spottet jeder unserer Beobachtungen. Sehen wir es doch leibhaftig mit eigenen Augen: wie unser Partner von innen heraus strahlt, wie seine Augen glänzen, sobald ein Brief ankommt, wie er in nur mühsam unterdrückte freudige Erregung gerät, sobald das Telefon läutet, alles in allem, wie er zum nicht Wiedererkennen auflebt und aufblüht, als stünde er verzückt vor dem Weihnachtsbaum. Selbstredend verspüren wir ebenso leibhaftig die rasenden Schmerzen in unserem Inneren, welche uns die Eifersucht bereitet.

Doch spricht auch wieder eine ganz schlichte beziehungspsychologische Rechnung, sozusagen eine Beziehungsrechnung nach Adam Riese, für unsere paradoxe Beobachtung, wir litten weniger an der großen Liebe der beiden, vielmehr an den nicht ausgesprochenen Einschränkungen dieser Liebe.

Keine der angeführten Beobachtungen muß in Zweifel gezogen werden. Sie treffen alle zu. Allerdings meldet sich an diesem Punkt die Frage: Was geschieht im Hintergrund? War doch für uns das Verhältnis von Vordergrund und Hintergrund von jeher der springende Punkt.

Stellen wir folgende nüchterne Überlegung an. Je besser eine Paarbeziehung ist, um so frageloser war sie angetreten unter dem hehren Vorzeichen der Totalität, der Einzigartigkeit, ja der ‚Ewigkeit'. Im Wesen dieses ‚großen Wurfs' liegt die Unwiederholbarkeit. Diese macht ja die Beziehung gerade zu einem unvergleichlichen Faktum. So jedenfalls erlebt man es. Nach besagtem Konzept definieren sich heute noch viele Paare, und das ist wohl gut so; es sei gegen alle liberalistischen Tendenzen gesagt. Nun aber bricht irgendwann etwas Unvorhergesehenes in diese Beziehung ein, das die anfängliche Idee radikal in Frage stellt. Je größer die Faszination, je atemberaubender das neue Glück, um so unweigerlicher schiebt sich das häßliche Gewürm von Ahnungen, bangen Zweifeln, Selbstverdächtigungen an den Zaun des Bewußtseins heran: War die erste Beziehung eine Täuschung, hat alles nicht gestimmt, dessen man sich doch so sicher war, ist man vielleicht unfähig zur großen, dauerhaften Lebensbeziehung, bei der alles auf eine Karte gesetzt wird?

Einerseits erfährt man also die neue Beziehung überwältigend, weil es noch einmal aufblitzt, jenes Unverfügbare, das Wunder, das Glück, das ganz Große und Unsagbare. Auf der andern Seite bedeutet es, gemessen an der ursprünglichen Idee, die schlichte Katastrophe, die reine Bankrotterklärung, die Verschrottung eines Ideals. Gedanken dieser Art allzu laut werden zu lassen, würde tödliche Bedrohung im Gefolge mit sich führen. Was tut also der neuerdings Liebende mit seinen Selbstzweifeln, wo steckt er sie hin? Das Bewußtsein sieht sich veranlaßt, seine Türen dagegen zuzumachen und so gut wie möglich zu verriegeln.

Wir führen zwei Beispiele für offene Partnerbeziehung an, bei denen als wesentliche Störursache deutlich der Mangel an Transparenz und an Bewußtheit zu erkennen ist.

Offene Paarbeziehung 1. Die Selbstwertthematik

Beschreibung des Interaktionsphänomens.

Ein Ehepaar kommt in die Therapie. Die tiefgehende Krise war seit jenem Zeitpunkt zu bemerken, da der Mann eine andere Frau kennenlernte. Die beiden Ehepartner hatten sich einst aus Liebe füreinander entschieden. Daran hat sich auch später nichts geändert, wenngleich die eheliche Partnerschaft phasenweise von tiefen Krisen geschüttelt war. Während des ersten Jahrzehnts des Zusammenlebens hat die Ehefrau eine freundschaftliche Beziehung mit schwankender Intensität zu einem anderen Mann unterhalten. Sie stand zu dieser Beziehung und hielt kategorisch an ihr fest.

Die Wirkung, welche besagte Freundschaft auf den Mann hatte, war unterschiedlich und wechselte je nach Entwicklungsphasen der Ehe. Seiner Einstellung nach tolerierte er die Beziehung seiner Frau zu einem anderen Partner. Doch zeitenweise litt er unter argen Qualen, fühlte sich bis zum Fundament in Frage gestellt, meinte nicht zu genügen, glaubte, der andere Mann sei in den Augen seiner Frau viel ‚toller'. Mußte er doch die immer aufs neue aufflammende Faszination zwischen den beiden mit ansehen. Er stand fassungslos vor der Tatsache, daß ihm seine Frau das antun konnte. Die in ihm während dieser Jahre entstandene Vorwurfshaltung hat sich nie richtig aufgelöst.

Schon an dieser Stelle der Darstellung darf man aufgrund der Spiegelbildlichkeitsthese die Aussage formulieren und die *Voraussage* wagen: Obwohl die beiden Ehepartner prinzipiell alles austauschten, scheint etwas ausgespart worden zu sein. Denn sonst hätte die Zeit der Außenbeziehung für den Mann nicht derart quälend und bezüglich seines Selbstgefühls bedrohlich sein dürfen, zumal er eigentlich nicht gegen die erwähnte Freundschaft seiner Frau war. Würde das Nichtgesagte ins Gespräch kommen, müßten sich die Rückstände aus dieser Zeit auflösen. Anläßlich der gegenwärtigen Krise, welche durch die Beziehung des Mannes zu einer anderen Frau entstanden war, treten die Hintergründe der geschilderten Zeit, nämlich der letzten Jahre, zutage. Die Ehefrau berichtet, dieser Zeitabschnitt habe neben dem Schönen auch vieles Unschöne für sie mit sich gebracht. Sie sei in die tiefsten Selbstzweifel und in eine Identitätskrise geraten, weil sie, bereits ein Jahr nach der Eheschließung, jene Vorstellung von einer ausschließlichen Beziehung, mit der sie in die Ehe gegangen war, von ihrer Seite her verraten und scheitern sah. Damals habe sie überhaupt an ihrer Fähigkeit zur Treue gezweifelt.

Der Mann ist wie vom Blitz gerührt, als er diese Eröffnung vernimmt. Genauso hat er sich das vorgestellt, denn er war von der Überlegung ausgegangen, wie er selbst sich fühlen würde, würde er sich in eine andere Partnerin verlieben. Die Ehefrau hat seine diesbezüglichen Äußerungen stets abgetan. Ein wesentlicher Anlaß dafür lag darin, daß der Mann trotz seiner toleranten Einstellung oft seinen Vorwurf spüren und sich außerdem zu haßerfüllten Ausfällen gegenüber dem Freund der Frau hinreißen ließ.

Jetzt meint er auf ihre Schilderung hin: Ich fühle mich geradezu erlöst und spüre, daß ich mich mit deiner Beziehung zu R. ohne Einschränkung zu versöhnen beginne. Hättest du mir das doch damals gesagt. Genau das wäre es gewesen, was mir geholfen hätte, mit der Angelegenheit besser zurechtzukommen. Bestimmt hätten mich dann nicht diese schlimmen Selbstzweifel geplagt. Wahrscheinlich hätte ich auf ganz andere Weise deine Beziehung zu R. bejahen können und hätte sie dir nicht madig machen müssen.

Die Frau erwiderte gelassen: Ich habe dir jeweils alles berichtet, was mir gegenwärtig und greifbar war, jedenfalls tat ich das, so gut ich es konnte. Deine Vorwurfshaltung mir gegenüber und deine gelegentlichen zynischen Äußerungen gegenüber R. haben meinen Trotz provoziert, so daß ich vieles, was seinerseits mich belastete, am Rande meines Bilckfeldes halten mußte, um überhaupt vor mir selbst bestehen zu können. Ich durfte damals gar nicht richtig hochkommen lassen, wie unsäglich ich mich wegen meiner Verliebtheit vor dir und vor mir selbst geschämt habe, und konnte es dir daher auch nicht sagen. Du weißt ja, daß ich bockbeinig reagiere, sobald mich jemand in Verteidigungsposition drängt und an die Wand argumentiert. Nach der turbulenten Anfangsphase hättest du am weiteren Verlauf der Beziehung zwischen mir und R. die Fragwürdigkeit und Eingeschränktheit dieser Beziehung ablesen müssen. Das Zusammenleben mit R. wäre die reine Katastrophe geworden. Ich habe dir stets beteuert, ich wolle nur mit dir leben und dächte gar nicht daran, unsere Beziehung in Frage zu stellen. Aber das hat dir offensichtlich wenig genützt.

Analyse.

Der *Bluffeffekt*, der bei jeder Störung als ihr Hauptelement mitwirkt, feiert hinsichtlich der Verliebtheit Triumphe. Der Ehemann fährt als Betroffener völlig auf das ab, was er an Faszination zwischen seiner Frau und deren Freund beobachtet.

Vom Blickwinkel des Verliebten her ist die durch die Verliebtheit bedingte Wahrnehmungseinschränkung, welche die Frau von sich schildert, durchaus verständlich. Denn Liebe und Verliebtheit führen zu einer einmaligen Steigerung des Selbstbewußtseins und zur beispiellosen Überhöhung des Selbstgefühls. Man erfährt eine Bestätigung ohnegleichen, so daß man jede Beeinträchtigung dieses Erlebnisses abwehren will, um das unaussprechliche Gefühl möglichst ungetrübt aufrecht zuerhalten. Der Volksmund meint diese Einschränkung der Selbst- und Fremdwahrnehmung, wenn er die Aussage formuliert, Liebe mache blind. Sicher denkt bei diesem Spruch niemand daran, sie mache blind für die Vorzüge, sondern für die Schattenseiten am anderen und für die Fragwürdigkeiten der eigenen verzückten Regungen. Eben diese Rückseite, die Einschränkung verdient unser Interesse.

Die ungeschminkte Realität zu sehen und zuzulassen, würde die tiefsten Ängste auslösen und die Befürchtung wecken, das großartige Gefühl könnte sich in Luft auflösen, falls man es dem rauhen Klima der Wirklichkeit aussetzte, auch diese Liebe würde aschgrau und fahl, sobald sie in die Niederung der Alltäglichkeit hinabsteige. Daher erscheint die Abschirmung gegenüber der Wirklichkeit geradezu unerläßlich, soll das Bestehende währen. Fernerhin bedarf es erheblicher Energie, um die Selbstzweifel fernzuhalten, welche die Frage aufwerfen, ob man dazu überhaupt fähig sei, was man als Ziel nur vage erahnt: zur großen, aber auch illusionsfreien, feuerbeständigen Liebe. Was wundert es also, daß im Reich der sogenannten Liebe die Selbsttäuschungen und Verblendungen gedeihen, wie sie nur in einem Treibhaus gedeihen können. Angesichts solcher Beobachtung verdichtet sich die Mutmaßung, die sich an zahllosen Beispielen bestätigt, Faszination und Realitätswahrnehmung schlössen sich gegenseitig aus, vertrügen sich nicht miteinander, seien inkompatibel.

Das Gesagte verdeutlicht die Feststellung, die *Selbstwertthematik* gewinne während der Zeit des Verliebtseins eine immense Dringlichkeit. Die Liebenden zeigen einander aufgrund der in der Verliebtheit geschehenden gegenseitigen Aufwertung ein Bild von sich selbst, das ihnen sonst kein Sterblicher spiegelt. Das erklärt auch die Angst davor, die narzißtische Selbstüberhöhung preiszugeben. Solches würde in dem Augenblick fällig, da man die bereits im Hintergrund lauernden Gegengefühle zuließe: die Angst, einer Verblendung zum Opfer zu fallen; den immer wieder zurückgeschobenen Argwohn, so toll, wie man es empfindet, könne man selber und könne der andere ganz unmöglich sein; die Verratsgefühle dem eigenen Partner gegenüber; das Erlebnis der Unfähigkeit zu Treue und Beständigkeit. Diesen Gegengefühlen Raum zu geben, hieße, in den Spiegel schauen und sich die Selbstverzerrung zu Bewußtsein bringen, in welche Verliebte allzu rasch hineingeraten. Die Selbstverzerrung – nicht die Liebe selbst – ist es, was die Liebenden in den Augen der Mitwelt nicht selten lächerlich erscheinen läßt und zu den entsprechenden allbekannten Witzeleien Anlaß gibt.

Kehren wir zu unserem Beispiel zurück. Es bestätigt uns die Annahme der *Spiegelbildlichkeit.* Die Feststellung, daß der Ehemann auf die Enthüllung seiner Frau nicht nur positiv reagiert, sondern sein Selbstgefühl wiedergewinnt, weist auf die Richtigkeit unserer Annahme hin: das Schlimmste am Eifersuchtsleiden, nämlich das quälende Moment und die Selbstverzerrung des Eifersüchtigen, entstehe deswegen, weil jene Beziehung, auf die jemand eifersüchtig ist, gerade jener makellosen Größe entbehrt, die sie vorgibt. Genauer gesagt, man spricht nicht über die Kehrseiten der Verliebtheit. Auch das hat seine Logik, denn diese dürfen erst gar nicht in das Bewußtsein der Verliebten eindringen. Wie sollten sie also darüber reden! Eine solche Erkenntnis erlaubt die Schlußfolgerung: **Würde der in einen anderen verliebte Ehepartner alles zulassen und aussprechen, dann würde man erkennen, wie überraschend auffällig die Gefühle des Verliebten hinsichtlich der Selbstwertproblematik den Gefühlen des betrogenen Eifersüchtigen ähneln.** Noch einmal anders gewendet, der Eifersüchtige leidet häufig weniger aufgrund der tatsächlichen Großartigkeit der Beziehung, auf die er eifersüchtig ist, sondern umgekehrt wegen deren Einschränkungen, und auch das erst deswegen, weil letztere nicht wahrgenommen und mitgeteilt werden.

Offene Paarbeziehung 2. Die verheerende Wirkung von Unbewußtheit. „Am meisten stört die unbewußte Ich-Verzerrung“

Beschreibung des Interaktionsphänomens.

Ein Ehepaar hatte, nach zwei Jahrzehnten stabiler Beziehung, den Versuch gewagt, offene Partnerbeziehung zu leben. Die beiden Partner taten es, indem sie einander gegenüber die größtmögliche Offenheit praktizierten.

Der Mann war mit einer befreundeten Frau in Urlaub gefahren. Seine Ehefrau telefonierte mit ihm und fragte ihn dabei auch, wie es ihm gehe. Er antwortete, alles sei ‚normal‘ und ‚völlig in Ordnung‘. Der Grund dieser Formulierung lag in folgendem. Die Beziehung zu seiner Freundin L. hatte eine äußerst stürmische Anfangsphase, in welcher sich seine Frau mitunter bis aufs letzte bedroht erlebt hatte. Der Mann wollte sie daher jetzt mit seiner Auskunft wissen lassen: Du brauchst dir keine Sorgen zu machen, dich nicht bedroht fühlen. Die Formulierung, es verlaufe alles ‚ganz normal‘, sollte heißen: Ich sehe mich nicht in Gefahr, neuerdings ‚hinweggefegt zu werden‘, daher geht es mir gut.

Die Wirkung dieser beruhigenden Versicherung auf die Ehefrau war verheerend und insofern überraschend. Die Frau fühlte sich nichts mehr wert, fand sich deformiert durch ihre grundlose Eifersucht und empfand den Impuls zur Selbstauslöschung. Für grundlos sah sie ihre Eifersucht deswegen an, weil sie einmal prinzipiell nichts gegen die Beziehung der beiden hatte und sodann wußte, sie dürfe der Aussage ihres Mannes vorbehaltlos Glauben schenken, es sei ausgeschlossen, daß er ihr etwas verheimliche. Auf den Mann war die Reaktion seiner Frau total unverständlich. Sie machte ihn äußerst betroffen. Noch einmal prüfte er nach, ob er etwas unterschlagen habe, konnte aber beim besten Willen nichts finden.

Zwischenbemerkung und Voraussage.

Unter Anwendung der Spiegelbildlichkeits-These hätte man die Vermutung auszusprechen, das Gefühl der Frau sei „Dem Augenschein nach verkehrt, in Wirklichkeit spiegelbildlich“. Und zwar spiegelbildlich hinsichtlich der offensichtlich unbewußten Gefühle des Mannes. Der Mann hatte nichts verschwiegen, denn es gehörte zur unverrückbaren Regel dieser Beziehung, alles, auch die geheimsten und peinlichsten Gedanken wie Gefühle sich wechselseitig zu sagen. Also konnte die Ursache der Störung nur etwas sein, das ihm nicht bewußt war. Der unbewußte Inhalt wiederum mußte etwas mit der Beeinträchtigung seines Selbstwertgefühls zu tun haben.

Das Ehepaar kommt in die Therapie und gibt als Grund seines Kommens mit gewisser Selbstironie den ‚Eifersuchtswahn‘ der Frau an. Der Therapeut sucht zielgerichtet nach der spiegelbildlichen Entsprechung der Selbstwertthematik beim Mann und regt ihn an, er solle doch einmal berichten, mit welchen Vorstellungen, Phantasien usw. er in den Urlaub zu seiner Freundin L. gefahren sei, was ihn da bewegt habe. Der Mann erzählt, die Beziehung zu L. habe sich in einem bestimmten Stadium befunden. Schon während der sehr leidenschaftlichen Anfangsphase hätten ihn Ängste geplagt, ob seine Liebesgefühle dauerhaft seien oder sich nicht vielmehr eines Tages wie ein Spuk in Luft auflösen würden. Als er in den Urlaub fuhr, befürchtete er, bestimmte Verhaltenseigenschaften von L. könnten ihn so sehr stören, daß sich die Beziehung zu ihr als unhaltbar beziehungsweise als ‚unlebbar‘ herausstellen würde. Das Blamable drohte darin, etwas, das überaus schön begonnen hatte, könne ein klägliches Ende nehmen. In wehleidigen Momenten depressiven Selbstmitleids habe er sich gesagt: Es geht ja doch alles schief, am besten bringt man sich um usw.

Der Urlaub gab einerseits seinen Befürchtungen recht und brachte andererseits eine Wende. Die Art der Zuwendung von L. bereitete ihm gelegentlich die größten Schwierigkeiten und Beklemmungen. Doch setzten sich die beiden intensiv auseinander, konnten auch die problematischen Situationen durchsichtig machen und auflösen. Schließlich stellten sie am Schluß fest, daß die Angst vor dem Scheitern der Beziehung nicht unbegründet war, daß aber die Gefahren durch engagierte Bemühungen um die Beziehung bewältigt werden konnten.

Diese Erfahrung war aber erst das Ergebnis des Urlaubs.

Der Zeitpunkt, zu dem die Ehefrau telefoniert hatte und in Depressionen abgestürzt war, lag am Anfang des Urlaubs, kurz nachdem der Mann mit seiner Freundin zusammengetroffen war. Zu dieser Zeit existierten seine Befürchtungen bezüglich der Beziehung zu L. mehr als Ahnungen und Ängste am Rande seines Bewußtseins. Wenngleich sie ihn einerseits intensiv beschäftigten, blieben sie andererseits paradoxerweise sehr dumpf und verschwommen. Das war denn auch wohl der Hauptgrund für das Abgleiten seiner Frau in Selbstzweifel. Seine eigenen Selbstzweifel waren quasi auf sie übergegangen und hatten sie um so mehr belastet, je weniger sie ihm selbst zu Bewußtsein kamen.

Diese Annahme bewahrheitete sich sogleich. Denn während der Mann in der therapeutischen Situation schildert und damit selber sich noch mehr verdeutlicht, mit welchen Befürchtungen er zu L. gefahren sei, ist der ‚Eifersuchtswahn' der Frau wie weggeblasen.

Eine der Ursachen des Konflikts lag darin, daß der Mann, der nicht verstehen konnte, warum sich seine Frau dermaßen bedroht erlebte, in der falschen Richtung suchte. Er hatte die landläufige Eifersuchtstheorie im Kopf und meinte, seine Frau würde nur für *den* Fall mit Eifersucht antworten, da die alten feurigen Gefühle zu L. erneut aufflammten. Wegen des falschen Suchbildes war ihm der Vorgang unerklärlich. Hätte er die Spiegelbildlichkeits-These zur Verfügung gehabt, wäre die Schlußfolgerung nahegelegen: Wenn es meiner Frau so schlecht geht, wenn ihr Selbstgefühl derart beeinträchtigt ist, dann müßte das bei mir auch der Fall sein. Diesbezüglich ist mir nichts erkennbar, also wird es mir noch unbewußt sein. Jedenfalls weiß ich nunmehr, wo ich suchen muß.

Wir haben hier ein drastisches Beispiel für jene Fehlstrukturierung vor Augen, welche durch das fehlerhafte, nicht realitätsgerechte Verknüpfen der Wahrnehmungs- und Mitteilungsdaten entsteht. Der Mann verknüpft folgendermaßen: Die Eifersuchtsreaktion meiner Frau könnte sich allenfalls auf die Tatsache meines Verliebtseins beziehen. Verliebt bin ich aber nicht. Also sieht meine Frau Gespenster, reagiert sie unangemessen. Die anhand der Spiegelbildlichkeits-These zu vollziehende realitätsgerechte Verknüpfung hätte so gelautet: Wenn meine Frau eifersüchtig reagiert, dann deswegen, weil mich an der Beziehung zu L. etwas verunsichert und in meinem eigenen Selbstgefühl bedroht, das ich nicht mitteile oder erst gar nicht wahrnehme. Unter Zuhilfenahme dieses Kompasses hätte er den Konflikt prinzipiell ohne Therapeut, d. h. eigenständig aufhellen können. Das Suchbild der Spiegelbildlichkeits-These hätte ihn womöglich ganz von selbst auf die ‚heiße Spur' der eigenen Selbstzweifel gesetzt, die ihn während der Fahrt zu L. beschäftigten, ihm aber nicht deutlich wurden und auf die seine Frau reagiert hatte.

Aus den geschilderten Beispielen leiten wir ein wichtiges *Beziehungsgesetz* ab:

> Am meisten stört die unbewußte Ich-Verzerrung.
> Sie erzeugt die schlimmsten sozialen Störungen.

Was heißt das?

Wirkt es sich schon sehr negativ aus, wenn wir eine Deformierung unseres Selbstgefühls verheimlichen, so gestaltet sich diese soziale Wirkung um so verheerender, je unbewußter uns unsere eigene Ich-Störung bleibt.

Im ersten Beispiel von offener Partnerbeziehung, das die Außenbeziehung einer Ehefrau zum Gegenstand hatte, erzeugte es sehr nachteilige Konsequenzen für den Mann, daß die Frau ihre Scham und ihre Selbstzweifel hinsichtlich der besagten Beziehung nicht zuließ. Das zweite Beispiel zeigt etwas Ähnliches. Die Ehefrau geriet an den Rand des Selbstmordes, weil ihr Mann die profunde Verunsicherung darüber verdrängte, die ehedem ‚große Liebe' zu seiner Freundin könne sich als grandiose Selbsttäuschung herausstellen.

Das besagt: Die Ich-Störung springt über, steckt an. Genauer: die uns unbewußte Störung und Zerstörung unserer Ich-Intergrität stört und zerstört das Ich des anderen auf die effektivste Weise. Insonderheit die von uns verdrängten Scham- und Minderwertigkeitsgefühle, anders gesagt, die uns unbewußte Selbstverzerrung, kriegt der andere seinerseits als Ich-Verzerrung ab.

Sexuelle Interaktion. Störungen, die scheinbar einseitig sind, sich aber als spiegelbildlich herausstellen

Inwiefern gilt auch für die sexuelle Interaktion: „Dem Augenschein nach verkehrt, in Wirklichkeit spiegelbildlich"?

Vielfach offenbart sich die Abweichung dergestalt, daß der Mann den gemeinsamen sexuellen Kontakt angeblich befriedigend findet, während die Frau oft weniger davon angetan ist. Woher kommt diese Asymmetrie und wo soll dabei spiegelbildliche Entsprechung sein? Vermutlich spielt hier ein Anlagemoment, also eine gewisse Unterschiedlichkeit in der Disposition der Geschlechter, mit, indem z. B. für die Frau der seelische Kontakt besondere Bedeutung gewinnt. Doch uns beschäftigt vornehmlich das interaktionelle Moment, dem wir uns kurz zuwenden.

Man darf wohl sagen, Sexualität sei ein hochsensibler Seismograph für das, was im Menschen und was zwischen zwei Partnern vorgeht. Die Feinempfindlichkeit des Erlebens, und damit die Selbstwahrnehmung, spielt eine immense Rolle. Die Annahme, in der sexuellen Interaktion fänden die leisesten seelischen Schwingungen ihren Niederschlag, beinhaltet zugleich, sie sei anfällig für sublimste Störungen aus dem Hintergrund der Psyche und dem Unbewußten, aber natürlich ebenso für das, was vom Partner herkommt. Das mag ein Grund dafür sein, daß die sexuelle Interaktion äußerst irritierbar und durch viele Schwierigkeiten gefährdet ist. Sexualität bildet die vielleicht anspruchsvollste Schule der Selbstwahrnehmung für die Partner. Verhalten sie sich unstimmig, ist ihr Handeln nicht durch das Fühlen abgedeckt, drückt es nicht das authentische Gefühl aus, dann wird der Sex zum erbarmungslosen Zuchtmeister und schlägt die Liebenden, jedenfalls gilt das für die Dauerbeziehung, mit allen erdenklichen Konsequenzen, von denen Unbefriedigtsein, Ekel und Langeweile nicht einmal die schlimmsten sind. Er arbeitet gewissermaßen mit Zuckerbrot und Peitsche. ‚Sex' kann unendlich beglückend sein, aber wehe, der Gott Eros greift zur Zuchtrute. Die den ‚Sex' zelebrierenden Partner bezahlen ihre Fehler häufig mit unsäglichem Elend, tiefster Verunsicherung des Selbstwertempfindens und mit Selbstdeformierung.

Wir deuteten an, entscheidend sei die Stimmigkeit, die Übereinstimmung zwischen Gefühlshintergrund und Handlungsvordergrund. Wieder begegnen wir der Rache des Widerspruchs. In kaum einem anderen Bereich wirkt es sich ähnlich verheerend aus, nicht seinen authentischen Gefühlen zu folgen. Ein Hauptgrund für Störung dürfte darin zu suchen sein, daß der Trieb als wichtiges Element dazukommt, der wegen seiner vehementen Eigendynamik die feineren Hintergrundsempfindungen überschreit und damit zur Einschränkung der Selbstwahrnehmung führt. Der Trieb sagt naiv „Ich will!“, wogegen das feine Hintergrundsgefühl vielleicht kaum hörbar geltend macht „Aber da ist doch der Schlagabtausch von heute nachmittag nicht bereinigt!“, und schon hätten die einander Liebenden keinen Anlaß mehr, sich zu wundern, warum es nachher so schal ist. Die mangelnde sexuelle Harmonie zwischen den Geschlechtern könnte auch davon herrühren, daß die Selbstwahrnehmung der Frau und damit die Sensibilität für den jeweils gegebenen Grad der Stimmigkeit stärker ausgeprägt ist als diejenige des Mannes. Wir lassen offen, womit das zusammenhängt. Bringen wir unsere Aussage über Feinempfindlichkeit („Ein Mensch kann in gewissem Sinne nichts verheimlichen . . .“) in Verbindung mit der Feststellung, Sexualität sei ein außerordentlich sensibler Seismograph. Wie erwähnt wurde, heißt das, ein Partner reagiere auf die leisesten Veränderungen im anderen, auf Veränderungen, deren dieser selbst möglicherweise gar nicht gewahr wird.

Unter diesem Blickwinkel formulieren wir die Vermutung: Je mehr die Selbstwahrnehmung zweier Partner geschult ist, je umfassender sie sich austauschen und je rückhaltloser sie sich füreinander transparent machen, um so deutlicher erkennt man die Spiegelbildlichkeit im Bereich der sexuellen Interaktion, um so mehr tritt die scheinbare Asymmetrie der Bedürfnisse und Empfindungsweisen zurück. Anders gewendet, die Irritation während der sexuellen Interaktion enthüllt einen Grad der Entsprechung, der geradezu unglaublich anmutet. Wir wollen dieses Thema wenigstens am Rande berühren. Unsere Beschreibung werden allerdings nur jene Partner bestätigen, welche äußerst peinlich darauf achten, was in ihnen vorgeht. Gerade letzteres tut man beim Sex eben nicht.

Leere, Flaute, Fadheit.

Ein Partner spürt während des Austauschs von Zärtlichkeiten bei sich selbst die Erregungsflaute etwa derart, daß sich die Empfindungsdichte in der eigenen Hand verdünnt oder die Berührungsintensität gegenüber der Haut des anderen sich verflüchtigt. Da es sich um äußerst schwache Empfindungsnuancen handelt, entgehen sie leicht der Aufmerksamkeit. Bringt man jetzt den Mut auf, innezuhalten und über seine Wahrnehmung zu sprechen, macht man in der Regel die Erfahrung, daß auch der andere von irgendeiner entsprechenden Veränderung zu berichten weiß. Diese sieht möglicherweise ganz anders aus, bildet aber ein echtes Äquivalent, was die Substanz des Empfindens betrifft. Die Hürde besteht darin, das Abflauen des Gefühls ernst zu nehmen und sich auf die Angst einzulassen, man sei zu wenig erlebnisstark, wenn man momentan gar nichts oder nur reichlich banal empfindet.

Das Abschweifen der Phantasie und der ‚freie Einfall‘.

Mancher Partner stellt bei sich erschreckt fest, daß ‚mittendrin‘ seine Phantasie abschweift und ihm andere Partner in den Sinn kommen. Er bezichtigt sich vielleicht gar des gedanklichen ‚Fremdgehens‘ und der seelischen Untreue.

Im Anschluß an die entsprechenden Anregungen zum vorbehaltlosen Austausch haben wir bei manchen Therapiesitzungen Berichte bekommen, wie Partner im Bett überrascht und zugleich erleichtert in Lachen ausbrachen, nachdem sie sich davon überzeugt hatten, ihre Phantasien seien sich nicht nur irgendwie ähnlich, sie erfüllten häufig die Vorstellung der Spiegelbildlichkeit in einem sozusagen wortwörtlichen Sinn. Nur am Rande sei hinzugefügt, der Austausch der jeweiligen Phantasien über eine ausgesprochen stimulierende Wirkung aus.

‚Abartigkeiten'.

Viele Menschen, vornehmlich Frauen, tragen eine heimliche Last daran, daß sie während des Liebesakts von den absurdesten, widerlichsten und lächerlichsten Phantasien und Anwandlungen überfallen werden. Sie kommen sich dann abnorm vor, wollen die Regungen unterdrücken und provozieren gerade dadurch den ‚Auftritt der Gespenster'. Gilt hier ebenfalls, diese ihre Regungen seien „dem Augenschein nach verkehrt, in Wirklichkeit spiegelbildlich"? Die Interaktionsanalyse ergibt, daß die Situation nur so lange einseitig zu sein scheint, als der andere Partner seine eigenen Störempfindugnen und -phantasien unterdrückt, also nicht zuläßt bzw. außerstande ist, unauffällige Einschränkungen zu bemerken.

Die Phänomenbetrachtung der sexuellen Interaktion eröffnet uns den Blick auf alle jene Momente am Fühlen, die wir besprachen: Gefühle sind lebendige Wesen; Gefühle sind die logischsten Wesen, die es gibt, weil sie auch auf der sexuellen Ebene unbestechlich exakt antworten; Gefühle sind moralische Wesen, weil sie den Sex dem härtesten Maßstab, der strengsten Norm unterwerfen, nämlich dem Anspruch der Stimmigkeit, der Selbstübereinstimmung, dessen Nichtbeachtung man mit harter Währung, nämlich mit Selbstdeformierung begleicht, indem man sich etwa ‚blöd', ‚schweinisch', ‚nuttenhaft' usw. vorkommt. Schließlich erkennen wir die extrem bedrohliche Autonomie der erotischen Empfindungen. Gelänge es, sich auf Dynamik und Fluktuation der erotisch-sexuellen Regung voll einzulassen, ihrem Auf und Ab nachzugehen, die unscheinbarsten Störungen wichtig zu nehmen, so wäre das wie das Miterleben eines Dramas, eines Romans oder eines Kriminalstücks im Vergleich zum ärmlichen Schema des üblichen Verlaufs von ‚Vorspiel – Höhepunkt – Nachspiel'.

Der Naturforscher fragt sich häufig, welchen Sinn eine von der Evolution hervorgebrachte Erscheinung habe, welchem übergeordneten Zweck sie diene. Man möchte gleicherweise im Hinblick auf den ‚Sex' die Frage aufwerfen, welchen Sinn die extreme Störanfälligkeit des sexuellen Bereichs haben könnte, wem diese beängstigende Störanfälligkeit, das unberechenbare Aufblühen und Versanden von Regungen, die Dramaturgie des z.T. absurden Theaters gut sein solle. Wir haben den Nebeneffekt bereits angedeutet, ohne natürlich unterstellen zu wollen, die Natur verfolge einen tiefsinnigen Nebeneffekt.

Jedenfalls läßt sich sagen, wer die Idee des umfassenden Austauschs und der rückhaltlosen Transparenz auch für den Bereich der Erotik gelten lassen und durchhalten will, dem ist immer wieder der größte Mut abverlangt. Er gerät unter einen eigentümlichen Sachzwang, nämlich den schon erwähnten ‚Sachzwang zur Identität' beziehungsweise die Nötigung, authentisch zu sein.

Es fällt stets aufs neue schwer, die letzte Intimität der Empfindungen und Gedanken preiszugeben, den anderen in sich hineinschauen zu lassen, vor ihm nackt zu erscheinen, nichts aus der Gemeinsamkeit auszuschließen. Es macht jede Gewohnheit undenkbar. Das ist die eine Seite. Die andere besteht in einer nicht zu beschreibenden Verbundenheit, die zwischen den Partnern gestiftet wird. Sie erleben gemeinsame Schrecksekunden angesichts ihrer absurden Einfälle und Anmutungen, aber kaum weniger Augenblicke ungeahnter Faszination ob der verrückten Logik des Zusammenspiels. Zum großen Abenteuer des Wahrnehmens und Mitteilens aufbrechen, heißt, zu neuen Ufern der Erotik vorzustoßen. Gewiß säumt diesen Weg viel Mühsal. Doch in keinem Märchen bekommt der Held etwas geschenkt, schon gar nicht in jenem Märchenland, in dem der Gott Eros die Herrschaft ausübt.

Wir fügen dem Gesagten eine Randbemerkung hinzu.

Das Phänomen von *Nacktheit und Scham* enthüllt einen interessanten Aspekt.

Noch unsere Alltagssprache weiß um die eigenartige Doppelbedeutung des Wortes ‚Nacktheit'. Sie bezieht sich nämlich auf den körperlichen und den seelischen Bereich. Beides hat einen Zusammenhang mit Scham. Es mag uns verwunderlich anmuten, daß körperliche Nacktheit zum einen mit Schamregungen verbunden ist und dann wieder der unversehrte nackte Körper uns gefällt, erotisch fasziniert.

Auf der seelisch-geistigen Ebene begegnen wir einem ähnlichen Doppelphänomen. Seelische Nacktheit, das heißt, uns einem vertrauten Menschen so zu zeigen, wie wir wirklich sind, ohne Schminke, unfrisiert, hüllenlos, eben ‚nackt', kann von tiefster Scham und Angst begleitet sein. Dessenungeachtet schafft das wechselseitige Sich-unverhüllt-Begegnen die dichtesten und beglückendsten Momente von Beziehung.

2. Bemerkungen zur Theorie und Praxis

Die Hauptgesichtspunkte wurden schon behandelt. Sie gilt es zu differenzieren. Der Ausdruck ‚spiegelbildlich' bezieht sich wieder auf jenes Empfinden, mit welchem jemand auf eine Gegebenheit antwortet.

Über diese Antwort des Empfindens und Fühlens auf eine Gegebenheit kann man in vielen Fällen sagen:

Dem Augenschein nach verkehrt – in Wirklichkeit spiegelbildlich.

Wir scheinen das ‚falsche Gefühl' zu dieser Gegebenheit oder Situation zu haben, de facto könnte dieses Gefühl nicht passender sein. Die Formel ‚spiegelbildlich gegen den Augenschein' betont das rationale Moment eines Interaktionsvorgangs als ein wesentliches Element.

Der formal-abstrakte und der inhaltliche Ansatz des diagnostischen Vorgehens

Der Rückschluß von der Störempfindung auf die Störquelle hatte bei der diagnostischen Grundregel einen sehr formalen und abstrakten Charakter. Was heißt das?

Es wurde immer wieder betont, die Störempfindung des Empfängers analysiere das Erscheinungsbild eines Gegenübers unter dem rein formalen Aspekt der Stimmigkeit.

Wir hielten lediglich fest, der Aufbau des Störreizes sei gekennzeichnet durch einen Widerspruch, letzterer entstehe aufgrund entgegengesetzt lautender Botschaften, der Widerspruch seinerseits sei die eigentliche Ursache für die Störempfindung beim Empfänger.

Die Analyse sah also davon ab, *auf welche Weise* Vordergrunds- und Hintergrundsbotschaft näherhin zueinander in Gegensatz träten. Ob hinter dem aversiv anmutenden Lächeln Angst oder Vorbehalt, ob hinter der störenden Hilfsbereitschaft Erwartungsdruck oder Bevormundungstendenz stünde. Es ging ausschließlich um die formale Struktur der Botschaft beziehungsweise der Selbstdarstellung des Senders.

Die Erörterung begnügte sich damit, **das gleichbleibende, sich durch alle Störphänomene durchhaltende Strukturelement** herauszuarbeiten: den Widerspruch auf seiten des Senders, die dazu in Entsprechung stehende Störempfindung auf seiten des Empfängers.

Wir unternehmen nun den Versuch, uns ein zusätzliches Stückchen Wegs in die Wirklichkeit der Interaktion hineinzutasten, um deren Grammatik zu erkunden. Damit tragen wir an das Phänomen der Störung eine neue Fragestellung heran.

Die Frage lautet: Besteht nur ein formaler Zusammenhang zwischen unserer Störempfindung und dem, was vom Beziehungspartner, der die Störung verursacht, ausgeht? Müssen wir uns auf die bisherige Version der diagnostischen Grundregel („Wenn etwas stört, dann wird etwas nicht mitgeteilt") beschränken? Anders gesagt, haben wir bei der Vermutung stehenzubleiben, *daß* der andere etwas aus der Mitteilung ausschließe, sollen wir uns jeder Annahme enthalten, *was* das sei?

Bislang hatten wir uns ein rigoroses inhaltliches Deutungsverbot auferlegt. Wir taten das nicht zuletzt deswegen, weil durch Deutung allzuleicht Fehler und Übergriffe passieren. Zwar gilt nach wie vor die ‚deutende' Behauptung, ein Mensch vermöge in gewissem Sinne nichts zu verheimlichen. Doch wenn uns etwas stört, dürfen wir nur sagen, *daß* unser Gegenüber etwas nicht ausspreche, keineswegs indessen, *was* das sei. Da es uns verwehrt bleibt, in den anderen hineinzuschauen, ist nur er in der Lage, jenes Versatzstück freiwillig anzubieten, dessen Verschweigung den Widerspruch und damit die Störung verursachte. Wir tätigten einen glatten Übergriff, wollten wir behaupten: Dein Lächeln mutet mich aversiv an, also ist es nicht ehrlich. **Um die Störung zu bewirken, genügt jeder beliebige andere Hintergrund, der zur Botschaft des Lächelns in Gegensatz tritt:** Angst, Unsicherheit, Verlegenheit, Schuldgefühle.

So wir nun das Verbot bezüglich inhaltlicher Aussagen beziehungsweise der ‚Deutung' auf bestimmte Weise lockern, tun wir das mit großer Zurückhaltung.

In den Mittelpunkt der weiteren Sachanalyse rücken wir die Überlegung, ob nicht doch über die formale Entsprechung hinaus eine solche inhaltlicher Art statthabe, ob wir mithin das Rückschlußverfahren vielleicht erweitern dürfen. Wir fragen also, ob es angezeigt ist, von der Art unserer Störempfindung auf das zu schließen, was im anderen wohl vorgehe, also nicht allein darauf, *daß* er etwas nicht ausspreche, sondern *was* er vorenthalte?

Denken wir an die Interaktion zwischen dem Arroganten und demjenigen, der sich im Zusammensein mit ihm minderwertig fühlt. Verschiedene Überlegungen bieten sich an.

Beispielsweise: Wenn der andere in uns Minderwertigkeitsgefühle auslöst, muß er sehr sicher sein. Diese Sicherheit ist es, die uns irritiert. – Eine solche Entschlüsselung, die unser Gefühl zur Ausgangsbasis der Interaktionsanalyse nimmt, geschähe sozusagen gemäß dem Gesetz der *Gegensätzlichkeit* beziehungsweise der Umkehrung: Er ist sicher – wir sind unsicher.

Oder vielleicht paßt dieser Schlüssel: Wenn ich Minderwertigkeitsgefühle empfinde, dann hat sie der andere auch, obgleich er Überlegenheit vorschützt. – Das wäre die Annahme von Deckungsgleichheit beziehungsweise der *Spiegelbildlichkeit.*

Oder es spielt auf irgendeine vertrackte Weise *beides* zusammen, sowohl die Gesetzmäßigkeit der Gegensätzlichkeit wie diejenige der Deckungsgleichheit, nur daß Vordergrund und Hintergrund jeweils *verschränkt* erscheinen. Denn die Natur der Interaktion könnte außerordentlich vielschichtig aussehen, etwa folgendermaßen: Äußerlich gesehen benehmen wir uns wie der Unterlegene, fühlen auch dementsprechend. Auf der anderen Seite erheben wir uns innerlich über ‚diesen arroganten Schnösel' und verachten ihn. Der ‚arrogante Schnösel' wiederum trägt seine Überlegenheit gekonnt zur Schau, fühlt wahrscheinlich auch etwas in dieser Richtung, doch ebenso leidet er unter seinem angeschlagenen Selbstgefühl.

Solche Überlegungen leiten zu der Schlußfolgerung: Genau besehen hat jeder von uns beide Gefühle, Unterlegenheit und Überlegenheit; jeder fühlt sich sowohl ‚oben' wie auch ‚unten', jeder stellt ein Beziehungsgefälle her. Nur daß vielleicht bei jedem von uns jeweils ein anderes Gefühl in den Vordergrund tritt, jeder eines der beiden verdrängt. Jeder hat ein bestimmtes Gefühl im Vordergrund seines Bewußtseins, aber er hat auch noch andere Gefühle.

Aus dem Gesagten geht hervor, mit welcher Zurückhaltung und Behutsamkeit man zu Werke gehen muß, will man die Entsprechung in den Gefühlen der Interaktionspartner aufspüren.

Weiterhin, wenn tatsächlich eine gesetzmäßige Entsprechung besteht zwischen unserer Störempfindung, genauer gesagt, zwischen dem Inhalt unserer Störempfindung und dem, was sich im anderen abspielt beziehungsweise was von ihm her auf uns zukommt: welche ist es dann?

Wir stellen eine Überlegung an, die näher an den Kern der Frage heranführt. Der Rückschluß der diagnostischen Grundregel von der Feststellung der Störung auf Nichtmitteilen ist einfach anzuwenden. Ein Kind könnte ihn erlernen. Die Folgerung, der andere spreche etwas nicht aus, bedeutet gewissermaßen eine ‚einfache Unterstellung'. Tritt jemand mit dieser Orientierungsregel in das Gespräch ein, so besitzt er eine brauchbare Leitlinie. Falls das Gespräch glückt, wird er über das ‚daß' hinaus auch das ‚was' erfahren: beispielsweise, das Lächeln war deswegen aversiv, weil dahinter eine Verletzung stand, die freundliche Zuwendung störte, weil sich an sie ein Hintergedanke geknüpft hatte. Das Kriterium dafür, ob das eingebrachte Versatzstück das richtige war, ob es ‚paßt', liegt ganz einfach im Eintreten oder Nichteintreten der Entstörung.

Der Kommunikationspartner, der über lange Zeit mit dem Schlüssel der diagnostischen Grundregel umgegangen ist, erkennt allmählich gewisse *Regelmäßigkeiten* hinsichtlich des ‚was'. Er beobachtet Wiederholungen. Daraus gewinnt er vermehrte Sicherheit. Hinter der störenden Arroganz seines Gegenübers wird beispielsweise nie als Gegenstück eine echte und ungebrochene Selbstsicherheit, sondern immer eine Art von Unsicherheit zum Vorschein kommen.

Gründe für die Schwierigkeiten bei der Entschlüsselung der spiegelbildlichen Interaktion

Um in die komplizierte Grammatik von Interaktionsvorgängen besser einzudringen und die Vorgänge zu entschlüsseln, erweitern wir die formale Blickweise auf den inhaltlichen Bereich und formulieren die Annahme:

> Die Art unserer Störempfindung erlaubt es oft,
> auf den Inhalt dessen zu schließen,
> was unser Gegenüber nicht ausspricht.

Der Umgang mit dem Gedanken der Spiegelbildlichkeit ist im Vergleich zum Gebrauch der diagnostischen Grundregel erheblich schwieriger. Er setzt die Kenntnis einer komplizierten Grammatik voraus. Die notwendige Entschlüsselungstechnik erfordert viel Erfahrung und Fingerspitzengefühl, weil der Schlüssel sehr feinnervig ist.[43]

Auf den ersten Blick betrachtet, entbehrt ein Interaktionsvorgang oft sogar jeder Andeutung von Spiegelbildlichkeit, erweist sich aber später dennoch von solcher Art. Im folgenden nennen wir einige Gründe dafür, warum es vielfach große Schwierigkeiten bereitet, den Aspekt der Spiegelbildlichkeit aufzudecken.

1. Die Komplexität des Gefühls

Ein Gefühl erweist sich zumeist als komplexe Gegebenheit, enthält ein ganzes Spektrum an Elementen. Da gibt es den Kern und den darum sich breitenden Hof, Zentrum und Peripherie. Es gibt wesentliche und unwesentliche, Haupt- und Randmomente, Vordergrund und Hintergrund. Außerdem ist zu berücksichtigen, daß ein Gefühl, je nach Lerngeschichte und Erlebnisbereitschaft des jeweiligen Menschen unterschiedliche Gewichtung gewinnt.

Angenommen wir stünden als Empfänger mit einem Partner in Interaktion und versuchten, unser Empfinden unter dem Gesichtspunkt der Spiegelbildlichkeit in Beziehung zu dem seinigen zu setzen. Nun besitzt unser Gefühl, wie wir erwähnten, ein vielfältiges Spektrum an Elementen und das seinige natürlich auch. Suchen wir also nach Entsprechungen, so kann es vorkommen, daß diese zwar durchaus gegeben sind, uns aber nur sehr schwer erkennbar werden, weil für uns etwas im Brennpunkt des Bewußtseins steht, das sich für ihn am Rande bewegt, für uns etwas wesentlich ist, was für ihn unwesentlich bleibt.

Selbst wenn also im Blick auf das Spektrum der Gefühle des anderen und auf das Spcktrum unserer Gefühle eine wichtige Entsprechung besteht, wir ‚das gleiche Gefühl teilen', kann es leicht sein, daß diese Entsprechung verborgen bleibt, weil jeder von uns beiden auch noch eine Reihe anderer Empfindungen hat.

2. Das Strukturieren des Gefühls

‚Strukturieren' heißt, verschiedene Wahrnehmungs- und Mitteilungsdaten in einen logisch-kausalen Zusammenhang zu bringen, sie mit einer ‚Struktur' versehen. Strukturierungsfehler verhindern möglicherweise das Erkennen von Spiegelbildlichkeit. Fehler und Störung treten da auf, wo ein an sich vorhandenes Gefühl falsch bezogen, in einen Zusammenhang gestellt wird, welcher der Realität nicht entspricht.

Beispiel

Ein Mann überrascht seine Frau mit einem Blumenstrauß. Diese freut sich zuerst über das ungewohnte Geschenk, wird aber dann mißtrauisch und hegt den Verdacht, ihr Mann habe vielleicht eine Freundin und wolle mit seinem Geschenk sozusagen etwas unternehmen, um von der verheimlichten Beziehung abzulenken. Ihr Hauptgefühl ist schließlich eine tiefe Verunsicherung, weil sie meint, sie selber würde ihrem Mann nicht genügen. Die Verunsicherung quält sie derart stark, daß sie ihrem Mann den besagten Verdacht an den Kopf wirft und ihm die heftigsten Vorwürfe macht. Dieser dementiert mit Recht und fühlt sich total mißverstanden.

Zunächst eine Bemerkung zum Strukturierungsfehler.

Das Beispiel illustriert den Fall, wo eine Kommunikationsstörung entsteht, wenn ein Beziehungspartner zwar *sensibel wahrnimmt*, aber seine Wahrnehmungen rational *fehlerhaft verknüpft*, weil ihm nicht das richtige Entschlüsselungsmodell zu Gebote steht. Jene Ehefrau, die mißtrauisch wird, nachdem ihr Mann sie mit einem Blumenstrauß überrascht hat, mag durchaus richtig spüren, hinter der Zuwendung stecke noch ‚etwas anderes', weil die Geste bedrohlichen Charakter für sie gewinnt. Ihre Schlußfolgerung dürfte lediglich bis dahin gehen: Wenn mir die liebevolle Geste bedrohlich erscheint, dann wird etwas nicht mitgeteilt; keinesfalls: also hat er eine Freundin. Es genügt bereits, daß der Mann, welcher vordergründig Zuwendung bekundet, Schuldgefühle empfindet, weil er seine Frau lange Zeit vernachlässigte. Schon eine derartige Diskrepanz zwischen Mitteilungsvordergrund (spontane Zuwendung durch ein Blumengeschenk) und Hintergrund (Widergutmachung und Zuwendung aus Schuldgefühl) wäre die hinreichende Bedingung dafür, daß das Verhalten irritierend erlebt wird. Der Schluß darf also lediglich auf die Unstimmigkeit in der Botschaft, nicht aber auf einen konkreten Inhalt gehen.

Die Verwechslung der formalen Unstimmigkeit mit deren konkreter inhaltlicher Bestimmung führt zu zahllosen Strukturierungs- und Deutungsübergriffen.

Es ist eine bekannte Tatsache, daß sich manche Menschen verrückt vorkommen, weil sie einerseits überzeugt sind, sie reagierten mit ihrem scheinbar unsinnigen Empfinden auf etwas in der Mitwelt tatsächlich Vorhandenes, aber andererseits die Richtigkeit ihrer Wahrnehmung nicht rational zu ‚beweisen' und zu begründen vermögen. Es fehlt der notwendige Schlüssel („Wenn ich wüßte, was im anderen vorgeht, würde mich nichts mehr wundern"). Die elementare Frage: *Warum* fühle ich jetzt so und so? bleibt unbeantwortet. Das ist für den Betroffenen ein zermürbender Zustand. Den Hauptgrund dafür erblicken wir darin, daß die Mitwelt häufig jene Information, absichtlich oder unabsichtlich, vorenthält, welche die Situation sofort rational überschaubar machen würde. Würde der Mann im genannten Beispiel auf die Mißtrauensbekundung der Frau hin *nicht* sagen: „Was regst du dich auf, ich habe keine Freundin", *sondern:* „Ich habe keine Freundin, aber du hast mit deinem unguten Gefühl insofern recht, als ich tatsächlich nicht aus purer Spontaneität, sondern eher aus Schuldgefühlen handle", dann wäre dem rationalen Erklärungsbedürfnis der Frau möglicherweise Genüge getan und sie käme von ihrem Mißtrauen los (falls nicht von ihrer Seite her ‚Eifersuchtswahn', also eine Überreaktion mitspielt). Der andere Grund für die Unauflöslichkeit des Konflikts liegt in der unzulässigen Schlußfolgerung der Frau. Mit ihrer Behauptung „Du hast eine Freundin" geht sie zu weit, provoziert das Dementi ihres Mannes und bleibt so auf ihrem Mißtrauen sitzen.

Nun aber zur *Spiegelbildlichkeit.* Bei jedem der beiden Partner zeigt das Spektrum der Gefühle eine Vielzahl an Elementen: Zuwendungsgefühle, Dankbarkeit, Angst, Ärger, Enttäuschung, und doch dürfte das wesentliche Gefühl in der Ich-Sphäre liegen: die Bedrohung des Selbstgefühls bei beiden. Der Mann kommt sich als Partner nachlässig, gedankenlos und stümperhaft, also im Grunde unzulänglich vor. Die Frau wiederum meint, sie genüge ihrem Mann nicht und deshalb habe er eine Freundin.

Beim Versuch, die Störung zu beheben, würde vermutlich die Thematik des Selbstwertgefühls bei beiden Partnern eine wichtige Rolle spielen.

3. Unterschiedliche Erlebnisweise und unterschiedliche sprachliche Benennung

Die Schwierigkeit, bestimmte Gefühle als ähnlich und deckungsgleich wahrzunehmen, hat nicht selten darin ihre Ursache, daß eine Gegebenheit je anders erlebt oder ähnliche Gefühle auf unterschiedliche Art sprachlich benannt werden. Denken wir uns, die zwei Sozialpartner verbindende Spiegelbildlichkeit bestehe im Angespanntsein, das jeden von ihnen befällt (Angespanntheit stellt einen sehr allgemeinen Indikator für Störungen dar, sozusagen den Generalnenner, der vielleicht jede Störungen begleitet). Der eine der beiden erfährt diesen Zustand mehr körperlich, der andere dagegen mehr psychisch. Der eine bekommt Atembeschwerden, meint aus dem Zimmer laufen und Luft holen zu müssen. Der andere hingegen erlebt sich wie unter einer Dunstglocke. Der eine empfindet vornehmlich die Verkrampfung, der andere die Blockierung, der eine die beklemmende Einengung, der andere die Bedrückung.

Daraus ergeben sich naturgemäß Abweichungen beim sprachlichen Beschreiben des erlebten Zustandes, was leicht zur Folge hat, daß die tatsächliche Entsprechung nicht in den Blick kommt.

4. Authentische und nicht-authentische Gefühle

Die Suche nach der Entsprechung zwischen den Gefühlen zweier Beziehungspartner erfährt mitunter dadurch eine Erschwerung, daß die ausgetauschten Mitteilungen zwar von wirklich vorhandenen Gefühlen reden, aber nicht die authentischen Gefühle wiedergeben. (Wir definierten das authentische Gefühl als ein Gefühl, dessen Erfassung durch keine Störung im Bereich des Wahrnehmens und des Strukturierens beeinträchtigt ist.) Als Beispiel diene eine nicht selten anzutreffende Beziehungsstruktur, bei der beide Partner gegensätzliche Rollen einnehmen. Der eine gilt als der Umgängliche, der ‚Liebe' und ‚Brave', der andere hingegen als der ‚Böse'. Der Umgänglichere sagt zu seinem bedrohlichen Gegenüber: Ich habe Angst vor dir! Diese Rückmeldung erbost den Betroffenen nicht deswegen, weil sie etwas Falsches behauptet, sondern weil die geäußerte Angst nicht das authentische Gefühl ist. Hinter der Angst des Rückmeldenden verbergen sich Aggression und Wut. Diese treten aber nicht ins Bewußtsein. Wie umgekehrt der bedrohlichere Partner die Angst vor seiner eigenen Destruktivität nicht wahrnimmt. Jeder der beiden Partner sieht lediglich einen Teil dessen, was in ihm vorgeht. Deshalb entgeht ihnen, daß sie in gewissem Sinn beide das gleiche Gefühl teilen, nämlich eine Mischung von Angst *und* Aggression. Die Situation offenbart eine Art Verschränkung: Der eine empfindet jenen Anteil am Ganzen, der dem anderen unbewußt bleibt, vice versa.

5. *Unbewußtheit*

Der Verweis auf das authentische Gefühl führt uns nahe an den Punkt heran, der wohl das schwierigste Hindernis dafür bildet, die spiegelbildlichen Elemente von Interaktionen aufzudecken und jenes Informationsversatzstück aufzufinden, dessen Nichtmitteilen die Störung verursacht: die Tatsache, daß uns vieles an uns selber unbewußt bleibt. Schon die diagnostische Grundregel stieß hierbei an eine empfindliche Grenze. Die Formel in ihrer vollständigen, also nicht abgekürzten Gestalt zeigt das: „Wenn etwas stört, wird etwas nicht mitgeteilt, sei es, daß jemand etwas nicht mitteilen will, sei es, daß es ihm nicht bewußt ist und er es deshalb gar nicht mitteilen *kann*."

Vergleichbares gilt für die These der Spiegelbildlichkeit. Entsprechungen zu erfassen setzt voraus, daß das, was in Entsprechung steht, bewußt ist.

Unlösbare Unbewußtheit bedeutet, daß auch der durch sie verursachte Teil der Beziehungsstörung bestehen bleibt.

Die *Schwierigkeit*, das gesuchte Versatzstück an Information zu finden, dessen Mitteilen die Störung auflöst, ist also je nach den Umständen *unterschiedlich*. Folgende Situationen lassen sich unterscheiden.

1. Oft weiß der Sender genau, was er verschwieg. Er hat es bewußt vorenthalten. Die Hürde liegt für ihn darin, es über die Lippen zu bringen.

2. Dann gibt es den Fall, daß der nichtmitgeteilte Inhalt dem Sender durchaus bewußt ist. Er hat ihn nicht aus Gründen des Schutzes absichtlich verschwiegen. Aber er erkennt ihn nicht als ‚zur Sache gehörig'. (Es handelt sich gewissermaßen um eine Unbewußtheit der notwendigen Verknüpfung beziehungsweise Zusammenge-

hörigkeit. Haben wir es sonst meist mit Wahrnehmungsunbewußtheit zu tun, so liegt jetzt eine Art Strukturierungsunbewußtheit vor, die sich auf das Fehlen des systemischen ‚Zusammensehens' von Inhalten erstreckt.) Die Hürde besteht darin, den fehlenden Inhalt aufzufinden und mit der Situation in Zusammenhang zu bringen.

Denken wir an den häufig anzutreffenden Fall: Jemand will seine Mitmenschen in einer belastenden Situation aufheitern. Er wundert sich über die negative Wirkung, die darin sichtbar wird, daß die anderen noch bedrückter werden. Er unterstellt ihnen fälschlicherweise Pessimismus. Die Unterlassung bestand möglicherweise darin, die eigene Belastetheit unberücksichtigt zu lassen und zu überspielen. Er hätte keinen Widerstand dagegen gehabt, sie auszusprechen, aber er hatte es nicht für nötig gehalten. Seine Ermunterungsversuche überzeugten daher nicht und riefen das Gegenteil der beabsichtigten Wirkung hervor.

3. Besonders schwierig gestaltet sich, wie schon gesagt wurde, die Analyse, wenn das gesuchte Versatzstück, dessen Mitteilung die Lösung der Störung bringen würde, unbewußt ist. Auch hierbei begegnen wir unterschiedlichen Graden der Unbewußtheit. Mancher Inhalt liegt dicht unter der Schwelle des Bewußtseins und taucht rasch in die Wahrnehmung auf, wogegen ein anderer unzulänglich bleibt.

Der Umgang mit der Vermutung auf ‚Spiegelbildlichkeit gegen den Augenschein' in der Praxis

Eine wichtige Voraussetzung für die Anwendung der Hypothese der Spiegelbildlichkeit: Unbeirrbarkeit angesichts des Bluffeffekts von Tarnung und Irreführung.

Zum Wesen des sozialen Abwehrmechanismus der Tarnung gehört der Bluffeffekt, die Irreführung. Letztere erreicht in der Regel zunächst ihr Ziel.

Wer sieht dem ‚arroganten Schnösel' schon an, wie angeschlagen sein Selbstgefühl ist! Wer durchschaut schon die Ohnmacht des autoritären Menschen!

Wem wäre ohne weiteres spürbar, daß hinter der abwertend-wegwerfenden Geste des Patzigen, der die Mitwelt unter Terror setzt, die verletzlichste Mimose steckt! Und schließlich, wer ahnt schon beim Anblick des sprühenden Spontaneitätsvirtuosen, welche Leere und Armut sich hinter dieser Überaktivität oft versteckt.

Der soziale Abwehrmechanismus der Tarnung erweist sich fürwahr als ein äußerst effektiver und machtvoller Schutzmechanismus, so negativ die Kehrseite seiner Wirkung sein mag, sonst hätte er sich während der Evolution des sozialen Zusammenlebens nicht derart stabil etabliert.

Die geforderte Leistung im Umgang mit sozialen Abwehrmechanismen besteht unter anderem darin, dem Bluffeffekt zu widerstehen. Dieser bildet eine Signalschranke, welche heißt: Das sollst du nicht merken!

Angesichts des beschriebenen Bluffeffekts erscheint es unter Umständen geradezu absurd, von den eigenen Gefühlen im Sinne der Spiegelbildlichkeit auf diejenigen des anderen zu schließen, zu unterstellen, die eigenen Gefühle seien deckungsgleich mit denjenigen des anderen und sogar durch dieselben hervorgerufen.

Doch die Anstrengung lohnt sich. Die Handhabe der Voraussage „Wenn ich wüßte, was im anderen vorgeht, würde mich nichts mehr wundern" tut uns gut. Allerdings sind wir gehalten, um die ungeheuere Aufgabe zu bewältigen, alle unsere uns zur Verfügung stehenden Hilfskräfte herbeizubemühen. Vor allem gilt wieder: „Stur fühlen!" und „Stur denken!"

Technische Hinweise. Sehr abstrakt und weitmaschig ansetzen – den gemeinsamen Nenner suchen

Das heißt: *Sich auf den Gesichtspunkt der drei Dimensionen des Empfindens beschränken:* Anmutungsqualität, Ich-Empfinden, Spontaneität.[44]

Anmutungsqualität: ‚Störend'.

Mitunter erlebt man diese Situation: Der andere erweckt den Eindruck, zwischen uns sei ‚alles in Butter'. Uns hingegen ergeht es anders. Wir teilen diese Stimmung und Einschätzung der Situation nicht. Bei genauerem Hinsehen stellt sich dann doch ein Anlaß für unser Störgefühl heraus, der auf der Gegenseite vorlag.

Fühlen wir uns also durch irgend etwas am anderen gestört oder registrieren wir in Gegenwart eines Mitmenschen eine völlig ungerichtete Störempfindung, dann spricht das dafür, auch auf seiner Seite bestehe eine Störung.

Warum eine solche pauschale Annahme wertvoll ist, haben wir eben aufgezeigt. Der Sozialpartner gibt sich vielleicht nicht nur ganz anders, das Störmoment ist ihm darüber hinaus gänzlich unbewußt. Unsere Störempfindung schafft somit den Anlaß dafür, daß unser Gegenüber sich den Hintergrund seines Erlebens bewußtmacht und wir das Gemeinsame an der Störung entdecken.

Ich-Störung

Dieses in unseren Augen besonders qualifizierte diagnostische Kriterium für Störung beweist seine Brauchbarkeit auch für die Spiegelbildlichkeit der Störempfindung. Es behauptet, unser Selbstgefühl sei der denkbar sensibelste Seismograph für das, was in unserer Mitwelt vorgeht. So viel an inhaltlicher Bestimmung dürfen wir wagen: Die Herabminderung unseres Selbstwertgefühls deutet auf einen ähnlichen Vorgang auf der Gegenseite hin, mögen sich die anderen auch noch so imponierend benehmen und mit dem Anschein der Selbstsicherheit umgeben. (Natürlich immer vorausgesetzt, unser Erleben habe nicht eine echte Überreaktion unsererseits als Grund.)

Die Interaktionsanalyse deckt normalerweise die Spiegelbildlichkeit solcher Reaktionen auf. Unser Gefühl kam uns nur deswegen im Gegensatz zum Gefühl des anderen vor, weil dieser nach außen hin Sicherheit zur Schau trägt, jene Unsicherheit hingegen verbirgt, auf die wir, per Ansteckung, reagieren.

Blockierung und Hemmung

So abstrakt und inhaltsleer dieses Kriterium erscheint, so informativ ist es in Wirklichkeit. Es kann vorkommen, daß wir von der sprühenden Art eines Menschen einerseits hingerissen sind, andererseits uns von soviel Vitalität gleichzeitig erschlagen fühlen. Oder, die gesellige Runde um uns steigert sich in immer ekstatischere Lustigkeit hinein, wogegen wir zusehends mehr einfrieren, uns von Minute zu Minute humorloser erleben. So wir den Mut aufbringen, die Situation anzusprechen, empfiehlt es sich unter Umständen, das mit der entsprechenden Strukturierungsvorgabe zu verknüpfen, um die allgemeine Verkrampfung rascher ins Bewußtsein zu bringen. (Z. B. „Ich erlebe mich mit jeder Lachsalve humorloser und angespannter. Ist euch wirklich so lustig *zumute*, wie ihr tut?“)

Hinter manchen Formen dessen, was man gerne als Spontaneität benennt, stehen tiefe Ängste vor Nichtfühlen, vor Empfindungsflaute und innerer Leere. Der vitale Vordergrund des Verhaltens übernimmt dann die Funktion, diese Lähmung vor der Mitwelt zu verschleiern oder sie gar vom eigenen Bewußtsein fernzuhalten.

Der heuristische Wert des Gedankens der Spiegelbildlichkeit zeigt sich, wie bereits erwähnt, nicht nur da, wo wir von unserer Empfindung auf die Störung im anderen schließen, sondern auch da, wo wir Anlaß bekommen, von den Gefühlen des anderen auf eine Störung bei uns zu schließen, welche uns nicht bewußt ist.

Setzen wir den Fall, wir lösen in unserem Beziehungspartner Minderwertigkeitsgefühle aus, obwohl wir uns engagiert um ein partnerschaftliches Verhalten bemühen, dann wüßten wir beispielsweise, in welcher Richtung wir bei uns nach der Störursache zu suchen haben. Wir müßten also sehen, wieviel eigene Unsicherheit uns eventuell nicht bewußt ist.

Ob die eingeschlagene Richtung des Suchens falsch oder richtig war, würde sich daran erweisen, ob nach der Äußerung unserer Unsicherheit die Störung weiterbesteht oder sich auflöst.

VII. Das Umgehen mit den lernpsychologischen Prinzipien

„Die Wahrheit wird euch frei machen".
Johannes 8, 32

1. Die zentrale Bedeutung des Lernens

Lernen durch Rückmeldung und Lernen am Modell

Wir bringen erneut einen schon bekannten Gesichtspunkt ins Spiel: den Gesichtspunkt des Lernens. Menschen sind in der Lage, Informationen, Erfahrungen zu merken, also zu speichern und daraus zu lernen.[45]

Ein Mensch hat, bewußt oder unbewußt, Vorstellungen darüber, wie er eine Beziehung gestalten will. Seine Beziehungsaktivitäten, die er oft spontan in die Umwelt hineinsetzt, werden rückwirkend beeinflußt durch die Folgen. Diese geben ihm Rückmeldung dahingehend, ob seine Beziehungsaktivität den von ihm gewünschten Effekt hat oder nicht. Er kann, je nach Erfolg oder Mißerfolg, seine Aktivität aufrechterhalten oder korrigieren.

Neben der Rückmeldung von außen und innen ist das Modell als ‚Vorbild' ein uraltes Prinzip des Lernens. Da die Arbeit im Rahmen der Gruppe beide Elemente verbindet, stellt die Gruppe eine ausgezeichnete Lernchance dar: Alles was passiert und vor sich geht, hat Modellcharakter, insofern es beobachtet, miterlebt und miterfahren wird. Alle Erfahrungen von Versuch und Irrtum, von Erfolg und Mißerfolg, die jemand in der Gruppe, während er etwas für sich bearbeitet, macht, macht über den Weg der Beobachtung in gewisser Weise auch jedes andere Gruppenmitglied. Das **Lernen am Modell** wirkt viel indirekter und ist ein unbeabsichtigter Nebeneffekt der Gruppenarbeit. Ihm kommt zweifellos eine immense Bedeutung zu. Ob es vielleicht noch wichtiger ist als das Lernen an den Konsequenzen lassen wir dahingestellt.

Jedenfalls hat die Lernpsychologie mit zahlreichen Experimenten eindrucksvoll illustriert, wie stark dieser Lernfaktor zu veranschlagen ist.

Man bekommt immer wieder Anlaß zum Staunen, wenn man als Gesprächsbegleiter mit einem Teilnehmer sein Problem durcharbeitet, wie viele *Prozesse in den Anwesenden parallel ablaufen.* Nicht selten kommt es vor, daß ein Teilnehmer zu Beginn einer Seminarwoche sein Problem angemeldet hat und später feststellt, dieses habe sich, während ein anderer das ähnliche Problem durcharbeitete, sozusagen in einem Aufwasch miterledigt.

Die Lernpsychologie bildet die wesentliche Grundlage der Verhaltenstherapie. Der *formalen Struktur* nach ähnelt die Methodik der Beziehungstherapie in zahlreichen Punkten der Verhaltenstherapie (Technik des Feedbacks beziehungsweise der positiven und negativen Bestärkung, sukzessive Annäherung, Aufbau von Verhaltensalternativen durch positive Bestärkung anstatt Unterdrückung unerwünschten Verhaltens durch Bestrafung, systematische Desensibilisierung, Reizüberflutung usw.). Der Ansatz geschieht jedoch nicht primär von außen, nämlich beim Verhalten, sondern am Faktor *,Information'*, so daß man im Unterschied zur Therapie des Verhaltens von ,Informationstherapie' sprechen könnte.

Daher erlangt die *Variable* ,Information' grundlegende Bedeutung. Sie wird in *zweifacher Hinsicht verändert.* Einmal im innerseelischen System: Durch die authentische Selbstwahrnehmung soll die Verdrängung behoben und der Informationsfluß vom Unbewußten zum Bewußtsein ermöglicht werden. Sodann im sozialen System: Durch die authentische Selbstdarstellung wird der notwendige Informationsfluß und -rückfluß beziehungsweise das exakte soziale Feedback gewährleistet. Erst dadurch gelingt es, die für die Lernpsychologie wesentliche Veränderungskraft der Konsequenz voll zu nutzen.[46]

Warum beim Beziehungsvorgang der Rückmeldung die Beachtung der Gefühle eine besondere Bedeutung gewinnt

1. Das Hauptelement der Rückmeldung

Weil Menschen an den Wirkungen ihres Verhaltens lernen und weil die wesentliche Wirkung diejenige ist, die jemand auf das Empfinden, Erleben und Fühlen der anderen ausübt, geht die Beschreibung dieser Erlebniswirkung als wichtigster Bestandteil in die Rückmeldung ein.

2. Die Einheit von Diagnostik und Therapie

Die Aufhellung einer Interaktionsstörung beginnt in der Regel damit, daß man die durch einen Menschen in seiner Mitwelt hervorgerufene Störempfindung einer eingehenden Analyse unterzieht. Derjenige, über dessen soziale Wirkung die Gruppe spricht, erhält detailliert Auskunft darüber, wie sich sein Verhalten und seine Ausstrahlung auf das Empfinden der anderen, ihr Selbstgefühl, ihre Handlungsimpulse auswirkt.

Diese gesamte diagnostische Tätigkeit vollzieht sich in der Öffentlichkeit der Lerngruppe. Dadurch gestaltet sich alles, was diagnostisch erarbeitet wird, sozusagen ganz von selbst zur Rückmeldung und erfüllt die für das soziale Lernen entscheidende Forderung nach Informationsrückfluß – worin wiederum ein entscheidender therapeutischer Effekt liegt.

3. Ethische Gesichtspunkte

Die Veränderungsstrategie der Lernpsychologie lautet: Will man auf das Verhalten von Menschen Einfluß nehmen, dann soll man erwünschtes Verhalten belohnen und unerwünschtes unbeachtet lassen.

Die Anwendung dieser Technik wirft verschiedene Probleme auf. Auf die Gefahr der *Manipulation* wurde immer wieder hingewiesen. Durch die Technik der sogenannten positiven Bestärkung könne man Menschen auf eine Weise beeinflussen, die zwar den Interessen dessen entgegenkommt, welcher den Einfluß gezielt ausübt, aber dem auf solche Weise beeinflußten Menschen möglicherweise schadet. (Falls wir beispielsweise als Erzieher lediglich Anpassungsverhalten, nicht aber die Einübung des Kindes und Jugendlichen in konstruktive ‚Opposition' fördern, mißbrauchen wir die Technik der Bestärkung.)

Außer der Gefahr der Manipulation entsteht die Gefahr des *Beziehungsgefälles.* Das positive Bestärken sieht bisweilen so aus, daß jemand gute und schlechte Noten in Betragen verteilt, die anderen gönnerhaft von oben herab lobt oder tadelt. Der Gruppenjargon von den verteilten ‚Bonbons' und ‚Streicheleinheiten' beziehungsweise vom ‚heißen Stuhl' weisen darauf hin, daß dieses Problem empfunden und erkannt wird.

Solchen Gefahren wird entgegengewirkt durch die Aufforderung, der Rückmeldende solle nicht über den Sozialpartner, sondern über sich selbst, nämlich über die Wirkung, die der Partner in ihm ausgelöst hat, sprechen. Wir sehen bei der Rückmeldung davon ab, den anderen zu belohnen oder zu bestrafen. Wir beschränken uns darauf, ganz schlicht wiederzugeben, welche Wirkung er in unserem Empfinden hervorgerufen hat. *Der Unterschied ist der zwischen ‚qualifizieren' und ‚beschreiben', zwischen ‚taxieren' und ‚berichten', zwischen ‚bewerten' und ‚schildern'.*

Bei diesem Vorgehen geht man auf die Naturschicht der Interaktion, quasi auf ihre ‚Es-Schicht', zurück. Wir sollen jene Erlebniswirkung wiedergeben, welche unabhängig von unserem Wollen und Dazutun in uns ausgelöst worden war. Die Natur selber, die sich in unserem Fühlen Gehör verschafft, hat durch die Gefühlsqualitäten ‚angenehm' oder

‚störend' ihre Wertung bereits vollzogen. Wir brauchen diese nur in Worte fassen.

2. Das soziale Feedback

Der Beziehungsvorgang des Rückmeldens

Daß wir Menschen an den sozialen Konsequenzen unseres Verhaltens lernen, ist ausführlich erörtert worden und wird auch weiterhin Thema sein. Deswegen braucht es jetzt nicht behandelt zu werden.

Wenn wir einem Mitmenschen dahingehend Rückmeldung geben, wie er auf uns wirkt, dann stellt dieses Rückmelden einen Beziehungsvorgang dar – sogar einen ganz wichtigen.

Wie bei jedem anderen Beziehungsvorgang treten auch hier häufig Störungen auf.

Dieser Art der Störung müssen wir unser Augenmerk zuwenden, weil sie immense Bedeutung für das Beziehungslernen gewinnt. Die Misere unseres zwischenmenschlichen Zusammenlebens hat weitgehend damit zu tun, daß in unserem Reagieren auf andere Menschen ein fehlerhaftes Feedback wirksam wird.

Bei den folgenden Darlegungen überschneiden sich daher *zwei Themenkreise.* Es gilt aufzuzeigen:

1. daß Lernen in hohem Umfang durch Rückmeldung geschieht,
2. daß bei diesem Vorgang Störungen auftreten können.

Bisher war die gestörte Interaktion ganz allgemein Gegenstand der Untersuchung. Es ging vornehmlich um die Interaktion vom Sender in Richtung auf den Empfänger hin: Der Sender verhält sich auf bestimmte Weise, der Empfänger fühlt sich dadurch gestört. Die Störung beruht auf einer Verschweigung, letztere wiederum hat die Funktion des Schutzes.

Jetzt geht es um einen *speziellen Anwendungsfall dieser Störungsanalyse,* bei dem alle bisher erarbeiteten Bausteine Berücksichtigung finden: die Störung in umgekehrter Richtung, nämlich vom Empfänger auf den Sender hin; und zwar **in dem Zusammenhang, daß der Empfänger an den Sender eine Rückmeldung gibt.**

Weil die Rückmeldung ihrerseits den Charakter der Mitteilung hat, kann sie gleichfalls eine Störung enthalten und eine solche hervorrufen. Das geschieht etwa dann, wenn der Rückmeldende dem Sender aus irgendwelchen Gründen nicht sagen will, wie er ihn erlebt. Auch diese Tarnung hat eine Irreführung zur Folge.

Darüber hinaus erzeugt die nicht-authentische Rückmeldung beim Adressaten der Rückmeldung gegebenenfalls die Störung in allen drei Dimensionen des Empfindens. Die Rückmeldung macht nicht nur betroffen, das wäre in Ordnung; sie stört, verletzt, entwertet, blockiert.

Dieser Spezialfall der Störung erlangt *für das soziale Zusammenleben wie für das Beziehungslernen deswegen weitreichende Bedeutung,* weil der Rückmeldung an und für sich die Funktion zufällt, zur Orientierung, Veränderung und Verbesserung von Beziehung beizutragen. Wenn nun aber der Rückmeldende sich nicht authentisch und transparent verhält, trägt seine Rückmeldung kaum zur gewünschten Orientierung, sondern vielmehr zur Desorientierung bei und verstärkt vielleicht jene Störung, die eigentlich mit Hilfe der Rückmeldung behoben werden sollte.

Eine häufige Störung durch fehlerhafte Rückmeldung besteht darin, daß derjenige, der die Rückmeldung bekommt, auf die ihm gegebene Rückmeldung nicht eingeht und daß man diese mangelnde Bereitschaft falsch erklärt. Man wirft dem Betreffenden vor, er sei unfähig, Kritik anzunehmen. In Wirklichkeit reagiert er gegebenenfalls nur auf die in der Rückmeldung enthaltene Entwertung. Das besagt, die im Adressaten der Rückmeldung hervorgerufene ‚Blockierung' ist weniger das Ergebnis mangelnder Veränderungsbereitschaft als die Folge der defekten Rückmeldung. Denn wie wir gesehen haben, ist das Phänomen der Blockierung als wichtiges Kriterium für eine fremdverursachte Störung anzusehen.

In welcher Weise Rückmeldung zur Desorientierung führt. Die Unterscheidung zwischen den tatsächlichen und den vorgetäuschten Wirkungen von Verhalten.

Ein konstruiertes Beispiel mag die Desorientierung veranschaulichen. Nehmen wir an, der Chef eines kleinen Unternehmens sitzt mit seinen Angestellten in einer geselligen Runde. Er macht sich zum Wortführer, reißt das Gespräch an sich und bestreitet die Unterhaltung. Die in den anderen ausgelösten Wirkungen unterscheiden wir in ‚tatsächliche' und ‚vorgezeigte'.

Die *tatsächlichen* Wirkungen.

Die unmittelbarsten, spontanen Wirkungen sind die in den anderen hervorgerufenen Gefühle und Empfindungen. Anfangs hören sie gerne zu, dann fühlen sie sich mehr und mehr unwohl, langweilen sich. Doch niemand getraut sich, das auszusprechen oder einfach wegzugehen.

Schließlich gibt es da auch noch die Gedanken und Phantasien der Zuhörenden. Sie könnten derart aussehen: „Wie immer! Typisch für unseren Chef, er ist und bleibt ein Egozentriker. Hoffentlich dauert es heute nicht so lange. Wenn man sich da die armen Familienangehörigen vorstellt, die diese Monologe ständig aushalten müssen, sie könnten einem wirklich leid tun!" usw.

Die *‚vorgegebenen', ‚vorgezeigten', ‚vorgetäuschten'* Wirkungen.

Die beschriebenen verdeckten Wirkungen werden in der Regel nicht nach außen hin sichtbar. Zwischen ihnen und dem, was äußerlich in Erscheinung tritt, geschieht ein *Verarbeitungsvorgang*, schaltet sich ein Filter, so daß das, was der Chef tatsächlich bewirkt hat, nicht gespiegelt wird, sondern mehr oder weniger unklar, verschlüsselt oder verzerrt herauskommt beziehungsweise völlig unterschlagen wird. Als Arbeiter sind die Anwesenden abhängig. Deshalb *‚zensieren'* sie ihre Äußerungen. Betrachten wir, was durch die Zensur schlüpft und was auf der Strecke bleibt. Von außen betrachtet sieht es so aus, als lauschten die Angestellten ihrem Chef mit Hingebung, interessierten sich für weitere Erzählbeiträge, denn sie fragen nach, wollen dieses und jenes genauer wissen. Aufgrund der aufmerksamen Zugewandtheit entgeht dem Erzählenden, was in ihnen tatsächlich vorgeht, nämlich daß sie sich unwohl fühlen und im Grunde genommen entsetzlich langweilen.

An der Beschreibung der verdeckten und offenen Wirkungen erkennen wir, wie komplex das Spektrum der Folgen sich durch eingehendere Betrachtung erweist. Dabei haben wir noch nicht jene Wirkungen ins Auge gefaßt, die das Verhalten des Chefs in ihm selbst verursacht.

Daraus ergibt sich folgende Schlußfolgerung:

Der Gehalt und Wert an Information bemißt sich nach dem in der Rückäußerung enthaltenen Verhältnis zwischen verdeckter und offener Wirkung. Die offene Wirkung kann mit unterschiedlicher Genauigkeit über die verdeckte Wirkung Aufschluß geben: unverschlüsselt und verzerrt.

Da uns die Frage nach der Genauigkeit von Informationsübermittlung bewegt, beschäftigt uns der durch die widersprüchliche Signalgebung erzeugte *Differenzbetrag* zwischen der verdeckten, also tatsächlichen Wirkung und der vorgezeigten Wirkung. Auf diesen Differenzbetrag kommt es an. Er kennzeichnet den Informationsverlust und die Informationsverzerrung.

Den Prozeß der Informationsverzerrung, in welchem der Empfänger durch sein äußeres Reagieren die innere Wirkung auf ihn verschleiert, nennen wir ‚Nichtmitteilen' beziehungsweise ebenfalls ‚Tarnung'.

Das angeführte Beispiel hebt lediglich die in der Reaktion der Mitwelt enthaltene Informationsstörung hervor. Zweifellos sind die Auswirkungen noch negativer, falls Verletzungen und Entwertungen hinzukommen.

3. Das innerseelische Feedback

Die ‚innere Stimme' – Antwort aus dem eigenen Inneren

Das wichtigste Regulativ

Mit dem Wort ‚innere Stimme' wird insbesondere die Tatsache zum Ausdruck gebracht, daß eine Instanz in uns selbst unsere eigenen Aktivitäten überwacht, letztere also sowohl beobachtet als auch bewertet und außerdem uns die Bewertung zur Kenntnis bringt.

Da uns die menschliche Existenz vornehmlich unter dem Blickwinkel ihrer Sprachlichkeit interessiert, bietet sich der in der geschichtlichen Tradition häufig verwendete Ausdruck ‚innere Stimme' für das an, was wir beschreiben wollen.

Menschliche Aktivitäten sind in dem Sinne rückbezüglich, als sie nicht bloß auf die Mitwelt wirken. Mit jeder Aktivität wirken wir zugleich auf uns selbst und sind in der Lage, diese Wirkung auf uns selbst zu erleben. Unsere Gefühle bewerten alles und jegliches. Sie tun das ebenso mit unserem eigenen Handeln, Denken, Empfinden. Man hat das Regulativ, welches aus unserem eigenen Inneren her tätig wird, mit zahllosen Namen zu fassen versucht, von denen wir lediglich einige nennen: die ‚innere Stimme', das ‚bessere Ich', das ‚Gewissen', das ‚Selbst'. Das Ideengut der Lenkung von innen wirkt seit Sokrates und Platon über die christliche Theologie bis zur Tiefenpsychologie. Wenn Sokrates seine Art der Menschenführung als Geburtshilfe charakterisiert, dann geht es ihm genau um die Weckung des ideellen Kernes im Menschen. Augustinus – und mit ihm die Hochscholastik – spricht vom ‚inneren Lehrer', und bei C. G. Jung sind die Archetypen als die inneren Regulative zu verstehen, unter deren weiser Lenkung unser Leben steht.

Sämtliche Aussagen dieser langen Tradition verbindet eine bestimmte Auffassung vom Menschen: Die Würde des Menschen besteht vornehmlich darin, daß er – zwar vielfältig von außen her geprägt – seine Bestimmung letztlich aus sich selbst bezieht.

Beeinträchtigung des inneren Regulativs durch Verdrängung

Da die ‚Reaktion unseres Selbst auf uns selbst'[47] als umgreifendes ‚Gewissen' eine lebenswichtige Funktion gewinnt, bemüht man sich seit urdenklichen Zeiten, die Funktionsweise dieses ‚Gewissens' eingehend zu studieren.

Der innerseelische Informationsaustausch zwischen der in uns wirksamen rätselhaften Instanz und unserem bewußten Ich ist vielfältigen Störungen ausgesetzt. Schon auf der organischen Ebene liegt eine solche Störung des ‚Leibgewissens' beispielsweise dem vielverbreiteten ‚Gewichtsproblem' zugrunde. In dem Maße unser Empfinden für Hunger und Sättigung verdorben wurde, fühlen wir nicht mehr, was uns ‚bekommt', essen zuviel und essen das Verkehrte.

Die innere Stimme übt nicht mehr die Funktion des zuverlässigen ‚inneren Lehrers' aus, sie ist überfremdet durch ein ‚Über-Ich', wenn sie etwa auf eine ganz normale Triebregung in uns bestrafend mit Schuldgefühlen reagiert. Oder sie ist unterentwickelt und fällt da aus, wo sie ein Korrektiv setzen müßte, etwa beim Kriminellen, der in seiner Stumpfheit und Wertblindheit erstarrt. Wir gehen jedoch davon aus, die Stimme sei vorhanden, wenngleich nicht immer vernehmbar. Neulernen heißt, die ‚authentischen' Gefühle wieder zu entdecken und jenes kostbare Lautorgan der Selbstregelung in uns erneut zum Sprechen zu bringen.

Hinsichtlich der menschlichen Selbstwahrnehmung beobachten wir allerdings ein eigenartiges Phänomen: Das, was uns am nächsten steht, sehen wir oft am wenigsten.

Wir dürfen es als grotesk ansehen, daß für den Menschen die Wahrnehmung dessen, was ihm ganz nahe ist, nämlich seine leibliche Existenz, in hohem Maße eingeschränkt bleibt. Folgende Anekdote veranschaulicht das. Ein Missionar macht bei einem Eingeborenenstamm, der über keinerlei technische Mittel, nicht einmal Spiegel verfügt, Aufnahmen mit seiner Sofortbildkamera. Als die neugierigen Eingeborenen die Bilder betrachten, ruft der Häuptling aus: „*Den* kenne ich, und *den* kenne ich." Er benennt die auf dem Gruppenfoto Abgebildeten der Reihe nach: „... nur *den* kenne ich nicht, wer ist das?" Die Antwort liegt auf der Hand: Er ist es selbst. Die Anekdote zeigt auf besonders drastische Weise, wie schwer wir es haben, ein Bild von uns selbst zu gewinnen. Besäßen wir nicht Hilfsmittel, etwa Spiegel, Tonband, Video, Foto usw., wir blieben uns selbst ewig fremd.

Nun ist es aber so, daß echte Selbstwahrnehmung einen starken Rückwirkungseffekt im Sinne der ‚Selbstkorrektur' besitzt.

Weil wir eine Instanz in uns tragen, die alles in uns wahrnimmt, beobachtet und bewertet, findet der ständige Vergleich unseres Ich-Ideals mit unserem Real-Ich statt. Wären wir in unserer Selbstwahrnehmung weniger eingeschränkt, wären wir imstande, uns im vollen Sinne selbst zu erleben, würde sich vieles an uns ‚selbstregelnd' auf das Richtige hin entwickeln. Könnte die keifende Frau sehen, wie häßlich sie wirkt, würde der autoritäre Lehrer, dem bei seinem Tobsuchtsanfall der Schaum vor dem Munde steht, wahrnehmen, wie lächerlich er in den Augen seiner Schüler dasteht, dann träte zumeist der alte ‚therapeutische' Satz in Kraft: Selbsterkenntnis ist der erste Schritt zur Besserung.

In beiden Beispielen wird das Gespür für sich selbst durch vehemente Affekte überblendet.

Die Führungskraft jener ‚inneren Stimme' kann also dadurch beeinträchtigt sein, daß wir Antwortreaktionen auf unser Verhalten, die aus uns selbst stammen, nicht wahrnehmen beziehungsweise verdrängen. Eine solche Störung der Selbstwahrnehmung verursacht die Störung des Feedbackempfangs und der Selbstregelung von innen her.

Die Bewußtmachung

Für das Beziehungslernen ergibt sich folgendes: Wenn die Rückinformation aus dem eigenen Inneren zum Zwecke der Selbstlenkung wirksam werden soll, dann setzt das voraus, daß wir diese Rückinformation ins Bewußtsein eindringen lassen, also die Stimme in uns hören beziehungsweise ‚uns selbst wahrnehmen'.

Es erhebt sich die Frage: Wie kann jene Einschränkung der Selbstwahrnehmung, welche als Verdrängung bekannt ist, aufgehoben werden?

Zum Beziehungslernen in der Gruppe gehört es, daß ein Teilnehmer Rückmeldung bekommt. Die anderen sagen beispielsweise: Wir fühlen uns durch deine geistreichen Witze verletzt und verblödet. Nun taucht leicht eine Schwierigkeit auf: Er glaubt es nicht. Denn er selbst erlebt sich ganz anders. Zwei Wahrnehmungen von ihm stehen zueinander im Gegensatz, diejenige, welche die andern von ihm haben, und diejenige, die er selbst von sich hat.

In der Gruppe ist anschaulich zu beobachten, wie ein weiteres Strapazieren von Rückmeldungen nichts nützt. Man kennt das Schauspiel. Alle bemühen sich nach Kräften, dem Betroffenen plausibel zu machen, daß seine Art *doch* destruktiv sei, er indessen blockt immer mehr, fühlt sich völlig mißverstanden. Das Gespräch gerät ins Stocken. Wie kann man jetzt ‚an ihn herankommen', was läßt sich tun, damit er zu einer Selbstwahrnehmung gelangt, die der Realität entspricht? Wir gehen von der Überzeugung aus, das richtige Wissen um sich selbst sei in ihm vorhanden, aber auf welche Weise vermögen wir es abzurufen, welche Informationskanäle erschließen wir, um es für ihn zugänglich zu machen?

Eine Chance liegt darin, daß sich die ‚innere Stimme' immer wieder aufs neue und in vielen ‚Sprachen' hörbar zu machen versucht. Ihre Mitteilungen ergehen auf verschiedenen Ebenen: über das Gefühl, den freien Einfall, die Phantasie, die Vorstellungskraft, die Körperregung, Träume, Symptome, Fehlleistungen usw.

Wir dürfen uns die ‚innere Stimme' keinesfalls als irgendeinen mysteriösen Hokuspokus vorstellen. Sie besteht, wie eben angedeutet, in nichts anderem als in Regungen des Körpers, des Fühlens, der Phantasien usf.

Daher sind sämtliche Mitteilungsebenen geeignet, die Antwort auf das eigene Verhalten, die von innen her ergeht, zu erfragen und vernehmbar zu machen.

Insofern gilt es, jene Mitteilungsebene herauszufinden, auf der der Gruppenteilnehmer sich am ehesten spürt. Es hat keinen Sinn, ihn nach seinen Gefühlen zu fragen, solange er völlig verkrampft ist und diese überhaupt nicht wahrnimmt. Aber vielleicht empfindet er seinen Körper oder hat er Phantasien, die etwas aussagen.

Ein *Beispiel* zur Veranschaulichung.

Ein junger Mann attackiert eine ältere Frau in der Gruppe. Er erlebt sie matronenhaft und übermächtig. Jedes Gruppenmitglied spürt seine Wut und seinen Haß. Die Gruppenteilnehmer empfinden die Frau zwar auch als ‚recht mütterlich', doch betrachten sie die Reaktion des jungen Mannes als unangemessen. Letzterer verbohrt sich immer fanatischer in seinen Affekt. Das Gespräch gerät in die totale Stagnation, läuft sich immer mehr tot und erscheint völlig ausweglos.

An diesem Nullpunkt des Geschehens tut der Begleiter das, was wir als ‚Wechsel der Ebene' bezeichnen. Nur so sieht er eine Chance, aus dem Dilemma herauszukommen. Die ‚Sprachebene', die er betritt, ist der ‚freie Einfall'. Er regt den jungen Mann dazu an, sich auf sich selbst zurückzuwenden und einfach zu sehen, was ihm gerade in den Sinn komme.

Der junge Mann entwickelt überraschenderweise folgendes Phantasiebild. Er befindet sich auf einem freien Feld, seine Mutter rollt als Panzer auf ihn zu. Dann liegt er als Säugling im Schlamm, der Panzer geht über ihn hinweg. Schließlich sieht er sich als wimmernden Säugling am Boden liegend. Nach dieser Bildabfolge wird er von heftigem Weinen geschüttelt. Die Lage hat sich völlig verändert.

Er erzählt, seine Mutter sei eine harte Frau gewesen. Schlagartig geht ihm der Zusammenhang mit dem Hier und Jetzt auf. Rasch erkennt er, daß seine ‚Überreaktion' zunächst mit ihm selbst und erst dann mit der Gruppenteilnehmerin zu tun hatte. Als diese feststellt, sie sei nunmehr nicht mehr nur Gegenstand einer Projektion, ist sie ihrerseits bereit, ihren Anteil am Konflikt zu sehen.

Analyse.

Das Beispiel zeigt eine ganze Reihe von beachtenswerten Punkten.

1. Die *begrenzte Wirkung des sozialen Feedbacks.*

Der junge Mann bekommt zwar Rückmeldung über den verletzenden Charakter seiner Attacke gegen die ältere Teilnehmerin, aber er kann es offensichtlich schlichtweg nicht glauben, daß er ‚schiefliege' und daß die von ihm angegriffene Teilnehmerin doch nicht so entsetzlich sein sollte, wie er sie erlebt.

Die Unangemessenheit seiner Reaktion bleibt ihm verborgen, weil deren Ursache unbewußt, der Zusammenhang, die ‚Übertragung', verdrängt ist. Die Situation illustriert, wie Unbewußtheit als Störung der Selbstwahrnehmung beziehungsweise der Beziehung des Menschen zu sich selber automatisch zur Störung der Fremdwahrnehmung und damit zur sozialen Störung führt.

2. *Die Aussagekraft der inneren Stimme.*

Wir erkennen die Klarheit und Wucht, mit der die innere Stimme sich Gehör verschafft. Sie bricht spontan hervor. Die unausgesprochene Frage, welche im Raum gestanden hatte, lautet: Warum verhält sich der junge Mann derart verbohrt, warum fühlt er derart destruktiv? Die Antwort erging gleichsam in vielen ‚Sprachen', das heißt auf unterschiedlichen Mitteilungsebenen: freier Einfall, Erinnerung, Imagination, Ausdruck, Körperregung.

3. Die *Effizienz des Vergleichskriteriums* in der Lerngruppe.

Zwar erleben auch die anderen Teilnehmer das ‚recht mütterliche' Verhalten der attackierten Frau in gewisser Hinsicht als störend, aber der junge Mann reagiert demgegenüber um ein Vielfaches vehementer, so daß die Überzogenheit seiner Reaktion unmittelbar ins Auge fällt.

4. Der *‚Wechsel der Ebene'.*

Die Ursache des Konflikts ist dem jungen Mann also völlig unbewußt. So entsteht die Frage: Auf welcher Ebene ist am ehesten Selbstwahrnehmung möglich?

Man darf voraussetzen, die entsprechende Information sei in ihm durchaus vorhanden, aber es bleibt zu ermitteln, wo, das heißt, über welche Stelle seines Bewußtseins, sie abgerufen werden könne.

Im geschilderten Fall geschah der Einstieg in das Problem mittels einer Technik, die wir, verkürzt benannt, als *‚in die Achse gehen'* bezeichnen. Das besagt, der Betreffende erhält von seinem Gesprächsgegenüber oder aus der Gruppe Rückmeldung darüber, wie er mit seinem Verhalten wirkt. Auf dieser Ebene kann gegebenenfalls der ganze Konflikt durchgearbeitet werden.

Wie schon erwähnt wurde, führte die Rückmeldephase im besagten Fall in die Sackgasse.

Die Ebene des *freien Einfalls* wurde deswegen beschritten, weil das Gespräch in eine ungewöhnliche Verhärtung und Ausweglosigkeit hineingeraten war, so daß der Gesprächsbegleiter diese Ausweglosigkeit durch einen Appell an das Unbewußte zu durchbrechen versuchte. Die ‚innere Stimme' brach dann auch mit großer Vehemenz durch. Eine ganze Flut von Informationen wurde ausgelöst, Botschaften aus dem Reservoir der Imagination, aus der Erinnerung, Körperbotschaften.

Die freie Assoziation hatte den Betreffenden auf die richtige Spur gebracht und war gewissermaßen die Initialzündung zu einer Art von ‚*Wachträumen*' mit spontan aufsteigenden Phantasiebildern: die Mutter als Panzer, welche über den Säugling hinwegrollt, ein Bild, welches blitzartig die Beziehung zwischen Mutter und Sohn erhellte.

Daran schloß sich organisch der Blick auf die *Lebensgeschichte*. Von da schlug sich ganz von selbst die Brücke zum aktuellen Hier und Jetzt, so daß der Haß des jungen Mannes gegen die ältere Gruppenteilnehmerin verständlich wurde.

Auch der *Körper* war in das Geschehen hineingerissen. Er reagierte als Medium auf das Überfallenwerden von den Bildern und Emotionen aus dem Unbewußten, indem er von heftigem Weinen geschüttelt wurde und dadurch die sich vollziehende Erschütterung und Katharsis widerspiegelte.

Das *Ergebnis* des Gesprächs tritt sehr klar zutage.

1. Nachdem die geradezu archaische Aggression durchgelebt war, konnte jene ‚kognitive Kreativität' zur Wirkung kommen, die oft im Anschluß an das emotionale Durcharbeiten des Konflikts freigesetzt wird und mühelos den Zsammenhang zwischen der augenblicklichen Situation und der in der früheren Lebensgeschichte zu suchenden Konfliktursache herstellt.

2. *Beziehung zu sich selbst und soziale Beziehung sind unteilbar.*

Indem die Beziehung des jungen Mannes zu sich selbst ‚geheilt', der Zugang zu seinem Unbewußten hergestellt war, geschah ganz von selbst die ‚Heilung' der fraglichen sozialen Beziehung. Die veränderte Selbstwahrnehmung veränderte zugleich die Fremdwahrnehmung. Er konnte die von ihm angegriffene ältere Frau jetzt realistisch sehen. Sie war nicht mehr Projektionswand für seine ‚Übertragung'. Damit war der Konflikt aufgeklärt, war ihm zumindest der Stachel genommen.

Schlußfolgerungen aus dem Beispiel und ergänzende Bemerkungen

Im folgenden gilt es, die grundlegende Bedeutung des Gesagten sichtbar zu machen.

Die Mitteilungsebene des *freien Einfalls.*

Der freie Einfall ist von großem Wert. Einmal durchbricht er jene Optik, in welcher der Betroffene gefangen war. Zum anderen erschließt er durch einen spontanen Akt unerwartete Informationen. Das wiederum drängt zu einer veränderten Sicht der jeweiligen Lage. Ähnliche Eigenschaften kann man an der Fehlleistung beobachten. Wir nennen sie zusammen mit dem freien Einfall, weil sie gleich ihm den Fluß eines Geschehens unerwartet durchkreuzt und diesem eine neue Wendung gibt.

Die Mitteilungsebene des *Körpers.*

In Situationen, in denen die Unangemessenheit einer Reaktion so wie ihr Widerspruch zum Kontext evident ist und man Unbewußtheit voraussetzen muß, empfiehlt es sich, an einer ‚unverfänglichen', also an einer relativ bewußtseinsfernen Informationsebene anzusetzen: bei der *Körperwahrnehmung.* In der Regel schlägt sich ein Konflikt an irgendeiner Körperstelle nieder. Körperwahrnehmung erscheint am wenigsten bedrohlich. Denn eine Verspannung, einen Kloß im Hals, ein Magengeschwür usw. zu haben, wird nicht als Schande angesehen, wogegen man sich ungleich mehr exponiert, wenn man sich ob seines Verhaltens, seiner Gefühle, Gedanken und Wünsche *schämt.*

Der Körper bringt als sensibles Informationsinstrument häufig ausschlaggebende Botschaften. Er spricht die Sprache der Empfindungen, der Körperphantasien, der Symptome usw. Unter Umständen ist es möglich, ein Problem mit allen Phasen auf der Körperebene durchzuarbeiten.

Die Mitteilungsebene des *Fühlens* und Empfindens.

An jedem seelischen Inhalt haften Gefühlsqualitäten. Daraus ergibt sich die Aufgabe, den Gefühlsanteil des einzelnen Inhalts (sei es eine Regung des Körpers, ein Bild der Phantasie, eine Erinnerungsvorstellung, eine Aktion usw.) zu beachten und seinen Informationswert aufzufinden. Die hohe Abstraktionsleistung des Fühlens, welche zur wesentlichen Information hinführt, war mehrfach Gegenstand unserer Erörterung.

Das *Wachträumen.*

Die Bildabfolge in dem beschriebenen Beispiel (der über das Feld rollende Panzer) bezeichnen wir als Wachträumen. Das zur Rede stehende Problem tritt hierbei oft auch in Gestalt einer zunächst unüberwindlichen Mauer oder als Abgrund auf und wird auf der Bildebene angegangen.

Die *Erinnerung.*

Man nähert sich dem aktuellen Problem auf der Ebene der Lerngeschichte. Diese Verschlüsselung erweist sich deshalb als effektiv, weil einmal die ersten Lebensjahre von starken Gefühlserlebnissen geprägt sind und weil zum anderen die Kindheit ‚weit weg ist', so daß diesbezügliche Gefühle und Empfindungen leichter zugelassen werden als diejenigen, die mit dem jeweils angesprochenen Problem verknüpft sind. Zumeist gelingt es rasch, den Konfliktbezug zwischen Gegenwart und Vergangenheit herzustellen.

Ein älterer Mann hatte in einer Gruppe die massivsten Konflikte mit Frauen. Keiner verstand seine heftigen Ausfälle gegen weibliche Anwesende und den dahinter spürbaren Haß. Das Gruppengespräch mit ihm wurde so belastend, daß ein großer Teil der Teilnehmer stillschweigend den Raum verlassen hatte – eine völlig unübliche Reaktion. Der Begleiter gab dem Mann die Anregung, einfach zu sehen, ob ihm etwas aus seiner Kindheit einfalle. Da kam ihm plötzlich die Erinnerung: Als Kind hatte er Nacht für Nacht erlebt, wie der Liebhaber der Mutter zu dieser ins Bett kam und was sich dann abspielte. Der Haß auf seine Mutter brach heraus. Er erzählte, er sei homosexuell. Jetzt verstand er selbst und verstanden alle anderen seine Schwierigkeiten mit Frauen. Erst nachdem er seinen Gefühlen Luft gemacht hatte, konnte er seine Mutter anders sehen und schildern, wie sehr er sie geliebt habe und was sie ihm bedeute. Die Atmosphäre in der Gruppe entspannte sich sehr rasch.

Die *Ausdruckssprache.*

Als in der Gruppe das Gespräch mit einem etwa vierzigjährigen Mann ins Stocken geraten war und nicht weitergehen wollte, beobachtete der Begleiter, wie sich die Hände beziehungsweise die Fingerspitzen des Mannes gegenseitig sachte berührten. Er veranlaßte ihn, seiner Hände gewahr zu werden und sie genauer zu betrachten. Über das Spiel der Hände gelang dem Betroffenen auf einmal die Selbstwahrnehmung, die vorher nicht möglich war. Er lernte seine tiefsitzende Nervosität differenziert erkennen und erfahren, empfand schließlich auch jene Entspannung, welche naturgemäß dann eintritt, wenn man sich wirklich wahrnimmt, das besagt, ein Gefühl bewußt durcherlebt. Im nachhinein stellte sich heraus, daß der Betroffene eine besonders intensive Beziehung zu seinen Händen hatte und daher auf dieser Mitteilungsebene am ehesten einen Zugang zu sich selbst fand.

Die *Vorstellungsebene.*

In Situationen von Bewußtseinsenge, wo der im Gespräch stehende Gruppenteilnehmer zu keiner Selbstwahrnehmung mehr fähig ist, sozusagen sich selbst auf den Füßen steht, ist es angebracht, eine Distanz herzustellen. Man geht in die Vorstellungsebene: Denk dir mal, du säßest dir hier in der Runde selbst gegenüber. Was siehst du da? Dieser einfache Kunstgriff zeigt bisweilen einen überraschenden Effekt. Der Teilnehmer ist plötzlich in der Lage, sich selbst mit Ruhe aus dem Abstand zu betrachten, was vorher mißlang, weil er sich gleichsam selbst zu nahe war.

Die Ebene der *Aktion.*

Viele Menschen spüren sich selbst sehr genau, sobald man ihnen gestattet, etwa im Sinne des Rollenspiels oder des Psychodramas, in eine Rolle zu schlüpfen und zu spielen. Das Rollenspiel als Möglichkeit der Selbstwahrnehmung hat sich inzwischen als ein weitverbreitetes Instrument der Problembearbeitung durchgesetzt.

Die Ebene der *Bedürfnisse*, die Wunschsphäre.

Insbesondere wenn jemand sehr angespannt und verkrampft ist, so daß jede Gefühlswahrnehmung aussetzt, empfiehlt es sich, ihn anzuregen, daß er sich etwas Schönes ausdenkt, beispielsweise dergestalt: Was würde dir Spaß machen? Eine Reise phantasieren, ein Zimmer einrichten, einen schönen Spaziergang unternehmen. Durch das Zulassen und Wahrnehmen von Wünschen, also lustbetonten Inhalten, tritt eine Lokkerung des Gesamtzustandes ein, so daß auch Selbstwahrnehmung insgesamt wieder möglich ist.

Der *Nachttraum.*

Der Traum als Königsweg zum Unbewußten ist eine ganz wichtige Ebene, auf welcher der Träumende Rückäußerungen von sich selbst erfährt, die seine Situation beschreiben, genau besehen sogar analysieren und beurteilen.

Die Aufzählung der Mitteilungsebenen ließe sich unbegrenzt weiterführen. Sie alle sind geeignet, Antworten über sich selbst zu erfahren. Der Kreativität des Gesprächsbegleiters sind keine Grenzen gesetzt. Je nach seiner eigenen Vertrautheit mit den Ebenen und gemäß der Ansprechbarkeit des Gruppenteilnehmers kann er zum Malen, Tanzen, Spielen usw. anhalten.

Das Umgehen mit dem sogenannten ‚Widerstand'. Eine Verbindung psychoanalytischer Bewußtmachung mit lernpsychologischen Feedbackverfahren

Es wurde gesagt, Rückäußerung beziehungsweise Feedback stelle eine Kraft zur Orientierung und Veränderung dar. Beziehungslernen ist daher ständiges Sensiblerwerden für die Sprache der Rückwirkungen. In unserem Zusammenhang geht es um die unverfälschte Wahrnehmung jener Mitteilung, die aus dem eigenen Inneren stammt, also um die verdrängungsfreie Selbstwahrnehmung. Der Lernprozeß, der darin besteht, die Signalsprache der inneren Stimme zu erlernen, erweist sich als umfangreich und anspruchsvoll. Man darf vielleicht sogar sagen, das sei die schwierigste Sprache, die ein Mensch zu erlernen hat.

Das Gesagte läßt sich am **Beispiel des Schutz- bzw. Ausweichverhaltens** darstellen.

Jedes störende Beziehungsverhalten, das in einer Gruppensitzung durchgearbeitet wird, besteht in einer solchen Ausweichreaktion, wobei das Ausweichen in Nichtwahrnehmen und Nichtmitteilen zu sehen ist.

Das Ziel des Durcharbeitens liegt darin, alle Konsequenzen, nicht allein die angenehmen und entlastenden, sondern gleicherweise die ‚Nebenwirkungen' *zur Erfahrung zu bringen* und auch durchzuerleben, jedenfalls in voller Wachheit zuzulassen, sowie das Erlebte auszusprechen.

Die *Durcharbeitung des Ausweichverhaltens kann auf allen geschilderten Sprach- und Mitteilungsebenen vor sich gehen*: der Bildebene, der Gefühlsebene, der Körperebene usw. Beginnen wir mit der *Bildebene.* Das bedrohliche Objekt beziehungsweise das Hindernis, das beim Wachträumen häufig begegnet – etwa ein gefährlicher Mensch, eine Mauer, ein Abgrund – repräsentiert das zur Bearbeitung anstehende Problem in verschlüsselter Form. Daher gilt es, darauf zu achten, was der Lernende angesichts der bedrohlichen Situation tut. Eine diesbezügliche *‚Verhaltensanalyse'* zeigt uns dann, auf welche Art er mit Hindernissen in seinem Beziehungsalltag umgeht. Die Verschlüsselung wird belassen, weil so das Problem verkleidet und infolgedessen weniger bedrohlich in seinen Gesichtskreis tritt. Wir sagen also nicht: Die Mauer ist ein Bild für deine Art, Schwierigkeiten zu begegnen. Die Hauptaufgabe besteht jetzt darin, die Mauer differenziert wahrzunehmen, das Bild voll ins Bewußtsein zu bringen. Es kann aber vorkommen, daß sich der Wachträumende dagegen sträubt. Der Begleiter fragt ihn: Was möchtest du jetzt? Der Teilnehmer sagt zum Beispiel: Weglaufen. Der Begleiter: Dann mach das! Der Teilnehmer läuft in der Phantasie weg.

Die Devise lautet also: Den ‚Widerstand' beziehungsweise das Ausweichverhalten zulassen – allerdings unter einer klaren Bedingung: das Ausweichverhalten in vollem Bewußtsein miterleben und mitvollziehen.

Jetzt gelangt das Gespräch an den kritischen Punkt. Es geht darum, daß dem Davonlaufenden bewußt wird, wie er sich dabei selbst erlebt, welche Rückwirkung aus ihm selbst kommt. Fragt der Begleiter: Wie geht es dir jetzt?, dann sagt er vielleicht: Blendend! Das ist zwar nicht falsch, aber es ist nicht alles. Jeder in der Gruppe merkt dem Davonlaufenden an, daß er sich einerseits entlastet fühlt, andererseits unzufrieden ist. Sein ganzer Ausdruck verkündet es beredt. Also existiert offensichtlich in ihm selbst ein Wissen dahingehend, daß Ausweichen nicht das höchste der Gefühle sei, nur daß sein Ich davon noch keine Kenntnis besitzt. Was läßt sich veranstalten, damit die Unzufriedenheit mit sich selbst, die ihm alle anmerken, in sein Bewußtsein gelangt? Denn gerade diese hätte die Funktion, als negative Konsequenz des Davonlaufens ein Korrektiv abzugeben.

Natürlich wäre es völlig abwegig und nutzlos, ihm auf den Kopf zu-

zusagen und auszurufen, was allen auf den Lippen liegt: Ja siehst du denn nicht, daß du ausgewichen bist... und so machst du es immer! usw. Darin liegt ja gerade die Einschränkung der Selbstwahrnehmung beziehungsweise die Verdrängung, daß er weder die Unzufriedenheit als innere Rückwirkung empfindet noch den Zusammenhang rational erfaßt, obwohl das Bild die unmißverständlichste Sprache spricht, die man sich wünscht. Auf eine derartige Intervention würde er wiederum in irgendeiner Form kneifen und etwa sagen: Na und! Dem das Gespräch lenkenden Begleiter stehen verschiedene Möglichkeiten offen, die besagte Unzufriedenheit als die innere Rückwirkung zu erarbeiten, die, obschon vorhanden, nicht verfügbar ist.

Eine Regel der ‚Informationsgewinnung' lautet: Wenn du Anlaß hast, an der Verläßlichkeit deiner Selbstwahrnehmung zu zweifeln, dann verschaffe dir Zusatzinformationen. Das geschieht vor allem dadurch, daß du den Informationskanal beziehungsweise die Sprach- und Mitteilungsebene wechselst, also beispielsweise nicht nur dein Bewußtsein, sondern über die Träume dein Unbewußtes befragst.

Diese Zusatzinformationen sind normalerweise verschlüsselt. Sie müssen in der Verschlüsselung durchgearbeitet und auf diese Weise gleichsam entschlüsselt werden.

Was heißt das? Die Rückversicherung hinsichtlich einer Information ist jedem geläufig. Wir tun im Grunde nichts anderes, als was wir sonst im Leben machen, wenn wir über eine Sache informiert werden, uns aber dessen nicht gewiß sind, ob es die richtigen Informationen sind. Wir verschaffen uns Zusatzinformationen. Das versucht der Begleiter zusammen mit dem Teilnehmer zu erreichen.

Wir führen das Beispiel des Ausweichverhaltens weiter.

Der Begleiter setzt beispielsweise die Arbeit auf der *Bildebene* fort und fragt den Teilnehmer, der beim Wachträumen von der Mauer weggelaufen ist: Achte genau auf dich selbst, wo stehst du jetzt, was siehst du? Gegebenenfalls stellt der Teilnehmer auf einmal fest, er hänge an einem Gummiband und die Mauer lasse ihn nicht los. Das Problem hat ihn trotz Davonlaufens eingeholt, er merkt, es besteht keine Aussicht, so einfach davonzukommen.

Sollte sich das Gespräch auf der Bildebene totlaufen und im Kreise drehen, empfiehlt sich ein ‚Wechsel der Ebene'. Man versucht, die Antwort der ‚inneren Stimme' auf einem anderen Informationskanal aufzufinden, indem man etwa fragt: Wie fühlst du dich gegenwärtig, in welche Stimmung hat dich das Gespräch versetzt? Die Antwort: Irgendwie habe ich ein blödes *Gefühl*. Da er dieses ‚blöde Gefühl' vermutlich aus anderen Lebenssituationen kennt (denn das Ausweichen gehört ja bislang zu seinem Beziehungsverhalten), so läßt sich daran etwas verdeutlichen, indem man es durcharbeitet.

Oder man geht auf die *Körper*ebene mit dem Hinweis: Achte auf deinen Körper! Der Teilnehmer sagt: Es ist, wie wenn ich Blei in den Gliedern hätte, ich kann mich nicht bewegen – eine neue Variante der Tatsache, daß er das Problem nicht abzuschütteln vermag.

Oder man begibt sich in die Ebene der *Erinnerung* und der Lerngeschichte: Kennst du jenes Gefühl aus deinem Leben, das du eben hattest, als du vor der Mauer standest und davonliefst und dann entlastet warst? Womöglich tauchen nunmehr Situationen aus dem Zusammenleben in der Herkunftsfamilie auf.

Der Teilnehmer bewegt sich jedenfalls fortwährend in der Verschlüsselung des Problems. Das ist gut so, denn er hat die Distanz zu seinen authentischen Gefühlen, nämlich zu jenem ‚blöden Gefühl', welches mit dem Ausweichen verbunden ist, noch nötig. Die Verschlüsselung schützt ihn. Zum einen befindet er sich ‚mittendrin', zum anderen behält er den notwendigen Sicherheitsabstand. Dem Begleiter allerdings wird ein gleichsam *abstraktes und analoges Denken* abverlangt. Er muß den roten Faden auf jeder Ebene, auf der gearbeitet wird, wiedererkennen und die jeweils neue Verschlüsselung des Problems durchschauen. Wie ein Jäger befindet er sich auf der Fährte und verfolgt die Spur, nämlich das ‚blöde Gefühl' als innere Rückwirkung auf das Davonlaufen, egal wie es sich verkleiden mag – als Bild, als Körperreaktion, als Erinnerung usw. Entscheidend ist, daß *‚an irgendeiner Stelle'*, gleichgültig an welcher, eine echte und umfassende *Selbstwahrnehmung* zustande kommt, also die verdrängte Empfindung in das wache Erleben eindringt. Indem man den Blick auf den gleichbleibenden Kern in der Vielfalt der Abfolge lenkt, erkennt man schließlich, wie der Faden zum Ausgangspunkt geknüpft wird. Als es um die Aufhellung des Ausweichverhaltens ging, lautete die Aufgabe: Sensibler werden für die Sprache der Rückwirkung aus dem eigenen Inneren. Oberflächlich gesehen hat das Gespräch immer wieder den Faden verloren, weil das Problem durch den ‚Wechsel der Ebene' in ständig sich wandelnden Verhüllungen auftritt. Doch das sieht lediglich so aus. Das, worauf es ankommt, blieb dasselbe und steht zuletzt für den Betroffenen als Ergebnis da: die Wahrnehmung seiner selbst.

4. Prinzipien des Vorgehens

Ein grundlegendes Verfahrensprinzip: Das Erarbeiten jener Wirkung, die ein Mensch nach außen hin auf die Mitwelt und nach innen auf sich selbst hat

Wenn Konsequenzen und Wirkungen zur Orientierung und Veränderung so vieles beitragen, müssen wir sie gewissermaßen absichtlich herbeischaffen, weil sie nicht ohne weiteres von selbst effektiv werden; denn durch Nichtwahrnehmen und Nichtmitteilen halten wir sie gerne von uns fern. Es kommt zu einer Art ‚Gegenüberstellung' oder Konfrontation. *Unter Konfrontation verstehen wir keineswegs ein hartes Anpacken dessen, der sich auf störende Weise verhält, sondern das Erfahren- und Erlebenlassen jener Konsequenzen, welche ohnehin vorliegen,* nur daß sie durch Rückmeldung jetzt sichtbar erscheinen. Das ganze ist zugleich eine ‚Begegnung' mit der eigenen Wirkung, in gewissem Sinn eine ‚Begegnung mit sich selbst'.

Die Vorteile des Konfrontierens mit dem Faktum der Wirkung gegenüber dem Konfrontieren mit Deutungen liegen auf der Hand. Fakten sind schlichtweg glaubwürdiger als Annahmen, die oft von Spekulationen kaum unterschieden werden können und keine Überprüfung zulassen.

Durch die Arbeit an der Aufdeckung der äußeren und inneren Wirkungen entsteht eine Art von Sachzwang. Das Ich sieht sich umstellt von der Wahrheit der äußeren wie der inneren Realität und ihrem Anspruch.

Das beschriebene Vorgehen erfordert vom Begleiter, welcher von außen auf eine Interaktion hinblickt, eine komplexe Leistung. Er muß durch sein Wahrnehmen und seine Einfühlung einerseits ganz beim Sender, andererseits ganz beim Empfänger sein. Er hat sowohl die Wirkungen zu erarbeiten, welche das Verhalten des Senders auf den Empfänger ausübt wie auch diejenigen, die der Sender auf sich selbst ausübt.

Warum es oft darauf ankommt, daß die Wirkung *sofort* in Erscheinung tritt

Die neuen Forschungen über Biofeedback haben uns darüber Aufschluß gebracht, auf welch erstaunliche Weise wir Menschen durch unverzügliches Feedback unsere autonomen und unwillkürlichen Reaktionen zu beeinflussen vermögen. Wir lenken unsere Gehirnströme in Richtung der Entspannung und befreien uns dadurch selbsttätig von

Kopfschmerzen und vielem anderem. Das ist nur möglich durch ein *ganz unmittelbares* akustisches oder optisches Feedback, wie wir es etwa mit Hilfe technischer Geräte bekommen, die mit unserem Organismus verbunden sind.

Auch die Funktionsfähigkeit unseres innerseelischen und sozialen Lebens hat häufig die sofortige Rückmeldung zur Vorbedingung. Das zeigt sich insbesondere bei der Bedingungsanalyse bestimmter Ausweichreaktionen, wo es darauf ankommt, daß Wirkungen *innerhalb von Sekunden* sichtbar werden, soll der Ausweichende Zusammenhänge richtig erfassen.

Wir verdeutlichen das an einem *Beispiel.*

Eine fünfzigjährige Frau in der Gruppe erzählt, sie habe von den Menschen ihrer Umgebung wiederholt die Rückmeldung bekommen, sie sei geschwätzig. Inzwischen habe sie resigniert, weil sie sich trotz großer Bemühung außerstande sehe, dieses für sie außerordentlich nachteilige Verhalten abzulegen und weil sie nicht mehr wisse, was sie noch tun könnte.

Gemäß unserer Grundannahme müßte hinter dem störenden Verhalten irgendeine Form des Nichtwahrnehmens beziehungsweise Nichtmitteilens stehen. Die Voraussage lautet: Sobald das Verdrängte wahrgenommen und das nicht Ausgesprochene mitgeteilt würde, müßte die Störung wegfallen.

Während der Rückmeldephase erfährt die Teilnehmerin, durch ihr hektisches Reden kämen die anderen unter *Druck*, fühlten sich wie erschlagen, verspürten die Tendenz, ihr auszuweichen. Als sie vom Begleiter gefragt wird, ob ihr irgendeine körperliche Reaktion auffalle, sagt sie, sie habe während des Sprechens einen starken Druck im Hals empfunden. Das weitere Gespräch beleuchtet den Hintergrund. Aus irgendwelchen Gründen – die wahrscheinlich in der Lerngeschichte zu suchen sind – hatte die Teilnehmerin häufig Angst, bei anderen ‚nicht anzukommen'. Sie bewegte sich in einem Teufelskreis von Rückkoppelungen. Wegen ihrer Angst steigerte sie sich in immer rascheres und hektischeres Reden hinein, so daß ihr Gegenüber tatsächlich ‚abschaltete', sie sich noch mehr anstrengen mußte usw.

Während des Gesprächsverlaufs wirkt sie zunehmend entspannter, und auch die anderen spüren keinerlei Druck mehr, können ihr sehr zugewandt folgen.

An diesem Punkt der Analyse ist das problematische Beziehungsverhalten eigentlich aufgeschlüsselt und sogar die Verhaltensalternative erarbeitet. Die Teilnehmerin hatte wichtige Zusammenhänge erfaßt: den Zusammenhang zwischen außen und innen. Sie erkannte nunmehr nicht nur die Außenseite, sondern auch die Innenseite ihres Verhaltens. Infolge der wertfreien Rückmeldung, als nicht mehr von Geschwätzigkeit die Rede war, wurde ihr der Druck im Hals und die hinter ihrem hektischen Reden stehende Angst erst richtig deutlich.

Den zeitlichen Zusammenhang und die Regelhaftigkeit: Das störende Verhalten trat immer dann auf, wenn sie im Gespräch von der mehr oder weniger unbewußten Angst bestimmt war, den anderen nicht zu erreichen (der soziale Druck korreliert mit dem innerseelischen Druck im Sinne der Spiegelbildlichkeit).

Den ursächlichen Zusammenhang: Der andere fühlte sich deswegen gestört, weil sie über alles mögliche redete, anstatt ihre Angst wahrzunehmen und über sie zu sprechen. Der Redeschwall hatte mehrere Funktionen: die Angst in Schach zu halten und sie außerdem nach außen hin zu verbergen.

Am Schluß des Gruppengesprächs erörterte man, wie die gewonnenen Erkenntnisse in die Alltagssituation zu übertragen seien. Die Teilnehmerin hatte jetzt ein zuverlässiges *inneres Rückmeldesignal* zur Verfügung: den *Druck im Hals.* Dieses war geeignet, sie in der kritischen Situation zu alarmieren und daran zu erinnern, daß sie in Gefahr sei, durch hektisches Reden wieder alles zuzudecken.

Statt dessen sollte sie – wenigstens im Zusammensein mit guten Bekannten – versuchen, über ihre Befürchtung zu sprechen, der andere würde sich durch ihre Art zu reden erschlagen fühlen und daher ‚auf Durchzug' schalten.

Ein *wesentlicher Unterschied* zwischen dem Lerngespräch und den bisherigen alltäglichen Lebenssituationen bestand in der *sofortigen* Rückmeldung von außen und von innen. Wenn die Frau früher gelegentlich Rückmeldung über ihre Geschwätzigkeit erhielt, hatte das nicht etwa einen Lerneffekt; das Gegenteil war der Fall. Einmal wurde jene Angst, die jeder ‚Abwehr' zugrunde liegt, durch die bewertende Rückmeldung eher noch verstärkt, zum anderen kamen die eigentlichen ursächlichen Zusammenhänge nicht in den Blick, weil die Rückmeldung meist nicht in der Situation, sondern erst viel später erfolgte, und wenn sie gleich erfolgte, die Durcharbeitung des Konflikts ausblieb. Durch die rasche Rückmeldung und den *sofortigen Vergleich zwischen äußerer und innerer Rückmeldung* verstand die Teilnehmerin einigermaßen mühelos, daß im selben Augenblick, da die anderen unter Druck gerieten, sie sich selbst unter Druck setzte, indem sie ihre Angst niederhielt (Spiegelbildlichkeit).

Die *unverzügliche soziale und innerseelische Rückmeldung über die positive Veränderung, welche bereits während des Gesprächs über das störende Verhalten eintrat, war für den Erfolg ebenso notwendig.* Aufgrund der entsprechenden Fragen des Begleiters wurde der Teilnehmerin bewußt, daß sie sich entspannt fühlte und die anderen ihr aufmerksam zugewandt waren (Korrelation zwischen sozialer und innerseelischer Entlastung im Sinne der Spiegelbildlichkeit). So erkannte sie den Kontrast zu ihrem üblichen Verhalten auf sehr eindrucksvolle Weise.

Der Gesprächsverlauf nebst der komplexen Bedingungsanalyse des störenden Verhaltens dauerte etwa zehn Minuten. Die schnelle Aufhellung der ursächlichen Zusammenhänge war nur denkbar unter der Bedingung, daß der Begleiter unverzüglich die Aufmerksamkeit auf die jeweilige Wirkung lenkte und so der Vorgang von selbst durchsichtig wurde.

Verschiedene psychotherapeutische Verfahren, die sich selbst als nicht direktiv einschätzen, geben den kybernetischen Effekt der sofortigen Rückinformation preis. Läßt man dem Prozeß der freien Assoziation in der Individualtherapie oder dem Gesprächsprozeß in der Gruppe freien Lauf, dann kommt jenes Veränderungspotential der Selbstregelung, das im raschen Herbeischaffen und Aufzeigen von Rückinformationen liegt, nicht zum Tragen.

Warum es oft darauf ankommt, die Wirkung *schrittweise* in Erscheinung treten zu lassen

Wohl keinem Menschen bleibt die Erfahrung erspart, welche Schmerzen es verursacht, der Wahrheit ins Gesicht zu schauen. Beziehungslernen schließt solche leidvollen Einsichten unausweichlich mit ein. Mitunter verhält es sich so, daß wir die volle Wahrheit über unsere soziale Wirkung nicht kennen, auch die Wirkung, die wir auf uns selbst haben, schieben wir lieber beiseite. Vielleicht fühlen wir uns überfordert, die ungeschminkte Wahrheit zuzulassen, weil sie sehr weh täte. Wie dankbar sind wir deshalb, wenn uns jemand in einer Weise ‚auf die Sprünge hilft', daß wir nicht geknickt sein müssen, sondern trotz des unvermeidbaren Schmerzes aus der belastenden Erfahrung einen Gewinn beziehen. An anderer Stelle wurde bereits die Empfehlung Max Frischs zitiert, wir sollten dem anderen die Wahrheit wie ein Kleidungsstück hinhalten, in das er hineinschlüpfen könne. Die Lernpsychologie kennt ein Prinzip, das sich durchaus zu einer solchen liebevollen Geste ausgestalten läßt. Wir meinen die schrittweise Annäherung an ein Ziel, sowohl an ein bestimmtes Verhalten wie an ein bestimmtes Erleben, etwa eine bedrohliche Empfindung.

Angenommen, jemand hat eine ausgesprochen aversive Ausstrahlung auf die Mitwelt, was nichts anderes heißt, als daß er allen auf die Nerven geht und ihn im Grunde niemand mag, so wäre es äußerst unklug, unter Umständen auch lieblos, ihn damit unvermittelt zu konfrontieren. Jeder hat es schon erlebt, wie der Betroffene eine diesbezügliche Rückmeldung abwehrt, in Verteidigungshaltung gerät und das Gesagte weginterpretiert.

Dem Begleiter obliegt die Aufgabe, dafür Sorge zu tragen, daß die Wirkung des Teilnehmers nach außen wie nach innen, nämlich auf ihn selbst, in Schritten erarbeitet wird. Er sieht beziehungsweise vermutet zwar die Wirkung, aber er erfaßt gleicherweise die Aufnahmebereitschaft und Belastungsfähigkeit des Teilnehmers hinsichtlich der fälligen Rückmeldung. (Diese grundsätzliche Einstellung schließt keineswegs aus, daß in bestimmten Fällen allein ein Schock den Durchbruch bewirkt, nämlich die ungeminderte Konfrontation mit der totalen Wahrheit ohne Zwischenschritte.) Verfügt der Rückmeldende über die entsprechende Sensibilität, dann wird er intuitiv den bewußten und unbewußten Widerstand seines Gegenübers einschätzen. Doch gibt es außerdem eine Reihe von Kriterien, die dabei hilfreich sind. Denn vom Teilnehmer gehen deutliche Signale aus, welche darauf hinweisen, wieviel er hören will und verkraftet. Wenn er beispielsweise auf den Versuch, ihm seine Wirkung zu spiegeln, brüsk reagiert, wenn er alles, was man vorbringt, zu dementieren versucht, wegrationalisiert und etwa darauf hinweist, anderswo werde er ganz anders erlebt, oder wenn er sich aalglatt verhält und für die Rückmeldung ohne jegliches Zeichen von Betroffenheit bedankt, dann ist der Widerstand, sein eigenes Selbstkonzept und seine eigene Wahrnehmung von sich selbst in Frage zu stellen, ziemlich groß.

Manchmal zeigen solche Reaktionen, daß die Zeit zur Bearbeitung gar nicht reif ist. Es dauert vielleicht noch Jahre, bis der Betreffende den Mut aufbringt, in den äußeren und inneren Spiegel zu schauen, also die soziale und die innerseelische Rückmeldung zuzulassen. Sofern der sich im Gespräch Befindende jedoch motiviert ist und ‚einsteigt', besteht das Ziel schon darin, die ganze Bedrohung durch die äußere und innere Rückmeldung ins Bewußtsein zu bringen. Zur schrittweisen Annäherung gehört dann möglicherweise, daß man die ausdrückliche Rückmeldung von außen vorerst läßt und dafür zunächst die Rückmeldung aus dem eigenen Inneren ermittelt. Hierbei kommt uns die Natur der Seele zu Hilfe. Denn man gewinnt den Eindruck, die Seele selbst bediene sich des Prinzips der schrittweisen Annäherng, indem sie die Rückmeldungen anfänglich verschlüsselt. Es macht die Kunst und den Spürsinn des Begleiters aus, die innere Antwort über die verschiedenen möglichen Mitteilungswege – Körper, Nachttraum, Wachträumen, Lerngeschichte usw. – hörbar zu machen und in dieser verschlüsselten Form allmählich immer deutlicher erfahrbar werden zu lassen.

Die Neuorientierung – Das kognitive Umstrukturieren von Reaktions-Konsequenzabfolgen

Weil die Wirklichkeit, auch die soziale Wirklichkeit, für uns nicht objektiv ‚gegeben' ist, erlangt die subjektive Sicht, nach der wir Wahrnehmungs- und Mitteilungsdaten verknüpfen, erhebliche Bedeutung. Das trifft auch darauf zu, in welcher Art wir Verhaltensweisen und ihre Konsequenzen in Verbindung bringen.

Als Säugling erlebt der Mensch während der ersten Zeit seines Lebens die Welt als ein Gewoge von Sinneseindrücken. Im Laufe seiner Entwicklung muß er diese Sinneseindrücke ordnen, die Welt für sich zunehmend überschaubar und beherrschbar machen. Das Kind lernt hinsichtlich seiner sozialen Wirklichkeit eine Menge an logisch-kausalen Verknüpfungen und Strukturierungen. Oft sind derartige Erklärungen falsch. Sie werden zu starren Bahnen seines Denkens, die ihm hinderlich sind. Solche meist unausgesprochenen und oft unbewußten Konzepte sehen dann etwa so aus:

Wenn ich nicht angepaßt reagiere, ziehe ich den kürzeren.

Wenn die anderen wüßten, was mit mir los ist, würden sie mich verachten.

Wenn ich meine Schwächen nicht tarne, werden die anderen ‚reinhauen'.

Wenn ich mich engagiere, nützt man mich aus,

und vieles ähnliche.

Aufgrund des Postulats ‚Maximierung und Optimierung der Information' und der Devise ‚Alle Konsequenzen sollen auf den Tisch kommen' – die positiven und negativen, die entlastenden Kurzzeitfolgen wie die belastenden Langzeitfolgen, die erwünschten Wirkungen wie die unerwünschten ‚Nebenwirkungen' – entsteht ein ungewohnter Zustand. Man könnte ihn als Informationsüberflutung bezeichnen. Ähnlich wie der Klient auf der psychoanalytischen Couch infolge der Regel, Einfälle frei aufsteigen zu lassen, mit Informationen aus seinem Unbewußten geradezu überschwemmt wird, verhält es sich auch in der Lerngruppe. Die Situation ist für den Lernenden neu. Auf einmal soll er alles ernst nehmen, was die anderen rückmelden und was aus ihm selbst kommt. Jede Belanglosigkeit findet Interesse, jede feinste Reaktion, jede nebensächliche Gefühlsregung ist wichtig. Den leichten Beigeschmack eines schönen Gefühls darf er nicht verschlampen, man hindert ihn daran, den üblen Nachgeschmack eines sonst erfolgreichen Verhaltens zu unterschlagen. Der Betroffene beginnt, Kleinigkeiten, die er sein Leben lang unbeachtet ließ, als Rückinformationen aus ihm selbst zu ‚lesen'. Noch nie hat er eine derart differenzierte Wirkung durch die Mitwelt gespiegelt bekommen, noch nie den Stimmen aus ihm selbst soviel Gewicht beigemessen.

Das beschriebene Überflutetwerden durch Information erzeugt zunächst ein Stadium der Orientierungslosigkeit. Wir haben gesagt, der Säugling sei anfänglich einer Überfülle an Sinneseindrücken ausgeliefert, er müsse das Chaos allmählich ordnen, Strukturen in die Welt hineinbringen. In der Lerngruppe wiederholt sich ein vergleichbarer Vorgang. Die Hauptregel ‚Wahrnehmen und Mitteilen!' stellt sozusagen das Chaos noch einmal her. Schon der Philosoph Sokrates wendete bei seiner Gesprächsführung eine Verwirrtechnik an, indem er sein Gegenüber absichtlich verunsicherte. Für Sokrates war die Zerstörung der falschen Selbstsicherheit der fruchtbare Wendepunkt in der Gesprächsentwicklung. Alte Strukturen werden zerschlagen, neue müssen erworben werden. Es gibt Therapierichtungen, welche nach dem gleichen Prinzip vorgehen. Beim Beziehungslernen sieht sich der Lernende der Aufgabe gestellt, seine soziale Wirklichkeit umzugestalten und neu zu ordnen. Bislang hat er an Schutz- und Ausweichreaktionen lediglich den rasch eintretenden Entlastungserfolg bemerkt. Nunmehr wird seine Aufmerksamkeit auf die mitunter verheerenden Spätfolgen und Nebenwirkungen gelenkt. Bisher hat er beispielsweise durch seine witzige Ironie die eigene Unsicherheit in Schach gehalten und darüber hinaus auch noch Achtungserfolge erzielt. Jetzt erfährt er, daß sich die anderen gedemütigt fühlen und sich daher in einen Sicherheitsabstand begeben, er dadurch also in eine unbeabsichtigte Isolation gerät.

5. Weitere Gesichtspunkte und Regeln für das Rückmelden

Die Problematik von Du-Botschaften

Warum es problematisch ist, bei der Rückmeldung, die wir einem anderen geben, über ihn selbst anstatt über seine Wirkung auf uns zu reden

Im Sinne der Maximierung und Optimierung des Informationsaustauschs fordert die Hauptregel: Nimm wahr, und teile mit, was du wahrnimmst! Die vier Gesprächsregeln konkretisieren die allgemeine Aufforderung. Sie sagen etwas genauer, worauf sich das Wahrnehmen und Mitteilen beziehen soll: auf das, was außer dir ist, was in dir ist; das Positive und Entlastende; das Negative. An der ersten Gesprächsregel (Fremdwahrnehmung – nimm wahr und teile mit, was außer dir ist!) müssen wir allerdings einige wichtige Einschränkungen und Differenzierungen vornehmen. Sie beziehen sich auf das Mitteilen. Zwar gehen wir keineswegs so weit, daß wir sagen: Nimm wahr, was außer dir ist, teile es aber nicht mit, doch wir schränken die Mitteilung der Fremdwahrnehmung, also die Mitteilung dessen, was man am anderen beobachtet, ein. Damit wollen wir keinerlei Heimlichtuerei das Wort reden. Wir bestehen nach wie vor auf der Forderung nach transparenter und klarer Selbstdarstellung. Doch gilt es genauer zu bestimmen, wie die Aufforderung am besten erfüllt wird.

Demjenigen, der in der Gruppe eine Rückmeldung an einen anderen gibt, legen wir die Faustregel nahe: Die Rückmeldung deiner Selbstwahrnehmung hat den Vorrang vor der Rückmeldung deiner Fremdwahrnehmung. Anders formuliert: Sofern du etwas über den anderen sagst, dann *sprich eher über seine Wirkung auf dich als über ihn selbst.* Noch schlichter ausgedrückt: *Schau bei deiner Rückmeldung mehr nach innen als nach außen!* Man darf es auch so formulieren: *Wenn du Rückmeldung gibst, so tue das vor allem anderen in der Sprache deiner Empfindungen. Unterlasse Wertungen und Deutungen; ver-*

meide tunlichst ‚Du bist-Aussagen' beziehungsweise ‚Du tust-Aussagen', verwende demgegenüber ‚Ich fühle-Aussagen'! Die ‚Ich-Botschaften' sind also den ‚Du-Botschaften' vorzuziehen.

Was ist mit diesem Hinweis gemeint?

Gewiß kommt es darauf an, *wie* man über den anderen spricht. Doch ‚Du bist-Aussagen' und ‚Du tust-Aussagen' enthalten schon ihrer sprachlichen Form nach eine Reihe von Gefahren. Feststellungen des genannten Typs tragen in sich die starke Neigung zu Wertung und Deutung: Du bist aggressiv, autoritär, dominant, unecht, unaufrichtig, hinterhältig. Hier mischen sich oft Fakten und Interpretation der Fakten.

Angenommen, wir fühlen uns von einem anderen her unter Druck gesetzt. Dieses unser Gefühl ist eine Tatsache, aber wir interpretieren es bereits, sobald wir sagen: Du übst Druck auf mich aus. Es mag durchaus vorkommen, daß wir uns unter Druck gesetzt fühlen, obwohl sich der andere größter Zurückhaltung befleißigt, nicht einmal die Andeutung eines Wunsches äußert, geschweige denn Forderungen erhebt. Unser Druckgefühl entsteht in diesem Fall nicht deswegen, weil der andere Einfluß auf uns nehmen will, es hat andere Ursachen. Er wird sich aufgrund unserer Rückmeldung („Du übst Druck auf mich aus") mißverstanden und mißkannt fühlen. Durch die Art unserer Äußerung behindern wir die Verständigung. Letztere ist sogar da noch schwierig, wo wir von unserem Druckgefühl sprechen, weil der andere unser Druckgefühl nicht mit seiner Einstellung und seinem Verhalten in Zusammenhang bringt, aber wenigstens unterbleibt die zusätzliche Erschwerung, die durch unsere Behauptung entsteht.

Über den anderen zu sprechen erweist sich selbst in jenen Fällen problematisch, in denen man sich auf die reine Verhaltens- und Ausdrucksbeschreibung beschränkt. Beim Umgang mit Beziehungslernen macht man immer wieder eine eigenartige Beobachtung. Eine kritische Rückmeldung, bei der jemand über sein Gegenüber spricht, löst bei diesem fast durchwegs eine gewisse Irritation aus, so daß der von der Rückmeldung Betroffene oft außerstande ist, auf die Rückmeldung einzugehen. Wir unterlassen es, die Gründe für dieses Phänomen zu untersuchen. Jedermann hat Gelegenheit, an sich selbst zu erleben, welch seltsame Wirkung es mitunter hervorruft, wenn ihm jemand sagt: Du bist nervös, du machst ein komisches Gesicht, du spielst mit dem Schlüsselbund, du wippst mit den Füßen, du bist bleich, deine Stimme klingt schrill, du rutschst dauernd hin und her. Derartiges auf den Kopf zugesagt zu bekommen, bewirkt leicht das Gefühl, ertappt, durchschaut, überführt zu sein, jedenfalls ein ‚blödes Gefühl'. Man empfindet die Aussage als Übergriff, obwohl über etwas gesprochen wird, das ohnehin öffentlich ist, so daß jeder Gelegenheit hat, es zu sehen.

Entschließen wir uns dazu, im Zusammenhang der Rückmeldung doch über unser Gegenüber zu sprechen, dann empfiehlt es sich, das grundsätzlich in Verbindung damit zu tun, daß wir uns einbeziehen und gleichfalls über uns selbst reden. Etwa so: Du rutschst fortwährend hin und her (Du-Botschaft) – das macht mich nervös und unkonzentriert (Ich-Botschaft). Durch eine solche Rückmeldung machen wir den anderen möglicherweise auf etwas aufmerksam, dessen er nicht gewahr wurde.

Noch weitergehend ist eine Initiative, durch die wir dem anderen eine Brücke bauen. Wir reden zwar über ihn, beziehen uns jedoch mit ein und geben außerdem einen Impuls zur Klärung der Situation. Etwa so: Du sagst dauernd zu mir, ich solle dies tun und jenes tun (Du-Botschaft), dadurch fühle ich mich von dir bevormundet und kommandiert (Ich-Botschaft). Ich weiß nicht, was heute mit dir los ist. Vielleicht stehst du selber unter Druck und überträgst diesen auf mich. Erzähle halt, was dich so angespannt macht (Strukturierungsangebot)!

Gemäß der diagnostischen Grundregel besteht die Ursache der Störung im Unterlassen einer Mitteilung. Indem der andere nunmehr, angeregt durch unser Angebot, Gelegenheit erhält, darüber zu sprechen, wie sehr er beispielsweise wegen der Erledigung unangenehmer Pflichten unter Druck steht und in Hektik gerät, wird ihm leichter zumute, wir gewinnen Verständnis für seine Lage, und als Folge davon hört das Kommandieren auf.

Bisweilen ist es angebracht, jene Botschaft zu umschreiben und zu paraphrasieren, die man zu empfangen glaubt

Verhalten und Ausdruck unseres Beziehungspartners sind in der Regel Botschaften. Wir können versuchen, sie für uns und für ihn zu übersetzen und fragen: Was will er uns sagen, was hören wir heraus, was kommt von ihm zu uns herüber?

Die Formulierung und Beschreibung solcher Botschaften ist ein Sprechen über den anderen und stellt sich bisweilen als konflikterzeugend heraus. Der Beziehungspartner wehrt möglicherweise die Mitteilung unseres Eindrucks ab, weil das Zulassen dieses Eindrucks bedeuten würde, sein Selbstkonzept in Frage zu stellen. Das besagte Abwehren geschieht unabhängig davon, ob wir mit unserer Interpretation das Richtige treffen oder nicht. Vielleicht beschreibt unsere Paraphrasierung sogar exakt, was von ihm ausgeht, aber er weist uns einfach deshalb zurück, weil er selbst das Gegenteil dessen empfindet, was wir wiedergeben. Der Destruktive, der sich stark gebärdet, während er andere verletzt, fühlte sich selber oft verletzt – der Machtmensch, der uns dominiert, leidet nicht selten selbst unter Ohnmachtsgefühlen – der Arrogante, welcher geringschätzig auf uns herabsieht, erlebt sich selbst minderwertig. Infolgedessen haben wir damit zu rechnen, daß wir unsere Aussage über eine Verhaltens- oder Ausdrucksreaktion dementiert bekommen.

Auf jeden Fall müssen wir bei der Paraphrasierung jener Botschaften, die wir empfangen, Deutung *als* Deutung, den Eindruck *als* Eindruck kennzeichnen und offenlassen, ob unser Gegenüber nicht eine ganz andere Botschaft senden will als diejenige, die wir vernehmen.

Grundsätze von allgemeiner Bedeutung

Rückmeldung + Beziehungsangebot

Das oben beschriebene Verfahrensprinzip beim Beziehungslernen läuft also u. a. darauf hinaus, auf die Wirkung zu achten, die jemand in seiner Mitwelt hervorruft. Für den Gesprächsbegleiter bedeutet das beispielsweise, daß er jene Gefühle, die in ihm durch sein Gegenüber während des Gesprächs ausgelöst werden, sehr ernst nimmt und als wichtige Signale versteht: Desinteresse, Langeweile, Irritation, Aggression, Sich-gegängelt-Fühlen usw.

Das Konfrontieren mit solchen Wirkungen heißt aber *keinesfalls*: dem anderen die Wirkung kommentarlos vorsetzen und ihn dann stehenlassen. Etwa: Der Bericht über deine tragische Situation läßt mich kalt. Oder, ein Gruppenleiter soll gesagt haben: „Hier ist nichts los, ich gehe jetzt ein Bier trinken, laßt es mich wissen, wenn ihr euch eines besseren besonnen habt!“

Das hieße die Wirkung ‚agieren‘, aber nicht, sie ‚kommunizieren‘. Die Devise ‚Rückmeldung + Beziehungsangebot‘ folgt einem Aussageschema, das *zwei* wesentliche *Momente* enthält:

1. Das und das ist die *Wirkung* deines Verhaltens auf mich. Etwa: Ich bleibe von deinem Bericht unberührt.

2. *Darüber* möchte ich jetzt mit dir *reden,* um den Vorgang zu verstehen, um herauszubekommen, warum das so ist.

Oder: In mir regt sich ein Widerstand dagegen, auf dein Problem einzugehen. Ich möchte diesen Widerstand ernst nehmen. Das heißt jedoch nicht, daß ich nichts mit dir zu tun haben möchte. Ich will aber verstehen, was zwischen uns vorgeht. Deshalb schlage ich vor, wir schauen uns die Situation genauer an.

3. Da der Gesprächsbegleiter zahlreiche Entsprechungen kennengelernt hat zwischen dem, was er fühlt und dem, was im anderen vorgeht, kann er zusätzlich ein *Strukturierungsangebot* ins Spiel bringen, das

bisweilen spontan aufgegriffen wird und die Sachlage rasch erklärt. Etwa: Wenn ich mich langweile, bist du vielleicht nicht am richtigen Thema.

> Je stabiler die Beziehung,
> um so belastungsfähiger ist sie.

Immer wieder wird die Frage gestellt: Wie kann man richtig einschätzen, bis zu welchem Grad man den anderen durch eine Rückmeldung belasten darf? Hierfür gilt die einfache Regel: Je stabiler die Beziehung zwischen dem Rückmeldenden und dem von der Rückmeldung Betroffenen, um so mehr darf man wagen und zumuten, je unstabiler, um so weniger.

Unter diesem Blickwinkel wird man ganz von selbst im Sinne der ‚schrittweisen Annäherung' verfahren.

> Die isolierte Rückmeldung kann sehr schaden
> und ist unter Umständen
> nicht zu verantworten.

Im Zusammenhang des Beziehungslernens bildet die Rückmeldephase häufig die Einleitungsphase zum Durcharbeiten eines Problems.

Das Prinzip ‚Die Wahrheit, die ganze Wahrheit und nichts als die Wahrheit!' ist nur deswegen zu verantworten, weil gewährleistet ist, daß dann das Problem durchgearbeitet und eine Klärung angestrebt wird.

Außerhalb dieses Kontextes wäre es unter Umständen verantwortungslos, den anderen auf so eindeutige und so differenzierte Weise wissen zu lassen, wie seine Wirkung auf seine Mitwelt ist. Man würde sich so verhalten wie ein Arzt, der dem Patienten eine belastende Diagnose hinknallt und ihn dann stehenläßt.

Am Schluß des Durcharbeitens soll eine möglichst klare Einsicht in die Struktur des Problems dastehen sowie die Verhaltensalternative zum bisher störenden Verhalten erkannt und in Ansätzen erarbeitet worden sein.

VIII. Zum Abschluß: Das Gebot der Fairneß – die hohe Schule der Beziehung

Eine schwerwiegende Konsequenz aus der Annahme einer dritten Sprachebene

Wenn tatsächlich das, was im Inneren eines Menschen vorgeht, das Unbewußte eingeschlossen, die stärksten sozialen Wirkungen haben kann, dann ergeben sich aus einer solchen Sicht von Kommunikation ernstzunehmende, nicht zuletzt moralische Konsequenzen für die zwischenmenschliche Beziehung.

Denn ein Beziehungspartner darf sich jetzt nicht mehr auf die äußere Korrektheit seines Verhaltens, ja er darf sich nicht einmal mehr unbesehen auf seine subjektive Lauterkeit berufen.

Wir haben den Störtypus der *scheinbaren* Unangemessenheit einer Reaktion in vielen Varianten kennengelernt. Der Störtypus ist deswegen so tückisch, weil die unangemessene Reaktion eines Menschen aller Welt sichtbar ist, wogegen eine wesentliche Ursache dieser Reaktion, nämlich die Gedanken, Gefühle und Absichten seines sich einwandfrei verhaltenden Gegenübers, verborgen bleiben.

Um mit diesem Störtypus zu Rande zu kommen, bedarf es nicht nur moralischer Integrität, sondern auch aller bisher besprochenen Beziehungsfertigkeiten und rationalen Einsichten, vor allem ‚rückbezüglicher Sensibilität'.

Sofern wir Einsicht in diese schwierige Situation gewinnen möchten, tun wir gut daran, zuerst quasi in der Form eins Rollenspiels mit Hilfe unserer Phantasie in die Rolle des *Empfängers* zu schlüpfen, nämlich desjenigen Partners, welcher scheinbar unangemessen reagiert.

Wie geht es also uns, dem Empfänger, wenn wir auf eine Lappalie hin ‚hysterisch' reagieren (weil, was wir noch nicht wissen, der Sender das Eigentliche verschweigt); wenn uns der Bericht über echte menschliche Not kalt läßt (weil, was wir noch nicht wissen, der andere uns seine Belastung nicht zuzumuten getraut und daher ‚mit angezogener Handbremse' berichtet); wenn wir auf irgendeine Sachinformation hin mit Wutgefühlen reagieren (weil der Sender, was wir nicht wissen, uns gegenüber die abfälligsten Gedanken hegt); wenn uns hingebungsvolle Zuwendung eines Mitmenschen ärgerlich und gereizt macht (weil, was wir nicht wissen, Nebenabsichten mit im Spiel sind)?

Wie fühlen wir uns in einem solchen Fall?

Je plastischer wir uns diesen Part vergegenwärtigen, um so besser sind wir nachher für die Meisterung der viel schwierigeren Senderrolle gerüstet, nämlich die Rolle des vordergründig Unschuldigen.

Nun aber zu unserer Rolle als Empfänger.

Der andere hat sich einwandfrei verhalten. Wir reagieren darauf auf irgendeine Weise total unangemessen. Alles spricht für ihn, alles gegen uns. Selbst für den Fall, daß wir den Schlüssel besitzen „Wenn ich wüßte, was im anderen vorgeht, würde mich nichts mehr wundern!", sind wir völlig auf seine Fairneß angewiesen. Darauf daß er uns ‚trotzdem', trotz unserer abwegigen Reaktion, ernst nimmt, sich auf eine Klärung einläßt, das heißt, hellhörig wird, sein korrektes Verhalten hinterfragt, in sich hineinhorcht und zusieht, ob es da ein Versatzstück zu unserer Reaktion gebe. Daß er dieses Versatzstück offenlegt und uns mit dieser Offenlegung rehabilitiert. Daß er sich nicht auf seine gute Absicht versteift, vielmehr eventuell sogar seiner Selbstwahrnehmung mißtraut und seine subjektive Evidenz in Frage stellt.

Das wäre der ideale Verlauf.

Verweigert unser Gegenüber diese Kooperation, werden wir auf unserer ‚Schande' sitzenbleiben.

Und nun der *Rollentausch*.

Jetzt sind wir es, der sich einwandfrei verhält, und der andere hat den Schwarzen Peter, weil er völlig deplaziert darauf reagiert.

Zwar überfällt uns Menschen oft die blanke Entrüstung angesichts des ‚unmöglichen' Verhaltens eines Mitmenschen. Das ist die erste Hürde. Doch außer unserem Affekt haben wir schließlich auch noch unseren Verstand. Seiner Hilfe bedürfen wir jetzt dringend. Er eröffnet eine Chance. Denn er souffliert uns die diagnostische Grundregel in der Umkehrung: Wenn den anderen etwas an dir stört, dann bist du es, der etwas nicht mitteilt, sei es, daß du es nicht mitteilen willst, sei es, daß es dir unbewußt ist und du es daher gar nicht mitteilen *kannst.*

Die Situation fordert uns einen außerordentlich hohen Grad an Fairneß ab. Denn in diesem Prozeß der Wahrheitsfindung sind wir der einzige Zeuge, der den anderen zu entlasten vermag. Uns stellt sich infolgedessen die Frage:

Entdecken wir, ungeachtet der Korrektheit unseres Verhaltens und der subjektiven Ehrlichkeit unserer Absicht, irgend etwas in unseren Gefühlen, Gedanken, Absichten, worauf der andere mit seiner negativen Reaktion geantwortet haben könnte? Gibt es da einen Vorbehalt, ein Mißtrauen, einen Unmut, ein leises Unbehagen, eine innere Anspannung, ein Schuldgefühl, einen Hintergedanken?

Nicht zu vergessen: „Selbst der minimalste Fehler schlägt zu Buch!"

Solche Überlegungen anzustellen, ist in allen jenen Situationen angezeigt, wo ein Mitmensch auf eine für uns **völlig unerwartete** Weise reagiert. Vor allem die Minderung des Selbstgefühls unseres Beziehungspartners, die dadurch hervorgerufen wird, daß er sich in seiner Rolle ‚blöd vorkommt', ist, wie wir immer wieder festgestellt haben, ein hochwichtiges Kriterium dafür, daß von uns als dem Sender irgendeine Störung ausgeht. **Wir haben also besonders hellhörig darauf zu achten, ob durch uns das Selbstgefühl des anderen beeinträchtigt worden war, egal, wie fern es uns lag, sein Selbstgefühl zu attackieren.** (Daß auch gegebenenfalls eine Überreaktion des Empfängers unserer Zuwendung ins Spiel kommt, wollen wir jetzt unbeachtet lassen).

Sobald wir den Mut zu dieser Art des Hinsehens aufbringen, wissen wir gegebenenfalls sehr rasch und ziemlich genau, was an unserem ‚inneren Verhalten' mehr oder minder von dem nach außen hin erscheinenden Verhaltensvordergrund abweicht. Der andere setzt sich folglich durch sein scheinbar unangemessenes Reagieren nur so lange ins Unrecht, als wir uns auf unser äußeres Verhalten berufen. Er bekommt in dem Augenblick Recht, da wir unser ‚inneres Verhalten' entsprechend gewichten.

Ist uns kein solches Versatzstück im zweiten Blick der Selbstwahrnehmung auffindbar, welches die Störung bei unserem Gegenüber erklären würde, müßten wir das als Hinweis darauf verstehen, uns sei der entsprechende Inhalt *unbewußt.* Nunmehr kann es allerdings mühsam werden, um so mühsamer, je unbewußter uns der Inhalt ist.

Jedenfalls gilt auch jetzt das Erfolgs- bzw. Entlastungskriterium. Den einigermaßen deutlichen Hinweis darauf, aus den möglicherweise vielen in Frage kommenden Inhalten unseres Unbewußten schließlich den richtigen gefunden zu haben, erhalten wir in dem Moment, da die Entlastung eintritt, so daß beide Partner das spontane Empfinden haben: Jawohl, das war's!

Bleibt unser Versuch der Bewußtmachung erfolglos, muß das nicht tragisch sein. Neben der erstbesten Lösung, welche durch Bewußtmachung zur vollen Entspannung der Situation führt, bietet sich nämlich eine **zweitbeste Lösung** an. Wir können sie allerdings nur anstreben, solange wir von der Annahme ausgehen, die Ursache der Störung sei nach wie vor auf unserer Seite zu vermuten.

Diese zweitbeste Lösung besteht im wesentlichen darin, daß wir den anderen wissen lassen, aller Wahrscheinlichkeit nach reagiere er auf irgend etwas in uns, das uns jetzt in unserer gegenwärtigen Situation nicht zugänglich sei. Vielleicht könnten wir zu einem späteren Zeitpunkt etwas für die Aufhellung der Situation beitragen.

Der Wortlaut des Gebots in seinen zwei Fassungen

Wir greifen zwei bereits früher besprochene Situationstypen noch einmal auf und formulieren auf sie hin zwei Versionen des Fairneßgebots.

Der erste Situationstyp: Wir sind uns darüber klar, daß der andere mit seiner scheinbar unangemessenen Reaktion auf etwas reagiert, das in unserem Inneren vorgeht.

Der zweite Situationstyp: Wir vermögen keinen Anhaltspunkt dafür in unserem Bewußtsein zu entdecken, worauf sich die Störempfindung des anderen beziehen könnte.

Die Fassung des einfachen Gebots:

> Wenn du feststellst,
> daß der andere auf deine geheimen Gedanken,
> Gefühle und Absichten reagiert
> und sich mit seiner Reaktion ins Unrecht setzt,
> dann laß ihn nicht hängen!

Die erfolgreiche Handhabung dieser Anweisung und der Umgang mit ihr sind eigentlich, was den technischen Aspekt betrifft, nicht schwierig. Entweder wir wissen von vornherein, worauf das Verhalten des anderen die Antwort ist, oder wir entdecken das, angeregt durch seine Störrückmeldung, umgehend im zweiten Blick der Selbstwahrnehmung.

Wir brauchen also lediglich über eine einigermaßen funktionierende Selbstwahrnehmung zu verfügen und müssen darüber hinaus das entsprechende rationale Erklärungsmodell für den hier behandelten Interaktionsverlauf im Kopf haben, dessen wesentlichen Elemente in der diagnostischen Grundregel erfaßt sind („Wenn etwas stört, wird etwas nicht mitgeteilt"). Alles weitere ist mehr eine Sache des Mutes und der Moral. Das Ganze läuft auf die Frage hinaus, ob wir uns für den anderen durchsichtig machen wollen, um ihn aus seiner mißlichen Lage zu befreien, oder ob wir ihn darin schmoren lassen.

Die Fassung des erschwerten Gebots:

> Wenn du Anlaß zu der Vermutung hast,
> der andere reagiere mit seinem Sichgestörtfühlen
> auf dein Unbewußtes
> und setze sich aufgrund seiner Reaktion
> ins Unrecht,
> dann engagiere dich für die Aufklärung!

Eine besondere Form der Fairneß: „Tu es unaufgefordert!“ Ein Tip für anspruchsvolle Paare

Stellt man die Frage, worin das Beziehungslernen seine Krönung finde, worin sozusagen die ‚Reifeprüfung‘ bestehe, dann kann man eine bestimmte Form der Fairneß nennen, die vornehmlich während des Zusammenlebens von Paaren Bedeutung erlangt.

Dazu einige Hinweise.

Wenn zwei Menschen miteinander das extreme Risiko des Zusammenlebens eingehen, entsteht verständlicherweise, aufgrund der ähnlichen oder gleichen ‚Frequenz‘ der Sende- und Empfangsbedingungen, ein besonders enger Austausch ‚zwischen zwei Innerlichkeiten‘. An der manifesten oder unterschwelligen Kommunikation ihres Fühlens, Denkens, Wünschens treten die Naturgesetze der Interaktion verschärft hervor: Daß wir Menschen in gewissem Sinne nichts voreinander zu verheimlichen vermögen, daß selbst der minimalste Fehler zu Buch schlägt. Diese Tatsache stellt eine Quelle vielfältiger Störungsmöglichkeiten dar.

Der Austausch auf der dritten Sprachebene findet auf tausendfältige Art statt. Einige Formen wurden beschrieben.

Uns schießt, beispielsweise während wir allein in unserem Zimmer sitzen, plötzlich eine *Aggression* gegen unseren Partner hoch. Wir fühlen uns ‚blöd‘, weil uns unsere Regung wie eine sinnlose Laune vorkommt. Nachher erfahren wir, daß unser Partner zur selben Minute das dazu passende Telefonat in einem anderen Zimmer der Wohnung geführt hat.

Oder, man denke an das Beispiel jenes Ehepaares, wo der Mann, als er nach dem gemeinsamen Fernsehabend das Geschirr in die Küche trägt, unvermittelt von einer Ärgerreaktion gegen seine Frau überfallen wird und kurz darauf die Erklärung dafür erhält, auf welche bösen Gedanken der Frau seine Gefühle geantwortet hatten.

Oder, eine Ehefrau gerät auf einmal in eine ihr unerklärliche Niedergeschlagenheit. Später erzählt ihr der Mann, er habe Post von seiner Freundin bekommen.

Aus dem Alltag der Partnertherapie ließen sich die Beispiele solcher scheinbar irrationaler Interaktionen zu Bergen anhäufen. Wie schon einmal gesagt wurde, kommen die meisten Partner gar nicht auf den Gedanken, hierbei eine Interaktion zu vermuten, weil sie des entsprechenden Denkmodells ermangeln.

Angesichts des tief verwurzelten menschlichen Bedürfnisses nach Verstehbarkeit, nach rationaler Durchsichtigkeit, besteht die Hauptbelastung in der Unerklärbarkeit solcher Vorgänge und Reaktionen. Man kommt sich selber hysterisch, launenhaft, grundlos eifersüchtig vor, man meint, ‚zu spinnen', und wie die hilflosen Erklärungsversuche sonst noch heißen mögen.

Kommt ein Partner mit einer für ihn selbst und natürlich auch für den anderen zunächst total unverständlichen Regung, etwa einer ‚wie aus heiterem Himmel' entstandenen Aggression, auf den anderen zu, dann ist der größte Fehler des Adressaten und seine größte Dummheit, mit einem achselzuckenden „Na und!" zu kontern, den Sender stehenzulassen beziehungsweise ihn der Lächerlichkeit preiszugeben.

Die ideale Reaktionsweise ist eigentlich, von ihrem technischen Verlauf her, denkbar simpel. Sie besteht darin, daß derjenige, der von seinem Partner die zunächst unverständliche und ihm vielleicht ‚hysterisch' erscheinende Botschaft hört, das Gehörte absolut ernst nimmt – und zwar **mit der Einstellung: „Wenn du so fühlst, wird das schon seinen Grund haben.** Ich möchte bei mir sehen, ob ich einen möglichen Anlaß in mir für deine Reaktion finden kann, ob deine Reaktion vielleicht etwas mit mir zu tun hat."

Der erste wichtige Hinweis zur Aufhellung der Hintergründe liegt in der *zeitlichen Entsprechung*, nach welcher der Gefragte forscht: Wann trat die besagte Regung auf, seit wann beobachtest du diesen Zustand der Verärgerung, der Depression usw. Und schließlich: Was war bei mir zu dieser Zeit los?

Nicht immer, aber in vielen Fällen wird man mit diesem einfachen Suchmuster die ungeahntesten Zusammenhänge zwischen den Aggressionen, Depressionen usw. des Empfängers einerseits sowie den Gefühlen, Gedanken, der Stimmung des Senders andererseits aufdecken.

Doch nun zum entscheidenden Punkt: Warum sollte der Partner, an den eine ‚unmögliche' Sache herangetragen wird,

UNAUFGEFORDERT

bei sich nachsehen und nach einem möglicherweise vorhandenen Versatzstück bei sich forschen?

Weil der scheinbar abwegig, beispielsweise grundlos aggressiv reagierende Partner bereits ein hohes Risiko eingegangen ist, sich überhaupt zu offenbaren, seine unsinnigen Gefühle preiszugeben. Weil er derjenige ist, der sich der Gefahr aussetzt, ins Leere, wenn nicht gar ins offene Messer zu laufen. Weil er mit dem Appell und der Zumutung an sein Gegenüber, die rettende Antwort, nämlich das Versatzstück zu den absurden Gefühlen zu bringen, sich diesem in hohem Maße ausliefert, sich völlig von seiner Kooperation abhängig macht.

Fairneß heißt jetzt ‚rückbezügliche Sensibilität': also diese Bedrohung mitempfinden, den Gefährdeten nicht im Leeren hängen, nicht zappeln lassen, nicht erst seine Frage abwarten, ob man etwas zur Aufhellung beisteuern könne, heißt, sich selbst ohne Umstände als möglichen Faktor mit ins Spiel zu bringen.

Wenn überhaupt im Zusammenhang von Beziehung die Rede vom Loslassen und Sichfallenlassen einen Sinn hat, dann kann er hier zur Erfahrung werden. Wenn überhaupt Freiwilligkeit und Spontaneität zum Wesen von Beziehung gehören, dann tritt dieses Wesen hier in Erscheinung.

Der Einsatz ist hoch. Das Wagnis der Transparenz wird immer neu von tiefer Angst begleitet. Der Gewinn ist noch höher. Hier beginnt das Abenteuer der Beziehung eine besondere Note zu offenbaren. Sobald man die Dummheit unterläßt, die Schutzlosigkeit dessen, der sich riskiert, auszunützen, entfaltet die ‚entwaffnende Offenheit' ihr volles Potential – auf beiden Seiten.

Beziehung enthüllt jetzt eine ungeahnte Seite.

Das Normale ist bekannt. Menschen plagen sich genugsam in ihren sogenannten ‚Beziehungskisten' ab mit ‚Beziehungsklärungen'. Solche Mühsal ist die unausweichliche Begleiterscheinung der Paarbeziehung, weil diese die anspruchsvollste Variante der sozialen Beziehung bildet.

Aber indem man Fairneß unaufgefordert praktiziert, erhält diese Mühsal ein Gegengewicht. Nunmehr gewinnt Beziehung die Qualität von Leichtigkeit, gewinnt etwas Elegantes, sozusagen eine spielerische Note; wird sie bis zu einem gewissen Grad mühelos; bildet sich eine fraglose untergründige Verbundenheit und Geborgenheit, wächst wieder und wieder die Frucht von Freiwilligkeit und spontanem Wagnis: die Intensität.

IX. Zum Anfangen – „Probieren geht über Studieren“ Zusammenfassung der wichtigsten Regeln und Anregungen zum Umgang mit ihnen

Was wir uns immer wieder vorsagen müssen:

Daß Beziehungsvorgänge von einer klaren Logik beherrscht und deswegen prinzipiell verstehbar sind – der Satz „Das ist ja das reinste Irrenhaus!“ beschreibt lediglich den Vordergrund.

Daß wir Menschen keine Chance haben, voreinander etwas zu verheimlichen, weswegen die ‚Flucht nach vorn‘ den einzig gangbaren Weg darstellt.

Daß Gefühle absolut ernst genommen werden wollen, die eigenen wie die des anderen. In ihnen verdichtet sich die Logik der Beziehung.

Daß Beziehungslernen vor allem eines verlangt: Mut – weil nahezu alles an der Wahrhaftigkeit hängt.

Form und Inhalt der Gesprächsübung

Ort: ein möglichst störungsfreier Raum.

Zeit: Reservieren Sie sich, soweit das möglich ist, eine ‚gute‘ Zeit, in der Sie sich fit fühlen, nicht ‚wertlose‘ Zeit, in der Sie ermüdet und erschöpft sind. Beziehunsgespräche verlangen die volle Konzentrationsfähigkeit. Voraussetzung für das Beginnen ist keineswegs, daß Sie ‚in Stimmung‘ sind. Häufig kommt die Lust am Reden ganz von selbst, wenn Sie erst einmal den Einstieg gewagt haben.

Der *Inhalt* kann je nach Charakter des Gesprächs unterschiedlich sein. Für die Einübung in ‚rückbezügliche Sensibilität‘ beziehungsweise in das ‚Hören mit dem dritten Ohr‘ eignet sich beispielsweise eine Lebenserinnerung, vornehmlich eine Kindheitserinnerung.

Zur Aufhellung bestimmter Interaktionen kommen für die meisten Übungen verschiedene Inhalte in Frage. Zum Beispiel:

Ereignisse der gemeinsamen Beziehungsbiographie, deren Konfliktcharakter noch unverstanden ist. Grundsätzlich sollten Sie leichtere Konflikte aufgreifen und erst, wenn Sie mit solchen klarkommen, etwas schwerere.

Oder wiederkehrende Abläufe, *‚Beziehungsmuster‘*, in die Sie Licht bringen möchten. Auch deren Schwierigkeitsgrad sollte für den Anfang nicht zu hoch sein.

Der ideale Lerneffekt besteht darin, daß Sie die fraglichen Beziehungsmuster im *Hier und Jetzt* des stattfindenden Gesprächs wiedererkennen und zum Thema machen, sobald sie auftreten. Deren Aufhellung gelingt deswegen besser, weil alles noch frisch, die Gefühle präsent sind. Zum Beispiel: „Gerade eben fühle ich mich von dir bedrängt. Mich würde interessieren, aus welchem Empfinden heraus du dich so verhältst . . .“

Beziehung ist zwar unteilbar, ein ganzheitlicher Vorgang, bei dem viele Momente ineinanderspielen. Aber für das Lernen erweist es sich als vorteilhaft, jeweils nur einen Aspekt schwerpunktmäßig herauszugreifen und unter diesem das Gespräch zu führen, etwa ‚scheinbare Unangemessenheit‘ von Gefühlsreaktionen. Die Übenden gehen also mit einer speziellen Ausrichtung der Aufmerksamkeit in das Gespräch hinein.

Vorsicht, Fallen! Über einige Fußangeln

„Ich habe das Gefühl, daß du dich ärgerst . . .! Ein irreführender Sprachgebrauch

Das Aussprechen von Gefühlen nimmt einen wichtigen Platz ein. Beim obigen Satz scheint der Sprechende ein Gefühl zu äußern, tut es aber nicht. Er formuliert einen Eindruck, den er gewonnen hat. Anstatt zu sagen: „Ich habe das Gefühl, daß du . . .“, formulieren Sie präziser: „Ich habe den Eindruck gewonnen, daß du . . .“

Die Regel ist ein Zauberwort, kein Brecheisen

Druck und Zwang töten die Spontaneität des Beziehungsgeschehens unweigerlich ab.

Als ich im Zuge der Entdeckerfreude die diagnostische Grundregel („Wenn etwas stört, wird etwas nicht mitgeteilt“) zu erproben begann, war ich anscheinend selber nicht immun gegen die Versuchung zum Zugriff. Meine Frau behauptet, bei meiner Anwendung der Regel hätte ich während der ersten Zeit in unseren Gesprächen sinngemäß etwa folgendes zum Ausdruck gebracht: „Ich habe eine Störung, was ist los mit dir?“ Dank meines schlechten Gedächtnisses sehe ich mich außerstande, die Stichhaltigkeit dieser Behauptung heute zu überprüfen. Aber es wird schon was dran gewesen sein . . .

Druck läßt alle Türen zugehen. Das ‚Sesam öffne dich!‘ des Märchens wird nur im Raum der Freiheit seine geheimnisvolle Kraft entfalten. Mit Druck umgehen lernen, heißt, die dahinterstehenden Gefühle, insbesondere Ängste, zum Thema machen.

Ein deutlicher Schritt in die Richtung der Freiheit besteht darin, daß ein Gesprächspartner prinzipiell damit beginnt, *von sich selbst*, seiner Befindlichkeit und seinen Gefühlen zu *reden*, und diese Einstellung auch während des Gesprächs praktiziert. Wenn der andere nun auch noch *‚unaufgefordert' bei sich nachschaut, ob in ihm etwas vorgeht, das dazu paßt,* dann ist das bereits eine *Idealform der Kommunikation.*

Ein typischer Anfängerfehler: „So habe ich das nicht gemeint!"

Die erste Hürde, an die der Teilnehmer in der Lerngruppe gerät, ist oft diese: Er stellt verärgert fest, daß seine gut gemeinte Äußerung nicht so ankommt, wie er sie beabsichtigt, im Gegenteil vielleicht äußerst negative Reaktionen hervorruft. Er geht von der subjektiven Evidenz seiner Selbstwahrnehmung und Lauterkeit aus, übersieht, daß wir alle ein Unbewußtes haben, das die beste Absicht mitunter verfälscht.

Daher gilt: Die Wirkung zählt! Nicht die Wirkung, die wir beabsichtigt haben, sondern die wir de facto auslösen – eine harte Schule der Selbsterkenntnis!

Die Gefahr unrealistischer Erwartungen

Da zwischenmenschliche Beziehungen das Anspruchsvollste sind, was es auf dieser Welt gibt, sind die Möglichkeiten, über ein Buch zu lernen, begrenzt. Falls Sie sich bei Ihren Übungsversuchen immer wieder überfordert fühlen, dann liegt das nicht an Ihrer Unfähigkeit, sondern an der Schwierigkeit der Sache. Es gibt heutzutage ein breitgefächertes Angebot an Hilfen, die Sie in Anspruch nehmen können. (Die Institutionen der Beratung: Familien-, Ehe-, Erziehungs-, Lebensberatung, Selbsterfahrungsgruppen, Therapiegruppen, Psychotherapie usw.)

Die ‚metakommunikative Präambel' und das Reflexionsgespräch danach

Bereits anläßlich der Erörterung der Aggressionsäußerung ergab sich die Bedeutung der ‚metakommunikativen Präambel'. Wenn Sie etwa nicht ‚ganz genau' sind und die Angst vor der eigenen Aggressionsäußerung arrogant überspielen, entsteht oft der Eindruck von Kaltschnäuzigkeit, was einen verheerenden Effekt erzeugt (siehe Seite 113–118).

Die ‚metakommunikative Präambel' gewinnt jedoch viel allgemeinere Bedeutung. Sie sollen vor jedem Beziehungsgespräch sich die augenblickliche Situation der Beziehung vergegenwärtigen und darüber austauschen, wie es Ihnen miteinander geht; ob Sie sich entspannt oder angespannt fühlen, ob ein Restärger im Raum steht usw.

Unterlassen Sie das, laufen Sie beispielsweise Gefahr, den Restärger in das Gespräch hineinzuschleppen. Dieser überlagert den eigentlichen Gesprächspunkt, so daß Sie nicht mehr auseinanderhalten, was zu diesem Punkt gehört und was aus dem noch im Raum stehenden Konfliktpotential herstammt.

Die Reflexion im Nachgespräch hebt die Ergebnisse ins Bewußtsein: Welche Einsicht hat das Gespräch gebracht, an welchen Stellen ging es uns gut, an welchen nicht? Was waren die Ursachen der Veränderung zum Positiven oder zum Negativen?

Die Hauptregel: „Wahrnehmen und mitteilen!"

Die Devise „Schau hin und sprich darüber, was du wahrnimmst!" bildet die *wesentliche Grundeinstellung* für alles Miteinandersprechen. Dabei geht es insbesondere darum, ein ausgeprägtes und differenziertes *Gespür für die Folgewirkungen von Verhalten und Ausstrahlung* zu entwickeln: Wie wirkt das, was wir tun, auf den anderen? Wie wirkt es auf uns? Wie wirkt jeder auf sich selber? Was tut uns gut, was nicht?

Dieses Wirkungsspektrum gilt es immer und immer wieder ins Bewußtsein zu heben. Denn so entsteht das optimale Feedbacksystem, welches die Selbstregelungskräfte der Psyche und der Beziehung aktiviert.

Schließlich, auf diese Weise erfährt alles Wünschenswerte die Bestärkung und das nicht Wünschenswerte das notwendige Korrektiv.

Die Konkretisierung der pauschal gehaltenen Hauptregel hatte gelautet: *„Nimm wahr und teile mit, was außer dir ist, was in dir ist, das Positive und Entlastende, das Negative!"* (Siehe S. 62–67).

Erinnert sei an die Einschränkung, die sich im Hinblick auf die Rückmeldung der Fremdwahrnehmung ergab. Sobald wir Verhalten und Ausdruck des anderen beschreiben, ist das ein Reden über den anderen, eine Du-Botschaft, die sich häufig für diesen irritierend auswirkt. Wenn wir schon über den anderen sprechen, dann möglichst in Beziehung zu uns selbst: „Ich habe den Eindruck, du bist nervös. Das macht auch mich unruhig" (Siehe S. 242–244).

„Was mir an dir gefällt“ – Positive Bestärkung

Gesprächsvorschlag

Gehen Sie die gemeinsame Beziehungsbiographie unter folgenden Gesichtspunkten durch:

Bei welchen Ereignissen der gemeinsamen Geschichte haben wir den anderen besonders positiv erlebt?

Welche Eigenschaften und Verhaltensweisen mögen wir an ihm?

Versuchen Sie auch, im Hier und Jetzt des stattfindenden Gesprächs positive Dinge wahrzunehmen und auszudrücken.

Im Zusammenhang dieses oder eines weiteren Gesprächs ist es vielleicht von Interesse, *Fragen* dieser Art nachzugehen: Was hindert uns daran, Positives unserem Partner gegenüber auszudrücken? Haben wir es schlichtweg nicht gelernt, ist es Nachlässigkeit, haben wir Ängste, irrationale Ängste: etwa die irrationale Angst, er könnte sich zuviel einbilden, sich auf seinen Lorbeeren ausruhen, sich nicht mehr für uns anstrengen?

Wird das Aussprechen positiver Dinge vom Empfänger *störend* empfunden? Es gibt viele Fehlermöglichkeiten:

Sind es Du-Botschaften?

Der Sender teilt gönnerhaft Noten in Betragen aus, sogenannte ‚Bonbons‘, ‚Streicheleinheiten‘.

Er verknüpft das Lob sogleich mit diversen Wenn und Abers: „Das war ja schon ganz gut, aber ….

Er formuliert so, daß das Lob einer Aggression gleichkommt: „Endlich bist du authentisch!“

Er hat Nebenabsichten, so wie Erwachsene bisweilen einen Schüler loben, nicht weil sie sich über seine Leistung freuen, sondern *damit* er sich noch mehr anstrengt; denn er könnte ja denken, es sei schon genug.

Eine andere Hürde: Die positive Äußerung zeitigt keinerlei *Wirkung* auf den Empfänger. Liegt es am Empfänger, an der Unangemessenheit seiner Reaktion oder am Sender, so daß es eine nur scheinbare Unangemessenheit wäre? (Siehe S. 321–323).

Echte Unangemessenheit: Das Selbstwertgefühl des Empfängers ist sehr gering. Deswegen erreicht ihn nichts – das sprichwörtliche ‚Faß ohne Boden‘.

Scheinbare Unangemessenheit: Der Empfänger antwortet mit seiner mangelhaften Reaktion auf das Lob durchaus logisch. Er empfindet nichts, weil der Sender einen Vorbehalt unterschlägt u. ä. (Siehe S. 107–112).

Die Aufhellung einer Störung

Die diagnostische Grundregel: *„Wenn etwas stört, wird etwas nicht mitgeteilt; sei es, daß jemand etwas nicht mitteilen will, sei es, daß es ihm nicht bewußt ist und er es deshalb nicht mitteilen kann."*

Die ‚Therapie' der Störung heißt: mitteilen.

Die Grundsätze sind bekannt:

Verlassen Sie sich auf Ihr Gefühl! Das erfordert insbesondere bei den ‚guten Taten mit schlechter Wirkung' Mut. Wir dürfen als Adressat der Störung unser Gefühl nicht wegrationalisieren. Wenn uns eine freundliche Bemerkung verletzt, bildet unser Verletzungsgefühl die übergeordnete Information, den entscheidenden Kommentar zur Situation. Unser Gefühl ist es, welches das äußere Erscheinungsbild definiert, also die Art der Freundlichkeit richtig interpretiert.

Ausnahme: Falls unser ‚wunder Punkt' berührt wird, reagieren wir überempfindlich.

Keine Du-Botschaften! Sprechen Sie nicht über den anderen, sondern über die Wirkung, die er auf Sie, das heißt, auf Ihr Erleben, hat.

Keine Deutung der Motive! Nur der andere selber kann das Versatzstück beibringen, dessen Nichtaussprechen die Störung verursachte.

Nicht der negative Inhalt bewirkt die Störung, sondern das Dementi des Negativen.

Schließlich, da die Psyche über das absolute Gehör für Dissonanzen verfügt, schlägt jede Minimalität zu Buch.

Das Vorgehen

Die Störempfindung soll differenziert beschrieben werden.

Inhaltliche Art der Empfindung: Ärger, Druck, Nervosität, Langeweile, Desinteresse usw.

Nach den *drei Gesichtspunkten* des Empfindens: Angemutetwerden, Selbstgefühl, Handlungsimpuls.

Die Störung kann sich in allen drei Dimensionen des Empfindens niederschlagen.

Die Störung kann in allen drei Dimensionen des Empfindens erkannt werden.

Die Fragen, welche die Aufhellung der Störung ständig begleiten, lauten daher so:

Auf welche Weise sind Sie angemutet?

Ist auch Ihr Selbstwertgefühl betroffen?

Sind Sie in Ihrer Handlungsspontaneität blockiert, gehemmt?

Das *Kriterium* für die *Behebung* der Störung liegt im Entlastungseffekt bezüglich der drei genannten Punkte: Sie dürfen sich nicht mehr gestört fühlen, Ihr Selbstgefühl muß wiederhergestellt sein, die Blockierung muß entfallen (Siehe S. 42–48, S. 157–194).

Das sind die ,wesentlichen Momente' der Störung. Die Störung beseitigen, besagt nicht, Schmerz und Leid aus der Welt schaffen. Aber das, was im spezifischen Sinne aversiv ist, was deformiert, verkrampft, darf nicht weiterbestehen.

Gesprächsvorschlag

Gehen Sie gemeinsam mit ihrem Gesprächspartner ein bestimmtes, nicht zu schwerwiegendes Störereignis der Beziehungsgeschichte, das Sie noch nicht verstanden haben, durch und erkunden Sie, welchen Hintergrund es hat, das heißt, was nicht ausgesprochen wurde.

Oder greifen Sie eine wiederkehrende Situation des Zusammenlebens auf.

Achten Sie während des Gesprächs auf aktuelle Störereignisse und versuchen Sie, dieselben aufzuklären. Nach dem Grundsatz „Störungen haben den Vorrang" (Ruth Cohn) bringt die Klärung der aktuellen Störung unter Umständen mehr als das unmittelbare Weiterverfolgen des ursprünglichen Gesprächsziels.

Der Blickpunkt ,*Selbstgefühl*':

Sie können mit der speziellen Fragestellung an die Aufhellung von Störungen herangehen: Bei welchen Verhaltensweisen unseres Partners ist unser Selbstgefühl verletzt, fühlen wir uns gedemütigt, abgewertet, deformiert? Wann passieren uns entwürdigende Fehlleistungen?

Der Blickpunkt ,*Blockierung*':

Durch welche Verhaltensweisen unseres Partners erleben wir uns in unserer Handlungsspontaneität beeinträchtigt, fühlen wir uns blockiert, unfähig zur echten Kooperation, wann sperrt sich etwas in uns?

Was geht währenddessen beim Gegenüber vor?

Vorsicht, Fallen!

Echte Unangemessenheit – ,Übertragung' – ,Projektion'.

Bei der Rückmeldung der Störung bedarf der Satz „Verlassen Sie sich auf Ihr Gefühl!" einer Einschränkung. Wenn jemand unseren ,wunden Punkt' berührt, schreien wir vielleicht schon bei der leisesten Berührung auf. Daher müssen wir um diesen Punkt wissen, sonst sind wir außerstande, die diagnostische Grundregel sachgemäß anzuwenden.

Hinweise darauf, daß jemand in uns diesen ‚wunden Punkt‘ getroffen hat, sind solcher Art: Wir reagieren überaus heftig, eine bestimmte Vehemenz des Empörtseins gehört dazu, eine gewisse Spielart des ‚Allergischseins‘, eine auffallende Penetranz der Gefühle, wir sind ‚wie besessen‘, ‚wie von der Tarantel gestochen‘, ‚wie vom Teufel geritten‘ u. dgl. m. (Siehe S. 190 f.).

Gesprächvorschlag

Legen Sie sich die Frage vor: Wo ist bei mir der ‚wunde Punkt‘? Aber auch: Auf welche Weise habe ich diese Art des Reagierens gelernt, auf welche Reize wurde ich durch meine Lebensgeschichte extrem sensibilisiert, so daß mich schon ‚Spurenelemente‘ stark erregen? War es Bevormundung, autoritärer Druck, Unechtheit, Rechthaberei, Überfürsorge?

Die Unangemessenheit kann allerdings auch in einem ‚Zuwenig‘ bestehen, wenn wir auf bestimmte Situationen mit Empfindungslosigkeit antworten.

Falsche Erklärung unserer Störempfindung aufgrund eines Wechselwirkungsvorgangs

Wir fühlen uns durch das Verhalten des anderen gestört, sind aber selber Verursacher dieses Verhaltens, erkennen das jedoch nicht und schieben dem anderen die Schuld zu.

Die Ungeschicklichkeit oder Unechtheit des anderen regt uns auf. Wir gewahren nicht, wie wir durch unsere bewertende oder bedrohliche Art beim anderen ein Verhalten bedingen, das er in entspanntem Zustand nicht zeigt (Siehe Seite 27, S. 189 f.).

Gesprächsvorschlag

Suchen Sie nach diesem Störtypus, wo jeweils einer von Ihnen der von der falschen Erklärung Betroffene ist. Stellen Sie nicht in Abrede, daß Ihr eigenes Verhalten den anderen tatsächlich stört. Aber versuchen Sie zu der Einsicht zu gelangen, daß der unter einem solchen Verhalten Leidende dieses selbst, etwa durch seine verunsichernde Ausstrahlung, zumindest wesentlich mitbedingt.

Die Rückmeldung negativer Inhalte – Das Korrektiv

Diese Gesprächsübung schließt sich organisch an die vorhergehende an beziehungsweise gehört mit ihr zusammen, weil zum Aufhellen der Störung die Rückmeldung der Störung gehört.

Hinsichtlich der Frage „Wieviel darf ich riskieren?“ können wir den allgemeinen Grundsatz folgendermaßen abwandeln und auf die aktuelle Situation anwenden: Je stabiler die Beziehung *im Augenblick*, um so belastbarer.

Wir sollten beides können: Eine Aggression spontan äußern. Aber auch: Rückbezügliche Sensibilität üben, den anderen im Blick haben und uns vergegenwärtigen, wie er es vermutlich erleben wird, wenn wir das äußern, was wir äußern möchten (siehe Seite 155f.).

Rückmeldung + Beziehungsangebot

In vielen Situationen erleichtert es die Äußerung negativer Inhalte, wenn Sie dem anderen – und sich selber – ‚eine goldene Brücke bauen‘. *Das bietet sich besonders dann an, wenn Ihnen Ihre Störempfindung völlig unangemessen oder grundlos vorkommt.*

Immer wieder müssen Sie sich einhämmern: Jedes Gefühl darf sein – Widerstand, Desinteresse, Überheblichkeit, Abwertung. Aber Ihre Freiheit beginnt da, wo Sie mit dem Gefühl umgehen. Es kommt darauf an, ob Sie das Gefühl ratifizieren oder thematisieren, anders gesagt, ob Sie es agieren oder problematisieren.

Die wünschenswerte Äußerungsform sieht sinngemäß ungefähr so aus: Ich habe im Augenblick dieses Gefühl, etwa Vorwurf, und möchte gemeinsam mit dir dahinterkommen, was das bedeutet, möchte gleichsam in Erfahrung bringen, welche Botschaft aus dem Beziehungsunbewußten an uns ergeht.

Die *negative* Verlaufsform: Sie sagen: „Du bist gemein, ich will nichts mehr mit dir zu tun haben!“, stehen auf und verlassen türenknallend das Zimmer. *Statt dessen:* „Ich fühle mich durch dich gedemütigt. Daher würde ich jetzt eigentlich bocken, abhauen und dich hockenlassen. Aber viel wichtiger ist mir, zu kapieren, was eben zwischen uns abläuft.“

Negative Verlaufsform: „Was du sagst, interessiert mich nicht. Verschone mich damit, du langweilst mich!“ *Statt dessen:* „Ich finde keinen Zugang zu dem, was du sagst, und registriere Desinteresse bei mir. Das wundert mich, weil ich dir glaube, daß du belastet bist. Vielleicht kommt das, was wirklich los ist, noch nicht recht heraus.“

Die Ermutigung, auch eine scheinbar unpassende Gefühlsreaktion auszusprechen, nährt sich von der Hoffnung, daß, sobald der Sachverhalt durchsichtig ist und die Störung entfällt, das Interesse sich spontan einstellen wird.

Die negativen Gefühle tendieren nicht selten dazu, die Beziehung quasi abzubrechen, nämlich ‚zu bocken' beziehungsweise äußerlich oder innerlich ‚abzuhauen'. Indem Sie das negative Gefühl umfunktionieren, als eine Botschaft ansehen, die es zu verstehen gilt, geben Sie sich die Chance, dasselbe negative Gefühl konstruktiv *für* die Beziehung einzusetzen. Sobald Sie es verstanden haben, schlägt die Situation sogleich ins Positive um (siehe S. 245 f.).

Gesprächsvorschlag

Da die Rückmeldung negativer Inhalte bereits anläßlich der Rückmeldung der Störung Thema war, kann das Gespräch jetzt einen anderen Schwerpunkt haben. Gehen Sie der Frage nach: Wie gelingt uns die Äußerung negativer Dinge? Was erleben wir dabei positiv, was störend? Noch einmal: die Äußerung negativer Gefühle darf schockieren und belasten, aber nicht entwerten und blockieren. (Der blockierende Effekt erhält oft eine Formulierung solcher Art: „Seit du mir das gesagt hast, getraue ich mir nichts mehr, bin völlig gelähmt.") Falls eine derart negative Wirkung entsteht, beinhaltet die Rückmeldeform einen Fehler. Versuchen Sie, ihn ausfindig zu machen und zu ermitteln, was der Sender nicht ausspricht (siehe S. 124 f., ferner S. 157–194).

Rückbezügliche Sensibilität: „Ganz bei mir und ganz beim anderen!"

Gesprächsvorschlag

Eine bestimmte Art der Doppelrichtung der Aufmerksamkeit läßt sich gut beim Erzählgespräch einüben. Wählen Sie dafür eine Phase aus der Kindheit oder ein Erlebnis aus Ihrer Biographie.

Der zuhörende Partner nimmt den Bericht auf, achtet aber zugleich aufmerksam darauf, was in ihm selber dadurch bewirkt wird.

Machen Sie immer wieder Gesprächspausen, damit der Zuhörende Zeit gewinnt, sich zu vergegenwärtigen: In welche Stimmung versetzt mich die Erzählung, welche Körperreaktionen, Phantasien, Gedanken, Assoziationen weckt sie gegebenenfalls in mir? An welchen Stellen bin ich entspannt oder angespannt, fröhlich oder traurig, interessiert oder gelangweilt, gesammelt oder zerstreut? Schweife ich ab, bleibe ich an gewissen Details hängen, von denen ich mehr erfahren möchte? An solchen Stellen wird vielleicht deutlich, daß der Erzählende über etwas hinweggeht, das besonders wichtig ist und ihm erst durch die Rückmeldung zu Bewußtsein kommt.

Die kognitive Seite der rückbezüglichen Sensibilität besteht darin, eine Art von Spürigkeit für kausale Zusammenhänge zu erwerben: Wenn in mir das und das vorgeht (Angesprochensein, Langeweile, Anspannung, Gelöstheit), was geschieht dann beim anderen? Empfinde ich flach, so berichtet er vielleicht aus der Distanz, also ohne das zu empfinden, was er berichtet. Bin ich dagegen berührt, kann er es wahrscheinlich auch fühlen (siehe S. 154–156).

Wenn wir ‚ganz anders' fühlen – Die Zuordnungsregel

Besonders für Situationen, in denen sich das Gespräch verfahren hat, der Überblick abhanden gekommen ist, empfiehlt sich die Devise: Vergessen Sie für den Augenblick alles, *was* gesagt worden ist, klammern Sie jeden Konfliktinhalt aus, achten Sie darauf, was in ihrem eigenen Inneren vorgeht und vergleichen Sie das sorgfältig mit dem, was im Partner vorgeht.

Das ist der Sinn der Zuordnungsregel: *„Innere Daten direkt zueinander in Beziehung setzen – und zwar unter methodischem Nichtbeachten des Beobachtbaren!"* Der Grund für das kurzfristige Ausblenden des Außensinnes und die Hinwendung auf den Innensinn liegt in der Unzuverlässigkeit der Außenwahrnehmung, aus welcher der Bluffeffekt der Tarnung seine Kraft bezieht. Die Sensoren des Fühlens lassen sich nicht täuschen (siehe S. 52–56).

Gesprächsvorschlag

Oft sieht es so aus, als würden wir uns ganz anders fühlen als unser Gegenüber. Vor allem entsteht der Eindruck, als hätten wir den schlechteren Part. Untersuchen Sie zusammen mit ihrem Gesprächspartner Ereignisse solcher Art oder wiederkehrende Situationen und versuchen Sie, in Erfahrung zu bringen, was der andere jeweils *wirklich* gefühlt hat oder fühlt.

Achten Sie auf diesen Blickpunkt auch im Hier und Jetzt des Miteinanderredens.

Der andere verhält sich beispielsweise ausfallend, wirkt sehr mächtig. Wir sind verletzt, fühlen uns abgekanzelt. – Was geht tatsächlich in ihm vor? Vielleicht verdeckt er durch den Rundumschlag eine noch tiefere Verletzung vor sich selbst und vor der Mitwelt.

Der andere verhält sich dominant, wirkt sehr kategorisch und sicher. Wir erleben uns herumkommandiert und zum Befehlsempfänger degradiert. – Woher kommt diese entschiedene Art? Vielleicht überspielt er seine Unsicherheit und die Zweifel an der Richtigkeit dessen, was er tut.

Gewiß, der andere mag die Gefühle durchaus haben, die er in seinem Vordergrundsverhalten zum Ausdruck bringt: Machtrausch, Dominanzgefühle. Aber er hat dahinter zweifellos auch *noch andere.* Oft müssen diese allerdings mühsam ins Bewußtsein hereingeholt werden oder sind völlig unbewußt.

Sie werden nicht selten überrascht sein, in welchem Ausmaß sich die Gefühle der am Gespräch Beteiligten als ‚gegen allen Augenschein spiegelbildlich' entpuppen. Dies zu entdecken bereitet möglicherweise Mühe. Der Versuch lohnt sich (siehe S. 195–217).

Zu meinen, wir selber hätten in einem Konflikt den schlechteren Part, übt eine trennende Wirkung aus. Zu erkennen, daß alle eigentlich ‚im gleichen Boot sitzen', kann ungemein entlastend und verbindend sein.

Wenn wir ‚falsch fühlen' – Scheinbare Unangemessenheit

Das vorhergehende Gespräch sollte die Erfahrung vermitteln, daß die Gefühle der Beziehungspartner einander oft viel ähnlicher sind, als das nach außen hin zutage tritt und daß genau darauf die Störung beruht. Die nächste Übung verschärft die Optik. Es gewinnt den Anschein, als hätten wir nicht nur ein ganz anderes Gefühl, sondern das *falsche* Gefühl. Am schlimmsten daran ist für uns der Verblödungseffekt, der deswegen eintritt, weil wir nachweislich ‚abwegig', ‚unnormal', ‚unlogisch' reagieren. Das erzeugt eine Attacke auf unser Selbstgefühl. Die Verdummung stammt daher, daß uns – absichtlich oder völlig unabsichtlich – eine Information vorenthalten wird.

Weil alles für die Lächerlichkeit unserer Reaktion spricht, verlangt es von uns beachtliches Stehvermögen, die Devise, durchzuhalten: Stur denken! Wenn wir wüßten, was im anderen vorgeht, würde uns nichts mehr wundern, würden wir uns nicht mehr verdummt vorkommen, sondern sehr rasch erkennen, wie sehr unsere Reaktion paßt (siehe S. 103–112).

Gesprächsvorschlag

Vergegenwärtigen Sie sich vor dem Gespräch noch einmal Ihren persönlichen ‚wunden Punkt', wo Sie tatsächlich unangemessen empfinden. Diesen Punkt der echten Unangemessenheit klammern wir für das kommende Gespräch aus. Thema soll die nur scheinbare Unangemessenheit des Reagierens sein.

An welchen Stellen reagieren wir als Adressat einer Botschaft *defizitär*, mit ‚Empfindungslosigkeit', ‚Herzlosigkeit'? Es gibt alle möglichen Gründe dafür beim Sender. Vielleicht berichtet dieser von seiner Not ‚mit angezogener Handbremse', weil er dem anderen seinen ‚Kram' nicht zumuten will. Vielleicht hegt er Mißtrauen dahingehend, ob der Zuhörende ihn überhaupt verstehen, ihn ernst nehmen wird, ob er mit allem so umgehen kann, daß er, nämlich der seine Belastung Offenbarende, sich nachher nicht ‚blöd' fühlen muß.

Wo reagieren wir als Empfänger *‚undankbar'*, sperrt sich etwas in uns gegen die Zuwendung, die ‚guten Taten' des anderen, ärgern wir uns, fühlen uns unter Druck gesetzt? – Was wiederum empfindet der Sender noch außer seinen Zuwendungsgefühlen?

Wo reagiert der Empfänger scheinbar völlig *überzogen*, ‚hysterisch'? Wenn er aus einer Mücke einen Elefanten macht, dann forschen Sie nach, ob dieser Elefant nicht doch in den Gefühlen und Gedanken des Senders existiert. Studieren Sie mit penibler Sorgfalt den ‚klimatischen' Hintergrund der Lappalie.

Das Entlastungskriterium:

Falls Sie das richtige Versatzstück zum scheinbar falschen Gefühl des Empfängers beim Sender aufgefunden haben, zeigt sich das schlicht daran, daß die Störung verschwindet, also daran, daß Sie die ‚Herzlosigkeit' oder die ‚Überreaktion' als durchaus logisch und passend erkennen.

Das Gebot der Fairneß

Bisher hatten wir bei der Anwendung der Regeln vornehmlich die eigene Person als Empfänger im Blickfeld: Wenn uns etwas am anderen stört, teilt dieser etwas nicht mit ... Wenn wir wüßten, was im anderen vorgeht, würde uns nichts mehr wundern ...

Es ist außerordentlich heilsam und bildet eine anspruchsvolle Schule der Selbsterkenntnis, auch die Senderperspektive ausdrücklich durchzuspielen: Wenn den anderen an uns etwas stört, sein Selbstgefühl verletzt, ihn blockiert, dann teilen wir selber etwas nicht mit. Ferner, wenn der andere wüßte, was in uns vorgeht, würde er seine scheinbar falsche Reaktion sogleich als die einzig richtige erkennen (siehe S. 247–253).

Daher der Appell an die Fairneß des Senders: *„Wenn du feststellst, daß der andere auf deine geheimen Gedanken, Gefühle und Absichten reagiert und sich mit seiner Reaktion ins Unrecht setzt, dann laß ihn nicht hängen!"*

Gesprächsvorschlag

Durchforsten Sie Ihr Beziehungsleben nach jenen Situationen, wo Sie die negative Reaktion des anderen nicht zu verstehen vermögen, weil Sie selber sich nach Ihrer Meinung doch absolut korrekt oder sogar besonders engagiert verhalten.

Stellen Sie Ihre spontan auftretende Entrüstung zunächst nach Möglichkeit zurück und gehen Sie mit der Frage an die Sache heran: Gibt es in mir etwas, worauf der andere reagiert haben könnte? Ist da ein Vorbehalt, ein Unmut, ein leises Unbehagen, eine innere Anspannung, ein Verpflichtungsgefühl (besonders verheerend in seiner Wirkung!), ein Schuldgefühl, eine Nebenabsicht? Wieder eingedenk der Tatsache: Selbst der minimalste Fehler der Unstimmigkeit schlägt zu Buch!

Legen Sie die Daten, die Sie im zweiten Blick der Selbstwahrnehmung bei sich entdecken, auf den Tisch:

„Ich verstehe, daß du dich entwertet fühlst, denn ich habe tatsächlich ein leises Abwertungsgefühl dir gegenüber . . ."

„Ich verstehe, daß du auf diese harmlose Sache so erbost reagierst, denn ich . . ."

„Ich verstehe, daß du dich über dieses Geschenk nicht freust, denn es fiel mir nichts Passendes ein, wovon ich überzeugt gewesen wäre . . ."

„Ich verstehe, daß dich an meinem Engagement für dich irgend etwas stört, denn . . ."

Legen Sie das Versatzstück *unaufgefordert* auf den Tisch, der andere hat es mit seinem ‚falschen Gefühl' ohnehin schwer genug.

Üben Sie diese rückbezügliche Sensibilität, die Hellhörigkeit nach außen und innen ebenso während des Gesprächs, denn auch da wird es immer wieder vorkommen, daß der andere auf Ihre Gefühle, Gedanken und Absichten reagiert.

Falls uns unser Störanteil als Sender unbewußt bleibt – Über die zweitbeste Lösung

„Wenn du Anlaß zu der Vermutung hast, der andere reagiere mit seinem Sichgestörtfühlen oder aber auch mit seinem Blockiertsein auf dein Unbewußtes und setze sich aufgrund seiner Reaktion ins Unrecht, dann engagiere dich für die Aufklärung."

Vieles befindet sich unmittelbar unter der Schwelle des Bewußtseins und läßt sich rasch ins Bewußtsein heben, anderes erst nach langer Zeit oder überhaupt nicht.

Solange Unbewußtheit herrscht, ist die Störung unlösbar – eine der schmerzlichsten Tatsachen der Nahbeziehung, weil dadurch oft lebenswichtige Wünsche und tiefste Sehnsüchte auf der Strecke bleiben.

Die zweitbeste Lösung: Der korrekte beziehungsweise engagierte Partner läßt die Möglichkeit offen, daß die scheinbar abwegige Reaktion des anderen davon herrührt, daß hinter dem Engagement sich etwas verbirgt, das ihm, dem Sender, unbewußt ist.

Mit einer solchen Art der Konfliktbewältigung werden die Beteiligten jedenfalls besser leben als mit ständigen Beschuldigungen. Das setzt allerdings die hohe Fähigkeit des einzelnen voraus, *den Partner* gegebenenfalls auch *gegen das eigene Unbewußte in Schutz zu nehmen.* Falls ein an sich kooperationsbereiter Partner (Vergleichskriterium!) blockiert, uns in einem lebenswichtigen Punkt nicht entgegenzukommen vermag, wäre die ideale Reaktion, ‚stur denken' und ihn wissen lassen: „Verlaß dich auf dein Gefühl. Ich kenne dich als einen kooperativen Menschen. Wenn sich in dir etwas sperrt, hat das wohl mit mir etwas zu tun. Vielleicht kann ich eines Tages diesen meinen Anteil erkennen."

Gesprächsvorschlag

Gehen Sie auf jenen Punkt ein, wo es Ihnen trotz allen Mühens nicht gelingt, sich zu verständigen, vermutlich weil etwas unbewußt bleibt.

Bisweilen hört man von jenen, trotz allem glücklich zu schätzenden Paaren, die aus der Maschinerie gegenseitiger Beschuldigung herausfinden und denen es gelingt, gemeinsam über Unerfüllbares zu weinen.

Weitere Literatur zum Üben

Gordon, Th., Familienkonferenz. Die Lösung von Konflikten zwischen Eltern und Kind, Hamburg 1972.

Lazarus A., Innenbilder. Imagination in der Therapie und als Selbsthilfe, München 1980.

Möller, M. L., Die Wahrheit beginnt zu zweit. Das Paar im Gespräch, Hamburg 1988.

Perrez M., Minsel B., Wimmer H., Elternverhaltenstraining, Salzburg 1974.

Satir V., Selbstwert und Kommunikation. Familientherapie für Berater und zur Selbsthilfe, München 1975.

Schwäbisch L., Siems M., Anleitung zum sozialen Lernen für Paare, Gruppen und Erzieher, Hamburg 1974.

Stevens J., Die Kunst der Wahrnehmung. Übungen der Gestalttherapie, München 1975.

Vopel K. W., Selbstakzeptierung und Selbstverantwortung. Interaktionsspiele zur Persönlichkeitsentwicklung, Bd. 1–3, Hamburg 1979.

Vopel K. W., Kirsten R. E., Kommunikation und Kooperation. Gruppendynamisches Trainingsprogramm, München 1974.

Dritter Teil

Reflexion

Philosophie – Geschichte – Methode – Wissenschaftstheorie

I. Bewußtheit und Transparenz: Die wesentlichen Veränderungs- und Heilkräfte im Lichte der Kultur- und Religionsgeschichte

„Der aufrechte Gang"
Ernst Bloch

Von jeher haben Menschen gewußt, wie wichtig es ist, sich selber zu verstehen und zu erkennen.

Zwar deckt der Begriff der Bewußtheit lediglich einen Teilbereich am Phänomen der Selbsterkenntnis ab. Dieses Moment der Bewußtheit erlangt jedoch für die Thematik des Beziehungslernens derart wesentliche Bedeutung, daß wir uns beim Blick auf die Geschichte auf die Nennung dieses Begriffs als Vergleichsgrundlage beschränken wollen.

Was den anderen Hauptpunkt, den der Tansparenz angeht, so begegnet er einmal auf der moralischen Ebene als jene Gruppe von Werten, die man mit Begriffen wie ‚Wahrhaftigkeit', ‚Aufrichtigkeit', ‚aufrechter Gang' usw. umschrieben hat. Sodann im religiösen Bereich in analoger Form.

1. Das Dilemma der menschlichen Selbsterkenntnis

Das Phänomen der Selbsterkenntnis

Das Wissen um die Störung der Selbstwahrnehmung durch Unbewußtheit und um deren schädliche Auswirkungen hat eine lange Geschichte. Man verwendet allerdings zur Beschreibung der Phänomene andere Wörter, als wir sie gebrauchen. Bezeichnend ist, daß sich die uns überkommenen sprachlichen Wendungen meist auf der moralischen Ebene bewegen und bewertenden Charakter haben. Aus der Vielzahl der alltagssprachlichen Ausdrücke für den zu beschreibenden Sachverhalt greifen wir lediglich einige wenige heraus: ‚Selbsttäuschung', ‚Selbstverblendung', ‚Selbstgerechtigkeit', ‚die Lebenslüge'. Aber auch die Wörter ‚der Tor', ‚der Narr', ‚Dummheit' und unzählige weitere benennen neben anderem den Mangel an Selbsteinsicht.

Daraus geht klar hervor: Die mit der menschlichen Selbstwahrnehmung zusammenhängende Problematik ist immer gesehen und thematisiert worden. Man hat darüber hinaus zugleich von jeher die immense therapeutische und verhaltensändernde Kraft der Bewußtmachung bzw. der Bewußtheit erkannt. Wir begnügen uns damit, aus dem Schatz *volkstümlicher Psychologie* ein bereits erwähntes Sprichwort herauszugreifen, welches ziemlich plastisch auf die verhaltensändernde Kraft der Selbstwahrnehmung Bezug nimmt: „Selbsterkenntnis ist der erste Schritt zur Besserung." Aber schon vor einigen Jahrtausenden stand auf einem griechischen Tempel die Inschrift zu lesen: „Erkenne dich selbst!" Daß man ausgerechnet diesen Imperativ wählte, läßt darauf schließen, wie hoch man die Bedeutung der Selbsterkenntnis veranschlagt hat. Der Satz „Erkenne dich selbst!" gewann für das abendländische Denken spätestens seit den *Philosophenschulen* des Altertums programmatische Bedeutung. Die Entwicklung kulminiert in der Psychoanalyse, die auf ihre besondere Weise das Thema ‚Selbsterkenntnis' neu entdeckt und für die es ebenso grundsätzlichen Charakter besitzt.

Im Verlauf der abendländischen Geschichte haben vornehmlich die *Mönchsorden* Europas die Forderung zur Einsicht in sich selbst zu einem wesentlichen Element ihrer Spiritualität gemacht; denn die Schulung der Selbstwahrnehmung nimmt eine zentrale Stelle im ‚Lernzielkatalog' der Ordensregeln ein. Das drückt sich unter anderem darin aus, daß die sogenannte ‚Gewissenserforschung' zu einem festen Bestandteil des Tagesablaufs wurde und dadurch das gesamte Leben prägte. Ähnliche Feststellungen machen wir, sobald wir über Europa hinausschauen und auf *andere Kulturen und Religionen* blicken. Insonderheit der indische Kulturkreis entwickelte eine staunenswerte Kultur der Selbstbeobachtung.

Grenzen mancher historischer Konzepte

Unser Blick auf die Vergangenheit ermöglicht den Dialog mit einer mehrtausendjährigen Geschichte. Ziel ist die kritische Würdigung der vorliegenden Erkenntnisse. Uns bewegen folgende Fragen: Welche Einsichten wurden bereits erarbeitet? Was müssen wir aufgrund des Wissensstandes der neueren Psychologie diesen Einsichten hinzufügen, um sie für uns fruchtbar zu machen? Aber auch: In welcher Hinsicht haben wir die vorliegenden Erkenntnisse zu relativieren und zu korrigieren?

Vom Standpukt der heutigen Psychologie aus betrachtet enthalten die Anstrengungen um Selbsterkenntnis zwei Momente, die geeignet waren, den Effekt dieser Anstrengung zu beeinträchtigen. Wir meinen das intellektualistische und das individualistische Moment.

Selbstwahrnehmung und Selbsterkenntnis sind nicht nur ein intellektueller Vorgang

Die Begriffe ‚Selbstwahrnehmung' und ‚Selbsterkenntnis' setzen einen je anderen Akzent bei der Benennung jenes Vorgangs, bei dem sich der Mensch selbst erfaßt. ‚Selbsterkenntnis' betont die kognitive Komponente. ‚Selbstwahrnehmung' hingegen meint vornehmlich die Erfahrungskomponente.

An manchen alten Formen der Selbstbesinnung, vor allem der philosophischen Selbstbesinnung, fällt die intellektuelle Komponente auf. Verstand man doch oft die Erforschung des eigenen Wesens als ein Nachdenken über sich selbst, also als ein mehr oder minder gedankliches Eindringen in das eigene Innere. Diese Feststellung gilt abgeschwächt wohl auch für die Mönchsorden des Westens, für welche, wie erwähnt wurde, die wiederholte Gewissenserforschung einen festen Bestandteil der täglichen Übung ausmachte. Heute begreifen wir immer deutlicher, daß die nachhaltig verändernde Wirkung erst da eintritt, wo das Erkennen zum ‚Er-leben', die Selbsteinsicht zur Selbst-*Erfahrung* wird. Zwischen der gedanklichen und der existentiellen Aneignung können Welten liegen. Die Meister des spirituellen Lebens und die Mystiker aller Religionen haben das immer gewußt. Verschiedene therapeutische Richtungen der Gegenwart haben Wesentliches dafür geleistet, diese alte wahrnehmungspsychologische Wahrheit neu zu entdecken.

Selbstwahrnehmung und Selbsterkenntnis sind nicht nur ein individueller, sondern auch ein sozialer Vorgang

Die an zweiter Stelle genannte Einschränkung ist auf die „Ich-Bezogenheit" der genannten Anstrengung um Selbstbesinnung und Selbsterkenntnis zurückzuführen. Man praktizierte Selbstbesinnung weitgehend als eine Art Nabelschau, bei der der Meditierende nach innen blickt. *In sich hineinschauen bildet ein unerläßliches Element der Selbstwahrnehmung, reicht indessen zur umfassenden Erkenntnis des eigenen Wesens längst nicht hin.* Weshalb wäre es sonst möglich, daß manche Menschen, welche sich jahrzehntelang der Selbstversenkung widmeten, immer noch die abstoßendsten Verhaltensweisen zeigen und den Eindruck erwecken, sich selbst und ihre Wirkung auf die Mitwelt nur wenig zu kennen! Sie haben bei ihrer Bemühung eindeutig zu wenig mit dem Faktor der Unbewußtheit gerechnet oder ermangelten des Rüstzeugs, um effektiv mit ihm umzugehen. Es sei lediglich am Rande auf die in der jüdisch-christlichen Religionsgeschichte in Erscheinung tretende Figur des Pharisäers hingewiesen, desssen Hauptfehler vielleicht darin besteht, daß er sich auf seine subjektive Evidenz beruft und sich mit ihr begnügt. Wohl deswegen verkörpert er in der neutestamentlichen Wahrnehmungspsychologie eine besonders schädliche Form defekter Selbstwahrnehmung.

Die eben getroffene Feststellung ermöglicht uns eine fundamentale Schlußfolgerung. Da wir ein Unbewußtes haben und weite Bereiche unseres eigenen Wesens uns daher schwer zugänglich sind, gewinnt die Mitwelt eine eminente Bedeutung dafür, daß wir uns selber besser entdecken können. Die Mitwelt gewinnt diese Bedeutung zunächst einmal ganz schlicht durch ihre Reaktion und Rückmeldung.

Während der Arbeit des Beziehungslernens wird die *jeweilige Selbsteinsicht*, die ein Gruppenteilnehmer äußert, einem schlichten *Überprüfungs*verfahren unterzogen.

Als brauchbares Hilfsmittel zur Unterscheidung eignet sich die Gegenüberstellung:

Die Äußerung der nicht-authentischen Selbstwahrnehmung wirkt in der Regel störend. Die Äußerung der authentischen Selbstwahrnehmung wirkt in der Regel nicht störend.

Es wirkt beispielsweise häufig störend, wenn jemand lediglich die altruistischen Motive seines Handelns äußert, weil ihm die egoistischen unbewußt sind.

Selbstwahrnehmung stellt folglich ebenso einen *sozialen Vorgang* dar, wie er ein individueller ist. Erst indem wir auf eine von uns unabhängige Erkenntnisquelle zurückgreifen, das meint, die Wahrnehmung, welche die anderen von uns haben, mit einbeziehen, verringern wir die Gefahr, unseren blinden Flecken zum Opfer zu fallen. Es besagt einen mühevollen Prozeß, doch ebenso eine intensive Beziehungsanstrengung, jene beiden Bilder zur Deckung zu bringen, die von uns im Umlauf sind: nämlich das jenige, das wir selber von uns haben, und dasjenige, das die anderen von uns haben.

Viele unserer Aktivitäten sind natürlicherweise von einer mehr oder minder bewußten Selbstwahrnehmung begleitet. Es mag sein, daß wir uns der Mitwelt gegenüber aggressiv verhalten, und uns das voll bewußt ist. Häufig verhält es sich indessen so, daß uns die Aggressivität unseres Verhaltens nur ganz am Rande unseres Bewußtseins wahrnehmbar ist oder uns völlig unbewußt bleibt. Im letzten Fall erbringt oft die Reaktion der Mitwelt die einzige Chance, selber dessen gewahr zu werden, was vielleicht jeder andere sonnenklar an uns sieht. Wir nennen jene Rückwendung auf sich selbst, die durch die Reaktion der Mitwelt zusätzlich angeregt wird, den ‚zweiten Blick der Selbstwahrnehmung'.

Das Gesagte verlangt die Hinzufügung, man habe die beiden beschriebenen Gefahren, die intellektualistische und die egozentrische, durchaus gesehen. Aber erst die neuere Entwicklung psychologischer Erkenntnisse und Vorgehensweisen, nicht zuletzt die Einbeziehung tiefenpsychologischer Elemente, kybernetischer Gedanken und Feedbackverfahren, gibt uns die unverzichtbaren Hilfsmittel an die Hand, die genannten Probleme gezielt anzugehen, was früher auf solch effektive Weise eben unmöglich war.

2. Die authentische Selbstdarstellung

Die Menschen haben von jeher nicht allein erkannt, wie wichtig es ist daß sich jemand so sieht, wie er ist. Ebenso klar war die Einsicht in die Tragweite der anderen Wahrheit: daß er sich so *zeigt*, wie er ist, was er denkt, fühlt, beabsichtigt.

Das moralische Phänomen: ‚Wahrhaftigkeit', ‚Aufrichtigkeit', ‚aufrechter Gang' usw.

Möchten wir ermitteln, welchen Wert Menschen früherer Zeiten dem Phänomen der authentischen Selbstdarstellung zuerkannten, dann brauchen wir nur auf die *Geschichte der Moralauffassungen* der Völker hinschauen. Hier nimmt die Übereinstimmung zwischen Innen und Außen, die klare Selbstdarstellung, das Zu-sich-selbst-Stehen einen hohen Rang in der Hierarchie der Werte ein. Deshalb hat die Sprache eine Vielzahl an Ausdrücken für dieses Phänomen entwickelt: ‚seine Meinung sagen', ‚Aufrichtigkeit', ‚Aufrechtheit', ‚der aufrechte Gang', ‚Wahrhaftigkeit', ‚Ehrlichkeit', ‚Freimut', ‚freimütig seine Meinung bekennen', ‚Zivilcourage' u. dgl. m.

Die Gewichtung, die solchen Werthaltungen zukam, geht offenbar aus zwei Überlegungen hervor.

Erstens, die genannten Verhaltensweisen sind mit Gefahren verbunden. Wer sie zeigt, wer Innen und Außen zur Übereinstimmung bringt, nimmt Nachteile und Verluste in Kauf, mitunter bezahlt er mit seinem Leben. Somit dünkt es uns natürlich, wenn in diesem Zusammenhang wiederholt das Wort *‚Mut'* auftaucht (‚Freimut', ‚freimütig'). Selbsttreue und Wahrung der eigenen Identität sind offensichtlich für manche Menschen etwas derart Wichtiges, daß sie jeden Einsatz dafür leisten.

Zweitens, die Formulierungen weisen auf die Menschen*würde* hin. Menschen, die den ‚aufrechten Gang' haben, ‚geradeheraus' sind, sich offen und klar äußern, so daß wir wissen, ‚wie wir dran sind', nötigen ihrer Mitwelt bisweilen hohen Respekt ab, lösen spontan Achtung und Wertschätzung aus, (sofern die Wirkung eines solchen Verhaltens nicht durch andere Elemente, etwa Fanatismus, Härte, verletzende Art usw. beeinträchtigt ist).

Die Sprache illustriert uns genauso plastisch das *Gegenbild* dieser moralischen Einstellung und führt uns den Menschen vor, der von seiner Angst daran gehindert wird, ‚gerade' zu sein. Sein äußeres Erscheinungsbild ist gekennzeichnet durch Deformierung und Würdelosigkeit. Man kann sich schwer vorstellen, der ‚Heuchler', der ‚Duckmäuser', der ‚Leisetreter', der ‚Verlogene', der ‚Schleimscheißer', der ‚Speichellekker', der ‚Scheißfreundliche', der ‚Arschkriecher' ginge aufrechten Ganges einher. Wir hätten Mühe, uns diese menschliche Erscheinung anders zu denken als geduckt und in gebeugter Haltung, eben ‚kriecherisch'.

Die Beschäftigung mit der Geschichte des moralischen Selbstverständnisses der Menschen dokumentiert uns also auffallend, daß *die klare Selbstdarstellung eine besondere Wertung erfährt und mit Menschenwürde in Verbindung gebracht wird, woanders man das Gegenteil, die aus Angst oder Berechnung hervorgehende Verheimlichung den unwertigen, einen Menschen deformierenden Haltungen zuordnet.*

Religion und Psychotherapie – Gesichtspunkte der Betrachtung

Die authentische Selbstdarstellung ist nicht nur Thema der Moral. Sie gewinnt ebenso in Religion und Psychotherapie einen hohen Stellenwert.

Bevor die historischen Gegebenheiten zur Sprache kommen, sollen die Gesichtspunkte der Betrachtung benannt werden.

1. Der Grad der Öffentlichkeit.

Es besagt einen erheblichen Unterschied, ob man im seelischen Intimbereich der Nahbeziehung – etwa gegenüber seinem Lebenspartner – sich rückhaltlos so zeigt, wie man ist, oder ob man das in der Öffentlichkeit des sozialen Raumes tut.

2. Inneres – Äußeres.

Von Bedeutung ist aber außerdem der Inhalt dessen, *was* man veröffentlicht. Ob man sich zu seinen *Taten* bekennt, die immerhin prinzipiell beobachtbar sind. Oder gleicherweise zu dem, was im eigenen Inneren vorgeht und daher prinzipiell privaten Charakter hat: Denken, Fühlen, Gesinnung, Absichten.

3. Pauschal – konkret.

Ferner macht es einen beachtlichen Unterschied, ob man pauschal redet – „Schließlich bin ich ja auch nur ein Mensch mit Schwächen!" – oder ob man ‚konkret wird'.

4. Ohne oder mit Einbeziehung des Unbewußten.

Die Frage lautet: Gehen wir bei unserer Selbstdarstellung von der Auffassung aus, daß wir der sind, als der wir uns selber erscheinen, oder halten wir die Möglichkeit offen, in Wirklichkeit vielleicht anders zu sein und den Mitmenschen anders zu erscheinen?

5. Vergangenheit – Gegenwart. ‚Perfekt – Präsens'.

Falls wir uns zu uns selber bekennen, wahren wir dann den Sicherheitsabstand der historischen Retrospektive oder riskieren wir das auch im Hier und Jetzt? Anders gesagt, bekennen wir uns nur zu vergangenen Taten, Gedanken, Gefühlen, Absichten oder gleichfalls zu gegenwärtigen? *Unter Voraussetzung vergleichbarer Inhalte ist das letztere das ungleich Schwierigere.* Wir bringen es in der Regel leichter über die Lippen, etwa zu sagen: „Früher habe ich nichts von dir gehalten, inzwischen ist das anders geworden", als dazu zu stehen: „Durch dein augenblickliches Verhalten fühle ich mich sehr abgestoßen. Es löst Gefühle der Abwertung und der Verachtung in mir aus."

6. Der Grad der Freiwilligkeit und des Gruppendrucks.

Es macht einen qualitativen Unterschied, ob ein Mensch wirklich aus eigenem Antrieb sich zeigt oder ob er irgendeiner Form des sozialen Drucks unterliegt.

Die aufgeführten Gesichtspunkte werden für die anstehende Diskussion wesentliche Bedeutung gewinnen.

Historische Formen der authentischen Selbstdarstellung in der Religion: die Beichte

1. Allgemeines.

Sobald wir danach fragen, welche Behandlung die von uns erörterte Thematik, ‚sich so zeigen, wie man ist', in der Religionsgeschichte erfährt, stoßen wir rasch auf das Christentum. Immerhin vertrat letzteres im Vergleich zu anderen Religionen am entschiedensten die Auffassung, diesem ‚Sich-so-Zeigen-wie-man-ist' wohnten

Selbstheilungskräfte inne, da die Kirche die rückhaltlose Selbstdarstellung in der Form der sogenannten ‚Beichte‘ zum Rang einer ‚therapeutischen‘ Institution erhob.

Uns interessiert nicht der theologische, sondern der ‚individualtherapeutische‘ wie auch der ‚kommunikationstherapeutische‘ Aspekt des Phänomens. Das besagt, wir wollen ermitteln, welche positiven Rückwirkungen das beschriebene Beziehungsverhalten, ‚sich so zeigen, wie man ist‘, einerseits auf das handelnde Subjekt und andererseits auf dessen Beziehung zur Mitwelt ausübt.

Ehe wir in die Thematik eintreten, müssen wir eine Differenzierung vornehmen. Was wir unter dem Thema ‚authentische Selbstdarstellung‘, ‚Stimmigkeit‘, ‚Kongruenz‘, ‚Soziale Identität‘ verhandeln, ist ein umgreifenderes Phänomen, als wir es in der Beichte vor uns haben. Ganz einfach deswegen, weil die Selbstdarstellung *alle* Bereiche umfaßt, die zum sozialen In-Erscheinung-Treten des Individuums gehören, d. h. auch die positiven. Wogegen die Beichte als Selbstdarstellung mit den eigenen Verfehlungen lediglich einen Teilbereich der menschlichen Selbstdarstellung meint und abdeckt, nämlich die ‚negativen Persönlichkeitsanteile‘. Der Begriff ‚authentische Selbstdarstellung‘ hat daher einen weiteren Umfang. Er schließt die Darstellung dessen, was man den ‚Schatten‘ genannt hat, mit ein, meint aber mehr.

Doch in beiden Interaktionsphänomenen, in der stimmigen Selbstdarstellung des täglichen Beziehungslebens und in der Beichte entdecken wir ein gemeinsames Element, das sie beide beinhalten: sich so zeigen, wie man ist. Allein auf diesen formalen Gesichtspunkt beziehen sich unsere vergleichenden Betrachtungen.

Mit welcher Interaktionsform aber haben wir es bei der Beichte zu tun, wenn in ihr die rückhaltlose Transparenz eine so hohe Bedeutung erhält? Die Antwort ist einfach. Der gläubige Mensch, welcher Gott gegenübertritt, weiß um den besonderen Anspruch dieser Beziehung. Er ist sich darüber klar, daß er sich in einen Bereich begibt, wo Beziehung quasi ‚absolut‘ wird, wo sie total wird. Wo aber Beziehung total wird, kann man sich nichts mehr vormachen. Außerdem, angesichts der Unbestechlichkeit eines göttlichen Gegenübers versagt jeder Versuch, zu blenden, erweist sich jedes So-Tun-als-ob als illusorisch. Der in diese Beziehung eintretende Mensch besitzt die Gewißheit, daß es jetzt keinen Sichtschutz mehr gibt, Tarnung undenkbar ist.

2. Die frühchristliche Praxis des öffentlichen Bekennens.

In der frühchristlichen Kirche mußte derjenige, der sich gegen die soziale Gemeinschaft vergangen hatte, solche Vergehen auch öffentlich vor der Gemeinde bekennen. Dieses Bekenntnis an die Gemeinde bezog sich, im Unterschied zur heutigen Beichte, lediglich auf äußere Tatbestände, auf Fakten (Diebstahl, Raub usw.), betraf also ausschließlich die ‚Verhaltensebene‘.

3. Die spätere Praxis des privaten Bekenntnisses.

Die Kirche hat später hinsichtlich ihrer Bußpraxis die anfängliche Schwere des frühchristlichen Bekenntnisses spürbar gelockert. Der Öffentlichkeitscharakter wurde dadurch entscheidend abgeschwächt, daß das Bekenntnis nicht mehr vor der Gemeinde selbst, sondern vor deren Vertreter stattfand.

Die katholische Kirche kennt als wichtigen Bestandteil des religiösen Lebens die sogenannte ‚Ohrenbeichte‘. Der Ausdruck ‚Ohrenbeichte‘ deutet auf den Grad der Öffentlichkeit hin, den dieses ‚Sich-so-Zeigen-wie-man-ist‘ hat. Gemeint ist die Zweiersituation, die darin besteht, daß der Bekennende dem Priester seine Fehler unter dem Siegel der Verschwiegenheit sozusagen ‚ins Ohr flüstert‘. Das Bekenntnis bezieht sich allerdings nicht allein auf unrechtes Verhalten, sondern ebenso auf die entsprechenden verwerflichen inneren Vorgänge des Denkens, des Wollens, der Gesinnungen. In Anbetracht der Tatsache, daß das Innenleben des Menschen seinen Privatraum darstellt, der zunächst der Außenwelt verschlossen ist, besagt das Aus-sich-Herausgehen durch das Bekenntnis einen ‚prinzipiell' öffentlichen, sozialen Akt, selbst wenn sich das Bekenntnis nur an den Priester richtet. Letzterer erscheint immerhin als der Stellvertreter Gottes beziehungsweise der Gemeinde.

4. Die spätere Praxis des öffentlichen Bekenntnisses.

Das religiöse Leben der Kirche umfaßt auch noch eine andere Form des Bekenntnisses. Dieses Bekenntnis geschieht in Gegenwart der Gemeinde, also jener Gruppe, die den Lebensraum des Bekennenden abgibt und die daher häufig auch seine Fehler mit abbekommt. Hier zeigt sich naturgemäß der Grad der Öffentlichkeit, verglichen mit der Privatbeichte, drastisch erhöht. Das würde an und für sich die rückhaltlose Selbstdarstellung ungeheuer erschweren. Trotz der bedrohlichen Öffentlichkeit ist das erwähnte Bekenntnis ungleich harmloser als die Privatbeichte, weil es nur allgemein gehalten ist und etwa folgenden Wortlaut besitzt: „Ich habe gefehlt in Gedanken, Worten und Werken."

5. Die Praxis in den Klöstern.

Zahlreiche Klöster praktizieren eine Art des Bekenntnisses, das den Charakter der Öffentlichkeit hat und sich darüber hinaus auf konkrete Verfehlungen erstreckt, also nicht allgemein gehalten ist wie die eben beschriebene Bekenntnisform. Aber auch dabei ist die Schwierigkeit abgemildert, weil der Gegenstandsbereich, den das Bekenntnis umfaßt, einer strengen Begrenzung unterliegt. Denn Inhalt solcher Bekenntnisse sind nur gewisse Tatbestände, näherhin jene Abweichungen von den das äußere Ordensleben regelnden klösterlichen Vorschriften, die sich der Bekennende zuschulden kommen ließ, wie etwa Nichtbeachtung des Stillschweigens. Alle im engeren Sinne moralischen Vergehen, schließlich auch sämtliche ‚inneren Sünden' des Denkens und Wollens bleiben unberücksichtigt.

Der Kirchenvater *Augustinus* von Hippo († 430), eine der großen Psychologengestalten der europäischen Geistesgeschichte, verfaßte um seine Lebensmitte die sogenannten ‚Bekenntnisse' (‚Confessiones'). Darin setzt er sich außer mit philosophischen, theologischen und psychologischen Fragen mit seinem bisherigen Leben auseinander, unter anderem mit seinen eigenen Schattenseiten. Er tut das unter dem Blickwinkel unverblümter Selbstkritik – *und er tut es öffentlich.* Während der christlichen Ära des Abendlandes zählten die ‚Bekenntnisse' zu den meistgelesenen Büchern neben der Bibel.

Der Verweis auf Augustinus soll an einem berühmt gewordenen Beispiel illustrieren, welch zentrale Stellung das Christentum der zur Rede stehenden menschlichen Haltung einräumt: sich nach außen hin zu sich selbst bekennen.

Formen der authentischen Selbstdarstellung in der Psychotherapie

Zwischen den beschriebenen religiösen Formen der authentischen Selbstdarstellung und der Praxis der gegenwärtigen Psychotherapie konstatiert man eine Reihe von Berührungspunkten, aber auch von Unterschieden. Ein Hauptunterschied besteht in diesen Punkten: Einbeziehung des Unbewußten und ‚live'-Charakter des Vorgangs. Was damit gemeint ist, erfährt im folgenden eine ausführlichere Darlegung.

Doch zuerst seien die beiden wichtigsten Sozialformen aufgezeigt, in denen sich Psychotherapie abspielt: Einzeltherapie und Therapie in irgendeiner Form von Gruppe.

Einzeltherapie

Für die Einzeltherapie bildet in der Regel die Zweiersituation den sozialen Rahmen. Der Ratsuchende offenbart sich einem einzigen, verschwiegenen Menschen gegenüber. Thema des Gesprächs ist nicht nur die Rückschau in die Lebensgeschichte, sondern auch das im Hier und Jetzt der Therapiesituation sich abspielende Geschehen. Dabei gewinnen die unbewußten Vorgänge besonderes Gewicht.

Man kann sagen, das Thema ‚Sich-zu-sich-selbst-Bekennen' nehme außer in der kirchlichen Institution der Beichte in der therapeutischen Institution der Psychoanalyse einen hohen Stellenwert ein. Wer sich der Analyse unterzieht, erhält die Anweisung, alles, was in ihm vorgeht, ‚auszusprechen'. Damit kommen auch die ‚negativen Persönlichkeitsanteile' zu Wort. Die Aufforderung zum Aussprechen führt weit über die reine Bewußtmachung hinaus. Sich so zu *sehen*, also das Bewußtmachen, stellt nur die eine Seite des Vorgangs dar. Durch die Befolgung der Aufforderung zum freien Assoziieren lernt der Analysand ganz von selber, sich so zu *zeigen*, wie er ist, und seine Schattenseiten nicht zu verheimlichen.

Eine solche Selbstdarstellung schließt eine quasi ‚prinzipielle' Öffentlichkeit ein, die zwar sehr eingeschränkt ist; aber der Betroffene soll sich immerhin seinem Gesprächspartner, dem Therapeuten gegenüber, mit der Gesamtheit seiner Existenz profilieren, mit sämtlichen positiven und negativen Aspekten dieser Existenz.

Therapie und Lernen in der Gruppe – die durch die Gruppenpsychologie entstandene neue Situation

Die Arbeit der Lerngruppe setzt einen anderen Öffentlichkeitsgrad voraus als die Individualtherapie. Der von uns hier verwendete Begriff *‚öffentlich', ‚Öffentlichkeit'* muß natürlich analog, also auf die jeweilige Situation bezogen, aufgefaßt werden. Bereits die ‚Offenheit' innerhalb der *Zweierbeziehung* erfordert das Aus-sich-Herausgehen des einzelnen Partners aus der Privatsphäre seiner Innerlichkeit und das Betreten des sozialen Raumes. Noch einmal wesentlich gesteigert ist diese ‚grundsätzliche Öffentlichkeit' der Zweierbeziehung durch die Anwesenheit mehrerer, dazu noch fremder Menschen in der *Gruppe.* Doch selbst das besagt noch nicht Öffentlichkeit schlechthin. Denn die Gruppe stellt immerhin einen geschützten Bereich bereit. Auch das frühchristliche Bekenntnis richtete sich nicht an die ‚Weltöffentlichkeit', sondern an jene überschaubare Gruppe, welcher der Bekennende angehörte. Sofern wir den Ausdruck ‚öffentlich' benützen, verlangt er daher eine sinngemäße Anwendung und meint folgendes: Sich so weit transparent machen, als es von der Sache her gefordert und der jeweiligen sozialen Situation angemessen ist.

Aufgrund der spezifischen Öffentlichkeit, wie sie in der Gruppe entsteht, entfällt jener Schutz der Intimität, der sowohl in der Beichte als auch in der Individualtherapie gegeben ist. Das bedeutet einen immensen Anspruch an die Risikobereitschaft des Lernenden.

Das Risiko wird weiterhin dadurch ganz erheblich größer, daß der Lernende nicht weiß, was ihn erwartet, weil er auch sein Unbewußtes quasi zur Diskussion stellt, und schließlich dadurch, daß sich der ganze Vorgang außerdem ‚live' abspielt.

Wegen der schwerwiegenden Bedeutung dieser beiden Punkte – Einbeziehung des Unbewußten in der *Öffentlichkeit* des sozialen Raumes sowie *‚live'*-Charakter – sollen dieselben ausdrücklich zur Sprache kommen.

Einbeziehung des Unbewußten in die Forderung nach transparenter Selbstdarstellung

Ein Hauptziel des Beziehungslernens ist die soziale Identität, das heißt, die stimmige, widerspruchsfreie Selbstdarstellung. Das macht vielfach den Rückgriff auf Unbewußtes notwendig, weil wir nur das mitteilen, was uns bewußt ist.

In der Sprachen- und Ausdrucksvielfalt der Selbstdarstellung hat auch das Unbewußte des sich Darstellenden ‚Sitz und Stimme'.

Das Unbewußte redet nicht nur, es schreit sogar, und zwar mit voller Lautstärke: in der Fehlleistung, im Körpersymptom usw. Freud hat dieses Phänomen mit aller Deutlichkeit beschrieben. Nicht selten erlebt man einen geradezu ‚schreienden Widerspruch' zwischen der bewußt geäußerten altruistischen Einstellung eines Menschen und jenem krassen Egoismus der unbewußten Hintergrundsmotive, welcher sich durch einen bloßstellenden Versprecher verrät.

Der Empfänger jener Botschaft, die dem Sender unbewußt bleibt, verfügt in der Regel über eine hohe Differenziertheit der sozialen Wahrnehmung, so daß er das an sich sehr komplexe Störphänomen ohne weiteres erfaßt. Man sieht beispielsweise sonnenklar, wie aggressiv jemand ist. Man sieht darüber hinaus an gewissen Ausdruckssignalen, daß der Betreffende überhaupt nicht merkt, nicht einmal ahnt, welches Maß an Aggressivität von ihm ausgeht. Diesen komplizierten wahrnehmungspsychologischen Sachverhalt beschreibt der Satz: „Jeder merkt es, nur er selbst merkt es nicht."

Zunächst klingt es ungereimt, zu sagen, das Unbewußte sei in den Vorgang der transparenten Selbstdarstellung einzubeziehen, da man sich ja allein mit dem durchsichtig machen kann, was einem bewußt ist.

Der Sinn unserer Aussage ist dieser: Wer sich vornimmt, während eines Gruppengesprächs etwas zu bearbeiten, muß damit rechnen, daß alles, was sich zur Klärung seines problematischen Beziehungsverhaltens als notwendig erweist, ans Tageslicht gefördert wird, auch das, was ihm bislang völlig unbewußt ist, wovon er vielleicht nicht einmal eine Ahnung besitzt. Eben diese Tatsache bedeutet für den Betroffenen ein besonderes Risiko, wirkt sich extrem bedrohlich aus.

Wir haben Anlaß, dem fraglichen Punkt etwas eingehender unsere Aufmerksamkeit zuzuwenden. Das tun wir nicht zuletzt deswegen, weil von der Religion her der Psychologie gerne unterstellt wird, sie mißachte Wertordnungen, mache es dem Menschen leicht, indem sie ihm lediglich das ‚Lustprinzip' beibringe. (Der Psychologe, der das tut, versteht sein Handwerk nicht.) Aus den bisher erörterten Gesichtspunkten geht hervor, eher sei das Gegenteil der Fall. Bisweilen zieht die Sachlichkeit der Psychologie ungleich rigorosere Forderungen an den Menschen nach sich als die religiöse Moral, jedenfalls die gängige religiöse Moral, sie stellt. Das ging bereits aus der Diskussion über die normative Bedeutung des authentischen Gefühls hervor.

Was heißt das?

Die *Bibel* kennt wohl die *‚unbewußte Sünde'*. Der Psalmist (Ps. 18,13) betet: „Von meinen unbewußten Verfehlungen mache mich frei!" (Ab occultis meis munda me!) Der Apostel Paulus meint, er sei sich zwar keiner Schuld bewußt, aber nicht er selber sei es, der sich richtet; der ihn richtet sei der Herr (1Kor. 4,4).

Solche Äußerungen stellen die Möglichkeit ‚unbewußter Sünden' in Rechnung. Sie besitzen allerdings Seltenheitswert.

Die Sache selbst, nämlich die unbewußte Fehlhaltung, bildet für die gläubige Gemeinde einen wichtigen Faktor des sozialen Zusammenlebens. Jedes Gemeindeglied bekommt Gelegenheit, sich an den ‚unbewußten Sünden' anderer wund zu reiben. Das geschieht immer dann, wenn es durch das Verhalten eines Mitgläubigen tief verletzt, gedemütigt, benachteiligt wird, obgleich der Betroffene feststellen muß, den anderen bewege bei seinem Tun lautere Absicht, ihm entgehe völlig das Problematische an seinem Verhalten und seiner Ausstrahlung.

Hinsichtlich des dargelegten Sachverhalts hat sich das religiöse Bewußtsein noch wenig entwickelt. Es bewegt sich auf der Ebene einer ähnlich archaischen Psychologie, wie wir sie von der Psychologie des Sündenbocks her kennen. Die Schwierigkeit entsteht daraus, daß die Vorgänge in gewissem Sinn eben nicht mehr religiös und moralisch, sondern nur noch psychologisch analysierbar sind.

Wir machen die Beobachtung, daß *Unbewußtheit zu den schwersten sozialen Störungen* führt. Denken wir daran, gerade jene destruktive Aggression, jener Übergriff, jene Dominanz, jene Unechtheit, die unserem Gegenüber unbewußt bleibt, ist es, die besonders bedrohliche Beziehungsprobleme schafft. Wir kommen nämlich, so heißt die allbekannte Redewendung, nicht an den anderen heran, sehen uns außerstande, ihm zu vermitteln, wie aversiv und schädigend die Wirkung seines gutgemeinten Verhaltens für uns ist. Das gilt um so mehr, je bedenkenloser und selbstgerechter er sich auf seine subjektive Evidenz beruft. Solange dieser Zustand währt, muß jegliche Verständigung versagen. Er betrachtet sein Verhalten, weil von edler Absicht getragen, als einwandfrei, wir hingegen leiden fortwährend unter seiner mehr oder weniger sublimen Abwertung, Bevormundung, Rücksichtslosigkeit.

Die Frage ist nur, scheidet im Fall der unbewußten Fehlhaltung auch jegliche Verantwortung aus? Wie steht es um den Schuldcharakter der ‚unbewußten Sünde'? Blicken wir noch einmal auf die christliche Religionsgeschichte. So wir das Maß der Beurteilung am Religionsstifter selbst, an *Jesus von Nazareth* nehmen, ergibt sich eine reichlich strenge Optik. Sein Satz von Splitter und Balken („Warum siehst du den Splitter im Auge deines Bruders, aber den Balken in deinem eigenen Auge siehst du nicht? ... Du Heuchler! Lk, 6,41 f.) beschreibt unübertrefflich exakt jenes Dilemma, welches das Verhältnis zwischen menschlicher Selbstwahrnehmung und Fremdwahrnehmung charakterisiert. Während wir gemäß dem Ausspruch „Jeder merkt es, nur er selbst merkt es nicht" oft ohne Schwierigkeit dem anderen in sein Unbewußtes schauen und die Hintergründe seines Verhaltens mitbekommen, bleibt uns unser eigenes Unbewußtes oft in hohem Grad verborgen, entzieht sich hartnäckig dem verstehenden Zugriff.

Die Interaktion zwischen Jesus und den Pharisäern spiegelt auf archetypische Weise einen Beziehungskonflikt, der wohl in jeder engeren Beziehung mehr oder weniger gravierend zu Buche schlägt, weil jeder

Mensch ein Unbewußtes hat. Jesus scheitert nicht zuletzt am Pharisäersyndrom der Selbstwahrnehmung. Die Pharisäer, die sich selbst für fromme Leute hielten und es in gewisser Hinsicht zweifellos auch waren, zeigen, objektiv betrachtet, ein Verhalten, dessen aufreizende Wirkung jeder erlebt, der es mit einem selbstgerechten Gegenüber zu tun hat, das lediglich die Fehler des anderen, nicht aber seine eigenen sieht und aufdeckt.

Selbst der Menschenkenner Jesus dürfte gegenüber der provozierenden Wirkung solchen Verhaltens nicht immun gewesen sein, ließ er sich doch zu vernichtenden Schmähreden gegen die Pharisäer hinreißen. Jedenfalls schildert es uns der Evangelist Matthäus so. Manches spricht dafür, daß er sie, ungeachtet ihrer Unbewußtheit, für ihr Verhalten verantwortlich gemacht hat. Zumindest waren sie es in dem Sinne, als sie ihre **subjektive Evidenz zur letzten Richtschnur nahmen und sich dem Anspruch widersetzten, ihre Selbstwahrnehmung der sozialen Korrektur auszusetzen.** Allein in der Verweigerung eines solchen Hinterfragens der eigenen Selbstwahrnehmung kann denn auch das Moment der Verantwortung liegen. Jedenfalls ist es bezeichnend, wie Jesus selbst die schlimmsten Sünder, die sich zu ihrem unzulänglichen Sosein bekannten, liebevoll akzeptierte, während er die Selbstgerechten von sich wies.

Die *religiöse Tradition* war offensichtlich außerstande, dem Krebsübel der verfälschten Selbstwahrnehmung bzw. der Unbewußtheit gebührend zu begegnen, welches deswegen zugleich ein soziales Übel ist, weil es verhängnisvolle soziale Konsequenzen nach sich zieht. Immerhin hielt man Selbstgerechtigkeit für eine äußerst schlimme Fehlhaltung. Doch man ermangelte des nötigen psychologischen Rüstzeugs, um sie wirkungsvoll zu analysieren. Der gezielte, handwerklich erlernbare Umgang mit unbewußten Gegebenheiten ist uns eben erst seit Freud möglich. Der Sündenbegriff der Theologie war unzureichend, um das Problem zu begreifen, und zwar deswegen, weil er auf der Psychologie der Tradition fußte, die weitgehend eine aus der griechischen Philosophie bezogene *‚Bewußtseinspsychologie'* war. Daher mußte ebenso die Konzeption des Sündenbegriffs notgedrungen ziemlich rational ausfallen. Schon ein Kind lernt für seine Beichtpraxis, zur schweren Verfehlung gehöre klare Erkenntnis und freie Entscheidung. Das ist natürlich ein wesentlicher Teil der Sache. Erfährt allerdings das moralische Bewußtsein seine Bildung und Schulung ausschließlich unter diesem Gesichtspunkt, so fallen ganz wesentliche Dinge durch das Raster einer solchen Moralpsychologie, die bei dem Halt macht, was sich bewußt faßbar darbietet.

Da, wie schon erwähnt wurde, aus Unbewußtheit unter Umständen die schwersten sozialen Störungen entstehen, verwundert es kaum, daß es, sieht man auf die lange Geschichte der Kirche, wohl kein Verbrechen gibt, das nicht ‚guten Gewissens' begangen worden wäre (natürlich gibt es auch die bewußte Bosheit als klare Stellungnahme für das Böse).

Die Schulen der spirituellen und geistlichen Menschenführung besaßen immer davon das Wissen, daß eine mehr oder weniger rational geprägte Psychologie für die Erfassung diverser Phänomene nicht ausreicht. Man wußte es stets: subjektive Evidenz ist eine trügerische Instanz. Doch die Hilfskriterien, die zur Unterscheidung der echten von der vermeintlichen Selbsterkenntnis entwickelt wurden, waren wohl zuwenig operationalisierbar, so daß ihre wirksame Handhabung den besonders Sensiblen und psychologisch Begabten vorbehalten blieb.

Eine grundlegende Änderung ist erst durch die *Tiefenpsychologie* möglich geworden. Letztere verfügt sowohl über die einschlägige Theorie des Unbewußten wie auch über die Verfahren, um damit zu operieren. Die Tiefenpsychologie schlug eine erste ‚rationale' Bresche in das Pharisäersyndrom der Selbstwahrnehmung und durchbrach dasselbe auf rigorose Weise. Damit schuf sie die Voraussetzung für den Einblick in ganz neue Tiefenschichten des moralischen Bewußtseins. Wir haben es hier mit einem Sachverhalt zu tun, den die Religion trotz ihrer integrativen Bemühungen um Rezeption der Tiefenpsychologie kaum hinreichend erfaßt hat.

Die zweite Bresche, die in das Pharisäersyndrom der Selbstwahrnehmung geschlagen wurde, sehen wir in den *Feedbackverfahren* der neuesten Psychologie, durch welche der soziale Anteil an der Gewinnung von Selbstwahrnehmung und Selbsterkenntnis klar zutage tritt.

Kein Teilnehmer der *Lerngruppe*, natürlich auch nicht der Gruppenleiter, kann sich auf seine subjektive Evidenz hinausreden. Die Prämissen sind kategorisch und streng verbindlich: die Wirkung zählt! Sobald ein Verhalten störend wirkt, ist es zu hinterfragen, selbst wenn es noch so gut gemeint war oder die Störung von der Fachautorität, nämlich dem Gruppenleiter, ausging. Der Störgrund liegt in der bewußten Verschweigung oder in Unbewußtheit. Gewiß trägt derjenige, der ein schwer störendes Verhalten zeigt, nicht die direkte Verantwortung dafür, wenn die Ursachen und Motive ihm unbewußt sind. Sie fällt ihm aber auf eine mittelbare Weise zu, insofern er gehalten ist, seine subjektive Evidenz der sozialen Korrektur auszusetzen.

Der Gesprächsverlauf in der Lerngruppe vermittelt drastisch, was es heißt, seine Bewußtseinszone quasi hinter sich zu lassen und sie auf das Unbewußte hin zu überschreiten, sich auf das eigene Unbekannte einzulassen. Noch mehr: sich öffentlich darauf einzulassen. Das letztere bedeutet nämlich eine qualitative Steigerung des Risikos verglichen mit der Zweiersituation der Individualtherapie. Schon für den, der sich einer Individualtherapie zu unterziehen beabsichtigt, bestehen oft die Hauptängste darin, nicht zu wissen, was da wohl alles an Beschämendem ‚hochkommen' möge. Aber selbst wenn ‚es' auf den Tisch kommt, erlangt nur ein einziger, verschwiegener Mensch, der Therapeut, Kenntnis davon. Für den Gruppenteilnehmer hingegen tritt zum Risiko des Unbekannten das Risiko der erweiterten Öffentlichkeit hinzu. Woher weiß er denn, ob nicht doch der eine oder andere das Gehörte mißbraucht, es ausplaudert oder dumme Bemerkungen dazu macht!

Wer sich in der Gruppe ‚meldet' und kundgibt: „Ich will mit euch an einem eigenen Problem arbeiten", begibt sich also oft auf ein für ihn völlig unbekanntes Terrain. Bei diesem Betreten der Dunkelzone des eigenen Inneren ist, wie gesagt, deswegen hohes Engagement verlangt, weil der Betroffene sich darüber im klaren ist, nicht zu wissen, was ihn erwartet. Wohl kennt er den Weg im allgemeinen. Am Beispiel der anderen hat er beobachtet, durch Flucht nach vorn würde man nur gewinnen. Möglicherweise stößt er schon während des Anfangsabschnitts der Rückmeldephase auf ihm fremdes Neuland und bekennt: So deutlich und differenziert habe ich das noch nie in meinem Leben gehört. Ich hatte nicht die geringste Vorstellung davon, daß man mich so erlebt, wie ihr es beschreibt.

Er rechnet damit, daß es unter Umständen unumgänglich sein würde, in seine geheimsten Winkel hineinzuleuchten und Dinge aufzudecken, die ihm angst machen. Möglicherweise tröstet ihn die Überzeugung, das alles geschehe nicht zur Befriedigung der Neugier anderer, es folge der einfachen Sachlogik, weil die von ihm ausgehende Störung allein auf dem Weg behebbar ist, sich für sich selbst und für die anderen transparent zu machen.

Als Gruppenleiter bewundere ich stets erneut den Mut, den ein Mensch aufbringt, wenn er sich mit allem, was er ist, sogar mit den Seiten an sich selbst, die für ihn im Dunkel liegen, ‚stellt', sozusagen sein Unbewußtes öffentlich zur Diskussion stellt, was logischerweise zugleich heißt, jede böse Überraschung in Kauf zu nehmen. *Er gibt seinen letzten Halt preis, auf den er sich bislang gestützt hat und der ihm Sicherheit gab: seine Privatheit und seine subjektive Evidenz. Ich sehe darin eine der höchsten Formen des Sichloslassens und des Vertrauens.* Der Teilnehmer hat allerdings bei seinen Gruppenerfahrungen eine andere Sicherheit dazugewonnen, die sich folgendermaßen umschreiben läßt: Daß das letzte Ziel eine andere Evidenz sei, daß man ihm verbieten würde, auch nur einen einzigen Schritt gegen seine Überzeugung zu tun, daß bei jeder echten Lösung die Evidenz der anderen und die eigene zur Deckung kommen würden. Diese Überzeugung hat er zunächst eher im Kopf, ratifizieren wird er sie erst später durch Erfahrung. Ich vergleiche den Vorgang des solcherart Sichloslassens gerne damit, wenn Artisten am Trapez oder auf dem Seil ‚ohne Netz' arbeiten. Dem im Gespräch befindlichen Gruppenmitglied ist es zu einer vertrauten Beobachtung geworden, derjenige, der losläßt, würde durch einen sicheren Griff aufgefangen. Doch ihn bewegt die Furcht, er könne möglicherweise versagen, die ausgestreckte Hand verfehlen und so das Aufgefangenwerden eigenhändig verhindern.

Der ‚Live'-Charakter des Geschehens

Man entdeckt einen weiteren erschwerenden Umstand, der die Arbeit in der Lerngruppe für den Betroffenen riskanter gestaltet, als es das Bekenntnis in der Beichtsituation unter vier Augen ist oder als das freie Assoziieren auf der psychoanalytischen Couch, welches dem Analysanden dazu verhelfen soll, seine Schattenseiten zuzulassen und die eigenen Fluchtburgen aufzumachen. Der Gruppenprozeß ist demgegenüber in einem erhöhten Sinn als ‚live' anzusprechen.

Was die Beichtsituation und die analytische Situation betrifft, genießt der Betroffene bereits durch den gesetzten Rahmen, das sogenannte ‚Setting', eine spezifische Form des Schutzes. Er hat als Gegenüber nicht die reale Mitwelt selber, sondern quasi lediglich deren Vertreter, den Priester beziehungsweise den Therapeuten. Aber der Vertreter der Gemeinschaft verhält sich nicht auf die gleiche Weise wie diese. Die Gesellschaft, in der das Individuum lebt, reagiert oft bewertend und bestrafend auf Fehlhaltungen. Den Beichtvater hingegen stört das, was ihm jemand als Verfehlung bekennend anvertraut, kaum in der Form persönlicher Kränkung. Deswegen fällt es ihm relativ leicht, sich bestrafungsfrei zuzuwenden. Dem Analytiker wiederum ist therapeutische Zurückhaltung auferlegt. Ihm fällt die Aufgabe zu, sich als Projektionswand für Übertragungsvorgänge zur Verfügung zu stellen. Er hat persönliche Wertungen tunlichst zu unterlassen, damit der Analysand eigenständig zu Einsichten gelangt.

Das Arrangement der Lerngruppe bietet einen davon abweichenden Rahmen. Man geht von der Voraussetzung aus, daß der Lernende sein störendes Beziehungsverhalten in die Gruppe hineinträgt und, aufgrund von Generalisierung bzw. Redundanz, es hier reproduziert. Das besagt, die anderen bekommen es durchaus in seiner negativen Wirkung zu spüren. Soweit besteht eine gewisse Ähnlichkeit mit der analytischen Situation der sogenannten Übertragung. Doch man entdeckt ebenso beachtenswerte Unterschiede. Denn es macht einen Hauptbestandteil des Vorgehens während der Gruppenarbeit aus, den Lernenden mit den durch ihn in den anderen ausgelösten Wirkungen zu konfrontieren.

Das ist einerseits realistischer und radikaler als die Alltagswirklichkeit seiner Sozialbeziehung, andererseits im Vergleich dazu abgemildert. Realistischer deswegen, da alles das zur Sprache kommt, was dem Betroffenen sonst an belastenden Aussagen verschwiegen wird. Abgemildert, weil man, im Unterschied zur Alltagswirklichkeit, davon Abstand nimmt, ‚ohne Bandagen‘ zu kämpfen. Obschon die Gesprächsregeln auf maximale Offenheit abzielen, sollen sie doch dazu beitragen, unnötige Verletzungen nach Möglichkeit zu umgehen.

Alles in allem, die Gruppenmitglieder bekommen live die Störung des Teilnehmers ab, fühlen sich auf reale und echte Weise beeinträchtigt, unter Druck gesetzt, verletzt, hingehalten, gegängelt, verkannt, in Gefühle der Bedrückung und Lähmung hineingezogen, unabsichtlich terrorisiert usw. Sie sind angewiesen, diese Wirkungen nicht auszuagieren, doch klar auszusprechen. Man erkennt sogleich, daß eine solche Situation von ihrer Natur her gefahrvoll ist. Es kommt jene Schutzschranke in Wegfall, welche dann entsteht, wenn der Beichtvater ohne persönliche Empfindlichkeit reagiert oder der Therapeut seine ihm auferlegte Zurückhaltung wahrt. Die dem Arrangement eigene Abschirmung gegenüber der normalen Realität, der Stoßdämpfer, ist nicht vorhanden. Das trägt allerdings auch dazu bei, eine für die Gruppe charakteristische Dynamik entstehen zu lassen.

Die höhere Gefahr erfordert gerechterweise das höhere Maß an Schutz. Dem Gruppenleiter obliegt die Aufgabe, diesen Schutz, soweit überhaupt möglich, zu gewährleisten. Er hat dafür zu sorgen, daß lediglich jener Grad an Offenheit geleistet wird, der zur Erhellung einer Sache notwendig ist, und nicht darüber hinaus unangemessene Selbstentblößungen stattfinden. Außerdem bleibt Freiwilligkeit das oberste Gebot. Jedes Drängen und Unterdrucksetzen ist zu unterbinden. Schließlich wacht er über die richtige Einhaltung der Gesprächsregeln. Diese sind wohl geeignet, Schockerfahrungen hervorzurufen. Sie dienen indessen, wie gesagt wurde, zugleich dem Zweck, das Maß an Bedrohung, Verletzung und Demütigung zu verringern. Die Wahrheit ist an und für sich schon schwer genug zu ertragen. Sie auszuhalten, erfordert vom Betroffenen alle Energie. Anläßlich solcher Überlegungen erscheint uns die Sprechweise vom ‚heißen Stuhl‘ und ähnliches problematisch. Klingt sie doch nach schlechter Psychologie und erinnert an die Demutsrituale traditioneller klösterlicher Übungen, wie etwa die gesenkten Hauptes entgegengenommene sogenannte ‚brüderliche Zurechtweisung' (correctio fraterna). Man verfehlt den Sinn der Rückmeldung, wenn man sie dahingehend mißversteht, daß sie den Rückmeldenden ‚endlich einmal' die Gelegenheit bietet, dem Betroffenen ‚die Meinung zu sagen', ihm ‚den Kopf zu waschen'.

Der Betroffene selbst erlebt das Mühen um Transparenz und klare Selbstdarstellung nicht selten als eine Art von Todeskampf, der von tiefen Ängsten und Schamregungen bestimmt ist, obschon jene Dinge, die er mitteilt, von jedem anderen vielleicht längst bemerkt wurden, also ohnehin ‚öffentlich' sichtbar waren. Sich so zu zeigen, wie man ist, die völlige Preisgabe des Scheins, verlangt offensichtlich die letzte Selbstüberwindung und Selbstentäußerung.

In der Gruppe löst der Wagemut des Teilnehmers die für ihn überraschendsten Reaktionen aus. War er doch von der unausgesprochenen Annahme ausgegangen: „Wenn die wüßten, was mit mir los ist, würden sie mich fertigmachen." Anstelle der von ihm befürchteten Bewertung und Verachtung schlägt ihm eine spontane Woge der Akzeptation entgegen. Es gehört zu dem immer neu zu beobachtenden Wunder der Offenheit, daß derjenige, der sich hüllenlos offenbart, bei der Mitwelt die tiefsten Impulse auslöst, den Betroffenen in seiner wehrlosen Nacktheit zu schützen. Das hat nichts mit Edelmut zu tun. Es sind spontane Regungen, welche der, der sich schutzlos gemacht hat, geradezu naturnotwendig auslöst.

Wir müssen an dieser Stelle einem Mißverständnis vorbeugen. Selbst wenn das beschriebene ‚Bekenntnis', das Zu-sich-selber-Stehen mit zitternden Knien geschieht, wird es von den anderen als Ausdruck höchster Kraft und Tapferkeit empfunden. Soweit im Wort ‚Geständnis' bisweilen ein Moment der Schwäche, die Bedeutung von Selbstentblößung, sich selbst erniedrigen und sich selbst klein machen, mitschwingt, besagt ‚sich bekennen' das Gegenteil davon.

Kritische Würdigung

Die authentische Selbstdarstellung, wie sie in der religiösen Form der Beichte und in der Therapie gefördert wird, zielt auf intimste Selbstoffenbarung hin. Der hohe ethische und therapeutische Wert dieser Zielsetzung steht außer Zweifel. Dennoch dürfte die Förderung der besagten Art der Selbstdarstellung nicht unproblematisch sein, weil der einzelne Mensch durch die Selbstenthüllung ein hohes Risiko eingeht. Sein Vertrauen kann mißbraucht werden, auch wenn hinter einem solchen Mißbrauch vielleicht keinerlei böswillige Absicht, sondern nur menschliche Unzulänglichkeit steht. Daher ist im Umgang mit diesem Bereich die hohe Verantwortung für den Schutz menschlicher Intimität eine wesentliche Voraussetzung. Außerdem bedarf es der besonderen Wachsamkeit gegenüber Fehlformen und Entartungserscheinungen.

Wegen der großen Bedeutung der hier angesprochenen Punkte erscheint es notwendig, auf einige Gefahrenmomente hinzuweisen, die im Umgang mit dem Lernziel der authentischen Selbstdarstellung beachtenswert sind.

1. Unterwerfungsritual.

Die sogenannte ‚Ohrenbeichte', wie sie in der Geschichte des religiösen Lebens erscheint, ist mitunter von einem eigenartigen Nimbus umgeben, der diese Praktik unter Umständen für viele makaber, um nicht zu sagen peinlich und abstoßend erscheinen ließ.

Man hat die Beichte nicht zuletzt als Demutsgeste, als Unterwerfungsritual mißverstanden, bei dem sich der Mensch klein macht. Interpretiert man das Sich-zu-seinem-‚Schatten'-Bekennen in dieser Richtung, dann sind dem krankhaften masochistischen Hang zur Selbstbezichtigung und Selbstquälerei Tür und Tor geöffnet. Mit der Pathographie eines falsch verstanden Demutsideals könnte man wahrscheinlich Bibliotheken füllen. Sich zu sich selbst bekennen besagt das Gegenteil von alledem, nämlich einen Akt der Tapferkeit, der dem Menschen Würde verleiht.

2. Druck und Zwang, Gefahr der Gehirnwäsche.

Zum Wesen der Person gehört jene Freiwilligkeit, mit der der Mensch die Schwelle seiner privaten Innerlichkeit überschreitet und in den sozialen Raum hineingeht, ‚sich zeigt', ‚sich äußert'. Jede Art von *Zwang* widerspricht zutiefst der Freiheit des Aus-sich-Herausgehens. Es liegt nahe, daß eine Institution wie die Kirche, die sich legitimiert wähnt, in das Intimste des Menschen, nämlich in sein Bewußtsein und sein Gewissen, einzudringen, einen gefährlichen Weg beschreitet. Denn Macht über das Gewissen der Menschen bildet wahrscheinlich die sublimste und raffinierteste Form der Machtausübung, der Mißbrauch dieser Macht wohl den verabscheuenswertesten Machtmißbrauch. Einer teuflischen Form solcher Machtausübung begegnen wir in manchen Diktaturen, wo der Zwang zur öffentlichen Selbstbezichtigung und die Gehirnwäsche den Wesenskern der menschlichen Person attackieren und zu zerstören suchen. Die rauchenden Scheiterhaufen am Weg der Kirchengeschichte legen ein trauriges Zeugnis davon ab, daß auch die Religion keines jener Verbrechen zu begehen versäumt hat, welche sich vor allem gegen die Freiheit des Denkens und Empfindens und somit gegen die Menschenwürde richten. Ganz zu schweigen von jener Vergewaltigung des Gewissens, die im Namen einer restriktiven Moral getätigt wurde und zahllosen Menschen namenlose Frustration und unsagbares Leid aufbürdete. Die Kritiker aus den eigenen Reihen, welche die Übel ihrer Religion zu brandmarken wagten, hat man von jeher rasch als Häretiker bzw. ‚Abweichler' abgestempelt, um sich ihrer desto müheloser entledigen zu können. Da die moderne Religionskritik von Feuerbach über Marx und Nietzsche bis zu Freud und Sartre aus der atheistischen Ecke kam und zudem mit bitterem Zynismus vorgetragen wurde, glaubte man sich oft der Pflicht enthoben, sie unverzüglich ernst zu nehmen, obschon man hätte wissen können, diese Religionskritik träfe nicht eigentlich die Religion selbst, sondern ihre Abartigkeiten und Zerrformen.

Daß der Umgang der Kirche mit dem menschlichen Gewissen mannigfachen Pervertierungen unterlag, sollte uns nicht daran hindern, aus dem Phänomen der Beichte als einem Sich-zu-sich-selbst-Bekennen jenen psychologischen Kern in seiner Reinheit herauszulösen, der so wertvoll ist, daß er die Mühe rechtfertigt, den Schutt der Geschichte abzutragen: die stimmige Selbstdarstellung. Denn die darin enthaltene Idee, ‚sich so zeigen, wie man ist', bedeutet in unseren Augen ein Humanum erster Ordnung.

3. ‚Schwarze Psychologie'

Der Vollständigkeit und der Gerechtigkeit halber muß hinzugefügt werden, es gebe nicht nur (so wie es eine schwarze Pädagogik gibt) eine schwarze Religion, sondern auch eine schwarze Psychologie. Was man manchmal landauf und landab in gruppendynamischen Encountersitzungen anzutreffen Gelegenheit hatte, was man als ‚heißen Stuhl' bezeichnet, als ‚Auseinandergenommenwerden' und ‚Ausgezogenwerden' beklagte, ist zwar keineswegs mit den Kapitalverbrechen der Religion und staatlicher Diktaturen am Gewissen ihrer ‚Untertanen' zu vergleichen, läßt aber darauf schließen, wir hätten es hierbei mit Gefährdungen zu tun, gegen welche keine menschliche Institution gefeit ist, die Psychologie nicht ausgenommen.

Kriterien der Beurteilung

Aus den historischen Daten und deren kritischer Würdigung geht klar hervor, daß wir Kriterien brauchen, um die geschilderten Entartungserscheinungen von dem an sich guten Gedanken zu unterscheiden. Sowohl für die religionsgeschichtliche Reflexion des Phänomens wie auch für das psychologische Vorgehen beim Beziehungslernen wollen wir zwei schlichte Orientierungsgesichtspunkte benennen, welche uns instand setzen, das Wesentliche an dem herauszuschälen, was die Forderung nach Transparenz meint. Der zweite Teil der Hauptgesprächsregel („Wahrnehmen und *mitteilen!*") legt Wert auf das Mitteilen und verlangt: Sprich über das, was in dir vorgeht! Von den beiden Kriterien, an denen wir besagte Aufforderung messen, ist das eine die Sachbezogenheit, das andere die Menschenwürde.

Der Imperativ zum Mitteilen erweist sich, wie schon einmal erwähnt wurde, bei genauerem Hinsehen als ganz **sachbezogen.** Er richtet sich auf die konkrete Situation. Es kann also keinesfalls darum gehen, dem anderen sein Innenleben auf die Nase zu binden oder sich gar einem Demutsritual der Selbstentblößung zu unterwerfen. Nicht einmal Bekenntnisfreudigkeit ist gefragt. Wohl verfolgt die Hauptgesprächsregel „Wahrnehmen und mitteilen!" eine allgemeine und unspezifische Absicht, drückt sozusagen eine Grundeinstellung aus, indem sie sagen will: Es ist prinzipiell wichtig, daß du in deinem Beziehungsleben auf angemessene Weise über das sprichst, was in dir vorgeht. Doch während des Durcharbeitens eines bestimmten problematischen Verhaltens in der Lerngruppe unterliegt die Aufforderung der strengen funktionalen Bindung an einen klar umrissenen Zweck, nämlich die Behebung einer bestimmten Störung. Die diagnostische Grundregel nimmt auf die Störursache Bezug: Wenn etwas stört, dann wird etwas nicht gesagt. Weil das Beziehungslernen neben anderem insbesondere auf die Behebung von Störungen ausgerichtet ist, muß logischerweiße die jeweils notwendige Offenlegung innerer Vorgänge stattfinden, damit die Störung aufgelöst werden kann. In gewissem Sinn gilt der Imperativ zum Mitteilen ohnehin nur hypothetisch und enthält daher eine Wenn-dann-Forderung: *Wenn* du willst, daß die durch dein Verhalten hervorgerufene Störung behoben werden soll, *dann* mußt du darüber sprechen, was in dir vorgeht. Leidest du beispielsweise darunter, daß dein wohlgemeintes Engagement für die anderen von diesen fortwährend als Bevormundung empfunden wird, so kannst du nicht umhin, nachzusehen, aus welchen Motiven dein Engagement stammt, und diese auszusprechen.

Gerade eine solche hypothetische Sicht des Imperativs weist auf seine strenge Sachgebundenheit hin.

Das zweite Kriterium sehen wir in der *Menschenwürde.* Wir gehen von einem Grund-Satz aus, der für uns außer Zweifel steht: Es erscheint uns undenkbar, daß etwas, das gegen die Würde des Menschen verstößt, gut ist. Es kann weder psychologisch noch moralisch noch im religiösen Sinn gut sein. Jegliche Selbsterniedrigung, jegliches Sich-klein-Machen ist dem Menschen abträglich. Für diese Annahme lassen sich zahllose Gründe anführen. Wir möchten nur einen davon ansprechen: die Gleichheit der Menschen hinsichtlich der Grundstruktur ihrer Psyche.

Die Aufforderung zum Wahrnehmen und Mitteilen meint zu allererst: Sprich über deine Gefühle, Empfindungen, Wünsche usw. Das sind allesamt unwillkürliche Regungen, welche nicht der Steuerung des menschlichen Willens unterliegen.

Die genannten Regungen muten oft ziemlich abwegig, unmoralisch, ja sogar pervers an und erschrecken denjenigen, der sie bei sich registriert: Neidgefühle, Haßregungen, sadistische Impulse, obszöne Empfindungen, Überheblichkeitsgefühle, rechthaberische Regungen. Doch sind solche unwillkürlichen Regungen, deren Beachtung zur Aufhellung von Interaktionen äußerst wichtig erscheint, bei den unterschiedlichen Menschen viel zu ähnlich, als daß es auch nur für einen einzigen Menschen auf der Welt angebracht wäre, sich vor dem anderen zu demütigen oder auch nur klein zu machen. Abgesehen davon ahnen die meisten Menschen nicht einmal, wie viele ihrer schlechtesten und abartigsten Regungen wenigstens zum Teil fremdverursacht sind. Das würden sie in dem Augenblick erkennen, da sie in das Innere ihres Gegenübers zu schauen vermöchten. Dies ist ein weiterer Grund für die Weigerung, zwischen Menschen ein Gefälle zu akzeptieren.

Wegen der beschriebenen Grundannahme über die prinzipielle Gleichheit der menschlichen Natur in allen Menschen verwenden wir Sorgfalt darauf, daß nicht auf der Ebene des *Sprechens* ein Gefälle entstehe, das wir von der Sache her verwerfen. Da die Aufforderung zum Mitteilen ganz nüchtern verlangt: Sprich über das, was in dir vorgeht, sind für diese Vorgänge alle Redewendungen zurückzuweisen, die ein Gefälle erkennen lassen: ‚gestehen‘, ‚Geständnis‘, ‚zugeben‘, ‚beichten‘, ‚klein beigeben‘.

Aus dem Gesagten ergeben sich Konsequenzen für die körpersprachliche Ausdrucksweise der Selbstdarstellung. Manche in früheren Zeiten übliche Interaktionsformen sind mindestens zu hinterfragen: die gesenkten Hauptes entgegengenommene Zurechtweisung im Kloster oder in den Zuchtritualen der Pädagogik wie denn überhaupt jegliches Unterwerfungsritual, aber auch alle Varianten des sogenannten ‚heißen Stuhls‘.

Viele der alten religiösen und pädagogischen Interaktionsformen lassen sich mit unserer Vorstellung von Menschenwürde schlecht vereinbaren und müßten eigentlich aus dem Repertoire der nonverbalen Interaktion längst ausgeschieden werden. Mögen das früher angemessene Formen gewesen sein, die ihren historischen Sinn hatten. Wir wollen uns über diese Frage nicht auslassen. Jedenfalls ist für jene Haltung der sozialen Identität, welche den Mut zur Transparenz fordert, der aufrechte Gang die viel passendere Ausdrucksform als irgendeine devote Geste.

Die Einheit des Ich

Die behandelte Thematik bewegte sich um die Bedeutung der authentischen Selbstdarstellung in der Öffentlichkeit des sozialen Raumes.

Im Anschluß daran empfiehlt es sich, zusammenfassend die verschiedenen Bedeutungsschattierungen des Wortes ‚mitteilen'[48], die dieses Wort beim Beziehungslernen annimmt, zu kennzeichnen.

Es sind bestimmte Sinnschichten, die zum Vorschein kamen. Grundsätzlich heißt ‚mitteilen': sich in der Öffentlichkeit des sozialen Raumes so weit transparent zu machen, als es von der jeweiligen Situation her gefordert und ihr angemessen ist. Das allgemeine Element ist das Aus-sich-Heraustreten, das **Sichdarstellen**, ganz schlicht ein Sichzeigen, anstatt sich zu tarnen. Dadurch wird Mitteilen zu einem **Anteilgeben**. Wir lassen die anderen an dem, was wir sind, partizipieren. Weil dieser Vorgang, etwa im Gegensatz zum Austausch des Plaudergesprächs, oft ein Wagnis beinhaltet, nähert sich die genannte Art des Aussprechens immer mehr der Bedeutung von **Sich-zu-sich-selbst-Bekennen** an. Das heißt, das Moment des persönlichen Einsatzes gewinnt besondere Bedeutung.

Wenn das Mitteilen, so wie es beim Beziehungslernen verstanden und definiert wird, einen derart wesentlichen menschlichen Akt darstellt, wundern wir uns nicht mehr über die daraus entstandene *Wirkung*. Wir deuten einige Phänomene an, in denen sie zur Geltung kommt.

Sich in die ‚Arena' eines Gruppengesprächs zu begeben, besagt sowohl Bedrohung wie Aufgefangenwerden auf eine einmalige Weise. Das mutet plausibel an. Denn die *Störrückmeldung kommt von vielen Seiten, aber am Ende des Gesprächs ebenso die Wertschätzung.* Beide Effekte erscheinen gehäuft, sozusagen multipliziert. Gerade wer als Gesprächsbegleiter nicht nur mit Gruppen, sondern außerdem auch mit Paaren und einzelnen arbeitet, erkennt augenfällig die **multiplikatorische Wirkung**, die durch die Anwesenheit der Gruppenteilnehmer entsteht. Bisweilen wünscht er sich dann während einer Paartherapie, wo die Rückmeldung nur von einem Partner kommt, diesen **unvergleichlichen Resonanzeffekt der Gruppe**, weil er ermißt, welch einzigartiges Energiepotential ohne den Hintergrund der Gruppe ausfällt.

Den Höhepunkt des Gruppengesprächs erfährt man während des Durcharbeitens einer Schwierigkeit zumal da, wo jemand sich ganz ungeschminkt so zeigt, wie er wirklich ist, bedingungslos zu sich selbst steht. Jetzt erscheint das Gesicht ohne Maske. Der Vorgang offenbart *zwei Wirkungsdimensionen*: die persönlichkeitsverändernde *Rückwirkung auf den sich Darstellenden selbst* und die *soziale Wirkung nach außen*. Nicht von ungefähr erzeugt die Tatsache, daß das wahre Wesen eines Menschen ‚herauskommt' wie bei der Geburt, diese im Augenblick geborene reine Übereinstimmung mit sich selbst, eine höchst erregende, erschütternde und faszinierende Wirkung auf die am Geschehen Beteiligten. Den ‚kommunikationstherapeutischen' Nachhall dieser authentischen Selbstdarstellung erlebt man deutlich an der auf einmal entstehenden Bereitschaft der Gruppe zur Aufnahme des Außenseiters. Selbst wenn derjenige, der sich zeigt, bislang die Rolle des aversivsten Sonderlings oder des bestgehaßten Teilnehmers innehatte, erfährt er nunmehr die ungeheuchelte Integration in die soziale Gemeinschaft der Anwesenden, was natürlich nicht heißt, hiermit seien alle Probleme verschwunden.

Die Beobachtung dieser doppelten Wirkung ist für uns Anlaß zur Formulierung der These:

Selbstwahrnehmung und authentische Selbstdarstllung sind nicht nur therapeutische Agentien, es sind auch jene wesentlichen Akte, in denen ein Mensch zu seiner Selbstverwirklichung findet, und zwar zu seiner Selbstverwirklichung als eines Einzelwesens ebenso wie eines Gemeinschaftswesens.[49]

Gewiß baut sich unsere individuelle und unsere soziale Existenz aus einer Vielzahl von Aktivitäten auf (Fühlen, Denken, Imaginieren, Verhalten, Planen, Sichzuwenden, Aversion, Aggression usw.). Doch die Aktivitäten sind einem übergreifenden Zusammenhang eingeordnet und untergeordnet, den wir etwas abstrakt als **‚Identität'** bezeichneten. Diese Selbstübereinstimmung nach innen und nach außen bildet eine **echte Norm.**

In der Erfüllung dieser Norm konstituiert sich die Einheit des Ich.

II. Im Dialog mit den Therapeutischen Schulen Fragen und Probleme

„Die Theorie bestimmt,
was wir beobachten."

Albert Einstein

Bei einem Blick auf das Feld der Psychotherapie unserer Zeit stellt man eine Fülle kreativer Neuansätze fest. Auf der einen Seite bekämpfen sich Schulen nach wie vor. Auf der anderen Seite begegnet man Versuchen der Zusammenschau und der Integration.

Es gibt eine Reihe von Grundeinsichten, die in den einzelnen Schulen entwickelt wurden, an denen man wohl kaum ungestraft vorbeigehen wird, gleichgültig, von welcher Richtung man herkommt. Es läßt sich schwer vorstellen, daß man gute Therapie machen kann, ohne zumindest ein rudimentäres Bewußtsein derjenigen Elemente zu besitzen, die für jede Therapie wichtig sind: das psychoanalytische Element der Bewußtmachung, die lerntheoretische Erkenntnis, daß Verhalten durch Konsequenzen gesteuert wird, das gesprächstherapeutische Prinzip des partnerzentrierten Verstehens, der Wechselwirkungsgedanke des systemischen Ansatzes usw.

Man darf annehmen, daß jede der großen Therapierichtungen eine wichtige Sache vertritt, daß man mit jeder von ihnen gute Therapie machen kann. Jede von ihnen besitzt ihre Vorzüge und hat ihre spezifischen Grenzen.

Wenn man aber mit jeder dieser Methoden gut zu arbeiten vermag, ist das wohl nicht zuletzt auf den vieldiskutierten Sachverhalt zurückzuführen: die Variable ‚Technik' wird durch eine andere Variable überlagert, welche mindestens genauso ins Gewicht fällt wie die Technik – nämlich die Person des Therapeuten sowie die damit jeweils entstehende individuelle Art der therapeutischen Beziehung.

Welchen Stellenwert die Person des Therapeuten und dessen authentisches Verhalten hat, drückt sich in der Bedeutung aus, die man Begriffen wie ‚Gegenübertragung' oder ‚Kongruenz' beigemessen hat.

Den unübersehbaren Hinweis auf die Wichtigkeit der Therapeutenvariable liefert die Praxis der Supervision während der Therapeutenausbildung und auch danach. Der das therapeutische Handwerk Erlernende bleibt bei seinen Therapieversuchen meist da stecken, der therapeutische Prozeß kommt meist da ins Stocken, wo die Gegenübertragung des Lernenden zu Buch schlägt. Der Prozeß kann in dem Augenblick weiter voranschreiten, wenn diese Gegenübertragung wirksam bearbeitet ist.

Die gelegentlich zu hörende Ansicht, letztlich sei es unwesentlich, welcher Schulrichtung ein Therapeut angehört, entscheidend sei der Therapeut als Mensch mit seinen humanen Qualitäten, ist mißverständlich. Diese Meinung darf sicher nicht dahingehend verstanden werden, es komme nicht darauf an, ob jemand ein guter oder ein schlecher Therapeut ist, wesentlich sei seine Menschlichkeit. Das würde dem Nichtskönner das Wort reden. Der Sinn der Aussage kann doch wohl nur der sein: Unter gleich guten Therapeuten wird die Schulrichtung zweitrangig, vermag gleichsam jede Schulrichtung effektiv zu arbeiten. Oder man versteht den Satz so: Je besser ein Therapeut ist, um so weniger kommt es auf die Methode an. Unerläßliche Voraussetzung bleibt also in jedem Fall, daß der Therapeut das von ihm verwendete Handwerkszeug beherrscht.

Ein Arzt, der hohe menschliche Qualitäten besitzt, indessen bezüglich seiner fachlichen Fähigkeiten unzulänglich ist, scheitert an einer schwierigen Operation, deren Technik er nicht beherrscht. Es mag ihm indessen gelingen, ein seelisch bedingtes Magengeschwür erfolgreich zu behandeln. Ähnlich dürfte es sich im Bereich der Psychotherapie verhalten. Die menschlichen Qualitäten fallen stark ins Gewicht. Auf der anderen Seite gibt es Situationen, die ohne spezifische fachliche Kompetenz schwerlich zu meistern sind. Gerade für die Bearbeitung des verwickelten oder chronischen Paarkonflikts ist neben einer speziellen Wahrnehmungs- und Strukturierungsfähigkeit ein entsprechendes therapeutisches Geschick vonnöten.

Beim Dialog mit anderen Therapierichtungen beschränken wir uns auf einen ganz bestimmten Blickwinkel. Er läßt sich folgendermaßen formulieren:

Welche Folgerungen und Fragen ergeben sich aus den wesentlichen Hypothesen des erörterten Konzepts vom Beziehungslernen – logische Theorie der Interaktion, Annahme einer dritten Sprachebene, Sicht der Störung als Folge jener widersprüchlichen Selbstdarstellung, welche aus Tarnung und Veränderung resultiert usw.?

Zu dieser Begrenzung der Diskussion kommt noch eine andere Eingrenzung. Aus der inzwischen schon nahezu unübersehbar gewordenen Vielfalt der Therapierichtungen werden lediglich zwei herausgegriffen, welche in gewissem Sinne exemplarischen Charakter haben: die Psychoanalyse und die Lerntheorie beziehungsweise die Verhaltenstherapie.

1. Psychoanalyse und verwandte Richtungen

Das Gespräch mit der Tiefenpsychologie konzentriert sich auf zwei Gesichtspunkte. Im Anschluß an die dargelegte Hauptregel „Wahrnehmen und mitteilen!" kommen die für das Beziehungslernen wichtigen Veränderungs- und Heilfaktoren zur Sprache: Bewußtheit und Transparenz.

Der Heilfaktor Selbstwahrnehmung, Bewußtheit

Weil im Mittelpunkt der psychoanalytischen Arbeit als grundlegender Heilfaktor die Selbstwahrnehmung in der Form der Bewußtmachung steht, ergibt sich die Frage: Wie geht der Therapeut vor, um dieses Ziel zu erreichen, welche Interventionen verwendet er?

Will man die zur Anwendung kommende Technik verstehen, dann setzt das voraus, einen Blick auf die therapeutische Beziehung, nämlich die Art der Kommunikation zwischen dem Therapeuten und seinem Gegenüber, zu werfen. Genau gesagt, es ist zu ermitteln, ob beim Prozeß der Selbstwahrnehmung und Selbsterkenntnis der Klient hauptsächlich sich mit sich selbst beschäftigt und diese Beschäftigung mit sich selbst dem Therapeuten kommuniziert, was besagt, die Richtung der Kommunikation verläuft vornehmlich vom Klienten zum Therapeuten hin. Oder ob der Therapeut sich mehr oder weniger gleichgewichtig in die Kommunikation mit einbezieht, so daß diese prinzipiell ebenso vom Therapeuten zum Klienten hin verläuft. (Gewiß, der Therapeut trägt Deutungen an den Klienten heran, aber das ist eine andere Qualität der Kommunikation gegenüber derjenigen, die vom Klienten ausgeht.)

Man wird also darauf achten müssen: In welchem Maß gestaltet sich die Kommunikation gewissermaßen einseitig oder in welchem Maß gestaltet sie sich wechselseitig?

Schließlich, welche Schlußfolgerungen ergeben sich aus der Prämisse einer dritten Sprachebene für die Beurteilung der therapeutischen Beziehung?

Insgesamt läßt sich sagen: Da für den Fortgang der Therapie die Person des Therapeuten sowie die dadurch entstehende therapeutische Beziehung im Vergleich zur Technik die übergeordnete Bedeutung gewinnt, tritt die Struktur der therapeutischen Beziehung in den Blickpunkt des Interesses.

Die therapeutische Beziehung mit dem Akzent auf der Einwegrichtung der Kommunikation

Die Wahrnehmung der Realität, insbesondere die störungsfreie Selbstwahrnehmung, bildet wohl ein Hauptelement jeder Psychotherapie. Das beginnt mit der Psychoanalyse und findet seine Fortsetzung in der Gesprächstherapie und anderen Richtungen. Beispielsweise hat die Gestalttherapie einen beachtlichen Beitrag zum Fortschritt in der Entwicklung technischer Möglichkeiten geliefert. Sie eröffnet über die Psychoanalyse hinaus eine Reihe wirksamer Zugänge zur Schulung des Wahrnehmens, wobei vornehmlich die aktionalen und spielerischen Elemente dazu angetan sind, viele kreative Möglichkeiten zu erschließen.

Beim Vorgang der Selbstwahrnehmung, der Bewußtmachung, des Seiner-selbst-Gewahrwerdens ist für viele Therapeuten Ziel, eine *‚nichtdirektive Zurückhaltung‘* zu wahren. Der Klient steht im Mittelpunkt. Es geht um seine Selbstexplikation. Der Therapeut stellt sich als neutrale Projektionswand zur Verfügung, damit die Übertragungen des Analysanden bearbeitet werden können.

Das technische Instrument, das dabei hauptsächlich Anwendung findet und das den innerseelischen Informationsaustausch zwischen Bewußtem und Unbewußtem anregen soll, ist das *‚propriozeptive‘ Feedback*, jenes Feedback, das der Analysand von seinem eigenen Inneren her durch Träume, freie Assoziationen usw. empfängt.

Später erscheinende Therapierichtungen und die Gruppendynamik geben dem externen, von außen kommenden Feedback viel mehr Raum und setzen es gezielt ein. Zwar enthalte, wie man immer wieder erwähnt hat, auch das „Hm!“ des Psychoanalytikers ein nicht zu unterschätzendes externes Feedback, doch das ist eine andere Sache.

Geht man der Frage nach, warum etwa *Freud* sich weitgehend auf das interne Feedback stützt, dann wird man eine Reihe von Gründen in Erwägung ziehen müssen.

Vielleicht hat Freud die ganz schlichte Einsicht geleitet, Selbsterkenntnis sei nur in sehr beschränktem Maß von außen, schon gar nicht durch ‚Eintrichtern‘ zu vermitteln, sie komme letztlich durch das persönlich erfahrene Evidenzerlebnis zustande.

Sodann dürften historische Gründe maßgeblich sein. Erst nach Freud entsteht die Regelungstechnik, durch welche unsere gesamte Welt verändert wurde und wahrscheinlich auf ungeahnte Weise weiterhin verändert werden wird. Vermutlich sind auch in der Psychotherapie die diesbezüglichen Möglichkeiten längst nicht ausgeschöpft.

Schließlich mag auch die philosophische Position Freuds, näherhin sein pessimistisches Menschenbild und sein Kulturpessimismus eine Rolle spielen. Wenn Freud davon ausgeht, der Mensch sei seiner Natur nach ein ,Wilder', ein Lüstling und Mörder,[50] muß er logischerweise zur entsprechenden Sozialphilosophie kommen. Da es sich nicht nur bei Libido, sondern ebenso bei Destrudo der Ansicht Freuds zufolge um einen angeborenen Trieb handelt, wird der Mensch allein durch empfindliche Triebeinschränkung domestiziert und überhaupt erst zur Gesellschaftsfähigkeit gelangen. Kultur und Religion haben nach Freud diese Aufgabe durch ein sinnloses Übermaß an Triebverzichtsforderungen auf schlechte Weise besorgt und den Menschen krank gemacht, zu seiner Neurotisierung kräftig beigetragen.

Bei einer solchen Sichtweise übt also die Gesellschaft auf das Individuum eine äußerst problematische, um nicht zu sagen negative Wirkung aus. Das würde besagen, jener Einfluß, jene Rückwirkung der Gesellschaft auf das Individuum, die etwa auf dem Weg über die prüde viktorianische Moral ein pathogenes ,Feedback' ausübt, gereiche dem Individuum beileibe nicht zum Besten.

Von einer ziemlich anderen sozialphilosophischen Basis geht demgegenüber etwa Martin Buber – ein Zeitgenosse Freuds – aus. Für ihn ist das Soziale nicht allein die Bedrohung für die Entfaltung des Individuums, die Quelle zahlloser Selbstentfremdungen und Verstümmelungen. Es bedeutet ebenso die einzigartige Chance des einzelnen für seine Selbstverwirklichung („Ich werde am Du").

Außer der philosophischen Einstellung erhält für Freud wahrscheinlich auch ein moralischer Gesichtspunkt Bedeutung, der die gesamte Tiefenpsychologie und die humanistische Psychologie beherrscht: der hohe Respekt vor der menschlichen Person, ihrer Autonomie und Integrität. Daraus wiederum ergibt sich das ärztliche Ethos, die Person gegen krank machende Fremdbestimmung in Schutz zu nehmen.

Dieser moralische Gedanke geht auf eine alte Idee zurück, die seit der sokratischen Menschenführung und ,Hebammenkunst'[51] der Gesprächsführung Europa geleitet hat und nicht nur in der partnerzentrierten Gesprächshaltung, sondern noch im Gedanken der Demokratie weiterlebt.

Übrigens wiederholt sich in der Gegenüberstellung von Psychoanalyse mit ihrer Betonung der auf Einsicht beruhenden Autonomie und der Verhaltenstherapie, welcher Neigung zur Manipulation vorgehalten wird, eine Konfliktkonstellation, die bereits die Auseinandersetzung des Griechen Sokrates mit seinen Zeitgenossen und pädagogischen Gegenspielern geprägt hat. Während Sokrates auf die Einsicht in die Wahrheit baut, geht es den sophistischen Lehrmeistern vor allem darum, eine lebenspraktische Technik der Durchsetzung zu vermitteln.

Alles in allem, die Psychotherapie jedenfalls wird hinter die Zielidee der autonomen Entfaltung des Individuums und die Lebensgestaltung vom eigenen Inneren her nicht mehr zurückgehen können. Wahrscheinlich hat sich die Tiefenpsychologie in der westlichen Welt deswegen so konsequent durchgesetzt, weil ihre Grundidee auf eine alte Tradition zurückgeht.

Noch eine Bemerkung zum Ausdruck ‚nichtdirektiv', der eine bestimmte Art therapeutischer Zurückhaltung charakterisiert.

Falls man ihn gleichbedeutend mit dem Maß therapeutischer Aktivität behandelt, impliziert er ein problematisches, ja falsches Maßkriterium. Wenn er also die Bewertung beinhaltet: je zurückhaltender der Therapeut, das heißt, je weniger er spricht, um so nichtdirektiver, je aktiver er sich im therapeutischen Geschehen bewegt, desto direktiver die Therapie.

Man verwechselt hierbei zwei Kriterien, nämlich: aktiv und manipulativ.

Deshalb erscheint es unangemessen, für die Beurteilung der diesbezüglichen Qualität einer Therapie Wortstatistiken ins Feld zu führen und die Zahl der Therapeutenwörter der Zahl der Klientenwörter gegenüberzustellen.

Geht man von der Annahme aus, daß nicht nur die nonverbale Ausstrahlung, sondern auch die im Inneren des Therapeuten sich abspielenden Vorgänge und das, was ihm unbewußt ist, eine soziale Wirkung haben können, zeigt sich der Sachverhalt in einem anderen Licht. Von einem solchen Blickwinkel betrachtet kann gegebenenfalls der schweigsamste Analytiker manipulativer wirken als ein sehr aktiver Verhaltenstherapeut, der sich authentisch verhält.

Die Psychoanalyse setzt ihr Vertrauen auf die Kraft der Psyche zur Selbstregelung durch das innere, aus ihr selbst kommende Feedback. Der Therapeut soll gewährleisten, daß dieser Prozeß der Selbstregelung nicht von außen her durch Fremdeinfluß behindert wird.

Deswegen die therapeutische Zurückhaltung.

Aber ist diese Sicht der Situation realistisch? Gibt es nicht doch vielleicht mehr Einflüsse, als man gemeinhin annimmt, welche den Prozeß überlagern und möglicherweise sogar stören, ohne daß eine solche Art der Störung deutlich würde, das besagt, ohne daß dem Therapeuten klar würde, in welchem Umfang er selber als Störursache in Frage kommt? Diesem Punkt soll jetzt nachgegangen werden.

Jeder Therapeut weiß, wie viele Gefühle, Gefühle der Angst, des Ärgers, der Empörung, der Verletzung, des Selbstzweifels, der Überheblichkeit, der Verunsicherung, aber auch der Zuneigung, Hilfsbereitschaft und Zärtlichkeit derjenige, mit dem er es in der therapeutischen Situation als Gegenüber zu tun hat, in ihm, dem Therapeuten, auszulösen vermag. Ganz zu schweigen von Gedanken und Phantasien.

Diese Gefühle können unter Umständen, wie der gesamte Hergang der Erörterung erwiesen hat, eine negative Wirkung auf das Gesprächsgegenüber des Therapeuten haben, Selbstgefühl oder Reaktionsfähigkeit beeinträchtigen. Jedenfalls besteht die Möglichkeit, daß im Zusammenhang mit den im Therapeuten sich abspielenden inneren Vorgängen störende Einflüsse vom Therapeuten auf den Klienten ausgehen.

Für die Psychoanalyse ist die Beeinflussung auf der ‚dritten Sprachebene', vor allem der Einfluß aufgrund des therapeutischen Unbewußten, eine feststehende Tatsache. Die Psychoanalyse begegnet diesem Phänomen mit Hilfe der Gegenübertragungsanalyse. Letztere ist essentieller Bestandteil psychoanalytischer Arbeit.

Doch die Gegenübertragungsanalyse reicht nicht hin. Sie erfaßt zwar den entscheidenden Teil, aber nicht das gesamte Feld der durch den Therapeuten möglicherweise hervorgerufenen Störungen. Neben der durch Gegenübertragung verursachten Störung gibt es einen weiten Bereich anderer Störungsmöglichkeiten, die ganz schlicht darauf beruhen, daß selbst der bestgeübte Gesprächsbegleiter nicht immer ‚ganz genau' ist, daß ihm Wahrnehmungs- und Mitteilungsfehler unterlaufen. Das ist eine ganz natürliche Sache und wäre nicht tragisch, sofern man sich ihrer bewußt ist, sie ernst nimmt und entsprechend damit umgeht.

Daß das häufig nicht geschieht, ist bekannt. Ebenso bekannt sind die diesbezüglichen Klagen der Klienten aus psychotherapeutischen Praxen. *Sie fühlen sich mitunter nicht ernst genommen, weil ihre Reaktionen gegenüber der Person des Therapeuten unterschiedslos und zu undifferenziert als Übertragungsreaktion behandelt und daher mit der bekannten Formel „Was fällt Ihnen dazu ein?" ‚zurückgegeben' werden.* Ihre Aggressionen gehen ins Leere, ihr Aufbegehren erhält a priori das Etikett ‚Widerstand'.

Der Klient befindet sich hierbei in einer hoffnungslosen Lage und rennt gegen eine Mauer an Theorie und Technik. Aufgrund seiner abhängigen Position wird er nie ‚beweisen', daß in diesem oder jenem Fall sein Verhalten eben doch keine Übertragungshandlung darstellt. Einmal weil auf seiten des Therapeuten vielleicht das vorliegt, was wir als ‚unerkennbaren Widerspruch' bezeichnet haben. Diesen zu beschreiben sieht sich nicht einmal ein Wahrnehmungskünstler imstande, wenn er sich nicht auf sein Gefühl berufen darf. Zum anderen hat es der Klient mit einer Fachautorität zu tun, was seine Position von vornherein noch einmal schwächt.

Zu alledem kommt jener entsetzliche Verblödungseffekt, der anhand vieler Interaktionsbeispiele ausführlich beschrieben wurde und der unauflösbar ist, falls aus methodischen Gründen nicht jenes Prinzip zur Anwendung kommen darf, das dem Analysanden aus seiner mißlichen Lage heraushelfen könnte: Wenn ich wüßte, was im anderen vorgeht, würde mich nichts mehr wundern.

Gewiß, die *‚echte Übertragung'* muß nach wie vor in der Weise bearbeitet werden, wie das die Tiefenpsychologie tut. Und dem Klienten bleibt nicht erspart, ‚im eigenen Saft zu schmoren', wie C. G. Jung das ausdrückt. Er hat auf schmerzliche Weise zu lernen, seine Projektionen zurückzunehmen, und hat einzusehen: selbstverursacht anstatt fremdverursacht.

Doch was ist, wenn nicht eine echte, sondern lediglich eine **scheinbare Übertragung** vorliegt?

Es wurde gesagt, die Psychoanalyse habe unseren Blick geschärft für die echte Übertragung und Projektion, also die Einsicht möglich gemacht: selbstverursacht anstatt fremdverursacht. Sie bietet Hilfe im Hinblick auf einen der schädlichsten Störtypen, die das menschliche Leben enorm belasten. Aber diesem steht ein vielleicht *nicht weniger verhängisvoller Störtypus* gegenüber, dessen Opfer alle jenen sensiblen Menschen sind, die eben nur von außen her gesehen abwegig, ‚hysterisch', ‚unmöglich' reagieren, also lediglich scheinbar ‚projizieren' und ‚übertragen'. Die Betroffenen bleiben auf ihrem Verblödungseffekt sitzen, weil sie den Schlüssel zur Behebung dieser Störung nicht zur Hand haben. Und die herkömmliche Psychotherapie bietet ihnen aufgrund ihrer theoretischen und methodischen Voraussetzung kaum die Möglichkeit, mit diesem Elend fertig zu werden.

Zusammenfassend darf man sagen: Übertragungsanalyse ist wichtig. Der Klient lernt hierbei, mit einem schwerwiegenden Störtypus umzugehen. Davon sind keine Abstriche zu machen.

Aber, *die Übertragungsanalyse deckt nur einen wichtigen Teilbereich der interaktionalen Realität ab. Der andere Störtypus – fremdverursacht anstatt selbstverursacht – bleibt undurchschaut und unbearbeitet. Das heißt, die Bewältigung dieses wichtigen Teilbereichs des Beziehungslebens bleibt auf der Strecke.*

Die therapeutische Beziehung als Mittelweg zwischen Einwegrichtung und Gegenseitigkeit der Kommunikation

Die Frage hatte gelautete: Welche Funktion übernimmt der Therapeut beim Prozeß der Selbstwahrnehmung und Bewußtmachung. Die Antwort lautete: Er übt nichtdirektive Zurückhaltung, damit dieser Vorgang der Selbstregelung von innen her möglich werde.

Der ‚nichtdirektive' Therapeut kann durchaus einen Schritt in Richtung Aktivsein weitergehen, ohne seine Grundeinstellung zu verlassen: Achtung vor der Selbsttätigkeit der menschlichen Psyche. Er darf den

Schritt unter Wahrung seiner methodischen Prinzipien tun. Anders gesagt, der Prozeß des ‚Selbst-finden-Lassens' ist, im Rahmen seiner Methode, durchaus zu *intensivieren*.

Wie das aussieht, wurde im Abschnitt ‚Antwort von innen' beschrieben, wo der Prozeß der Selbstregelung durch die Psyche des Lernenden Gegenstand der Erörterung war.

Man denke an jene Phase des Wachträumens, in welcher der Lernende etwa im Umgang mit der in seinen Bildern auftauchenden Mauer seine Abwehr bearbeitet, wo ihm das Ausweichen gestattet wird; allerdings mit der Auflage, alle aus ihm selbst kommenden Metasignale zu beachten. Sei es, daß als Metasignal ein zusätzliches Bild erscheint, etwa wie er durch ein Gummiband an der Mauer hängt. Sei es, daß es sein Empfinden ist, das mit einer Konsequenz auf das Ausweichen reagiert, nämlich in der Form eines ‚blöden Gefühls' antwortet (S. 232–235).

Will man erreichen, daß ein solches ‚blödes Gefühl' mit allen seinen Stadien aktiv durcherlebt wird, dann setzt das eine hohe Aktivität des Therapeuten voraus. Sie besteht darin, den Lernenden konsequent in diesem Gefühl drinnenzuhalten, ihn auf einem solchem Weg zu begleiten, damit die innere Führung nicht aus dem Blick gerät.

Genau besehen übernimmt der Therapeut dabei eine *rein formale Funktion*, die Bemühung um das ‚Dranbleiben'. Er gibt keinen einzigen Inhalt vor. Das Selber-finden-Lassen bleibt voll gewahrt.

Auf die beschriebene Weise ist es auch möglich, die psychoanalytische Technik der *freien Assoziation* zu intensivieren. Wieder und wieder hört man das Argument, der psychoanalytische Prozeß sei zu zeitraubend. Das uferlose und auf weite Stecken wahrscheinlich fruchtlose Assoziieren beruht nicht zuletzt darauf, daß der Assoziierende keine Anleitung dahingehend erhält, die an sich vorhandenen und gleichfalls aus seinem Inneren kommenden kommentierenden Metasignale in bezug auf sein Assoziieren zu beachten. Er würde beispielsweise unterscheiden lernen, ob sich diese oder jene Assoziation flach anfühlt oder sein Empfinden stark anspricht, so daß man eine solche Spur gezielt weiterverfolgen könnte beziehungsweise unbeachtet lassen dürfte.

Sensibilisierung für die aus dem Inneren kommenden Signale im allgemeinen und die übergeordneten Metasignale im besonderen hieß ein wichtiges Ziel des Beziehungslernens. Eine Synthese der Technik der freien Assoziation mit der dargelegten Technik würde lediglich besagen, die Aufmerksamkeit gezielt auf diese wichtigen inneren Informationssignale hinzulenken.

Das ermöglicht in vielen Stadien des Arbeitens eine beachtliche Unterstützung der Selbstwahrnehmung und der Bewußtmachung. Die Gefahr für den Therapeuten, zu ‚direktiv' zu werden, erscheint schon deswegen gering, weil der Lernende ohnehin nur so viel zuzulassen vermag, wie ihm von seiner augenblicklichen psychischen Verfassung her möglich ist.

Die therapeutische Beziehung als Gegenseitigkeit der Kommunikation

Die Psychotherapie zeigt seit geraumer Zeit eine Entwicklung, bei der dem Therapeuten mehr Aktivität und persönliche Transparenz zugestanden wird.

Spezielles Thema unserer Erörterung bleibt weiterhin die Selbstwahrnehmung des Lernenden. Nur daß dieser Vorgang der Selbstwahrnehmung jetzt mehr als ein sozialer Vorgang in das Blickfeld rückt. Das ist er natürlich auch in der Psychoanalyse, allerdings mehr oder weniger abgeschwächt.

1. Das technische Instrument: das Empfinden im allgemeinen und die Störempfindung im besonderen.

Die Haupttechnik, die wir bei einer ‚Therapie durch Kommunikation' anwenden, nennen wir ‚in die Achse gehen'. Das heißt, egal auf welcher Ebene gearbeitet wird – Gefühl, Imagination, Körper, Biographie usw. –, übt der Gesprächsbegleiter die Doppelrichtung der Aufmerksamkeit: Ganz bei mir und ganz beim anderen! Vor allem die *Gefühle* des Gesprächsbegleiters verdienen Beachtung.

Die Kriterien dafür, ob die jeweilige Selbstwahrnehmung des Lernenden authentisch ist, wurden genannt. Der Lernende hat einmal seine subjektive Evidenz sowie die hinzukommenden übergeordneten Meta-Informationssignale als Kommentar. Doch da hierbei Täuschungen drohen, bedarf es des vom Lernenden unabhängigen Informationskanals, nämlich der Mitwahrnehmung des Begleiters. Wie bei der Bremsvorrichtung eines Fahrzeugs zwei voneinander unabhängige Bremssysteme die hohe Sicherheit gewährleisten, so auch hier das Zusammenwirken des internen und des externen Feedbacks.

Die Devise lautet in einer schon genannten Regel: Die Äußerung der nicht-authentischen Selbstwahrnehmung stört, die Äußerung der authentischen Selbstwahrnehmung stört nicht.

Das diagnostische und auch therapeutische Instrument, das der Begleiter zur Verfügung hat, kennen wir: Das Empfinden im allgemeinen und die Störempfindung im besonderen. Das besagt ganz schlicht, die Gefühle des Therapeuten sind wesentlich. Und zwar die positiven wie die negativen. Der Gesprächsbegleiter achtet also sorgfältig darauf, wie ‚es' in ihm antwortet, ob angenehm oder unangenehm. Beachtenswert ist also alles, was der Begleiter in sich selber während des Gesprächs registriert: Angesprochensein oder Teilnahmslosigkeit, Wärme oder Kälte, Nähe oder Distanz, Anerkennung oder Abwehr, Blockierung oder spontane Kreativität, Anspannung oder Gelöstheit usw.

Die diagnostische Grundregel bietet den sensiblen Geigerzähler für Störungen wie auch den Kompaß, der die Richtung zur Behebung der Störung anzeigt: ob es darum geht, daß etwas ausgesprochen werden soll oder ob es erst ins Bewußtsein gehoben werden muß. Wobei die Idee der Spiegelbildlichkeit eine zusätzliche richtungsweisende Funktion übernimmt.

Indem der Therapeut die auf ihn ausgeübten Wirkungen mitteilt – soweit es von der Situation her angemessen ist – wird die Wirkung zur Rückwirkung, erhält Feedbackfunktion. Anders gesagt, die in ihm ausgelösten Empfindungen, die Antwortreaktionen, die ‚Respondenten', gewinnen außer der diagnostischen auch eine therapeutische Wertigkeit.

Angenommen, vom Lernenden kommt in Richtung des Gesprächsbegleiters eine verletzende Äußerung, durch welche sich der Begleiter abgewertet, verletzt und beschämt sieht, dann muß er das nicht in jedem Fall dulden und als ‚Übertragungsreaktion' hinnehmen. Falls der Lernende schon stabil genug ist, wird er ihm die Rückmeldung zumuten und darüber hinaus das erarbeiten, was diese Aggression destruktiv macht.

Sein Gefühl bedeutet daher nicht nur ein hochwichtiges diagnostisches Signal, der Therapeut ist mit seiner Reaktion zugleich Konsequenz, Bestärkung und Korrektiv, und übernimmt damit eine ganz entscheidende Funktion für den Heilungsvorgang. Es wurde schon gesagt, eine wichtige Vorgehensweise bestehe darin, den Lernenden mit den Folgen seines Verhaltens zu konfrontieren, also mit der Wahrheit seiner Wirkung, eigentlich mit sich selbst.

2. Therapeutische Transparenz und Fairneß. Analyse der ‚Gegenübertragung' an Ort und Stelle.

Die übliche Praxis der Gegenübertragungsanalyse im Raum der Supervision, gewissermaßen ‚hinter verschlossenen Türen', ist sicher sinnvoll. Dieser Rahmen gibt dem Therapeuten den wünschenswerten Schutz und Freiraum, um mit sich ins reine zu kommen, seinen Störanteil zu erkennen und zu bearbeiten. Doch ist auch durchaus denkbar, dies gelegentlich an Ort und Stelle zu tun. Das setzt allerdings eine hohe Gelassenheit und Vertrautheit des Therapeuten im Umgang mit seinen eigenen Gegenübertragungsschwächen voraus. Nur wer sich solches wirklich zutraut, sollte es versuchen.

Es bedeutet nicht die geringste Schande für den Therapeuten, Schwachstellen zu haben. Wogegen es durchaus problematisch ist, diese nicht zu kennen und mit ihnen nicht umgehen zu können.

Wenn im folgenden von Gegenübertragung gehandelt wird, dann ist Gegenübertragung in einem weiten Sinn zu verstehen. Gemeint sind jene unvermeidbaren ‚Ungenauigkeiten', die Wahrnehmungs- und Mitteilungsfehler, die jedem, dem Erfahrensten und Geübtesten, passieren. Sie sind normal und keineswegs neurotisch. Aber immerhin rufen derartige Fehler Störungen im Lernenden hervor. Man vergegenwärtige sich: selbst der minimalste Fehler schlägt zu Buch, außerdem: auch der Lernende verfügt über das ‚absolute Gehör für Dissonanzen'.

Der hellhörige Therapeut, welcher rückbezügliche Sensibilität übt, lernt beim Blick auf sein Gesprächsgegenüber immer deutlicher erkennen, an welchen Stellen Gefühle des Verletztseins, Selbstabwertung und ‚Widerstand' des Lernenden keine Übertragungsreaktionen sind, sondern sensibel auf das antworten, was in ihm, also im Inneren des Therapeuten, vorgeht.

(Natürlich kommt es auch vor – das wäre die schwierigere Situation –, daß sich der Therapeut die von ihm kommende Störursache erst bewußt machen muß.)

Jene Augenblicke, da der Therapeut die klare Entsprechung zwischen der Störung beim Lernenden sowie seinen eigenen Gefühlen und Gedanken konstatiert, werden für ihn in der Regel zu Schrecksekunden. Er ist vor eine Wahl gestellt: Gewiß kann er den Lernenden auf dem Glauben lassen, seine Aggression etwa sei reine Übertragung. Er könnte sich aber auch transparent machen und seinem Gegenüber vermitteln, wie angemessen diese Aggression sei.

Man entdeckt keinen einzigen Grund, der dafür spräche, der Therapeut müsse sich aus nichtdirektiver Zurückhaltung in Schweigen hüllen, aber viele sachliche und moralische Gründe dafür, die Situation aufzuklären. Es sei denn, der Therapeut möchte seinen ihm durch die Rolle gewährten Schutz nicht aufgeben oder er fürchtet um seine Fachautorität. Allein die Gerechtigkeit gegenüber dem Lernenden verlangt die Transparenz.

Zugegeben, hierbei ist auch dem Therapeuten Mut und Risikobereitschaft abverlangt. Ich persönlich habe nie verlernt, darüber zu erschrecken, wenn mein Gesprächsgegenüber auf meine Gefühle und Gedanken reagiert, komme mir jedesmal schäbig vor, wenn ich kneifen möchte. Der Vorteil dieser für den Therapeuten etwas prekären

Sachlage mag darin liegen, daß der Dialog der Beziehung niemals zur Routine werden kann.

Der Einsatz ist also auf beiden Seiten hoch. Aber ebenso der Gewinn. Auch der Therapeut erfährt reichen Lohn für sein Transparenz-Verhalten.

Es gibt eine ganze Menge von Punkten, die man zugunsten der beschriebenen Art der therapeutischen Transparenz geltend machen darf.

Der Therapeut ist nicht nur, wie oben beschrieben wurde, Konsequenz. Er konfrontiert nicht nur den Lernenden mit den Wirkungen von dessen Verhalten. Der Vorgang geschieht wechselseitig. Dadurch wird der Therapeut Modell. Durch seine Fairneß wird er Modell für „Wahrnehmen und Mitteilen!“, für Sachlichkeit und moralische Integrität. Der Lernende bekommt die Handreichung für äußerst wichtige Strukturierungsvorgänge. Er lernt einen der gefährlichsten Störtypen, das heißt, zugleich eine wesentliche Seite von Interaktion kennen und damit umgehen: fremdverursacht anstatt selbstverursacht.

Dabei muß es der Autorität des Therapeuten keinerlei Abbruch tun, wenn der Klient erfährt: Auch der Therapeut hat Gefühle von Verletztheit, Scham, Überheblichkeit, Rechthaberei. Wenn er also konstatiert: Anscheinend bin ich meinerseits ganz ‚normal‘ mit meinen mir abwegig erscheinenden Gefühlen.

Eine der wichtigsten Erfahrungen, die man im Zusammenhang therapeutischer Transparenz und überhaupt durch die Regel „Mitteilen!“ in der Gruppe zu machen Gelegenheit hat, ist die: Die tiefe Erfahrung von *Solidarität* und Verbundenheit, die Erfahrung der Gleichheit der Menschen in ihren psychischen Reaktionen und Abläufen. Wären wir Menschen einander gegenüber durchsichtiger, dann würde ein enormes Potential an neurotisierender Angst und Bedrohung für das Selbstgefühl wegfallen. Der einzelne würde erkennen: Ich bin kein Sonderfall, das, was in mir vorgeht, ist ganz und gar natürlich.

Der vielleicht *wichtigste Punkt* dieser ‚Normalisierung‘ der therapeutischen Beziehung ist vielleicht der: Da der Therapeut seine Schwachstellen und sein Inneres nicht verbirgt, tut sich der Lernende leichter, seinerseits seine Schwachstellen zuzulassen. Er erkennt eine fundamentale Wahrheit der Kommunikation: Nicht die Fehler sind das Problem, sondern das Dementi dieser Fehler. Er erfährt im Sich-zu-sich-selbst-Bekennen die erlösende Heilkraft der Transparenz, er erfährt die ‚Aufrichtung‘ seines Wesens, den aufrechten Gang.

Und hier sind wir an einer entscheidenden Stelle angelangt. An kaum einem Platz unserer jahrtausendealten Kultur besteht die Möglichkeit, dieses Wichtige – vielleicht **Wichtigste – zu lernen: mit seinen Unzulänglichkeiten gelassen umzugehen**. Wie viele Eltern getrauen sich, zum Kind zu sagen: In diesem Punkt versage ich selber! Wo bekennt ein Lehrer: Das ist mein Schwachpunkt! Wo ist ein Vorgesetzter, der seine Mängel erkennen ließe!

Erst mühsam beginnt sich unsere psychotherapeutische Kultur aus der soziologischen Zwangsjacke patriarchalischer Lebensordnungen, unmenschlicher Über- und Unterordnungen herauszulösen und zu befreien. Wo, wenn nicht in der Psychotherapie und in der Pädagogik, wäre der Platz, diesen Prozeß voranzubringen!

Der Heilfaktor Mitteilen, Transparenz, authentische Selbstdarstellung

Beim Gespräch mit der Tiefenpsychologie ging es um den Heilfaktor ‚Selbstwahrnehmung' und die Funktion, die der Therapeut einnimmt. Daran schließt sich organisch die zweite Frage an, inwiefern die andere Komponente des Beziehungslernens, das *Mitteilen*, eine therapeutische Wirkkraft ist.

Es ist spätestens seit Freud bekannt, welch große therapeutische Bedeutung dem ‚Aussprechen', dem ‚Verbalisieren' zukomme.

Die Psyche organisiert sich, strukturiert sich wesentlich durch Sprache. Sprache und Bewußtsein stehen in engster Verbindung.

Vielleicht ist Sprache der Faktor der ‚Menschwerdung' schlechthin.

Doch gilt es, den **Unterschied zwischen ‚Aussprechen'**, ‚Verbalisieren' einerseits und **Mitteilen** andererseits zu verdeutlichen, um ein wesentliches Moment sichtbar zu machen.

Mitteilen ist mehr als ‚Verbalisieren', selbst wenn es sich äußerlich um denselben Vorgang handelt.

Wir können unsere Gefühle und Gedanken uns selbst gegenüber zulassen. Das ist schon sehr viel.

‚Aussprechen' können wir unsere Gefühle und Gedanken auch einem Tonband gegenüber oder sie dem Tagebuch anvertrauen. Das ist relativ ungefährlich.

Wir können sie dem Therapeuten oder einem Beichtvater gegenüber äußern. Solches verlangt schon erheblich mehr Mut.

Wenn wir dagegen in der Öffentlichkeit des sozialen Raumes, etwa in der Lerngruppe, uns zu uns selbst bekennen, dann zählt das zu den außerordentlich anspruchsvollen Formen der Tapferkeit.

Das Mitteilen enthält also alle diese Elemente: des Aussprechens, des Anteilgebens, der Selbstdarstellung, des Sich-zu-sich-selber-Bekennens.

Der stärkste Heilfaktor liegt neben dem Aussprechen vermutlich in der sozialen Komponente der Selbstdarstellung, nämlich in dem dazu notwendigen ‚Freimut'. So wie das Verdrängen als Verleugnung der inneren ‚Wahrheit' eine Quelle der Verunstaltung darstellt, so das ‚Sichverstellen' mit allen seinen Formen der Deformierung des Menschen nach außen hin.

Man hat in der Anthropologie den Übergang vom Tier zum Menschen unter anderem in der *Aufrichtung der Leibesgestalt* gesehen. Dieser Wendepunkt in der äußeren Symbolik des menschlichen Erscheinungsbildes deutet auf eine innere hin, der in allen Wortzusammensetzungen von ‚Aufrichtigkeit' angedeutet ist. **Wenn der Mensch sich im sozialen Raum zu sich selbst bekennt, profiliert er sich, geschieht eine ‚Aufrichtung' seines Wesens, seiner Person.**

Alles was über die authentische Selbstdarstellung gesagt wurde, erlaubt die Annahme, man habe es hierbei mit einem **Heilfaktor erster Ordnung** zu tun. Er ist mit dem Ausdruck ‚Verbalisieren' nicht eigentlich erfaßt.

Bereits die Psychoanalyse Freuds enthält diesen Heilfaktor als wesentliche Implikation. Denn selbst wenn das Zulassen und Aussprechen aller Regungen auch nur dem Therapeuten gegenüber geschieht, so ist das dennoch prinzipiell ein sozialer Vorgang, muß sich ein Mensch mit seiner ganzen Existenz nach außen hin profilieren, darstellen, zu sich selbst stehen.

Inwiefern diese Komponente unter der Bedingung des erweiterten Sozialraumes, in der Lerngruppe, noch verschärfter und stärker in Erscheinung tritt, wurde ausführlich dargelegt.

Man könnte fragen: Hat Freud das volle Gewicht, das Ausmaß und die Erstreckung dieses Heilfaktors erkannt? Wahrscheinlich nicht. Aber das tut nichts zur Sache. Er hat ihn jedenfalls entdeckt.

2. Lernpsychologie und Verhaltenstherapie

Die Lerntheorie besticht einerseits durch ihre Rationalität und andererseits dadurch, daß sich aus ihr eine Technik ableitet, die sich durch hohe Effizienz auszeichnet. Wir meinen damit, diese Theorie komme dem Bedürfnis nach Erklärbarkeit von Vorgängen sehr entgegen, und die aus ihr abgeleitete Technik gestatte es, jedenfalls in bestimmten Bereichen, auf gezielte Weise Veränderungen herbeizuführen.

Auch jetzt geht es um die Überlegung, welche Schlußfolgerungen und Fragen sich für besagte Therapierichtung ergeben, wenn man die Existenz einer dritten Sprachebene in Erwägung zieht. Die Fragestellung erlangt deswegen besonderes Interesse, weil sich das beschriebene Beziehungslernen und die Lernpsychologie bezüglich eines wesentlichen Punktes, nämlich der Beobachtbarkeit, sehr heterogen zueinander zu verhalten scheinen.

Das behavioristische Paradigma

Die Lerntheorie war ursprünglich stark vom Behaviorismus beeinflußt. Der Streit zwischen Behavioristen und ‚Mentalisten' dürfte nach wie vor unabgeschlossen sein.

Der Behaviorismus hatte zweifellos eine reinigende und korrektive Funktion für die Psychologie. Der Behaviorismus will beobachten, will überprüfen. Seine Kehrseite: konsequent gehandhabt führt er zur Selbstverstümmelung der Psychologie, zur Psychologie ohne Seele.

Die Mentalisten wenden sich dem genuin Seelischen zu. Das oft Ärgerliche an dieser Position besteht darin, daß im mentalistischen Lager die Frage der Überprüfung eine ziemlich saloppe Behandlung erfährt, die Hypothesen weder verifizierbar noch falsifizierbar sind. Das ist um so ärgerlicher, falls willkürliche Spekulationen eine Liaison mit unangemessener Arroganz eingehen.

Das methodische Vorgehen beim beschriebenen Beziehungslernen sucht einen *Mittelweg* zu beschreiten.

Die Zuordnungsregel beispielsweise klingt ausgesprochen antibehavioristisch: Innere Daten direkt zueinander in Beziehung setzen – und zwar unter methodischem Nichtbeachten des Beobachtbaren.

Doch auf der anderen Seite wird der größte Wert auf Überprüfbarkeit von Behauptungen gelegt. Zumindest die Eckdaten – Auftreten und Verschwinden der Störungen – müssen beobachtbar sein, das Vorgehen hat sich an der Leitlinie von Hypothese-Voraussage-Bestätigung/Nichtbestätigung zu orientieren. Spezielle Bedeutung gewinnt das erschwerte Kriterium der Voraussage.

Wesentliche Vorgänge entziehen sich vielfach der Beobachtung. Aber die aus diesem Grund konzipierten hypothetischen Konstrukte müssen zu Ergebnissen führen, die prognostizierbar sind. Das entscheidende Kriterium der Verifizierung ist also quasi weg von der

Raumebene (Beobachtung) in die Zeitebene (Gesetzlichkeit der Abläufe) verlegt.

Die *Überreaktion*, die ein Gruppenteilnehmer zeigt, ist in der Regel deutlich beobachtbar, die dahinterstehenden Gefühle schon nicht mehr. Ebenso kann jeder beobachten, ob die Behebung der Störung eintritt, ob sich der ehemals Überreagierende ‚beruhigt'. Die dahinterstehenden Gefühle bleiben verborgen.

Der von uns häufig verwendete Begriff **‚Versatzstück'** ist eine rationale Kategorie, in vielen Fällen jene Klammer, die Beobachtbares und Nichtbeobachtbares verbindet.

Nehmen wir das Beispiel der *scheinbaren* Überreaktion, der scheinbaren Übertragung. Die Voraussage wagt eine doppelte Behauptung:

Erstens, sofern es sich um eine scheinbare Überreaktion des Empfängers handelt, muß es ein Versatzstück geben. Und zwar in den Gefühlen und Gedanken des Senders, also dessen, der sich offensichtlich einwandfrei verhält.

Zweitens, durch Offenlegung dieses Versatzstücks muß die Störung verschwinden, was vor allem deswegen geschieht, weil der für den scheinbar Überreagierenden belastende Verblödungseffekt sich auflöst.

Das Voraussagekriterium wurde als anspruchsvolles Kriterium bezeichnet, denn es setzt eine klare und detaillierte Vorstellung von jenen Vorgängen voraus, welche unter der Oberfläche der Erscheinungen verlaufen. Wobei sich die Richtigkeit der Vermutung dann doch wieder an beobachtbaren Eckdaten zu bewähren hat.

Die hier gegebene Verbindung von Beobachtbarkeit und Introspektion kennzeichnet einen pragmatischen Standpunkt. Das Interesse verlagert sich eher auf die Wirksamkeit hypothetischer Annahmen als auf letzte Beweisbarkeit.

Das mechanistische Paradigma

Über Freud und Pawlow kam der Mechanismus des 19. Jahrhunderts in die Psychologie hinein. Das mechanistische Denkmodell entbehrt nicht einer faszinierenden Komponente und ist insofern in der Sache begründet, als tatsächlich vieles im Menschen mechanisch abläuft. Doch erkennt man heute immer deutlicher auch die Grenzen dieses Paradigmas. Jedenfalls stellen wir dem mechanistischen ein anthropologisches Denkmodell zur Seite. Ziel ist nicht, das mechanistische Modell zu eliminieren, sondern dasselbe zu ergänzen.

Da Sprache ein Humanum schlechthin ausmacht, orientiert sich das Konzept des Beziehungslernens an Sprache, ‚Sprache' im weiten Sinne verstanden.

Die genannten Paradigmen müssen sich daher keineswegs gegenseitig ausschließen. Man kann beispielsweise die Störung, etwa ‚Übertragung' und ‚Überreaktion', sowohl mit Hilfe der klassischen oder operanten Konditionierung als fehlgeleitete Bahnung des Erlebens und Verhaltens wie auch sprachtheoretisch als Sprachstörung ‚lesen' und interpretieren.

Grundlagenforschung und Tierversuch

Vielfach war der Einwand zu hören, die Lerngesetze, die weitgehend im Tierversuch erarbeitet wurden, seien nicht ohne weiteres auf den Menschen übertragbar. Zunächst erschien mir dieses Argument nicht sonderlich überzeugend. Warum sollte die positive Bestärkung nicht genauso für den menschlichen wie für den tierischen Organismus gelten?

Doch je mehr ich beim Studium der Interaktion die immense psychologische wie auch anthropologische Bedeutung des Unterschieds zwischen innen und außen, zwischen privat und publik, sowie die Wirkweise einer dritten Sprache erfaßte, um so größeres Gewicht erlangte dieses Argument für mich (siehe die Fußnote 18).

Man bedenke, der Mensch besitzt eine hochentwickelte Innensphäre mit Fühlen, Denken, Wollen usw., was für das Tier nicht auf dieselbe Weise zutrifft. Hier besteht tatsächlich ein immenser Unterschied zwischen der tierischen und der menschlichen Lebenswelt.

Immerhin haben wir festgestellt, daß die gesamte Pathologie der Interaktion und des verhängnisvollen sozialen Abwehrmechanismus der Tarnung an der Übergangsstelle vom Innen zum Außen anzusiedeln ist, daß hier eine Hauptquelle der Störung mit allen Konsequenzen der Desorientierung und Deformierung liegt. Zwar gibt es auch im Tierreich das Phänomen der Tarnung und der Irreführung, aber das ist auf keine Weise mit dem zu vergleichen, was wir bezüglich des menschlichen Bereichs erörtert haben.

Die nachfolgenden Überlegungen werden deutlich zeigen, wie beispielsweise die lerntheoretischen Hauptbegriffe ‚Reaktion-Konsequenz' und ‚Bestärkung' in der menschlichen Sphäre ganz neue Qualitäten gewinnen, was sodann Auswirkungen auf den Umgang mit diesen Begriffen hat.

Reiz und Reaktion

Die Gegner des Behaviorismus fanden immer wieder abschätzige Bemerkungen über das Begriffspaar ‚Reiz-Reaktion'. Vermutlich unterstellt man mit dieser Kritik eine atomistische Blickweise, als ließe sich die unermeßliche Fülle psychischen Lebens auf diese punktuellen Gegebenheiten von Reiz und Reaktion reduzieren.

Das ist wenigstens zum Teil ein großes Mißverständnis. Die Begriffe Reiz und Reaktion sind auf einem sehr hohen Abstraktionsniveau angesiedelt und meinen eigentlich nur, daß beispielsweise ein bestimmter Reiz eine bestimmte Reaktion im Reizempfänger unwillkürlich auslöst. Das allein will gesagt werden. Die abstrakten Größen Reiz und Reaktion lassen durchaus die Betrachtung der bunten Lebenswirklichkeit zu. Eine solche Reizgegebenheit kann etwa das menschliche Gesicht sein, von dem vielleicht Millionen subtilster Signale ausgehen, die ihrerseits wiederum beim Reizempfänger eine ebenso vielfältige Reaktion des Angemutetwerdens auslösen.

Allerdings hat die bisherige Erörterung ergeben, daß sich die aus der Informationstheorie entlehnten Begriffe Sender-Botschaft-Empfänger oft besser eignen, um interaktionale Phänomene zu erfassen.

Verhalten

Wir wurden nicht müde zu betonen, die Schulung der Fremdwahrnehmung sei wichtig, Verhaltens- und Ausdrucksbeobachtung seien eine Hauptaufgabe des Beziehungslernens – eine selbstverständliche Sache. Aber die reine Verhaltens- und Ausdrucksbeobachtung wird an wesentlichen Punkten versagen.

Wie soll man – behavioristisch – die Ausstrahlung eines Menschen mit ihrer unendlichen Fülle an Reizmomenten durch Verhaltenskategorien operationalisieren! Es ist nicht einmal denkbar, schon gar nicht realisierbar. Daher haben wir dem Begriff des Verhaltens ebenbürtig den der *Ausstrahlung* an die Seite gestellt.

Erst recht die widersprüchliche Ausdruckserscheinung! Ganz zu schweigen vom unerkennbaren Widerspruch, einem Hauptpunkt unserer Diskussion! Er entzieht sich der Beobachtung völlig. Hätte nicht die Evolution die Ebene der beobachtbaren Kommunikation mit einer derart raffinierten und hocheffektiven Täuschungstechnik ausgestattet, dann gewänne die Beobachtung mehr Chancen. Doch angesichts der Täuschungsmöglichkeiten der verbalen und der nonverbalen Kommunikation hilft nur der beschriebene Kunstgriff der Blickwendung nach innen: Innere Daten direkt zueinander in Beziehung setzen – und zwar unter Nichtbeachtung des Beobachtbaren!

Reaktion ⇄ Konsequenz

Das Strukturierungsprinzip Reaktion ↔ Konsequenz, das potentiell alle wesentlichen Elemente der systemischen Denkweise, der Rückkoppelung und Wechselwirkung enthält, kann mit gutem Grund als ein imponierender Gedanke betrachtet werden. An ihm hängt die Effizienz der Lernpsychologie.

Doch auch hierbei ist die Realität viel komplexer und vielschichtiger, als daß sie mit einer auf Beobachtung verpflichteten und damit eingeengten Blickweise zu fassen wäre.

Erinnert sei an die in bezug auf die Konsequenz notwendig gewordene Unterscheidung zwischen verdeckter und offener, tatsächlicher und vorgezeigter Verhaltenswirkung beziehungsweise Rückwirkung (S. 222 f.).

Weil die Begriffe ‚Konsequenz', ‚Folge', ‚Wirkung' usw. die tragenden Pfeiler für unser Verständnis des Lernens sind, müssen wir sie eingehender betrachten.

Begriffe wie ‚Konsequenz' und ‚Folge' lassen sich hinsichtlich der in ihnen beschriebenen Kausalität sowohl linear wie rückbezüglich verstehen. Das macht sie mehrdeutig.

Linear heißt: Unser Verhalten hat eine ‚Folge' oder ‚Wirkung', diese erzeugt weitere Wirkungen usf., aber wir erfahren nichts davon.

Rückbezüglich heißt: Durch Rückäußerung und Rückwirkung werden wir über die Folgen unseres Verhaltens unterrichtet.

Wenn ein Lastwagenfahrer in einer Kurve aus Unachtsamkeit nicht bedenkt, wo sich sein Anhänger befindet, deswegen einen Radfahrer überrollt und aus irgendeinem Grunde dieses nie erfährt, dann ist das an sich eine schwerwiegende ‚Wirkung', ‚Folge', oder ‚Konsequenz' seines Verhaltens, aber keine Rückwirkung, die sein Verhalten beeinflußt. Die Begriffe ‚Konsequenz', ‚Folge', ‚Wirkung' hätten hier also eine lineare, nicht eine rückbezügliche Geltung.

Hinsichtlich unserer zwischenmenschlichen Beziehung gewinnt es den Anschein, als seien jene Gefühle, die wir durch unser Verhalten im anderen auslösen, im Sinne linearer Kausalität zu verstehen, weil sie uns verdeckt sind und wir, wie es aussieht, keine Kenntnis davon erhalten. Nach einer behavioristischen Lernpsychologie wäre das, was für uns im Mittelpunkt des Interesses steht und was wir als die verdeckte Konsequenz bezeichnen, überhaupt keine Konsequenz, weil sie nicht beobachtbar ist. In Wirklichkeit ist der Sachverhalt viel komplizierter. Die uns verborgenen Wirkungen unseres Verhaltens sind nicht nur kein reines Nichts, sie sind im Gegenteil hinsichtlich ihrer Rückwirkung auf uns äußerst effektiv. Gerade die Tatsache, daß dieser Sachverhalt nicht erkannt wird, ist eine Hauptursache verwickelter Beziehungsstörungen.

Um eine solche Behauptung verstehbar zu machen, vergegenwärtigen wir uns einen Faktor, der bei Interaktionen und Wechselwirkungsvorgängen erheblich zu Buche schlägt: Wegen des Austauschs von Informationen auf der dritten Sprachebene können Menschen in gewissem Sinne nichts voreinander verheimlichen, nicht einmal ihr Unbewußtes. Zur Anwendung dieser These auf Wechselwirkungsvorgänge, die größtenteils sogar unbewußt verlaufen, greifen wir auf das uns bekannte Beispiel ‚der Angeber' zurück (S. 118ff.). Ein Hauptmotiv für die Angeberei des Alleinunterhalters ist wie bei allen ‚Abwehrmechanismen' die Angstvermeidung. Er überdeckt vor den anderen und vielleicht auch vor sich selbst seine Minderwertigkeitsgefühle. Die offene Rückwirkung seines Verhaltens, nämlich das applaudierende Lachen der anderen, müßte eigentlich sein Selbstgefühl aufpolieren. Das geschieht indessen nur sehr begrenzt, denn sein Unbewußtes registriert mit Sicherheit auch die Tatsache, daß sich die anderen abgestoßen fühlen. Weil das Lachen als offene Konsequenz ihn belohnt und das Angewidertsein der anderen als verdeckt wirkende, nicht in sein Bewußtsein eindringende Konsequenz ihn bestraft, ist er außerstande, sich zu orientieren und die Situation wirklich zu verarbeiten. Infolgedessen erhöht sich seine Angst. Um sie zu kompensieren, muß er noch mehr ‚aufdrehen'. Die Mitwelt fühlt sich noch mehr abgestoßen, weil es doch letztlich ‚dieselbe Platte' ist usw. usw.

Durch manifeste und subtilste latente Verstärkungsmechanismen sowie Rückkoppelungseffekte stabilisiert sich das Störverhalten, verewigt sich.

Das entscheidende Moment ist diese komplexe Bestärkungsmechanik, deren unterschwelliger Teil allein durch Introspektion zu fassen und durchsichtig zu machen ist.

Nach demselben Verursachungsmuster verdeckter und unbewußter Wechselwirkung laufen zahllose Interaktionsstörungen im zwischenmenschlichen Leben ab und müssen viele störende Verhaltensweisen interpretiert werden.

Aus der Beschreibung des Interaktionsphänomens geht hervor, daß eine globale Verwendung der lernpsychologischen Begriffe ‚Konsequenz', ,Wirkung', ,Folge' unzulänglich ist und der Vielschichtigkeit des Phänomens nicht gerecht wird. Wir müssen zumindest drei Gesichtspunkte beachten, 1. die Unterscheidung zwischen Wirkung und Rückwirkung, 2. die Unterscheidung zwischen verdeckter und offener Wirkung, 3. das Verhältnis zwischen verdeckter und offener Wirkung; gemeint ist hierbei die Frage danach, wie genau oder verzerrt die verdeckte Wirkung in der offenen Wirkung erscheint.

Feedback

Daß der aus der Technik stammende Begriff des Feedbacks im zwischenmenschlichen Bereich einen völlig untechnischen Vorgang bezeichnet, hat sich hinlänglich gezeigt. Daß eine behavioristisch verstandene Vorstellung von Bestärkung zu paradoxen, um nicht zu sagen unter Umständen absurden Folgen, ja zur Verkehrung der Bestärkung in ihr Gegenteil führen müßte, erweist sich im Umgang mit dem Feedback über Negatives, also anläßlich der Rückmeldung negativer Wirkungen, die wir als Korrektiv einsetzen.

Hier überlagern sich zwei gegensätzliche Ebenen. Das kritische Feedback teilt einen negativen Inhalt mit. Aber je optimaler dieser Beziehungsvorgang der Rückmeldung gelingt, um so mehr wird sie ein starker Ausdruck von Ernstnehmen, sensibler Einfühlung, kurz und gut: von Beziehung. Zweifellos ist das in der gelungenen Rückmeldung das stärkere Moment.

Das heißt, vordergründig gesehen, wird der das Störverhalten zeigende Mensch auch noch für sein Störverhalten belohnt und müßte aufgrund der Bestärkungslogik sich immer störender verhalten.

Im Sinne einer undifferenzierten Lern- und Bestärkungspsychologie müßte schließlich jene ,bedingungslose Liebe', welche große ,Sonderpädagogen' ihren verwahrlosten und abgeglittenen Schützlingen zukommen ließen und welche Heilige aller Religionen den sogenannten Sündern gegenüber praktizierten, diese Menschen immer schlechter gemacht haben, weil sie ,falsch bestärkt' wurden. Die tatsächliche Wirkung war das Gegenteil. Diese Menschen sind nicht schlechter, sondern besser geworden, konnten sich zum Positiven verändern, haben sich bekehrt.

Wir beobachten hier eine andere Gesetzmäßigkeit. Ein Mensch erfährt für sein aversives Verhalten nicht das, was er ,verdient' hätte. Er weiß sich trotz seines Verhaltens im Raum der Beziehung aufgehoben und geschätzt. Es gewinnt den Anschein, als müßten wir das Gegenprinzip zum Lernen an den Konsequenzen aufstellen: Wir lernen und verändern uns in manchen Situationen durch ,Nicht-Konsequenz', also dadurch, daß wir zwar Beziehung, aber nicht die Konsequenzen für unser Verhalten erfahren.

Beziehung enthält wahrscheinlich eine Veränderungskraft, die weder durch den Begriff des Lernens an den Konsequenzen noch durch den Begriff des Modells erklärbar ist.

Unser Leben ist zwar weitgehend beherrscht durch das Gesetz des Lernens an den Konsequenzen. Seine Gültigkeit darf nicht abgeschwächt werden. Aber es geht darin nicht auf. Seine Gültigkeit muß relativiert werden.

Solche Überlegungen erlauben den Schluß, daß beim Vorgang der Veränderung und des Umlernens entweder noch ganz andere Dinge mit im Spiel sind oder die Bestärkungstechnik auf viel differenziertere Weise gefaßt werden muß, als das oft geschieht.

Des weiteren ergibt sich eine Folgerung für den Begriff des Feedbacks: Er darf auf zwischenmenschliche Beziehung nicht univok, also gleichsinnig, sondern nur analog angewendet werden.

Bestrafung

Weswegen der Begriff der Bestrafung im Beziehungslernen aus sachlichen und ethischen Gründen lediglich als phänomenologischer, nicht als technischer Begriff verwendet werden darf, ergibt sich aus ethischen Gründen.

Wir dürfen die Bestrafung keinesfalls analog zur Bestärkung technisch einsetzen. Das besagt, man kann zwar feststellen und beschreiben, wie Menschen für bestimmte Gegebenheiten Bestrafungen in der Form negativer Konsequenzen erfahren. Es würde jedoch gegen die Würde des Menschen verstoßen, aus der Tatsache, daß bestrafende Konsequenzen häufig Verhalten unterdrücken, eine Technik zur Eliminierung unerwünschter Verhaltensweisen abzuleiten.

Die respondente Reaktion – die ,Antwort'-Reaktion

Dem lernpsychologisch orientierten Leser dürfte nicht entgangen sein, daß die respondente Reaktion gewissermaßen das Zentrum unseres Konzepts von Beziehungslernen bildet.

Es wird viel Wert darauf gelegt, das Bedingungsgefüge des Respondenten aufzuhellen.

Das äußert sich, ganz abstrakt gesprochen, in der Frage: Auf welche Reizgegebenheit antwortet das menschliche Empfinden mit Sichgestörtfühlen, anders formuliert, wie ist die objektive Struktur des spezifischen Reizes beschaffen, der die besagte Reaktion auslöst?

Konkret ausgedrückt ging es um die für das Beziehungslernen bedeutsamen Fragen: „Warum fühlt jemand dieses oder jenes?", „Warum stört ein störendes Verhalten?", das besagt, „Was macht das Störende an einem störenden Verhalten aus?", schließlich, „Warum stört ein von seiner Natur her nichtstörendes, nämlich ein einwandfreies Verhalten?"

Zwar assoziiert der Begriff der reflexhaften Reaktion eine mechanistische Vorstellung. Doch bereits bei Holland und Skinner *(Analyse des Verhaltens)*[52] ist die Beschreibung dieser reflexhaften Reaktion eigentlich offen für jede subtilste Differenzierung, sozusagen für tiefste Tiefenpsychologie.

Man kann die ‚respondente' Reaktion auch ganz wörtlich nehmen, nämlich als sprachliches Phänomen: ‚Antwort', genauer *unwillkürliche* Antwort auf eine Gegebenheit, das besagt: ‚es' antwortet im Menschen.

Jetzt die Analogie: Das erlebende Wahrnehmen stellt eine Antwort auf etwas dar. Das geschieht mit allen dem erlebenden Wahrnehmen eigentümlichen Qualitäten der sensorischen Präzision, der Abstraktionsleistung, der metasprachlichen Kommentierung, der Selbstregelung, nicht zu vergessen der beziehungsstiftenden Funktion dieses Wirklichkeitsbezugs, weil die durch das Erleben empfangene Information eine nicht eindimensional kognitive, sondern mehrdimensional emotive, quasi ‚existentielle' ist.

In einer solchen Hermeneutik der respondenten Reaktion steckt ein philosophisches Bekenntnis. Der Grundansatz des Beziehungslernens geschieht in der Naturschicht der Interaktion, bei Empfinden und Fühlen, näherhin an den authentischen Gefühlen als der Stimme der Natur, ihrer plastischen Sprache. Daher die normative Bedeutung des authentischen Gefühls, der Emotionalität.

Während die Tiefenpsychologie mit ihrer Gegenüberstellung von Bewußtsein – Unbewußtes sich auf einer noetischen Vorstellungsebene bewegt, apostrophiert das Beziehungslernen die kinetische Vorstellungsebene mit ihrer Gegenüberstellung von *willkürlich – unwillkürlich* als den beiden grundlegenden seelischen Bewegungsformen. Anders gesagt, ein Hauptziel des Beziehungslernens besteht darin, hellhörig zu werden für die Stimme der Natur und sich der Bewegung der Natur anheimzugeben – im Vertrauen auf die selbstregulierende Energie der psychischen Natur. Das trat auf exemplarische Weise im Zusammenhang mit dem Durcherleben von Gefühlen, Stimmungen usw. vor unser Auge; wo deutlich wurde, wenn man sich der Weisheit und Intelligenz dieser Natur überläßt, sie zielsicher auch über negative Gegebenheiten hinweg sich regeneriert und zum Richtigen hinführt. Das sollte sich in einer ‚existentiellen' Einstellung zum eigenen Gefühl und in der Frage ausdrücken: Was tut das Gefühl mit mir? Wie verwandelt es mich, wohin leitet es mich?

In der *Geistesgeschichte* begegnet man immer wieder Positionen, wo die unwillkürliche, spontane, von selber geschehende Bewegung in die Tiefe der Wirklichkeit hineinführt.

Der Tao te king des Chinesen Laotse setzt, wie schon erwähnt wurde, die Spontaneität, das Nicht-machen-Wollen, das Von-selber-Geschehende, als den Höchstwert und das eigentliche Ziel (siehe Fußnote 28).

Ähnlich ist – in der Art einer personalistischen Blickweise – im Neuen Testament das nicht Verfügbare, dem Menschen Geschehende und Begegnende eben das Göttliche. Vergleichbaren Auffassungen begegnet man bei den Mystikern und den Meistern des spirituellen Lebens.

Die Welt der Kunst offenbart eine analoge Wahrheit. Vollendete Kunst entsteht da, wo der Künstler sich durch das Mysterium der Inspiration bewegen läßt und etwas an ihm und durch ihn geschieht, was er niemals willentlich ‚machen' könnte.

So charakterisiert das Unwillkürliche, Spontane, Von-selber-Geschehende sowohl die Elementarschicht der Natur wie auch die Kulmination der Natur: das Leben des Geistes.

Bestärkung

Die wertvolle Einsicht in die Reaktions-Konsequenzabfolge, also in die Tatsache, daß Reaktionen durch ihre Folgen rückbeeinflußt werden, erfährt ihre technische Nutzung durch den Begriff der Bestärkung, einen der Hauptbegriffe der Lernpsychologie, dem die Therapie die Möglichkeit gezielter Veränderung und die Effizienz verdankt.

Bestärkung in ihren beiden Formen der positiven Bestärkung und der Bestärkung durch Entlastung ist ein technisches Instrument und daher, wie jedes technische Gebilde, vom Küchenmesser bis zur Atomenergie, für jegliche Anwendung offen, die segensreiche und die mißbräuchliche. In sich selber ist das Instrument wertfrei.

Doch nun zur Frage: Welche *Schlußfolgerungen* ergeben sich *aus der Annahme einer dritten Sprachebene* für den Zentralbegriff der Bestärkung?

Diese Folgerungen sind gravierend.

Wir beobachten folgende Interaktionsphänomene.

Eine Bestärkung, eine Anerkennung, der Ausdruck von Wertschätzung, ein Lob geht ins Leere, kommt beim Empfänger nicht an. Dieser reagiert mit Unverständnis auf die positive Äußerung, er ‚glaubt sie nicht', genauer gesagt, er hört sie zwar, kann aber nichts dabei empfinden.

Gewiß, hier könnte eine echte Übertragung vorliegen. Es gibt Menschen, die bar jeglichen Selbstwertgefühls sind, so daß sie durch positive Äußerungen nicht erreicht werden. Man kann sagen, was man will, alles fällt durch den Raster, es ist wie ein Faß ohne Boden. Der Grund dafür liegt in irgendwelchen früheren Erfahrungen. Da hilft also keine noch so gute gemeinte Anhäufung von Bestärkungen. Erst wenn dieser Mensch von seinem eigenen Inneren her die Bestärkung erhält, daß heißt, selber seinen Wert zu erleben beginnt, erreicht ihn die Bestärkung von außen. Auch bei dieser Tätigkeit ist die ‚Antwort von innen' der Antwort von außen vorgeordnet.

Es kann aber auch eine *scheinbare* Übertragung vorliegen, so daß die Unwirksamkeit der Bestärkung senderbedingt ist. Irgendein Vorbehalt, eine Ungenauigkeit auf seiten des Bestärkenden macht die Bestärkung für den Empfänger wertlos. Es ‚kommt nichts hinüber'. Äußerlich gesehen erscheint der Empfänger dann oft als der Unerreichbare, der ‚Undankbare'.

Geschieht das in der therapeutischen Situation, müßte der Therapeut hellhörig werden, rückbezügliche Sensibilität üben. Der bestärkende Therapeut hätte sich also zu fragen, ob er einen Anlaß dafür bietet, daß die gutgemeinte Äußerung der Wertschätzung auf der Gegenseite nicht empfunden wird. Schließlich ist zu bedenken, auch hierbei schlage der minimalste Fehler zu Buch, auch der Klient verfüge über das absolute Gehör für Dissonanzen.

Dazu ein illustratives *Beispiel.*

Die Teilnehmerin eines mehrjährigen Ausbildungskurses hatte große Anlaufschwierigkeiten und taute erst in der Schlußphase auf. Als der Gruppenleiter seine Anerkennung über das von ihr Erreichte bekundete, stellte er fest, daß die Teilnehmerin von dieser Anerkennung völlig unbeeindruckt blieb. Beim aufklärenden Gespräch kam der Grund zum Vorschein. Der Gruppenleiter hatte zwar ehrlich seine Meinung ausgedrückt, die er zu diesem Zeitpunkt hatte. Aber er hatte unterlassen, auch auszuprechen, welche Zweifel an der Teilnehmerin ihn die Jahre vorher bewegt hatten. Erst als das hinzugefügt war, konnte die Teilnehmerin das Lob ‚glauben'. Sie berichtete, in der fraglichen Sitzung habe sie die Anerkennung des Gruppenleiters nicht nur unberührt gelassen, die Äußerung habe sie auch mißtrauisch gemacht und sie habe sich gefragt: Was hat er denn?

Die **Folgerungen** solcher Beobachtungen **für Therapie und Pädagogik sind weitreichend**. Gewiß ist es ein riesiger Fortschritt in der Geschichte der Menschenführung, beim Umgang mit unerwünschtem Sozialverhalten von der Technik der Bestrafung unerwünschter Verhaltensweisen zur Technik der Bestärkung erwünschten Verhaltens überzugehen. Aber die scheinbar leicht zu handhabende Technik scheint eine anspruchsvolle Kunst zu sein. **Das Instrument der Bestärkung hat nur in dem Maß Wirkung, wie sich der Sender authentisch verhält, wird in dem Maß gegebenenfalls wertlos, wie das nicht der Fall ist.**

Jeder Gedanke, jedes Gefühl, das nicht mit der Bestärkung übereinstimmt, also jede Ungenauigkeit, kann die Wirkung beeinträchtigen oder eliminieren.

Verhaltensformung, Selbstsicherheitstraining

Das gezielte Einüben in selbstsicheres Verhalten stellt für viele Menschen eine große Hilfe dar, die sich schwertun, ihre legitimen Interessen zu wahren. Doch *eine isolierte Technik der Durchsetzung und des Übens von Ich-Stärke ohne Rücksicht darauf, ob sich der Betreffende stimmig verhält, kehrt sich leicht ins Gegenteil.*

Der sensible Therapeut wird bei einer solchen Einübung diesen Fehler zu vermeiden wissen.

Die *Gründe* wurden vielfach erläutert. Jedes unstimmige Verhalten wirkt nicht nur störend auf die Mitwelt, es bedroht auch häufig das Selbstgefühl des Gegenübers und löst leicht bei diesem eine Blockierung aus.

Dazu ein *Beispiel.*

Ein promovierter Psychologe, der eine Lerngruppe besuchte, hatte, wie sich im nachhinein herausstellte, sich für die anstehende Kurswoche vorgenommen, Selbstsicherheit zu trainieren, Ich-Stärke zu üben. Er versuchte das an ganz konkreten Punkten, nämlich Gestaltung des Tagesablaufs, Entscheidung über Arbeitszeit und Freizeit.

Die Gruppe reagierte auf ihn mit heftigem Widerstand.

Was hatte er nicht gesagt, inwiefern verhielt er sich nicht stimmig?

Das klärende Gespräch eröffnete den Blick auf den Hintergrund. Der Psychologe erzählte, er habe es schwer, seine Interessen anderen gegenüber geltend zu machen. Zu Hause sei ihm immer seine jüngere Schwester vorgezogen worden. Seine Unfähigkeit, sich durchzusetzen, erlebe er beschämend, und er leide unter dieser Schwäche. Daher habe er sich für diese Woche das Ziel gesetzt, es einmal anders zu probieren.

Nach dieser Offenlegung der Motive entstand in der Gruppe Bereitschaft, auf ihn einzugehen, und ihm wurde vermittelt, daß die erste Version, sein Ziel zu erreichen, unwirksam, die zweite jedoch sehr wirksam gewesen sei.

Der Unterschied der beiden ‚Versionen' tritt klar hervor. In der ersten Version will der Teilnehmer sich stark zeigen, verleugnet nach außen hin seine Schwäche und

Selbstunsicherheit. In der zweiten Version zeigt er sich schlicht, so, wie er ist, eben schwach, aber authentisch.

Die Wirkung ist jeweils entsprechend.

Das Lernziel lautet daher nicht Ich-Stärke, sondern authentisch sein. Jedes unstimmige Verhalten schwächt die Überzeugungskraft des Sichverhaltenden.

Das beste Selbstsicherheitstraining besteht also darin, daß man lernt, sich authentisch zu verhalten.

Schrittweise Annäherung und Aufbau von Verhaltensalternativen

Die Lerntheorie bietet einige weitere Prinzipien an, die für das Beziehungslernen Beachtung verdienen. Etwa das schrittweise Sichannähern an ein Lernziel oder den sogenannten Aufbau von Verhaltensalternativen. Letzterem kommt außer der psychologischen eine ethische und pädagogische Bedeutung zu. Eine der bedrängenden Frage hinsichtlich der sozialgeschichtlichen Evolution des Menschen ist diese: Wie läßt sich störendes, sozial unerwünschtes, beziehungsfeindliches Verhalten verändern? Aufbau von Verhaltensalternativen meint, vereinfachend ausgedrückt: Anstatt ein defektives Verhalten durch Strafe zu unterdrücken, was in der Regel schädigende Auswirkungen zeitigt, empfiehlt es sich, ein alternatives Verhalten, welches mit dem unerwünschten unverträglich ist und dieses deshalb ganz von selbst zum Verschwinden bringt, mittels Belohnung aufzubauen. Wir halten diese Einsicht für ebenso genial, wie sie simpel erscheint.

Sie durchbricht die Hilflosigkeit einer jahrtausendealten Pädagogik und Menschenführung, soweit diese versucht hatten, sozial unerwünschtes Verhalten durch irgendeine Form der Bestrafung zu unterdrücken.

3. Erforschung der nonverbalen Kommunikation

Die Psychologie unternimmt große Anstrengungen zur Erforschung der nonverbalen Kommunikation und des menschlichen Ausdrucksgeschehens. Das ist eine ganz wichtige Forschungsarbeit. Doch die für sich stehende Hermeneutik einer Ausdruckserscheinung besitzt gewissermaßen *hypothetische Gültigkeit*, nämlich so lange bis nicht auf der dritten Sprachebene andere Variablen sich einmischen.

Ausdruckssignale sind häufig von einem unermeßlich komplexen

Aufbau. Das gilt insbesondere für die erkennbaren Widersprüche einer Ausdruckserscheinung. Ihre komplizierteren Formen zu erfassen, setzt geschulte Wahrnehmungsfähigkeit voraus.

Doch wo soll man hier den *unerkennbaren Widerspruch* einordnen; von dem gesagt wurde, trotz genauesten Hinsehens sei er nicht zu erfassen und bilde daher einen besonders gefährlichen Störtypus im zwischenmenschlichen Zusammenleben – unter anderem deswegen, weil er beim Gegenüber den ausführlich besprochenen Verblödungseffekt hervorruft?

Noch einmal sei betont: Die Erforschung des Ausdrucksgeschehens hat ihren Eigenwert, allerdings einen hypothetischen. Wegen der hohen Täuschungsgefahr auf der nonverbalen Kommunikationsebene und der Vieldeutigkeit der Ausdruckserscheinungen wird nur das Metasignal von innen die Lösung bringen: Das Gefühl des Empfängers definiert das Erscheinungsbild – und zwar unter methodischem Nichtbeachten des Beobachtbaren.

Übrigens, *vieldeutig ist nonverbale Kommunikation wahrscheinlich nur solange, als man sich beim Wahrnehmen auf das Erscheinungsbild beschränkt und den zweiten wichtigen Informationskanal unberücksichtigt läßt: das Empfinden.* Dieses Meta-Informationssignal bringt eigentlich eine kaum mehr überbietbare Eindeutigkeit des Erfassens. Erinnern wir uns an das freundliche Verhalten, bei dem ich, aus unerfindlichen Gründen, mich geohrfeigt fühle. Die nonverbale Ebene läßt mich zweifeln: Ist die Freundlichkeit echt ... unterliege ich einer Täuschung? usw. Wogegen das Metasignal absolut eindeutig ist. Ich muß es – als Metasignal – ernst nehmen und mich darauf verlassen.

Die beschriebene Interaktion illustriert deutlich, wie unsinnig es ist, einer fragwürdigen Wissenschaftlichkeit zuliebe, auf Beobachtbarkeit zu pochen und den einheitlichen Vorgang des Wahrnehmens, zu dem eben außer dem Sehen auch das Fühlen gehört, zu verstümmeln, indem man einen entscheidenden Teil des menschlichen Sensoriums abschaltet.

Gewiß, das Sehen und Hören ist eher intersubjektiv überprüfbar als das Empfinden. Aber schließlich gibt es ja auch noch das anspruchsvolle Überprüfungskriterium der Voraussage.

Sobald bei einer Störung der Sender das entsprechende Versatzstück offenlegt, wird nicht nur die Richtigkeit des Empfindens auf der Seite des Empfängers bestätigt, sondern auch die Störung behoben – wobei letzteres meist sogar einen beobachtbaren Vorgang darstellt.

Nachwort
Anstelle eines Literaturverzeichnisses

Die Anzahl der Psychotherapieformen und erst die Literatur darüber ist inzwischen unüberschaubar geworden. Ich erspare mir ein Literaturverzeichnis und verweise auf die einschlägigen Publikationen, fühle mich aber gedrängt, jene Bücher und Erfahrungsquellen zu nennen, welche Einfluß auf das Konzept des Beziehungslernens gewonnen haben und denen ich wesentliche Anregungen verdanke.

Nach einer äußerst kopflastigen ‚Sozialisation' auf dem Terrain des ‚abendländischen' Geisteslebens während der Studienzeit brachte die eigene Psychoanalyse, brachten also die ‚Lehrjahre auf der Couch' die Bodenberührung. Freud und Jung wurden zu wichtigen Lehrern, welche die lebensnotwendige Erdung des erworbenen Wissens möglich machten. Die große Neuentdeckung Ende der sechziger Jahre war die Verhaltenstherapie beziehungsweise die sehr integrativ angelegte Kommunikationstherapie. In beides haben mich Anita und Karl Herbert Mandel eingeführt.

Die gemeinsame Arbeit an *Einübung in Partnerschaft durch Kommunikationstherapie und Verhaltenstherapie*, 1971, gestaltete sich für uns, die wir alle von der Psychoanalyse herkamen, als eine Zeit des Umbruchs und Aufbruchs, des Probierens und der Selbstversuche, begleitet von vielen Theoriediskussionen.

Hollands und Skinners Buch *Analyse des Verhaltens* hat mich an die scholastischen Lehrbücher meiner Forschungstätigkeit auf dem Feld des Hochmittelalters erinnert und mich wegen seiner brillanten Durchsichtigkeit fasziniert.

An der von Dietmar Schulte herausgegebenen *Diagnostik in der Verhaltenstherapie* sprach mich insbesondere die Analogie des Lern- und Therapieprozesses zum Experiment an. Daraus entwickelte sich das ‚erschwerte Kriterium der Voraussage'.

Damals kam mir der Gedanke, es müsse möglich sein, die Subtilität der Psychoanalyse mit der rationalen Durchsichtigkeit und der gezielt intendierbaren Effizienz der Lernpsychologie zu verbinden, die philosophische Engführung der beiden Schulen durch eine breiter angelegte Anthropologie auszugleichen.

Paul Watzlawicks *Menschliche Kommunikation* wurde zu einer Art Offenbarung, einem Schlüssel, der viele bisher nicht mögliche Einsichten in das Phänomen der Interaktion gestattete.

Unter diesem Blickwinkel las ich die Kollusionstheorie in Jürg Willis *Die Zweierbeziehung.*

Doch stets blieb ein Hauptbuch Fritz Riemanns *Grundformen der Angst.*

Die Feinstruktur sowie die mikroskopische Präzision interaktionaler Vorgänge hat sich mir zuerst in den Gesprächen mit meinem Bruder, Josef Stadter, erschlossen.

Die wesentliche Quelle der Erfahrung und der Einsicht aber wurde die gemeinsame Arbeit mit meiner Frau, Inge Anna Späthling-Stadter, die gelebte Beziehung.

Nicht zuletzt denke ich an die Arbeit mit den Ausbildungsgruppen und den vielen Menschen, die sich auf das Lernangebot eingelassen und sich unserer Begleitung anvertraut haben. Sie waren ein wichtiges Korrektiv, aber auch eine wesentliche ‚Bestärkung'. Wir danken ihnen ihre faire Reaktion auf unkonventionelle Verfahren – etwa bestimmte Gegenübertragungsanalysen nicht hinter verschlossenen Türen, sondern an Ort und Stelle durchzuführen. Dadurch haben sie uns ermutigt, den eingeschlagenen Weg der ‚therapeutischen Transparenz' konsequent weiterzugehen.

Anmerkungen

1 Die in der vorliegenden Darstellung vorgenommene *Parallelführung der Begriffe ,Lernen' und ,Therapie'* bedarf einer Begründung.
Bekanntlich sind die Übergänge zwischen ,normal' und ,krank' häufig fließend. Jedenfalls wird fortan der Begriff ,Therapie', ,Therapeut' zurückhaltender verwendet als der viel unverfänglichere Begriff ,Lernen', obschon dieser oft ein Heilen mit beinhaltet. Die Zurückhaltung besagt also nicht, es ginge nicht um therapeutische Vorgänge, sie motiviert sich aus *sprachethischen* Erwägungen.
Begibt man sich in die Welt der Psychologie, dann begegnet man gelegentlich einer Sprache, die durch einen entwertenden und bisweilen diskriminierenden Jargon auffällt. Was unter anderem damit zusammenhängen mag, daß die Psychoanalyse viele ihrer Begriffe aus der Pathologie herleitet, die Lernpsychologie wiederum auf die Grundlagenforschung im Tierversuch zurückgreift beziehungsweise technische Analogien verwendet.
Während man sich in der Psychoanalyse leicht abnorm vorkommt (der ,Patient', die ,Hysterica', ,Kastrationskomplex', ,Penisneid', ,Mutterkomplex' u.ä.), fühlt man sich in der Verhaltenstherapie leicht manipuliert (,Verhaltenstechnologie', ,Verhaltenskontrolle', ,Verhaltenssteuerung', ,konditionieren' usw.).
Ein solcher Umgang mit Sprache, damit auch mit Menschen, kann unter Umständen entwürdigend und beziehungsfeindlich sein. Wahrscheinlich hat nicht zuletzt der Jargon, die Art über den Menschen zu reden, die wünschenswerte und lebensnotwendige Rezeption der Psychologie durch die breiten Volksschichten erschwert und behindert. Man wehrt sich instinktiv und mit Recht gegen den deplacierten Ton und rächt sich, indem man die Psychologen in entsprechenden Witzen frozzelt.
Vielleicht hängt es mit dem beschriebenen Phänomen zusammen, daß dem Wort ,Therapie', ,Therapeut' ein seltsamer Beigeschmack anhängt. Immer noch scheint es in gewisser Weise ehrenrührig, zu bekennen, man habe es nötig, sich einer Psychotherapie zu unterziehen, wogegen es keinerlei Schande bedeutet, unter diversesten körperlichen Beschwerden zu leiden.

2 *Die Zeit*, 9. März 1984, Nr. 11, S. 42.

3 Vgl. auch Mucchielli, *Abwehrreaktionen in zwischenmenschlichen Beziehungen*, Salzburg 1980.

4 Der *Begriff ,Beziehung'* wird in einem weiten Sinn verwendet und umfaßt einerseits das singuläre Beziehungsgeschehen, den aktuellen Vorgang der Interaktion, wie auch die ,gewachsene' Beziehung als mehr oder weniger lockeren beziehungsweise stabilen Dauerzustand.

5 Martin Buber, *Schriften über das dialogische Prinzip*, Heidelberg 1954, S. 15. Siehe *ebd.* den Satz „Alles wirkliche Leben ist Begegnung".

6 Vgl. G. Büchmann, *Geflügelte Worte*, München Zürich 1977, S. 100.

7 Natürlich bin ich nicht vom Widerspruchssatz als wie von einer selbstverständlichen Prämisse ausgegangen, um daraus auf deduktive Weise Folgerungen abzuleiten. Der Weg führte über die *Induktion*, also über die Beobachtung vieler Einzelereignisse. Ich machte die Feststellung, daß bei Gruppengesprächen häufig der Prozeß an einem bestimmten Punkt mehr oder weniger plötzlich kippte. Der

im Mittelpunkt des Gesprächs stehende Teilnehmer, dessen Verhalten vorher gestört hatte, wurde auf einmal positiv erlebt, was sich vornehmlich in einem überraschenden Umschwung der Gruppenstimmung und in der Reaktion der Gruppe gegenüber dem Betroffenen bekundete.
Eine eingehende Beachtung des Phänomens verdeutlichte, wie sich die Wende immer dann vollzog, wenn der betroffene Gruppenteilnehmer *bestimmte Dinge äußerte.* Die genauere *Analyse* machte schließlich folgendes erkennbar: Der Drehpunkt des Geschehens lag jeweils an der Stelle, wo der Teilnehmer das zum Ausdruck brachte, was er wirklich empfand und dachte; also da, wo er sich in Übereinstimmung mit sich selbst nach außenhin darstellte. Die positive Wirkung auf die anderen war selbst dann gegeben, wenn durchaus unschöne Dinge zum Vorschein kamen. Hauptsache war, sie entsprachen der Wahrheit und der Betroffene stand dazu. Dieses faszinierende Phänomen legte die Schlußfolgerung nahe, bei der sozialen Wirkung eines Menschen spiele die **‚soziale Identität' im Sinne der ‚Stimmigkeit' der Selbstdarstellung** eine wesentliche Rolle. Das Umgehen mit dieser Arbeitshypothese drängte immer konsequenter zu der Annahme: Das was an einem Menschen störend wirkt, hat seinen Grund wesentlich in irgendeiner Art von ‚Unstimmigkeit' beziehungsweise Widersprüchlichkeit.

Neben der *aristotelischen* Logik mit ihren beiden Werten Ja/Nein und der These vom ausgeschlossenen Dritten behauptet sich von jeher die *dialektische Logik*, die eine Synthese der Gegensätze auf höherer Ebene sucht. Diese dialektische Logik erscheint bereits bei Heraklit (ca. 544–484 v. Chr.) und wirkt über Hegel und den Dialektischen Materialismus bis in die Tiefenpsychologie hinein. Wir benötigen beide Typen des Denkens. Wahrscheinlich erstrecken sie sich auf etwas je anderes, betrachten die Wirklichkeit unter verschiedenen Gesichtspunkten und behalten so beide ihre Gültigkeit. Man könnte beispielsweise die dialektische Logik auf die innere Struktur eines Sachverhalts beziehen, die aristotelische hingegen auf die Aussage über den Sachverhalt.
Eine dialektisch vorgehende Logik kommt der Psychologie entgegen, weil psychische, aber auch soziale Phänomene viele Gegensätzlichkeiten aufweisen. Das Erscheinungsbild der Ambivalenz ist allgemein bekannt. Beides kann durchaus zusammen auftreten und koexistieren: Liebe *und* Abwertung, Zuwendung *und* Vorbehalt, Vertrauen *und* Angst. Diese Art von Gegensätzen gehört zur Natur der Psyche. Doch gerade deswegen gewinnt die aristotelische Aussagenlogik ihre Bedeutung. Sie verbietet uns die widersprüchliche Aussage beziehungsweise Selbstdarstellung. Sehr wohl ist es logisch und einwandfrei zu sagen: In meiner Beziehung zu dir beobachte ich Sympathie, aber darüber hinaus auch allerlei Gegengefühle der Antipathie, bisweilen vielleicht sogar Regungen des Hasses. Wir verstoßen indessen gegen das Widerspruchsgesetz, sofern wir über den Vordergrund unseres Verhaltens das „Ich mag dich" wissen lassen, den Hintergrund der Gegengefühle indessen unterschlagen und verschweigen.

8 Durch Verzicht auf Tarnung, durch Vereindeutigung und das mutige Stehen zu sich selbst, seinen Gefühlen, Gedanken und Absichten, wird, das wesentliche Moment der Störung' behoben. Das heißt natürlich nicht, daß damit Enttäuschung, Schmerzen und Tränen aus der Welt geschafft wären. Sie gehören zu unserem Leben und so auch zu unserem Beziehungsleben. Aber es bedeutet auf jeden Fall die Beseitigung dessen, was im spezifischen Sinne als ‚aversiv' zu bezeichnen ist; es bedeutet fernerhin die Beseitigung der durch eine Störung häufig bedingten Herabminderung unseres Selbstgefühls und der Blockierung unserer Handlungsfähigkeit.

9 Vgl. P. Watzlawick et alii, *Menschliche Kommunikation. Formen, Störungen, Paradoxien*, Bern-Stuttgart 1969, S. 171 ff. Ders., *Die Möglichkeit des Andersseins. Zur Technik der therapeutischen Kommunikation*, 1977, S. 111.

10 In der vorangegangenen Diskussion ergab sich die Annahme, die Störung sei auf einen Widerspruch zurückzuführen, die diagnostische Grundregel hingegen sagt, die Ursache der Störung sei darin zu sehen, daß jemand etwas von der Mitteilung zurückhalte, also nicht ausspreche. Die beiden Äußerungen sagen nur scheinbar jeweils etwas anderes.
Durch Nichtmitteilen der Hintergrundsdaten wird das Verhalten widersprüchlich und damit störend, durch Mitteilen wird es vereindeutigt und verliert so seinen störenden Charakter.

11 Die Begriffe ‚Empfinden', ‚Fühlen', ‚Erleben', ‚Emotion' u.ä. werden mehr oder weniger synonym verwendet, weil das Interesse eher dem kausal-analytischen als dem phänomenologischen Aspekt gilt. Das heißt, es kommt nicht so sehr auf die unterschiedlichen sprachlichen Bedeutungsnuancen dieser respondenten Reaktionen oder auf die Abgrenzung etwa gegenüber dem Affekt an als vielmehr auf die kausale Aufhellung: Warum fühlt jemand dieses oder jenes, warum fühlt er sich beispielsweise durch ein einwandfrei erscheinendes Verhalten gestört? Die kausale Analyse der Störreaktion im Empfänger ist dieselbe, ob es sich um eine durch widersprüchliche Botschaft ausgelöste Empfindung oder einen auf diese Weise hervorgerufenen Affekt handelt.

12 Wir haben es mit völlig **unterschiedlichen Arten der nichtangenehmen Empfindung**, sozusagen mit einer **negativen und einer positiven Qualität** zu tun.
Zur Verdeutlichung des Sachverhalts wollen wir im Blick auf den Kosmos der Empfindungen eine Einteilung in ‚angenehm' und ‚nichtangenehm' vornehmen, sodann die Kategorie ‚nichtangenehm' noch einmal unterteilen in ‚störend' und ‚unbequem'.
Das läßt sich so darstellen:

GESAMTBEREICH DER EMPFINDUNGEN

angenehm | nichtangenehm

‚störend' im eigentlichen Sinn | nichtangenehm im Sinne von *‚unbequem'*

Irritation und Beeinträchtigung durch etwas, das seinem Wesen nach von negativer Qualität ist (Hinterhältigkeit, Arroganz usw.)	Irritation und Beeinträchtigung durch etwas, das seinem Wesen nach von positiver Qualität ist (Freimut, Offenheit)

Diese phänomenologische Differenzierung klar herauszuarbeiten ist von großer Bedeutung. Wir wählen den Oberbegriff ‚nichtangenehm' deswegen und ziehen ihn dem Ausdruck ‚unangenehm' vor, weil er wertfreier klingt und noch offen läßt, ob es sich um eine negative oder eine im Grunde positive Qualität handelt.
Zahlreiche sprachliche Wendungen, die in einem bestimmten Zusammenhang von der **Wahrheit** reden, beziehen sich auf eine feine Nuance nichtangenehmer

Empfindungen. Man wird letztere keineswegs im eigentlichen Sinne mit der Formulierung ‚störend' erfassen.
Es widerspricht unserem Sprachgefühl zu sagen: Die Wahrheit ist ‚störend'; denn sie ist nicht in sich selber von aversiver Qualität. Die Alltagssprache hat Wendungen dafür entwickelt, welche die spezifisch ‚nichtangenehme' Wirkung der Wahrheit ausdrücken. Die exakte Bedeutung solcher Wendungen ist die schon angeführte: an sich und objektiv richtig, aber für mich persönlich ‚unbequem' und daher unerwünscht beziehungsweise ‚paßt mir nicht in den Kram'. Der Aussagesinn der entsprechenden Formulierungen geht so weit, daß die Wendung ‚unbequem' die Bedeutung erlangt: Ich sehe das ja alles ein, ich bejahe sogar die Sache als auch für mich persönlich gut und richtig, nur daß ich zu träge und zu feige bin, entsprechend zu handeln.
Sätze, in denen auf die hier angesprochene Weise von der Wahrheit gehandelt wird, lauten ungefähr so:
Die Wahrheit ist hart, aber wohltuend.
Die Wahrheit ist hart, aber heilsam, klärend, fruchtbringend, weiterführend u. a. m.
Das Wort *‚hart'*, das in anderen Zusammenhängen häufig einen ausgesprochen negativen Sinn besitzt und bis zur Bedeutung von ‚brutal' geht, enthält jetzt keine abträgliche Bewertung, sondern besagt eher etwas Positives, nämlich: Die Wahrheit ist alles andere als angenehm. Sie kann äußerst schmerzhaft sein, unsagbar weh tun. Doch das hat seine Richtigkeit. Es ist gut so. – Schließlich will man auch sagen: Im Blick auf die Gesamtentwicklung des Menschen, bewährt sich die Wahrheit als hilfreich und förderlich, dient dem wahren Interesse des Individuums.
Einen vergleichbaren Gehalt empfängt das Wort *‚knallhart'*, jedenfalls sofern es in der entsprechenden Situation zur Anwendung kommt. Sagt man von jemandem, er sei knallhart beziehungsweise er sage knallhart die Wahrheit, so hat man folgendes im Auge: Der Betreffende spricht ungeschminkt, sagt, was los ist, redet nicht um den Brei herum. Den anderen bleibt möglicherweise die Luft weg, während sie dieser unverblümten Redeweise konfrontiert sind. Doch im Innersten dankt man ihm für die klare Art, bei der jeder weiß, wie er dran ist, man wünscht sich das so, braucht es sogar.
Die Alltagssprache bietet eine Reihe weiterer Formulierungen an, die sich gegebenenfalls mit einer ähnlichen Bedeutung verknüpfen. Es sind Wörter wie: rückhaltlos, schonungslos, rückhaltlose Offenheit, Unverblümtheit, Direktheit, Geradheit usw.

13 Die *Therapieforschung*, welche die Wirkungsweise der unterschiedlichen therapeutischen Verfahren untersucht, zeigt immer deutlicher, daß nicht nur die jeweils angewandte Technik wirkt. Der gesamte Hintergrund, vor dem sie zur Anwendung kommt, gewinnt Bedeutung, näherhin die therapeutische *Beziehung*. Sie rückt zunehmend klarer als ein wesentlicher Wirkfaktor in den Mittelpunkt des Interesses. Vieles weist also darauf hin, es sei etwas ganz Elementares, Menschliches, dem eine entscheidende Funktion zukommt, eben die Beziehung.
Die Beziehung selbst ist vermutlich ein wesentliches therapeutisches Agens.
Mit einer solchen Erkenntnis stößt man auf eine empfindliche Hürde des wissenschaftlichen Erkennens, jedenfalls dann, wenn man den gängigen Wissenschaftsbegriff zugrunde legt, der sich an den Naturwissenschaften orientiert. Denn zwischenmenschliche Beziehung zeigt sich als ein derart komplexes und globales Phänomen, daß sich das Isolieren und Erforschen der einzelnen Faktoren, wel-

che im Rahmen von Beziehung ihre Wirkung entfalten, als äußerst schwierig erweist und vielleicht letzten Endes als unrealistisch herausstellen wird.
Wie will man im Anschluß an eine gelungene Therapie exakt angeben, was es war, das die Veränderung bewirkt hat?
War es die Einfühlung, die emotionale Wärme, die Echtheit des Therapeuten? – War es vielleicht hauptsächlich seine schlichte menschliche Überzeugungskraft und Ausstrahlung, so daß alles andere lediglich schmückendes professionelles Beiwerk gewesen wäre, dessen es nicht bedurft hätte? – War es das Zulassen aller hochkommenden Regungen, die Erfahrung des Geschehenlassens im freien Spiel der Assoziationen? – War es vielleicht vornehmlich das einzigartige Ernstgenommenwerden durch einen zuhörenden Menschen, das Interesse, das er zeigt, beziehungsweise die darin zum Ausdruck kommende Wertschätzung? – War es das über einen langen Zeitraum hinweg kontinuierlich empfangene differenzierte Feedback, welches eine ganz neue Orientierung möglich machte, beziehungsweise das sorgfältige Beachten der aus dem eigenen Inneren zurückgemeldeten Botschaften und der Körpersignale? – War es auf der kognitiven Ebene das Umdenken und die dadurch möglich gewordene neue Sicht der Gegebenheiten?
Es gäbe noch andere Faktoren für die angeführte Aufzählung. Und schließlich: Sind die genannten Vorgänge Bestandteil jeder guten Beziehung, oder haben wir es mit spezifisch therapeutischen Vorgehensweisen zu tun?
Die Fragen werden bisher nur gestellt, ohne eine endgültige Lösung zu erfahren. Es scheint nahezu grotesk, ein derart komplexes Phänomen, wie es die Beziehung ist, quantifizieren zu wollen. Das wäre gleichbedeutend mit dem absurden Unterfangen, die Wertigkeit eines therapeutischen Verhaltens nach ihrem Gewicht, also nach Gramm und Kilogramm, zu bestimmen. Selbst wenn man versucht, einen der genannten Faktoren zu isolieren, kommen unvermeidbar andere Momente mit ins Spiel, so daß die Erforschung eines einzelnen Faktors illusorisch sein dürfte. Beziehung läßt sich eben nicht stückweise verwirklichen, sie ist ein ganzheitlicher Akt und als solcher unzerlegbar.
Die jüngste Entwicklung der Psychotherapie erweckt den Eindruck, die Psychologie bekomme dieses Dilemma klarer in den Blick.

14 Vg. P. Watzlawick, *Menschliche Kommunikation*, S. 29 ff., S. 114 ff., bes. S. 119.

15 Vgl. P. Watzlawick *per totum*.

16 Es besteht die Gefahr, die Forderung in verschiedener Hinsicht *mißzuverstehen*. Daher sind einige klärende Bemerkungen angebracht.
Mit der Aufforderung, sich so zu geben, wie man ist, kann natürlich *niemals gemeint* sein, *daß man sich auf zynische Weise zu seinen Gemeinheiten bekennt*, wie man das gelegentlich bei besonders unverfrorenen Menschen beobachtet. Wer sich real sieht, ist außerstande, sich mit Überzeugung seiner Niederträchtigkeit zu brüsten. Wenn jemand mit seiner Rücksichtslosigkeit prahlt und sie als ‚Ich-Stärke' hinstellt, dann wird er dabei in keiner Weise authentisch sein, also gemäß seiner unverfälschten Selbstwahrnehmung handeln. Denn entweder er macht sich blind für die Scham- und Peinlichkeitsgefühle, die man als Egoist hätte, falls man nicht alles verdrängt; und er macht sich fernerhin blind für die Angst vor allgemeiner Verachtung und sozialer Isolation, weil man den Ellenbogenmenschen unmöglich lieben kann; oder er sieht das alles, läßt aber die anderen nicht merken, wie erbärmlich er sich dabei fühlt und wie sehr er sich selbst verabscheut.
Das weitere mögliche Mißverständnis betrifft die in dem Satz „Sich so zeigen, wie man ist!" ausgesprochene Forderung nach *Transparenz*. Sie verlangt nach einer Differenzierung.

Zwar steht fest: Unstimmige und widersprüchliche Botschaften erlebt der Empfänger störend. Sie verletzen sozusagen sein logisches Empfinden. Das scheint ein Naturgesetz des menschlichen Erlebens zu sein. Doch *die zur Stimmigkeit und Widerspruchsfreiheit notwendige Transparenz besagt nicht, man müsse alles sagen, sie meint nicht einmal, man müsse möglichst viel sagen.* Denn die Ursache der Störung liegt nicht im Nichtmitteilen an sich. Selbst der schweigsamste Mensch kann sich stimmig verhalten. Unstimmig wird eine Selbstdarstellung erst, wenn das, was man nach außenhin zeigt, mehr oder weniger von dem abweicht, was im Inneren vorgeht.

Transparenz und Offenheit, wie sie hier gemeint ist, besagt so ziemlich das Gegenteil jener Selbstentblößung und Selbstpreisgabe, wie sie gelegentlich in Selbsterfahrungsgruppen passiert, wenn jemand ‚ausgezogen' oder ‚auseinandergenommen' wird. Ein solcher Fehler entsteht von zwei Seiten, einmal von dem im Gespräch befindlichen Teilnehmer, sodann von der Gruppe her.

Mancher Teilnehmer, der eine hohe Motivation zur Veränderung mitbringt, geht von der irrigen Annahme aus, es sei unerläßlich, absolut ‚ehrlich' zu sein. Wobei er denkt, er müsse alles offenbaren, ob es nun paßt oder nicht. In der Gruppe wiederum beobachtet man mitunter den offensichtlich unwiderstehlichen Drang, nachzuhaken und zu bohren, weil die Teilnehmer instinktiv spüren, daß etwas verschleiert wird. Und weil die Gruppenteilnehmer außerstande sind, zu unterscheiden, was zur Sache gehört und was nicht, landet man schließlich beim Intimleben des Betroffenen.

Der erfahrene Gruppenleiter erkennt die problematische Neigung zu masochistischen Bekenntnissen und Selbstanklagen. Er unterbindet diese und schützt somit den einzelnen davor, aus einer Augenblicksregung heraus etwas preiszugeben, das er später bereut. Darin ist sogar eine wichtige Funktion des Gruppenleiters zu sehen.

Selbstpreisgabe ist kein Kriterium für Veränderung zum Positiven. Man orientiere sich jeweils an dem Grundsatz: Die Wirkung zählt! An ihn darf man sich halten, mag es der Bekennende auch noch so ehrlich gemeint haben, mag er noch so engagiert gewesen sein. Die Wirkung bleibt der Prüfstein. Es ist nicht unbekannt, wie deplaziert manchmal Selbstenthüllungen anmuten und welch unerträglichen Grad der Peinlichkeit sie hervorrufen. Dieser störende Charakter der Selbstdarstellung spricht dafür, wir hätten es weniger mit Transparenz, sondern mit ihrer Abart zu tun. Die negative Wirkung solcher Äußerungen liefert außerdem den Hinweis darauf, daß sie kaum authentische Empfindungen wiedergeben.

Echte Offenheit und Transparenz wirkt befreiend. Sie entbehrt jeder Peinlichkeit.

17 Wir vermeiden den Ausdruck ‚negative Bestärkung'. Unter den Begriff der ‚Entlastung' fällt sowohl die Flucht- wie die Vermeidungsreaktion.

Der Verzicht auf den Begriff ‚negative Bestärkung' hat vor allem didaktische Gründe. Wir machen die Beobachtung, daß selbst von Studierenden immer wieder der Begriff der negativen Bestärkung mit dem der Bestrafung verwechselt wird.

18 In diesem Zusammenhang möchten wir auf einen **anthropologischen Sachverhalt von fundamentaler Bedeutung** hinweisen: das Verhältnis zwischen Innen und Außen, das heißt, zwischen dem, was im Inneren eines Menschen vorgeht und dem, was er nach außenhin zeigt. Es ist der Unterschied zwischen ‚privat' und ‚publik', genauer: zwischen ‚intim' und ‚öffentlich'.

Das ‚Sich-Äußern'
ist ein Heraustreten aus der Privatsphäre des Innen
in die Öffentlichkeit des sozialen Raumes.

Beim Bemühen, dem Phänomen der Interaktion näher zu kommen, stößt man auf eine Feststellung, die reichlich paradox anmutet.
Einerseits macht es den Vorzug des Menschen aus, gegenüber der Mitwelt auf besondere Weise abgegrenzt, ein Eigenwesen zu sein, ein Innen zu besitzen, das darzustellen, was man als ‚Ich' bezeichnet. Diese Urdistanz (M. Buber, Werke, Bd. I, S. 411ff., 1962) bildet die spezifisch menschliche Voraussetzung dafür, mit den anderen in Beziehung zu treten.
Das Faktum der seelisch-geistigen Intimsphäre weist darauf hin, daß Beziehung etwas mit Freiwilligkeit zu tun hat. Beziehung und Zuwendung in einem wesentlichen Sinne verstanden, ist freiwilliges Geschenk, oder sie ist nicht wirklich Beziehung. Keine Macht der Welt kann den Menschen zwingen, sich zu öffnen. Daher ist das ‚Sich-Äußern' immer auch irgendeine Form des Aus-sich-Heraustretens, des Sich-Zeigens, der Selbstdarstellung. Das Wort ‚Mit-teilung' drückt aus, wie wir mit jeder ‚Äußerung' zugleich auch ‚Anteil' an uns selbst geben.
Auf der anderen Seite gewinnt man aufgrund der besprochenen Beispiele den Eindruck, als könnten Menschen in gewissem Sinne nichts vor einander verbergen. Es entsteht daher ein seltsamer Zwang zur Öffentlichkeit; besser gesagt, eine kategorische Notwendigkeit, authentisch zu sein, Inneres und Äußeres in Einklang zu bringen. Man kann diese Forderung nur um einen doppelten Preis verletzen. Einmal hat die mangelnde Übereinstimmung mit sich selbst einen Rückstoß auf die handelnde Person, weil diese dadurch ihre Identität und somit ihre Überzeugungskraft schwächt. Zum anderen wirkt das nichtauthentische Verhalten, wie gesagt wurde, mit naturgesetzlicher Notwendigkeit störend auf die Mitwelt.

Die Schwelle des Überschritts von innen nach außen
ist eine kritische Schwelle

Mit dem Verlassen der Privatsphäre beginnt das Abenteuer des zwischenmenschlichen Lebens, ein Abenteuer, das sich ebenso erregend wie gefährlich gestalten kann.
Aufgrund dessen, was jemand von seinen Gefühlen, Gedanken, Wünschen, Gesinnungen preisgibt, eröffnet er nämlich die Möglichkeit, Zuwendung und Anerkennung zu erfahren. Er geht aber auch das Risiko ein, darob verletzt, verlacht und verhöhnt zu werden, wenn die anderen seine Äußerungen in den Schmutz ziehen oder ihn aufgrund des Geäußerten ausnützen, das Gesagte als Waffe gegen ihn kehren.
Hier fallen wichtige Entscheidungen. Die Entscheidung, in welchem Maß das Ich sein Inkognito lüften will, wieweit es dem Du sichtbar gegenübertritt oder wieweit es sich hinter allerlei Mummenschanz verbirgt. Hier entscheidet sich, ob jemand sich so zeigt, wie er ist oder die anderen darüber hinwegtäuscht.
Der Vorgang geschieht, auf intensivere oder abgeschwächte Weise, sozusagen bei jeder Mitteilung oder Selbstdarstellung im zwischenmenschlichen Feld. Deswegen offenbart sich uns an der Schwelle des Überschritts von innen nach außen das menschliche Wesen auf besonders eindringliche Weise als ein *soziales* Wesen.
Angesichts dieses anthropologischen Sachverhalts überrascht es nicht, wenn

sich unsere *Alltagssprache* ausführlich mit der bezeichneten Schwelle befaßt und sie in zahlreichen Begriffen ausdrückt.
Man denke an Ausdrücke wie ‚aus sich herausgehen', ‚sich verschließen', ‚mauern', um nur einige zu nennen.
Die Gegenüberstellung von ‚Sein und Scheinen' bezeichnet ein Spannungsgefälle und bezieht sich auf die Frage: Ist dieser Mensch wirklich so, wie er sich nach außenhin zeigt? Steckt hinter ihm mehr oder weniger, als wir zu sehen bekommen?
Die Wendung ‚dem Augenschein nach' charakterisiert ebenfalls ein Spannungsgefälle und meint: Es sieht zwar so aus, aber wie es sich in Wahrheit verhält, weiß man nicht.
Schließlich beurteilt die Alltagssprache die Schwelle des Übertritts vom privaten in den öffentlichen Bereich als spezifische **Konfliktquelle**. Sie tut es durch die zahllosen Wörter, durch welche sie die uns vertrauten Formen der Unstimmigkeit benennt und bewertet: ‚so tun, als ob', ‚Verstellung', ‚Lüge', ‚Unaufrichtigkeit', ‚Unwahrhaftigkeit'.
Wollte man das gesamte Wortfeld der erwähnten Thematik mit allen Schattierungen untersuchen, würde man die hohe Sensibilität der Menschenkenntnis beziehungsweise der sozialen Wahrnehmung bewundern, welche sich durch die sprachlichen Benennungen ausdrückt.

19 Zur Diskussion steht also das dritte Element der Übermittlung: der **Übertragungsweg**. Wie hat man sich jenen ‚Kanal' vorzustellen, auf dem die Übermittlung zwischen den Kommunikationsteilnehmern zustande kommt?
Ich möchte zwei Hypothesen in Erwägung ziehen. Die eine läßt sich als ‚Schwellenwert'-Hypothese bezeichnen, die andere als eine Hypothese, welche einen eigenständigen, quasi ‚drahtlosen' Weg der Übermittlung für möglich erachtet.

Zur *‚Schwellenwert'-Hypothese.*
Diese Hypothese nimmt an, die Übermittlung beruhe prinzipiell, wie bei der verbalen und der nonverbalen Kommunikation, auf Signalen. Es würde sich allerdings um derart feine Ausdruckssignale handeln, in denen sich Gefühle und Gedanken des Senders niederschlagen, daß sie sich unterhalb der Wahrnehmungsschwelle der Sinnesorgane bewegen und daher nur noch vom Erleben aufgenommen werden. Gewiß läuft die Information über die nach außen gerichteten Sinne etwa des Hörens und Sehens. Aber deren Wahrnehmungsraster ist gleichsam zu grob, um sie noch zu registrieren. Wogegen der Innensinn des Erlebens durch die Störempfindung auf diese Informationssignale antwortet. Anders gesagt, unsere Augen und Ohren vermögen jene subtilste Unstimmigkeit im Erscheinungsbild des anderen nicht mehr zu erkennen, aber unser Erleben erfaßt sie.
Zur *Hypothese einer eigenständigen*, sozusagen ‚drahtlosen' *Übermittlung.*
Es ist auch denkbar, daß die dritte Übermittlungsebene in einer Übermittlungsform eigener Art, einer ‚drahtlosen' Übermittlung besteht, das heißt, ohne die üblichen Signale, wie sie der verbalen und der nonverbalen Kommunikation zugrunde liegen. Das wäre dann eine Art der Übermittlung, wie sie bei der telepathischen Informationsübertragung am Werk ist. Die Natur einer solchen Übermittlung bleibt allerdings im Dunkel und ist bislang nicht erklärbar.
Schließlich könnte man sich auch vorstellen, daß bei der zwischenmenschlichen Interaktion beide Übermittlungsformen zusammenspielen.

Die zweite der hypothetischen Annahmen, diejenige von der ‚drahtlosen' Übermittlung, mag sich wie eine Verlegenheitshypothese anhören. Doch sie stützt sich auf zahlreiche empirische Befunde.
Bei der üblichen Arbeit mit Beziehungsstörungen sind Sender und Empfänger gleicherweise *anwesend*. Sie vermögen sich real und sinnlich wahrzunehmen. Falls der Empfänger reagiert, darf man in der Regel vermuten, vom Sender gehe irgend etwas aus, und sei das im Erscheinungsbild auch noch so unerkennbar. Daß der Empfänger nicht seiner Einbildung unterliegt, bestätigt sich nachträglich durch die genauere Analyse der Interaktion, näherhin die Aufhellung und Behebung der Störung.
Man beobachtet aber auch Fälle von ‚Beziehungsstörungen', wo der Sender *abwesend* ist.
Was heißt das? Wie soll jemand, der während der fraglichen Zeit vielleicht Hunderte von Kilometern entfernt ist, in einem anderen zu eben diesem Zeitpunkt eine Beziehungsstörung hervorrufen?
Fassen wir den Sachverhalt wieder ganz allgemein. Er stellt sich etwa so dar:
Partner ‚Empfänger' wird unvermittelt von einer ‚Störung' überfallen. Er empfindet beispielsweise plötzlich und wie aus heiterem Himmel eine panische Unruhe. *Zu Phänomenen solcher Art gehört allerdings, daß der Betroffene den Sachverhalt normalerweise nicht als ‚Interaktions-Störung' erkennt, vielmehr eine andere Erklärung sucht.*
Wahrscheinlich äußere ich für viele praktizierende Psychotherapeuten eine Binsenwahrheit, wenn ich feststelle, es gebe mitunter seltsam anmutende Formen der Übermittlung von Informationen und Wirkungen. Vornehmlich in Nahbeziehungen, wo Menschen durch einen engen Kontakt, also quasi aufgrund einer gleichen ‚Frequenz' miteinander verbunden sind, registriert man Informationsübermittlungen ‚in Abwesenheit'. Der Sender ist vom Empfänger unter Umständen durch eine weite räumliche Distanz getrennt, so daß sinnliche Wahrnehmung eindeutig ausgeschlossen werden muß. Das ganze erweckt den Eindruck einer Art ‚telepathischer Interaktion'.
Sofern durch telepathische Kommunikation eine Störung auftritt, liegt das *wesentliche Moment dieser Störung* in einem *Informationsdefizit*. Würde derjenige, den plötzlich eine panische Unruhe überfällt, sehen, was im selben Augenblick beim Sender vorgeht, hätte seine Reaktion nichts Irrationales an sich. Was ihm am meisten zu schaffen macht, ist die Tatsache, daß er zwar eine Information bekommt, aber nicht den Kontext erfährt, in den sie einzuordnen ist. Deswegen erkennt er die Information nicht als eine solche. Er wird also das Opfer einer verstümmelten Information.
In gewissem Sinne beruht jede Störung auf einer verstümmelten Information, jedenfalls nach der oben gegebenen Definition von Störung: Der Empfänger erhält über den Verhaltensvordergrund des Senders eine Mitteilung, doch durch Verschweigung wird ihm eine andere vorenthalten, etwa diejenige, welche die jetzt auftretende Störung erklären würde. Wie anläßlich der normalen Störung tritt auch bei der durch telepathische Übermittlung hervorgerufenen Störung die Entlastung dann ein, wenn der Empfänger die ausstehende Mitteilung erhält und so seine Reaktion rational einzuordnen vermag.

Will man das Phänomen im Einzelfall aufhellen und jeweils herausbekommen, ob man es mit einer ‚telepathischen Interaktion' oder mit einer Einbildung des Empfängers zu tun hat und will man die entstandene Störung beheben, dann sind *dieselben Überprüfungskriterien* zu benützen, die bei der Behandlung der ganz normalen Störung Anwendung finden: 1. das Kriterium der Gleichzeitigkeit sowie 2. das Entlastungskriterium

1. Das Kriterium der *Gleichzeitigkeit*

Während der Arbeit mit Lerngruppen, Paaren oder einzelnen fällt die Gleichzeitigkeit von Ereignissen deswegen nicht mehr auf, weil sie selbstverständlich ist: In dem Augenblick, da sich jemand durch Tarnung unstimmig verhält, tritt die Störung auf; sobald das Verschwiegene zur Mitteilung gelangt, behebt sich die Störung.

Die telepathische Interaktion beinhaltet zwar an und für sich das Moment der Gleichzeitigkeit. Diese ist aber zunächst wegen der räumlichen Distanz, in der sich die Kommunikationspartner befinden, nicht erkennbar. Man hat daher genau zu prüfen, ob jener Moment, da beispielsweise der Empfänger einer telepathischen Wirkung durch eine Ahnung oder einen Gefühlszustand belastet wird, tatsächlich exakt damit zusammenfällt, daß sich auf der Seite des Senders etwas Entsprechendes abspielt.

Die beiden Ereignisse müssen sozusagen synchronisiert sein.

2. Das *Entlastungskriterium*

Die Entlastung ist, ebenso wie in Situationen gewöhnlicher Interaktionsstörung, voraussagbar. Genauer formuliert, jener spezifische Anteil an Belastung, der durch das ‚Unerklärliche' der telepathischen Wirkung entsteht, muß verschwinden, sobald der von ihr Betroffene die fehlende Mitteilung erhält. Denn letztere macht ihm den Sinn seiner zuerst irrational anmutenden Reaktion sogleich begreifbar und beseitigt dadurch die häufig äußerst quälende Unsicherheit und Irritation. Im Falle einer Todesahnung würde also später nicht der Schmerz über den tatsächlich eingetretenen Verlust eines Menschen beseitigt, wohl aber die irrationale Angst, die der Gewißheit vorangeht. Diese beiden Momente sind sehr wohl auseinanderzuhalten.

Beispiel

Aus den zahlreichen Beispielen, welche die Praxis bietet, sei für den gegenwärtigen Zusammenhang lediglich ein einziges zur Veranschaulichung herausgegriffen. Es ist der Arbeit mit einem Ehepaar entnommen.

Ein Mann unternimmt mit seinem Freund eine Wanderung. Auf einmal wird er von einer heftigen inneren Nervosität verwirrt, die er aus der augenblicklichen Situation überhaupt nicht zu verstehen vermag. Da ihm derartige Phänomene nicht unbekannt sind, schaut er auf die Uhr und sagt zu seinem Freund, dem er von seinem plötzlichen Stimmungswechsel erzählt: „Jetzt bin ich aber gespannt, wenn ich heimkomme, was dort los war!"

Es ist 19 Uhr.

Als er später nach Hause zurückkehrt, fragt er seine Frau, ob zur fraglichen Zeit irgend etwas gewesen sei. Sie gesteht ihm, daß sie sich zu diesem Zeitpunkt zusammen mit ihrem Freund in ihrem Zimmer aufgehalten habe.

Das Kriterium für den Beginn der ‚Störung' ist erfüllt: die Gleichzeitigkeit zweier Ereignisse bei Sender und Empfänger. Ebenso das Entlastungskriterium. Wenn in diesem Zusammenhang von ‚Entlastung' gesprochen wird, so soll damit nicht etwa ein Scherz getrieben und der bedauernswerte Ehepartner verhöhnt werden.

Wie gesagt, die empfangene Mitteilung erbringt nur einen bestimmten Teil der Entlastung; nämlich jenen Anteil, welcher durch die Ungewißheit sowie durch die irrationale Natur der aufgetretenen Nervosität entstanden war. Vom besagten Ehemann fällt daher allein die massive Nervosität ab, welche gerade wegen ihrer

Unerklärbarkeit bedrohlich empfunden wurde. Was zurückbleibt, sind die schlimmen Schmerzen der Eifersucht, die ihn nach wie vor plagen. Die letzteren mögen durch die erhaltene Information sogar noch gesteigert werden.
Nichtsdestoweniger kommt einer solchen Teilentlastung ein realer Wert zu. Man soll sie nicht unterschätzen. Denn für viele Menschen sind die Qualen der Ungewißheit ungleich schwerer auszuhalten als eine bittere Gewißheit.
Natürlich braucht der Betroffene in solchen Fällen wie ‚plötzliches Überfallenwerden von einer panischen Unruhe' ein Erklärungsmodell, um überhaupt auf den Gedanken zu kommen, die irrational erscheinende Reaktion entstehe nicht aus dem luftleeren Raum, sondern sei möglicherweise Teil einer Interaktion. Denn hat er kein solches Erklärungsmodell, wird er kaum die entsprechende Nachforschung anstellen.
Was in dem beschriebenen Beispiel rätselhaft erscheint, bezieht sich lediglich auf die *Art der Informationsübermittlung*. Sie sprengt den üblichen Rahmen. Alles andere verläuft wie bei jeder anderen Störung und deren Behebung.

Das geschilderte Beispiel läßt die Ahnung aufkommen, vielleicht sei ‚Beziehung' eines jener Übertragungsmedien eigener Qualität, welche die Übermittlung von Botschaften unabhängig von räumlicher Gegenwart gestatten. (Auch der Hellseher muß eine Beziehung zu seinem Gegenstand herstellen). Wenn man ‚Beziehung' als den in Frage kommenden ‚Kanal' annimmt, so macht das auch verständlich, weshalb der Empfänger einer Information keineswegs auf alles mögliche reagiert, was in der Welt passiert, sondern nur auf einen Sender, zu dem er in einer Beziehung steht.
Lange erklärte ich mir beim Umgang mit Beziehungslernen besonders verblüffende Phänomene der Übermittlung mit der Schwellenwert-Hypothese. Etwa wenn sich herausstellte, daß jemand, ohne dies zu ahnen, auf die geheimsten Gefühle und Gedanken des anderen reagiert hatte. Eine andere Möglichkeit der Erklärung wäre mir gar nicht in den Sinn gekommen, und ich sah auch keinen Anlaß, die Hypothese einer ‚drahtlosen' Übermittlung in Erwägung zu ziehen, denn sie mutet immerhin einigermaßen gewagt an. Ich ging eben von der Annahme aus, es gebe offensichtlich jene besagten subtilsten Signale, Signale, welche derart fein sind, daß sie der Empfänger zwar nicht mehr zu benennen vermag, auf die aber sein Erleben immer noch antwortet. Erst als sich die Erfahrungen telepathischer Übermittlung häuften, bei denen wegen der räumlichen Abwesenheit auch die Übermittlung aufgrund feinster Signale ausschied, sah ich einen echten Anlaß, ernsthafter mit der Möglichkeit einer eigenständigen Übermittlung zu rechnen.

Das Beispiel telepathischer Interaktion erwähne ich weniger deswegen, weil hier Beziehung eine sensationelle Note bekommt, sondern weil aufgrund solcher Phänomene **prinzipiellere Fragen der Informationsübermittlung** zwischen Menschen aufgeworfen werden. Hat man erst einmal die Möglichkeit einer eigenständigen Übermittlung einbezogen, konzediert man also, daß es eine solche Ebene gibt, dann muß man konsequenterweise weiterfragen: **Wieviel an Austausch geschieht auch bei räumlicher Anwesenheit der Partner eventuell auf diesem Weg?** Welcher Anteil am kommunikativen Austausch geht auf das Konto subtilster Signale und wieviel geht auf anderem Weg vor sich?
Ich möchte die Frage offen lassen. Die praktische Arbeit ist von ihrer Beantwortung unabhängig.

Wir Menschen des 20. Jahrhunderts haben uns längst daran gewöhnt und empfinden es als zu unserem Alltag gehörend, daß wir in jedem Augenblick Nachrichten auf drahtlosem Weg von allen möglichen Plätzen des Erdballs und sogar aus den entlegensten Regionen des Kosmos erhalten; für uns ist es auch nichts Ungewöhnliches mehr, daß jeder Patient, der sich heutzutage in eine Arztpraxis begibt, mittels Ultraschall in sein eigenes Körperinneres hineinschauen kann. Und doch finden wir es mysteriös, wenn ein Mensch auf die verborgenen Regungen im Inneren des anderen, der sich im selben Raum befindet, reagiert.
Freilich, wissenschaftlich erklärbar ist das nicht. Aber, was heißt das schon!

Um die mysteriöse Tatsache der ‚telepathischen Kommunikation' von einem anderen Blickwinkel her zu beleuchten, wollen wir auf eine menschliche ‚Grenzsituation' hinweisen: den *Vorgang des Sterbens.*
Hier erfahren wir etwas über die wesentliche Voraussetzung der telepatischen Kommunikation, nämlich über die erstaunliche Wahrnehmungsfähigkeit der menschlichen Psyche.
Seit es der Medizin möglich ist, Menschen von der Schwelle des Todes zurückzurufen, nachdem sie verschiedene Phasen des Sterbens durchschritten haben, besitzen wir genauere Kenntnisse über diesen Verlauf. Die uns übermittelten Schilderungen erwecken den Eindruck, als gelange die Seele im Augenblick des Sterbens in den Vollbesitz ihrer Kräfte und Möglichkeiten. Das was in ihr vorher offensichtlich geschlummert hat, kommt in aller Deutlichkeit hervor und wird aktiviert. Anders gewendet, dieser Kulminationspunkt menschlicher Selbstentfaltung, nämlich das Sterben, gestattet Rückschlüsse auf die Fähigkeiten, mit denen der Mensch von Natur aus ausgestattet ist. Sie sind vermutlich auch sonst vorhanden, nur daß sie in der Latenz bleiben.
Uns interessieren gegenwärtig weniger die Berichte über Augenblicke unsagbarer Harmonie, welche der Sterbende erlebt. Wir wenden uns ausschließlich jenen Punkten zu, die uns im Zusammenhang des Wahrnehmenlernens beschäftigen, näherhin die Selbstwahrnehmung und die soziale Wahrnehmung sowie die Sinneswahrnehmung ganz allgemein.
Selbstwahrnehmung: Die Selbstwahrnehmung des Sterbenden ist gewissermaßen eine vollkommene und absolute. Während eines einzigen Moments entrollt sich vor ihm wie in einem Film sein Leben. Das geschieht zugleich mit der Bewertung aller von ihm gesehenen Ereignisse. Die Klarheit des Sehens steht im krassen Gegensatz zu den massiven Einschränkungen, denen unsere Selbstwahrnehmung normalerweise unterliegt.
Soziale Wahrnehmung bzw. Fremdwahrnehmung: Der klinisch Tote scheint über die uneingeschränkte Fremdwahrnehmung zu verfügen. Während er sich beispielsweise über der Unfallstelle schweben sieht, beobachtet er das Tun der betreuenden Helfer und des Arztes. Er ist aber auch in der Lage, zu erfassen, was im Inneren der ihn umgebenden Menschen vorgeht, also was sie denken und fühlen.
Sinneswahrnehmung: Die Sinneswahrnehmung verliert jene Einschränkungen, denen sie gegebenenfalls vorher unterlag. Der Mensch erhält seine ursprünglichen Fähigkeiten zurück. Personen, die seit vielen Jahren erblindet waren, konnten nach der Sterbeerfahrung exakt beschreiben, wie die Menschen um sie herum aussahen, wie sie gekleidet waren.
Die unglaublich klingenden Aussagen, welche die sogenannten klinisch Toten nach ihrer Rückholung in das Normalleben machen, vermitteln eine Ahnung da-

von, mit welchen Wahrnehmungskräften die Seele von ihrer natürlichen Anlage her ausgestattet ist. Jedenfalls können wir, falls wir die Aussagen ernst nehmen, entsprechend gewichten und in den Zusammenhang der bisherigen Erörterungen einordnen, manches von dem besser verstehen, was über den zwischenmenschlichen Austausch gesagt wurde.

Auf dem Hintergrund der Sterbeberichte erscheinen die bisher beschriebenen und analysierten Beispiele sowie die daraus entwickelte Erklärungshypothese einer dritten Sprachebene kaum mehr sonderlich überraschend.

Jedenfalls drängt sich die Schlußfolgerung auf, daß die Wahrnehmungskraft der menschlichen Psyche weiter reicht als man üblicherweise anzunehmen sich gewöhnt hat.

20 Vgl. P. Watzlawick, *Menschliche Kommunikation*, S. 41 ff., S. 53 ff. Vgl. auch Ders., *Lösungen. Zur Theorie und Praxis des menschlichen Wandels*, Bern Stuttgart Wien 1974, 24 ff. Vgl. ferner K. Mertens, *Kommunikation. Eine Begriffs- und Prozeßanalyse*, Opladen 1977.

21 Vgl. *ebd.*

22 Auf eine differenzierte *Phänomenologie* – wie immer man sie verstehe, introspektiv oder behavioristisch – kann keine Psychotherapie verzichten. Aber sie ist nur der Einstieg in die Analyse.

Zur schlichten Beschreibung muß die **systematische Beschreibung** hinzukommen.

Vielleicht leiden Menschen in ihrem Zusammenleben am meisten daran, daß sie Reaktionen, Verhaltensweisen, Vorgänge nicht zu verstehen vermögen.

Vermutlich tragen die Gegebenheiten in sich selbst eine klare Logik. Sie erscheinen also unseren Augen lediglich solange chaotisch, als sie nicht verstanden werden. Deshalb bedarf es der Orientierungsgesichtspunkte. Wir brauchen Hilfen zum Verstehen. Die besprochenen diagnostischen Regeln sind solche Ordnungshilfen. Sie schaffen Zuordnungen, bringen die Gegebenheiten in einen Zusammenhang, ordnen die zusammenhangslos erscheinenden Daten, tragen folglich eine Struktur an die chaotisch anmutende Wirrnis des aufgenommenen Datenmaterials heran.

Bereits das schlichte Beschreiben, beinhaltet ein gewisses Ordnen der Wirklichkeit. Doch bei der *systematischen Beschreibung*, mit der man Zusammenhänge erkennt, haben wir es mit einem gezielten und bewußten Ordnen der Wirklichkeit zu tun. Die Methode der Beobachtung, wie sie in der *Verhaltenstherapie* praktiziert wird, steht als Beispiel dafür. Dort werden sehr gezielt Zusammenhänge und Gesetzmäßigkeiten zwischen Phänomenen aufgezeigt, etwa das Auftreten eines Ereignisses in Verbindung mit anderen Ereignissen oder das Auftreten eines Ereignisses innerhalb einer Zeiteinheit, z. B. innerhalb eines Tages.

Auf dem Gesamtterrain der Psychotherapie dürfte es kaum eine Methode geben, welche die systematische Beobachtung und das Erkennen von Zusammenhängen mit einer solchen Akribie betreibt wie die Verhaltenstherapie.

Man hat die Verhaltenstherapie oft eines oberflächlichen Umgangs mit psychischen und sozialen Gegebenheiten bezichtigt. Das mag für eine Reihe von Theoretikern und Praktikern zutreffen. Auf der anderen Seite gibt es derart verborgene interaktionelle Vorgänge, die sich nur nach einer jahrelangen (!) strengen systematischen Beobachtung entschlüsseln lassen. Man registriert die verblüffendsten und wunderlichsten Korrelationen. Selbst der erfahrene Therapeut, der ‚subtilere' Methoden zur Hand hat, stößt bisweilen an eine absolut erscheinende Grenze rationaler Erklärbarkeit. Nur durch die systematische Beobachtung enthüllt sich ihm mitunter jene unglaubliche Entsprechung, die er nie vermutet und erwartet hätte. Niemals wäre er ohne die penetrante Kleinarbeit der systematischen Beobachtung auf den Gedanken verfallen, daß Phänomen B durch ein völlig ‚inkompetent' aussehendes Phänomen A bedingt sein könnte. Allein weil beide Phänomene immer wieder miteinander in Erscheinung treten, kommt er auf die Idee, sie möchten vielleicht auch in einem kausalen Zusammenhang stehen. Aber erst nachdem man überhaupt die Tatsache des Zusammenhangs akzeptiert hat, gegen dessen Akzeptierung sich jegliche rationale Intuition vehement gesträubt hatte, bekommt man die Chance, den Sachverhalt mittels einer schlüssigen Analyse durchsichtig zu machen.

Jedenfalls bin ich der Meinung, jenes Ordnen der Phänomene, wie es in der systematischen Beobachtung der Verhaltenstherapie vollzogen wird, erbringe eine beachtliche Bereicherung für das methodische Vorgehen.

23 Die beiden dargelegten methodischen Schritte bilden die Vorstufen der Konfliktbewältigung. Im ersten Schritt, der Beschreibung, nimmt man die Wirklichkeit gewissermaßen entgegen. Im zweiten Schritt versucht man, die oft chaotisch erscheinende Wirklichkeit in eine Ordnung zu bringen. Doch mit der klaren Erfassung der *Ursache* der Störung, wie sie der dritte Schritt anstrebt, geschieht die Krönung der Analyse. Das Begreifen von Zusammenhängen im zweiten Schritt liefert noch nicht die notwendige **Kausalerkenntnis**. Diese stellt die Vorbedingung für die Behebung der Störung dar; denn will man die Störung beseitigen, muß man erst die Ursache beseitigen. Um aber die Ursache zu beseitigen, muß man diese erst ausfindig machen.

Die eine Frage bezieht sich auf die Einsicht in die kausale Struktur des *Erlebens*, der ‚respondenten Reaktion': Warum fühlt sich jemand durch einen anderen gestört? Ganz allgemein gesprochen: Auf welche objektive Reizgegebenheit antwortet unser menschliches Empfinden mit Sichgestörtfühlen? Die Antwort wurde durch eine logische beziehungsweise sprachtheoretische Sicht der Interaktion gegeben: auf jede Art von Widerspruch.

Die andere Frage befaßt sich mit der Kausalerkenntnis des *Verhaltens*: Warum verhält sich jemand auf widersprüchliche Weise? Die Antwort lautete: Weil er sich tarnen möchte, Tarnung aber naturnotwendig zur widersprüchlichen Selbstdarstellung führt.

In der Lernpsychologie neigt man dazu, den Kausalitätsbegriff zu vermeiden. Das geht letztlich auf die Kritik des Kausalitätsbegriffs durch Hume beziehungsweise Kant zurück. Für den behavioristischen Standpunkt überschreitet man die Ebene der Beobachtbarkeit, wenn man aus dem post hoc ein propter hoc konstruiert.

In der Darstellung des Beziehungslernens folgen wir aus didaktischen Gründen im allgemeinen dem Sprachgebrauch der Alltagssprache, die weiterhin den Kausalitätsbegriff benützt. Die Alltagssprache orientiert sich weniger an wissenschaftstheoretischen als an psychologischen Gesichtspunkten, das heißt, sie stützt sich auf das jedem Menschen geläufige Erlebnis, Ursache von Akten zu sein.

Was die häufig geäußerte Kritik an einer monokausalen Denkweise angeht, so hat diese in dem Maß Berechtigung, wie man den Gedanken der Wechselwirkung vernachlässigt.

24 **Zur Frage der Hypothesenverifizierung bzw. der Überprüfbarkeit.**

Im Zusammenhang der Methodendiskussion ist auf den *schädlichen Charakter unüberprüfbarer Behauptungen* für das zwischenmenschliche Zusammenleben hinzuweisen.

Zahlreiche empfindliche Beziehungsstörungen haben darin ihren Grund, daß die beteiligten Partner einander Deutungen sowie Erklärungen ihres Verhaltens entgegenhalten, um nicht zu sagen entgegenschleudern. Man hört Sätze wie diese: Das tust du ja nur, weil du es nicht ehrlich meinst; du verhältst dich so, weil du einen Minderwertigkeitskomplex, einen Autoritätskomplex, einen Mutterkomplex, einen Kastrationskomplex hast – und wie derlei ehrenrührige Attribute sonst noch heißen mögen.
Die meisten Menschen haben es schon einmal erlebt, wie empörend es sein kann, solcherlei Deutungen und Erklärungen des eigenen Verhaltens auf den Kopf zugesagt zu bekommen. Den angeführten Behauptungen eignet vor allem deswegen eine derart aufreizende Wirkung, weil sie, streng genommen, weder bewiesen noch widerlegt werden können, also weder verifizierbar noch falsifizierbar sind.
Aus den besagten Gründen liegen in der Handhabung von Deutungen und nicht nachprüfbaren Erklärungen große Gefahren für die zwischenmenschliche Beziehung. Denn wo man nichts mehr überprüfen kann, ist der Beliebigkeit von Behauptungen Tür und Tor geöffnet. Deswegen empfiehlt es sich, auf Deutungen tunlichst zu verzichten oder sie wenigstens als Deutung zu kennzeichnen. Vielfach erlebt der Betroffene die Deutung schlichtweg als Frechheit, in zahlreichen Fällen zumindest als Übergriff.
Wegen der entwürdigenden Wirkung unüberprüfbarer Behauptungen auf den Betroffenen gewinnt Durchsichtigkeit einen hohen Wert. Nicht nur die Durchsichtigkeit in der Weise der Transparenz des Beziehungsverhaltens. Gleich wichtig erweist sie sich als rationale Transparenz und Überprüfbarkeit aller Behauptungen, die man in bezug auf einen Menschen aufstellt. Das verlangt allein schon der Respekt gegenüber dem Mitmenschen, über den eine Aussage gemacht wird.

Für das methodische Vorgehen bei Beziehungslernen und Beziehungstherapie kommen vor allem zwei Überprüfungskriterien zur Anwendung: Beobachtbarkeit und Voraussagbarkeit.
Beim Durcharbeiten eines störenden Verhaltens gibt es vieles, das der **Beobachtung** zugänglich ist. Da sind zunächst einmal zwei Fakten, nämlich die Ausgangssituation und das Ergebnis. Sie begegnen als die beobachtbaren *Eckdaten* des Lernvorgangs. Sämtliche Gruppenteilnehmer beobachten, daß ein bestimmtes Verhalten, welches jemand in die Gruppe mitbringt, auf andere störend wirkt. Das zeigt sich an den verschiedensten Reaktionen, an Aggressionen, Spötteleien, gegebenenfalls zusätzlich daran, daß man den Kontakt mit diesem Teilnehmer meidet. Die Veränderung des Störverhaltens nach einem gelungenen Lernprozeß drückt sich gleichfalls in zahlreichen beobachtbaren Daten aus. Jedermann hat Gelegenheit, zu sehen, ob etwas anders geworden ist oder nicht.
Aber zwischen solchen beobachtbaren Eckdaten liegt vieles, das sich der Beobachtung entzieht.

Durch die Einführung des Kriteriums der **Voraussage** unternehmen wir folglich den Versuch, jene Einschränkungen, welchen das Kriterium der Beobachtung unterliegt, auszugleichen. Das Kriterium der Voraussage darf man mit Fug als ein *erschwertes* Kriterium bezeichnen. Es stützt sich auf die folgende Überlegung. Das was im Inneren eines Menschen vorgeht, vermögen wir nicht aufzuzeigen, grundsätzlich nicht. Es befindet sich sozusagen in der Beobachtungs-

lücke, um nicht zu sagen im toten Winkel des Beobachters. Aber falls wir diese Lücke durch unsere Vorstellungsphantasie richtig ausgefüllt haben und falls außerdem an dieser Stelle das Entsprechende verändert wird, muß am Schluß das und das herauskommen.
Der Vorgang des Lernens beziehungsweise Umlernens, bei dem es gelingt, das störende Beziehungsverhalten in ein solches zu verändern, welches nicht stört, gestattet in mancher Hinsicht den Vergleich mit einem *Experiment*. Man vermutet eine bestimmte Ursache der Störung, macht eine Voraussage über den Verlauf der Veränderung, falls gewisse Bedingungen eingehalten werden und erkennt am Ergebnis, ob sich die Voraussage bestätigt oder nicht.
Die diagnostische Grundregel („Wenn etwas stört, wird etwas nicht mitgeteilt") enthält die genannten Elemente teils ausdrücklich, teils einschlußweise. Sie spricht direkt die Vermutung über den Grund der Störung an: das Nichtmitteilen. Indirekt sagt sie auf diese Weise voraus, sobald das Zurückgehaltene mitgeteilt sei, müsse die Störung verschwinden.
Der vorausgesagte Effekt hat also den Charakter der Entlastung, so daß *das Entlastungskriterium zum wesentlichen Überprüfungskriterium für die Richtigkeit von Annahmen wird.*

Was übrigens das Kriterium der Voraussage anbelangt, darf man sagen, es sei das *anspruchsvollere* und außerdem härtere Kriterium gegenüber dem Kriterium der Beobachtbarkeit, es besitze außerdem gleichsam eine komplexere Struktur.
Eine *komplexere Struktur* eignet ihm aus folgendem Grund. Um eine Voraussage zu wagen, brauchen wir erst eine Vorstellung von der inneren Struktur und Gesetzlichkeit jener Abläufe, welche nicht beobachtbar sind, weil sie gleichsam unter der Oberfläche der Phänomene verlaufen. Etwa die Vorstellung, Verschweigung führe häufig zur Unstimmigkeit und diese mit geradezu naturgesetzlicher Notwendigkeit zur Störung. Die von uns gebildete Vorstellung muß außerdem richtig sein. Denn sonst werden wir uns, falls nicht Zufallstreffer mit im Spiel sind, mit unserer Voraussage quasi blamieren, indem sie durch das tatsächlich eintretende Ereignis widerlegt wird.
Das Kriterium der Voraussage ist insofern das *härtere*, als wir mit unserer Voraussage den Boden des gegenwärtig ‚Gegebenen', also den sogenannten ‚sicheren Boden der Tatsachen', verlassen und quasi Zukünftiges prophezeien. Damit setzen wir uns dem Risiko der Falsifizierbarkeit, um nicht zu sagen der Blamierbarkeit aus.

25 Weil das **Wahrnehmen** ein elementares Phänomen des menschlichen und somit auch des zwischenmenschlichen Lebens ausmacht, gestattet es die Betrachtungsweise unter den unterschiedlichsten **Gesichtspunkten**. Daher sind einige Punkte aufzuzeigen, die für die Diskussion Bedeutung erlangen.
Der BEZIEHUNGSASPEKT.
Durch unser Wahrnehmen treten wir zur Wirklichkeit in Beziehung. Wir tun es mit allen unseren Sinnen: im Sehen, Hören, Tasten, Riechen nehmen wir den Kontakt zu den Dingen und Gegebenheiten auf. Und zwar zeigen sich ganz verschiedenartige Formen und Grade der Berührungsintensität, mit der man der Realität begegnet, der Nähe und Distanz zu ihr. Wir können eine Gegebenheit aus dem Abstand des ‚kühlen Beobachters' lediglich ‚zur Kenntnis nehmen', wir können aber auch die intimste Nähe durch das ‚Er-leben' herstellen. Es ist nicht dasselbe, wenn wir die Trauer eines Mitmenschen bloß ‚zur Kenntnis nehmen' und sie uns damit vom Leibe halten oder wenn wir sie ‚er-leben', uns von ihr berühren lassen.

Der Aspekt des INFORMATIONSEMPFANGS.
Untersucht man des genaueren, mit welcher Art der Information man es in dem einen oder anderen Fall zu tun hat, dann kann man das Erfassen durch Kenntnisnahme als eine ‚eindimensionale' Information bezeichnen, während demgegenüber das Erfassen durch Fühlen, Erleben, Innewerden, Berührtsein, Betroffensein die ‚mehrdimensionale' Information ist, weil wir über die Situation des Mitmenschen, über seine Trauer, seine Bedrückung, seine Angst, seine Not in der Form des Miterlebens informiert werden, also gleichsam den besagten Zustand selber erfahren.
Das ERLEBENDE WAHRNEHMEN bzw. das Fühlen.
Die Form des Realitätsbezugs und des damit gegebenen Informationsempfangs, die wir mit dem Ausdruck ‚erlebendes Wahrnehmen' kennzeichnen, erbringt Vorteile und Nachteile. Auf der einen Seite erhält der Mensch die Information über die Wirklichkeit des anderen ganzheitlich, ‚mehrdimensional', auf der anderen Seite sieht er sich dadurch dieser Wirklichkeit ausgeliefert. Das ‚erlebte' Gegenüber befindet sich jetzt nicht mehr draußen in der Distanz des Objekts. Durch unser Wahrnehmen hat es unsere Grenze längst überschritten. Wie sollen wir uns vor der Berührung mit ihm schützen, wenn seine gehässige Einstellung uns zuinnerst irritiert, schädigt! Der andere berührt uns also nicht lediglich an der Rindenschicht unserer Existenz. Durch das erlebende Wahrnehmen ist er mitten in uns drin, ist etwas von ihm übergesprungen, ist er in uns eingedrungen. Über das Erleben wirkt er buchstäblich in unsere Substanz, in unsere Eigensphäre hinein.
Weil uns Menschen bereits durch das schlichte Wahrnehmen der Wirklichkeit diese Wirklichkeit ‚auf den Leib rückt', versteht man jene ‚Berührungsangst', die zum Nichtwahrnehmen, also zum sogenannten *‚Verdrängen'* führt. Denn das Verdrängen übernimmt unter anderem die Schutzfunktion, durch welche jemand sich gegen das Betroffenwerden von etwas zur Wehr setzt; anders formuliert, gegen den Übergriff, der gegebenenfalls schon im erlebenden Wahrnehmen stattfindet.
Wie man also das Wahrnehmen unter dem Blickwinkel betrachten kann, daß wir Beziehung zur Wirklichkeit aufnehmen, so kann man das Nichtwahrnehmen, das Verdrängen, als eine Form der Verweigerung dieses Realitätsbezugs verstehen, durch die wir uns vor dem Übergriff schützen.
Obschon der Schutz häufig lebensnotwendig ist, ist er auch oft schädlich, weil er, abgesehen von der desorientierenden Wirkung des Verdrängens, möglicherweise einer Verflachung und Verdünnung des Realitätsbezugs Vorschub leistet. Wir schirmen uns mitunter gegen unerfreuliche Gegebenheiten ab, gegen die wir uns nicht abschirmen sollten.
Einer solchen Gefahr will die in der Hauptregel („Wahrnehmen und mitteilen!") enthaltene Aufforderung zum Wahrnehmen entgegenwirken. Sie meint häufig einen ‚mehrdimensionalen' Begriff von Wahrnehmen. Das von der Regel geforderte Wahrnehmen beinhaltet zwei Elemente. „Nimm wahr!" heißt nicht nur: Nimm das Gegebene ‚für wahr', anerkenne Tatsachen als Tatsachen (was nicht heißt, sie zu billigen). „Nimm wahr!" bedeutet gleicherweise: Du sollst die Realität nicht nur ‚zur Kenntnis nehmen', du sollst da, wo es erforderlich ist, dich auf sie einlassen, eben durch Er-leben, Fühlen und Erfahren.
FREMDWAHRNEHMUNG und SELBSTWAHRNEHMUNG – die VERSCHRÄNKUNG der beiden Wahrnehmungsbereiche.
Die Aufforderung zum Wahrnehmen dient der Erfüllung mehrerer Funktionen. Das besagt einmal, sie habe die Sensibilisierung für die beiden Wirklichkeitsbe-

reiche, für das Draußen und Drinnen, für die Welt der Mitmenschen und für das, was im eigenen Inneren vorgeht, zum Ziel.

Es besagt aber darüber hinaus, daß sich die beiden Aktivitäten beziehungsweise die beiden Wahrnehmungsbereiche verschränken. Denn während wir nach außen sehen, auf die anderen schauen und dabei die Wirkung beachten, die wir in der Mitwelt hervorrufen, bekommen wir etwas über uns selbst gespiegelt; wie wir umgekehrt durch Selbstwahrnehmung, also indem wir in uns hineinschauen, an den Wirkungen, welche die anderen in uns auslösen, etwas über dieselben erfahren.

Mit einer gewissen Vereinfachung läßt sich diese zusätzliche Funktion der Fremdwahrnehmung einerseits und der Selbstwahrnehmung andererseits so formulieren:

Fremdwahrnehmung ist *auch* ein Instrument der Selbstwahrnehmung.

Selbstwahrnehmung ist *auch* ein Instrument der Fremdwahrnehmung.

Das entspricht einer ‚systemischen' Betrachtungsweise, die davon ausgeht, daß in einer Ganzheit alles mit allem zusammenhängt, das heißt für unseren Fall, daß Subjekt und Objekt keine getrennten Größen darstellen.

26 Das **Fühlen** erfährt in der **philosophischen Anthropologie** des ‚Abendlandes' eine ziemlich stiefmütterliche Behandlung. Das geht nicht zuletzt auf die Aristotelesrezeption der Hochscholastik zurück. Die aristotelische Psychologie teilt die Seelenvermögen in geistige, sinnliche und vegetative ein. Im Anschluß an Aristoteles, der die geistigen Seelenkräfte in Verstand und Willen aufteilt, neigte man dazu, das Gefühl den sinnlichen Seelenpotenzen zuzuordnen. So wurde verhindert, daß man das Fühlen auch als geistige Kraft sehen konnte.

Im Konzept des Beziehungslernens soll gerade dieser geistige Aspekt herausgearbeitet werden.

Der Blick auf die europäische Geistesgeschichte eröffnet uns unterschiedliche Strukturen des Denkens. Eine Linie von Platon über Augustinus bis zu Kierkegaard und Nietzsche offenbart jene Art zu philosophieren, die noch in höherem Maß aus der Einheit von Verstand und Fühlen herkommt als bei mehr intellektualistisch ausgerichteten Denkern wie etwa Aristoteles und Kant. Die Rede von der ‚Logik des Herzens' beim Mathematiker und Philosophen Pascal sowie sein Satz „Das Herz hat seine Gründe, die der Verstand nicht kennt" oder seine Aussage, wir erfaßten die Wahrheit nicht allein mit dem Verstand, sondern auch mit dem Herzen, sind ein anschauliches Beispiel für jene Art der Intelligenz, die hier zur Sprache steht. (Vgl. R. Guardini, *Christliches Bewußtsein. Versuche über Pascal*, 1935).

Der geistige Aspekt des Fühlens läßt sich im Rahmen einer phänomenologischen Anthropologie unschwer aufzeigen.

Dazu einige Bemerkungen.

Der Bezug des Fühlens zu den wesentlichen menschlichen Aktivitäten wie Liebe und Haß, Verantwortung und Schuld usw.

Die Grundsituationen des menschlichen Lebens drücken sich in Aktivitäten aus, bei denen das Gefühl einen besonderen Anteil gewinnt, etwa Liebe und Haß, Wertschätzung und Abwertung. Ähnliches bemerken wir an den Phänomenen Verantwortung, Schuld und Reue, Sinnerfahrung und Verzweiflung usw.

Am Akt der Liebe als einer Form der Zuwendung sind Momente des Verstandes und der Entscheidung beteiligt. Ein Hauptelement hingegen bildet die spontane, aus dem Inneren entspringende Bewegung. Sie ist dadurch gekennzeichnet, daß sie *gefühlt* wird. Wir *denken* nicht erstlich, der andere sei uns wichtig – das tun

wir wohl auch, aber es ist nicht entscheidend – wir *fühlen* es ganz direkt und unmittelbar, und wahrscheinlich *deswegen* spürt er unsere Zuwendung ganz direkt, sie wird ihm durch unser Verhalten und unsere Ausstrahlung kund. Entsprechend verhält es sich im Hinblick auf das Gegengefühl, den Haß. Seine zerstörerische und auslöschende Energie empfängt er vom Fühlen. Dieses, nicht etwa der Verstand, verleiht ihm seine vernichtende Wucht.
Bei den Regungen der Wertschätzung und Akzeptation einerseits sowie Abwertung und Ablehnung andererseits dürfte es gleichfalls weniger das Denken als das Fühlen sein, dem die elementare Kraft des Bejahens und Verneinens in bezug auf einen Mitmenschen zuzuschreiben ist. Eine ähnliche Struktur zeigen die Phänomene der Verantwortung, der Schuld und Reue. An der aufwühlenden Macht der Schuldempfindung, die uns zerreißt und spaltet, hat gewiß der Verstand seinen Anteil. Die Vehemenz der Qualen indessen, unter denen sich unser Ich windet, stammt aus der Gefühlsmitte beziehungsweise aus dem Personzentrum. Wir *denken* nicht lediglich an die Schuld, wir er-leben sie vor allem.
Der Hauptteil der elementaren Regung von Glücklich- und Unglücklichsein, Seligkeit und Verzweiflung, Mut und Resignation besteht darin, daß sie *gefühlt* werden. Sogar bezüglich der Erfahrung von Sinn und Widersinn ist es so. Denn das Erleben von Absurdität beispielsweise entspringt zwar zunächst aus einer Verletzung unseres rationalen Empfindens angesichts gewisser Lebenstatsachen. Doch die niederdrückende Gewalt entsteht durch das *Gefühl* der Sinnlosigkeit.
Schon die skizzenhafte Beschreibung solcher Phänomene vermittelt die Vorstellung, an den Grundaktivitäten, welche die menschliche Existenz auf besondere Weise charakterisieren, sei das Fühlen zumindest ebenso beteiligt wie das Denken.

Der Bezug des Fühlens zum Zentrum des Menschen

Man hat nicht ohne Grund vom ‚Mittenbereich des Gefühls' gesprochen (A. Vetter). Das zeigt an, daß das Fühlen offensichtlich das Zentrum des Menschen berührt. In der Umgangssprache treffen wir auf Wendungen, welche die Beziehung der Gefühle zum Zentrum des Menschen erkennen lassen. Sprache und Dichtung gebrauchen das Wort ‚Herz', um jenen Mittelpunkt zu bezeichnen, in dem das menschliche Wesen zur Einheit zusammengefaßt ist. Die ‚Stimme des Herzens' deutet auf eine Art der Lenkung hin, deren Weisung weniger dem Verstand, sondern den tieferen Schichten der Natur entstammt, wo Vernunft und Gefühl noch nicht unterschieden sind.
Für die Bibel besagt ‚Herz' die Personmitte, den Wesenskern des Menschen, in welchem Denken und Gesinnung, Wollen und Fühlen eine Einheit bilden.

Die Ordnungskraft des Intellekts beruht auf der Ordnungskraft des Fühlens

Man kann sich die Gefühle als eine Orientierungskraft im Inneren des Menschen vorstellen. Das setzt allerdings die stillschweigende philosophische Annahme voraus, dem Menschen sei eine Ordnung eingeprägt, die, gleich einem Entwurf, seine Aktivität in Richtung der Selbstverwirklichung lenkt. Bei Augustinus begegnen wir dem Gedanken, die Liebe, welche man gemeinhin als Grunddynamik des Lebens und als Gefühlskraft bezeichnet, besitze die Eigenschaft der ordnenden Energie (Ordo amoris). (Vgl. Ph. Böhner, E. Gilson, *Christliche Philosophie. Von ihren Anfängen bis Nikolaus von Cues.* Paderborn, 3. Aufl. 1954, S. 221).
Der Gedanke der Ordnung ist alt. Die Griechen gebrauchen das Wort ‚Kosmos'. Der Ausdruck meint das ‚geordnete Universum', das Weltganze als Ordnungsgefüge. Nach der Vorstellung der Griechen spiegelt sich die Ordnung des Makro-

kosmos im Mikrokosmos, nämlich im Menschen. Mit seinem Sein repräsentiert er das Ganze. Die Vorstellung drückt sich auch in der Ideenlehre des Philosophen Platon aus. Nach Platon ist die eigentliche Wirklichkeit die Welt der Ideen. Darin existieren die Urbilder des Schönen, Wahren und Guten. Die *Vernunft* des Menschen habe teil an der geistigen Wirklichkeit und enthalte die Ideen als die eingeborenen Maßstäbe und Ordnungsprinzipien, an denen sich das Individuum orientieren müsse, will es am Gesamtsinn der Wirklichkeit Anteil gewinnen. Wenn die stoischen Philosophen sagen, der einzelne solle ‚gemäß der Natur leben' (Vgl. J. Hirschberger, *Geschichte der Philosophie. I Altertum und Mittelalter*, Basel-Freiburg-Wien 8. Aufl. 1965, S. 261) und wenn Aristoteles meint, die Grundlage unseres Handelns bestehe darin, ‚gemäß der Vernunft zu leben' (Vgl. J. Hirschberger, *a.a.O. S.* 226–235), dann offenbaren Formeln dieser Art die Überzeugung, es sei erstlich der menschliche *Geist*, in welchem die kosmische Ordnung aufleuchtet und welchem die Regeln für unser Denken und Handeln eingesenkt sind.
Man kann das äußerst schwierige Problem der Wahrheits- und der Normenfindung auch von der Gegenseite her angehen, also nicht nur ‚von oben', sondern auch *‚von unten'*.
Was heißt das?
Ich bin der Auffassung, jene Ordnung und Intelligenz, von der hier die Rede ist, sei in der Welt unserer Gefühle anzutreffen und eben diese seien ein möglicher und geeigneter Ort, um die für unser Denken und Handeln notwendigen Richtlinien zu entdecken. Das heißt, ich greife in einer Art ‚tiefenpsychologischer' Optik auf die Grundschicht der menschlichen Natur, nämlich auf die Schicht der unwillkürlichen, spontanen Regungen, um nicht zu sagen der Reflexe zurück (Gefühle ähneln in ihrer Aktivitätsform der Verlaufsform des Reflexes). Auch dort, nicht nur im Geist, begegnet uns die Naturordnung und damit das Regulativ für unser Erkennen und Tun. Die authentischen Gefühle (Definition siehe S. 83 f.) – nur diese – sind die richtungweisenden und normgebenden Signale. Natürlich kommt dem Verstand hinsichtlich der Auswertung der Signale eine entscheidende Funktion zu.

Von der Konzeption des authentischen Gefühls her ist es möglich, zwei Gesichtspunkte aufzugreifen, welche die Erörterung bisher stark bestimmten: der ‚systemtheoretische' Gesichtspunkt und der ‚sprachtheoretische' Gesichtspunkt.
Der Gesichtspunkt der *Systemganzheit.*
Bei unserer Beschäftigung mit zwischenmenschlicher Beziehung leitete uns das kybernetische beziehungsweise systemische Vorstellungsmodell. Der Gedanke der Selbstregelung beansprucht einen wichtigen Platz. Die ‚authentischen' Gefühle übernehmen die Rolle von ‚Sollwerten', welche in derselben Ordnung gründen, von der das seelische und soziale Leben durchwaltet ist. Für die Systemganzheit des psychischen und des sozialen Lebens sind sie der ‚Regler'. Er zeigt Abweichungen an, liefert aber zugleich die Hinweissignale zur Wiedergewinnung der Ordnung.
Der Gesichtspunkt der *Sprache.*
Beziehung wurde als sprachliches Geschehen im weiten Sinne verstanden. Die Sprachlichkeit umgreift alle drei Hauptsprachen des Menschen: die Wortsprache, die Ausdruckssprache, die dritte Sprache der inneren Vorgänge. Die in der Sprache waltende Ordnung heißt *‚Logik'*, deren Störung ‚Widerspruch'. Zu Beginn der Darstellung galt es, das Grundgesetz der Logik, das *Widerspruchsgesetz als ein universal gültiges Kommunikationsgesetz* zu begreifen, welches allen Si-

gnalaustausch zwischen Menschen, also die drei Hauptsprachen mit ihren Untersprachen, ausnahmslos beherrscht. Es wurde zunehmend klarer erkennbar, daß jede Unstimmigkeit und Widersprüchlichkeit des zwischenmenschlichen Austauschs zur Störung führt. Als *eines der wichtigsten Erkenntnis- und Ordnungsprinzipien* wurde daher das *‚Störgefühl'* beschrieben und analysiert. Im Labyrinth des Beziehungslebens mit seinen Fußangeln und Ausweglosigkeiten übernimmt das Störgefühl, obschon es ein negatives Gefühl darstellt, die Funktion des denkbar *zuverlässigen Richtwerts.* Dieser Kompaß erweist sich als das sensibelste Instrument, das es gibt, denn es reagiert auf die geringfügigste Abweichung, enthüllt selbst noch den verdecktesten Widerspruch. Nicht nur zeigt das Auftreten des Störgefühls die Irritation der Ordnung durch die Verletzung der Logik an. Sein Verschwinden ist meist das sicherste Zeichen für die Wiederherstellung der Ordnung, nämlich der Widerspruchsfreiheit.

27 Vgl. *Psychotherapeutische Schulen im Gespräch miteinander. Diskussionen und Berichte zur Erweiterung und Abgrenzung der psychotherapeutischen Vorgehensweise,* herausgegeben von Agnes Wild-Missong und Eugen Teuwsen, Salzburg 1977. Dazu die Arbeiten von E.T. Gendlin, Literaturangabe S. 137, S. 154.

28 Laotse, *Tao te king. Das Buch vom Sinn und Leben.*Übersetzt und mit einem Kommentar von Richard Wilhelm, Köln 1978, S. 29ff: „An diesem Punkt führt die Verfolgung der Erkenntnisfrage des Laotse ganz unmerklich hinüber zu einem metaphysischen Prinzip: TE (De), dem LEBEN; denn das LEBEN ist nach Laotse eben nichts anderes als dieses spontan sich betätigende, mit dem Weltgrund letzten Endes identische Menschenwesen. Sehr wichtig dabei ist die Spontaneität der Betätigung; diese Spontaneität ist das Geheimnis des LEBENS höchster Art (vgl. 38). Vom individuellen Standpunkt aus betrachtet erscheint allerdings gerade diese Spontaneität als etwas Negatives. Das Individuum hält sich zurück. Es lebt nicht selber, sondern es läßt sich leben, es wird gelebt (50). Daher die Betonung des Nicht-Handelns. Dieses Nicht-Handeln ist keine Untätigkeit, sondern nur absolute Empfänglichkeit für das, was sich von jenem metaphysischen Grunde aus im Individuum auswirkt. Das ist auch der Sinn der verschiedenen Stellen, wo das LEBEN als etwas Weibliches, rein Empfangendes bezeichnet wird."

„Der Mensch nun, der dieses LEBEN in sich verkörpert, der Idealmensch sozusagen, wird im Taoteking durchweg als Schong Jen bezeichnet. Wir haben den Ausdruck mit „der Berufene" übersetzt. Sonst findet sich auch wohl die Übersetzung „der Heilige". Gemeint ist jedenfalls der Einzelmensch, der unter Hintanstellung seiner zufälligen Neigungen und Wünsche vollkommen jenem Prinzip des LEBENS entspricht. Er lebt nicht sich selber und sucht nichts für sich selber, sondern läßt das LEBEN in sich zur Auswirkung kommen. In dieser Stellung ist er aber sozusagen eine kosmische Potenz."

„Verfolgen wir diese Spontaneität noch eine Stufe weiter zurück über das Menschliche hinaus, so kommen wir zum SINN (Dau). Wie das LEBEN im Menschen ist, so ist der SINN in der Welt schlechtin als Spontaneität."

Dazu Texte von Laotse.

„Schaffe Leere bis zum Höchsten!
Wahre die Stille bis zum Völligsten!"
R. Wilhelm, *a.a.O.*, S. 56
„Die Welt erobern und behandeln wollen,

ich habe erlebt, daß das mißlingt.
Die Welt ist ein geistiges Ding,
das man nicht behandeln darf.
Wer sie behandelt, verdirbt sie,
wer sie festhalten will, verliert sie.
Die Dinge gehen bald voran, bald folgen sie,
bald hauchen sie warm, bald blasen sie kalt,
bald sind sie stark, bald sind sie dünn,
bald schwimmen sie oben, bald stürzen sie."
A.a.O., S. 69
„Der SINN ist ewig ohne Machen,
und nichts bleibt ungemacht."
A.a.O., S. 69

29 Vgl. z. B. *Sämtliche Schriften der hl. Theresia von Jesus*, 1. Bd.: *Leben von ihr selbst beschrieben*, München-Kempten 7. Aufl. 1989, S. 52, S. 97, S. 110–115.
Ferner Teresa von Avila, *Die innere Burg*, herausgegeben und übersetzt von Fritz Vogelgsang, Zürich 1979.
W. Herbstrith, *Teresa von Avila. Die erste Kirchenlehrerin. Meditation – Mystik – Menschlichkeit*, München 1971.

30 F. M. Dostojewskij, *Schuld und Sühne*, Wilhelm Goldmann Verlag 1980, S. 430 f.

31 Der Begriff ‚logisch' wird in weitem Sinn gebraucht, so wie ihn auch die Alltagssprache verwendet. Zum einen bedeutet er Widerspruchsfreiheit, zum anderen den rational begründbaren ursächlichen Zusammenhang.

32 Vg. J. Hirschberger, *Geschichte der Philosophie. I Altertum und Mittelalter*, Basel-Freiburg-Wien 8. Aufl. 1965, S. 211.

33 Der antike Philosoph Demokrit (ca. 460–370 v. Chr.) soll gesagt haben, eine einzige rationale beziehungsweise kausale Erklärung sei ihm mehr wert als der Thron des Perserreiches, also attraktiver als an der Spitze einer Weltmacht zu stehen.
(Vgl. H. Diels, *Die Fragmente der Vorsokratiker*, Hamburg 1957, S. 106) Man erkennt hier das Pathos und die Leidenschaft des wissenschaftlichen Erkennens, das für einen griechischen Philosophen den höchsten Wert darstellte und stärker gewichtet wurde als der Machttrieb.
Bei unseren zwischenmenschlichen Beziehungen handelt es sich weniger um die Lust am Erkennen als um eine drängende Lebensnotwendigkeit. Wenn wir eine Störung nicht durchschauen, wenn wir nicht wissen, warum wir unseren Partner nicht erreichen oder was der Grund einer lähmenden Blockade zwischen uns ist, dann steht nicht nur ein intellektuelles Vergnügen, sondern unsere Lebenserfüllung auf dem Spiel. Mancher würde, um in der Sprache des Demokrit weiterzufahren, quasi ein Königreich dafür hergeben, fände er jene ‚einzige kausale Erklärung', die geeignet wäre, ihn aus der chronischen Stagnation in einer für ihn lebenswichtigen Beziehung herauszuführen.

34 Vgl. P. Watzlawick, *Menschliche Kommunikation*, S. 194 ff., S. 213 ff.

35 Im Tierreich entsteht beim Aggressor die Aggressionshemmung beispielsweise durch das Demutsritual. Das unterlegene Tier bietet seine Schwachstelle dar.
Die für das Beziehungslernen geforderte Transparenz darf nicht als Demutsritus interpretiert werden. Im menschlichen Bereich zeigt sich der Sachverhalt als ein anderer, eben als ein *anthropologischer.*
Wenn der Angegriffene sich transparent macht, seine Verletztheit und Verletzbarkeit signalisiert, dann bedeutet das das Gegenteil einer Demutsgeste, setzt viel

Mut voraus. Eine solche Antwort auf die Konfliktsituation entspricht keineswegs einem Akt der Unterwerfung als vielmehr dem, was man als den ‚aufrechten Gang' bezeichnet.

36 Vgl. S. Freud, *Zur Psychopathologie des Alltagslebens. Über Vergessen, Versprechen, Vergreifen, Aberglaube und Irrtum*. Mit einem Vorwort von A. Mitscherlich, Frankfurt 1954, S. 55 ff.

37 Vgl. den Katalog der großen Ausstellung: *Otto Dix 1891–1969*, Museum Villa Stuck 23. August bis 27. Oktober 1985, München 1985, bes. S. 147–197.

38 Vgl. Stefan Zweig, *Baumeister der Welt*, Bertelsmann o. J., S. 373–434.

39 Vgl. *Tagebücher*, Frankfurt 1978, S. 54 f.

40 So wie wir den Bereich der nichtangenehmen Empfindung in ‚störend' und ‚unbequem' unterteilt haben, so dürfen wir auch hinsichtlich der **Irritation des Ich-Empfindens zwischen einer negativen Qualität** (z. B. Entwertungsgefühle) **und einer positiven unterscheiden.** Die Alltagssprache benennt dieses positive Moment treffend: die **‚heilsame' Verunsicherung**. Aber auch Regungen von Scham und Schuld sind hier zu nennen.
Bezieht man den Ausdruck ‚heilsame Verunsicherung' auf die Irritation des Selbstgefühls, so nimmt er unterschiedliche Bedeutungen an. Er besagt etwa, wir seien bislang in einer falschen Selbstsicherheit gefangen gewesen und werden jetzt zu unserem eigenen Vorteil aus dieser herausgerissen. Oder, eine bestimmte Lebensphase verlangt die Neuorientierung, was zunächst Irritation hervorruft.
Das förderliche **‚In-Frage-gestellt-werden'**.
Anläßlich des zwischenmenschlichen Zusammenlebens kommt es immer wieder vor, daß man sich neben einem bestimmten Menschen verunsichert und gegebenenfalls bis auf den Grund in Frage gestellt sieht, sich nichts mehr wert fühlt, als Versager erlebt.
Man beobachtet aber auch die ganz andere Art der Verunsicherung. Ein Mensch tritt in unser Lebensfeld, der uns zur entscheidenden Orientierung wird. Das hat jedoch einen Nebeneffekt. Wir erleben uns auf eine besondere Weise in Frage gestellt. Unsere bisherigen Werte und Normen stellen sich als problematisch heraus. An einem Vorbild bemerken wir, wer wir sein könnten, aber nicht sind, welche Möglichkeiten in uns schlummern, hinter denen wir jedoch zurückbleiben. Indem wir uns unwillkürlich am anderen messen, stellen wir uns zugleich in Frage.
Ein derartiges In-Frage-gestellt-Werden indessen besitzt ermutigenden Charakter, reizt unsere Entwicklungsenergie zur Entfaltung an. Nicht selten erleben Menschen, wie das harte Gefordertwerden durch eine anspruchsvolle Beziehung *die* Chance ihres Lebens bedeutet. Das was wir hier andeuten, spielt sich insbesondere etwa zwischen einem Schüler und einem Lehrer ab, zwischen dem Jünger und seinem Meister, zwischen demjenigen, der sich einer Psychotherapie unterzieht und seinem Therapeuten. Obschon die damit einhergehende Verunsicherung ‚an die Nieren geht' und so die Wurzel der Existenz berührt, wirkt sie sich letztlich positiv aus, weil sich der Betroffene bejaht und somit geschützt fühlt.
Echte Scham.
Anders als die quasi ‚neurotische' Scham, die den Menschen sich verzerrt erleben läßt, gewinnt die echte Scham eine positive Funktion für das seelisch-geistige Leben des Individuums. Scham zeigt die Abweichung von einem ‚Sollwert' an, welche die Integrität der Person gefährdet. Die Fähigkeit, sich zu schämen, macht daher erkennbar, daß die Person in ihrer Substanz gesund ist. Durch das Zulassen der Scham darüber, daß wir etwas Abwegiges getan haben, kommt ein Regenerationsprozeß in Gang. Das Bekenntnis der Verfehlung stellt gewissermaßen

die Wertordnung prinzipiell wieder her. Die Person erlangt ihre Ganzheit wieder. Man darf den Vorgang als eine Art Selbstregelung und Selbstheilung ansehen.

Echte Schulderfahrung.

Wie bei der Scham müssen wir bezüglich der Schuld, der notwendigen Klarheit wegen, das Eigenschaftswort ‚echt' ins Spiel bringen. Das Wort ‚Schuldgefühl' verwendet man oft zur Charakterisierung einer ‚neurotischen' Form des Schulderlebens. Schulderfahrung im eigentlichen Sinn treibt jenen Prozeß, den wir hinsichtlich der Scham beschrieben, noch um eine Dimension weiter in die Tiefe. Auch die Schuld enthüllt, ähnlich dem Schmerzsignal des Organismus, irgendeine Störung. Die bezeichnet die Gefährdung der Person durch eine Art Spaltung. Schuld zerreißt gleichsam die Person in zwei Hälften, nämlich in jene Hälfte, die man nach seiner Erkenntnis des Richtigen sein sollte, und jene, die man tatsächlich ist.

Die Fähigkeit, sich schämen und Schuld erfahren zu können, bildet ein Ziel des Lernens, denn sie ist die Voraussetzung dafür, daß ein Mensch in einem wesentlichen Sinn ‚ganz' bleibt.

41 Vgl. N. Hartmann, *Ethik*, Berlin 3. Aufl. 1949, S. 730f.

42 Vgl. J. Willi, *Die Zweierbeziehung. Spannungsursachen – Störungsmuster – Klärungsprozesse – Lösungsmodelle*, Hamburg 1975.

43 Auf zwei *Fehler*, die beim Umgang mit dem Gedanken der Spiegelbildlichkeit drohen, sei kurz hingewiesen.

Der erste betrifft eine *naive Anwendung* des Gedankens.

Man würde sich nicht nur der Voreiligkeit, sondern gleicherweise einer unverzeihlichen Naivität schuldig machen, wollte man mit dem genannten analytischen Arbeitsinstrument einfach draufloshantieren. Etwa so: Ich fühle Angst, also hast du auch Angst; ich spüre Druck, also du auch. Das käme einer Simplifizierung der Arbeitshypothese gleich und führte zu haarsträubenden Ergebnissen. Es hat sich gezeigt: Sogar einfache Interaktionsphänomäne besitzen oft eine äußerst komplexe Struktur. Dem ist Rechnung zu tragen.

Der andere Fehler besteht im *Mißbrauch* der diagnostischen Regeln.

Sie dürfen keinesfalls im Sinne des Zugriffs verstanden werden.

Am besten bewähren sich Regeln und Annahmen, wenn alle an einer Interaktion beteiligten Partner der Verwendung dieser Orientierungshilfen zugestimmt, also ‚ja' gesagt haben zur Inanspruchnahme eines Kompasses, der ihnen geeignet erscheint, sie im Dschungel des Beziehungslebens zu leiten. Der Bemühung um die Behebung einer Störung ist vornehmlich dann Erfolg beschieden, wenn es eine gemeinsame Bemühung ist.

Die unverfänglichste Art, mit der diagnostischen Anweisung „Suche die Entsprechung!" umzugehen, ist diejenige, sie *auf sich selbst zu beziehen*, das will sagen, sie für sich selbst in den Dienst der Bewußtmachung zu stellen. Man schließt dabei nicht von der eigenen Störempfindung auf das, was im anderen vorgehen mag, man schließt vielmehr von der Störempfindung des anderen auf sich selbst zurück.

Durch die Rückmeldung der anderen über die störende Natur unseres Verhaltens aufmerksam gemacht, wenden wir uns ‚im zweiten Blick der Selbstwahrnehmung' auf uns zurück und entdecken möglicherweise ziemlich rasch, was uns vorher nicht gegenwärtig war.

44 Im Hinblick auf diese Vorgehensweise läßt sich der *Einwand der Vagheit und Ungenauigkeit* geltend machen und sagen, wenn man bei der Suche nach der Entsprechung in den Gefühlen der Beziehungspartner derart weitmaschig ansetze, dann könne man die Hypothese quasi immer bestätigt finden. Denn bei

den vielen und mannigfaltigen Gefühlen, die jeder der Partner hat, finde man immer irgendwie und irgendwo eine Entsprechung.
Sind die durchgeführten Gedankengänge also schlüssig? Ist das Suchbild der Spiegelbildlichkeit nicht doch zu unspezifisch? Unterstellt man den Vorgängen vielleicht eine Gesetzmäßigkeit, die es in Wirklichkeit gar nicht gibt? Beruhen die positiven Ergebnisse und Bestätigungen der Hypothese gegebenenfalls auf einem Zufall?
Das entscheidende Kriterium für die Richtigkeit einer Vermutung ist für uns stets das *Entlastungskriterium*, die Behebung der Störung. Dem Einwand, die Entlastung könne jeweils dem Zufall zu verdanken sein, begegnet man durch die doppelte Erschwerung des Kriteriums. Es ist nämlich zunächst der ‚vorausgesagte' Effekt, der die Störung beseitigt. Die in der diagnostischen Grundregel auf indirekte Weise mitgegebene Voraussage lautet: Falls das Nichtmitgeteilte ausgesprochen wird, wird die Störung wegfallen.
Diese Voraussage erhält im Zusammenhang mit der Spiegelbildlichkeitsthese die zusätzliche Erschwerung durch eine nähere *inhaltliche Festlegung*: Aufgrund der Störempfindung des Empfängers muß jenes Versatzstück auf seiten des Senders, dessen Nichtmitteilen die Störung verursachte, in einer näher zu bestimmenden Richtung liegen. Jedenfalls sind beide Inhalte durch eine Ähnlichkeitsbeziehung miteinander verbunden.
Wie schon gesagt: Wenn sich der andere derart sicher gibt, daß wir dadurch völlig verunsichert sind, kann es mit seiner Sicherheit nicht weit her sein. Oder: wenn der andere so spontan ist, daß wir uns daneben wie der letzte Muffel vorkommen, ist seine Spontaneität zu hinterfragen.
Das Ergebnis der die Interaktion aufhellenden Analyse bildet den Prüfstein für die Richtigkeit der jeweiligen Vermutung.
Es ist denkbar, daß der Zufall hier und da eine Rolle spielt. Aber die Annahme, eine falsche Hypothese führe fortwährend und in zahllosen Situationen zum Erfolg, mutet ziemlich akademisch an.
Die fundamentale Annahme hatte gelautet: Die widersprüchliche Mitteilung und Selbstdarstellung ist der Grund der Störung. **Falls aber tatsächlich der Widerspruch die wesentliche Ursache der Störung darstellt, dann kann während der Bemühung um die Aufhellung einer Störung nicht das sprachliche Austauschen irgendeines beliebigen Inhalts die Beseitigung der Störung bewirken, sondern eben ausschließlich jenes Inhalts, dessen Mitteilung den Widerspruch beseitigt.**

45 **Die Verhaltenskonsequenz als Lernpotential,** als erzieherische Kraft und als therapeutische Energie war **im Bewußtsein der Völker stets gegenwärtig.**
Viele Formulierungen sprechen von den verhaltensändernden Wirkungen, die wir *von außen* her erfahren. In den Religionen erscheint Gott als Belohner des Guten und Bestrafer des Bösen, Himmel und Hölle, Paradies und Verdammnis als Folge des jeweiligen Lebenswandels sind weitverbreitete religiöse Vorstellungen. Kaum weniger plastisch sind die *inneren* Konsequenzen, mit denen unser Inneres auf unser eigenes Verhalten antwortet, geschildert. Der Gewissenswurm zerfrißt den Täter, die Reue zerreißt das Herz des Sünders, das gute Gewissen ist ein sanftes Ruhekissen u. dgl. m.
Im asiatischen Kulturkreis spielt die Vorstellung vom Karma als dem ‚Gesetz der Vergeltungskausalität menschlicher Taten' eine ganz zentrale Rolle.
In Epochen philosophischer und theologischer *Aufklärung* sieht man die Konsequenzen des menschlichen Handelns zunehmend weniger als etwas, das von einer fremden Macht über das Individuum verhängt wird, sondern in der Rück-

bezüglichkeit des menschlichen Verhaltens liegt. Der Mensch bildet zusammen mit seinem Handeln eine Einheit. So daß jede Handlung von sich aus auf den Handelnden zurückwirkt, indem sie zu seiner Selbstverwirklichung beiträgt oder im negativen Falle auf ihn ‚zurückschlägt', indem sie ihn deformiert. Jede Aktivität bestätigt oder verfälscht die Person in ihrer Identität. Die menschliche Natur ist es, welche sich selbsttätig belohnt und bestraft. So meint Aristoteles, Glück und Befriedigung lägen im Wesen der richtigen Handlung selbst. Er sieht das ‚Bestärkungsprinzip' darin, daß das richtige Handeln seine Erfüllung bereits in sich trägt (Vgl. *Nikomachische Ethik*, A 6 und 9). Augustinus sagt Vergleichbares für die schlechte Handlung. Die Strafe muß nicht von außen kommen, auch sie ist mit der schlechten Tat bereits gegeben als ein der Handlung innewohnender ‚Mißerfolg' beziehungsweise als Schwächung des Selbstwertgefühls (Vgl. *Confessiones*, VIII, 5). Wenn Hegel behauptet, die Weltgeschichte sei das Weltgericht, dehnt er den Gedanken auf das Ganze menschlicher Geschichte aus. Das Gericht wäre dann nicht etwas der Handlung Äußerliches. Die geschichtlichen Taten beinhalteten das Gericht als ihre logische und naturnotwendige Konsequenz. (Vgl. J. Hirschberger, *Geschichte der Philosophie. II Neuzeit und Gegenwart*, 7. Aufl. 1965, S. 431).

In der Alltagssprache finden wir das *Grundmuster der neurotischen Fehlhaltung* beschrieben. Es besteht darin, daß man auf dem Weg des Verdrängens und Sichtarnens zu einem raschen Erfolg gelangt, letzteren aber mit einem Rattenschwanz negativer Konsequenzen erkauft. Hinsichtlich des Sichtarnens denken wir an das Sprichwort „Lügen haben kurze Beine". Die momentane Entlastung drückt sich in dem Satz aus, man sei ‚fürs erste mal aus dem Schneider'; der Preis indessen, den man dafür entrichten muß, deutet sich in der Wendung an, danach komme ‚das dicke Ende'.

Viele Aussagen über menschliche ‚Verblendung' weisen auf dasselbe Muster hin. Die Formel von der ‚Kurzsichtigkeit' spricht die Blickverengung aus, welche auf den Umstand zurückgeht, daß man nur den sofort erscheinenden Gewinn einer Handlung, nicht aber deren ‚Spätfolgen' sieht. Der Fehler liegt immer in jener Wahrnehmungseinschränkung, bei der man einen Teil der Realität ausspart, unerfreuliche Konsequenzen nicht sehen will. Von der Gesamtbetrachtung der menschlichen Existenz her ist das nicht nur eine unökonomische Einstellung, ein Verstoß gegen das wahre Eigeninteresse, sondern auch das, was man gemeinhin als ‚Torheit' bezeichnet hat.

Die Verwendung der Formel ‚Lernen am Erfolg' setzt einen Maßstab, einen Sollwert voraus. Dieser ist je nach Lebensauffassung, Weltanschauung, religiöser Überzeugung verschieden.

Vor allem die Religionen versuchen, durch zahlreiche Wertvorstellungen und Handlungsregeln die *neurotische Logik der Abwehrmechanismen* mit ihrem Scheinerfolg beziehungsweise ihrer momentanen Angstentlastung und den krankmachenden Spätfolgen zu durchbrechen.

Das geschieht häufig unter Hinweis darauf, daß solches Fehlverhalten die *menschliche Identität bedroht* („Was nützte es nämlich dem Menschen, wenn er die ganze Welt gewänne, an seiner Seele aber Schaden litte!" – Mt. 16,26 – „Wenn dich dein Auge zum Bösen verführt, dann reiß es aus und wirf es weg! Es ist besser, einäugig in das Leben zu gelangen, als zweiäugig in das Feuer der Hölle geworfen zu werden" – Mt. 18,8).

Dieser theologischen ‚Pathologie' der Abwehrmechanismen läßt sich die psychologische an die Seite stellen.

Das Konzept des Beziehungslernens setzt an oberste Stelle als Kriterium für ‚Er-

folg‘ und ‚Mißerfolg‘ einen formalen ‚Soll-Wert‘. Die Grundnorm lautet: Authentisch sein, sich so sehen, wie man ist – sich so zeigen, wie man ist!
Beziehungslernen erfordert daher logischerweise die Einübung in das Aushalten von Ängsten, Schmerzen und Versagungen, also den Mut zum ‚Mißerfolg‘ um eines besseren Erfolgs, nämlich der eigenen Identität willen.

46 Vom denkgeschichtlichen Gesichtspunkt aus betrachtet, hat man ein wesentlich neues Moment der gegenwärtigen Epoche darin gesehen, daß sie vom *Informationsbegriff* bestimmt sei, während frühere Epochen vom Begriff der Materie und die Ära der Klassischen Physik vom Energiebegriff beherrscht gewesen sei. Tatsächlich ist der Informationsbegriff ein Begriff erster Ordnung, da die Revolution in Wissenschaft und Technik nicht zuletzt durch ihn geprägt ist.
Man könnte dem reizvollen Unternehmen nachgehen, **psychotherapeutische Verfahren unter dem Blickwinkel der Information zu studieren.**
Die LERNPSYCHOLOGIE und die an ihr orientierte Verhaltenstherapie geben dem Faktor des *sozialen* Informationsrückflusses besonderes Gewicht und sehen darin einen Hauptfaktor der Regelung. Die Verhaltenstherapie setzt das *soziale* Feedback gezielt ein. Sie verwendet die positiven Konsequenzen eines Verhaltens zur Bestärkung desselben, die negativen hingegen als Korrektiv.
Diese Feedback-Technik gestattet die entsprechende Anwendung genausogut auf den *innerseelischen* Bereich, also etwa auf die Beziehung des Individuums zu sich selbst. Das Individuum achtet nachdrücklich darauf, was ihm ‚bekommt‘ und was nicht, was seinem wahren Eigeninteresse dient und was letzterem entgegensteht. (Wobei allerdings die Frage offen bleibt, was denn das wahre Eigeninteresse sei).
Die PSYCHOANALYSE, mit ihr die Tiefenpsychologie, legt den Schwerpunkt der Regelung auf das Feedback von innen. Denn sie mißt den Antworten aus dem Unbewußten, die in der Form von Träumen, freien Einfällen usw. an das Ich ergehen, den Hauptwert bei. So erlangt das Individuum die Möglichkeit, die Signalsprache seiner ‚inneren Stimme‘ zu erlernen und sich vornehmlich von seinem eigenen Zentrum her leiten zu lassen.
Ähnlich die GESPRÄCHSPSYCHOTHERAPIE. Sie lenkt den Menschen auf das Wahrnehmen seiner Gefühle hin. Das tut sie im Vertrauen darauf, daß die authentischen Gefühle des Menschen einen wichtigen Faktor der Selbstregelung ausmachen und ihn befähigen, anstatt sich von außen lenken zu lassen, aus seiner eigenen Substanz zu leben.
Die KÖRPERTHERAPIEN wiederum konzentrieren sich insbesondere auf die Sprache des Körpers sowie die Organsprache. Sie legen die Devise zugrunde: „Dein Körper weiß die Antwort!“ (M. Siems, 1986) Daher verfolgen sie das Ziel, die entsprechende Hellhörigkeit für die unendlich vielfältige Signalsprache des Körpers zu vermitteln.
Aber nicht nur die seelischen Reaktionen, die wir als Träume, Assoziationen, Körperregungen vorfinden, erlauben die Auswertung hinsichtlich ihres informativen Gehalts. Auch die AKTION, das Handeln enthält in sich selber das Feedback-Moment. Das Psychodrama und die ihm verwandten Verfahren des Rollenspiels nutzen diese Möglichkeit. Während jemand unterschiedliche Rollen und Verhaltensweisen erprobt, vermag er einmal die anderen besser zu verstehen, aber zugleich auf spielerische Weise sich selber immer mehr zu entdecken. Er gewinnt Erfahrungen dahingehend, welche Rolle ihn eher von sich selber wegbringt und in welcher er mehr er selber ist.
Die KOGNITIVEN THERAPIEN schließlich verändern die Weltsicht und Lebensauffassung des Individuums in der Richtung, daß überhaupt erst die rich-

tungsweisenden Informationen empfangen werden und neue Erfahrungen gemacht werden können. Solange wir einer pessimistischen Weltsicht verhaftet sind, werden wir den Text der Wirklichkeit, besonders alles Unerfreuliche, als Bestätigung unserer düsteren Lebensphilosophie ‚lesen'. Daß derselbe Text auch als Entwicklungsanreiz gelesen sein will, können wir erst zulassen, nachdem wir uns einer anderen Sicht der Dinge geöffnet haben.

Das methodische Vorgehen, welches das beschriebene BEZIEHUNGSLERNEN leitet, ist folgendermaßen zu kennzeichnen.

Jene Kanäle, auf denen die Information vornehmlich fließt, sind: das *Wahrnehmen* der Realität einerseits, das *Mitteilen* als Austausch über Wahrnehmen von Realität andererseits.

Dabei können alle bisher erwähnten Ebenen ausgenutzt werden: Gefühle, Körperreaktionen, Assoziationen, Träume, die Aktion usw. Diese Gegebenheiten erfahren allerdings eine Betrachtung unter dem übergeordneten Aspekt eines speziellen Informationsorgans: des Empfindens. Daher lautete die Devise: das Empfinden im allgemeinen und die Störempfindung im besonderen. Das menschliche Sensorium mit Empfinden, Fühlen und Erleben wird als Wahrnehmungsvorgang gesehen; man kann auch sagen, als der ausgezeichnete Ort des Informationsempfangs über die äußere und die innere Realität.

Eine solche Blickweise gründet sich unter anderem auf die Qualitäten des menschlichen Empfindens: seine besondere Wahrnehmungsleistung und seine Abstraktionsleistung.

47 Vgl. E. Fromm, *Psychoanalyse und Ethik*, Zürich, 2. Aufl. 1954, S. 173–175.

48 Vgl. Duden, *Das Herkunftswörterbuch. Ethymologie der deutschen Sprache*. 2. völlig neu bearbeitete und erweiterte Auflage von Günther Drosdowski, 1989, S. 739.

49 Siehe Fußnote 18.

50 Vgl. S. Freud, *Gesammelte Werke*, London ab 1940, XIV, S. 335 f., XVII, S. 111, S. 119. Ferner G. Bally, Einführung in die Psychoanalyse Sigmund Freuds, Hamburg 1961, S. 46.
Vgl. auch E. Stadter, *Psychoanalyse und Gewissen. Von der ‚Stimme Gottes' zum ‚Über-Ich'*, Stuttgart 1970, S. 52 und S. 102 Fußnote 30.

51 Vgl. den Dialog *Menon*.

52 J. G. Holland, B. F. Skinner, *Analyse des Verhaltens*, München-Berlin-Wien 1971.

Bücher, die neue Kräfte schenken

Erik Blumenthal
An sich selber glauben
Selbstvertrauen aus der Tiefe
120 Seiten, Paperback.
ISBN 3-451-22429-1

Erik Blumenthal, eine der herausragenden Therapeutengestalten, zeigt in diesem Buch einen Weg der Persönlichkeitsentfaltung, der den Menschen zu mehr Selbstvertrauen, Liebes- und Gemeinschaftsfähigkeit befreit. Eine überragende Orientierungshilfe für ein Leben ohne Angst.

Hildegund Fischle-Carl
Ich und das Kind, das ich war
Lebensfreude durch Befreiung
140 Seiten, Paperback.
ISBN 3-451-22430-5

Dieses verblüffende Buch lädt dazu ein, das verlorene Kind in sich selbst zu entdecken und besser zu verstehen. Es hilft, dem eigenen Verhalten von seinen Wurzeln her auf die Spur zu kommen, Entwicklungshemmnisse zu überwinden und so zu mehr Lebensqualität zu finden.

Dieter Schwartz
Nicht gleich den Kopf verlieren
Vernünftiger Umgang mit selbstschädigenden Gefühlen
160 Seiten, Paperback.
ISBN 3-451-22431-3

Eine neue Art des Denkens lehrt dieses sympathische Lebensbuch, das die Hindernisse auf dem Weg zu persönlicher Zufriedenheit benennt und sie beseitigen hilft. Konkrete Anregungen zur Bewältigung der Herausforderungen des Alltags.

Verlag Herder Freiburg · Basel · Wien